Christine Kabus
Die Zeit der Birken

aufbau taschenbuch

Christine Kabus, 1964 in Würzburg geboren und in Freiburg aufgewachsen, arbeitete nach ihrem Studium der Germanistik und Geschichte zunächst einige Jahre als Dramaturgin und Lektorin bei verschiedenen Film- und Theaterproduktionen, bevor sie sich 2003 als Drehbuchautorin selbstständig machte. 2013 wurde ihr erster Roman veröffentlicht.

Schleswig-Holstein, 1977: Anstatt auf ihrer Stute über den Strand zu galoppieren, muss Gesine für ihr Abitur büffeln. Unerwartet wird der junge Russe Grigori, den ihr Vater als Bereiter einstellt, zum Lichtblick ihres grauen Alltags. Ihr Liebesglück endet jedoch jäh, als Grigori eines Tages einfach fortgeht. Erst viele Jahre später kommt Gesine dem Grund auf die Spur, der sie tief in die Vergangenheit ihrer Familie und schließlich nach Estland folgt.

Estland, 1938: Die neunzehnjährige Charlotte wird von ihrer deutschbaltischen Familie als Haushaltshilfe zu ihrem verwitweten Onkel beordert. Auf dem Birkenhof verliebt sie sich in den jungen Stallmeister Lennart, doch ihre Eltern würden eine Ehe mit einem Esten niemals erlauben. Als Charlotte ein Kind von ihm bekommt, enthüllt sie ihnen ihr Geheimnis – fest entschlossen, zu ihrer Liebe zu stehen. Doch der Zweite Weltkrieg durchkreuzt ihre Pläne und droht, ihre Welt zu zerstören.

CHRISTINE KABUS

Die Zeit der Birken

ROMAN

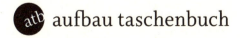

ISBN 978-3-7466-3544-6

Aufbau Taschenbuch ist eine Marke der Aufbau Verlag GmbH & Co. KG

1. Auflage 2021
© Aufbau Verlag GmbH & Co. KG, Berlin 2021
Umschlaggestaltung www.buerosued.de, München
unter Verwendung eines Bildes
von © Elisabeth Ansley / Trevillion Images
Druck und Binden CPI books GmbH, Leck, Germany
Printed in Germany

www.aufbau-verlag.de

Für Sabine
minu hingesulane

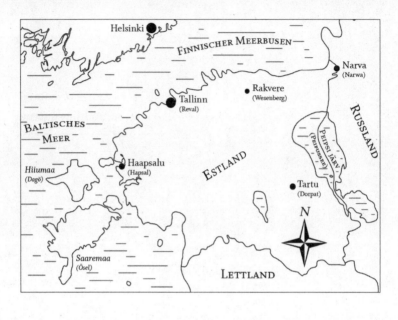
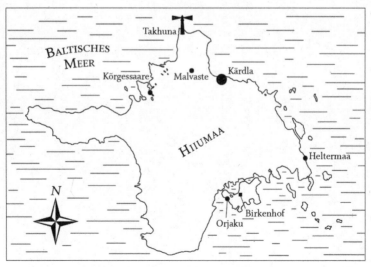

De düüstern Morgen geevt de hellsten Daag.
Die dunklen Morgen bringen die hellsten Tage.

Prolog

Maarja schreckte aus dem Schlaf hoch. Hatte die Kleine geschrien? Sie richtete sich auf und lauschte. Von der Wiege, die am Fußende ihres Bettes stand, war kein Laut zu hören. Durch das geöffnete Fenster drang das feine Sausen des Windes in den Nadeln der Kiefern, die das Schulhaus umgaben. Maarja sank in die Kissen zurück und schloss die Augen.

»*Atwarite dweri!*«, brüllte eine tiefe Stimme, gefolgt von einem lauten Schlag.

Maarja erstarrte. Der Albtraum wurde wahr. Sie waren gekommen, um sie zu holen. Seitdem die Gerüchte kursierten, dass es auf dem Festland vor zwei Wochen Verschleppungen gegeben hatte, betete Maarja jeden Abend darum, dass sie und die Ihren verschont bleiben würden. Die Hoffnung war mit jedem Tag gewachsen – und erwies sich nun als trügerisch.

Die Kleine begann zu wimmern. Maarja sprang aus dem Bett und lief barfuß aus dem Zimmer. Durch das Fenster über dem Eingang drang ein fahler Schein, der den Flur in diffuses Dämmerlicht tauchte. Erneut ertönten Gehämmer und die Aufforderung auf Russisch, die Tür zu öffnen. Maarja unterdrückte den Impuls, sich in einen Winkel zu verkriechen. Es würde nichts nützen. Sie würden die Tür eintreten und das Haus durchsuchen. Kein Versteck war vor ihnen sicher. Dann lieber in Würde dem Schicksal die Stirn bieten. Sie zog sich eine der Jacken, die an der Garderobe hingen, über ihr Nachthemd, drückte die Klinke herunter und sah sich zwei Uniformierten gegenüber. Ein Blick auf ihre blauen Mützen mit rotem Rand und einem goldenen Stern über der Krempe bestätigte ihren Verdacht. Es waren Offiziere des NKWD, der sowjetischen Geheimpolizei. Der jüngere der beiden ließ das Gewehr, mit dessen Kolben er gegen die Tür geschlagen hatte, sinken.

Der ältere leuchtete Maarja mit einer Taschenlampe ins Gesicht. »Maarja Landa?«

Sie nickte.

Er richtete den Lichtkegel auf ein Klemmbrett. »*Gdje twoj brat?*«, fragte er, schob Maarja beiseite und trat in den Flur.

»Mein Bruder ist nicht hier«, antwortete Maarja auf Russisch.

Das Weinen der Kleinen lenkte sie ab. Sie drängte sich an dem Offizier vorbei, rannte in ihr Zimmer, hob das Kind aus der Wiege und drückte es an sich.

»Du hast eine Stunde zum Packen.« Der jüngere Russe stand auf der Schwelle. »Nur einen Koffer.«

Maarja starrte ihn benommen an. Draußen hörte sie den älteren durch den Gang poltern und nacheinander die Türen des Schulzimmers, der Küche, der Poststelle und der anderen Räume aufreißen. Der junge Offizier machte eine auffordernde Handbewegung und verschwand auf den Flur.

Wie von selbst setzten sich Maarjas Beine in Bewegung. Ihre Hände wussten, was zu tun war. Sie legte die Kleine, die sich beruhigt hatte, in die Wiege zurück, wuchtete einen großen Lederkoffer vom Schrank und warf ihn aufs Bett. Sie musste nicht nachdenken, was sie einpacken sollte. Unzählige Male hatte sie sich auf diesen Moment vorbereitet und im Kopf eine Liste angefertigt von den Dingen, die sie auf ihrer Reise ins Ungewisse benötigen würde. Während sie den Koffer mit Kleidungsstücken, Windeln, Toilettenartikeln, Nähzeug, einem Verbandskasten, der Schachtel mit den Fotografien und der Blechdose mit ihrem Schmuck füllte, wanderten ihre Gedanken zu ihrem Bruder. Ob er bereits die finnische Küste erreicht hatte? Wie lange brauchte man in einem Fischkutter, um die rund neunzig Kilometer zum Städtchen Hanko zu bewältigen? Zum Glück war die See ruhig und die Sicht dank der hellen Sommernacht gut. Bitte, lieber Gott, lass ihn in Sicherheit sein, flehte sie stumm, als sie sich mit zitternden Händen anzog und die Kleine in eine Decke wickelte. Mit dem Kind auf dem Arm und dem Koffer in der anderen Hand trat sie schließlich aus dem Haus.

In einigen Metern Entfernung entdeckte sie einen Lastwagen, auf dessen offener Ladefläche rund ein Dutzend Menschen saß. In der Zwischenzeit hatten die beiden Russen das Haus durchsucht und es unverrichteter Dinge wieder verlassen. Der ältere fluchte laut, hielt Maarja drohend seine Faust vors Gesicht und stieß sie in Richtung Lastwagen, von dem sich ihr mehrere Hände entgegenstreckten und sie nach oben zogen. Kurz darauf rumpelten sie auf der Schotterstraße Richtung Osten. Die Tränen in Maarjas Augen verschleierten den letzten Blick auf das rote Holzhaus, bevor es hinter den Kiefern verschwand.

»Wenigstens haben sie deinen Vater nicht gekriegt«, flüsterte Maarja, hielt das Kind fest im Arm und sog den süßen Duft des warmen Körpers ein. Unter dem lauten Dröhnen des Motors begann sie, leise zu singen:

»Viire takka tulevad ka unetuuled monusad.
Kui katab tuuletiivake, siis suiguteleb silmake.«
Vom Horizont kommen Winde voll Schlaf.
Wenn ihre Flügel dich bedecken, wirst du einschlafen.

Schleswig-Holstein, September 1977

− 1 −

Frühmorgens, kurz nach sechs, steckte Gesine den Kopf aus ihrem Zimmer und spähte in den dunklen Flur. Kein Lichtschimmer drang unter den Türen zu den Schlafgemächern ihrer Eltern hervor, kein Laut störte die Stille. Gesine griff nach ihren Reitstiefeln und schlich auf Strümpfen zur Treppe. Ein Knacken ließ sie zusammenfahren. Sie blieb stehen und lauschte mit angehaltenem Atem. Es rührte sich nichts. Rasch huschte sie die Stufen hinunter ins Erdgeschoss und prallte um ein Haar mit Anneke zusammen, die gerade aus der Küche kam.

Die Haushälterin, eine zierliche Mittvierzigerin mit dunkelblonder Pagenfrisur, machte erschrocken einen Schritt rückwärts und hielt mit Mühe das Tablett gerade, auf dem Marmeladengläser, Butterdose, Brotkorb und Teller mit Aufschnitt und Käse ins Rutschen geraten waren und leise schepperten. »Nu man sachte, mien Krüselwind!«

»Psst!« Gesine legte einen Finger auf den Mund und schielte zur Treppe. »Tschuldige«, murmelte sie. »Wollte dich nicht erschrecken.« Sie beugte sich zu Anneke hinunter, die sie um einen Kopf überragte, gab ihr einen Kuss auf die Wange und stibitzte gleichzeitig eines der frisch gebackenen Hörnchen, die in einem Korb auf dem Tablett verführerisch dufteten. Sie hielt es mit den Zähnen fest, während sie ihre Stiefel anzog und anschließend zu einer schmalen Tür neben der Küche ging, dem ehemaligen Dienstboteneingang.

»Wo willst du denn hin?«, fragte Anneke. »Hast du nicht Hausarrest?«

Gesine machte eine abwinkende Handbewegung. »Bis zum Frühstück bin ich längst zurück«, antwortete sie. »Du hältst doch dicht, oder?«

Anneke zog die Augenbrauen zusammen.

»Bitte!« Gesine schaute sie flehentlich an.

»Natürlich. Aber komm ja nicht zu spät. Deine Mutter wird sonst …«

Gesine warf ihr eine Kusshand zu und verließ das Haus, ohne Annekes Bedenken zu Ende anzuhören. Der weitläufige Hofplatz lag noch im Schatten. Er wurde von mehreren Gebäuden eingerahmt: Am östlichen Ende stand das ursprünglich im barocken Stil erbaute Herrenhaus, das Ende des 18. Jahrhunderts klassizistisch überformt worden war. Der zweigeschossige verputzte und hellgelb angestrichene Backsteinbau hatte neun Achsen und ein Mansarddach. An der Hofseite ragte ein übergiebelter, dreiachsiger Risalit hervor, in dessen Mitte sich das Eingangsportal befand, zu dem eine breite Treppe führte. Gesine verharrte ein paar Atemzüge lang auf dem oberen Absatz und sog die kühle Morgenluft ein, die vom süßen Duft der Goldruten erfüllt war, die in dichten Stauden auf dem Rondell in der Mitte des Hofplatzes wuchsen. Leises Summen verriet ihr, dass die gelben Rispenblüten bereits von Bienen umschwärmt wurden. Eine Amsel, die zwischen den Stängeln nach Regenwürmern suchte, flog mit einem aufgeregten Tixen davon, als Gesine die Stufen hinuntersprang. Rechts und links des Herrenhauses hatten einst eine reetgedeckte Scheune und das Kavaliershaus für die Bediensteten sowie weitere einstöckige Wirtschaftsgebäude gestanden. Nachdem sie Ende des 19. Jahrhunderts einem Feuer zum Opfer gefallen waren, hatte Gesines Urgroßvater an ihrer Stelle großzügige Stallungen errichten lassen, um seiner Pferdezucht den nötigen Raum zu verschaffen.

Anneke hat ja recht, meldete sich eine leise Stimme in Gesine, während sie zum Stall lief. Mama rastet aus, wenn sie merkt, dass ich ihr Verbot missachte. Sie schob die Unterlippe vor. Es war so ungerecht. Wenn es nach ihrer Mutter gegangen wäre, hätte Gesine die gesamten Sommerferien damit verbracht, für die Schule zu büffeln und sich aufs Abitur vorzubereiten, das sie im kommenden Frühjahr ablegen würde. In den ersten Wochen hatte sie die mütterliche Aufforderung, mindestens drei Stunden täglich zu lernen, weitgehend ignoriert – unterstützt von ihrem Vater Carl-Gustav, der der Meinung war, »das Kind« solle sich erholen, möglichst viel Zeit an der frischen Luft verbringen und den Sommer genießen. Außerdem hielt er es für unnötig, dass sich Gesine bereits zu diesem frühen Zeitpunkt auf die Prüfungen vorbereitete.

Nachdem ihre Appelle an die Vernunft ihrer Tochter unbeachtet verhallten, war Henriette von Pletten schließlich vor vier Tagen – eine Woche vor Schulbeginn – der Kragen geplatzt. In ihren Augen ließen Gesines schulische Leistungen zu wünschen übrig. Von einer guten, geschweige denn hervorragenden Abiturnote war sie weit entfernt. Sie würde es nicht zulassen, dass sich ihre einzige Tochter aus purer Faulheit ihre Zukunft verbaute. Außerdem war sie nicht länger gewillt, sich von ihr auf der Nase herumtanzen zu lassen. Es war höchste Zeit, ihren ungestümen Wildfang an die Kandare zu nehmen und zur Ordnung zu rufen. Die letzten Ferientage sollte Gesine über ihren Büchern verbringen. Und da sie anders nicht dazu zu bewegen war, bekam sie Hausarrest. Zumindest so lange, bis Henriette von Pletten mit ihren Lernfortschritten zufrieden sein würde. Also nie, erkannte ihre Tochter, und setzte alles daran, das mütterliche Verbot auszuhebeln.

Gesine legte den Kopf in den Nacken. Der Himmel wölbte sich wolkenlos über ihr. Hinter den Bäumen des Parks, der sich auf der Rückseite des Wohnhauses Richtung Ostsee ausdehnte, kündete ein heller Streifen vom Aufgang der Sonne. Es versprach, ein herrlicher Tag zu werden. Gesine streckte dem Fenster im ersten Stock, das zu den Zimmern ihrer Mutter gehörte, die

Zunge heraus und schlüpfte in den Stall. Es war einfach unmenschlich, sie im Haus einzusperren! Noch dazu bei so wunderbarem Wetter!

Gesine eilte zur Box von Cara, ihrer Holsteiner Stute. Das dunkelbraune Pferd begrüßte sie mit einem Schnauben und ließ sich bereitwillig aufzäumen. Gesine führte Cara hinaus, schwang sich in den Sattel und dirigierte sie zum alten Torhaus, das den Hof nach außen abschloss. Blickfang war der Glockenturm mit seinem an eine Pickelhaube erinnernden Dach über dem Torbogen, an dessen Frontseite ein Relief mit dem Familienwappen prangte: ein Pferd, das sich über drei stilisierten Wasserwellen aufbäumte.

Auf der von alten Eichen gesäumten Allee, die zum Gestüt führte, ließ Gesine die Stute antraben und bog nach etwa fünfzig Metern auf einen Feldweg Richtung Küste ab. Das Anwesen ihrer Familie lag im Kirchensprengel Gundelsby – mitten in Angeln, dem Gebiet zwischen der Flensburger Förde und dem Ostseefjord Schlei. Eine von einstigen Gletschern geprägte hügelige Landschaft mit kleinen Wäldern und Feldern, die mit den typischen Wallhecken voneinander getrennt waren. Diese »Knicks« waren teilweise uralte, von Haselsträuchern, Schlehenbüschen und anderen Gehölzen bewachsene, breite Erd- oder Steinwälle und stammten häufig noch von den Angeln, die bis ins 5. Jahrhundert hier gelebt hatten, bevor sie nach Britannien ausgewandert waren.

Gesine sah ihren Großvater Paul vor sich, der die verschiedenen Ausgrabungen in der Region mit großem Interesse verfolgte. Von klein auf hatte Gesine ihn auf seinen »Streifzügen in die Vergangenheit« begleitet. Besonders aufregend und gruselig hatte sie das Thorsberger Moor in der Nähe von Süderbrarup gefunden. Im 3. und 4. Jahrhundert nach Christus hatten sich verschiedene Stämme in der Gegend erbitterte Kämpfe geliefert.

Die Sieger hatten Waffen und Ausrüstung der Unterlegenen im heiligen Moor geopfert – als Dank an ihren obersten Gott Thor. Opa Paul hatte die Welt der Germanen und Wikinger so anschaulich geschildert, dass sie sich damals bei der Erkundung der alten Opferstätte an seine Hand geklammert hatte – halb hoffend, halb fürchtend, dem Geist eines alten Kriegers zu begegnen.

Das ungeduldige Schnauben ihrer Stute riss Gesine aus ihren Gedanken. Sie hatten mittlerweile den Strand erreicht, den sie gewöhnlich für einen Galopp nutzten. Gesine beugte sich vor. »Auf geht's!«, rief sie und klopfte Cara den Hals.

Die Stute wieherte, beschleunigte ihre Gangart und sauste auf dem feuchten Sand an der Wasserlinie entlang. Gesine jauchzte auf und gab sich ganz der Geschwindigkeit und den kraftvollen Bewegungen des Pferdes hin. Die Welt bestand nur noch aus dem Trommeln der Hufe, dem Geräusch der Brandung, dem Glitzern der Sonnenreflexe auf den Wellen, dem kühlen Wind, der ihre Haare zauste, und dem Glücksgefühl, das sie erfüllte und alles andere für den Augenblick verdrängte.

Eine Stunde später hastete Gesine durch die große Eingangshalle ihres Elternhauses. Aus einer Ecke schoss ein braunes Bündel auf sie zu und sprang bellend an ihr hoch.

»Anton, sei leise«, flüsterte Gesine.

Der Rauhaardackel wedelte mit dem Schwanz und warf sich auf den Rücken, um sich am Bauch kraulen zu lassen.

Gesine bückte sich und streichelte ihn kurz. »Ich hab jetzt leider keine Zeit«, sagte sie und richtete sich wieder auf.

Anton sah sie vorwurfsvoll an und trollte sich in Richtung Küche, während Gesine zum Speisezimmer lief. Vor der Tür hielt sie inne und lauschte den erregten Stimmen, die dumpf nach draußen drangen. Sie verdrehte die Augen. Streit schon am frühen Morgen.

»… so nicht weiter!«, hörte sie ihre Mutter sagen. »Sie ist ungehorsam und aufmüpfig. Das lasse ich mir nicht bieten!«

»Sei doch nicht so streng, meine Liebe«, antwortete der sonore Bariton des Grafen.

Gesine presste ihre Lippen aufeinander. Kein Zweifel, es ging wieder einmal um sie. Vielleicht hätte ich doch auf Anneke hören und nicht ausreiten sollen, dachte sie.

»Auch dir kann es doch nicht gleichgültig sein, dass sie ihre Zukunft aufs Spiel setzt«, fuhr ihre Mutter fort.

»Nun übertreibst du aber«, sagte ihr Mann. »Gesine wird schon nicht durchfallen. Und ich finde …«

»Schon nicht durchfallen?«, unterbrach ihn seine Frau empört. »Du willst mir nicht ernsthaft sagen, dass du dich damit zufriedengibst?«

»Sie wird sich sicher noch berappeln und …«, wandte der Graf ein.

»Ein gutes Pferd springt nur so hoch, wie es muss«, fiel ihm Henriette von Pletten ins Wort.

Ganz genau, pflichtete Gesine ihr in Gedanken bei. Das ist doch sehr vernünftig. Wozu soll man sich unnötig schinden?

»Wir hatten eine klare Abmachung. Aber das Fräulein setzt sich einfach darüber hinweg. Das lasse ich mir nicht länger gefallen!«, wetterte ihre Mutter.

Bevor der Graf antworten konnte, holte Gesine tief Luft, stieß die Tür auf und trat über die Schwelle. Das Speisezimmer war mit Biedermeiermöbeln aus Kirschholz ausgestattet und hatte dank der hellen Tapeten und der beiden zum Park zeigenden Fenster eine freundliche Atmosphäre. Ein Vitrinenschrank nahm eine Schmalseite ein, an der gegenüberliegenden Wand befand sich eine Anrichte. Der ausziehbare ovale Tisch konnte zwölf Personen Platz bieten, war gewöhnlich jedoch zusammengeschoben und von vier Stühlen umgeben, die übrigen standen an

18

der Längsseite des Zimmers rechts und links neben der Tür. Gesines Vater, Carl-Gustav von Pletten, saß in Cordhosen, hellblauem Hemd und dunkelblauer Jacke am Kopfende des Tisches, seine neun Jahre jüngere Frau Henriette stand ihm in einem schmal geschnittenen beigen Hosenanzug und dunkelgrüner Schleifenbluse gegenüber. Sie hatte die Hände um die Lehne ihres Stuhls gelegt, die Knöchel traten weiß hervor – das einzige Anzeichen für ihre Anspannung.

Die Gräfin war eine mittelgroße Frau von siebenunddreißig Jahren. Sie trug ihre schwarzen Haare in einem kurzen Stufenschnitt, was ihre markanten Gesichtszüge mit den geraden Brauen und der schmalen Nase unterstrich. Von ihr hatte Gesine bis auf die braungrünen Augen wenig Äußerliches geerbt. Mit dem schulterlangen Lockenschopf, den geschwungenen Augenbrauen und dem breiten Mund kam sie nach ihrem Vater, von dem sie auch die hochgewachsene, muskulöse Figur hatte.

»Guten Morgen«, sagte Gesine betont fröhlich und setzte sich auf ihren Platz mit Blick auf die Fenster.

Ihre Mutter fixierte sie mit gerunzelter Stirn und öffnete den Mund.

»Ich weiß, dass ich Hausarrest habe«, fuhr Gesine rasch fort. »Aber Cara muss bewegt werden. Das sagst du selbst immer. Deshalb bin ich extra früh aufgestanden, um nachher genug Zeit zum Lernen zu haben.« Sie schielte zu ihrer Mutter und fragte sich, ob sie damit durchkommen würde.

»Siehst du, Henriette, unsere Tochter ist durchaus verantwortungsbewusst«, sagte Carl-Gustav und zwinkerte Gesine kaum merklich zu. »Und nun setz dich bitte und lass uns frühstücken. Die Eier werden sonst kalt.« Er deutete auf eine Platte, auf der sich Rührei mit Schinken und angebratenen Pilzen türmten. »Das kannst du doch gar nicht leiden.«

Seine Frau kam seiner Aufforderung nach kurzem Zögern

nach. Carl-Gustav reichte ihr die Eier und schenkte sich Kaffee ein. Gesine schüttete Cornflakes und Milch in eine Schale, wich dem Blick ihrer Mutter aus, der nach wie vor auf ihr ruhte, und wendete sich an ihren Vater.

»Paps, ich weiß noch gar nicht, wie gestern das Bewerbungsgespräch mit dem Bereiter gelaufen ist.«

»Stimmt, das wollte ich dich auch fragen«, murmelte Henriette von Pletten und sah ihren Mann gespannt an.

Gesine beglückwünschte sich insgeheim. Sie hatte das richtige Thema gewählt und fürs Erste die Aufmerksamkeit ihrer Mutter von sich abgelenkt. Abgesehen davon wollte sie tatsächlich wissen, ob ihr Vater endlich erfolgreich gewesen war. Schon seit Wochen war er auf der Suche nach einem Nachfolger für seinen ehemaligen Bereiter, der mit knapp siebzig Jahren den Ruhestand angetreten hatte und zu seiner Tochter und ihrer Familie nach Süddeutschland gezogen war. Am Tag zuvor war Gesines Vater zu einem Pferdehof bei Husum gefahren. Dort suchte ein Reitlehrer nach neuen Herausforderungen und hatte sich auf die vakante Stelle auf Gestüt Pletten beworben. Um sich ein Bild von dessen Arbeitsweise zu verschaffen, hatte Carl-Gustav die siebzig Kilometer zur Nordsee zurückgelegt und war erst wieder zu Hause eingetroffen, als Gesine bereits im Bett lag.

Er setzte seine Tasse ab. »Den Weg hätte ich mir sparen können.« Er verzog den Mund.

Gesine zog erstaunt die Brauen hoch.

Auch ihre Mutter sah ihn überrascht an. »Wieso das?«, fragte sie. »Ich dachte, er hat die besten Referenzen?«

»Auf dem Papier vielleicht«, knurrte ihr Mann. »Der Kerl hat sich als arroganter Schnösel entpuppt. Vor allem aber ist er ein ganz unverhohlener Freund aller erdenklichen Hilfsmittel, um die Pferde – ich zitiere wörtlich – schnellstmöglich in Form zu bringen und ihnen klarzumachen, wer der Herr ist.« Er schüttelte den Kopf. »So jemanden kann ich hier nicht gebrauchen.«

»Nein, wirklich nicht!«, rief Gesine.

Ihre Mutter zog die Stirn kraus und öffnete den Mund.

»Ich weiß, was du denkst, meine Liebe«, sagte Carl-Gustav. »Und ich gebe ja zu, dass der Einsatz von Gerte, Sporen oder auch Hilfszügeln in gewissen Situationen beim Training durchaus sinnvoll sein kann. Aber wenn du diesen Kerl gesehen hättest, würdest du mir zustimmen. Ich wage zu bezweifeln, dass er viel von Pferden versteht.«

Seine Frau zuckte mit den Schultern. »Deine Entscheidung.« Sie drehte sich zu Gesine. »Apropos Training. Wie kommst du mit Cara voran?«

»Äh, ich …«, stammelte Gesine.

»Hast du nicht gesagt, dass du sie vorhin bewegt hast?«

»Hab ich ja auch.«

»Lass mich raten«, zischte ihre Mutter. »Ihr seid wieder einmal ohne Sinn und Verstand herumgestreunt und über den Strand galoppiert.«

Gesine richtete sich auf. »Was ist denn so verkehrt daran? Es tut Cara gut, sich auszutoben und …«

»Schweig!« Henriette von Pletten funkelte ihre Tochter wütend an. »Du weißt sehr gut, dass sie noch viel zu lernen hat. Sie hat hervorragende Anlagen. Aber ohne Ausbildung wird sie nie Preise gewinnen.«

»Ich pfeif auf deine Preise!« Gesine pfefferte ihren Löffel in die Schüssel mit den Cornflakes. Milch spritzte über den Rand. »Ich hab keine Lust auf dämliche Wettkämpfe. Und Cara kann ganz sicher auch dar…«

»Cara wird eine Zuchtstute«, fiel ihr ihre Mutter ins Wort. »Der Wert ihrer Fohlen steigt, wenn sie Turniere erfolgreich bestreitet.«

»Dir geht's nur ums Geld!«, rief Gesine. »Aber es gibt auch …«

»Es geht vor allem um deine Zukunft!« Henriette von Pletten funkelte sie an. »Du hast offensichtlich nicht die Absicht, dich für dein Abitur ins Zeug zu legen. Dann mach wenigstens etwas aus deinem Talent als Reiterin. Du könntest es weit bringen und eine Karriere als Dressur…«

Gesine schlug mit der flachen Hand auf den Tisch. »Sieh's doch endlich ein! Ich will das nicht!«, schrie sie.

»Und was willst du dann? Rumlungern und dich treiben lassen?«

»Bitte, beruhigt euch«, sagte Carl-Gustav und hob beschwichtigend die Hände. »Es hat doch keinen Sinn, darüber zu streiten. Wenn Gesine keine Lust …«

»Ja, nimm du sie immer nur in Schutz!«, fauchte seine Frau. »Bestärke sie noch in ihrer Verweigerungshaltung. Du wirst schon sehen, wohin das führt. Und dann sage nicht, ich hätte dich nicht gewarnt!«

»Mein Gott, jetzt langt's aber!« Gesine sprang auf. »Du tust ja gerade so, als würde ich unter der Brücke enden. Nur weil ich nicht so von Ehrgeiz zerfressen bin wie du.«

»Was erlaubst du dir?« Henriette von Pletten erhob sich ebenfalls. »Da! Das sind die Früchte deiner Nachgiebigkeit!«, warf sie ihrem Mann vor.

»Lass Paps aus dem Spiel!«, schrie Gesine. »Immer hackst du auf ihm rum. Dabei kann er rein gar nichts für mein Verhalten. Ich allein …«

»Wie du meinst«, sagte ihre Mutter mit eisiger Stimme. »Jedenfalls werden jetzt andere Saiten aufgezogen.«

»Nur zu! Wirst schon sehen, was du davon hast«, rief Gesine, stürmte aus dem Zimmer und warf die Tür hinter sich zu.

In der Halle blieb sie stehen und stützte sich mit beiden Händen auf der Kommode ab, die unter einem großen Spiegel neben der Garderobe stand. Das Hochgefühl, ihrer Mutter Paroli geboten zu haben, verflüchtigte sich. Ihre Knie begannen zu zittern. Was für eine Strafe würde sie erwarten?

Das Klacken von Absätzen auf dem Parkett im Speisezimmer schreckte Gesine auf. Sie stieß sich von der Kommode ab, lief zur Eingangstür, öffnete sie einen Spaltbreit und schlüpfte hinaus. Wie von selbst schlugen ihre Füße den Weg zu dem Ort ein, den sie von klein auf in Situationen wie diesen aufsuchte.

»Gesine! Bleib gefälligst hier!«

Gedämpft drang der Ruf ihrer Mutter zu ihr nach draußen. Der Zorn in ihrer Stimme verstärkte Gesines Fluchtimpuls. Sie fühlte sich einer Fortführung ihrer Auseinandersetzung nicht gewachsen. Nicht in diesem Moment. So schnell sie konnte, rannte sie über den Hof zum Torhaus und hinauf zu den Zimmern, die Opa Paul seit dem Tod seiner Frau Greta vor zwölf Jahren bewohnte. Zu dieser Zeit hatte er die Leitung des Gestüts in die Hände seines Sohnes Carl-Gustav gegeben und sich fortan ganz der Erkundung der Vor- und Frühgeschichte seiner Heimat verschrieben.

Bereits beim Betreten des Gebäudes entspannte sich Gesine. Der vertraute Geruch nach Pfeifenrauch, Bohnerwachs und frisch gehackten Holzscheiten, die im Vorraum neben der Treppe gestapelt waren, hatte etwas Tröstliches. Sie fand ihren Großvater in seinem Studierstübchen, das er sich im Turm über dem Torbogen eingerichtet hatte. Von dort hatte er sowohl einen Blick auf die Zufahrtsallee als auch auf den Innenhof. Wenn er nicht tief in seinen Büchern oder Fachzeitschriften versunken war, neue Funde katalogisierte oder gar selbst über die Ausgrabungen und historischen Begebenheiten schrieb, saß er gern am Fenster und beobachtete das Treiben auf dem Gestüt.

Gesine konnte nicht nachvollziehen, warum ihre Mutter ihren Schwiegervater für senil hielt und glaubte, er würde sich nicht mehr für Dinge und Personen interessieren, die jünger als zweitausend Jahre waren. Opa Paul war vielleicht ein wenig sonderlich und häufig in seine Gedanken versponnen, er bekam aber durchaus noch genau mit, was um ihn herum geschah. Da er es jedoch vermied, sich in fremde Angelegenheiten einzumischen, mochte der Eindruck entstehen, er nähme keinen Anteil daran. Gesine vermutete, dass er sich aus gutem Grund diese Zurückhaltung auferlegte. Von Anneke wusste sie von heftigen Auseinandersetzungen, die in den Jahren vor seinem Rückzug aus der Gutsverwaltung häufig zwischen ihm und seiner Schwiegertochter eskaliert waren.

»Ah, Gesine, komm herein.«

Opa Paul, der wie gewöhnlich eine Kniebundhose und ein weißes Hemd mit Stehkragen trug, nickte seiner Enkelin, die den Kopf zur Tür hineingesteckt und vorsichtig an den Rahmen geklopft hatte, freundlich zu und winkte sie zu sich. Er stand vor einem Tisch, den eine Flurkarte bedeckte, die er sich vom Katasteramt besorgt hatte. An vielen Stellen steckten farbige Wimpelchen, die Ausgrabungsstellen oder Fundorte interessanter prähistorischer Gegenstände markierten.

»Wobei störe ich dich denn gerade?«, fragte Gesine und stellte sich neben ihn.

»Ich bereite den Vortrag vor, den ich bei der Herbsttagung des Heimatvereins halten werde.« Er sah Gesine über den Rand seiner Lesebrille an. »Was bedrückt dich, mien Deern?« Er kniff die Augen leicht zusammen. »Bist du mal wieder mit deiner Mutter aneinandergeraten?«

»Nie kann ich es ihr recht machen«, brach es aus Gesine heraus. Sie fuhr sich mit einer Hand durch die braunen Locken. »Ständig nörgelt sie an mir rum. Heute war's besonders schlimm.«

»Sie beruhigt sich schon wieder, du wirst se…«

Gesine schüttelte heftig den Kopf. »Sie hat gedroht, dass sie nun andere Saiten aufziehen wird.«

»Was hast du denn angestellt?« Opa Paul nahm seine Brille ab und sah seiner Enkelin in die Augen.

»Nix Besonderes. Hab ihr halt widersprochen.« Gesine verschränkte die Arme vor der Brust.

»Und was meint deine Mutter mit anderen Saiten?«

»Keine Ahnung. Aber ich fürchte, sie will mich nach Louisenlund schicken.« Gesine ließ die Schultern hängen.

Mehrfach hatte ihre Mutter bei vergangenen Streitigkeiten damit gedroht, Gesine ins Internat in der Nähe von Eckernförde zu stecken. Die Privatschule Louisenlund galt als elitär – erst in diesem Jahr hatte die Tochter von Herzog Friedrich zu Schleswig-Holstein dort ihr Abschlussexamen gemacht. Allerdings hatte die Schule auch den Ruf, dass dort diejenigen, die auf normalen Gymnasien scheiterten, noch eine Chance aufs Abitur bekamen, sofern ihre Eltern das nötige Geld dafür aufbringen konnten.

Opa Paul sog scharf die Luft ein, verkniff sich jedoch die Bemerkung, die ihm zweifellos auf der Zunge lag.

»Ja, ich weiß. Ich hätte sie nicht provozieren dürfen«, grummelte Gesine. »Aber sie bringt mich einfach zur Weißglut mit ihrem Ehrgeiz. Wieso kann sie mich nicht in Ruhe lassen?«

Ihr Großvater fasste sie am Ellenbogen und führte sie zu dem kleinen Sofa, das in einer Ecke stand. Die ledernen Sitzpolster waren vom jahrelangen Gebrauch blankgerieben und verformt. Bereits als Kind hatte Gesine dort mit ihrem Opa gesessen und sich von ihm vorlesen lassen oder seinen Geschichten gelauscht, die sie in die Welt der alten Germanen entführten. In letzter Zeit diente das Sofa immer öfter als Zufluchtsort, auf dem sich Gesine ihren Kummer von der Seele redete.

»Sie macht sich eben Sorgen um dich«, sagte Opa Paul, nachdem sie Platz genommen hatten.

»Aber warum? Ich werde das Abi schon nicht vergeigen.«

»Natürlich nicht. Aber deine Mutter will wohl nicht, dass du unter deinen Möglichkeiten …«

»Ja, ja, schon klar. Sie will nur mein Bestes.« Gesine schnaubte. »Aber für mich ist eben was anderes das Beste. Ich will mal den Hof übernehmen und Pferde züchten. Aber das ist Mama nicht ambitioniert genug.«

»Vergiss nicht, dass sie sich selbst sehr wohlgefühlt hat in Louisenlund.«

»Ich bin aber nicht sie!«, rief Gesine. »Wann kapiert sie das endlich?«

»Ist ja gut.« Opa Paul tätschelte Gesines Oberschenkel. »Wir alle neigen dazu, von uns auf andere zu schließen.«

Gesine zuckte die Achseln. »Schön für sie. Aber sie war in einer vollkommen anderen Situation als ich. Ihre Großmutter muss ja eine echte Schreckschraube gewesen sein. Da war alles besser, als weiter unter ihrer Fuchtel zu stehen.«

Opa Paul schmunzelte. »So wie du deine Lage beschreibst, klingt das allerdings ähnlich.«

Gesine musste grinsen. »Stimmt. Mama führt sich manchmal echt schreckschraubig auf. Aber ich habe ja noch so viele liebe Menschen um mich herum.« Sie schlang ihre Arme um ihren Großvater und drückte einen Kuss auf seine Wange, die leicht nach Rasierseife duftete. »Ich will hier nicht weg! Ich würde eingehen wie eine Primel.«

»So weit wird es schon nicht kommen«, sagte Opa Paul. »Schließlich ist es nicht so einfach möglich, die Schule kurz vor dem Abschluss zu wechseln.«

»Da kennst du Mama aber schlecht!«, rief Gesine. »Sie hat neulich erst irgendwelche Beziehungen angedeutet, die sie spielen lassen könnte, und gemeint, dass es immer Mittel und Wege gäbe.«

»Verstehe.« Opa Paul kratzte sich am Kinn. »Was sagt dein

Vater denn dazu? Der hat doch auch ein Wörtchen mitzureden, nicht wahr?«

»Paps würde mich nie aufs Internat schicken. Schon gar nicht gegen meinen Willen«, antwortete Gesine. »Aber wenn Mama sich mal was in den Kopf setzt, hat Paps kaum eine Chance.«

»Dann solltest du wohl besser versuchen, dich mit deiner Mutter zu vertragen.« Opa Paul sah sie eindringlich an. »Du bist doch ein kluges Mädchen. Gib ihr das Gefühl, dass du ihre Sorgen ernst nimmst und dich in der Schule bemühen wirst. Dann lenkt sie bestimmt ein.«

Gesine schob die Unterlippe vor.

Opa Paul fasste sie unters Kinn. »Gib dir einen Ruck. Mir zuliebe. Ich würde dich sehr vermissen, wenn du auf dieses Internat gehen müsstest.«

Gesine schluckte und atmete tief durch. »Du hast recht. Ich werde mich bei ihr entschuldigen. Auch wenn ich eigentlich gar nicht einsehe, warum.« Sie stand auf. »Auf nach Canossa!«, sagte sie mit einem schiefen Lächeln.

»Viel Glück!« Opa Paul erhob sich ebenfalls und strich ihr über den Kopf.

Auf dem Weg ins Herrenhaus kramte Gesine ein blau-rot-weißes Päckchen mit *Bazooka Bubble Gums* aus ihrer Hosentasche und schob sich eines der rosaroten Stücke in den Mund. Das Kauen half ihr, die Nervosität in den Griff zu bekommen, mit der sie dem Gespräch mit ihrer Mutter entgegensah. Dabei standen ausgerechnet diese Kaugummis auf der langen Liste von Dingen, die Henriette ein Dorn im Auge waren – und nicht zuletzt aus diesem Grund die Begehrlichkeit von Gesine weckten, auch wenn sie zuweilen feststellte, dass sie ihr gar nicht sonderlich gut gefielen (Plateauschuhe) oder schmeckten (zum Beispiel *Kaba – Der Plantagentrunk*, den sie als Kind dennoch gern gehabt hätte wegen der Sammelpunkte auf den Packungen, für die man Pappfiguren von Walt Disney wie Micky Maus, Donald Duck oder aus dem Dschungelbuchfilm erhielt).

Ihre Eltern waren nicht mehr im Speisesaal. Aus dem Büro ihres Vaters hörte sie dessen Stimme im Gespräch mit Stallmeister Wittke, der sich dort zur allmorgendlichen Tagesbesprechung eingefunden hatte. Gesine sprang – zwei Stufen auf einmal nehmend – hinauf in den ersten Stock, wo sie ihre Mutter vermutete. Henriette von Pletten pflegte nach dem Frühstück in ihren beiden Zimmern, die am Ende des Flurs lagen, Zeitung zu lesen, Briefe zu schreiben und anderen Papierkram zu erledigen. Die Tür zum Salon stand offen.

Gesine nahm den Kaugummi heraus. »Mama, bist du da?«, rief sie, trat ein und sah sich um. Der Raum war leer. Ein Klappsekretär mit zahlreichen Schubladen stand rechts neben dem Fenster, links davon ein Lehnstuhl zum Lesen. Ein mit hellem Samt bezogenes Sofa und zwei dazu passende Sesselchen luden in einer Ecke neben der Tür zum gemütlichen Zusammensitzen ein. Ein großes Regal an der gegenüberliegenden Wand beherbergte Dutzende von Pokalen und anderen Siegestrophäen, die Henriette von Pletten in ihrer Zeit als Springreiterin bei nationalen und internationalen Wettbewerben gewonnen hatte, bevor ihrer Turnierkarriere durch eine Rückenverletzung ein jähes Ende bereitet worden war. Gesine lief über den handgeknüpften Perserteppich hinüber zum Schlafgemach, dessen Fenster zum Park hinausging, und warf einen Blick hinein. Auch dieses war menschenleer. Gesine steckte den rosa Klumpen wieder in den Mund und machte eine große Blase, die mit einem Knall zerplatzte. Sie kehrte um und wollte auf den Flur zurück, als ein Motorengeräusch sie ablenkte.

Sie schaute durch das Fenster und sah, wie der blaue VW-Bus vom Hansenhof soeben vor dem Haus zum Stehen kam. Einen Atemzug später stieg Ulrike aus, eine ihrer Cousinen zweiten

oder dritten Grades – so genau konnte sich Gesine die Verwandt-
schaftsgrade der ferneren Familienangehörigen nicht merken.

Während sich Gesine fragte, was Ulrike an einem gewöhnli-
chen Werktag hergeführt haben mochte, stieg auf der Beifahrerseite ein Mann mit blonden, kurzgeschorenen Haaren aus, der
eine kleine Segelstofftasche bei sich hatte. Sein Anblick irritierte
sie. Er war jung – höchstens zwei, drei Jahre älter als sie selbst –
und sah zugleich wie aus der Zeit gefallen aus. Das lag an seiner
Kleidung, wurde ihr nach einem Augenblick klar. Mit seinen
weiten Hosen, den klobigen Schnürschuhen und der gerade geschnittenen Jacke aus dickem Stoff erinnerte er Gesine an die
Männer auf den gerahmten Fotografien aus den Fünfzigerjahren,
die Handwerker und Bauern beim Schmieden oder der Feldarbeit abbildeten und im Dorfkrug an der Wand hinter dem
Stammtisch aufgehängt waren. Hatte sich der Unbekannte im
Jahrzehnt verirrt?

Gesine öffnete das Fenster, lehnte sich hinaus und wollte ihre
Cousine durch einen Zuruf auf sich aufmerksam machen. Im selben Moment streckte Ulrike eine Hand durch das herunterge-
kurbelte Seitenfenster und drückte auf die Hupe. Das Signal
lockte Anneke herbei, die auf dem Treppenabsatz vor der Eingangstür erschien, gefolgt von Anton, der die Stufen hinuntersprang und die Ankömmlinge kläffend umkreiste.

»Hallo, Anneke!«, rief Ulrike. »Ist der Graf da? Ich möchte
ihm jemanden vorstellen.« Sie bückte sich kurz zu dem Dackel
und streichelte ihn.

Anneke nickte, wischte ihre bemehlten Hände an der Schürze
ab und winkte die beiden Besucher ins Haus.

Gesines Neugier war nun endgültig geweckt. Wer war dieser
fremde junge Mann, und warum hatte Ulrike ihn hergebracht?
Sie schloss das Fenster, eilte aus dem Salon und wollte eben die
Treppe hinunterspringen, als ihr jemand auf die Schulter tippte.

Sie fuhr herum und stand ihrer Mutter gegenüber. Vor Schreck schluckte sie den Kaugummi hinunter.

»Wo warst du? Ich habe in deinem Zimmer auf dich gewartet.«

Die Schärfe in ihrer Stimme jagte Gesine einen Schauer über den Rücken. »Und ich habe in deinen Zimmern nach dir gesucht«, antwortete sie, um einen ruhigen Ton bemüht. »Ich wollte mich bei dir entschuldigen«, schob sie schnell nach. »Ich hätte nicht einfach abhauen dürfen.«

Ihre Mutter runzelte die Stirn und öffnete den Mund.

»Gnädige Frau!« Von ihnen unbemerkt, war Anneke die Treppe hinaufgestiegen und stand auf dem Absatz. »Der Graf bittet Sie zu sich ins Arbeitszimmer.«

»Danke, Anneke. Ich komme sofort.« Henriette von Pletten drehte sich zu Gesine. »Wir sprechen später. Du gehst jetzt auf dein Zimmer und lernst.« Sie hielt ihr ein Blatt Papier hin.

»Was ist das?«, fragte Gesine.

»Der Trainingsplan für Cara. Bis zu den Jugendmeisterschaften gibt es noch viel zu tun.«

Gesine unterdrückte den Impuls, zu widersprechen, biss sich auf die Lippe und folgte dem Befehl. Sie konnte es nicht riskieren, ihre Mutter noch weiter gegen sich aufzubringen. Sosehr es sie auch juckte, an der Zimmertür zum Büro ihres Vaters zu lauschen und zu erfahren, was es mit Ulrikes überraschendem Besuch und dem jungen Mann auf sich hatte.

30

Estland – September/Oktober 1938

– 2 –

»Guck mal, Charly! Wir sind in der Zeitung!«

Charlotte von Lilienfeld sah von ihrem Schulheft auf, in das sie eben ein Rezept für Preiselbeermarmelade eintrug, und schaute ihre Freundin Zilly fragend an. Die beiden Neunzehnjährigen hatten sich nach dem Mittagessen zum Lesen und Lernen in den großen Saal zurückgezogen und saßen sich an einem der Tischchen gegenüber, die vor der Fensterfront aufgestellt waren. Die weißen Gardinen vor den geöffneten Balkontüren bauschten sich im Luftzug, der den erdigen Geruch eines umgegrabenen Beetes vom Gemüsegarten gemeinsam mit dem Duft frisch gewaschener Wäsche vom Hof hereinwehte.

»Was meinst du mit wir?«, fragte Charlotte.

Cecilie von Weitershagen, die ihre hellen Haare wie ihr Idol Katherine Hepburn mit Seitenscheitel und einer leichten Dauerwelle trug, schob Charlotte die »Deutsche Zeitung« vom Dienstag hin und tippte auf die linke Spalte mit der Rubrik »Kurze Nachrichten«. Charlotte beugte sich darüber und las:

Wie aus informierten Quellen verlautet, ist die Erkrankung des Marschalls Göring auf die Überanstrengungen der letzten Tage zurückzuführen. Vor allem hat ihm das viele Stehen geschadet.

Sie hob die Brauen, die sich über ihren hellbraunen Augen wölbten. »Was hat denn der Göring mit uns ...«

»Weiter unten«, fiel ihr Zilly ins Wort. »Beim Tagesspiegel.«

»Sag das doch gleich«, brummte Charlotte und fand unter der Mitteilung, dass der Preis für Exportbutter gestiegen war, einen Bericht über das zweite Deutsche Jugendsportfest, an dem sie am vergangenen Wochenende in der Hauptstadt Tallinn teilgenommen hatten. Charlotte überflog die Ergebnisse der Männerstaffelläufe. »Ah, hier«, murmelte sie und las laut vor: »Die Staffel der Frauen viermal fünfundsiebzig Meter wurde von dem Team des Stift Finn gewonnen.«

Charlotte lächelte. Sie hatte wieder den Applaus der Zuschauer im Ohr, spürte wieder die Mischung aus Erschöpfung und Hochgefühl, mit der sie ihre Mitläuferinnen nach dem Wettkampf umarmt hatte, und den Stolz, ihre Schule würdig vertreten zu haben.

»Das schneide ich aus und klebe es in mein Tagebuch«, sagte Zilly. »Zusammen mit dem Foto, das Fräulein Lüders von uns gemacht hat.«

»Hoffentlich ist es was geworden.« Charlotte verzog den Mund. »Denk nur an das Bild von der Feier zu Johanni.«

»Hör mir auf!«, rief Zilly. »Auf dem sehen wir alle aus wie kopflose Schattenmonster, die ums Feuer tanzen.« Sie grinste. »Aber als Erinnerung werde ich es trotzdem behalten.«

»Ich auch.« Charlotte berührte die runde Silberbrosche an ihrem Blusenkragen. Im vorigen Herbst hatte sie das Schmuckstück mit den drei Eichenblättern von einer Absolventin überreicht bekommen. In wenigen Tagen war es nun an ihr und ihren Klassenkameradinnen, solche Broschen als Zeichen der Verbundenheit mit Stift Finn, dessen alter Eichenwald mit den Blättern als Wahrzeichen gewürdigt wurde, an die Schülerinnen des nächsten Jahrgangs zu verteilen. Die Priorin, Constance, Edle von Rennenkampff, würde die Neuen mit salbungsvollem Ernst ermahnen, die Nadeln – wie ein Student sein Farbband – als Träger »hochstehenden baltischen Kulturgutes« in Ehren zu halten.

»Manchmal kann ich es kaum glauben, dass unser Jahr hier schon fast vorbei ist«, sagte Charlotte leise.

»Gott sei Dank«, antwortete Zilly. »Ich kann es kaum erwarten, endlich an die Akademie zu gehen.« Sie griff nach dem *Lehrbuch der praktischen Physik* von Friedrich Kohlrausch. »Und deshalb muss ich wohl oder übel noch ein bisschen pauken.« Sie setzte eine gespielt strenge Miene auf und hob einen Zeigefinger. »Fräulein von Weitershagen! Das Abschlusszeugnis muss man sich verdienen! Auch Ihnen stünde es gut an, sich ein wenig mehr zu bemühen. Sie wollen Ihrer Klasse doch keine Schande machen, oder?«

Charlotte kicherte. Zillys Talent, andere Menschen nachzuahmen, war unübertroffen. Sie sah die Lehrerin, die sie in den Naturwissenschaften unterrichtete, förmlich vor sich.

»Warum werden wir mit diesem Unsinn gequält?« Zilly schlug sich dramatisch mit der Hand gegen die Stirn. »Diese Formeln wollen einfach nicht in meinen Kopf.«

Charlotte zuckte kaum merklich mit den Schultern. Sie selbst fand Physik eines der spannendsten Fächer. Es faszinierte sie, dass die Naturgesetze immer und überall galten und vermeintlich alltägliche Phänomene bei genauer Untersuchung spektakuläre Aspekte enthüllten. So hatte sie sich erst kürzlich beim Blick aus einem regennassen Fenster gefragt, warum an sich transparentes Wasser die Durchsicht trübte. Sie hatte die Regentropfen aus der Nähe betrachtet und verblüfft festgestellt, dass diese keineswegs den ihrer Position entsprechenden Ausschnitt aus der hinter dem Fenster liegenden Gegend darboten, sondern jeder Tropfen ein umgekehrtes Bild der gesamten Gegend zeigte.

»Wenn du willst, frag ich dich nachher ab«, sagte sie.

»Du bist ein Schatz«, rief Zilly und schlug das Buch auf.

Charlotte strich sich eine dunkelbraune Strähne, die sich aus ihrem geflochtenen Zopf gelöst hatte, aus der Stirn und unterdrückte ein Seufzen. Der Gedanke an den bevorstehenden Abschied stimmte sie wehmütig – das hätte sie noch zwölf Monate zuvor nie für möglich gehalten. Im Gegenteil, wie wütend sie gewesen war, als ihre Eltern sie hierhergeschickt hatten! Sie sollte in guter Familientradition eine Ausbildung an der »Wirtschaftlichen Frauenschule Stift Finn« absolvieren – ein Ansinnen, das Charlotte empört hatte. Sie verspürte keinerlei Bedürfnis, ihr Dasein als Hausmütterchen zu fristen, und haderte mit ihrem Schicksal, oder besser gesagt mit ihren Eltern. Nicht zum ersten Mal hatte sie sich gewünscht, ein Mann zu sein. Warum durfte sie nicht Abitur machen und studieren wie ihr älterer Bruder Johann? Sie lebten schließlich mitten im 20. Jahrhundert.

Ihre Einwände waren unbeachtet verhallt. Fundiertes hauswirtschaftliches Wissen war in den Augen ihrer Eltern unverzichtbar für eine junge Dame ihres Standes. Zwar war ihr Vater als jüngerer Spross eines Rittergutsbesitzers ohne Aussicht auf das väterliche Erbe seinerzeit gezwungen gewesen, einen »Brotberuf« zu ergreifen. Er hatte Medizin studiert und sich als Arzt in dem beliebten Seeheilbad Haapsalu niedergelassen. Seinem Selbstverständnis, nach wie vor zur baltischen Oberschicht zu gehören, tat das jedoch keinen Abbruch. Als diese mit der Unabhängigkeit Estlands viele ihrer Privilegien und vor allem Ländereien und Gutshöfe verlor, erwies sich sein Werdegang sogar als Vorteil. Clemens von Lilienfeld war von den Bodenreformen nicht betroffen und weiterhin in der Lage, sich und den Seinen mit seiner Praxis ein gutes Auskommen zu sichern.

Von Groll erfüllt war Charlotte in den Zug nach Rakvere, dem früheren Wesenberg, gestiegen, in dessen Nähe sich Stift Finn befand. In dem einstigen Gutshaus war Ende des 18. Jahrhunderts auf Geheiß des letzten Besitzers ein Pensionat für adelige junge Damen aus verarmten Familien eingerichtet worden, das später ausgebaut und zu einer Schulanstalt umgewandelt wurde.

Charlotte hatte sich dort anfangs wie ein Sträfling gefühlt – was nicht zuletzt an dem straffen Plan lag, der das Leben der Maiden bestimmte. Unter der Woche begannen die Tage um sechs

Uhr mit einer kurzen Andacht und dem Frühstück, gefolgt von Lehrstunden in Hauswirtschaft, in denen Kochen, Backen, Kleintierhaltung, Gartenbau und andere praktische Fähigkeiten vermittelt wurden. Nach dem Mittagessen herrschte bis drei Uhr eine Ruhezeit, der sich bis zum frühen Abend Unterrichtseinheiten in Physik, Chemie, Pflanzenkunde, Nahrungsmittellehre, Gesundheitspflege, Seelenkunde, Pädagogik, Personalführung sowie Bürgerkunde, Deutsch und Rechnungswesen anschlossen. Daneben wurde Wert auf regelmäßige Leibesertüchtigung, Chorgesang und Ausflüge gelegt, ebenso auf Gesellschaftsabende, bei denen geladene Gäste oder Schülerinnen Vorträge und Referate hielten.

Charlottes Unmut war binnen weniger Wochen verflogen. Zu ihrer eigenen Überraschung hatte sie schnell Fuß gefasst und das Leben in der Gemeinschaft zu schätzen gelernt. Es war eine ungewohnte Erfahrung. Nachdem sie die Volksschule ihres Heimatstädtchens Haapsalu absolviert hatte, war sie zu Hause unterrichtet worden. In Stift Finn entzog sie sich nicht nur das erste Mal der Aufsicht ihrer Eltern, sondern war vor allem in eine große Schar Gleichaltriger eingebunden, deren Gesellschaft sie anregend und beglückend fand – allen voran die von Cecilie von Weitershagen.

Charlotte war fasziniert vom Selbstbewusstsein und der scharfen Beobachtungsgabe ihrer neuen Freundin, die selten ein Blatt vor den Mund nahm und sich ungern vorschreiben ließ, was sie zu denken und zu glauben hatte. Sie träumte von einer Karriere als Schauspielerin, begeisterte sich für alles, was aus den Vereinigten Staaten kam, und war fest entschlossen, eines Tages dorthin auszuwandern. Ähnlich wie Charlotte war jedoch auch Zilly, die ihren Taufnamen verabscheute, gezwungen, sich vorerst dem Willen ihrer Eltern zu beugen und die Ausbildung auf Stift Finn zu absolvieren. Sie sah es als notwendiges Übel und kleinen Umweg, der sie nicht von ihrem Herzenswunsch ablenken würde. Charlotte beneidete ihre Freundin um diese Zielstrebigkeit. Sie selbst hatte nur verschwommene Vorstellungen von ihrer Zukunft. Sie gestand sich ein, dass das ein weiterer Grund war, warum sie dem Ende ihrer Pensionatszeit mit einem mulmigen Gefühl entgegensah.

»Was schaust du denn so traurig?«

Zillys Frage riss Charlotte aus ihren Gedanken. Sie hatte nicht bemerkt, dass ihre Freundin ihre Lektüre unterbrochen hatte und sie aufmerksam musterte.

»Es ist nichts«, antwortete sie und lächelte verlegen. »Ich … ach Zilly, ich werde das alles hier so schrecklich vermissen!«, platzte sie heraus. »Und vor allem dich!«

»Ich dich doch auch, Charly!«, rief Zilly, sprang auf und zog Charlotte in ihre Arme. »Aber wir sehen uns ja zum Glück bald wieder.«

»Hoffentlich.« Charlotte löste sich von Zilly. »Es macht mich ganz nervös, dass meine Eltern noch nicht geantwortet haben. Das kann doch nur ein schlechtes Zeichen sein!«

»Sei nicht so pessimistisch!« Zilly sah ihr in die Augen. »Was sollten sie dagegen haben, wenn du dich weiterbilden und auf eigenen Beinen stehen willst?«

Charlotte hob die Schultern, verzichtete jedoch auf eine Antwort. Ihr fielen viele Gründe ein, warum ihre Eltern mit ihren Plänen nicht einverstanden sein könnten. Als Zilly ihr zwei Wochen zuvor vorgeschlagen hatte, sie nach Tallinn zu begleiten und sich dort nach einer geeigneten Ausbildung umzusehen, war Charlotte noch voller Zuversicht gewesen. Beflügelt von der Begeisterung, mit der Zilly ihr gemeinsames Leben in der Hauptstadt ausmalte, hatte Charlotte nach Hause geschrieben und für ihr Anliegen geworben. Ein wichtiges Argument war dabei, dass sie kein Geld für Miete und Unterhalt benötigen würde. Zilly hatte ihr versichert, dass ihre Eltern sie gern bei sich aufnehmen würden. Nach dem Auszug ihrer beiden älteren Schwestern, die geheiratet hatten, war genug Platz. Charlottes Eltern würden ihre Tochter also in guter Obhut wissen. In ihrem Brief hatte sie die angesehene Position von Zillys Vater hervorgehoben. Baron Weitershagen war ein leitender Angestellter im Bankhaus Scheel, der größten Privatbank Estlands, die sich auf die Finanzierung von Großindustrie und Handel konzentrierte und an vielen bedeutenden Unternehmen beteiligt war. Außerdem war er Mitglied im Deutschen Kulturrat, der die Interessen der deutschen Minderheit vertrat. Unter seinem Dach zu wohnen, war eine Ehre und konnte unmöglich das Missfallen ihrer Eltern wecken.

Dass Frau von Weitershagen Sängerin am Estonia Theater war, wo sie unter ihrem Mädchennamen auftrat, hatte Charlotte dagegen nicht erwähnt. Ihrer Mutter verdankte Zilly die künstlerische Ader und die Unterstützung ihres Traums, an der neu eröffneten Schauspielschule am Konservatorium Tallinn zu studieren. Charlotte war überzeugt, dass ihre Eltern diese Haltung nicht billigen und befürchten würden, ihre eigene Tochter könnte sich von solchen »Flausen« anstecken lassen. Charlotte hatte noch keine genaue Vorstellung, welchen Beruf sie einmal ergreifen wollte. Es gab so viele verlockende Möglichkeiten. Um ihre Eltern auf ihre Seite zu ziehen, war es ratsam, etwas »Solides« vorzuschlagen. In ihrem Brief hatte sie daher Tätigkeiten als Modistin, Buchhalterin oder Erzieherin erwähnt. Wenn sie erst einmal das grundsätzliche Einverständnis hatte, würde ihr schon etwas einfallen. Die lange Funkstille aus Haapsalu verunsicherte Charlotte. Es sah ihren Eltern nicht ähnlich, ihre Briefe nicht umgehend zu beantworten.

»Wenn sie es dir verbieten wollten, hätten sie sich sofort gemeldet.«

Zillys Bemerkung riss Charlotte aus ihren Überlegungen. Sie setzte sich aufrecht. »Stimmt, so habe ich das noch gar nicht gesehen.« Sie lächelte. »Hoffen wir also das Beste.«

»Hier steckt ihr!« Auf der Türschwelle stand ein sommersprossiges Mädchen und schaute sie vorwurfsvoll an. »Schon vergessen? Wir wollten uns doch um zwei bei Ursula und Liese treffen und überlegen, was wir Tjilk und der Priorin zum Abschied schenken könnten.«

»Tschuldige, Ilse«, rief Zilly. »Gerade wollten wir uns auf den Weg machen.« Sie schnappte sich das Physikbuch, hakte sich bei Charlotte unter und folgte Ilse, die ihnen – etwas Unverständliches grummelnd – voraus zum Trakt mit den sogenannten Maidenzimmern ging, in denen die Schülerinnen wohnten.

Hatte sich Charlotte anfangs noch gemeinsam mit Zilly darüber lustig gemacht, dass sie und ihre Klassenkameradinnen als Maiden bezeichnet wurden, war sie mittlerweile stolz, eine solche zu sein. Das altmodisch anmutende Wort setzte sich aus den Anfangsbuchstaben der Tugenden zusammen, die sich die Schülerinnen auf die Fahne geschrieben hatten: **M**ut, **A**usdauer, **I**dealismus und **D**emut.

Mit der Demut hatte Charlotte so ihre Schwierigkeiten, mit den anderen Eigenschaften konnte sie sich jedoch voll und ganz identifizieren, nicht zuletzt, weil sie ihr täglich von Elisabeth Tiling vorgelebt wurden. Charlotte war nicht allein mit ihrer Bewunderung für die Direktorin von Stift Finn, die von ihren Schülerinnen liebevoll *Tjilk* genannt wurde – das estnische Wort für Tropfen. Selbst Zilly, die sich gern über den Anspruch der Schulleitung mokierte, »die Mütter kommender baltischer Geschlechter« auszubilden und »die Trägerinnen baltischer Tradition und jahrhundertealten Erbguts« auf ihre Verantwortung vorzubereiten, machte aus ihrer Verehrung für die Schulleiterin keinen Hehl.

Eine knappe Stunde später eilten Charlotte und Zilly in das Zimmer, das sie sich mit zwei anderen Mädchen teilten, und holten die Hefte und Bücher, die sie für den Nachmittagsunterricht benötigten.

»Das Warten hat ein Ende«, rief Zilly und hielt Charlotte einen Brief hin, der zusammen mit anderen Postsendungen auf einer Kommode lag.

Charlotte erkannte die zierliche Schrift ihrer Mutter auf dem Umschlag. Mit klopfendem Herzen nahm sie ihn entgegen und drehte ihn unschlüssig in ihren Händen.

»Los, worauf wartest du?« Zilly sah sie auffordernd an.

Charlotte holte tief Luft, riss das Kuvert auf und überflog das kurze Schreiben.

Hapsal, 10. September 1938

Liebe Charlotte,

bitte entschuldige, dass Du so lange auf Antwort warten musstest. Der Grund dafür ist leider ein trauriger: Deine Tante Luise ist von uns gegangen. Ich hatte Dir ja schon in früheren Briefen von ihrer schweren Erkrankung geschrieben, der sie nun erlegen ist.

Mein Bruder ist untröstlich, und ich mache mir Sorgen, wie er diesen Verlust verkraften wird. Er würde es nie zugeben, aber ich fürchte, dass er mit dem Haushalt allein nicht gut zurechtkommt. Er lehnt es bislang kategorisch ab, eine Wirtschafterin einzustellen. Wenn ich hier nicht unabkömmlich wäre, würde ich selbst für ein paar Wochen zu ihm fahren und ihm zur Hand gehen. Doch daran ist gar nicht zu denken. Ich werde nicht lockerlassen und nach einer soliden Haushälterin für meinen Bruder suchen. Das wird allerdings seine Zeit brauchen.

Dein Vater und ich haben daher beschlossen, Dich nach Dagö zu schicken. Von einer Verwandten wird sich Julius helfen lassen – und wer wäre geeigneter als eine frisch gebackene Absolventin von Stift Finn? Auf diese Weise kannst Du Deine Kenntnisse und Fertigkeiten direkt unter Beweis stellen. Du hast ja geschrieben, dass Du auf der Suche nach einer sinnvollen Beschäftigung bist. Ich gehe also davon aus, dass Du diese Aufgabe gern übernehmen wirst, zumal Du Dich immer gut mit Deinem Onkel verstanden hast.

Alles Weitere besprechen wir, wenn Du nach Deinem Examen nach Hause kommst.

Bis bald, herzliche Grüße von Deiner Mutter.

Charlotte stöhnte auf.

»Was ist los?«, fragte Zilly.

»Lies selbst.« Charlotte gab Zilly den Brief, ließ sich auf die Kante ihres Bettes sinken und beobachtete ihre Freundin beim Lesen. Dieselbe Enttäuschung, die sie verspürte, machte sich nun auch in Zillys Gesicht breit.

Mit einem Hupen verließ das Motorboot den neuen Hafen von Haapsalu und fuhr auf die Ostsee hinaus. Charlotte stand an einer Seitenreling und winkte ein letztes Mal der kleiner werdenden Gestalt ihrer Mutter zu, die am Kai stand, sich mit einer Hand den Hut festhielt und mit der anderen ein Taschentuch schwenkte. Nun geht's also in die Verbannung, dachte Charlotte und rümpfte die Nase. Seit sie den Brief ihrer Mutter erhalten hatte, haderte sie mit dem Beschluss ihrer Eltern, sie zu Onkel Julius zu schicken. Sie hatte sich nicht getraut, offen dagegen zu protestieren – weder schriftlich noch im direkten Gespräch zu Hause, wo sie nach der Abschlussprüfung ein paar Tage verbracht hatte. Selbstsüchtig seinem eigenen Willen zu folgen – nichts anderes war in den Augen ihrer Eltern Charlottes Wunsch, in Tallinn eine Ausbildung zu machen –, kam in einer solchen Situation nicht infrage. Es war schlichtweg ihre Pflicht, einem Familienmitglied zu helfen und die eigenen Interessen hintanzustellen. Zur Wut auf die Selbstverständlichkeit, mit der über sie verfügt wurde, kam die Angst, den Erwartungen nicht gerecht zu werden.

»Gib dir Mühe, mein Kind, und mach uns keine Schande«, hallte die Stimme ihrer Mutter nach. Noch auf den letzten Metern auf dem Weg zur Anlegestelle hatte Irmengard von Lilienfeld ihrer Tochter mit Ermahnungen, Ratschlägen und Verhaltensregeln in den Ohren gelegen – was Charlottes Nervosität ins schier Unerträgliche gesteigert hatte. Im Vergleich zu der bevorstehenden Aufgabe erschienen ihr im Nachhinein die Examina in Stift Finn harmlos. Dort hatte sie gewusst, was auf sie zukam, konnte sich in Ruhe darauf vorbereiten und fand Halt in der Gemeinschaft ihrer Mitschülerinnen. Nun würde sie weitgehend auf sich selbst gestellt sein.

Bei ihren früheren Aufenthalten auf Gut Birkenhof hatte Charlotte der Führung des Haushalts wenig Beachtung geschenkt. Alles funktionierte reibungslos. Dabei hatte Tante Luise immer das Herz des Hauses gebildet. Sie war für den Tagesablauf zuständig gewesen, hatte der Köchin und dem Dienstmädchen Anweisungen gegeben, Einnahmen und Ausgaben überwacht und selbst tüchtig zugepackt. Vor allem der weitläufige Gemüse- und Obstgarten hatte ihrer Obhut unterstanden und sie viel Arbeit gekostet. Die Zeiten, in denen herrschaftliche Anwesen von einer Schar dienstbarer Geister versorgt wurden, gehörten für die meisten deutschen Adligen auf dem Baltikum der Vergangenheit an – spätestens nachdem ein Großteil ihrer Ländereien und Güter mit der Unabhängigkeit des estnischen Staats enteignet wurden. Und nun würde sie – wenn auch nur für einen begrenzten Zeitraum – in die Rolle der Gutsherrin schlüpfen und die Verantwortung für den Haushalt tragen. Anstatt mit Zilly die Hauptstadt unsicher zu machen, ins Kino und in Tanzcafés zu gehen, Theatervorstellungen zu besuchen und neue, aufregende Kontakte zu knüpfen. Wo sich Zilly wohl gerade herumtreibt?, fragte sich Charlotte, während sie in die schäumende Bugwelle starrte. Was gäbe ich nicht darum, jetzt bei ihr zu sein!

Mit einem Seufzen richtete sie sich auf und stellte sich an die Reling am Bug des kleinen Dampfers. Der Wind, der bereits an Land kräftig geblasen hatte, wurde durch die Fahrt verstärkt und zerrte an dem Tuch, das sich Charlotte um den Kopf gebunden hatte. Sie zog den Knoten fester und hielt ihr Gesicht in die Sonne, die durch die dahinjagenden Wolken blitzte. Sie leckte sich mit der Zunge über die Lippen und schmeckte der metallischen Note des Salzes nach. Über ihr balancierten Möwen im Wind, ließen sich zurückfallen, machten kehrt und trotzten scheinbar mühelos den Böen. Charlotte versuchte sich vorzustellen, wie es sich anfühlen mochte, so frei durch die Luft zu schweben. Wenn ich fliegen könnte, würde ich längst nicht mehr auf diesem Schiff stehen, sondern wäre auf dem Weg nach Tallinn. Sie senkte den Blick und bemerkte einen dunklen Streifen im Westen, der inmitten des Blaus des Himmels und des Graugrüns der Ostsee den Horizont begrenzte: Hiiumaa. Allmählich wurde die Insel größer, die einst von den Schweden Dagö, Taginsel, genannt worden war. Charlotte beschattete ihre Augen und ließ sie über die Wipfel der Bäume wandern. Wenn sie früher mit ihrer Familie nach Hiiumaa gefahren war, hatten sie und ihr Bruder einen Wettstreit daraus gemacht, wer als Erster den Kirchturm von Pühalepa entdeckte, der in früheren Jahrhunderten den Schiffern als Seezeichen zur Orientierung gedient hatte. Er lag nur einige Kilometer vom Hafenort Heltermaa entfernt, der ersten Station des Motorboots.

Charlottes Herz schlug schneller. Nicht aus Nervosität. Überrascht stellte sie fest, dass sie von der Vorfreude auf dieses Fleckchen Erde übermannt wurde, dem sie ihre schönsten Sommererinnerungen verdankte. Als Kind hatte sie den Hof ihres Onkels samt seinem Park mit den alten Birken sowie die angrenzenden Weiden und Wälder als riesigen Spielplatz gesehen, auf dem sie und ihr Bruder gemeinsam mit den Kindern anderer Urlauber sowie der benachbarten Bauern- und Fischerfamilien die Sommerferien verbrachten. Das Landleben war ihr als eine endlose Kette unbeschwerter Tage in Erinnerung geblieben, die den Geschmack von selbstgepflückten Beeren und frisch gegrilltem Fisch innehatten, nach Meer, Kiefernharz und Wacholder rochen und vom Gezirpe der Grillen sowie dem Rauschen der Brandung erfüllt waren. Sie hatte Onkel Julius und seine Frau darum beneidet, das ganze Jahr über in diesem Paradies leben zu dürfen.

Erst beim Anblick der Insel wurde ihr bewusst, wie sehr sie sie vermisst hatte. Seit ihr Bruder Johann und sie »aus dem Gröbsten« heraus waren, wie ihre Mutter es nannte, hatten die Eltern in den vergangenen fünf Jahren die Ferien gern in Orten verbracht, in denen kulturell und gesellschaftlich mehr geboten wurde als auf dem Birkenhof. Höhepunkte waren dabei bislang ihre Reisen nach Paris, London und Kopenhagen, eine Kreuzfahrt im Mittelmeer mit Landaufenthalten in Griechenland, Ägypten und der Türkei sowie nach Johanns Abitur eine Bildungsreise auf Goethes Spuren nach Italien gewesen. Irmengard von Lilienfeld hatte es sich auf ihre Fahne geschrieben, ihren Sprösslingen die Wiege der europäischen Philosophie und Kunst zu zeigen und ein tieferes Verständnis für die Wurzeln der abendländischen Kultur zu erzeugen. Charlotte hatte diese Urlaube genossen, begeistert die fremdartigen Landschaften und Städte erkundet und die ungewohnten Gerüche, Farben, Lichtstimmungen, Speisen und Sprachen mit allen Sinnen in sich aufgesogen. Die vertraute Küstenlinie von Hiiumaa rührte jedoch etwas in ihr an, das tiefer ging als die Faszination dieser Fernreisen.

Nach einem kurzen Halt im Hafen von Heltermaa ging es entlang der Ostküste weiter in eine Art Binnenmeer – umrahmt von den Inseln Saaremaa, Hiiumaa und Muhu. Das Schiff fuhr an dicht begrünten, kleinen Eilanden und felsigen Schären vorbei, die teilweise nur ein paar Handbreit aus dem flachen Wasser ragten. Die Fahrrinne war schmal und an keiner Stelle tiefer als fünf Meter. Schließlich umrundeten sie die Insel Kassari, die durch zwei Dämme mit Hiiumaa verbunden war, und erreichten kurz darauf Charlottes Ziel, den Hafen von Orjaku.

Nikolaus II. hatte einst große Pläne für das damalige Fischerdörfchen gehabt, von denen noch zwei lange Molen und eine Landungsbrücke zeugten. Orjaku sollte als Versorgungshafen für seine Ostseeflotte dienen und die Bucht entsprechend ausgebaggert und befestigt werden. Der Weltkrieg und die Revolution hatten dem letzten Zaren jedoch einen Strich durch die Rechnung gemacht und die Bauarbeiten unterbrochen. Dieser Tage wurde der Hafen für den Transport von Holz nach Tallinn genutzt sowie für den Personenverkehr.

Charlotte griff nach ihrer Reisetasche und verließ mit zwei weiteren Passagieren das Schiff. Ihren Schrankkoffer hatte sie bereits zwei Tage zuvor aufgegeben und hoffte, dass er mittlerweile wohlbehalten auf dem Birkenhof eingetroffen war. Sie sah sich suchend um. Ihr Onkel hatte telegraphiert, dass er eine Kutsche zum Hafen schicken würde. Abgesehen von einem Postboten auf einem Fahrrad und einem mit Strohballen beladenen Karren, vor den zwei Ochsen gespannt waren, konnte sie jedoch kein Fahrzeug entdecken. Sie zuckte mit den Schultern und machte sich auf der ungepflasterten Straße auf den Weg zum Birkenhof, der sich ungefähr fünf Kilometer von Orjaku entfernt am Ufer der Käina-Bucht befand. Im Grunde handelte es sich um einen Küstensee, dessen Schilfgürtel und rund zwei Dutzend Inselchen Rohrdommeln, Odinshühnchen, Kormoranen, Schwänen, Säbelschnäblern und weiteren unzähligen Vogelarten Plätze zum Nisten und Brüten boten. Im Herbst und im Frühling machten außerdem riesige Schwärme von Kranichen, Bläss- und Graugänsen, Reihern und anderen Zugvögeln auf ihren langen Flügen gen Süden oder auf dem Rückweg in nördlichere Gefilde in der Bucht Rast. In den warmen Flachwasserzonen taten sie sich an den reichlich gedeihenden Algen, Muscheln und Krebsen gütlich, bevor sie ihre Reise fortsetzten.

Charlottes Beine schritten wie von selbst weit aus, die Melodie ihres Lieblingsliedes »Geh aus, mein Herz, und suche Freud« lag ihr unwillkürlich auf den Lippen, während sich ihre Augen nicht sattsehen konnten an dem weiten Himmel und den Wolkengebilden, die der Wind in Sekundenschnelle verformte, ineinanderschob und wieder in Fetzen riss. Vergessen waren die Wut auf ihre Eltern und die Angst, zu versagen. In diesem Augenblick zählte nur das Glück, in der vertrauten Umgebung zu sein.

»Kissel? Bist du das?«

Die Stimme in ihrem Rücken schreckte Charlotte aus ihrer Versunkenheit. Sie drehte sich um und sah einen Einspänner, der von einem kräftigen Fuchs mit weißer Blässe gezogen wurde. Auf dem Kutschbock saß ein junger Mann, der das Pferd mit einem leisen »Brrr« zum Stehen brachte.

»Lennart!«, rief sie und starrte ihn überrascht an. »Was machst du denn hier?«

Seit sie ihn das letzte Mal gesehen hatte, war er in die Höhe geschossen, ansonsten hatte er sich kaum verändert: Die blonden Haare, die sich von keiner Bürste bändigen ließen, die Sommersprossen auf Nase und Stirn und die graublauen Augen, in denen rasch ein belustigtes Fünkchen aufglomm.

»Dich abholen«, antwortete er. »Oder sollte ich besser Sie sagen? Du siehst so … äh, erwachsen aus.«

Kissel hatte er sie genannt. Der alte Spitzname katapultierte Charlotte zurück zu jenem Sommertag, an dem sie sich als Zehnjährige in die Speisekammer des Birkenhofs geschlichen und eine ganze Schale von dem gleichnamigen angedickten Beerensaft ausgelöffelt hatte, den es zum Nachtisch hätte geben sollen. Lennart hatte sie ertappt, als sie mit rot verschmiertem Mund aus dem Fenster geklettert war. Er hatte sie mit einem spöttischen Grinsen gemustert, sie jedoch nicht verraten, als Tante Luise später nach dem Dieb gefahndet hatte. Von jenem Tag an hatte er sich einen Spaß daraus gemacht, Charlotte »Kissel« zu rufen, wenn niemand anderes in Hörweite war. Sie hatte es gehasst, sich aber auch nicht dagegen gewehrt. Sie schämte sich noch Jahre später und war zugleich dankbar, dass Lennart sie nicht verpfiffen hatte. Fortan war sie dem um zwei Jahre älteren Jungen so gut wie möglich aus dem Weg gegangen.

»Entschuldige, dass ich dich im Hafen verpasst habe«, fuhr Lennart fort. »Ich war vorher noch drüben in Käina, ein paar Besorgungen machen, und habe mich leider etwas verspätet.«

Er beugte sich zu ihr hinunter und hielt ihr eine Hand hin. Charlotte ergriff sie und wurde schwungvoll nach oben auf die zweisitzige Kutschbank gezogen. Lennart verstaute ihre Reisetasche hinter der Rückenlehne und gab dem Fuchs mit einem Zungenschnalzen das Zeichen, sich in Bewegung zu setzen.

Charlotte heftete ihren Blick auf die Kruppe des Pferdes. Sie war völlig überrumpelt von der unverhofften Begegnung und befangen in Lennarts Gegenwart, in der sie sich wieder vorkam wie ein kleines Mädchen. Sei nicht albern, ermahnte sie sich, setzte sich aufrechter und suchte nach einem unverfänglichen Gesprächsthema.

Sie drehte sich zu ihm. »Arbeitest du jetzt auch auf dem Birkenhof?«, war die erste Frage, die ihr in den Sinn kam.

»Ja, ich habe die Stelle von meinem Vater übernommen«, antwortete Lennart, ohne sie anzusehen. »Er ist letztes Jahr gestorben.«

Charlotte biss sich auf die Lippe. Gleich beim ersten Anlauf war sie prompt ins Fettnäpfchen getreten. »Das tut mir leid«, stammelte sie.

»Konntest du ja nicht wissen«, antwortete Lennart und klatschte mit den Zügeln auf den Rücken des Pferdes, das vom Schritt in einen beschwingten Trab wechselte.

Charlotte betrachtete die vorbeiziehenden Felder und Wiesen, an deren Rändern Wacholderhecken wucherten, und rief sich den Stallmeister von Onkel Julius ins Gedächtnis. Sie hatte Lennarts Vater als wortkargen Mann in Erinnerung, der ihr mit seiner verschlossenen Art Respekt und ein bisschen Furcht eingeflößt hatte. Seinen beiden Kindern, die er seit dem frühen Tod seiner Frau allein großzog, war er – soweit sie das beurteilen konnte – ein liebevoller Vater gewesen. Seine wahre Leidenschaft, die er mit seinem Dienstherrn teilte, hatte jedoch den Tori-Pferden gehört, die auf dem Birkenhof gezüchtet wurden. Tante Luise hatte sich zuweilen mit mildem Spott über die beiden Pferdenarren ausgelassen, die alles um sich herum vergaßen, wenn sie über ihr Lieblingsthema sprachen.

Charlotte, der das Schweigen unbehaglich war, beschloss, einen neuen Anlauf zu unternehmen. Als sie den Kopf zu Lennart drehte, begegnete sie seinen Augen, die er rasch abwendete.

Charlotte räusperte sich. »Und deine Schwester?«, begann sie. »Wohnt sie ebenfalls noch …«

»Nein, Maarja ist Lehrerin. In Malvaste.«

»Das liegt im Norden von Hiiumaa, nicht wahr?«

Lennart nickte und streifte Charlotte mit einem kurzen Blick. Dann schaute er wieder konzentriert nach vorn und machte keine Anstalten, die Unterhaltung fortzuführen. Das Lächeln, zu dem sie ansetzte, erstarb auf ihren Lippen. Sie lehnte sich zurück. Dann eben nicht. Offenbar hatte sich seine Bereitschaft, Konversation zu machen, mit der Begrüßung erschöpft. Kam Lennart nach seinem Vater und hatte dessen Einsilbigkeit geerbt? Die Aussicht, mit einem trauernden Witwer und einem stoffeligen Stallmeister ihre Tage in der ländlichen Abgeschiedenheit fristen zu müssen, bedrückte sie. Die Zuversicht, die sie beim Anblick der Insel verspürt hatte, verflog. Sie hatte gehofft, Lennarts Schwester würde noch auf dem Gestüt oder zumindest in der Nähe wohnen. Als Kind hatte sie sehr an Maarja gehangen, die trotz des Altersunterschieds mit ihr gespielt hatte und ihr stets liebenswürdig begegnet war. Ihr Bruder könnte sich getrost eine Scheibe davon abschneiden, dachte Charlotte. Ihm würde schon kein Zacken aus der Krone brechen, wenn er ein bisschen freundlicher wäre. Sie ärgerte sich auch über sich selbst. Warum machte ihr Lennarts Verhalten zu schaffen? Halte es doch einfach so wie er, beschloss sie. Behandle ihn wie Luft.

Charlotte war erleichtert, als sie von der Landstraße abbogen und kurz darauf das eingeschossige Gutshaus aus verputzten Steinmauern hinter einem Kiefernwäldchen auftauchte. Es hatte ein hohes Dach und war Mitte des 19. Jahrhunderts errichtet worden. Einst war es das Nebengut eines größeren Herrensitzes gewesen. Nachdem dieser kurz nach dem Weltkrieg enteignet worden war, hatte Onkel Julius, dessen Gestüt auf dem Festland ebenfalls der Landreform zum Opfer gefallen war, den Birkenhof erworben und seine Pferdezucht dort weitergeführt.

Lennart lenkte den Fuchs vor den Eingang. Charlotte sprang vom Kutschbock. Stumm reichte er ihr die Reisetasche und wich ihrem Blick aus, als sie sich bedankte. Sein Kiefer war angespannt, seine Miene verschlossen. Irritiert sah ihm Charlotte nach und verfolgte, wie er ein paar Meter weiterfuhr, vom Wagen stieg, das Pferd abhalfterte und in den Stall führte. Lag es doch an ihr, dass er mit einem Mal so abweisend war? Hatte sie irgendetwas Falsches gesagt?

»Ah, da ist sie ja!«

Julius von Uexküll war aus dem Haus getreten und kam ihr mit ausgebreiteten Armen entgegen. Seine knapp sechzig Jahre waren bis auf ein paar Lachfältchen um Mund und Augen weitgehend spurlos an ihm vorübergegangen. Seine Haut war von der Sonne braun gebrannt, seine Figur drahtig und sein volles Haar nach wie vor dunkel. Er umarmte Charlotte, der in seiner Umarmung fast die Luft wegblieb.

»Ich freue mich sehr, dass du gekommen bist!« Onkel Julius löste sich von ihr und hielt sie auf Armlänge von sich weg. »Eine richtige Dame bist du geworden. Und so hübsch, wenn mir die Bemerkung erlaubt ist.« Er zwinkerte ihr zu. »Ich kann mir gut vorstellen, dass du schon so manchem Jüngling den Kopf verdreht hast.«

Charlotte gluckste. Die Vorstellung von sich als Herzensdiebin war zu komisch. Gleichzeitig spürte sie, wie ihr das Blut ins Gesicht stieg. Die Feststellung, sie sei hübsch, machte sie verlegen. Ihr Vater war der Ansicht, man solle Mädchen nicht mit Komplimenten über ihr Aussehen zur Eitelkeit verleiten. »Es sind in erster Linie die inneren Werte, die zählen«, war einer seiner Leitsprüche. Ihre Mutter dagegen legte mehr Gewicht auf ein adrettes Äußeres. »Für eine Frau ist Schönheit unbedingt wichtiger als Intelligenz, denn für Männer ist Sehen leichter als Denken«, zitierte Irmengard von Lilienfeld immerzu ihre Lieblingsschauspielerin Lil Dagover.

Charlotte hatte sich als junges Mädchen schwergetan, diese widersprüchlichen Aussagen einzuordnen. Es schien ihr unmöglich, es sowohl ihrem Vater als auch ihrer Mutter recht zu machen. Putzte sie sich heraus, lief sie Gefahr, der oberflächlichen Geltungssucht bezichtigt zu werden. Beteiligte sie sich an Gesprächen, die sich um Politik, gesellschaftliche Entwicklungen oder ethische Fragen drehten, musste sie sich vorwerfen lassen, zu »unweiblich« zu wirken. Wie konnte man mit sich im Reinen sein und seinen Neigungen folgen, wenn man zugleich die Meinung anderer berücksichtigen und einen vorteilhaften Eindruck erzeugen sollte? Vorteilhaft für wen? War es wichtiger, anderen zu gefallen oder sich selber? Charlotte ahnte, dass es keine einfache Lösung für dieses Dilemma gab.

»Lass uns hineingehen.« Onkel Julius machte eine einladende Handbewegung in Richtung Tür. »Dein großer Koffer ist bereits da. Er steht oben in dem Zimmer, das du bei deinen früheren Besuchen benutzt hast. Ich hoffe, das ist in deinem Sinne?«

Charlotte nickte und folgte ihm.

Auf der Schwelle blieb er stehen. »Ähm … Ich fürchte, es ist einiges in Unordnung geraten, seit Luise …« Seine Stimme brach.

»Deswegen bin ich ja hier«, sagte Charlotte rasch.

Onkel Julius räusperte sich. »Das Hausmädchen ist vor einer Woche auf und davon, es hat sich wohl in Tallinn auf eine Stelle als Verkäuferin beworben. Ich kann es dem Mädel gar nicht verübeln. Der Lohn ist gut, die Arbeitszeiten sind moderat, und es ist deutlich mehr los als auf unserem verschlafenen Eiland.«

»Und die Köchin?«

»Liegt mit einem Hexenschuss im Bett.« Onkel Julius sah Charlotte zerknirscht an. »Ich habe ein ganz schlechtes Gewissen, dich …«

»Das brauchst du nicht!«, fiel ihm Charlotte ins Wort. »Ich schaff das schon. Wozu habe ich schließlich ein Jahr nichts anderes getan, als mich auf so eine Situation vorzubereiten?«

»Prima!« Onkel Julius lächelte dankbar. »Ich muss jetzt in den Stall. Gleich kommt der Tierarzt. Zwei Fohlen sollen geimpft werden.« Er nickte ihr zu und entfernte sich.

Charlotte holte tief Luft und trat über die Schwelle. Keine zehn Minuten später war die Zuversicht, mit der sie ihren Onkel beruhigt hatte, verflogen. Seine Formulierung, es sei einiges in Unordnung geraten, wurde dem Zustand, in dem sich das Haus befand, nicht gerecht. Fürchterliches Durcheinander traf es in Charlottes Augen besser. Allein die Küche glich einem Schlachtfeld. Im Spülstein stapelte sich schmutziges Geschirr und Besteck, verkrustete Pfannen und eingebrannte Töpfe standen auf dem Herd, der Aschekasten quoll über, und der Boden war von Krümeln übersät und von Essensresten verklebt.

»Augen zu und durch«, murmelte Charlotte, band sich eine Schürze um und machte sich auf die Suche nach Scheuerlappen, Bürste, Eimer, Besen und Waschlauge.

Schleswig-Holstein, September 1977

– 3 –

Gesine saß an ihrem Schreibtisch, der schräg vor einer Ecke neben dem Fenster stand, aus dem der Blick auf den Hof und das gegenüberliegende Torhaus ging. Zu ihren Füßen hatte sich Rauhaardackel Anton zusammengerollt und machte ein Schläfchen. Sie trug ein blaues T-Shirt mit dem Sponti-Spruch:

Wissen ist Macht!
Ich weiß nichts.
Macht nichts.

Ihre beste Freundin Kirsten, die einige mit ähnlichen Zitaten bedruckte Shirts besaß (*Ratschläge sind auch Schläge!* oder *Ich geh kaputt – gehst du mit?*), hatte es ihr geschenkt – sehr zum Missfallen von Gesines Mutter. »Du bist doch keine wandelnde Litfaßsäule!«, hatte sie geschimpft und kategorisch erklärt: »Unter meinem Dach wird so etwas nicht getragen!« Ein Verbot, das ihre Tochter erst recht dazu anstachelte, das Shirt zumindest heimlich anzuziehen. So verlockend sie es gefunden hätte, ihre Mutter offen damit zu provozieren, eingedenk des Versprechens, das sie Opa Paul gegeben hatte, verzichtete sie jedoch darauf. Es war besser, den Ball flach zu halten und keine weiteren Angriffsflächen zu bieten.

Zu ihrem siebzehnten Geburtstag knapp ein Jahr zuvor hatten Gesines Eltern ihr eine neue Einrichtung aus weiß lackierten Möbeln geschenkt. Ein ausziehbares Sofa, das ihr nachts als Bett diente, bildete mit zwei Rattansesselchen und einem runden Glastisch eine Sitzecke; ein Kleiderschrank, eine Kommode und zwei Regale vervollständigten die Einrichtung. An der Wand über der Kommode war ein Spiegel angebracht, über dem Bett und zwischen den Regalen hingen zwei großformatige Kunstdrucke des belgischen Malers René Magritte: Zum einen »La Grande Famille«, auf dem die Silhouette einer Taube zu sehen war, die – selbst mit einem blauen Schönwetterhimmel ausgefüllt – vor einer düsteren Wolkenwand über dem Meer aufflog; zum anderen »Le Banquet«, das eine mit Bäumen bewachsene Wiese im Morgengrauen zeigte. Der rote Sonnenball stand jedoch nicht am Himmel, sondern schwebte vor den dunklen Konturen der Bäume.

Gesine hatten es die Arbeiten von Magritte angetan, seit sie im Kunstunterricht den Surrealismus durchgenommen hatten. Sie fand es beeindruckend, wie der Belgier es verstand, dem Alltäglichen und Vertrauten etwas Unerwartetes zu geben, die Wirklichkeit mit Traumelementen zu vermischen oder die realistische Darstellung alltäglicher Gegenstände durch eine ungewöhnliche Zusammenstellung zu verfremden.

In diesem Moment hatte Gesine jedoch keine Augen für die Bilder. Sie hatte den Kopf in beide Hände gestützt und war in das Kapitel »Grundlagen, Entstehung und Entwicklung von Herrschaftsformen und Staatsordnungen« ihres Gemeinschaftskundebuchs vertieft. Sie hatte dieses Fach neben Englisch als zweiten Leistungskurs vor allem wegen der Lehrerin gewählt: Frau Herder, die sie auch in Deutsch unterrichtete, verstand es, ihre Schüler mitzureißen und zum Nachdenken anzuregen. In ihren Unterrichtsstunden in den Wochen vor den Sommerferien war es zu hitzigen Diskussionen im Zusammenhang mit der Ermordung von Generalbundesanwalt Siegfried Buback und dem Ende des Stammheim-Prozesses gekommen, bei dem im April die Anführer der Rote Armee Fraktion, Andreas Baader, Gudrun Ensslin und Jan-Carl Raspe, zu lebenslangen Haftstrafen verurteilt worden waren.

Für Gesine war der Unterricht bei Frau Herder eine Offenbarung. Zum ersten Mal wurde ihr bewusst, dass eine einfache Schwarzweißeinteilung bei dieser Debatte zu kurz greifen könnte. Die Anschläge der Baader-Meinhof-Bande polarisierten die Gesellschaft, in den Medien war der Terror ein beherrschendes Thema. Für Gesines Eltern gab es keinen Zweifel, dass »diese Leute« kriminell waren, eine Gefahr für die Demokratie darstellten und sich mit ihren Taten jedes Recht auf Verständnis oder gar Empathie verspielt hatten. Frau Herder verurteilte die Gewaltbereitschaft der RAF ebenso, forderte ihre Schüler jedoch dazu auf, sich mit den Hintergründen zu beschäftigen. Wie kam es, dass die Verteidiger der Inhaftierten deren Attentate als Widerstandsaktionen gegen den Völkermord in Vietnam, für die Ablösung des Schah-Regimes in Persien sowie als Engagement für weltweite Gerechtigkeit interpretierten? Weil sie ihre Anfänge in der Studentenbewegung genommen hatten. Doch der RAF waren Demonstrationen und Protestaktionen nicht genug. Durch systematische Gewalt sollte die »herrschende Schicht« angegriffen und die »unterdrückte Klasse« mobilisiert werden, um alle Autoritäten und die sie tragenden Werte abzuschaffen. Durch Morde und Sprengstoffanschläge sollten die Massen zum Aufstand mitgerissen werden. Doch die Massen empfanden das anders. Sie waren entsetzt.

Gleichzeitig gab es aber durchaus die Befürchtung, die Bundesrepublik befände sich auf dem Weg zu einem Polizeistaat. Nicht nur die Aktionen der RAF lösten Angst aus, sondern auch das martialische Auftreten der Sicherheitskräfte bei Straßenkontrollen mit vorgehaltener Waffe, die Rasterfahndung, das illegale Abhören von vertraulichen Gesprächen und der sogenannte Radikalenerlass, der die Beschäftigung von rechts- und linksradikalen Personen im öffentlichen Dienst unterband – wobei nicht nur Mitglieder von Parteien betroffen waren, sondern auch Leute, die verdächtigt wurden, deren Ideen nahezustehen.

Frau Herder hatte keinen Hehl daraus gemacht, dass sie ihre Grundrechte durch diese neuen Gesetze bedroht sah. Sie plädierte dafür, eine ideologische Auseinandersetzung mit der RAF zu führen und die Ursachen des Terrorismus zu ergründen. Sie selbst hatte als Studentin an Demonstrationen gegen den Vietnamkrieg teilgenommen. Auch das Verdrängen der Verbrechen des Dritten Reichs durch die Elterngeneration war in ihren Augen ein Punkt, den es anzuprangern galt. Gesine bewunderte den Mut der Lehrerin, die sich mit ihrem freimütigen Bekenntnis in Teufels Küche bringen und als »Verfassungsfeindin« und vermeintliche Sympathisantin der RAF ihre Arbeit verlieren konnte.

Sosehr Gesine die lebendige Auseinandersetzung im Gemeinschaftskundeunterricht genoss, so sehr verabscheute sie zugleich die Paukerei von Daten und Fakten, die in der schriftlichen Abiturprüfung abgefragt werden konnten. An diesem Vormittag schlug sie sich mit den unterschiedlichen Definitionen von Herrschaftssystemen seit der Antike herum. Die Vielfalt der Begriffe, die es voneinander abzugrenzen galt, entmutigte Gesine.

Was war noch mal der Unterschied zwischen Oligarchie und Plutokratie? Sie stöhnte auf, griff nach Herders Fachlexikon *Gemeinschaftskunde* und kritzelte die Definitionen auf einen Block, auf dem sie offene Fragen, Begriffserklärungen und die Daten wichtiger Ereignisse notierte.

Oligarchie, *auf die Staatsformenlehre des Aristoteles zurückgehende Bz. für die Willkürherrschaft weniger; Entartungsform der Aristokratie.*

Plutokratie, *Reichtums-, bes. Geldherrschaft; Staat, in dem die großen Vermögen die Politik maßgebend bestimmen.*

Ein Klopfen ertönte. Anton schreckte aus seinem Nickerchen hoch und bellte. Gesine hob den Kopf. Kam ihre Mutter, um zu kontrollieren, ob sie brav über ihren Büchern saß? Na, das kann sie gern tun, dachte sie und wollte schon »Herein!« rufen, als ihr einfiel, welches T-Shirt sie anhatte. Hektisch griff sie nach dem geringelten Pullunder, der über ihrer Stuhllehne hing, und streifte ihn über.

Die Tür wurde geöffnet.

»Entschuldige bitte die Störung.« Anneke stand auf der Schwelle. »Ich hatte geklopft, aber ...«

»Ah, du bist es.« Erleichtert atmete Gesine aus.

Anton lief auf die Haushälterin zu, setzte sich vor sie und sah sie erwartungsvoll an.

»Deine Freundin Kirsten ist am Telefon.« Anneke griff in ihre Schürzentasche und holte ein Leckerli heraus, das sie dem Dackel hinhielt.

»Endlich!« Gesine sprang auf.

»Du kannst den Apparat im Büro benutzen«, fuhr Anneke fort. »Deine Eltern sind noch draußen.« Sie zwinkerte Gesine konspirativ zu. »Aber macht nicht zu lang. In einer Viertelstunde gibt es Mittagessen.«

»Danke.« Gesine rannte zur Tür. »Du bist die Beste!«

Sie drückte Anneke einen flüchtigen Kuss auf die Wange, stürmte die Treppe hinunter und stand gleich darauf vor dem wuchtigen Sekretär ihres Vaters, auf dem ein schwarzes Telefon stand. Hastig hob sie den Hörer, den Anneke neben das Gerät gelegt hatte, ans Ohr. »Kiki, ich bin so froh, dass du zurück bist!«

»Wir sind vor einer halben Stunde angekommen«, antwortete ihre Freundin und gähnte herzhaft. »Tschuldige, wir mussten schon um vier Uhr aufstehen. Unser Flug ging um sieben.«

»Wie war's denn auf Sardinien? Du musst mir alles haarklein erzählen, wenn wir uns sehen. Wollen wir uns gleich heute Nachmitt... oh, Mist!«, unterbrach sich Gesine. »Das geht ja gar nicht. Mama hat mir Hausarrest aufgedrückt.«

»Du Ärmste!«, rief Kirsten. »Was hast du denn angestellt?«

»Zu wenig gebüffelt.«

Gesine hörte ihre Freundin mitfühlend brummen. Kirsten tat sich leicht in der Schule. Sie besaß ein fotografisches Gedächtnis. Während sich Gesine Vokabeln, mathematische Formeln oder historische Daten mühsam aneignen musste, genügte Kirsten das Durchlesen der entsprechenden Buchseite, und schon konnte sie alle Informationen darauf aus dem Effeff herunterrattern. Gesine beneidete sie glühend darum und hätte viel für diese Fähigkeit gegeben.

»Wir müssen uns unbedingt sehen«, sagte Kirsten. »Weißt du was? Ich komm heute vorbei, um mit dir zu lernen. Dagegen kann deine Mutter doch nichts einwenden, was meinst du?«

»Prima Idee«, rief Gesine. »Ich könnte tatsächlich jemanden gebrauchen, der mich abfragt.«

»Gut, abgemacht. Ich bin gegen vier bei dir.«

Gesine legte auf und ging ins Speisezimmer, wo der Tisch bereits gedeckt war. Kurz darauf kamen ihre Eltern und Opa Paul herein, gefolgt von Anneke, die eine Terrine mit Champignoncremesuppe trug.

»Ist Ulrike schon wieder weg?«, fragte Gesine und nahm ihrem Großvater gegenüber Platz.

Anneke schöpfte reihum Suppe in die Teller, wünschte »Guten Appetit« und verließ den Raum.

»Ja, sie musste leider gleich zurück«, antwortete der Graf. »Wir hätten sie gern noch zum Mittagessen dabehalten.« Er zuckte die Schultern und entfaltete seine Serviette.

»Schade«, sagte Gesine. »Warum war sie denn überhaupt hier?«

»Ich hatte neulich ihrem Vater von meiner Suche nach einem neuen Bereiter erzählt. Und wie es der Zufall so will, haben sie gerade die Bekanntschaft eines jungen Mannes gemacht, der ihm für die Stelle wie geschaffen erscheint.«

Na klar, der Typ in den altmodischen Klamotten, schoss es Gesine in den Kopf. »Aus welcher Mottenkiste ist der denn … äh, ich meinte, wo kommt er her?«

»Aus der Schweiz«, antwortete ihr Vater.

»Aus der Sowjetunion«, sagte ihre Mutter.

»Hä?« Gesine sah die beiden verwirrt an.

»Zuletzt war er in der Schweiz«, erklärte Opa Paul. »Genauer in St. Gallen bei der Europameisterschaft.«

Am vergangenen Wochenende hatte es bei Tisch kaum ein anderes Thema gegeben. Henriette von Pletten hatte die Wettkämpfe der Dressurreiter im Radio verfolgt, bei denen die Deutschen im Einzelturnier nach der Schweiz den zweiten und dritten Platz belegt und Mannschaftsgold geholt hatten. Das russische Team hatte die Bronzemedaille errungen.

»Er ist Dressurreiter?«, fragte Gesine.

»Nein, er war Betreuer«, erklärte ihre Mutter. »Im russischen Team.«

»Moment mal.« Gesine zog die Stirn kraus. »Wie kommt er dann hierher? Ich dachte, Russen könnten nicht einfach so …«

»Er hat sich abgesetzt«, sagte ihr Vater.

»Was?« Gesine riss die Augen auf. »Du meinst, er ist abgehauen und will nicht mehr zurück?«

»Was genau geschehen ist, wissen wir nicht«, antwortete er. »Grigori kann noch nicht so gut Deutsch.«

»Außerdem wäre es indiskret, ihn nach so privaten Dingen auszufragen«, sagte Henriette von Pletten.

»Was, wenn er ein Spion ist?«, rutschte es Gesine heraus.

»Mach dich nicht lächerlich!« Ihre Mutter schüttelte den Kopf. »Was sollte der sowjetische Geheimdienst hier ausspionieren wollen?«

Gesine schluckte eine Erwiderung hinunter. Es klang in der Tat unwahrscheinlich. Vermutlich hatte sich der junge Russe einfach nach einem freieren Leben gesehnt und die günstige Gelegenheit beim Schopf gepackt, um im Westen zu bleiben.

»Er macht einen sehr kompetenten Eindruck und hat ein wunderbares Gespür für Pferde«, fuhr die Gräfin fort. »Das ist momentan alles, was zählt. Nicht wahr, Carl-Gustav?«

Ihr Mann brummte zustimmend und tauchte seinen Löffel in die Suppe.

»Ihr stellt einen Wildfremden ein? Einfach so?« Gesine sah ihre Mutter verblüfft an.

»Er kann wirklich gut mit Pferden«, sagte ihr Vater. »Deshalb haben ihn die Hansens ja auch zu uns geschickt.«

»Natürlich ist er erst einmal auf Probe hier.« Henriette von Pletten löffelte den letzten Rest Suppe aus ihrem Teller und klingelte mit der Tischglocke nach Anneke.

Gesine suchte den Blick ihres Großvaters. War sie die Einzige, die sich über das ungewöhnliche Verhalten ihrer Mutter wunderte? Es war so gar nicht ihre Art, anderen Menschen nicht eingehend auf den Zahn zu fühlen, bevor sie bereit war, ihnen ihr Vertrauen zu schenken. Opa Paul zuckte kaum merklich mit den Achseln.

»Aber ich habe ein sehr gutes Gefühl«, sprach ihre Mutter weiter. »Und das hat mich nur selten getäuscht. Grigori ist ein wohlerzogener, bescheidener Junge. Nicht so ein arbeitsscheuer Hippie.«

Ah, daher weht der Wind, dachte Gesine. Dann ist dieser Grigori bestimmt ein humorloses Arbeitstier. Wäre ja kein Wunder. Werden die hinter dem Eisernen Vorhang nicht alle gedrillt bis zum Gehtnichtmehr?

Anneke erschien, räumte die leeren Suppenteller ab und stellte eine Form mit Kartoffelauflauf sowie eine Salatschüssel auf den Tisch.

»Danke, Anneke«, sagte die Gräfin. »Wir bedienen uns selbst.« Sie nickte Gesine zu. »Wärst du so lieb?«

59

Gesine stand auf. »Und wo ist dieser Wunderknabe jetzt?« Sie schnappte sich den Nehmelöffel und ließ sich nacheinander die Teller der anderen reichen.

»Wittke führt ihn herum und zeigt ihm alles«, antwortete ihr Vater. Er lächelte ihr zu. »Ich bin mir sicher, dass ihr euch verstehen werdet. Er hatte auf Anhieb einen guten Draht zu deiner Cara.«

»Ja, die beiden werden gewiss hervorragend miteinander arbeiten«, sagte ihre Mutter.

»Wie bitte?« Gesine schnappte nach Luft. »Cara soll von diesem … diesem dahergelaufenen …«

»Trainiert werden«, ergänzte ihre Mutter. »Ganz genau. Du weigerst dich ja, dein Pferd anständig auszubilden.«

Gesine ließ sich auf ihren Stuhl plumpsen. »Niemals! Das lasse ich nicht zu!« Sie funkelte ihre Mutter wütend an.

»Und ich werde nicht zulassen, dass du die Talente von Cara ebenso schleifen lässt wie deine eigenen«, entgegnete diese. »Sie ist kein Freizeitpferd!«

»Aber sie gehört mir, und ich …«

»Ein Vorschlag zur Güte«, sagte Opa Paul, bevor seine Schwiegertochter etwas erwidern konnte. »Grigori kann Gesine beim Training unterstützen. Schließlich soll sie Cara auf Turnieren reiten.« Er sah seine Enkelin beschwörend an.

Gesine schluckte die Bemerkung herunter, weder sie noch Cara wollten jemals an Turnieren teilnehmen.

»Darüber lässt sich reden«, antwortete Henriette von Pletten nach kurzem Zögern. »Aber nur, wenn sie ihre Schularbeiten nicht vernachlässigt.«

Gesine verschränkte die Arme vor der Brust, starrte missmutig auf ihren Teller und verfluchte ihre Cousine Ulrike, die diesen unseligen Grigori zu ihnen gebracht hatte. Die Wut schnürte ihr die Kehle zu. Cara war ihr Pferd! Na, dem werde ich schon klarmachen, sich gefälligst von ihr fernzuhalten, versprach sich Gesine im Stillen. Mit seinen russischen Drillmethoden wird er ihr nicht zu Leibe rücken! Dafür werde ich sorgen. Da kann Mama sich noch so aufführen.

– 4 –

Charlotte saß an einem Sekretär aus Nussbaumholz mit gedrechselten Beinen, die auf kleinen Pferdehufen aus Messing ruhten. Die Seiten und die Schreibfläche waren mit Intarsienarbeiten eines üppigen Blumengebindes verziert. Der im selben Stil gehaltene Stuhl war mit hellgrünem Samt bezogen. Ihr Onkel hatte beide Stücke aus dem Salon seiner verstorbenen Frau in ihr Zimmer bringen lassen, das ansonsten mit schlichten Biedermeiermöbeln – einem Bett samt Nachttischchen, einer Waschkommode, einem Kleiderschrank sowie einem Lesesessel – ausgestattet war. Bislang hatte Charlotte den Schreibtisch lediglich zum Erstellen von Listen und Eintragungen ins Haushaltsbuch verwendet. An diesem Vormittag nutzte sie aber eine freie Stunde nach dem Mittagessen, einen längst überfälligen Brief an ihre Freundin Zilly zu verfassen.

Birkenhof, Sonntag, 9. Oktober 1938

Liebe Zilly,

entschuldige bitte, dass ich erst jetzt dazu komme, Dir zu schreiben. Aber ich weiß hier oft buchstäblich nicht, wo mir der Kopf steht. Abends bin ich so erschöpft, dass ich kaum eine halbe Seite von Dorothy Sayers' Krimi »Aufruhr in Oxford« schaffe, bevor mir die Augen zufallen. Und das ausgerechnet mir Leseratte!

Bevor ich Dir mehr von meinem neuen Dasein als Haushaltsvorständin erzähle, möchte ich Dir erst einmal ganz herzlich für Deinen Brief vom 3. des Monats danken! Ich habe mich riesig über den ausführlichen Bericht von Deinen ersten Eindrücken von der Schauspielschule, Deinen Kommilitonen und Lehrern gefreut und mir alles bildlich vorstellen können. Allein schon die Szene, wie Du den schrulligen Hausmeister nachgeahmt hast, er dazukam und nicht etwa wütend wurde, sondern herzlich lachte, weil er gar nicht gemerkt hat, dass er die Vorlage abgab! Das hätte ich zu gern mit eigenen Augen gesehen.

Ach, Zilly, ich hätte Dich so gern in meiner Nähe und teile Dein Bedauern, dass ich Dich nicht wie geplant nach Tallinn begleiten konnte. Du kannst mir glauben, dass ich sehr mit meinen Eltern gehadert habe, die unsere schönen Pläne durchkreuzt haben. Mittlerweile habe ich mich aber mit meinem Schicksal ausgesöhnt, zumal es sich ja nur um ein zeitlich begrenztes handelt.

Mein Sinneswandel ist zum großen Teil dem Ort geschuldet, an dem ich mich befinde. Du musst Dir das Gestüt meines Onkels als ein Idyll vorstellen, bei dem einen der Verdacht beschleicht, es läge in einer zauberhaften Anderswelt. Noch nie ist mir der Satz: Hier ist die Zeit stehengeblieben, so passend vorgekommen wie auf dem Birkenhof. Alles scheint etwas langsamer vonstattenzugehen als anderswo, als herrschte ein ganz eigenes Zeitmaß. Auch wenn viel zu tun ist, verfällt niemand in Hektik.

Ruhig ist mein derzeitiges Zuhause jedoch nicht. Wenn ich aus meinem Fenster schaue, sehe ich die Wipfel der alten Birken, die hinter dem Wohnhaus im Park wachsen, der sich zur Käina-Bucht erstreckt. Dort herrscht dieser Tage reges Treiben. Die Luft ist von morgens bis abends erfüllt vom Geschnatter, Pfeifen und Rufen der unterschiedlichsten Enten, Gänse und Kraniche – von Weitem hört es sich an wie eine aufgeregte Gesellschaft geschwätziger Weiber.

Meine Tage beginnen früh, noch bevor die Sonne kurz vor sieben aufgeht. Über den Wiesen wabert dann noch dichter Nebel, in dem die zahlreichen Schafe, die hier gehalten werden, nur schemenhaft zu erkennen sind. Er verzieht sich meist im Lauf des Vormittags. Bislang hatten wir – abgesehen von zwei Regentagen – immer schönes Wetter, ziemlich windig zwar, aber sonnig. Viel Zeit, das auszukosten, bleibt mir allerdings nicht. Ich habe alle Hände voll zu tun, muss Entscheidungen treffen und der Zugehfrau, die täglich ein paar Stunden aushilft, Anweisungen geben. Vor allem aber wende ich fast alles, was wir in Finn gelernt haben, praktisch an – angefangen beim Kochen, Einmachen, Räuchern und Brotbacken über Staubwischen, Silberputzen und Bohnern bis hin zu Gartenarbeiten.

Bevor Du mich nun bedauerst, kann ich Dich beruhigen: Mir macht das alles große Freude! Ich sehe Dich ungläubig die Brauen hochziehen, aber es ist tatsächlich so. Einem Hausstand vorzustehen und ihn auf Trab zu halten, erfüllt mich mit Befriedigung. Natürlich kann ich nicht einschätzen, ob dieser Zustand von Dauer ist, dazu bin ich ja viel zu kurz hier. Und der Reiz des Neuen verblasst bekanntlich nach einer Weile. Aber eines kann ich mit Gewissheit sagen: Ich fühle mich auf dieser Insel und insbesondere auf dem Birkenhof unbeschreiblich wohl. Es klingt vermutlich seltsam, und ich kann es mir selbst auch nicht recht erklären, aber mir ist, als sei dies meine eigentliche Heimat. Mein Elternhaus in Haapsalu bedeutet mir natürlich viel, ich habe es aber kaum vermisst, als ich im Pensionat war, und kann mir ohne Weiteres vorstellen, es für immer zu verlassen.

Mein Onkel ist rührend dankbar für meine Unterstützung und gibt sich große Mühe, mir den Aufenthalt hier so angenehm wie möglich zu gestalten. Ansonsten habe ich nicht viel »gesellschaftlichen Umgang«, wie meine Mutter es bezeichnen würde. Meine zwischenmenschlichen Kontakte beschränken sich auf Begegnungen mit dem Postboten, der nachmittags mit seinem Fahrrad Briefe und Zeitungen bringt, Schwätzchen mit der Kö-

*chin, die nach wie vor das Bett hüten muss (sie hat sich einen
bösen Hexenschuss zugezogen und ist weitgehend außer Gefecht) und gelegentlichen Besuchen von Fischern oder Bauern
der Umgebung. Erstere bieten fangfrische Barsche, Plötzen und
Goldorfen an, Letztere fragen meinen Onkel gern um Rat. Er
wird von den Esten sehr geschätzt und gilt vielen als Koryphäe
auf dem Gebiet der Pferdezucht und anderen landwirtschaftlichen Fragen. Ich habe es also mit einem sehr überschaubaren
Kreis von Leuten zu tun.*

Charlotte hielt inne, überflog die letzten Zeilen und rieb sich die
Schläfe. Ich habe Lennart gar nicht erwähnt, fiel ihr auf. Er gehört doch auch zum Birkenhof. Sie setzte den Füller an, schrieb
jedoch nicht weiter. Unschlüssig kaute sie auf dem Ende des Fe-
derhalters herum. Etwas in ihr sträubte sich, den jungen Esten zu
erwähnen. Na ja, viel könnte ich gar nicht über ihn sagen, er ist
schließlich gerade nicht da, rechtfertigte sie sich vor sich selbst.
Ihr Onkel hatte seinen Stallmeister Anfang der Woche aufs Festland zu einem Pferdemarkt geschickt. Auf dem Rückweg wollte
Lennart seine Schwester Maarja auf der Nachbarinsel Hiiumaa
besuchen und wurde an diesem Abend zurückerwartet.

Vor seiner Abreise hatte Charlotte ihn selten zu Gesicht bekommen. An ihren ersten beiden Tagen auf dem Birkenhof war
sie kaum aus dem Haus gekommen. Sie war vollauf damit beschäftigt gewesen, es auf Vordermann zu bringen, sich einen
Überblick über die Vorräte zu verschaffen, Listen über anstehende
Besorgungen und Arbeiten zu erstellen und einen Berg Kleidung,
Handtücher und Bettzeug zu waschen, zu bügeln und teilweise zu
flicken. Lennart dagegen hatte sich weitgehend draußen und in
den Stallungen aufgehalten. Der wiederholten Einladung ihres
Onkels, ihnen bei den Mahlzeiten Gesellschaft zu leisten, war er
mit – in Charlottes Ohren windigen – Entschuldigungen ausge-

wichen. Für sie stand fest, dass er ihr aus dem Weg ging. Den Grund dafür kannte sie nicht und hatte beschlossen, sich nicht den Kopf darüber zu zerbrechen und Lennart zumindest während seiner Abwesenheit aus ihren Gedanken zu verbannen.

»Charlotte? Wollen wir dann los?«

Die Stimme ihres Onkels unterbrach ihre Gedanken. Sie sprang auf und rannte zur Tür. »Ich komme gleich. Gib mir drei Minuten«, rief sie nach unten, wo Julius im Eingangsbereich stand.

»Ist gut. Ich warte draußen«, antwortete er.

Charlotte setzte sich wieder an den Sekretär. Erleichtert und zugleich ein bisschen beschämt beschloss sie, das Thema »Lennart« für dieses Mal auszusparen. Ich werde Zilly im nächsten Brief von ihm schreiben, dachte sie und beugte sich über den Papierbogen.

Liebe Zilly, bitte sei mir nicht böse, aber ich muss meinen Brief hier beenden. Ich habe meinem Onkel versprochen, ihn heute bei seinem sonntäglichen Besuch des Grabes seiner Frau auf den Friedhof zu begleiten.

Wenigstens hast Du jetzt schon einmal einen kleinen Einblick in mein Inselleben. Ich werde mich bald wieder schriftlich bei Dir melden. Gerade kommt mir eine Idee: Hättest Du nicht Lust, mich ein paar Tage zu besuchen? Das wäre die Wucht! Ich würde mich riesig freuen, denn ich vermisse unsere Gespräche – das ist der einzige Wermutstropfen, der mein Glück hier trübt.

Sei herzlich gegrüßt und innig umarmt von Deiner Charly

Charlotte faltete den Brief zusammen, steckte ihn in ein Kuvert, das sie bereits adressiert hatte, schnappte sich eine Jacke und eilte aus dem Haus. Sie freute sich auf den Spaziergang zur Kassari Kabel, einem weiß getünchten Steinkirchlein mit Reetdach, das an der Ostküste der Insel in einem Wald lag. Es waren ein, zwei Stunden ohne Verpflichtungen an der frischen Luft, inmitten der abwechslungsreichen Landschaft, in der liebliche Wiesengründe und lauschige Wäldchen in karge Geröllfelder übergingen, auf denen der Kontrast zwischen dem Grün der Krüppelkiefern und dem grauen Gestein einen urzeitlichen, eigentümlichen Reiz entfaltete.

»Tut mir leid, dass du warten …« Charlotte unterbrach sich. Neben ihrem Onkel stand Lennart.

»Sieh mal, wer früher zurückgekommen ist«, rief Julius. Er drückte Lennarts Schulter.

Charlotte zwang sich zu einem Lächeln. Wenn man vom Teufel spricht, dachte sie. Hoffentlich verzieht er sich gleich in den Stall. Ich habe keine Lust, mir von diesem Stoffel, dem man jedes Wort aus der Nase ziehen muss, die Laune verderben zu lassen.

»Guten Tag«, sagte Lennart, machte einen Schritt auf sie zu und hielt ihr die Hand hin.

Charlotte zog überrumpelt die Brauen hoch.

»Ich soll dir schöne Grüße von meiner Schwester ausrichten.« Er sah ihr direkt in die Augen und lächelte.

»Danke«, murmelte Charlotte und schüttelte seine Hand, die sich warm um ihre schloss und sie fest, aber nicht zu kräftig, drückte.

»Als Maarja hörte, dass du bei uns bist, wäre sie am liebsten gleich mit mir hergefahren«, fuhr Lennart fort. »Vielleicht schafft sie es, uns in den Kleisterferien zu besuchen.«

Charlotte sah ihn erstaunt an. Keine Spur mehr von der verschlossenen Haltung, die er eine Woche zuvor an den Tag gelegt hatte. Lennart wirkte wie ausgewechselt. Nein, das stimmt nicht ganz, korrigierte sie sich. Er verhält sich so wie früher, wenn wir in den Sommerferien hier waren. Und auch noch wie in den ersten Minuten unseres Wiedersehens vor zehn Tagen.

»Was mich angeht, soll sie das auf jeden Fall«, sagte Onkel Julius und sah Charlotte fragend an.

»Äh … ja, natürlich«, stotterte Charlotte und zog ihre Finger aus Lennarts Hand. »Ich würde sie sehr gern wiedersehen.«

Onkel Julius strahlte. »Lade sie unbedingt ein, mein Lieber«, sagte er zu Lennart. »Und nun lasst uns gehen.« Er nickte ihnen zu.

Charlotte sah Lennart an. »Du kommst mit?«, rutschte es ihr heraus. Verlegen schlug sie die Augen nieder. Verflixt! Wann lernst du es endlich, deine Zunge in Zaum zu halten?, schalt sie sich.

»Meine Eltern liegen auch dort«, antwortete Lennart ruhig. »Du hast doch nichts dagegen, wenn ich euch begleite?«

»Nein, natürlich nicht«, stieß Charlotte hervor und verwünschte die Röte, die sich auf ihrem Gesicht ausbreitete. Sie wich seinem Blick aus, den sie auf sich ruhen fühlte, und hakte sich rasch bei ihrem Onkel unter. Was ist bloß los mit dir?, fragte die strenge Stimme in ihr. Dir kann man es wohl nie recht machen. Erst war er dir zu abweisend. Und jetzt bringen dich ein paar harmlose Freundlichkeiten und ein Lächeln aus der Fassung. Das ist wirklich zu albern!

Nachdem sie die Gebäude des Birkenhofs hinter sich gelassen hatten, liefen sie zunächst eine Weile an den Koppeln entlang, die sich rechts und links des Feldweges erstreckten. Auf vielen weideten Pferde. Einige hoben die Köpfe, schauten zu ihnen herüber und kamen zum Gatter. Die schweren Warmblüter waren gut proportionierte, kräftige Füchse und Braune mit gerader Rückenlinie und ausgeprägter Kruppe, die mit ihrem Stockmaß von etwa einem Meter siebzig die rund dreißig Zentimeter kleineren *eesti hobune* – die Estnischen Klepper – deutlich überragten, die auf einer benachbarten Weide grasten. Während diese zähen Kleinpferde den estnischen Bauern als genügsame und leistungsstarke Arbeitstiere seit dem Mittelalter dienten, waren die Torgelschen Warmblüter eine jüngere Rasse. Onkel Julius hatte seine ersten Zuchttiere beim staatlichen Gestüt Tori erworben. 1856 war es bei Pärnu gegründet worden mit dem Ziel, ein Pferd zu züchten, das sowohl vor Kutschen als auch unter einem Reiter eine gute Figur machte und überdies an die mitunter harten klimatischen Bedingungen in Estland angepasst war. Tori-Pferde erfreuten sich bald wegen ihrer guten Charaktereigenschaften – nervenstark, ruhig und arbeitswillig – bei Offizieren der Zaren-Kavallerie großer Beliebtheit, wurden aber auch gern in der Landwirtschaft eingesetzt.

Onkel Julius blieb stehen und streichelte einem stattlichen Hengst die Nüstern, der seinen Kopf über die oberste Zaunlatte streckte.

»Ist Hektor nicht prächtig?«, fragte er Charlotte.

Sie nickte und musste schmunzeln. Ihr Onkel hatte ein Faible für die griechische Mythologie, was sich von jeher in der Namenswahl für seine Pferde niederschlug. Tante Luise hatte sich stets köstlich darüber amüsiert, wenn er nach der Geburt eines neuen Fohlens verkündete, soeben habe Aphrodite oder Hermes das Licht der Welt erblickt.

»Lennart hat gerade zwei seiner Fohlen verkauft«, fuhr Julius fort.

»Und einen guten Preis erzielt«, ergänzte dieser und hielt dem Pferd ein Stück Karotte hin. »Die Nachfahren von Hektor sind sehr begehrt.«

»Das liegt aber nicht zuletzt daran, dass du sie so gut einreitest«, sagte Onkel Julius.

Lennart machte eine abwinkende Handbewegung.

»Keine falsche Bescheidenheit, mein Lieber.« Er wandte sich an Charlotte, die einer Fuchsstute, die sich neben den Hengst gestellt hatte, den Hals streichelte. »Lennart ist der beste Bereiter, den ich je hatte.« Er setzte sich wieder in Bewegung.

Lennart murmelte etwas, das wie »nicht der Rede wert« klang, und fuhr sich durch die Haare. Seine Verlegenheit löste Charlottes eigene Befangenheit auf.

»Du hattest schon immer ein gutes Gespür für Pferde.« Sie sah ihn an. »Als Kind habe ich geglaubt, dass sie jedes Wort verstanden, wenn du mit ihnen gesprochen hast.«

»Du hast mich damals beobachtet?« Lennart erwiderte ihren Blick. »Davon habe ich gar nichts …«

»Ich war ja nur ein kleines, uninteressantes Mädchen.« Charlotte zwinkerte ihm zu und folgte ihrem Onkel.

Sie sah sich wieder auf dem Heuboden über den Stallboxen kauern, wenn Lennart ausmistete, die Pferde striegelte und andere Arbeiten verrichtete. Sie hatte es geliebt, ihm zuzuhören. Er sprach Estnisch mit den Tieren, die in seiner Gegenwart ruhig und entspannt waren. Auch sie selbst hatte sich in diesen Momenten geborgen und aufgehoben gefühlt.

»Und ich dachte, du nimmst mich gar nicht wahr und gehst mir aus dem Weg«, sagte Lennart mit gesenkter Stimme an ihrer Seite.

»Bin ich auch«, antwortete sie. »Ich meine, aus dem Weg gegangen. Nach der Sache mit dem Kissel.«

Lennart zog die Augenbrauen hoch. Bevor er etwas sagen konnte, drehte sich Onkel Julius zu ihnen um.

»Was haltet ihr davon, wenn wir auf dem Rückweg einen kleinen Abstecher zur Imkerei machen und uns Honig kaufen?« Er wandte sich an Charlotte. »Wir haben doch keinen mehr vorrätig, nicht wahr?«

Charlotte nickte. »Das ist eine gute Idee. Dann könnte ich uns heute Abend zum Beispiel Kamacreme mit Honigsoße und Moosbeeren als Nachspeise machen.«

»Du kannst Gedanken lesen!«, rief Julius und strahlte sie an.

»Da sag ich nicht nein«, antwortete Lennart gleichzeitig.

»Ich hoffe nur, ihr seid nicht enttäuscht, wenn sie mir nicht so gut gelingt wie Tante Luise.«

Julius' Frau war für ihre Süßspeisen berühmt gewesen. Immer neue Kreationen hatte sie sich ausgedacht, deren Rezepte sie jedoch nie aufgeschrieben hatte. »Ist alles hier drin«, pflegte sie mit einem Tippen gegen die Stirn zu sagen, wenn sich jemand wunderte, wie sie den Überblick über all die vielen Zutaten und Zubereitungsarten behalten konnte. Besonders angetan hatten es ihr Speisen mit Kama, einer estnischen Spezialität, die aus geröstetem Gersten-, Roggen-, Hafer- und Erbsenmehl bestand. Charlottes Tante hatte sie gern mit Quark und Milch angerührt, oder mit saurer Sahne, Gelatine, gehackten Haselnüssen und Zimt. Dazu reichte sie eine sämige Honig-Sahne-Soße und frische Beeren.

»Ich bin sicher, du wirst uns etwas Köstliches zaubern«, sagte Julius und drehte sich wieder nach vorn.

Mittlerweile liefen sie auf einem von Wacholdersträuchern gesäumten Weg, der an Apfelplantagen, Schafweiden und abgeernteten Kartoffelfeldern vorbeiführte, sich durch Wiesen und kleine Waldstücke schlängelte und schließlich bei der Kapelle unweit des Dorfes Esiküla mündete. Charlotte ging stumm neben Lennart her. Das Schweigen hatte nichts Beklemmendes, war nicht unangenehm, warf keine Fragen auf. Sie ließ ihre Augen über die Landschaft wandern, atmete langsam ein und aus und spürte dem Gefühl der Zugehörigkeit nach, das sie erfüllte.

»Was für ein wundervolles Stückchen Erde«, sagte sie leise.

Lennart hob den Kopf. »Du sprichst mir aus der Seele. Es gibt keinen anderen Ort, an dem ich leben wollte.«

In seinem Blick las Charlotte ein tiefes Einverständnis, das sie im Innersten anrührte.

Schleswig-Holstein, September 1977

– 5 –

Erst der Besuch ihrer Freundin verscheuchte die finstere Laune, in der sich Gesine seit dem Mittagessen befand und die ihr das Lernen zusätzlich vergällte. Es gelang ihr kaum, sich länger als ein paar Minuten auf die unterschiedlichen Wirtschaftsordnungen zu konzentrieren, die ein weiterer Lernstoff waren. Immer wieder kreisten ihre Gedanken um den Streit mit ihrer Mutter, die Angst, aufs Internat geschickt zu werden, und den neuen Bereiter, der ihre Stute trainieren sollte. Gesine kostete es viel Willensstärke, an ihrem Schreibtisch sitzen zu bleiben und nicht zu versuchen, sich dem Hausarrest zu entziehen.

Nachdem sie ein drittes Mal den Absatz über die Merkmale einer Planwirtschaft gelesen hatte, ohne sich ebendiese einprägen zu können, hatte sie die September-Ausgabe der »EMMA« hervorgekramt, die sie unter ihren Socken und Strümpfen in einer Schublade ihrer Kommode aufbewahrte. Früher hatte sie an dieser Stelle die »BRAVO«-Hefte versteckt, die ihre Mutter ebenso ablehnte wie Comics, Groschenromane und anderen »niveaulosen Kram«. Seit Alice Schwarzer Anfang des Jahres das neue Magazin für Frauen von Frauen herausgab, hatten Gesine und Kirsten beschlossen, zu alt für die »BRAVO« zu sein, die sie durch ihre Teenagerzeit begleitet hatte. Gesine hatte die Jugendzeitschrift am Ende ohnehin nur noch gelesen, weil ihre Mutter ihr die Lektüre – all diesen Klatsch und Tratsch und unsittlichen Artikel zu Sexualität, Verhütung und Beziehungsfragen – strikt untersagt hatte.

Auch die »EMMA« war Henriette von Pletten ein Dorn im Auge. Gesine konnte das nicht nachvollziehen. Viele der Themen, die in der Zeitschrift aufgegriffen wurden, beschäftigten ihre Mutter ebenfalls, und die dort vertretenen Ansichten etwa zur Stärkung der Frauenrechte standen im Grunde nicht im Widerspruch zu ihren eigenen Überzeugungen. Gesine vermutete, dass es der kämpferische Ton war, der ihre Mutter abstieß. Sie unterstellte den Journalistinnen der »EMMA« umstürzlerische Absichten und den Wunsch, die Werte und Konventionen abschaffen zu wollen, die ihr wichtig waren. Grund genug für Gesine, sich die Zeitschrift heimlich zu beschaffen. Wobei aus der anfänglichen Trotzmotivation rasch echtes Interesse wurde. An diesem Tag konnte sie der Bericht »So kämpften die Suffragetten«, den sie fertig lesen wollte, jedoch nicht von ihren Grübeleien ablenken.

Es war eine Erlösung, als Kirsten am späten Nachmittag in ihr Zimmer wirbelte, sie stürmisch umarmte und sich aufs Sofa fallen ließ. Sie trug rote Shorts, eine Batikbluse mit blauen Mustern und einen langen, schmalen Schal. Aus einem gehäkelten Umhängebeutel holte sie eine Pappschachtel, die sie auf den runden Glastisch stellte.

»Ein kleines Mitbringsel aus Sardinien«, sagte sie und öffnete den Deckel. »Die sind einfach bombastisch.«

Gesine nahm im Schneidersitz neben Kirsten Platz und schaute in die Schachtel, in der verschiedene kleine Gebäckstücke und Pralinen aufgeschichtet waren. »Sie duften köstlich.« Sie nahm ein rundes, mit Puderzucker bestäubtes Plätzchen und biss hinein.

»Das ist ein Amaretto«, erklärte Kirsten.

»Tierisch gut«, nuschelte Gesine und kaute genüsslich den klebrigen Mandelteig.

»Die heißen Aranzada«, sagte Kirsten und deutete auf aus Honig kandierten Orangenschalen und Mandeln gerührte Häufchen. »Und die länglichen Teile mit der Schokoladenglasur haben innen eine Mandelcremefüllung.«

»Vielen Dank, du bist ein Schatz«, rief Gesine. »Nervennahrung kann ich gerade gut gebrauchen.« Sie seufzte und wedelte mit der Hand zu ihrem Schreibtisch hin, auf dem sich aufgeschlagene Bücher, Hefte und Notizzettel türmten. »Mein Kopf platzt bald.«

»Du Ärmste!« Kirsten sah sie mitfühlend mit ihren hellblauen Augen an, die sie wie ihre blonden Haare und den sonnenempfindlichen Teint von ihrem Vater hatte. Dieser stammte aus einer der dänischen Familien, die seit Jahrhunderten in Schleswig-Holstein ansässig waren. Herr Joergensen hatte zusammen mit seiner Frau in Kappeln eine Anwaltskanzlei. Ihre ältere Tochter war bereits aus dem Haus und studierte in Hamburg. Auch Kirsten fieberte dem Tag entgegen, an dem sie ihre Heimatstadt verlassen konnte. Im Gegensatz zu ihrer Schwester wollte sie jedoch nicht in Deutschland bleiben. Sie träumte von einem Beruf, bei dem sie möglichst viel von der Welt sehen konnte.

»Jetzt erzähl«, forderte Gesine sie auf, kuschelte sich in ihre Sofaecke und steckte sich ein Orangenkonfekt in den Mund. Ein paar Minuten lauschte sie schweigend ihrer Freundin, die von den Erlebnissen, Eindrücken und Bekanntschaften auf Sardinien erzählte.

»Ich soll sie unbedingt besuchen«, sagte Kirsten, nachdem sie von einer Gruppe junger Australier berichtet hatte, die auf ihrer Rucksacktour durch Europa auch auf der italienischen Insel haltgemacht hatten. »Die sind astrein. Du würdest sie auch mögen.«

Gesine zog die Brauen hoch. Sie ahnte, was jetzt kommen würde.

Kirsten beugte sich zu ihr. »Lass uns nach dem Abi gemeinsam nach Australien fahren.« Sie sah Gesine bittend an. »Das wird galaktisch!«

»Nach Australien?« Gesine runzelte die Stirn. »Wollten wir nicht nach Südfrankreich?«

Vor den Ferien hatten Kirsten und sie Pläne für ihren ersten gemeinsamen Urlaub nach der Schule geschmiedet. Da Französisch einer von Kirstens Leistungskursen war, hatte damals Frankreich ganz oben auf ihrer Wunschliste gestanden. Und Gesine träumte schon lange davon, die weißen Camarguepferde in der Provence zu sehen.

»Ich weiß«, antwortete Kirsten. »Aber stell dir doch mal vor: Wir beide in Down Under! Tausende Kilometer von hier entfernt. Auf einem anderen Kontinent! Unter Kängurus, Koalas und Wombats. An endlosen Stränden. Wir könnten im Great Barrier Reef tauchen. Auf Kamelen durch die Halbwüste reiten und die …«

»Pssst!« Gesine legte einen Finger an die Lippen. Auf dem Gang waren Schritte zu hören. Sie sprang auf, stopfte die »EMMA« in die Kommodenschublade zurück, schnappte sich das Gemeinschaftskundebuch, warf es Kirsten zu und setzte sich auf einen der Rattansessel. Einen Atemzug später ertönte ein energisches Klopfen.

Kirsten warf einen Blick auf die aufgeschlagene Seite. »Wie heißen die Gründungsmitglieder der EWG?«, fragte sie, als sich die Tür öffnete und Gesines Mutter hereintrat.

Gesine tat so, als habe sie diese nicht bemerkt. »Die Europäische Wirtschaftsgemeinschaft wurde 1957 mit der Unterzeichnung der Römischen Verträge durch Belgien, Frankreich, den Niederlanden …«

»Guten Tag, Frau von Pletten!«, rief Kirsten und stand auf. »Schön, Sie zu sehen. Ich frage Gesine gerade ab.«

Gesines Mutter schüttelte ihr die Hand. Das Misstrauen in ihrem Gesicht verflüchtigte sich. »Dann will ich euch auch gar nicht weiter stören«, sagte sie. »Ich wollte Gesine nur daran erinnern, dass sie noch einen Geburtstagsbrief an Großtante Dorothea schreiben muss.«

Gesine verkniff sich ein Augenrollen. Der Vorwand, den ihre Mutter für ihren Kontrollbesuch gewählt hatte, war so leicht durchschaubar. Als ob das nicht bis zum Abendessen hätte warten können. Schließlich waren es noch einige Tage hin, bis Ulrikes Großmutter dreiundachtzig Jahre alt wurde. »Danke, Mama«, sagte sie. »Ich erledige das sofort, wenn wir hier fertig sind.«

Henriette von Pletten nickte ihnen zu und verließ das Zimmer.

»Apropos Geburtstag«, flüsterte Kirsten. »Ich hab eine Hammer-Geschenkidee für dich.«

»Jetzt schon?« Gesine sah sie verblüfft an. »Ich hab doch erst in zwei Monaten.«

»Ich würde dich eigentlich gern damit überraschen. Aber wir brauchen das Okay deiner Eltern.«

»Für dein Geschenk?« Gesine hob überrascht die Augenbrauen.

»Ein Tipp: Man kann es nicht ins Regal stellen.«

»Puh, ich hab nicht die leiseste Ahnung.«

»Und es findet nicht hier statt.«

»Du meinst, wir fahren weg?«

Kirsten nickte. »Ich hab ein Superangebot für einen Kurztrip nach …« Sie unterbrach sich und sah Gesine erwartungsvoll an.

»Och nee, bitte, spann mich nicht auf die Folter!«

»Okay, es ist eine Stadt im Ausland.«

»Du bist echt gemein!« Gesine schlug spielerisch nach Kirsten.

»Also gut. Rate, wer seine Volljährigkeit in London feiern wird?«

»London? Nicht dein Ernst!« Gesine riss die Augen auf. »Das ist echt der Hammer!« Sie fasste nach Kirstens Händen und drückte sie fest.

Seit ihnen ein Klassenkamerad von seinem Osterurlaub in der

britischen Metropole vorgeschwärmt hatte, träumten die beiden Freundinnen davon, sie auf eigene Faust zu erkunden, Musikclubs wie »The Roxy« oder »The Vortex« zu besuchen und hautnah die Punker zu erleben, die mit rotzigen Liedtexten, eigenwilligen Outfits und ausgelassenen Feiern die »bürgerliche« Gesellschaft provozierten. Die Vorstellung, ein paar Tage Teil dieser brodelnden Szene zu sein und Bands wie *Siouxsie and The Banshees*, *The Damned* oder *The Cortinas*, die den Sound für die aufkeimende Gegenkultur lieferten, live zu sehen, fanden Gesine und Kirsten prickelnd.

»Bei Twen-Tours bieten sie eine Viertagereise mit Flug und Übernachtung in einem Youth Hostel für ungefähr einhundertachtzig Mark an«, sagte Kirsten. »Wir könnten also in den Herbstferien …«

»Meine Mutter wird mir das nie erlauben«, fiel ihr Gesine ins Wort und ließ die Schultern hängen. »Nicht vor dem Abi. Ich soll jede freie Minute lernen.«

»Deswegen hab ich dir's ja schon heute gesagt. So haben wir jede Menge Zeit, deine Mutter zu bearbeiten.« Kirsten lächelte ihr aufmunternd zu. »Das wird schon.« Sie griff nach dem Gemeinschaftskundebuch. »Und jetzt lass uns noch ein bisschen das tun, weswegen ich angeblich gekommen bin.«

»Muss wohl sein.« Gesine verzog den Mund. »Wenn ich die nächsten Klausuren vergeige, wird meine Mutter die Zügel nur noch straffer anziehen.«

Anderthalb Stunden später begleitete Gesine ihre Freundin auf den Hofplatz, auf dem sie ihr Fahrrad abgestellt hatte.

»Wer ist das denn?«, fragte Kirsten und deutete mit dem Kinn Richtung Stall.

Gesine folgte ihrem Blick und sah den jungen Russen, der eben aus der Sattelkammer kam. »Ach, der.« Sie zuckte die Achseln. »Nur ein neuer Bereiter.«

Kirsten musterte Grigori neugierig. »Er sieht irgendwie …«

»Seltsam aus«, beendete Gesine ihren Satz. »Ich weiß. Das liegt an seinen altmodischen …«

Kirsten schüttelte den Kopf. »Ich meine nicht seine Klamotten. Sondern seine Ausstrahlung. Er wirkt gleichzeitig alt und jung. Irgendwie melancholisch.«

»Hä? Was meinst du denn damit?« Ich sehe nur einen humorlosen Drillmeister, der meine Cara gefügig machen soll, fügte sie im Stillen hinzu und schaute Grigori mit gerunzelter Stirn nach.

»Na, ist ja auch egal.« Kirsten klappte den Fahrradständer ein und schwang sich auf den Sattel. »Also, wir telefonieren morgen Abend, wenn ich von meinen Großeltern zurück bin. Wenn deine Mutter nicht erlaubt, dass du übermorgen zu mir kommst, dann treffen wir uns halt wieder hier.«

»Danke!« Gesine umarmte Kirsten. »Du bist echt meine Rettung. Ohne dich würde ich noch durchdrehen.«

»Halt die Ohren steif!«, rief Kirsten und radelte vom Hof.

Am nächsten Morgen wurde beim Frühstück nur über ein Thema gesprochen: die Entführung von Hanns Martin Schleyer. Nachdem am Vorabend in den Nachrichten lediglich von einem Attentat auf den Präsidenten der Bundesvereinigung der Deutschen Arbeitgeberverbände berichtet worden war, gab es nun die ersten Einzelheiten. In der »WELT«, die Gesines Eltern abonniert hatten, erschien ein Kommentar von Chefredakteur Wilfried Hertz-Eichenrode über die Entführung in Köln, den Gesines Vater vorlas:

Ein Kinderwagen rollte über die Straße, die Limousine des Arbeitgeber-Präsidenten musste bremsen, aus Maschinenpistolen peitschten Schüsse, vier Menschen tot, Schleyer entführt. So geschah nach ersten Meldungen gestern das Attentat in Köln-Braunfels. Ein Kinderwagen? Man denkt an die Rosen für den ermorde-

ten Richter von Drenkmann, an die Rosen für den erschossenen Bankier Ponto. Die Mord-Attribute zeugen von dem Zynismus der Terroristen. In welchem Land leben wir eigentlich?

Er ließ die Zeitung sinken und sah die anderen entgeistert an.

»Mein Gott, wie entsetzlich!«, rief Gesines Mutter.

»Vier Tote!«, hauchte Gesine gleichzeitig und hob erschrocken die Hand vor den Mund.

»Wie kaltblütig muss man sein?«, murmelte Opa Paul und schüttelte den Kopf.

»Ich kann nur hoffen, dass die Regierung hart durchgreift«, sagte Gesines Mutter. »Sie dürfen sich auf keinen Fall von diesen Kriminellen erpressen lassen.«

»Wir wissen ja noch gar nicht, wer genau dahintersteckt und welche Absichten die Entführer haben«, wandte ihr Mann ein.

»Ich bin sicher, dass der Redakteur richtigliegt und die RAF verantwortlich ist«, entgegnete sie.

Gesine war hin- und hergerissen. Einerseits war sie ausnahmsweise der gleichen Ansicht wie ihre Mutter. Nichts konnte skrupellose Gewalt rechtfertigen, die buchstäblich über Leichen ging. Andererseits stand das Leben des Entführten auf dem Spiel.

»Aber werden die nicht kurzen Prozess machen und Schleyer ermorden, wenn man ihre Forderungen nicht erfüllt?«, fragte sie.

Ihr Vater rieb sich die Stirn. »Wenn er überhaupt noch lebt.«

»Lasst uns weitere Informationen abwarten«, sagte Opa Paul. »Es bringt nichts, sich mit Spekulationen verrückt zu machen.«

»Stimmt«, sagte Gesines Vater und stand auf. »Ich geh jetzt ins Büro. Wittke fragt sich gewiss schon, wo ich bleibe.«

Nach dem Mittagessen forderte Henriette von Pletten ihre Tochter auf, ein erstes Training mit Grigori zu absolvieren. Es herrschte trübes Wetter. Seit dem Morgen nieselte es aus einem grauen Himmel, und ein frischer Wind veranlasste Gesine, einen dicken Pullover unter die wasserdichte Jacke anzuziehen. Vor den Stallungen traf sie Wittke, einen drahtigen Endfünfziger, der ihrem Vater seit gut dreißig Jahren treue Dienste als Stallmeister leistete. Er bewohnte zwei Zimmer direkt über seinen geliebten Vierbeinern. Das Angebot des Grafen, die leerstehenden Räume im linken Flügel des Torhauses zu beziehen, hatte er abgelehnt. Auch wenn diese größer und komfortabler waren – die Nähe zu den Pferden war ihm wichtiger.

»Moin, Gesine.« Er tippte mit zwei Fingern an seine Schiffermütze, die er zum Andenken an seinen Vater trug, der zur See gefahren war.

Gesine konnte sich nicht erinnern, ihn jemals ohne diese Kopfbedeckung gesehen zu haben. Als Kind hatte sie sich gefragt, ob sie wohl an seinen Haaren festgewachsen war. Kein noch so starker Sturm konnte sie von Wittkes Kopf wehen, kein noch so strenges Stirnrunzeln ihrer Mutter brachte den Stallmeister dazu, die Mütze im Haus abzulegen.

»Guten Morgen«, antwortete sie. »Ist Cara noch auf der Koppel?«

Wittke nickte. »Der Russe holt sie gerade. Du kannst am Reitplatz auf die beiden warten. Müssten jeden Augenblick dort sein.«

Gesine war für einen Moment versucht, den Stallmeister nach seiner Meinung zu dem Bereiter zu fragen. Wittke hatte Grigoris Vorgänger sehr geschätzt und tat sich gewiss nicht leicht, sich an einen neuen Mitarbeiter zu gewöhnen. Noch dazu an einen, der aus einer fremden Kultur kam und vermutlich andere Ansichten vertrat, wie man mit Pferden umgehen sollte. Halt lieber den Mund, riet die Vernunftstimme in ihr. Wittke ist kein Freund von Tratschereien über andere. Und du willst es dir doch nicht mit ihm verscherzen. Das ist dieser Grigori gar nicht wert.

Sie nickte Wittke zu und machte sich auf den Weg zum Reitplatz, der hinter den Stallungen lag. Grigori und Cara waren noch nicht dort. Gesine lief weiter zu den Koppeln, die durch dichte Hecken voneinander abgetrennt waren. Der Pfad führte zunächst an einer großen Weide entlang, auf der die Einjährigen grasten. Dahinter befand sich die Koppel, auf die Cara am Morgen zusammen mit vier weiteren Stuten gebracht worden war.

Ein angstvolles Wiehern riss Gesine aus ihren Gedanken. Sie beschleunigte ihre Schritte, erreichte kurz darauf das Gattertor und sah die kleine Herde in wildem Galopp kreuz und quer über die Wiese rasen. Die Pferde hatten die Augen weit aufgerissen, ihr Fell auf Brust und Flanken war schweißdurchnässt, und immer wieder gaben sie dieses schrille Wiehern von sich, das Gesine schon von Weitem gehört hatte. Das war kein ausgelassenes Toben. Das war pure Panik! Was hatte die Tiere erschreckt?

Gesine schaute sich um und erstarrte. Am anderen Ende der Koppel stand Grigori und fuchtelte mit einem langen Stock herum. Er war hochrot im Gesicht und sah aufgebracht aus. Gesine ballte die Fäuste. Das konnte nicht wahr sein. War der Typ vollkommen übergeschnappt? Glaubte er ernsthaft, auf diese Weise ein Pferd einfangen zu können?

Die fünf Stuten hatten sich mittlerweile ein bisschen beruhigt und drängten sich ungefähr zwanzig Meter vom Gattertor entfernt zusammen. Doch noch tänzelten sie nervös auf der Stelle, reckten die Köpfe und sicherten nach allen Seiten. Gott sei Dank gehen sie nicht mehr durch, dachte Gesine. Mit einem Schaudern erinnerte sie sich an Casimir, einen Hengst, der einige Monate zuvor – von einer tieffliegenden Propellermaschine erschreckt – im Paddock durchgedreht war, sich blindlings gegen die Einzäunung geworfen hatte und schwer verletzt zu Boden gegangen war.

Gesines Augen suchten Cara. Ihr wurde kalt. Die Stute blutete! An ihrer Schulter war das Fell aufgerissen, das rote Fleisch war selbst auf die Distanz zu erkennen. Gesines Magen zog sich zusammen. Die Wut auf Grigori, der die Hand gegen ihr Pferd erhoben hatte, und die Angst um Cara raubten ihr den Atem.

Der junge Russe hatte sie entdeckt und lief auf sie zu. An seiner Stirn klaffte eine Platzwunde. Geschieht ihm recht, dachte Gesine verächtlich. Er kann froh sein, dass ihn der Huf nicht stärker getroffen und bewusstlos geschlagen hat.

»Verschwinde von der Weide!«, schrie sie und deutete auf das Gatter.

Zu ihrer Überraschung schien Grigori sie nicht nur auf Anhieb verstanden zu haben, sondern auch bereit zu sein, ihr zu gehorchen. Ohne zu zögern bog er ab, kletterte zwischen den Planken des Holzzauns hindurch und lief an diesem entlang in ihre Richtung weiter. Gesine wartete nicht ab, bis er sie erreicht hatte. Sie wollte keine Ausreden oder gar Beschuldigungen der Pferde hören. In diesem Augenblick zählte nur eins: Hilfe für die verletzte Cara zu holen. Gesine drehte sich um und rannte so schnell sie konnte zurück zum Gestüt.

Wenige Minuten später stürzte sie außer Atem ins Büro ihres Vaters, der vor einem Aktenschrank stand und in einem Ordner blätterte. Anton lag neben dem Schreibtisch in seinem Körbchen und nagte hingebungsvoll an einem Knochen.

»Nanu, bist du schon vom Training zu…« Graf Pletten sah seine Tochter verblüfft an.

»Ich muss … dringend telefonieren«, fiel ihm Gesine atemlos ins Wort. »Cara ist schwer verletzt. Doktor Warneke muss sofort kommen.« Ohne eine Antwort abzuwarten, riss Gesine den Hörer von der Gabel und wählte die Nummer des Tierarztes, die mit anderen wichtigen Anschlüssen auf einem Zettel neben dem Telefon notiert war. Nach ein paar Freizeichen meldete sich die Sprechstundenhilfe.

»Hier spricht Gesine von Pletten. Bitte, der Doktor muss sofort herkommen. Eine Stute ist verwun…«

»Tut mir leid, der Herr Doktor ist unterwegs. Er wurde vor einer Viertelstunde zum Claußenhof gerufen.«

»Sie meinen den Hof von Heinz Claußen bei Gundelsby?«, fragte Gesine.

»Genau den.«

»Gut, dann rufe ich dort an. Vielen Dank.« Sie drückte die Gabel herunter. »Paps, hast du die Nummer von Bauer Claußen?«

Ihr Vater nickte, zog eine Schublade seines Sekretärs auf, holte ein in Leder eingebundenes Adressbuch heraus, schlug es auf und hielt Gesine die Seite mit der Anschrift des Hofes hin, der nur wenige Kilometer von Gut Pletten entfernt war.

Eine Minute später atmete Gesine durch. Die Bäuerin hatte versprochen, den Tierarzt umgehend zu ihnen zu schicken, sobald er mit der Behandlung einer Kuh fertig war. Länger als zehn, fünfzehn Minuten würde er nicht brauchen.

»Was ist denn passiert?«, fragte Gesines Vater und sah sie besorgt an. »Wie hat sich Cara verletzt?«

»Die Frage lautet nicht wie. Sondern wer.« Der Zorn auf Grigori loderte erneut in ihr hoch.

»Wie bitte? Deine Stute ist verwundet? Habe ich das richtig verstanden?«

Von Gesine und ihrem Vater unbemerkt war Henriette von Pletten ins Zimmer getreten.

»Ihr werdet es nicht gern hören«, sagte Gesine. »Aber euer neuer Bereiter ist ein brutaler Schinder. Cara hat sich offensichtlich nicht von ihm einfangen lassen wollen. Da hat er sie mit einem Knüppel verfolgt und blutig geschlagen.« Ihre Stimme kippte vor Empörung. Sie räusperte sich und fuhr ruhiger fort.

»Ihr versteht sicher, dass ich so einem Menschen mein Pferd niemals anvertrauen werde.«

Ihre Eltern wechselten ungläubige Blicke.

»Ich kann das nicht glauben«, sagte ihr Vater.

Gleichzeitig meinte seine Frau: »Der Junge machte wirklich nicht den Eindruck …«

»Er hat sich gewiss alle Mühe gegeben, sich vor euch von seiner besten Seite zu präsentieren«, unterbrach Gesine sie. »Aber wenn er sich unbeobachtet glaubt, zeigt er sein wahres Gesicht.« Sie ging zur Tür. »Ich versuche jetzt, Cara zu beruhigen. Damit Doktor Warneke sie behandeln kann.«

Bevor ihre Eltern etwas einwenden konnten, hatte Gesine das Büro verlassen und hastete zurück zur Pferdekoppel.

Estland – Oktober 1938

– 6 –

Zu Beginn der neuen Woche schlug das Wetter um. Es wurde merklich kühler, dunkle Wolkenberge trieben über die Insel, und in den Nächten gab es den ersten Frost. Das Laub der Bäume verfärbte sich, die Wege und Rasenflächen im Park waren mit einem Teppich aus gelben Birkenblättern bedeckt, Ostwinde fegten über die Weiden und Felder, Wege verwandelten sich in Moraste, und Regenschauer peitschten gegen die Fensterscheiben. Die Wasservögel beendeten ihre Rast in der Käina-Bucht und setzten ihre Reise nach Süden fort, die Schwalben sammelten sich, und auch die Stare machten sich zum Abflug bereit. Die Luft war gesättigt vom Rauch der Feuer, in denen das Kartoffelkraut verbrannt wurde – ein Geruch, der für Charlotte mit dem Herbst verbunden war wie kein anderer.

Onkel Julius fuhr für ein paar Tage in geschäftlichen Angelegenheiten, die seine persönliche Anwesenheit erforderten, nach Tallinn. Er hatte Kassari schon seit Jahren nicht mehr verlassen. Er reiste nicht gern und fühlte sich unwohl, wenn mehr als zehn Kilometer zwischen ihm und dem Birkenhof lagen. Während der Krankheit seiner Frau hatte Baron Uexküll einen zusätzlichen triftigen Grund gehabt, sich nicht von seinem Gestüt zu entfernen. Doch nun konnte und wollte er die kurze Reise nicht länger aufschieben und ließ sich am Mittwochmorgen von Lennart zum Hafen nach Orjaku kutschieren.

Charlotte sah seiner Abwesenheit – so kurz sie auch sein mochte – mit Nervosität entgegen. Nun war sie tatsächlich die Herrin des Birkenhofs mit all der Verantwortung, die diese Stellung mit sich brachte. Onkel Julius hatte ihre Anspannung bemerkt. »Du wirst das ganz großartig machen«, hatte er zum Abschied gesagt und mit einem Blick zu Lennart hinzugefügt: »Außerdem bist du ja nicht auf dich allein gestellt.«

Charlotte hätte sich lieber die Zunge abgebissen, als zuzugeben, dass genau das ein weiterer Grund für ihre Aufregung war. Seit dem Sonntagsspaziergang zum Friedhof hatte sich das Verhältnis zwischen ihr und Lennart entspannt, er begegnete ihr freundlich und hilfsbereit. Charlotte war froh darüber und gleichzeitig verunsichert. Lennarts Nähe versetzte sie in eine Unruhe, die sie sich nicht erklären konnte. War der Grund dafür ihre mangelnde Erfahrung im Umgang mit jungen Männern? Schließlich war sie – abgesehen von ihrem Bruder – selten mit Gleichaltrigen des anderen Geschlechts zusammen. In Stift Finn war sie zudem fast ein Jahr lang nur von Mädchen und Frauen umgeben gewesen.

Und warum war es ihr so wichtig, was Lennart über sie dachte und ob er ihre Gesellschaft schätzte? War er nur zuvorkommend, weil sich das so gehörte? Vergeblich befahl Charlotte sich, diese sinnlose Grübelei zu unterlassen. Der junge Este spukte ständig in ihrem Kopf herum. Nun, zum Glück erhalte ich bald weibliche Unterstützung, dachte sie und beschwor das Bild von Lennarts Schwester herauf, die ihren Besuch während der Kleisterferien angekündigt hatte und an diesem Mittwoch eintreffen wollte. Abgesehen davon, dass sie Maarja sehr mochte und sich aufrichtig über das Wiedersehen freute, versprach sich Charlotte von ihrer Anwesenheit eine Ablenkung von den verwirrenden Gefühlen, die ihr Bruder in ihr auslöste. Mit Maarja an ihrer Seite würde es ihr gelingen, Lennart ungezwungener gegenüberzutreten und ihre Unsicherheit zu überspielen.

Wenige Stunden nach der Abfahrt von Onkel Julius hörte Charlotte, die sich zum Flicken von Tischtüchern und Servietten in den kleinen Salon zurückgezogen hatte, ein schrilles Klingeln. Sie sah aus dem Fenster, das zum Hof hinausging, und runzelte die Stirn. Was führte den Briefträger um diese Tageszeit hierher? Bereits vor dem Mittagessen war er auf seiner täglichen Fahrradrunde über die Insel auf dem Birkenhof vorbeigekommen und hatte die Post gebracht. Sie legte das Nähzeug beiseite und eilte zur Eingangstür, wo sie fast mit Lennart zusammenstieß, der eben mit einem leeren Holzkorb aus der Küche kam. Verlegen machte sie einen Schritt rückwärts, während er die Tür öffnete.

»Ein Telegramm für Landa«, hörte sie den Postboten sagen.

»Danke«, antwortete Lennart und nahm das Schreiben entgegen.

Charlotte trat zu ihm vor die Tür. Der Briefträger tippte sich an die Mütze und radelte vom Hof. Lennart überflog das Telegramm.

»Schlechte Nachrichten?«, fragte Charlotte und sah ihn forschend an.

»Nichts Schlimmes.« Er zuckte die Schultern. »Meine Schwester kann leider doch nicht kommen. Sie hat keinen Vertreter für die Poststelle gefunden.«

Charlotte wusste, dass Maarja nicht nur als Lehrerin in Malvaste arbeitete, sondern auch die Poststation verwaltete, die – wie in vielen Landgemeinden üblich – im Schulgebäude untergebracht war.

»Ach, wie schade!«, rief sie.

»Ja, das finde ich auch«, sagte Lennart. »Aber aufgeschoben ist nicht aufgehoben.« Er lächelte ihr zu und lief mit dem Korb Richtung Holzschuppen.

Charlotte sah ihm nach und biss sich auf die Unterlippe. Maarjas Absage versetzte ihr einen Dämpfer. Sie hatte fest mit ihr gerechnet. Die Vorstellung, mit Lennart in dem Haus allein zu sein, verursachte ihr ein flaues Magengrummeln. Jetzt stell dich nicht so an, befahl sie sich. Es gibt genug Arbeit, um dich abzulenken. Außerdem bist du ja gar nicht allein mit ihm. Halte dich einfach an die Köchin. Charlotte atmete erleichtert aus. Frau Mesila hatte sich weitgehend von ihrem Hexenschuss erholt und werkelte wieder in ihrem Reich, wo sie sich dieser Tage neben der Zubereitung der Mahlzeiten vor allem dem Einkochen von Säften und Marmeladen, Einwecken von Gemüse und Dörren von Äpfeln, Pflaumen und Birnen widmete.

Angesichts des nachlassenden Regens beschloss Charlotte, die Näharbeit später zu beenden und sich im Garten nützlich zu machen. Sie zog sich Gummistiefel an, holte eine Schubkarre, belud sie mit Pferdemist und verteilte diesen auf den Blumen- und Gemüsebeeten. Als Nächstes schnitt sie die Rosenstöcke zurück und bedeckte sie mit Tannenzweigen. Nachdem sie Blumenzwiebeln für das nächste Frühjahr gesetzt hatte, holte sie luftdurchlässige Holzkisten aus dem Schuppen, in denen sie haltbare Apfelsorten wie Berlepsch, Boskoop und Renetten im Keller lagern wollte. Beladen mit einem Kistenstapel, den sie sich unters Kinn geklemmt hatte, verließ sie den Schober.

»Lass mich dir helfen.«

Charlotte hatte Lennart zuvor nicht bemerkt und ließ vor Schreck beinahe ihre Last fallen. Er griff nach den schwankenden Kästen und nahm sie ihr ab.

»Danke«, murmelte Charlotte und sah verlegen zu Boden. Während der letzten Stunden hatte sie – vertieft in die Arbeit – alles um sich herum vergessen, sogar Lennart.

»Ich wollte dich fragen, ob wir heute die Fenster im Wohnhaus abdichten sollen«, sprach er weiter.

»Äh … ja, warum nicht«, stammelte Charlotte und strich sich eine Haarsträhne, die sich aus ihrem Zopf gelöst hatte, hinters Ohr.

»Fein. Dann hole ich schon mal die Außenfenster.« Er setzte sich in Bewegung, trug die Kisten zum Garten und stellte sie ab. »Wir sehen uns also gleich?« Er schaute sie fragend an.

Charlotte spürte, wie ihr das Blut in die Wangen stieg. Sie sah sich außerstande, einen geraden Satz herauszubringen. Das ist lächerlich, dachte sie. Du musst dich zusammenreißen. Sonst bildet er sich womöglich noch was ein. Sie räusperte sich. »Ich fülle nur noch rasch die Kisten.«

Lennart nickte. »Ich bringe sie nachher in den Keller.«

Als Charlotte eine halbe Stunde später ins Haus kam, hatte Lennart bereits begonnen, die Doppelfenster in die runden Eisenstifte einzuhängen, die ins Holz der Fensterrahmen eingelassen waren. Charlotte legte lange Wattekissen in die handbreiten Zwischenräume, schnitt Papierstreifen zurecht und rührte Kleister an. Diesem verdankten die Herbstferien ihren Namen. Vor dem Einbruch des Winters wurden die Fenster abgedichtet, um die bevorstehende eisige Kälte draußen zu halten. Zusammen mit Lennart stopfte Charlotte Werg in die Fugen und Ritzen zwischen Fensterrahmen und Mauerwerk und verklebte sie anschließend mit den Papierstreifen. Zum Lüften blieb jeweils nur ein kleines Klappfenster im Außen- und im Innenfenster unverkleistert.

Schweigend arbeiteten sie einander zu. Die Konzentration auf ihre Tätigkeit beruhigte Charlotte. Gleichzeitig war sie sich der Nähe Lennarts überdeutlich bewusst. Als er auf eine Klappleiter stieg, um an die oberen Rahmen zu gelangen, und sie ihm Papierstreifen anreichte, berührten sich zufällig ihre Hände. Der Schauer, der sie dabei durchzuckte, erschreckte Charlotte. Es kam ihr so vor, als führe ihr Körper ein von ihr unabhängiges Leben, auf das sie keinen Einfluss hatte. Sie war froh, als sie kurz darauf das letzte Doppelfenster winterfest gemacht hatten.

Während Lennart nach draußen ging, um mit Hilfe eines Stallburschen schadhafte Stellen auf den Dächern der Wirtschaftsgebäude zu reparieren, begab sich Charlotte in die Küche und half Frau Mesila beim Schnippeln, Schälen und Entkernen von Früchten. Sie liebte es, der Köchin zu lauschen, die unablässig die neuesten Klatschgeschichten, die in der Nachbarschaft kursierten, Ereignisse aus ihrem Leben und amüsante Anekdoten zum Besten gab. Während Lennart ein akzentfreies Deutsch sprach, hatte Frau Mesila einen unverkennbaren estnischen Zungenschlag, bei dem sie unter anderem weiche Konsonanten im Anlaut hart aussprach. So begrüßte sie Charlotte jeden Morgen mit den Worten: »Kuuten Morjen, knädijes Freilein, womit terf ich tienen?«

Auch an diesem Spätnachmittag freute sich die Köchin über Charlottes Gesellschaft, bot sich ihr doch die willkommene Gelegenheit, die von der Zugehfrau erfahrenen Neuigkeiten weiterzugeben. Nachdem sie Charlotte auf den neuesten Stand der Vorkommnisse auf den benachbarten Höfen gebracht hatte, erzählte sie von dem Missgeschick, das dem Verwalter eines Gutes passiert war. Dieser sollte den Tierarzt zu einer Kuh führen, die eine Kolik hatte. Am Eingang zum Stall war er stehen geblieben, um dem Arzt den Vortritt zu lassen.

»An Stall sein Schwelle hat er sich vor feine Mann blamiert«, sagte Frau Mesila und schraubte einen Deckel auf ein Glas Pflaumenmarmelade. »Verwalter gibt mit galante Miene Vortritt. Doch Vitrinär sagt: Bitte, nach Ihnen. Da antwortet Verwalter: Nein, erste Platz in Stall gehört für Sie.«

»Wie peinlich,« Charlotte prustete los. »Der Arme!«

Frau Mesila befüllte ein weiteres Glas mit Marmelade. »Ja, hat sich sehr scheniert. Aber Arzt ist Mann von Welt. Schenkt nich Beachtung und …«

Ein Klopfen an der Tür unterbrach den Redefluss der Köchin.

Lennart steckte den Kopf herein. »Wir sind jetzt fertig«, sagte er »Gibt es im Haus noch etwas zu erledigen?« Er sah Charlotte an.

Ihre Kehle wurde trocken. »Äh, … nein, ich glaube nicht.« Sie riss ihre Augen von seinen los und sah auf ihre Armbanduhr.

»So spät schon? Ich habe gar nicht gemerkt, wie die Zeit verfliegt. Frau Mesila erzählt so schön.« Sie lächelte diese an. »Was halten Sie davon, wenn wir drei hier zusammen zu Abend essen? Dann können Sie uns noch mehr …« Charlotte unterbrach sich.

Die Miene der Köchin verschloss sich. »Tas jeheert sich nich«, brummelte sie und verschränkte die Arme vor der Brust.

Onkel Julius hatte Charlotte gegenüber angedeutet, wie altmodisch Frau Mesilas Überzeugungen in manchen Dingen waren. In ihr Weltbild passte es nicht, dass ein gnädiges Fräulein mit den Angestellten an einem Tisch aß. Schon gar nicht in der Küche. Dass ihr Dienstherr seinen Stallmeister zu den Mahlzeiten einlud, änderte daran nichts. Der *Paron* war eben ein eigenwilliger Mann, dessen Wünschen man sich zu fügen hatte. Gutheißen brauchte man sie deswegen noch lange nicht.

Charlotte musste an ihre Mutter denken, die der Köchin voller Inbrunst zugestimmt hätte – wenn auch aus einem anderen Grund. Irmengard von Lilienfeld mochte sich selbst für eine aufgeschlossene, vorurteilslose Frau halten – wenn es um die Abgrenzung zwischen Deutschbalten und Esten ging, war sie von einem Dünkel erfüllt, den Charlotte befremdlich fand. Während ihr Vater zahlreiche Esten zu seinen Patienten und Bekannten zählte und deren Sprache gut beherrschte, weigerte sich seine Frau, mehr als ein paar Brocken Estnisch zu erlernen. Sie ignorierte die Tatsache, seit zwanzig Jahren in einem unabhängigen estnischen Staat zu leben. Unbeirrt hielt sie – trotz des Sprachengesetzes von 1935, das deren öffentlichen Gebrauch verbot – an den deutschen Namen für Städte, Inseln, Flüsse und Landgemeinden fest und konnte sich nicht dazu durchringen, den Esten auf Augenhöhe zu begegnen. Für sie waren es nach wie vor Menschen, die zum Dienen vorbestimmt waren; Kinder, die der Vormundschaft der Deutschen bedurften, um das Leben zu meistern. Wenn sie mich hier sehen würde, wie ich mich »gemein« mache, wäre sie entsetzt, dachte Charlotte und spürte Scham, zu der sich Trotz gesellte. Es war höchste Zeit, diese überkommenen Vorbehalte aus der Welt zu schaffen. Für den Anfang konnte sie bei der Köchin einen Vorstoß wagen.

»Bitte, Frau Mesila«, rief sie. »Sie wollen doch nicht, dass ich mutterseelenallein im Salon esse, oder?« Charlotte schaute die Köchin betrübt an. »Ich käme mir ganz verloren vor.«

»Das können wir unmöglich zulassen«, mischte sich Lennart ein. In seinen Augen blitzte ein belustigtes Funkeln auf.

»Ich brächte ganz gewiss keinen Bissen über die Lippen«, fuhr Charlotte fort.

»Oi, tas möchte lieber Gott verhüten!« Frau Mesila sah sie erschrocken an. »Natürlich leisten wir Ihnen kern Gesellschaft.«

Offensichtlich hatte Charlotte mit ihrer letzten Behauptung ins Schwarze getroffen. Die Vorstellung, jemand würde ihretwegen den Appetit verlieren, wog für die Köchin schwerer als die Bedenken, ihr Verhalten könnte gegen die guten Sitten verstoßen.

Charlotte bemerkte, dass Lennart schmunzelte und ihr anerkennend zunickte. Die verschwörerische Geste ließ ihr Herz schneller schlagen und vertrieb zugleich die Befangenheit, die sie ihm gegenüber verspürt hatte.

Während der Abwesenheit von Onkel Julius trafen sie sich von nun an jeden Abend in der Küche zum gemeinsamen Essen. Charlotte ertappte sich dabei, wie sie diesen Stunden entgegenfieberte. Auch Frau Mesila blühte in der »jungen Gesellschaft« sichtlich auf und spendierte zu späterer Stunde das ein oder andere Gläschen ihres selbst angesetzten Beerenweins, den sie ansonsten nur zu besonderen Anlässen herausrückte. Lennart war der Köchin ebenbürtig, was das Erzählen von Geschichten anging. Selbst die unscheinbarste Begebenheit hörte sich aus seinem Munde interessant und bedeutungsvoll an. Was nicht zuletzt an seiner warmen Stimme lag. Charlotte war hingerissen von ihrem dunklen Timbre, das ihr Innerstes zum Schwingen brachte. Auch Frau Mesila lauschte Lennarts Erzählungen gebannt, ab und an ein »Oi, ist es die Mechlichkeit« ausrufend.

Als Baron Uexküll am Samstag zurückkam, war sie jedoch nicht länger dazu zu bewegen, sich gemeinsam mit der Herrschaft an einen Tisch zu setzen. Lennart dagegen nahm – zu Charlottes Freude – die Einladung von Onkel Julius gern an, sich nach dem Abendbrot zu ihm und seiner Nichte ins Wohnzimmer zu gesellen und den Tag gemeinsam vor dem Kachelofen ausklingen zu lassen. Geheizt wurde mit Birkenkloben, die eine behagliche Wärme verbreiteten. Charlotte liebte das Geräusch der knackenden Holzscheite, in das sich das feine Sausen des Windes im Kamin mischte. An die Stelle unterhaltsamer Anekdoten traten nun Gespräche über politische und gesellschaftliche Themen.

Onkel Julius hatte in der Hauptstadt neben seinen geschäftlichen Erledigungen die Gelegenheit ergriffen, einige Bekannte zu treffen, den »Schwarzhäupter Club« zu besuchen und sich über die aktuellen Entwicklungen auszutauschen. Zwar hielt er sich zu Hause mit diversen Zeitungen auf dem Laufenden und war gut informiert über die Geschehnisse im In- und Ausland. Erst im persönlichen Gespräch war ihm jedoch klargeworden, wie kontrovers insbesondere die Politik des Dritten Reiches unter den Deutschbalten diskutiert wurde und wie breit mittlerweile die Kluft zwischen den Anhängern der Nationalsozialisten und deren Kritikern klaffte.

»Ich war immer davon ausgegangen, unser von Grund auf konservativer baltischer Adel sei immun gegen die Ideologie der Nationalsozialisten«, sagte Onkel Julius, öffnete ein Silberkästchen und entnahm ihm eine Papirossa. Er knickte das lange Pappmundstück der russischen Zigarette zweimal, damit beim Inhalieren des Rauchs keine Krümel oder Glut in seinen Mund gelangten. »Ich fürchte, ich muss meine Meinung revidieren.«

»Wieso?«, fragte Charlotte.

»Ich habe einen alten Schulkameraden getroffen«, antwortete Onkel Julius. »Früher hat er Hitler vehement abgelehnt und von ihm nur als dem tollgewordenen Unteroffizier oder böhmischen Gefreiten gesprochen.« Onkel Julius strich ein Zündholz an und hielt es an die Papirossa. »Jetzt war der Mann wie ausgetauscht. Er hat eine Rede des Führers im Berliner Sportpalast miterlebt. Und seitdem ist er ein glühender Anhänger der Bewegung.« Onkel Julius zog an der Zigarette. »Ich verstehe das nicht. Der Mann ist weder ein Schwärmer, noch halte ich ihn für leicht verführbar.« Er verzog den Mund: »Wenn also einer wie er so mir nichts, dir nichts seine Meinung ändert ...« Er schüttelte den Kopf. »Vielleicht messe ich dem auch zu viel Bedeutung bei.« Er sah Lennart und Charlotte an. »Was denkt ihr?«

Charlotte schluckte. Sie war es nicht gewohnt, in solche Diskussionen einbezogen und nach ihrer Sichtweise gefragt zu werden. Ihre Eltern vertraten die Ansicht, junge Frauen sollten sich in gebildeter Konversation üben, durchaus anspruchsvoll und kulturell auf der Höhe. Zu »schwierigen« politischen Fragen eine dezidierte Meinung zu haben oder gar eine Stellung zu beziehen, mit der sie anecken konnten, ziemte sich in ihren Augen jedoch nicht.

»Ich glaube, dass das Gedankengut der Nazis hier unter den Deutschen nicht so verbreitet ist wie zum Beispiel in Lettland«, sagte Lennart. »Dort soll sich Hitler großer Beliebtheit erfreuen.«

»Na ja, aber bei uns gibt es schon auch ... also, ich kenne ... äh«, begann Charlotte und verstummte aus Angst, sich zu blamieren.

»Immer frisch von der Leber weg!« Onkel Julius klopfte ihr sacht aufs Knie.

»Wir sind doch unter uns«, sagte Lennart und sah ihr in die Augen.

Das aufrichtige Interesse, das sie darin las, ermutigte Charlotte. »Ich dachte gerade an zwei Mädchen, die ich in Stift Finn kennengelernt habe. Die beiden haben ständig von dem Heldischen der Bewegung geschwärmt – was immer das sein soll. Und sie fanden es großartig, dass die Nazis die Jugend als Gestalter der Zukunft verherrlichen.«

»Ja, bei vielen jungen Leuten finden sie zweifellos Anklang«, sagte Onkel Julius. »Denkt nur an die Pfadfinderkorps.«

»Wurden die nicht letztes Jahr von der Regierung in Tallinn verboten?«, fragte Lennart.

»Stimmt. Und das aus gutem Grund«, antwortete Onkel Julius.

»Genau!«, rief Charlotte. »Die Nazis hatten sie zunehmend mit ihrem Gedankengut infiltriert.« Sie kratzte sich an der Schläfe. »Meine beiden Klassenkameradinnen waren über das Verbot sehr empört. Aber ich bezweifle, dass sie hundertprozentige Nazis sind. Dazu sind sie viel zu tief im christlichen Glauben verankert. Außerdem verstehen sie sich als estnische Staatsangehörige und nicht als Reichsdeutsche.«

»Hoffen wir, dass sie den Verführungskünsten der NS-Propaganda widerstehen«, murmelte Onkel Julius und drückte die Papirossa aus.

Charlotte schaute auf die glimmenden Scheite im Kamin und gestand sich ein, bislang wenig darüber nachgedacht zu haben, wie die Deutschbalten zum Dritten Reich standen. Ihre Eltern lehnten wie Onkel Julius den Nationalsozialismus strikt ab – was Charlotte zu der Annahme verleitet hatte, das träfe bis auf wenige Ausnahmen auf die gesamte deutsche Minderheit in Estland zu. Dabei hatte sie durchaus wahrgenommen, dass es neben den Gleichgültigen, die sich grundsätzlich nicht für politische Fragen interessierten, auch manche gab, die sich durchaus von den Idealen der NS-Propaganda angezogen fühlten. Gleichzeitig waren sie jedoch abgestoßen von dem martialischen Auftreten in Uniform, dem Gebrüll und der Gewaltbereitschaft. Einige aber ergaben sich der »Bewegung« ohne Wenn und Aber und wünschten sich nichts sehnlicher als eine Vereinigung mit dem Reich.

»Ich verstehe nicht, wie man so blind sein kann«, drang Onkel Julius' Stimme in Charlottes Gedanken.

Sie hob den Kopf. Die beiden Männer hatten das Thema gewechselt und sprachen über die Annexion des Sudetenlandes, in das die Wehrmacht am ersten Oktober einmarschiert war. Die »Deutsche Zeitung« hatte täglich darüber berichtet.

»Es liegt doch auf der Hand, dass Hitler einen Krieg will«, fuhr Onkel Julius fort. »Dass die Tschechoslowakei ihm Böhmen und Mähren kampflos überlassen hat und die Westmächte dabei tatenlos zugesehen haben, wird ihn nicht aufhalten. Im Gegenteil. Er hält sie für Feiglinge, die er leicht besiegen kann.«

»Er hat ja nie einen Hehl aus seinen Expansionsplänen gemacht«, sagte Lennart.

Onkel Julius verzog grimmig das Gesicht. »Es geht sogar das Gerücht, Hitler sei wütend über die erfolgreichen Verhandlungen mit den Tschechen gewesen. Denn so haben sie ihm vorerst die Gelegenheit zum Kriegführen genommen.«

»Aber in der Zeitung stand auch, dass die Deutschen den Führer als Friedensbewahrer verehren«, sagte Charlotte leise. »Werden sie seine Kriegspläne gutheißen?«

»Gutheißen wird die Mehrheit sie wohl nicht«, antwortete Lennart. »Aber sich dagegen auflehnen …« Er zuckte die Schultern.

»Die meisten wollen es ohnehin nicht wahrhaben, dass ihr

geliebter Führer ein Brandstifter ist«, sagte Onkel Julius. »Dabei gibt es untrügliche Zeichen, die jeder sehen kann. Besser gesagt, könnte.«

»Ihr seid also wirklich überzeugt, dass Hitler einen Krieg anzetteln will?« Charlotte rieb sich die Schläfe. »Was bedeutet das für uns? Estland ist ja neutral und wird sich nicht …«

Die beiden Männer wechselten einen Blick, der Charlotte verstummen ließ.

»Ich glaube nicht, dass sich Hitler darum schert«, sagte Lennart.

Onkel Julius nickte. »Er will Lebensraum im Osten erobern. Das hat er bereits vor über zehn Jahren in seinen programmatischen Schriften dargelegt.«

»Und Estland liegt im Osten«, hauchte Charlotte und hob eine Hand vor den Mund.

»Von einem Bekannten des deutschen Gesandten in Rom weiß ich, dass Hitler diesem vor ein paar Monaten mitgeteilt hat, das Baltikum sei nach dem Sudetenland sein nächstes Ziel.«

Charlotte schaute erschrocken zu Lennart. Wie mochten sich solche Okkupationsgelüste für einen Esten anhören, dessen Volk erst zwanzig Jahre zuvor nach einer jahrhundertewährenden Fremdherrschaft die Souveränität erlangt hatte? Lennart erwiderte ihren Blick. Trotz lag darin und leise Resignation. Man musste kein erfahrener Stratege sein, um sich auszurechnen, wie gering Estlands Chancen waren, sich einem Gegner wie Großdeutschland erfolgreich zu widersetzen.

Onkel Julius stand auf, ging zu einem Teewagen, auf dem eine Karaffe mit Portwein stand, und schenkte drei Gläschen voll.

»Jetzt lasst uns die trüben Gedanken verscheuchen.« Er reichte Charlotte und Lennart je ein Glas und setzte sich wieder. »Ich habe euch noch gar nicht gedankt. Ihr habt euch mächtig ins Zeug gelegt, während ich weg war.« Er lächelte ihnen zu.

»Alles ist winterfest, der Vorratskeller ist wohl gefüllt, und alles blitzt und glänzt.« Er hob sein Glas. »In bessere Hände könnte ich mein Gut nicht geben! Auf euer Wohl!«

Charlotte spürte, wie ihr die Röte in die Wangen stieg. Auch Lennart machte einen verlegenen Eindruck und nippte mit niedergeschlagenen Augen an seinem Portwein. Onkel Julius lehnte sich zurück und betrachtete den jungen Esten mit einem Lächeln, in dem Charlotte Stolz und Zufriedenheit las. Als wäre er sein Sohn, schoss es ihr in den Kopf. Zum Glück kann Mutter das nicht sehen, dachte sie beim nächsten Atemzug. Sie fände allein die Vorstellung, ihr Bruder könnte väterliche Gefühle für einen Esten entwickeln, skandalös. Rasch verdrängte sie den Gedanken an ihre Mutter und gab sich der Freude hin, den Abend in der Gesellschaft dieser beiden besonderen Männer verbringen zu dürfen.

Schleswig-Holstein, September 1977

— 7 —

Als Gesine erneut bei der Koppel eintraf, bot sich ihr ein Bild, das ihr einen Ausruf des Erstaunens entlockte. Grigori stand nicht weit vom Gattertor entfernt inmitten der kleinen Stutenherde. Die Pferde wirkten entspannt, beschnupperten ihn und ließen sich von ihm streicheln. Der junge Russe hatte ein Halfter in der Hand, das er Cara hinhielt. Dabei sprach er leise auf sie ein. Die Stute reckte den Kopf vor und ließ sich das Zaumzeug bereitwillig überstreifen. Gesine verfolgte die Szene mit angehaltenem Atem. Wie war das möglich? Warum ließ sich Cara von dem Menschen berühren, der sie noch wenige Minuten zuvor mit einem Knüppel blutig geschlagen hatte?

Das Brummen eines Motors kündete die Ankunft von Doktor Warneke an, der seinen Jeep vor dem Zaun am Wegrand parkte. Neben ihm saß Gesines Mutter. Während die beiden ausstiegen, brachte Grigori die verletzte Stute zum Tor. Gesine wich seinem Blick aus, öffnete das Gatter und nahm ihm das Seil ab. In ihren Zorn mischte sich Unsicherheit. Hatte sie ihn zu Unrecht beschuldigt? Sie führte Cara zum Tierarzt, der den Riss an ihrer Schulter mit einer Jodtinktur abtupfte.

»Ist sie schwer verletzt?« Gesines Stimme zitterte.

Doktor Warneke schüttelte den Kopf. »Sieht schlimmer aus, als es ist. Die Wunde ist zum Glück nicht sehr tief.« Er richtete sich auf und tätschelte der Stute den Hals. »Die Kuh vom Claußenhof hat's schlimmer erwischt.«

Bevor Gesine sich erkundigen konnte, was er damit meinte, trat ihre Mutter zu ihnen.

»Wo haben Sie denn Ihren Verbandskasten?«, fragte sie. »Der Junge hat auch ordentlich was abgekriegt!« Sie klang besorgt.

»Unter der Rückbank«, antwortete Doktor Warneke. Er drehte sich zu Grigori und zog die Brauen zusammen. »Oh, das sollte unbedingt genäht werden.«

Gesine warf über Caras Hals hinweg einen verstohlenen Blick auf den jungen Russen. Er sah furchtbar aus. Die Platzwunde an seiner Schläfe hatte zwar aufgehört zu bluten, sein Gesicht und seine Jacke waren jedoch braunrot verschmiert. Er nahm keine Notiz davon, hatte nur Augen für die verletzte Stute, deren Behandlung durch den Arzt er aufmerksam verfolgte.

»Ich fahre ihn sofort nach Kappeln zur Notaufnahme«, sagte Gesines Mutter. Sie lief zum Jeep und kehrte gleich darauf mit einem blauen Metallkästchen mit der Aufschrift »Erste Hilfe« zurück. Sie öffnete es und winkte Grigori zu sich. Gesine bemerkte die Ratlosigkeit in seinem Gesicht. Offenbar verstand der junge Russe nicht, was ihre Mutter mit ihm vorhatte. Ohne nachzudenken, trat sie hinter Cara hervor, nahm eine Mullbinde aus dem Unfallkasten, deutete auf Grigoris Stirn und machte eine wickelnde Geste.

»Ah!« Grigori nickte, kam zu ihr und ließ sich von Gesine den Verband anlegen.

Dabei sah sie ihm zum ersten Mal direkt ins Gesicht. Kiki hat recht, musste sie ihrer Freundin im Stillen beipflichten. Er hat etwas Melancholisches. Ich kenne niemanden, der so traurige und zugleich sanfte Augen hat. Irritiert schaute sie zur Seite und fragte sich, was ihm wohl widerfahren war. In diesem Moment kam ihr die Vorstellung, er habe die Hand gegen ihr Pferd erhoben, absurd vor.

»Gut gemacht«, sagte ihre Mutter und reichte ihr die Haftverschlüsse. Sie lächelte Grigori an. »Und jetzt bringe ich Sie zum Krankenhaus«, sagte sie zu ihm, nachdem Gesine die Mullbinde befestigt hatte.

Er hob die Schultern und sah Gesine fragend an.

»Ins Spital«, erklärte sie.

»*Ne panimaju*«, murmelte er, kramte ein vergilbtes Heftchen aus seiner Brusttasche und schlug eine Seite auf. »Iich verstehe niicht«, fuhr er lauter fort. Seine Aussprache war kehlig, die ch-Laute klangen wie gefaucht. »Entschuldigung.« Er reichte ihr das Büchlein.

Gesine stutzte, als sie den Titel las:

Deutsch-Russisches Soldaten-Wörterbuch
Rund 3000 Wörter für Feldgebrauch und tägliches Leben.

Sie blätterte zum Buchstaben K. »Krankenhaus – *Balniza*«, sagte sie und suchte weiter. »Wunde – *Rana*. Nähen – *schitj*.«

Grigoris Miene erhellte sich. Er nickte und ging zu ihrer Mutter.

»Danke, Gesine«, sagte diese. »Ich vergesse ständig, dass er unsere Sprache noch nicht so gut beherrscht.« Sie lächelte Grigori zu. »Aber ich bin sicher, dass er in ein paar Wochen fließend Deutsch spricht.«

Sie mag ihn wirklich, dachte Gesine und spürte einen winzigen Pikser Eifersucht. Wenn sie doch nur ebenso überzeugt von meinen Fähigkeiten wäre! Sei nicht albern, wies sie sich zurecht. Du bist ihre Tochter. Da werden die Erwartungen wie die Hindernisstangen von vornherein höhergesteckt.

»Gräfin Pletten«, rief der Tierarzt. »Könnten Sie bitte die Polizei informieren? Ich untersuche noch die anderen Pferde.«

»Selbstverständlich«, antwortete die Gräfin.

Gesine sah, wie sich Grigori versteifte und stehen blieb. Seine graublauen Augen verdunkelten sich, seine Brust hob sich schneller unter seinem Atem. Er fürchtet sich, dachte sie.

»Nein! Bitte«, sagte er mit belegter Stimme, in der ein Hauch von Panik schwang, »nicht Polizei!«

»Kein Grund zur Sorge!« Henriette von Pletten fasste Grigori sanft am Ellenbogen und zog ihn mit sich Richtung Gestüt. Er leistete keinen Widerstand. Gesine sah den beiden nach. Sie wurde nicht schlau aus dem jungen Russen. Eben noch war sie überzeugt gewesen, sich in ihm getäuscht und ihn fälschlich verdächtigt zu haben. Warum aber hatte er Angst vor der Polizei, wenn er sich nichts zuschulden hatte kommen lassen?

»Du solltest Cara in den Stall bringen«, sagte Doktor Warneke. »Ich sehe morgen noch mal nach ihr.« Er schüttelte den Kopf. »Hoffentlich erwischen sie diese Bande bald. Einfach unglaublich, wie grausam manche Menschen sind.«

»Was meinen Sie?«, fragte Gesine.

»Hier in der Gegend treiben sich ein paar Leute herum, die Tiere mit Steinen bewerfen«, antwortete der Arzt. »Deine Cara ist heute schon das zweite Pferd, das verletzt wurde. Und einer Kuh vom Claußenhof wurde fast das Auge ausgeworfen.«

»Was? Das ist ja furchtbar!«

Doktor Warneke schloss seinen Koffer und stieg in seinen Jeep. »Hoffen wir, dass die Polizei die Täter schnell fasst.« Er hob grüßend die Hand, ließ den Motor an, wendete den Wagen und brauste davon.

Während Gesine ihm langsam mit Cara folgte, ließ sie die Szene Revue passieren, deren Zeugin sie eine halbe Stunde zuvor gewesen war. Nun ergab sich ein vollkommen anderes Bild. Grigori war mit dem Stock nicht hinter den Pferden hergerannt, sondern hatte vermutlich den Steinewerfern gedroht, die sich im Gebüsch am Ende der Koppel versteckt haben mussten und so für Gesine unsichtbar gewesen waren. Die Wunde an seiner Stirn hatte sich Grigori demnach bei dem Versuch zugezogen, die Pferde zu beschützen. Gesine wurde es trotz des kühlen Wetters heiß. Sie schämte sich für ihr voreiliges Urteil. Es hatte so gut zu dem negativen Bild gepasst, das sie sich von dem jungen Russen gemacht hatte: Ein Drillmeister, der in Pferden nur formbares Material sah, das sich gefälligst seinem Willen zu beugen hatte.

»Du hast ein besseres Gespür als ich«, flüsterte sie in das Ohr ihrer Stute. »Du hast ihm gleich vertraut.« Cara schnaubte und rieb ihre Nüstern an Gesines Schulter. »Ich muss ihm unbedingt danken«, fuhr diese fort. »Wer weiß, was dir diese Verbrecher noch angetan hätten, wenn er nicht dazwischengegangen wäre.«

Dieses Vorhaben musste sie jedoch vorerst verschieben. Als sie das Gestüt erreichte, war ihre Mutter bereits mit Grigori nach Kappeln aufgebrochen. Gesine brachte Cara in den Stall und überquerte eben den Hof Richtung Wohnhaus, als ein Polizeiauto durchs Tor fuhr. Ein stämmiger Mann mit Schnauzbart stieg aus, schloss seine Uniformjacke und sah sich suchend um.

Gesine lief zu ihm.

»Moin!«, sagte er und tippte sich an die Schirmmütze. »Ich bin Polizeihauptmeister Modersen.«

»Guten Tag. Sie kommen wegen der Steinewerfer, nicht wahr?«

Er nickte. »Uns wurde gemeldet, dass es hier einen Augenzeugen gibt. Den würde ich gern befragen.«

»Meine Mutter bringt ihn gerade nach Kappeln in die Notaufnahme«, antwortete Gesine. »Er hat eine böse Platzwunde am Kopf abbekommen.«

»Und Sie? Haben Sie etwas gesehen?«

»Leider nicht. Ich kam zu spät. Da waren die Typen schon weg.«

Der Polizist kratzte sich im Nacken. Er wirkte unschlüssig.

»Soll ich Ihnen zeigen, wo …«

»Nicht nötig, danke«, fiel er ihr ins Wort. »Je eher ich mit dem Zeugen spreche, umso besser.« Er wandte sich zu seinem Wagen. »Ich fahre am besten gleich zum Klinikum.« Er hielt inne. »Wie heißt er überhaupt?«

»Grigori.«

»Und weiter?«

Erst in diesem Moment wurde Gesine bewusst, dass sie den Nachnamen des jungen Russen nicht kannte. »Äh … das … äh …«

»Landa«, sagte eine Stimme in ihrem Rücken. »Grigori Landa.«

Hauptmeister Modersen zog seine Mütze und deutete eine Verbeugung an. »Graf Pletten!«

Gesine drehte sich um und sah ihren Großvater, der vom Torhaus kommend zu ihnen getreten war.

»Guten Tag, Modersen.« Er schüttelte dem Polizisten die Hand. »Am besten fahre ich mit Ihnen. Der Junge spricht noch nicht so gut Deutsch.«

»Kannst du denn Russisch?«, rutschte es Gesine heraus.

»Bisschen eingerostet ist es zwar, aber für die Befragung sollte es ausreichen.«

»Er ist Russe?« Der Polizist hob die Brauen.

»Ich erkläre es Ihnen auf dem Weg.« Opa Paul ging zur Beifahrerseite des Polizeiwagens. »Gibst du bitte deinem Vater Bescheid, wenn er zurückkommt«, sagte er zu Gesine. »Er sieht auf den anderen Koppeln nach dem Rechten.«

Bevor Gesine weitere Fragen stellen konnte, stieg Opa Paul in das Auto, der Polizist startete den Motor und fuhr vom Hof. Sie zuckte mit den Schultern und lief zum Haus. Woher konnte ihr Großvater Russisch? Vermutlich hat er es im Krieg gelernt, überlegte Gesine. Hat er in Russland gekämpft? Womöglich hatte Grigori das zerfledderte Soldatenwörterbuch von Opa Paul. Dieser sprach nicht gern über den Krieg. Verrückt, dachte Gesine. Da lebt man jahrelang auf engstem Raum zusammen und weiß so wenig über seine liebsten Angehörigen. Sie öffnete die Eingangstür und nahm sich vor, ihren Großvater so bald wie möglich zu seinen Erlebnissen im NS-Regime zu befragen. Und zu dem, was er über Grigori herausgefunden hatte. Dessen angstvolle Miene, als die Polizei erwähnt worden war, gab ihr Rätsel auf.

Ein verführerischer Duft aus der Küche lenkte ihre Gedanken in andere Bahnen. Gleichzeitig hörte sie Annekes Altstimme, die aus voller Brust einen Schlager von Marianne Rosenberg mitsang, der im Radio lief.

»Lieder der Nacht, für uns gemacht.
Aha ... Sie können oft so viel bedeuten.«

Gesine musste grinsen. Die Haushälterin nutzte jede Gelegenheit, ihrer Leidenschaft zu frönen, wenn Henriette von Pletten außer Hörweite war. Diese hegte eine tiefe Abneigung gegen Lieder und hatte auch ihre Tochter als Kleinkind nie in den Schlaf gesungen. Gesine verstand diesen Abscheu nicht. Ihre Mutter war musikalisch und hatte eine schöne Stimme, die bei Gottesdiensten den Chor der Gemeinde bereicherte. Als Gesine ihre Mutter einmal um eine Erklärung gebeten hatte, warum sie im Alltag das Singen strikt ablehnte, war sie mit einer nichtssagenden Floskel abgespeist worden – was ihre Irritation noch gesteigert hatte. Sie spürte, dass es einen gewichtigen Grund gab, über den ihre Mutter nicht sprechen wollte.

Gräfin Pletten hatte ihre Versuche, Anneke vom lauten Radiohören und Mitsingen abzubringen, rasch aufgegeben. Wenn die Haushälterin ihre Musik nicht hatte, sank ihre Laune in den Keller. Die Speisen, die sie zubereitete, schmeckten fad, Geschirr ging zu Bruch, ihr Ton war knurrig – da tolerierte die Hausherrin lieber Annekes gelegentliche Gesangseinlagen.

Leise öffnete Gesine die Küchentür und lugte in den Raum. Die Haushälterin stand mit dem Rücken zu ihr vor einer Arbeitsplatte. Der Schlager war zu Ende. Aus dem Radioapparat, der auf dem Buffetschrank stand, ertönte die Stimme eines Moderators vom

»Radioboulevard«, einer Sendung, die nachmittags zwischen zwei und vier Uhr vom NDR 2 ausgestrahlt wurde. Er befragte einen Korrespondenten zu aktuellen Erkenntnissen im Fall des Arbeitgeberpräsidenten Hanns Martin Schleyer, der am Tag zuvor entführt worden war. Mittlerweile hatte die Bundesregierung einen Krisenstab einberufen, um über das weitere Vorgehen zu beraten. Ein Ultimatum, das die RAF-Terroristen gestellt hatten, war verstrichen, eine weitere Eskalation der Gewalt schien im Bereich des Möglichen. Bundeskanzler Helmut Schmidt hatte verlauten lassen, es stünden schwerwiegende Entscheidungen bevor.

»Rin oder rut, Pottkieker, aber Tür zu«, sagte Anneke, ohne sich umzudrehen. »Sonst fällt mir die Hefe zusammen.«

Gesine kam ihrer Aufforderung nach und stellte sich neben sie. Anneke fettete gerade die sieben runden Ausbuchtungen einer schwarzen Eisenpfanne mit Butterschmalz ein und befüllte sie bis knapp unter den Rand mit Hefeteig.

»Mmm, du machst Förtchen«, sagte Gesine. »Prima Idee! Die gab's echt schon lange nicht mehr.« Sie streckte die Hand nach dem Teller aus, auf dem bereits fertige Bällchen lagen – goldbraun gebacken und mit Puderzucker bestäubt.

»Pfoten weg!« Anneke schlug ihr spielerisch auf die Finger. »Die sind für heute Nachmittag. Deine Mutter erwartet ein paar Gäste zum Kaffee.«

Sie stellte die Förtchenpfanne bei mittlerer Hitze auf den Gasherd. Nach ein paar Minuten gab sie je einen Klecks Pflaumenmus auf die Mitte des Teigs und drehte die Halbkugeln mit Hilfe eines Holzspießes zu einem Viertel. Der Teig floss aus dem Inneren in die Muldenböden, und nach einer weiteren Vierteldrehung hatten die Bällchen eine perfekte Kugelform.

»Ich will sie ja gar nicht für mich«, sagte Gesine.

»Sondern?« Anneke warf ihr einen argwöhnischen Blick zu.

»Für den neuen Bereiter. Als kleines Dankeschön. Er hat vorhin meine Cara beschützt. Da haben nämlich ein paar Volltrottel unsere Pferde mit Steinen beworfen.«

Anneke runzelte die Stirn und brummelte etwas Unverständliches.

»Grigori hat die Bande verjagt«, fuhr Gesine fort und spürte wieder ihr schlechtes Gewissen. Keine Stunde zuvor hatte sie den Russen noch für den Übeltäter gehalten.

»Modig Jung!« Annekes Gesichtsausdruck wurde milder. Wortlos griff sie in ein Fach des Regals, das über der Arbeitsplatte angeschraubt war, nahm einen Teller heraus und legte drei Förtchen darauf.

»Ich werde nicht schlau aus ihm«, sagte Gesine mehr zu sich als zu Anneke.

»Was meinst du?«

»Ich frage mich, warum Grigori Angst vor der Polizei hat.«

»Also, angestellt hat er sicher nichts«, antwortete Anneke im Brustton der Überzeugung. »Wenn ich deinen Vater richtig verstanden habe, hat Grigori keine Ausweispapiere. Er ist ja heimlich ausgebüxt. Vielleicht fürchtet er …«

»Natürlich!« Gesine schlug sich mit der flachen Hand vor die Stirn. »Dass ich da nicht selbst drauf gekommen bin.« Sie sah Anneke erschrocken an. »Werden sie ihn an die Sowjetunion ausliefern?« Sie sah Grigori gefesselt in einem fensterlosen Verhörraum des KGB sitzend, wo er von grimmigen Geheimdienstlern einem scharfen Verhör unterzogen und anschließend in ein Arbeitslager gesteckt wurde.

»Glaub ich nicht. Dein Vater will sich um einen Asylantrag kümmern. Er ist überzeugt, dass das kein Problem wird.«

Gesine atmete erleichtert aus und nickte. Flüchtende aus dem Ostblock galten als willkommen, demonstrierten sie doch in den Augen des Westens als Opfer des Kommunismus die Unterdrückung in sozialistischen Diktaturen.

Anneke hielt Gesine den Teller für Grigori und ein weiteres Förtchen für sie hin. »Und jetzt raus aus meiner Küche. Hab noch viel zu tun.«

Als Gesine den Raum verließ, ertönten im Radio die ersten Takte des Songs »Mamma Mia« von ABBA, in den Anneke lautstark einfiel.

Gesines Gedanken kreisten weiterhin um den jungen Russen. Was hatte ihn dazu getrieben, seine Heimat zu verlassen? Der Wunsch nach Freiheit und besseren Lebensumständen? Gab man dafür alles auf? Familie, Freunde, die vertraute Umgebung? Was müsste passieren, dass ich freiwillig von hier wegginge, fragte sie sich. Noch dazu mit der Gewissheit, niemals zurückkehren zu können. Allein der Gedanke ließ Gesine frösteln. Sie konnte sich nicht vorstellen, dass Grigori von Abenteuerlust getrieben worden war. Die Traurigkeit in seinen Augen sprach dagegen. Politisch in Ungnade war er wohl auch nicht gefallen, andernfalls hätte man ihn wohl kaum mit dem Wettkampfteam in die Schweiz reisen lassen. Was waren seine Gründe? Gesine brannte darauf, es herauszufinden.

Estland – Oktober 1938

– 8 –

Am Sonntag zeigte sich der Oktober von seiner goldenen Seite. Nachdem die Sonne den morgendlichen Nebel vertrieben hatte, schien sie von einem dunkelblauen Himmel, an dem sich nur ein paar Schleierwölkchen bildeten. Nach dem Mittagessen – Frau Mesila hatte nach einer Brühe mit Grießklößchen Kalbfleischschnitten in Dillsoße mit Kartoffeln und Karottengemüse serviert – lehnte sich Onkel Julius zurück, zündete sich eine Papirossa an und bat Lennart, zu einigen weiter entfernt liegenden Koppeln zu reiten und sie auf Schäden zu überprüfen.

»Hast du Lust, mich zu begleiten?«, fragte Lennart.

Er sah Charlotte an, die ihm gegenüber am Tisch saß und den Rest der Apfelkaltschale aus ihrem Dessertschälchen löffelte.

»Das ist eine gute Idee«, sagte Onkel Julius und nickte ihr aufmunternd zu. »Wer weiß, wie oft wir diesen Herbst noch so herrliches Wetter haben. Das solltest du unbedingt ausnutzen.« Er sog an seiner Zigarette. »Ich würde ja gern mitkommen. Aber ich erwarte den Pastor zu Besuch.«

»Ausreiten?« Charlotte rieb sich die Schläfe. »Ich weiß nicht, ob … ich habe Ewigkeiten nicht mehr auf einem Pferd gesessen.«

»Reiten verlernt man nicht«, sagte Lennart.

Onkel Julius nickte. »Am besten sattelst du ihr Antiope«, sagte er zu Lennart und wandte sich wieder an Charlotte. »Die ist lammfromm.« Er erhob sich und ging zur Tür. »Wir sehen uns dann heute Abend.«

Charlotte sah ihm unschlüssig nach. Hoffentlich hat Onkel Julius recht, dachte sie. Bei einem Pferd, das nach einer Amazone benannt ist, würde ich eher einen stürmischen, widerborstigen Charakter vermuten.

»Ich würde mich freuen«, sagte Lennart leise und stand auf. »Ich erinnere mich an ein wagemutiges Mädchen, das heimlich zu den Koppeln lief, sich ohne Sattel auf die Pferde schwang und wild über die Wiesen galoppierte.«

»Das hast du mitbekommen?« Charlotte schaute ihn überrascht an.

Lennart nickte. »Das hat mir sehr imponiert.« Er sah ihr in die Augen. »Also, kommst du mit?«

Charlotte schob ihren Stuhl zurück. »Wird schon schiefgehen«, sagte sie und grinste unsicher.

Das mulmige Gefühl verflog, sobald sie im Sattel saß. Antiope, eine fuchsbraune Stute, hatte entgegen Charlottes Befürchtungen ein ruhiges Wesen. Zudem bewahrheitete sich Lennarts Behauptung: Sie hatte das Reiten nicht verlernt. Ihr Körper wusste auch nach der jahrelangen Pause intuitiv, wie er sich auf dem Pferderücken zu verhalten hatte, fand sein Gleichgewicht und den Einklang mit den Bewegungen des Tieres. An Lennarts Seite, der einen jungen Wallach namens Iason ritt, trabte sie nach ein paar Proberunden vor den Stallungen vom Hof. Die Zäune, die überprüft werden mussten, lagen am Ufer der Käina-Bucht. Als sie die Uferzone erreicht hatten, zügelte Lennart sein Pferd, ritt langsam an den Koppeln entlang und inspizierte die Holzlatten, mit denen sie umfriedet waren. Antiope verfiel ebenfalls in Schritt und trottete hinter Iason her. Charlotte ließ ihren Blick schweifen. Das Wasser des Küstensees glänzte in der Sonne. Bis auf das Rascheln des Windes in den trockenen Schilfhalmen störte kein Laut die Stille. Sie schloss die Augen, atmete tief durch und genoss die warmen Sonnenstrahlen auf ihrem Gesicht.

»Vermisst du hier nicht manchmal das städtische Leben?« Lennart hatte sich zu Charlotte umgedreht.

Sie blinzelte benommen. »Hast du denn diesen Eindruck?«,

fragte sie nach einer kurzen Pause, in der sie ihre Stute neben Lennarts Pferd lenkte.

»Eigentlich nicht. Aber ich dachte … es ist doch recht einsam hier. Du kommst schließlich aus Haapsalu und bist vermutlich …«

»Na ja, Haapsalu ist nun eher ein verschlafenes Nest«, entgegnete Charlotte. »Im Sommer ist ein bisschen mehr los, da kommen viele Kurgäste wegen des Heilschlamms. Ansonsten …« Sie zuckte mit den Schultern. »Aber um deine Frage zu beantworten: Ich vermisse hier nichts und kann mir derzeit keinen Ort vorstellen, an dem ich lieber wäre.«

In Lennarts Augen blitzte ein Strahlen auf, das Charlottes Herzschlag beschleunigte. Er brachte seinen Wallach zum Stehen und schaute sie eindringlich an. »Wie lange wirst du denn bei uns bleiben?«

Charlotte senkte den Blick. Dieser Frage war sie bislang ausgewichen. Hatte sie es vor ihrer Abreise nach Kassari kaum erwarten können, Zilly so bald wie möglich nach Tallinn zu folgen, bangte sie nun täglich der Ankunft des Postboten entgegen – genauer gesagt dem Brief ihrer Mutter, in dem diese ihr verkündete, eine geeignete Haushälterin für Onkel Julius gefunden zu haben. Bereits eine Woche zuvor hatte sie Charlotte von einer Zeitungsannonce berichtet, in der eine ehemalige Finn-Schülerin nach Arbeit auf einem Gutshof gesucht hatte. Zu Charlottes Erleichterung hatte die junge Frau aber bereits ein gutes Angebot erhalten und die Anfrage von Gräfin Lilienfeld abschlägig beantwortet. Daraufhin hatte diese beschlossen, selber eine Anzeige aufzugeben.

»Sehr lang – wenn es nach mir ginge«, murmelte Charlotte.

»Dein Onkel schickt dich bestimmt nicht weg. Er hält große Stücke auf dich.«

Antiope stellte sich so dicht neben Iason, dass sich die Knie ihrer Reiter berührten. Charlotte durchzuckte ein Beben, als habe sie einen Stromschlag erhalten. Sie heftete ihren Blick auf die Mähne ihrer Stute und traute sich nicht, sich zu bewegen. Was geschieht mit mir?, dachte sie.

»Und ich ebenfalls«, fuhr Lennart leise fort.

Charlottes Magen zog sich zusammen. »An den ersten Tagen dachtest du da anders«, hörte sie sich sagen. »Da warst du ganz schön abweisend und hast kaum ein Wort mit mir gesprochen.«

Lennart schüttelte heftig den Kopf.

»Das habe ich mir doch nicht eingebildet.« Sie biss sich auf die Zunge. Lass das, herrschte sie sich im Stillen an. Sonst denkt er noch, dass du mit ihm kokettierst. Vor ihrem inneren Auge erschien das Gesicht ihres Vaters, dem nichts widerlicher war als Frauen, die Anstand und Ehre vergaßen, sich an Männer »heranwanzten« und ihnen »schöne Augen« machten.

»Tut mir leid, dass ich …« Lennart sah ihr in die Augen. »Ich war bei unserem Wiedersehen wie vor den Kopf gestoßen und wusste nicht, wie ich … du warst plötzlich nicht mehr das kleine Kissel, sondern eine junge Frau, die mich …« Er räusperte sich. »Maarja hat mir tüchtig den Kopf gewaschen, als ich sie besucht habe. Sie machte mir klar, wie verletzend mein stoffeliges Verhalten für dich sein musste.«

Das Kribbeln in Charlottes Bauch wurde stärker. Das strenge Gesicht ihres Vaters verblasste. Lennart hat mit seiner Schwester über mich gesprochen. Ich bin ihm nicht gleichgültig! Sie nestelte an ihren Haaren und versuchte krampfhaft, ihrer Erregung Herr zu werden. »Ich … äh … ich bin froh, dass wir uns jetzt …«

Als ihre Stute den Kopf mit einer ruckartigen Bewegung zu einem Grasbüschel senkte, verstummte Charlotte. Froh über die Unterbrechung, richtete sie die Zügel, die ihrer Hand entglitten waren, und überlegte fieberhaft, wie sie die Unterhaltung wieder in unverfänglichere Gewässer steuern konnte.

»Die Zäune hier sind gut in Schuss«, sagte Lennart. »Hättest du Lust auf einen Abstecher zum Sääretirp? Oder willst du lieber gleich zurückrei…«

»Sehr gern!«, fiel ihm Charlotte ins Wort. »Ich kann gar nicht sagen, wann ich das letzte Mal dort war. Ist jedenfalls eine Ewigkeit her.«

Lennart lächelte erfreut, ließ seinen Wallach antraben und schlug einen Weg ein, der von der Bucht weg zum südlichen Zipfel von Kassari führte. Die schmale Landzunge erstreckte sich dort in Richtung der Nachbarinsel Saaremaa ins offene Meer: der Sääretirp, auch Kassari Sääre oder Orjaku Sääre genannt. Das estnische Wort *sääre* für Schienbein passte Charlottes Ansicht nach trefflich für die leicht gekrümmte, längliche Form der Nehrung.

Die Pferde folgten hintereinander einem Pfad, der sich zunächst durch ein dichtes Gestrüpp aus knorrigen Wacholderbäumchen, Schwarzerlen und Kreuzdornbüschen schlängelte. Hier und da leuchteten die roten Beeren von Schneeballsträuchern auf, und Heckenrosen beugten ihre Zweige unter der Last der Hagebutten. Nach einer Weile wich die höhere Vegetation zurück, üppige Blaugraskissen und die fleischigen Blätter des Meerkohls bedeckten den Boden, bis schließlich nur noch Geröll unter den Hufen der Pferde knirschte. Die Landzunge wurde immer schmaler, streckenweise war sie vom Wasser überflutet und endete nach ungefähr zwei Kilometern mitten im Meer.

Tante Luise hatte Charlotte als Kind die Sage vom Riesen Leiger erzählt, der einst auf der Insel gelebt hatte. Sein Bruder Suur Tõll wohnte auf Saaremaa und kam gern zu Besuch auf die Nachbarinsel, um mit Leiger dessen gemütliche Sauna zu benutzen und seine Leibspeise – gigantische Kohlköpfe – zu essen. Allerdings ärgerten ihn die nassen Füße, die er sich auf dem sechs Kilometer langen Weg durch die seichte Ostsee holte. Leiger beschloss daraufhin, für seinen Bruder eine Brücke zu bauen,

und begann, Steine zu sammeln und zu einem Damm aufzu-
schütten. Doch je weiter er ins offene *Läänemeri* – Westmeer,
wie die Esten die Baltische See nannten – vordrang, desto stärker wurde die Strömung, die die Steine immer wieder wegspülte.
Schließlich verlor der Riese die Geduld, gab sein Bauvorhaben
auf und hinterließ die unfertige Brücke.

Charlotte lenkte ihre Stute neben Lennarts Wallach, beschattete mit einer Hand ihre Augen und sah sich um. Das grünblaue
Wasser umgab sie von allen Seiten und umspülte die Hufe der
Pferde. »Unglaublich!«, rief sie. »Wir stehen mitten in der Ostsee.«

»Sieh mal«, sagte Lennart und zeigte mit ausgestrecktem Arm
in den Himmel.

Hoch über ihnen kreiste ein Greifvogel, dessen Flügelspann-
weite – soweit Charlotte das aus der Entfernung einschätzen
konnte – mindestens zwei Meter betrug. Für einen Bussard war
er eindeutig zu groß.

»Das ist ein Steinadler«, beantwortete Lennart die Frage, die
ihr auf der Zunge lag. »Es gibt hier leider kaum noch welche.«

»Sie werden systematisch verfolgt, nicht wahr?«, Charlotte
rümpfte die Nase. »Ein Bekannter meiner Eltern ist leidenschaft-
licher Jäger und sieht in Raubtieren aller Art Konkurrenten.«

»Hier sind die Bauern ihre ärgsten Feinde. Weil Steinadler
angeblich Lämmer reißen. Dabei holen sie höchstens kranke
oder schwache Tiere.« Er zuckte die Schultern. »Ich verstehe
nicht, wie man solche wunderbaren Tiere einfach abknallen
kann.«

»Ich auch nicht.«

»Wusstest du, dass Steinadler in monogamen Dauerehen leben und sehr standorttreu sind?«, fragte Lennart.

Sie schüttelte den Kopf und verfolgte den großen Vogel mit den
Augen, bis er außer Sichtweite geriet. Ein paar Atemzüge lang

verharrten sie schweigend nebeneinander. Charlotte sog die klare Luft ein, in der sich das Salz des Meeres mit dem würzigen Duft des Wacholders mischte, den der Wind vom Land herüberwehte. Der Aufruhr in ihrem Magen beruhigte sich. Ach, könnte dieser Moment doch ewig dauern, dachte sie und seufzte unwillkürlich.

»Alles in Ordnung?«

Charlotte nickte. »Ich bin sehr glücklich.« Sie drehte sich zu Lennart.

»Das wollte ich auch gerade sagen.« Er griff nach ihrer Hand.

Charlotte zuckte zusammen. Wieder schien ihr Körper ein eigenes Leben zu führen. Während ihr Kopf ihren Fingern befahl, sich Lennart zu entziehen, schlossen sich diese im selben Moment um seine Hand und erwiderten seinen Druck. Charlotte wurde schwindelig. Die Berührung jagte einen Schauer durch ihren Körper, der sie mit Entzücken und Furcht erfüllte. Eine Strophe eines Gedichts von Christian Morgenstern kam ihr in den Sinn:

Und deine Seele brannte: Fremder Jüngling,
wer bist du, dass du mich so tief erregtest,
dass ich die Knie dir umfassen möchte
und sagen nichts als: Liebster, Liebster, Liebster!

Um Gottes willen, das darf nicht sein! Charlotte glaubte den entsetzten Ausruf ihrer Mutter zu hören. Ihr wurde kalt. Der Unmut ihres Vaters über ihre Flirterei wäre nichts im Vergleich zu der Empörung seiner Frau, wenn diese von den Gefühlen ihrer Tochter für Lennart erfahren würde. Irmengard von Lilienfeld hatte Charlotte stets unmissverständlich klargemacht, dass sie dereinst einen deutschen Adligen als Schwiegersohn erwartete. Unter Stand zu heiraten, kam für sie nicht infrage. Charlotte hegte jedoch den Verdacht, dass ihre Mutter eher bereit war, einen deutschen »Bürgerlichen« zu akzeptieren als einen Esten. Len-

nart Landa, ein mittelloser Angestellter und überdies Spross estnischer Dienstboten, befand sich in ihrem Weltbild auf einem
anderen Planeten, dessen Umlaufbahn keine Berührungspunkte
mit dem ihrigen hatte. Charlotte bezweifelte, ob ihre Mutter
Lennart überhaupt als vollwertigen Menschen ansah.

Sie entzog Lennart ihre Hand. »Wir sollten zurückreiten.«
Ihre Stimme klang belegt. »Mein Onkel fragt sich sicher schon,
wo wir so lang bleiben.«

Lennart nickte. »Wir können ja bei Gelegenheit wieder ausreiten. Es gibt noch so viele schöne Fleckchen zu entdecken.«

Charlotte nickte vage und wendete ihre Stute Richtung Festland.

In der Nacht auf Montag fand Charlotte kaum Schlaf. Abwechselnd führte sie innere Dialoge mit ihrer Mutter, der sie ihre Bor-
niertheit vorwarf und sich eine Einmischung in ihr Gefühlsleben
verbat, gefolgt von Momenten, in denen sie sich die Blicke und
Worte ins Gedächtnis rief, die Lennart und sie gewechselt hatten.
Mit einem Kribbeln im Bauch malte sie sich ihre nächste Begegnung unter vier Augen aus. Würde er sie küssen? Wie würde sich
das anfühlen? Und wie würde sie sich dabei anstellen? Hoffentlich blamiere ich mich nicht, dachte sie und schalt sich im nächsten Atemzug für ihre kindischen Befürchtungen. Immer wieder
endeten diese Träumereien mit dem Gedanken an ihre Mutter.
Wenn sie wüsste, was mich gerade umtreibt, würde sie mich auf
der Stelle nach Hause beordern. Charlotte schob die Unterlippe
vor. Sie weiß es aber nicht und wird es auch nie erfahren.
Haapsalu ist schließlich weit weg. Außerdem könnte es doch
sein, dass Lennart meine Gefühle gar nicht erwidert. Vielleicht
bilde ich mir das nur ein? Was weiß ich schon von der Liebe?
Diese Überlegungen stießen erneut das Gedankenkarussell an,
aus dem Charlotte keinen Ausweg fand.

Als sie am Morgen erfuhr, dass Lennart früh aufgebrochen war, um Hafer für die Versorgung der Pferde im Winter bei benachbarten Bauern zu kaufen, und erst am späten Nachmittag zurückerwartet wurde, war sie einerseits enttäuscht, andererseits auch erleichtert. So blieb ihr Zeit, sich zu fassen und den Aufruhr, der in ihr tobte, zu besänftigen.

Kurz vor dem Mittagessen brachte der Postbote neben den Zeitungen und ein paar geschäftlichen Schreiben für Onkel Julius auch einen Brief für Charlotte. Die vertraute Schrift ihrer Mutter versetzte sie erneut in Aufregung. Was, wenn sie eine Haushälterin gefunden hat und ich den Birkenhof verlassen soll? Das wäre schrecklich! Mit zitternden Fingern griff Charlotte nach dem Brief, entschuldigte sich kurz bei der Köchin und eilte auf ihr Zimmer, um ihn ungestört zu lesen.

Schleswig-Holstein, September 1977

– 9 –

Ungeduldig wartete Gesine auf Grigoris Rückkehr, um sich bei ihm zu bedanken. Immer wieder sah sie aus dem Fenster und konnte sich nur schlecht auf die Vokabeln konzentrieren, die sie für Englisch lernen wollte. Endlich hörte sie das Motorengeräusch des VW Golfs ihrer Mutter und sah, wie sie den Wagen zur Garage lenkte, nachdem Opa Paul und Grigori – Letzterer mit einem Verband um den Kopf – beim Torhaus ausgestiegen waren. Gesine schnappte sich den Teller mit den Förtchen und eilte aus ihrem Zimmer. Unten in der Halle trat eben ihr Vater, gefolgt von seinem Rauhaardackel, aus seinem Büro, einen Augenblick später kam ihre Mutter herein. Gesines Plan, das Haus unbemerkt zu verlassen, war zunichte. Sie unterdrückte ein genervtes Stöhnen.

»Ihr wart ja lange weg«, sagte ihr Vater zu seiner Frau. »Erwartest du nicht um vier Besuch?«

»Besuch? … Oh nein!« Henriette von Pletten schlug die Hand vor die Stirn. »Das hab ich komplett vergessen!«

Gesine warf ihrem Vater einen Blick zu und sah in seinen Augen ihre eigene Überraschung widergespiegelt. Sie konnte sich nicht erinnern, wann ihre Mutter zum letzten Mal einen Termin oder gar eine Einladung vergessen hatte.

»Ist Grigoris Verletzung doch schlimmer, als befürchtet?«, erkundigte sich ihr Vater.

Gesine hielt die Luft an und sah zu ihrer Mutter.

»Zum Glück nicht. Die Platzwunde wurde mit drei Stichen genäht, eine Gehirnerschütterung hat er nicht.«

Gesine atmete erleichtert aus.

»Aber er wurde noch von Polizeihauptmeister Modersen be-

118

fragt«, fuhr ihre Mutter an ihren Mann gewandt fort. »Dein Vater hat schwierige Sätze übersetzt. Das hat eine Weile gedauert.«

»Konnte Grigori der Polizei denn weiterhelfen?«

»Ich denke schon. Er hat die Täter gut beschrieben. Modersen ist zuversichtlich, dass man sie bald fasst.«

»Das hoffe ich auch«, knurrte Gesines Vater. »Diese Idioten haben nicht nur Cara mit Steinen beworfen. Bis zum Paddock hinterm Stall haben sie sich rangetraut, wo ausgerechnet Casimir stand.«

Gesines Augen weiteten sich. Was für ein unseliger Zufall! Der junge Hengst hatte lang genug gebraucht, sich von dem Schrecken zu erholen, den ihm Monate zuvor eine tieffliegende Propellermaschine eingejagt hatte. Noch dazu am gleichen Ort.

»Ist er verletzt?«, fragte ihre Mutter.

»Das nicht, Gott sei Dank«, antwortete ihr Mann. »Aber vollkommen verstört ist er, wie du dir denken kannst.«

»Abscheulich!«, rief Henriette von Pletten. »Das Gesindel gehört hinter Schloss und Riegel.«

Während sich ihre Eltern unterhielten, schob sich Gesine schrittweise zur Eingangstür, öffnete sie einen Spaltbreit, schlüpfte hinaus und rannte zum Torhaus, in dem Grigori die kleine Wohnung seines Vorgängers bezogen hatte. Sie lag im Obergeschoss des rechten Flügels neben dem Turm, in dem Opa Paul wohnte. Als sie die Treppe hinaufstieg, steckte ihr Großvater den Kopf aus seinem Zimmer.

»Hab ich doch richtig gehört.« Er lächelte sie an. »Komm herein, Kind.«

»Äh … entschuldige, Opa. Aber eigentlich suche ich Grigori.« Sie hielt den Teller mit den Förtchen hoch. »Ich möchte mich bei ihm bedanken.«

»Das ist eine schöne Idee.« Opa Paul nickte ihr zu. »Aber Grigori ist nicht hier. Er wollte nach Cara sehen.« Er trat auf sie zu.

»Soll ich den Teller in sein Zimmer stellen? Dann kannst du gleich in den Stall.«

»Danke!« Gesine reichte ihm die Förtchen und eilte hinaus.

Im Stall fand Gesine nur ihre Stute vor, die dösend in ihrer Box stand. Durch ein geöffnetes Fenster, das zu der vom Hof abgewandten Seite hinausging, hörte sie einen Singsang. Gesine nahm den Hinterausgang und entdeckte Grigori, der im direkt an der Rückseite der Stallungen gelegenen Paddock stand – nur wenige Meter entfernt von Casimir, der unruhig tänzelte. Sein Hals und seine Flanken waren dunkel von Schweiß, er zitterte und hatte die Augen weit aufgerissen. Grigori bewegte sich nicht. Er sang leise ein Lied, das auf den Hengst eine besänftigende Wirkung zu haben schien. Nach einer Weile senkte Casimir den Kopf und hörte auf zu zittern. Der junge Russe näherte sich ihm behutsam in einem Bogen von der Seite. Casimir beobachtete ihn aufmerksam, wich jedoch nicht zurück. Er streckte den Hals vor, schnoberte an Grigoris Hand und ließ sich schließlich von diesem streicheln.

Fasziniert beobachtete Gesine die Szene und war erneut beeindruckt von Grigoris Zugang zu den Pferden, die binnen kurzer Zeit Vertrauen zu ihm fassten. Als wäre er einer von ihnen, kam es ihr in den Sinn. Er wirkt auch gar nicht mehr so traurig, stellte sie fest. Vielleicht ist er einer der Menschen, die sich in der Gesellschaft von Tieren wohler fühlen als unter seinesgleichen.

Grigori fasste den Hengst am Halfter und kam mit ihm zum Tor des Paddocks. Als er Gesine bemerkte, nickte er ihr mit einem Lächeln zu. »Ich bringe Pferd in Stall«, sagte er. »Dort es findet … *pakoi* … äh …«

»Ruhe?«, fragte Gesine.

Grigori nickte.

Sie öffnete das Gatter und ging neben ihm her. »Tut das noch sehr weh?«, fragte sie und deutete auf seinen Verband.

Er schüttelte den Kopf, betrat die Stallgasse und führte den Hengst in seine Box.

»Ich habe dir noch gar nicht gedankt«, sagte Gesine, nachdem er wieder zu ihr zurückgekehrt war.

Grigori sah sie fragend an.

»Vielen Dank!«, wiederholte sie.

»Warum?«

»Du hast Cara beschützt.« Gesine machte eine fuchtelnde Bewegung. »Du hast die Steinewerfer vertrieben.«

Grigori grinste. »Sind gerannt wie gescheuchte Guhner.«

Gesine stutzte kurz, bevor sie begriff, dass er Hühner meinte. »Das war sehr mutig von dir«, fuhr sie fort.

Grigori machte eine abwinkende Handbewegung.

Seine Bescheidenheit beschämte Gesine. Wenn er wüsste, dass ich zuerst ihn im Verdacht hatte. Sie schluckte und wechselte rasch das Thema. »Was war das für ein Lied, das du für Casimir gesungen hast?« Sie summte die ersten Takte der Melodie.

»Viire takka tulevad«, antwortete Grigori.

»Ist das ein russisches Kinderlied?«

Er schüttelte den Kopf. »Ist eesti.«

»Eesti?« Gesine sah ihn fragend an.

»Aus Estonskaja SSR«, erklärte er. In seiner Stimme schwang Stolz und Wehmut. »Estland. War früher Zuhause von Familie.«

Gesine hatte keine Ahnung, wo dieses Estland lag. Sie traute sich jedoch nicht, Grigori zu fragen und Gefahr zu laufen, mit ihrer Unwissenheit die Gefühle zu verletzen, die er sichtlich für die Heimat seiner Familie hegte.

»Aber du bist in Russland aufgewachsen?«

»Ja. In Kirow. Auf große Gestüt.«

»Kirow?« Gesine hob die Brauen. »Da, wo Pepel herkommt?«

»Du kennst Pepel?« Grigori sah sie verblüfft an.

»Aber klar doch! Er hat zweiundsiebzig bei den olympischen Spielen in München im Dressurreiten Mannschaftsgold geholt«, sprudelte sie los. »Und die Silbermedaille im Einzel. Seine Reiterin war Jelena Petu… äh …«

»Petuschkowa«, ergänzte Grigori und strahlte sie an. »Wunderbare Trainer!«

Gesine nickte und musste an ihre Mutter denken, die ihr die russische Reiterin oft als leuchtendes Vorbild vorgehalten und sie ihr auf diese Weise verleidet hatte. Nun war Gesine zum ersten Mal dankbar für die begeisterten Schilderungen. Obwohl sie sich alle Mühe gegeben hatte, die Ausführungen ihrer Mutter zu überhören, hatte sie sich doch einiges gemerkt: Pepel war ein Nachkomme des legendären Zuchthengstes Pythagoras, der noch aus dem ostpreußischen Gestüt Trakehnen stammte. In Kirow hatten die Russen nach dem Krieg mit zwei Pferden eine eigene Trakehner-Linie begründet. Pepels Charakter galt als schwierig und stur. Jelena Petuschkowa war es jedoch gelungen, mit viel Geduld und Ausdauer das Vertrauen des Hengstes zu gewinnen und ihn zu einem der erfolgreichsten Dressurpferde auszubilden.

»Warum willst du nicht mehr zurück?«, rutschte es Gesine heraus. »Vermisst du deine Familie nicht?«

Ein Schatten flog über Grigoris Gesicht. Er senkte den Kopf.

Gesine biss sich auf die Zunge. »Entschuldige«, stotterte sie. »Ich wollte dir nicht zu nah … äh … das geht mich gar nichts …«

»Mama ist gestorben. Vor halbes Jahr«, sagte er leise. »War Letzte aus Familie.«

Gesine sah ihn erschrocken an. Hatte sie ihn richtig verstanden? Hatte er tatsächlich keine Angehörigen mehr? »Du hast gar keine … du bist ganz allein?«, fragte sie zögernd.

Er nickte. »Tante, bei der Mama aufgewachsen ist, ist schon lange tot. Und mein Vater …« Er zuckte mit den Schultern. »Kenne nicht. Mama war meine Eltern.«

Gesine schluckte. »Du Armer«, flüsterte sie und berührte Grigori am Arm. »Das tut mir so leid!« Die Traurigkeit in seinen graublauen Augen schnürte ihr die Kehle zu. Er war buchstäblich mutterseelenallein.

»Wisst ihr, wo Casimir ist?«, fragte eine Stimme in ihrem Rücken.

Gesine drehte sich um und sah Stallmeister Wittke in der Stallgasse auf sie zukommen. Er sah besorgt aus.

»Er ist nicht mehr im Paddock.«

Grigori trat einen Schritt beiseite und gab den Blick auf Casimirs Box frei, in der der Hengst friedlich an seiner Heuraufe stand und fraß.

»Donnerlittchen!« Wittke kratzte sich im Nacken. »Wie habt ihr ihn hierher ...«

»Nicht wir«, fiel ihm Gesine ins Wort. »Grigori hat ihn beruhigt und ...«

»Unglaublich!«, rief Wittke und sah Casimir erstaunt an. »Vor einer halben Stunde hat er sich noch aufgeführt, wie von einer Tarantel gestochen.« Er klopfte dem jungen Russen anerkennend auf die Schulter. »Du bist ein echter Pferdeflüsterer.« Er nickte Gesine zu und verabschiedete sich, nachdem er Grigori gebeten hatte, ihm später beim Mischen der Futterrationen zu helfen.

Grigori sah ihm mit gerunzelter Stirn nach. »Was ist Pferdefluster?«

»Er meint, dass du Pferde gut verstehst. Und sie dich«, erklärte Gesine.

»Ach so.« Grigori zuckte die Achseln. »Ist nicht schwer.«

»Also, ich kenne niemanden, der so schnell das Vertrauen von Pferden gewinnt«, sagte Gesine. »Sogar von so einem schwierigen wie Casimir.«

»Gibt sich nicht schwierige Pferde. Gibt sich nur Pferde in Schwierigkeiten.«

Gesine sah Grigori erstaunt an und zwirbelte eine Locke zwischen zwei Fingern. Er hat absolut recht, stellte sie fest. Im Grunde habe ich das auch immer so wahrgenommen. Aber er hat es auf den Punkt gebracht.

»Trotzdem«, sagte sie nach kurzem Schweigen. »Du hast eine ganz besondere Gabe.«

Grigori schüttelte den Kopf und sah ihr in die Augen. »Jeder hat. Muss nur mit Gerz sehen.« Er deutete auf seine linke Brust. »Geduld ist wichtig. Und Vertrauen. Wie bei Freunden.«

Gesines Puls beschleunigte sich. Grigori sprach ihr mit seinen einfachen Worten aus der Seele. Endlich war da jemand, der Pferden gegenüber genauso empfand wie sie. Und dem es offenbar gelang, seine Überzeugung umzusetzen.

»Hilfst du mir, meine Cara und die anderen Pferde besser zu verstehen?«

»Gern«, antwortete er. »Morgen früh nach Ausmisten?«

»Vielen Dank, ich freue mich sehr!« Gesine strahlte ihn an.

Grigori erwiderte ihr Lächeln und machte sich auf den Weg zur Futterkammer, während Gesine zum Wohnhaus zurückkehrte. Ein warmes Prickeln durchströmte ihren Körper. Es war ein wundervolles Gefühl, in Grigori eine Art Verbündeten gefunden zu haben, der in Pferden nicht in erster Linie ihr Zuchtpotenzial sah, sie nicht dressieren und seinem Willen unterordnen wollte. Sondern sie als ebenbürtige Partner wahrnahm und ihnen mit Einfühlung und Respekt begegnete. Ein Seelenverwandter, schoss es Gesine durch den Kopf. Sie stutzte. Vor ihrem inneren Auge erschien das Gesicht von Heidi, einer Klassenkameradin, deren »spirituelles Gefasel«, wie Kirsten es nannte, die beiden Freundinnen häufig zum Kichern brachte. Vor den Ferien hatte Heidi von einem Jungen geschwärmt, von dem sie sofort gewusst hätte, dass sie ihm bereits in einem vergangenen Leben begegnet sei. Ihre Seele hätte die seine auf Anhieb wiedererkannt. In seiner Gegenwart würde sie ein tiefes Gefühl der Einheit mit dem Universum erleben, ihr Geist sei mit seinem verbunden. Gesine hatte Heidi dafür belächelt. Gleichzeitig hatte sie sich eingestanden, es sich mit ihrer ironischen Abwehr vielleicht ein bisschen zu einfach zu machen. Nur weil sie keinen Zugang zu dieser Sicht auf die Welt hatte, war sie nicht zwangsläufig unsinnig. Es gab mehr zwischen Himmel und Erde, als ihr Verstand begreifen konnte – das stand für sie bei aller Skepsis fest.

Gesine zuckte mit den Schultern. Ist doch egal, wie ich es nenne, dachte sie. Hauptsache ist doch, dass wir uns gut verstehen. Ich bin heilfroh, dass sich meine Befürchtungen nicht bewahrheitet haben und Grigori kein Drillmeister ist. Sie zog die Stirn kraus. Er hat gar nicht auf meine Frage geantwortet, warum er nicht nach Russland zurückwollte. Ob er mir das wohl eines Tages anvertraut? Ich werde jedenfalls alles tun, dass er sich bei uns wohlfühlt und bleibt. Es wäre zu schade, wenn er wieder fortginge.

Estland – Oktober 1938

– 10 –

Kaum hatte Charlotte die Tür ihres Zimmers hinter sich geschlossen, riss sie mit fahrigen Bewegungen den Umschlag auf und überflog die Zeilen ihrer Mutter. Kein Wort von einer erfolgreichen Suche nach einer Haushälterin oder der Aufforderung, nach Haapsalu zurückzukehren. Erleichtert atmete Charlotte aus, setzte sich in den Sessel in der Ecke neben dem Fenster, und las den Brief in Ruhe.

Auf der ersten Seite gab Irmengard von Lilienfeld zunächst ihrer Freude Ausdruck, wie gut ihre Tochter die ihr anvertrauten Aufgaben erfüllte. Offenbar hatte Onkel Julius seine Nichte in einem Brief an seine Schwester in den höchsten Tönen gelobt. Anschließend beantwortete sie die Fragen, die Charlotte ihr in ihrem letzten Schreiben gestellt hatte: Zuhause ging alles seinen gewohnten Gang, sie und ihr Mann waren wohlauf, und auch von ihrem Sohn gab es nur Gutes zu berichten. Letzterer schickte begeisterte Briefe von seinem Studentenleben in Dorpat – den estnischen Namen Tartu zu verwenden, wäre Charlottes Mutter nie in den Sinn gekommen. Johann schwärmte von interessanten Vorlesungen und Disputen mit Professoren und Kommilitonen und träumte von einer Karriere als Literaturwissenschaftler.

Charlotte konnte sich ihren Bruder ohne ein Buch in der Hand kaum vorstellen. Es freute sie, dass er seiner Neigung nachgehen konnte und sich an der Universität in seinem Element befand. Gleichzeitig flog sie ein Hauch von Neid an. Es musste großartig sein, sich weiterbilden zu können, neue Wissensgebiete für sich zu erschließen und den Austausch mit Gleichgesinnten zu pflegen. Die Anwandlung verflüchtigte sich, kaum dass sie aufgekeimt war. Ihr Platz war hier. Diese Gewissheit beseelte Charlotte und erfüllte sie mit tiefer Zufriedenheit. Lächelnd las sie weiter und erstarrte.

Liebes Kind, zum Schluss komme ich zu einem etwas heiklen Thema und einer Bitte an Dich, die ein gewisses Fingerspitzengefühl erfordert. Ich bin jedoch zuversichtlich, dass Du die Sache geschickt meistern wirst – andernfalls würde ich Dir diese Verantwortung nicht zumuten. Ich bin mir bewusst, dass ich Dir zugesagt hatte, mich rasch um eine Haushälterin zu kümmern, die Deinen Platz auf dem Birkenhof einnehmen kann. Aus gegebenem Anlass ist es aber dringend erforderlich, dass Du Deinen Aufenthalt dort verlängerst.

Wie Du weißt, lässt Dein Onkel seine Angelegenheiten von derselben Anwaltskanzlei in Reval regeln, wie es bereits unser Vater tat. Notar Dreger, der derzeitige Inhaber, hat mich über einen sehr beunruhigenden, um nicht zu sagen skandalösen Umstand in Kenntnis gesetzt, den hinzunehmen ich nicht gewillt bin. Stell Dir vor, Dein Onkel hat sein Testament geändert und einen Esten (!), einen gewissen Lennart Landa, als Erben des Birkenhofs eingesetzt. Ich weiß, es ist zu grotesk, um es zu glauben. Aber der Notar hat keinen Zweifel daran gelassen, dass es meinem Bruder ernst mit dieser Ungeheuerlichkeit ist. Herr Dreger hat wohl versucht, ihm dieses Vorhaben auszureden, ist jedoch auf taube Ohren gestoßen.

Ich kann mir das Verhalten von Julius nur damit erklären, dass ihm der Tod seiner geliebten Frau zeitweise den Verstand geraubt hat. Und ich nehme an, dass dieser Landa die Schwäche seines Dienstherrn ausnutzt, um ihn in seinem Sinne zu beeinflussen. Vermutlich ist es ihm gelungen, sein Vertrauen zu erschleichen und sich ihm als den Sohn zu präsentieren, den sich mein Bruder vermutlich immer gewünscht hat.

Ich bin geneigt, es als Fügung des Schicksals zu betrachten, dass Du ausgerechnet jetzt auf dem Birkenhof weilst. Denn so haben wir die Gelegenheit, direkt herauszufinden, was dieser Este im Schilde führt. Außerdem möchte ich Dich bitten, behutsam auf Deinen Onkel einzuwirken. Du genießt sein Vertrauen und sein Wohlwollen, auf Dich wird er vielleicht hören. Dir könnte es gelingen, ihn aus seiner Verblendung zu befreien und an seinen Familiensinn zu appellieren, der ihm abhandengekommen zu sein scheint. Wenn er wieder bei Verstand ist, wird er Dir sehr dankbar sein – da bin ich mir ganz sicher.

Ich erwarte ungeduldig Deine Antwort und verbleibe mit lieben Grüßen,

Deine Mutter

Charlotte schnappte nach Luft, ließ den Brief auf ihre Knie sinken und starrte auf die Buchstaben, die vor ihren Augen tanzten. Sie hätte nicht sagen können, was sie am meisten empörte: Die Indiskretion des Notars, der seinen Klienten hintergangen und vertrauliche Informationen weitergegeben hatte – was nicht nur gegen die anwaltliche Schweigepflicht verstieß, sondern auch menschlich und moralisch unter aller Kanone war. Die Selbstverständlichkeit, mit der ihre Mutter voraussetzte, sie würde uneingeschränkt ihre Meinung über Lennart und ihre Beurteilung seiner Absichten teilen. Oder ihre Aufforderung, Onkel Julius zu beeinflussen und Lennart auszuhorchen.

Charlotte sprang auf. »Ich bin doch kein Spitzel!«, rief sie und ballte die Hände zu Fäusten. Wie kann Mutter so etwas von mir verlangen?, dachte sie. Sie bringt mich in eine unmögliche Lage. Wie soll ich jetzt Onkel Julius unbefangen gegenübertreten? Ganz zu schweigen von Lennart? Charlotte wurde heiß vor Scham. Sie war abgestoßen von der argwöhnischen Unterstellung, er sei ein Erbschleicher. Sie war aus tiefster Seele überzeugt, dass diese Anschuldigung aus der Luft gegriffen und haltlos war. Abgesehen davon lag ihre Mutter falsch, was die Gemütsverfassung ihres Bruders anging. Onkel Julius machte auf Charlotte alles andere als einen verwirrten, von Trauer benebelten Eindruck. Nein, Baron Uexküll wusste genau, was er tat.

Charlotte hätte einiges darum gegeben, dasselbe von sich behaupten zu können. Sie sehnte sich danach, sich ihrer Freundin Zilly im direkten Gespräch anzuvertrauen, ihre Einschätzung zu hören und gemeinsam mit ihr zu beraten, wie sie sich am besten verhalten sollte. Zu ihrem Bedauern hatte der Birkenhof keinen Telefonanschluss. Aber selbst wenn sie Zilly hätte anrufen können, wäre die Gefahr, belauscht zu werden, zu groß gewesen. Auch die Überlegung, von der Poststelle am Hafen aus ein Telefonat zu führen, verwarf Charlotte aus diesem Grund. Das Thema war zu heikel.

Dazu kam noch etwas anderes, das sie vor einem Anruf zurückscheuen ließ: Es war ihr peinlich, diese engstirnige Seite ihrer Mutter zu enthüllen. In Zillys Elternhaus wurde nicht zwischen Esten, Juden, Russen, Deutschen oder Angehörigen anderer Religionsgemeinschaften, Volksgruppen oder Nationen unterschieden. Frau von Weitershagen unterhielt gern buntgemischte Gesellschaften, bei denen Künstler, Schauspieler und Schriftsteller auf Vertreter der unterschiedlichsten Berufsgruppen trafen und sich austauschten. Charlotte hatte sich sehr auf diese Abende gefreut, an denen sie als Gast von Zillys Eltern teilgenommen hätte, und sich die anregenden Gespräche, unterhaltsamen Darbietungen und Gesellschaftsspiele in bunten Farben ausgemalt.

Mit ihrem Mann teilte die Baronin die Überzeugung, dass Estland sich dank seiner liberalen Minderheitengesetze nach der Überwindung noch vorhandener Ressentiments zu einem modernen Land entwickeln würde, in dem alle Einwohner gleichberechtigt und friedlich miteinander leben konnten. Baron Weitershagen engagierte sich zwar für die Interessen der deutschbaltischen Minderheit, konnte aber die Vorbehalte mancher seiner Standesgenossen nicht verstehen, die ihrer Zeit als Angehörige der Herrenklasse nachtrauerten und in den Esten tumbe Bauern sahen, denen sie die Leitung des Landes nicht zutrauten. Er setzte sich für eine gute Zusammenarbeit aller Staatsbürger ein und wurde nicht müde, für die Beseitigung der alten Vorurteile und Animositäten auf beiden Seiten zu werben. Onkel Julius würde sich gut mit ihm verstehen, dachte Charlotte. Warum können meine Eltern nicht ebenso aufgeschlossen sein?

Zu Charlottes Scham gesellte sich das seit frühester Jugend verinnerlichte ungeschriebene Gesetz, das ihr verbot, mit »Fremden« – und seien es noch so gute Freunde – über Angelegenheiten der Familie zu reden. Charlotte fand dieses Gebot zwar unsinnig – Zilly stand ihr gewiss näher als so manche entfernte Tante oder Cousine –, dennoch fiel es ihr schwer, sich darüber hinwegzusetzen. Aber auch wenn ich mich Zilly anvertraue, kann ich Mutters Ansinnen nicht einfach ignorieren, überlegte Charlotte weiter. Und wenn sie merkt, dass ich Lennart mindestens ebenso schätze, wie es Onkel Julius tut, wird sie mich auf der Stelle zurückpfeifen. »Was soll ich bloß tun?«, flüsterte sie. Mit einem Seufzer ließ sie sich wieder in den Sessel fallen und vergrub ihr Gesicht in den Händen.

Ein Klopfen unterbrach ihre Grübelei. Charlotte richtete sich auf. Ein Blick auf ihre Uhr entlockte ihr ein »Verflixt!«. Sie hatte das Mittagessen völlig vergessen. »Ich komme!«, rief sie und eilte zur Tür, die sich im selben Moment öffnete.

»Ist alles in Ordnung, Kind?« Onkel Julius stand auf der Schwelle und sah sie besorgt an. »Frau Mesila sagte, dass du einen Brief bekommen hättest und sehr aufgewühlt davongestürzt seist. Hast du schlechte Nachrichten erhalten?«

Charlotte schüttelte den Kopf. »Meine Mutter hat geschrie-

ben. Es ist alles in Ordnung, ich meine, alle sind gesund und …«
Sie ließ die Schultern hängen.

»Aber?«

»Nein, wirklich, mach dir keine Sorgen!«, sagte sie. »Es tut
mir leid, dass ich dich habe warten lassen.« Sie bemühte sich um
ein unbefangenes Lächeln. »Lass uns runtergehen und …«

Onkel Julius stellte sich ihr in den Weg. »Bitte, meine Liebe,
ich merke doch, dass dich etwas bedrückt.« Er legte eine Hand
auf ihre Schulter. »Sei ehrlich! Hast du Heimweh? Möchtest du
zurück nach …«

»Nein, auf gar keinen Fall!«, brach es aus Charlotte heraus, so
laut, dass sie selbst erschrak. »Ich fühle mich hier rundum wohl«,
fuhr sie ruhiger fort.

Onkel Julius' Stirn legte sich in Falten. »Möchte deine Mutter,
dass du nach Haapsalu zurückkehrst? Soll ich mit ihr …«

Wieder schüttelte Charlotte den Kopf. Die Anteilnahme ihres
Onkels rührte sie und schärfte zugleich den Stachel der Scham,
den das Ansinnen ihrer Mutter in ihr Herz getrieben hatte. Sie
wich seinem Blick aus.

»Bitte, Charlotte, gib mir wenigstens die Möglichkeit, dir zu
helfen.«

»Ach, Onkel Julius!«, rief Charlotte. Die Verzweiflung machte
ihre Stimme dünn. »Du bist der warmherzigste Mensch, den ich
kenne. Und ausgerechnet dich soll ich hintergehen.«

Er nickte zu dem Brief hin. »Sie verlangt das?« Er zog ungläubig die Brauen hoch. »Was um alles in der Welt könnte …«

Ohne nachzudenken, griff Charlotte nach dem Schreiben ihrer Mutter, reichte es ihrem Onkel und tippte auf den Absatz, in
dem es um Lennart und die Testamentsänderung ging. Mit angehaltenem Atem beobachtete sie sein Mienenspiel, das beim Lesen von Verwunderung über Ärger bis hin zu spöttischer Belus-
tigung wechselte.

»Das ist ein starkes Stück!«, sagte er schließlich. »Da ist meine Schwester entschieden zu weit gegangen.«

»Und euer Anwalt erst«, rief Charlotte. »Wenn er nicht so indiskret gewesen wäre, hätte meine Mutter gar nicht …«

»Das meinte ich nicht«, fiel ihr Onkel Julius ins Wort. »Ehrlich gesagt, bin ich nicht allzu überrascht, dass Notar Dreger geplaudert hat. Er hat mich geradezu angefleht, mir die Sache noch mal zu überlegen und mit meiner Familie zu besprechen. Und da ich ihm klipp und klar zu verstehen gegeben habe, dass ich dazu keine Notwendigkeit sehe, wusste er sich wohl keinen anderen Rat, als sich an meine Schwester zu wenden. Von der weiß er mit Gewissheit, dass sie seinen deutschbaltischen Dünkel teilt.«

Charlotte pflichtete ihm stumm bei. Für ihre Mutter war allein der Gedanke, Familienbesitz an einen Fremden zu geben, entsetzlich. Die Erfahrung der Enteignung steckte ihr tief in den Knochen. Für sie war es unvorstellbar, freiwillig Grund und Boden einem Esten zu überlassen.

»Nein, ich finde etwas anderes unmöglich«, fuhr Onkel Julius fort und sah Charlotte in die Augen. »Irmengard hat kein Recht, dich in die Sache hineinzuziehen. Wenn sie meine Entscheidung nicht akzeptieren kann, soll sie gefälligst mit mir reden. Und nicht ihre Tochter vorschicken!« Er tätschelte Charlottes Arm. »Mach dir keine Gedanken mehr. Ich werde deiner Mutter schreiben und sie ganz offiziell von meinen Plänen in Kenntnis setzen.« Er lächelte grimmig. »Dann gibt es keinen Grund mehr – wie hat sie es formuliert?« Er schaute auf den Brief. »Behutsam auf mich einzuwirken und mich aus meiner Verblendung zu befreien.« Er warf den Papierbogen auf den Schreibtisch. »Und was den Familiensinn angeht, der mir angeblich abhandengekommen ist. Da müsste mich deine Mutter nun wirklich besser kennen.« Er schnaubte.

Charlotte nickte. Es war in der Tat absurd, ausgerechnet Onkel

Julius einen Mangel an familiärer Loyalität vorzuwerfen. Sie kannte kaum jemanden, der sich seinen Vorfahren, die seit vielen Generationen in Estland ansässig waren, derart verbunden fühlte und voller Stolz auf eine Ahnengalerie zurückblickte, die bis zu den Rittern des Deutschen Ordens reichte. Gleichzeitig gab er nicht viel auf – für sein Dafürhalten hohle – Begriffe wie Deutschtum, Standesethos und andere »Werte«, mit denen sich manche Deutsche von anderen Bewohnern des Baltikums abgrenzten. Für Onkel Julius zählte allein der Mensch – unabhängig von seiner Herkunft. Von daher war es kein Widerspruch für ihn, einem Esten sein Erbe zu vermachen. Lennart teilte seine Liebe zu den Pferden und dem Land, in dem sie beide tief verwurzelt waren.

»Es ist ganz einfach so, dass ich in unserer Verwandtschaft derzeit niemanden kenne, der geeignet oder willens wäre, den Birkenhof zu übernehmen«, sprach Onkel Julius weiter. »Oder fällt dir jemand ein?«

Charlotte schüttelte den Kopf. Ihr Bruder Johann hatte mit der Landwirtschaft nichts am Hut und schwebte in literarischen Sphären. Vor Pferden hatte er großen Respekt, um nicht zu sagen Angst. Als Kind hatte er die Sommerferien auf dem Gestüt am liebsten mit einem Buch auf einer Bank im Park oder auf der Terrasse verbracht. Selbst ihre Eltern sahen ein, dass er nicht zum Gutsbesitzer taugte.

»Ich fürchte, meine Mutter hofft auf eine andere Lösung für dieses Problem«, sagte sie zögernd.

»Nämlich?«

»Meinem Vater gegenüber hat sie mal geäußert, man müsse nur einen geeigneten Bräutigam für mich finden, der den Birkenhof übernehmen könnte. Auf diese Weise würde er in der Familie bleiben, und für mich wäre auch gesorgt.« Charlotte spürte, wie ihr erneut die Röte ins Gesicht stieg. Die Ansichten ihrer Mutter waren zu peinlich.

Dass Charlotte ihren Lebensunterhalt in Zukunft selbst verdienen und darüber bestimmen wollte, an wessen Seite sie einmal durchs Leben gehen würde, tat Irmengard von Lilienfeld als die Spinnerei eines unreifen Mädchens ab. Ihren Mann wusste sie in dieser Frage an ihrer Seite. Charlottes Vater fand es zwar wichtig, dass eine Frau gut ausgebildet war und zur Not arbeiten gehen konnte. Für seine Tochter wünschte sich Graf Lilienfeld jedoch eine angemessene Partie, die ihr ein standesgemäßes Dasein ermöglichte.

»Manchmal habe ich den Eindruck, dass meine Schwester noch tief im 19. Jahrhundert lebt«, sagte Onkel Julius. »Dabei hegte sie als junge Frau durchaus Sympathien für den Kampf der Suffragetten um politische Gleichstellung der Frauen und mehr Teilhabe am gesellschaftlichen Leben.« Er kratzte sich am Kinn. »Wie dem auch sei, ich werde diesem Unfug ein Ende bereiten und ihr schreiben. Irmengard wird sich mit meiner Entscheidung abfinden müssen. Früher oder später wird sie einsehen, dass es die vernünftigste Lösung ist.«

Charlotte presste die Lippen zusammen. Hoffentlich ist er da nicht zu zuversichtlich, dachte sie. Mutter wird nicht so schnell klein beigeben und alle Hebel in Bewegung setzen, um ihren Willen durchzusetzen.

»Sie wird ja kaum so weit gehen und versuchen, mich für unzurechnungsfähig erklären zu lassen«, fuhr er fort.

»Ehrlich gesagt, würde ich nicht darauf wetten«, antwortete Charlotte leise.

»Nun, soll sie ihr Glück versuchen. An mir haben sich schon ganz andere die Zähne ausgebissen. Ich bin ein harter Brocken.« Er lächelte ihr zu. »Und jetzt lass uns essen. Frau Mesila hat frische Plötzen gebraten. Die sollten nicht länger warten.«

Charlotte bemühte sich um ein Lächeln. Sie hätte sich gern vom Kampfwillen ihres Onkels anstecken lassen und ihrer Mutter erklärt, dass sie nicht länger nach ihrer Pfeife tanzen würde. Dass sie nicht ihr verlängerter Arm war, sondern ein selbstständiger Mensch. Wenn das nur so einfach wäre, dachte sie. Onkel Julius hat leicht reden. Seine Schwester kann ihm letzten Endes nicht vorschreiben, welche Entscheidungen er trifft und wie er über sein Eigentum verfügt. Aber wenn Mutter auch nur den Hauch einer Ahnung hätte, wie gut ich mich mit Lennart verstehe. Charlotte schlang unwillkürlich die Arme um den Oberkörper. »Sie würde mich sofort zurückbeordern.«

»Lass dich nicht kopfscheu machen!«

Charlotte schrak aus ihren Überlegungen hoch. Offenbar hatte sie den letzten Satz laut ausgesprochen.

»Wer sagt denn, dass du deiner Mutter gleich den Fehdehandschuh hinwerfen sollst?«, fuhr Onkel Julius fort. »Ich für meinen Teil verlange das ganz gewiss nicht von dir. Ich kenne doch meine Schwester. Sie neigt zu rigiden Maßnahmen. Und du kannst nun wirklich nichts für den ganzen Schlamassel.«

»Aber sie erwartet doch, dass ich über Lennart ...«

Onkel Julius hob die Hand. »Fürs Erste kannst du sie mit einem belanglosen Bericht hinhalten. Und bald könntest du ihn ohnehin nicht mehr ausspionieren.«

»Warum?«

»Er wird bis nächsten September die Landwirtschaftsschule in Jäneda besuchen.« Onkel Julius strich sich mit einer zufriedenen Miene übers Kinn. »Ich werde Lennart hier zwar sehr vermissen. Aber eine solide Ausbildung ist wichtig, wenn er dereinst den Birkenhof leiten soll.«

»Äh ... das ... äh ... ist eine gute Idee«, stotterte Charlotte. Sie war überrumpelt.

Onkel Julius schmunzelte. »Genauso hat Lennart geschaut, als ich ihm diesen Vorschlag unterbreitet habe.« Er ging auf den Flur hinaus.

Charlotte fasste sich an den Hals. Hatte Lennart in jenem Moment wohl das Gleiche gedacht wie sie? Dass sie sich monatelang nicht sehen würden, wenn er nach Jäneda ging, in den Norden des Festlandes, etwa siebzig Kilometer von Tallinn entfernt. In Charlotte stritt die Erleichterung darüber, ihre Mutter nicht anlügen oder einen offenen Konflikt mit ihr riskieren zu müssen, mit der Enttäuschung über Lennarts bevorstehende Abwesenheit. Letztere gewann die Oberhand. Onkel Julius wird nicht der Einzige sein, der ihn vermisst. Das Eingeständnis versetzte ihr einen Stich. Sei lieber froh, mahnte ihre Vernunftstimme. Du bringst dich in Teufels Küche, wenn du deine Gefühle nicht in den Griff bekommst. Stell dir nur vor, wie Mutter reagieren würde, wenn sich zwischen dir und Lennart mehr als nur freundschaftliche Bande entwickeln. Nimm es als Wink des Schicksals, dass er ausgerechnet jetzt auf diese Schule gehen soll. Charlotte rieb sich die Schläfe und folgte dann ihrem Onkel, der bereits auf dem Weg zum Speisezimmer war.

Schleswig-Holstein, September 1977

– 11 –

Bevor Gesine an ihren Schreibtisch zurückkehrte, machte sie einen Abstecher zu Opa Paul. Sie fand ihn in seinem Studierstübchen über einen kleinen Diabetrachter gebeugt, mit dem er Bilder sichtete, die er für seinen Vortrag auf der Herbsttagung des Heimatvereins benötigte.

»Hast du Grigori nicht gefunden?«, fragte er, als Gesine zu ihm trat. »Soweit ich weiß, ist er noch nicht wieder in sein Zimmer zurückgekehrt.«

»Doch, ich hab mit ihm gesprochen«, antwortete Gesine. »Ich wollte dich was fragen.«

Opa Paul legte das würfelförmige Gerät beiseite, nahm seine Lesebrille ab und deutete auf einen Hocker, der neben seinem Stuhl stand.

Gesine setzte sich und beschloss, nicht lange um den heißen Brei herumzureden. »Ich wusste gar nicht, dass du Russisch kannst.«

»Wie kommst du jetzt … ah, verstehe, weil ich mit Grigori ge…«

»Hast du das im Krieg gelernt?«

Ihr Großvater hob überrascht die Brauen. »Ja, das habe ich in der Tat.«

»Du warst also als Soldat in Russland?« Gespannt sah sie ihn an. War sie zu forsch vorgeprescht? Immerhin war es das erste Mal, dass sie ihn nach seinen Erlebnissen im Dritten Reich befragte.

»Das nicht«, antwortete er. »Wir hatten einen russischen Zwangsarbeiter auf dem Gestüt. Fjodor hieß er. Er hat mich gebeten, ihm Deutsch beizubringen, damit er Bücher lesen konnte.

Ich glaube, er vermisste die geistige Nahrung fast mehr als die leibliche.« Er sah versonnen vor sich hin und schüttelte den Kopf. »Du kannst dir nicht vorstellen, wie mager er war, als er uns zugeteilt wurde.«

»Ich wusste nicht, dass wir einen Zwangsarbeiter hatten«, sagte Gesine leise. »Wie lange war er denn hier?«

»Knapp drei Jahre.«

»Und von ihm hast du die Sprache gelernt?«

Opa Paul nickte. »Fjodor hatte meine Neugier auf die Schriftsteller seiner Heimat geweckt, von deren Romanen er oft schwärmte. Er meinte, dass man sie nur im Original richtig verstehen und genießen könne.«

»Ihr habt euch also gegenseitig unterrichtet.«

»Und sind darüber gute Freunde geworden.«

»War es bei den Nazis nicht verboten, sich mit Kriegsgefangenen anzufreunden?«

»Absolut. Die Ostarbeiter sollten möglichst wenig Kontakt zur deutschen Bevölkerung haben. Deshalb war es zum Beispiel verboten, gemeinsam mit ihnen an einem Tisch zu essen.« Opa Paul schnaubte. »Deine Großmutter Greta und ich haben uns nicht darum geschert. Und auch auf anderen Höfen hier im Umkreis wurde diese Vorschrift kaum beachtet. Es war schlicht im Arbeitsalltag nicht zu realisieren.« Er verengte die Augen. »Warte. Ich müsste da noch …« Er stand auf, holte einen alten Schuhkarton aus einem Regal und entfernte den Deckel. »Meine Güte, da habe ich seit einer halben Ewigkeit nicht mehr reingeschaut.«

Gesine rückte näher und warf einen Blick in die Schachtel, in der Zettel, alte Schwarz-Weiß-Bilder, Briefe und andere schriftliche Dokumente durcheinanderlagen. Ihr Großvater kramte darin herum und förderte zwei Fotografien mit gezacktem Rand zutage. »Das sind Fjodor und ich. Ich glaube, das war im Sommer dreiundvierzig. Da war er schon fast ein Jahr bei uns.«

Gesine beugte sich über die Bilder. Auf einem standen zwei Männer neben einem Pferd vor dem Torhaus des Gestüts, auf dem anderen saßen die beiden auf einer Bank. Hinter ihnen ragte die Rückseite des Wohnhauses von Gut Pletten auf, die beiden schienen in ein angeregtes Gespräch vertieft. Die jüngere Version ihres Großvaters trug schon damals eine Kniebundhose und ein weißes Hemd mit Stehkragen, hatte volles, dunkles Haar und hielt eine Pfeife in der Hand. Fjodor rauchte eine Zigarre, hatte einen kahlgeschorenen Schädel und war mit einem schlichten Anzug bekleidet. Einzig ein handtellergroßer Aufnäher mit der Beschriftung »OST« auf einer Brustseite deutete darauf hin, dass es sich nicht um einen »normalen« Freund ihres Großvaters handelte.

»Was ist aus ihm geworden?«, fragte sie. »Ist er nach Russland zurückgekehrt?«

»Ja, er wurde im Juni fünfundvierzig von den Briten zurückgeschickt.« Opa Paul seufzte. »Ich fürchte, es ist ihm daheim nicht gut ergangen.«

»Warum glaubst du das?«

»Ehemalige Zwangsarbeiter wurden unter Stalin in der Sowjetunion oft als Verräter verfolgt, weil sie jahrelang für den Feind gearbeitet hatten. Sie wurden zu Hunderttausenden in Gulags gesteckt.«

»Wie furchtbar!« Gesine sah ihren Großvater betroffen an.

»Ja, das war es. Unglücklicherweise wurde das erst nach ein paar Monaten bekannt. Als die Westmächte es schließlich erfuhren, wurde die schnelle Repatriierung von Russen eingestellt, die auf der Konferenz von Jalta beschlossen worden war. Vielen wurde daraufhin angeboten, in die USA, nach Kanada oder Australien auszuwandern.« Er rieb sich die Stirn. »Für Fjodor kam diese Entwicklung leider zu spät.«

»Hast du je wieder etwas von ihm gehört?«

Opa Paul schüttelte den Kopf. »Ich habe versucht, ihn ausfindig zu machen. Aber da war der Eiserne Vorhang dazwischen.«

Gesine griff nach seiner Hand und drückte sie. Eine Minute saßen sie schweigend zusammen, jeder in seine Gedanken versunken.

»Dann hat Grigori dieses Soldatenwörterbuch also nicht von dir«, stellte Gesine schließlich fest.

»Nein. Ich habe mir seinerzeit das zweibändige Deutsch-Russische Wörterbuch von Pawlowsky zugelegt.« Ihr Großvater deutete auf sein Bücherregal. In einem Fach waren Romane von Leo Tolstoi, Fjodor Dostojewski, Alexander Puschkin, Anton Tschechow und anderen russischen Schriftstellern aufgereiht. Daneben standen zwei in Leder eingebundene Bücher mit goldgeprägten Rückentiteln.

»Ich habe heute bei der Buchhandlung Gosch ein handlicheres und vor allem aktuelleres Lexikon für Grigori bestellt«, fuhr er fort. »Mit seinem ollen Wehrmachtsheftchen kommt er ja nicht weit.«

»Es sei denn, er will wissen, wie viele Partisanen sich im Ort verstecken oder wo sich Minenfelder befinden.« Gesine kicherte, wurde aber gleich wieder ernst. »Wusstest du, dass Grigoris Familie ursprünglich aus Estland stammt?«

»Nein, das war mir nicht bekannt.«

»Es ist mir etwas peinlich, das zuzugeben«, druckste Gesine. »Aber ich habe keinen Schimmer, wo dieses Estland liegt.«

»Wie bitte?« Opa Paul legte die Stirn in Falten. »Das ist nicht dein Ernst!«

Gesine zupfte betreten an einer Haarlocke. Die Heftigkeit in seiner Stimme irritierte sie. Es war sonst nicht seine Art, so ungehalten auf ihre Wissenslücken zu reagieren.

»Schließlich hast du selber estnische Wurzeln«, fuhr er fort. »Da solltest du zumindest wissen, dass Estland an der Ostsee liegt und zusammen mit Lettland und Litauen das Baltikum bildet.«

Gesine sah ihn verblüfft an. »Ich habe estnische Wurzeln?« Sie kratzte sich am Kopf. »Bist du sicher?«

»Soll das heißen, das hat dir nie jemand …« Opa Pauls Stirnfalte wurde noch tiefer. »Das ist doch nicht zu fassen!«

»Es tut mir leid, ich …«

»Aber Kind!«, unterbrach er sie. »Ich bin doch nicht deinetwegen so …« Er schüttelte den Kopf. »Ich bin einfach davon ausgegangen, dass sie es dir erzählt hat. Wobei … eigentlich ist es nicht verwunderlich, dass sie dieses Kapitel ausspart.«

»Meinst du meine Mutter?«, fragte Gesine leise.

»Entschuldige«, antwortete ihr Großvater. »Ich habe laut gedacht.« Er legte ihr eine Hand aufs Knie. »Die Mutter deiner Mutter ist in Estland aufgewachsen.«

»Du meinst Großmutter Charlotte? Aber kam die nicht aus dem Warthegau?« Gesine sah ihn ratlos an. »Ist ihre Familie nicht von dort vertrieben worden?«

»Doch, das stimmt. Aber ihre Eltern haben sich erst 1939 dort niedergelassen. Davor haben sie in Haapsalu gelebt. Das ist ein Städtchen an der estnischen Westküste. Charlottes Vater hatte dort eine Arztpraxis.«

»Ich werd verrückt!«, rief Gesine. »Warum weiß ich nichts davon?« Sie verengte ihre Augen. »Was ist eigentlich mit Großmutter Charlotte?«, fragte sie nach kurzem Nachdenken. »Warum hat Mama keinen Kontakt zu ihr? Paps hat mir mal anvertraut, dass zwischen den beiden dicke Luft herrscht. Aber was genau der Grund ist, konnte oder wollte er mir nicht sagen.«

»Ja, das ist ein heikles Thema.«

»Ich weiß nur, dass Mama bei ihrer Großmutter aufgewachsen ist, bevor sie ins Internat ging. Wollte sich Charlotte denn nicht selbst um ihre Tochter kümmern?«

»Leider neigt Henriette dazu, aus ihrem Herzen eine Mördergrube zu machen. Sie hat sich schon immer schwer damit getan, ihre Gefühle zu zeigen oder über Dinge zu sprechen, die schwierig für sie sind. Ganz besonders über alles, was ihre Mutter angeht.«

»Ist Großmutter Charlotte denn so ein furchtbarer Drachen?«

»Ganz und gar nicht«, antwortete Opa Paul. »Ich habe sie als sehr warmherzige, offene Person kennengelernt. Und es sehr bedauert, dass ihre Tochter sie aus ihrem und damit auch aus unserem Leben verbannt hat.«

»Aber warum denn?«, rief Gesine.

»Ich fürchte, das kann dir nur deine Mutter selbst verraten.« Opa Paul lächelte sie betrübt an. »Ich weiß nämlich leider nicht, wo Charlotte wohnt und wie man sie erreichen kann.«

Dann muss ich Mama dazu bringen, mir davon zu erzählen, nahm sich Gesine im Stillen vor. Sie kann nicht ewig dazu schweigen. »Warum sind Charlottes Eltern aus Estland fortgegangen?« Sie legte den Kopf schief. »Oder ist das auch ein Geheimnis?«

»Im Gegenteil. Ihr habt in der Schule doch sicher von der Nazi-Kampagne ›Heim ins Reich‹ gehört.«

»Ja, da klingelt was.« Gesine strich sich eine Haarsträhne hinters Ohr. »Ging es nicht darum, Österreich an Deutschland anzugliedern?«

»Stimmt, das war bereits in den zwanziger Jahren ein Ziel der Völkischen. Es gab sogar eine Zeitschrift ›Heim ins Reich‹, die für den Anschluss Deutschösterreichs Propaganda machte.«

»Und das Sudetenland«, sagte Gesine, der weitere Bruchstücke aus dem Geschichtsunterricht einfielen.

»Genau, das hatte sich Hitler als Nächstes gekrallt. Im Oktober 1938. Und ein Jahr später wurden die Baltendeutschen aufgefordert, ins Reich umzusiedeln. Kurz bevor die Russen dort einmarschiert sind.« Opa Paul stand auf. »Wir können uns gern bald weiter darüber unterhalten. Aber jetzt muss ich los. Zur Vorstandssitzung des Heimatvereins.«

»Ich sollte auch wieder rüber. Bevor Mama mich vermisst.« Gesine erhob sich, drückte Opa Paul einen Kuss auf die Wange und verließ sein Studierstübchen.

In ihrem Zimmer legte sie die Kassette mit dem Mitschnitt der letzten Single-Charts in ihren Radiorekorder, spulte zu dem Hit »Magic Fly« der französischen Band *Space* vor, dessen futuristische Synthesizerklänge es ihr angetan hatten, und holte den *Diercke Weltatlas* aus ihrem Bücherschrank. Da auf ihrem Schreibtisch kein Platz war, legte sie ihn auf den Boden, suchte im Verzeichnis nach Haapsalu und schlug die Doppelseite 70/71 mit der Karte von Skandinavien/Island auf. Die drei baltischen Sowjetrepubliken waren nicht als solche benannt, sondern firmierten unter den alten deutschen Namen Litauen, Lettland und Estland. Auch die wichtigsten Orte trugen die einstigen deutschen Bezeichnungen, in Klammern standen die landessprachlichen darunter. Eine gestrichelte Linie, die laut Legende eine Fährverbindung anzeigte, führte von Lübeck nach Helsinki. Die finnische Hauptstadt lag schräg gegenüber von Reval (Tallinn). Der Finnische Meerbusen, der östlichste Zipfel der Ostsee, war an dieser Stelle nur anderthalb Zentimeter breit, was bei dem angegebenen Maßstab von 1:6 000 000 knapp einhundert Kilometern entsprach.

»Wahnsinn!«, entfuhr es Gesine. Ihr war nicht klar gewesen, wie eng der Ostblock und die freie westliche Welt an dem Meer, an dem auch ihr Zuhause lag, zusammenrückten. Wobei die innerdeutsche Grenze zur DDR in der Nähe von Lübeck ja nur einen Katzensprung entfernt war. Gesine stellte nicht zum ersten Mal fest, dass ihr »das andere Deutschland«, wie sie es für sich nannte, fremder war als europäische Nachbarn wie Dänemark, Belgien oder Schweden. Sogar Italien, Spanien oder Griechenland kamen ihr ungeachtet ihrer fremdartigen Sprachen, Speisen und Gebräuche vertrauter vor als die Deutschen »von drüben«. In noch größerem Maße galt das für den übrigen Ostblock. Gesine hatte die Sowjetunion samt ihrer Satellitenstaaten trotz besseres Wissen auf einem anderen Kontinent verortet. Als Kind hatte sie den Begriff »Eiserner Vorhang« wörtlich genommen und sich eine stählerne, meterhohe Wand vorgestellt, die diesen Kontinent umgab und nach außen abschloss.

»Gesine, deckst du bitte den Tisch? Essen ist gleich fertig!«

Der Ruf von Anneke riss sie aus ihren Betrachtungen. Sie schaltete den Rekorder aus, der mittlerweile den ABBA-Song »Knowing me, knowing you« abspielte, eilte auf den Flur und beschloss, noch an diesem Abend in der Bibliothek ihres Vaters in seinen Lexika und Geschichtsbüchern so viel wie möglich über Estland und Grigoris russische Heimat herauszufinden.

Estland – Oktober 1938

– 12 –

In der zweiten Oktoberhälfte durchlebte Charlotte ein Wechselbad der Gefühle. Onkel Julius hatte noch am Montagabend nach ihrem Gespräch einen Brief an seine Schwester geschickt. Er hatte ihr die Gründe für seine Erbverfügung dargelegt, keinen Zweifel daran gelassen, an dieser Entscheidung festhalten zu wollen, und sie gebeten, das zu akzeptieren. Die Antwort aus Haapsalu ließ auf sich warten, was Charlotte in einen Zustand ängstlicher Vorahnung versetzte. Sie teilte nicht die Zuversicht ihres Onkels, dass sich der Sturm im Wasserglas bald legen und seine Schwester sein Testament letztendlich hinnehmen würde. Sie war überzeugt, dass ihre Mutter ihr Pulver noch längst nicht verschossen hatte und nichts unversucht lassen würde, um Onkel Julius von seinem Vorhaben abzubringen.

Sie selbst war seinem Vorschlag gefolgt und hatte in ihrem letzten Brief nach Hause sehr ausweichend auf die Aufforderung reagiert, ihrer Familie Informationen über Lennart und seine erbschleicherischen Absichten zu beschaffen, die ihre Mutter ihm unterstellte. Wahrheitsgetreu hatte sie geschrieben, nichts dergleichen bemerkt zu haben und Lennart generell ein solch intrigantes Verhalten nicht zuzutrauen. Abgesehen davon könne sie nicht in seinen Kopf hineinsehen und seine Gedanken lesen. Und es sei gewiss nicht im Sinne ihrer Mutter, wenn sich ihre Tochter mit diesem Esten gemeinmachen und das vertrauliche Gespräch mit ihm suchen würde. Charlotte war beim Schreiben dieses Satzes heiß vor Scham geworden, gleichzeitig beglückwünschte sie sich zu ihrem Einfall. Sie hoffte, damit jeglichen Verdacht im Keim zu ersticken, sie könnte den Stallmeister ihres Onkels sympathisch und die Idee, er würde dereinst den Birkenhof übernehmen, alles andere als absurd finden. Das Gegenteil war der Fall. Sie war davon überzeugt, dass Onkel Julius keine bessere Wahl hätte treffen können.

Die Ungewissheit und Warterei machten Charlotte nervös, ließen sich jedoch über weite Strecken des Tages verdrängen. Lennart dagegen konnte sie nicht aus ihren Gedanken verbannen, hier half keine Ablenkung durch Arbeit oder Lesen. Charlotte kannte sich selbst nicht mehr. In einem Augenblick konnte sie es kaum erwarten, den jungen Stallmeister zu sehen, im nächsten fürchtete sie nichts mehr als eine Begegnung, bei der sie vor Verlegenheit stottern und sich wie ein Tollpatsch aufführen würde. Der Klang seiner Stimme brachte ihr Herz ins Stolpern, ein Blick in seine Augen löste Schwindelgefühle aus. Und wenn sich ihre Hände etwa beim Reichen des Brotkorbs oder des Salzstreuers bei Tisch zufällig berührten, zog sich ihr Unterleib in süßem Schmerz zusammen. Charlotte hatte Mühe, sich zu konzentrieren, litt unter Appetitlosigkeit und fand in den Nächten kaum Schlaf. Sie traute sich selbst nicht mehr über den Weg und zweifelte an ihrem Verstand.

Kam daher der Ausdruck »jemandem den Kopf verdrehen«? Das hatte Lennart mit ihrem zweifellos getan. Aus Angst, sich eine Blöße zu geben und verletzt zu werden, versuchte Charlotte in den folgenden Tagen, ihm aus dem Weg zu gehen. Sie wollte nicht so enden wie eine Schulkameradin, die fast das ganze Jahr in Stift Finn einem jungen Mann nachgetrauert hatte, der ihre Liebe nicht erwiderte. Was für ihn ein belangloser Flirt gewesen war, hatte in dem Mädchen tiefe Gefühle geweckt. Charlotte hatte sich bei allem Mitleid gefragt, warum man einem anderen Menschen solche Macht über sich einräumen konnte, und sich geschworen, es niemals so weit kommen zu lassen. Nun musste sie feststellen, wie wenig sie Herrin ihrer Emotionen war. Etwas hatte die Kontrolle in ihr übernommen, auf das ihre Vernunft keinen Einfluss hatte.

»Habe ich irgendetwas falsch gemacht?«

Charlotte, die an diesem Samstagvormittag im Wäschezimmer einen Berg Tischdecken, Servietten und Hemden bügelte, ließ beinahe das heiße Eisen fallen. In der Tür stand Lennart und schaute sie prüfend an. Sie wich seinem Blick aus. »Nein, wie kommst du denn darauf?«

Er kam herein und stellte sich direkt vor sie. Nur das schmale Bügelbrett trennte sie. Charlotte schluckte und verfluchte die Röte, die ihr ins Gesicht stieg.

»Seit Sonntag sprichst du nur das Nötigste mit mir und machst einen Bogen um mich.« Seine Stimme klang traurig. »Bitte, sag mir, was los ist.«

»Äh ... wirklich nichts«, stammelte Charlotte. »Es gibt halt so viel zu tun und ...«

Lennart griff nach dem Bügeleisen, nahm es ihr aus der Hand und stellte es auf dem Metallgitter am Ende des Brettes ab. Charlottes Herzschlag kam ins Stolpern. Ihre Augen suchten die seinen und versanken in dem Graublau, das sie an die Ostsee bei stürmischem Wetter erinnerte. Auch in ihr tobte ein Sturm, der ihre Hände zum Zittern brachte.

»Ich weiß nicht, wie ich es ...« Lennart unterbrach sich und atmete tief durch. »Ich halte das nicht mehr aus. Ich muss es jetzt einfach sagen. Auch wenn ich wahnsinnige Angst habe, du könntest ...« Er stockte erneut. »Du bist für mich ... ähm ... Ich empfinde sehr ... äh ...«

Charlotte hielt den Atem an. Der Ausdruck in seinen Augen verriet ihr, was er nicht in Worte fassen konnte. Er erwidert meine Gefühle, jauchzte es in ihr. Es ist ihm ernst.

Er fuhr sich durch seine verstrubbelten Haare. »Ist das nicht lächerlich? Ich komme mir vor wie ein dummer Schuljunge, der vor der Klasse eine Aufgabe lösen soll.«

Ein Schwindel erfasste Charlotte. Es fühlte sich alles so unwirklich an. War Lennart tatsächlich kurz davor, ihr seine Liebe zu gestehen? Ihr Herz schlug hart gegen ihre Rippen, ihre Finger umklammerten Halt suchend das Bügelbrett, auf das sie erneut ihre Augen geheftet hatte. Seine Hand erschien in ihrem Blickfeld, fasste sie am Kinn und hob ihren Kopf. Der Schwindel wurde stärker. Lennart beugte sich über das Brett, hauchte ihr einen Kuss auf die Lippen und sah sie unsicher an. Ihr Mund verzog sich wie von selbst zu einem Lächeln. Lennart begann zu strahlen. Er legte beide Hände um ihr Gesicht, zog es sanft zu sich und drückte seine Lippen auf ihren Mund. Sie schloss die Augen, nahm Lennarts Geruch wahr, in den sich der Duft von Rasierseife mischte, und spürte die Wärme seines Körpers, zu dem sich jede Faser ihres Körpers hingezogen fühlte.

»Das wollte ich schon damals tun, als du kurz nach deiner Ankunft zu mir auf die Kutsche gestiegen bist«, sagte er leise, als sie sich voneinander lösten. »Und danach jeden einzelnen Tag. Ach, was sag ich? Jedes Mal, wenn wir uns über den Weg liefen!« Er schob das Bügelbrett weg, das zwischen ihnen stand, und fasste Charlotte an den Schultern. Sie legte ihre Arme um seine Hüften, zog ihn an sich und versank erneut in einem Kuss, der noch süßer schmeckte als der erste.

»Ich platze gleich vor Glück«, murmelte Lennart.

»Ich auch«, flüsterte Charlotte. Zu ihrer eigenen Überraschung stieg ihr ein Kichern in die Kehle. »Stell dir die Sauerei vor«, entfuhr es ihr. »Bei uns sind mal mehrere Gläser mit Erdbeermarmelade explodiert, weil sie gegoren war. Die Speisekammer sah danach aus wie ein Schlachthaus.«

»Das würde uns Frau Mesila nie verzeihen.« Lennarts Mundwinkel zuckten. »Die ganze feine Tafelwäsche wäre ruiniert.«

Charlotte hielt die Hand vor den Mund und prustete los. Die Anspannung der letzten Tage löste sich und wurde von dem Lachen weggefegt, in das Lennart einstimmte.

»Was ist sich so lustig?« Frau Mesila stand mit einem Wäsche-
korb auf der Türschwelle und sah sie befremdet an.

Charlotte und Lennart schraken zusammen und wichen einen
Schritt auseinander. Wenn man vom Teufel spricht, schoss es Charlotte in den Kopf. Sie fühlte sich wie als Kind, wenn sie beim verbotenen Naschen ertappt worden war. Verstohlen strich sie den Kragen
ihrer Bluse glatt, der bei der Umarmung verrutscht war. Trotz ihrer
Verlegenheit gelang es ihr nicht, die Fassung über sich zu erlangen.
Je mehr sie sich zu beherrschen versuchte, umso heftiger wurde sie
von Lachkrämpfen geschüttelt. Auch Lennart tat sich schwer, eine
ernste Miene aufzusetzen. Etwas Unverständliches brummelnd,
stellte die Köchin den Korb ab, füllte ihn mit den bereits fertig gebügelten und zusammengelegten Tischdecken, die Charlotte auf
einem Tisch gestapelt hatte, und entfernte sich mit einem Kopfschütteln. Charlotte hielt sich die Seite und japste nach Luft.

»Ich bin so froh, dass du wieder lachst«, sagte Lennart. »Du
warst so ernst in letzter Zeit.«

»Frau Mesila fand es wohl eher unpassend.« Charlotte grinste.
»Zum Glück ist die Gute nicht früher aufgetaucht. Was wir da
getan haben, hätte ihr noch viel weniger gefallen.«

»Etwa das?« Lennart zog Charlotte zu sich heran und küsste sie.

Wieder wurde sie von einem leichten Schwindel erfasst, dies-
mal lag es aber nicht an der Euphorie, die sie in Lennarts Armen
empfand. Das Gesicht ihrer Mutter war vor ihrem geistigen Auge
aufgetaucht, verzerrt vor Abscheu und Empörung.

»Was ist mit dir?« Lennart sah sie besorgt an.

Charlotte senkte den Kopf. »Warum liegen Glück und Unglück so nah beieinander?«, murmelte sie.

»Was meinst du?«

»Einerseits bin ich so froh wie noch nie in meinem Leben.
Andererseits weiß ich, dass sie niemals … dass wir keine …«
Ihre Stimme brach.

»Keine Zukunft haben?«, vervollständigte er ihren Satz.

Charlotte nickte und wünschte sich ein Mauseloch herbei, in das sie verschwinden konnte. Was muss er bloß von mir halten?, fragte sie sich. Erschreckt es ihn, dass ich schon so weit vorausdenke? Schließlich haben wir uns erst vor wenigen Minuten das allererste Mal geküsst. »Es tut mir leid, dass ich so ein Hasenfuß bin und uns die schöne Stimmung verder…«, sagte sie.

»*Hirm armuga omma velitse*«, unterbrach er sie.

»Furcht und Liebe sind Brüder.« Charlotte hob den Kopf und sah ihn fragend an.

»Das ist ein altes estnisches Sprichwort«, erklärte er und nahm ihre Hände in seine. »Ich bin mir bewusst, dass das mit uns nicht einfach wird. Aber es gibt da noch eine andere Redensart: *Armastus teeb tugevaks.*«

Liebe macht stark, übersetzte Charlotte im Stillen. Ein warmes Gefühl durchströmte sie. Er hat recht, dachte sie. Noch nie habe ich mich so kraftvoll und selbstsicher gefühlt.

Lennart sah ihr in die Augen. »Alles wird gut. Solange wir nur zusammenhalten.«

Charlotte blinzelte eine Träne weg, warf die Arme um seinen Hals und drückte ihn fest an sich. Ich werde ihn nie, nie wieder loslassen, dachte sie. Da kann Mutter toben, soviel sie will. Aber ohne ihn kann ich nicht glücklich sein. Für ihn lohnt es sich, zu kämpfen. Sie vergrub ihr Gesicht in seiner Halsbeuge, sog seinen Duft ein und spürte der tiefen Ruhe nach, die sich langsam in ihr ausbreitete.

In den folgenden Tagen nutzten Charlotte und Lennart jede Gelegenheit, allein miteinander Zeit zu verbringen. Sie hatten beschlossen, fürs Erste nichts von ihrer Liebe verlauten zu lassen, zu wertvoll und zart schien ihnen diese wunderbare Blüte, die sich zwischen ihnen entfaltete. Sie wollten ihr Glück still genießen, ohne den missbilligenden Blicken oder Kommentaren von Frau Mesila ausgesetzt zu sein, die eine solche Verbindung unschicklich finden würde.

Was Onkel Julius betraf, war Charlotte zwar überzeugt, dass er keine Einwände gegen ihre Verbindung haben, sondern sich ehrlich darüber freuen würde. Allerdings befürchtete sie, er könnte sich – selbstverständlich in bester Absicht und nur zu ihrem Wohl – einschalten und ihren Eltern ans Herz legen, die Liebe ihrer Tochter zu akzeptieren und ihr keine Steine in den Weg zu legen. Charlotte zweifelte keine Sekunde daran, dass er damit das genaue Gegenteil bewirken würde: Man würde sie umgehend nach Hause zurückrufen, um sie zum einen von Lennart zu trennen und zum anderen dem schädlichen Einfluss zu entziehen, den Onkel Julius – zumindest in den Augen ihrer Mutter – auf seine Nichte ausübte.

Charlotte, die an sich nicht zu Heimlichtuerei neigte und es hasste, sich zu verstellen, kam zu dem Schluss, dass es in dieser Situation notwendig war. Zumal es sich nur um eine kurze Frist handelte. Viel zu bald nahte der Abschied von Lennart, der Anfang November nach Jäneda reisen und dort seine landwirtschaftlichen Studien aufnehmen sollte. Die verbleibenden Tage waren zu kostbar, um sich von Gedanken über mögliche mütterliche Reaktionen und durch andere Störfeuer beeinträchtigen zu lassen.

Ihr liebster Rückzugsort war der Park hinter dem Gutshaus mit seinen alten Birken, die ihre Blätter mittlerweile fast vollständig verloren hatten. Gegen die bereits frostige Kälte in dicke Jacken eingemummelt, liefen sie Hand in Hand oder eng umschlungen über die bekiesten Wege und gemähten Rasenflächen, vor neugierigen Blicken durch die hohe Feldsteinmauer geschützt, die den kleinen Park umgab. Die Gefahr, entdeckt zu werden, war gering. Außer ihnen zeigte um diese Jahreszeit niemand Interesse an diesem Fleckchen. Onkel Julius war häufig außer Haus und besuchte benachbarte Gutsherren auf Hiiumaa, die traditionell im späten Oktober zu Jagdgesellschaften einluden – ein willkommener Anlass, sich über die politische Lage und wirtschaftliche Fragen auszutauschen. Frau Mesila fürchtete die kühle Herbstluft als Überbringerin von Krankheitskeimen und mied Aufenthalte im Freien. Der Stallbursche schließlich verbrachte die meiste Zeit des Tages bei den Pferden oder in seiner Kammer, wo er Abenteuerromane las.

Regnete es, fanden Charlotte und Lennart Unterschlupf in einem offenen Pavillon, der umgeben von Sträuchern und Büschen am Ende des Parks gelegen war. Tante Luise hatte ihn früher – bevor sie von ihrer Krankheit erst ans Haus und später ans Bett gefesselt war – im Sommer genutzt, um in Ruhe zu lesen oder ihren Nachmittagstee einzunehmen. Nun fristete er seit Langem ein unbeachtetes Dasein. An seinen vier Stützpfeilern und den hüfthohen Wänden, die aus ungeschälten Birkenstämmen gefertigt waren, wuchsen Efeu- und Klematisranken empor, der Bretterboden war mit hereingewehtem Laub bedeckt, und unter den Sparren des Schindeldachs hingen große Spinnennetze. Für Charlotte war es ein märchenhaftes Plätzchen, wie gemacht für heimliche Treffen und verstohlene Küsse. Zwar waren sie auch hier den kalten Winden ausgesetzt, für ihre kurzen Zusammenkünfte war der Pavillon dennoch ideal. Aber vermutlich hätte Charlotte sogar den Kartoffelkeller in einem verklärten Licht gesehen, wenn Lennart dort auf sie gewartet hätte.

Anfang November trafen zwei Briefe aus Haapsalu für Charlotte und ihren Onkel ein. Während Letzterer sich mit seiner Post ins Büro zurückzog, setzte sich Charlotte ins Wohnzimmer, wo sie sich mit klopfendem Herzen an die Lektüre des an sie gerichteten Schreibens machte.

Ihre Mutter gab sich keine Mühe, ihre Wut über die Starrköpfigkeit ihres Bruders zu verbergen. Aus ihrer Sicht hatte Julius keinen Anspruch mehr auf die Unterstützung seiner Familie, die er mit seinem Testament so schmählich hinterging. Charlotte rollte bei diesen Worten mit den Augen. Die Tatsache, dass Onkel Julius seine Entscheidung nicht aus Jux und Tollerei getroffen hatte und schon gar nicht, um seine Verwandten vor den Kopf zu stoßen, schien ihre Mutter auszublenden. Sie unterstellte ihm böse Absichten oder bestenfalls Ignoranz – was für sie auf dasselbe hinauslief: Ihr Bruder wollte seinen Besitz einem unwürdigen Esten vermachen.

Aus diesem Grund sehen Dein Vater und ich es nicht länger ein, dass Du Julius auf dem Birkenhof zur Hand gehst und ihm Deine Zeit opferst. Es ist Dir nicht länger zuzumuten. Wir erwarten Dich daher binnen der nächsten Tage zurück in Hapsal. Bitte telegrafiere Deine Ankunftszeit, damit wir Dich am Hafen abholen können.

»Oh nein!«, rief Charlotte und starrte entsetzt auf die letzten Sätze. Der Befehl, umgehend nach Hause zurückzukehren, übertraf ihre schlimmsten Befürchtungen. Sie hatte sich auf mehr Spielraum eingestellt, auf eine Gnadenfrist von mehreren Wochen, die es ihr erlaubte, in aller Ruhe Abschied zu nehmen. In den Schreck mischte sich Entrüstung. Wieder einmal ging ihre Mutter blind davon aus, dass sie ihrer Meinung war und fraglos ihren Anordnungen Folge leisten würde. Es ärgerte sie, dass sie nicht einmal gefragt wurde, ob und wann sie Kassari verlassen wollte. Denn das Leben auf dem Birkenhof war für sie alles andere als eine Zumutung, es war die schönste Zeit, die sie je gehabt hatte.

»Ich will hier nicht weg«, flüsterte sie und schaute aus dem Fenster, das zur Hofseite hinausging. Feine Regentröpfchen perlten auf der Scheibe und ließen die Wirtschaftsgebäude und Stallungen dahinter wie ein verschwommenes Aquarell aussehen. Was soll ich denn zu Hause? Selbst wenn Lennart bald fortgeht und ich ihn schrecklich vermissen werde – hier werde ich wenigstens gebraucht und kann mich nützlich machen. Hier wird mir die Wartezeit bis zu unserem Wiedersehen schneller vergehen. Hier fühle ich mich ihm nahe, auch wenn er nicht da ist. In Haapsalu dagegen erinnert nichts an ihn. Charlotte seufzte tief auf. Am beklemmendsten war für sie die Aussicht, zu Hause tagein, tagaus unter der Aufsicht ihrer Eltern zu stehen. Erst in diesem Augenblick wurde ihr klar, wie sehr sie sich bereits an die Selbstständigkeit und Verantwortung gewöhnt hatte, die ihr Onkel Julius einräumte. Allem voran die Freiheit, zu denken und zu äußern, was sie wollte – ohne Tadel oder Verbote fürchten zu müssen.

Charlotte straffte sich. Jetzt wirf nicht gleich die Flinte ins Korn, ermahnte sie sich. Sprich erst einmal mit Onkel Julius. Vielleicht gibt es ja doch eine Möglichkeit für mich, hierzubleiben. Das glaubst du doch selber nicht, meldete sich die skeptische Stimme in ihr zu Wort. Mutter wird ihn in ihrem Brief gewiss auffordern, mich umgehend nach Hause zu schicken. Ich kann ihn ja schlecht bitten, sich noch mehr mit ihr anzulegen und diese Anweisung zu ignorieren. Er hat schon genug Scherereien mit ihr. Am Ende kommt sie noch selbst her, um mich zu holen. Und das will ich nun ganz und gar nicht. Charlotte ließ sich in den Sessel zurücksinken und grübelte weiter. Ein Klopfen an der Tür unterbrach wenig später ihren inneren Dialog.

Onkel Julius kam herein. »Kind, wir müssen reden«, sagte er und hielt den Brief seiner Schwester hoch.

Charlotte sprang auf. »Ich weiß«, rief sie. »Mutter will, dass ich nach Hause zurückkehre.«

Er verzog grimmig das Gesicht. »Sie hat auch schon Ersatz für dich gefunden.« Er reichte ihr eine ausgeschnittene Zeitungsannonce.

Ehepaar sucht
Verwalter/Wirtschafterstelle
für größeren Betrieb auf dem Lande; übernimmt auch Aufwartung; schriftl. Angebote erbeten.

»Sie hat bereits Kontakt zu den beiden aufgenommen und erwartet, dass ich sie demnächst empfange.«

Charlotte sog scharf die Luft ein. Insgeheim hatte sie damit gerechnet, ihre Mutter würde ihrem Bruder gegenüber diplomatischer vorgehen und ihm mehr Zeit einräumen. Ihr forsches Vorgehen machte diese Hoffnung zunichte. Selbst wenn Onkel Julius sich weigerte, das fremde Paar einzustellen – an der Forderung, seine Nichte umgehend zurückzuschicken, würde das nichts ändern.

Schleswig-Holstein, September 1977

– 13 –

Während Gesine vier Teller, Besteck, Untersetzer, Gläser und die Servietten in den silbernen Ringen mit eingravierten Namen auf dem Tisch verteilte, kam ihr eine Frage in den Sinn, die sie zuletzt als kleines Mädchen gestellt hatte: Warum aß ihre Familie nicht zusammen mit den Angestellten – nicht einmal mit so vertrauten und langgedienten Leuten wie Anneke oder Stallmeister Wittke? Bei aller Zuneigung und Respekt wäre das ihren Eltern, besser gesagt ihrer Mutter, nie in den Sinn gekommen. Der kleinen Gesine hatte diese erklärt, die Angestellten würden sich unter ihresgleichen wohler fühlen. So wie die Kinder bei großen Familienfesten am Kindertisch. Gesine hatte dieses Argument eingeleuchtet. Sie hatte nichts mehr gehasst, als bei den Großen zu sitzen und sich »gesittet« benehmen zu müssen. Am Kindertisch dagegen ging es sehr viel lockerer zu, man durfte laut lachen, mit den Händen essen und aufstehen, wann man wollte. Eine wundervolle Ausnahme, die Gesine jedes Mal sehr genoss. Sie hatte Anneke und die anderen Bediensteten beneidet, denen dieses Privileg jeden Tag zuteilwurde.

Als sie an diesem Abend darüber nachdachte, kam ihr die Trennung zwischen Familie und Angestellten jedoch grundfalsch vor. Sie lebten doch nicht mehr im 19. Jahrhundert, wo Standesunterschiede in den meisten Fällen als unüberbrückbar galten. Offensichtlich war das im Kopf ihrer Mutter jedoch auch im Jahre 1977 noch der Fall.

Einerseits war Henriette von Pletten sehr besorgt um Grigori gewesen, als er von den Steinewerfern verletzt worden war, hatte ihn selbst in die Notaufnahme gefahren und zeigte offen ihre Dankbarkeit für sein beherztes Eingreifen. Andererseits war und blieb er in ihren Augen ein Untergebener, den sie nie an ihrem Tisch sitzen lassen würde. Gesine stieß sich an diesem Widerspruch und dem ihm zugrundeliegenden Standesdünkel. Sie alle waren doch Teil der Haus- und Hofgemeinschaft, für deren Funktionieren sie sich mit vereinten Kräften einsetzten. Ihre Großeltern hatten sogar das Verbot des Hitlerregimes ignoriert und zusammen mit ihrem Zwangsarbeiter gegessen. Darüber hinaus waren sie alle Menschen mit denselben Rechten und vor dem Gesetz gleich.

Als sie in einem anderen Zusammenhang diesen Satz geäußert hatte, war ihre Mutter regelrecht aus der Haut gefahren und hatte sich das sozialistische Gerede verbeten. Wenn Gesine glaubte, gleichmacherische Ideale und eine Gesellschaftsordnung mit marxistischen Regeln wären erstrebenswert, dann bräuchte sie nur ein paar Kilometer nach Osten ziehen und im real existierenden Sozialismus der DDR ihr Glück suchen. In ihrem Haus aber hätte so eine Gesinnung nichts verloren. Nicht umsonst gäbe es Sprichwörter wie »Auf ein hölzernes Geschirr gehört ein hölzerner Deckel« oder »Gleiche Pferde ziehen am besten«.

Beim Essen berichtete Gesines Vater von einem Anruf der Polizei. Dank Grigoris genauer Beschreibung hatten Hauptmeister Modersen und seine Kollegen die Tierquäler dingfest gemacht. Es handelte sich um urlaubende Jugendliche, die auf dem nahegelegenen Campingplatz am Meer zelteten und sich offenbar mit einer Mutprobe beweisen wollten, bei der es darum ging, sich am helllichten Tage so nah wie möglich an Bauernhöfe anzuschleichen und Pferde, Rinder oder Schafe aufzuscheuchen. Sie wurden auf frischer Tat ertappt, als sie den Zuchtbullen eines Viehzüchters triezten. Nur mit Mühe hatten die Polizisten den aufgebrachten Bauern davon abhalten können, seinen tobenden Stier auf die Übeltäter loszulassen. Diese wurden festgenommen, und alle Tierhalter der Gegend konnten aufatmen.

Nachdem sich ihre Eltern und Opa Paul über die Gedankenlosigkeit und Rohheit mancher Zeitgenossen ausgelassen hatten und sich freuten, dass der Spuk nun ein Ende hatte, wandte sich das Gespräch der neuesten Mission der NASA zu, die am Tag zuvor die zweite Voyager-Sonde ins All geschickt hatte. Die beiden Raumschiffe sollten künftig Bilder und Daten von den vier äußeren Planeten des Sonnensystems – Jupiter, Saturn, Uranus und Neptun – zur Erde funken. Es kam Gesine abenteuerlich vor, dass sie selbst älter als ihre Eltern jetzt an dem Tag sein würde, an dem Voyager 1 voraussichtlich im Jahr 2012 als erstes von Menschen erzeugtes Objekt in den interstellaren Raum eindringen würde. Und sie alle wären längst begraben und vergessen, wenn die Sonde in ungefähr 40 000 Jahren auch nur in die Nähe eines anderen Planeten kommen würde. Für den Fall, dass sich auf diesem intelligente Lebewesen aufhielten, hatte die Weltraumbehörde als Bordbeigabe zwei Langspielplatten aus Kupfer anfertigen lassen, die dank ihres Überzugs aus purem Gold eine Lebensdauer von rund einer Milliarde Jahren hatten – und damit womöglich das Einzige sein würden, was von der Menschheit übrig blieb, wenn der blaue Planet längst verglüht war.

Auf den Voyager-Platten befand sich eine Art Erdenchronik mit Landschaftsaufnahmen, Bildern von fallenden Blättern, der Affenforscherin Jane Goodall mit Schimpansen, von Kindern, einem Supermarkt und der Darstellung eines menschlichen Geschlechtsakts. Auch akustische Eindrücke waren verewigt, unter anderem Walgesänge, Vulkanausbrüche, Fröschequaken, Hyänengeheul, Herzschläge, Gelächter, Schiffs-Sirenen, Motorengeräusche, der Start einer Weltraumrakete sowie ein Kuss, dazu kamen über fünfzig Grüße in zum Teil toten Sprachen wie Hethitisch und Sumerisch, in exotischen Dialekten, aber auch auf Deutsch,

Chinesisch, Russisch und Englisch. Darüber hinaus gab ein neunzigminütiger Zusammenschnitt einen Einblick in die irdische Musikvielfalt. Neben ethnischen und folkloristischen Klängen aus aller Herren Länder würden die Aliens klassische Stücke von Johann Sebastian Bach, Ludwig van Beethoven, Wolfgang Amadeus Mozart und Igor Strawinski sowie moderne Titel von Chuck Berry, Louis Armstrong und anderen Musikern hören.

Während ihre Eltern und Opa Paul darüber diskutierten, ob diese Botschaften je von Außerirdischen gefunden und entschlüsselt würden und ob die Auswahl der Bild- und Tondokumente sinnvoll war, überlegte Gesine, wie sie sich an das heikle Thema ihrer estnischen Wurzeln herantasten und mehr darüber erfahren konnte. Ihre Mutter direkt danach zu fragen, war der falsche Weg. Sie würde sich in ihr Schneckenhaus zurückziehen und schlimmstenfalls ärgerlich auf ihren Vorstoß reagieren. Und eine schlecht gelaunte Mutter war das Letzte, was Gesine dieser Tage gebrauchen konnte.

Bevor die anderen ins Speisezimmer gekommen waren, hatte sie die kurze Wartezeit genutzt und das Familienstammbuch aufgeschlagen, das auf einem Stehpult im angrenzenden Salon lag. Sie hatte dem in Leder eingebundenen Trumm, auf dessen Vorderseite das Familienwappen mit dem Pferd prangte, das sich über drei Wasserwellen aufbäumte, in den vergangenen Jahren kaum Beachtung geschenkt. Als Kind war sie von dem weitverzweigten Geäst des stilisierten Baumes fasziniert gewesen, der auf einer Doppelseite am Anfang des Buches zu sehen war. An seinen Zweigen hingen wie Blätter geformte Schilder mit Namen und Lebensdaten, die mehrere Jahrhunderte zurückreichten. Ihr Blatt befand sich in der zweituntersten Reihe. Die Nachfahren derer von Pletten hatten etwas größere Blätter, die der Stammhalter waren zudem golden umrandet. Die eingeheirateten Frauen waren durch kleinere Schilder kenntlich gemacht. Auf den folgenden Seiten hatten Gesines Vorfahren familiengeschichtliche Notizen und wichtige Ereignisse festgehalten sowie Taufscheine, Heiratsurkunden und Sterbedokumente eingefügt.

An diesem Abend hatte Gesine keine Augen für den Stammbaum gehabt, bei dessen Anblick sie sich früher gefragt hatte, wessen Name mal auf dem Täfelchen neben ihrem stehen würde, ob von dieser Verbindung ein Ast in die nächste Generation führen und wie viele Blätter dort wohl hängen würden. Rasch hatte sie die hinteren Seiten aufgeschlagen und die Heiratsurkunde ihrer Eltern gesucht. Bei Henriette war Charlotte von Moltzan als Mutter angegeben, Mädchenname von Lilienfeld. Sie war 1919 in Hapsal, Estland geboren worden. Die schriftliche Bestätigung von Opa Pauls Hinweis entlockte Gesine einen leisen Zungenschnalzer. All die Jahre hatte dieses vermeintliche Geheimnis jederzeit zugänglich auf dem Stehpult gelegen.

Von Lilienfeld. Warum kam ihr das bekannt vor? Gesine legte ihre Stirn in Falten. Natürlich! Das war der Familienname von Cousine Ulrike und ihrer Familie. Gewöhnlich sprachen Gesines Eltern und sie von »die vom Hansenhof« oder den »Hansens«, wenn von diesen Verwandten die Rede war. Erst bei der Konfirmation ihrer Cousine hatte Gesine begriffen, dass sie eigentlich von Lilienfeld hießen – nach dem Mann, der Anfang der zwanziger Jahre die Erbin des Hansenhofs geheiratet hatte: Großonkel Theodor, der 1960 ein paar Monate nach Gesines Geburt gestorben war. In welchem Verhältnis hatte er zu Großmutter Charlotte gestanden? War er ein enger Angehöriger oder entstammte er einem entfernteren Familienzweig, der nicht in Estland ansässig gewesen war?

»Wie geht es mit dem Lernen voran?«

Die Frage ihrer Mutter schreckte Gesine aus ihren Überlegungen. Das ist das Stichwort, dachte sie und setzte sich aufrechter.

»Prima«, antwortete sie. »Übrigens bräuchte ich eure Hilfe«, fuhr sie fort, bevor ihre Mutter tiefer nachbohren konnte. »In Gemeinschaftskunde nehmen wir nach den Ferien Demographie durch. Frau Herder will, dass jeder herausfindet, woher seine Vorfahren stammen. Was für Berufe sie ausübten, ob sie mal die Konfession gewechselt haben, ob sie vom Land in die Stadt gezogen sind und so Sachen.« Gesine drückte sich innerlich die Daumen und hoffte, dass ihre Geschichte überzeugend klang.

Die Miene ihrer Mutter war unergründlich.

»Ah, eure Frau Herder macht Anschauungsunterricht zum Thema Bevölkerungsentwicklung«, sagte Gesines Vater. »Das ist eine hervorragende Idee.«

»Ja, nicht wahr?« Gesine lächelte erleichtert. »Ich hab mir schon mal unser Stammbuch angesehen. Dabei ist mir aufgefallen, dass Großmutter Charlotte vor ihrer Heirat auch von Lilienfeld geheißen hat. Ist das ein Zufall?« Sie drehte sich zu ihrer Mutter. »Oder ist sie mit den Hansens verwandt?« Aus den Augenwinkeln bemerkte sie ein kaum wahrnehmbares Lächeln, das Opa Pauls Lippen umspielte. Er durchschaut meine Flunkerei, dachte Gesine.

»Theodor von Lilienfeld war ihr Onkel«, antwortete ihre Mutter.

»Kam er auch aus Estland?« Gesine hielt die Luft an und traute sich kaum, ihr in die Augen zu sehen.

»Ja, er war ein baltischer Gutsherr, wie er im Buche steht«, sagte ihr Vater an Stelle seiner Frau. »Du hast ihn ja leider nicht mehr kennengelernt.« Er lehnte sich auf seinem Stuhl zurück und nahm einen Schluck Bier. »Wir haben in Schleswig durchaus große Bauernhöfe. Aber die sind eher klein im Vergleich zu den riesigen Ländereien und Wäldern der estnischen Adligen. Oft gab es sogar noch Nebengüter, um das alles bewirtschaften zu können.«

»Wieso ist dieser Theodor dann hergekommen?«, fragte Gesine. »Etwa aus Liebe?« Ihre Augen weiteten sich. »Dorothea ist ja keine Adlige. Da hat er doch sicher Stress mit seiner Familie bekommen, oder?«

Ihre Mutter presste die Lippen aufeinander, machte jedoch keine Anstalten, ihrem Mann ins Wort zu fallen, der Gesine bereitwillig Auskunft gab.

»Zu einer anderen Zeit wäre das gewiss der Fall gewesen«, sagte er. »Da hätte man wohl auf einer standesgemäßen Verbindung bestanden. Aber damals hatte Theodor von Lilienfeld gerade sein gesamtes Erbe verloren.«

»Hat er es verspielt?« Vor Gesines geistigem Auge erschien ein elegant gekleideter Dandy, der um Fassung ringend aus einem Casino wankte, wo er soeben sein Hab und Gut verzockt hatte. Woraufhin ihn seine Eltern mit Schimpf und Schande davonjagten und sich …

»Nein, es wurde enteignet«, erklärte ihr Vater. »So wie der Grundbesitz von allen deutschen Gutsherren in Estland nach der Unabhängigkeitserklärung 1918. Theodor war nicht der Einzige, der daraufhin das Land verlassen hat, um woanders sein Glück zu suchen.«

»Verstehe«, sagte Gesine. »Er hat sich also ein neues Gut beschafft, indem er die Erbin vom Hansenhof geheiratet hat.«

Ihr Vater zog die Brauen hoch. »Nun ja, ganz so schnoddrig hätte ich das nun nicht … aber im Grunde hast du recht.«

»Dann sind Charlotte und ihre Eltern also nach der Vertreibung hier gelandet, weil sie auf dem Hansenhof einen Verwandten ha…«

»Carl-Gustav, würdest du mir bitte die Gurken reichen?«, unterbrach ihre Mutter sie und warf ihr einen eisigen Blick zu.

Gesine, der noch viele Fragen auf der Seele brannten, beschloss, das Thema für diesen Moment ruhen zu lassen. Immerhin hatte sie an diesem Abend mehr über die Familie ihrer Mutter erfahren als je zuvor. Ein vielversprechender Anfang. Von nun an würde sie jede Gelegenheit nutzen, um ihr Wissen zu erweitern. Gleich nach dem Essen begab sie sich wie geplant in die Bibliothek ihres Vaters. Ihre Eltern waren nach Schleswig zu einem Konzert gefahren, Opa Paul hatte sich in sein Torhaus zurückgezogen. Aus der Küche erklang Annekes Stimme, die beim Abwaschen lauthals einen Schlager von Costa Cordalis schmetterte:

>*Ich fand sie irgendwo,*
allein in Mexiko.
Anita, Anita.
Schwarz war ihr Haar,
die Augen wie zwei Sterne so klar.«

Gesine grinste, schloss die Tür und griff als Erstes zu den markanten, schwarz eingebundenen Bänden von *Meyers Neues Lexikon* mit den dunkelroten Feldern auf den Buchrücken, die mit weißer Schrift bedruckt waren. Zu Haapsalu beziehungsweise Hapsal, wie der deutsche Name von Großmutter Charlottes Geburtsstadt lautete, fand Gesine keinen Eintrag. Unter dem Stichwort Estnische SSR gab es anderthalb Spalten Informationen zu Estland (estnisch *Eesti*). Sie überflog die Absätze zur Landesnatur, Bevölkerung, Wirtschaft sowie Verkehr und vertiefte sich in die Angaben zur Geschichte des kleinen Landes, das nur von einer Million Menschen bewohnt wurde. Nachdem die Esten Anfang des 13. Jahrhunderts von den Deutschen und Dänen christianisiert und unterworfen worden waren, unterstanden sie seit 1346 dem Deutschen Orden, unter dessen Herrschaft zahlreiche Städte gegründet wurden – zum Teil von der Hanse. Es folgte eine knapp hundertfünfzig Jahre lange »Schwedenzeit«, bevor der russische Zar die baltische Region seinem Reich einverleibt hatte. Erst nach dem Ersten Weltkrieg errangen die Esten zum ersten Mal ihre Unabhängigkeit, die allzu schnell 1940 wieder endete:

Die dt.-sowjet. Annäherung (Dt.-Sowjet. Nichtangriffspakt vom Aug. 1939) bot der Sowjetunion freie Hand für ihre Politik gegenüber den balt. Staaten. Auf Grund des Beistandpaktes vom 28. Sept. 1939 besetzten sowj. Truppen 1940 die Estn. Republik, deren Führungsschicht deportiert bzw. liquidiert wurde. Am 16. Aug. 1940 Proklamierung der ESSR. 1941–44 dt. Besetzung. Nach Rückeroberung durch die Rote Armee Ende Juli 1944 Deportation eines weiteren Teils der Bev. (etwa 100.000 E.), für den Russen einwanderten.

Damit endete der Artikel zu Estland. Gesine schob die Unterlippe vor. Befriedigend war das nicht. Sie stand auf, holte den über zweitausend Seiten starken *PLOETZ – Auszug aus der Geschichte* aus dem Regal und suchte nach weiteren Informationen zur Rolle der Deutschen in jener Zeit. Unter dem Stichwort »Nichtangriffspakt« war vermerkt, dass sich Deutschland an den baltischen Staaten »desinteressiert« habe, ein Begriff, den Gesine so noch nie gehört hatte. Man konnte sich für etwas interessieren oder kein Interesse daran haben. Sich aktiv nicht mehr zu interessieren, klang nach einem bewussten Haltungswechsel. Angesichts der Folgen dieses Vorgangs für hunderttausende Menschen erschien ihr die Formulierung unpassend. Verrat und in den Rücken fallen hätte es ihrer Meinung nach besser getroffen. Denn das deutsche Desinteresse hatte das Baltikum der russischen Willkür ausgeliefert. Außerdem hatte es zigtausend Deutsche die Heimat gekostet:

Aufgrund von Verträgen, die Deutschland am 15. Oktober mit Estland abschließt, beginnt die Umsiedlung der Baltendeutschen in das Reichsgebiet und in die annektierten Gebiete des besiegten Polen (dazu geheime Wirtschaftsabkommen, die weitere Lieferungen von Nahrungsmitteln sichern).

Auch zur deutschen Besetzung während des Zweiten Weltkriegs machte der PLOETZ etwas ausführlichere Angaben:

1941, *Juni–Juli*
Besetzung durch die deutsche Wehrmacht (*nachdem die Sowjetregierung in der Nacht vom 13./14. Juni aus Estland 10 151 Personen hat nach Rußland verschleppen lassen). Aus den drei Ländern wird das* **Reichskommissariat Ostland** *gebildet (Reichskommissar Gauleiter Lohse). Landeseigene Verwaltungen führen ein Schattendasein. Die am Schluß des Krieges unternommenen Versuche, landeseigene Regierungen zu schaffen, setzen sich nicht durch. Nach Zurückdrängung der deutschen Kräfte wird der 1940 geschaffene Zustand wiederhergestellt, dem England und Frankreich (nicht die Vereinigten Staaten) inzwischen ihre De-facto-Anerkennung gegeben haben.*

Gesine fuhr sich durch die Locken. Die mehrfache Erwähnung von Deportationen und Liquidierungen verursachten ihr ein flaues Gefühl. War Grigoris Familie ebenfalls unter den Betroffenen? Hatte er aus diesem Grund nicht nur seine Mutter, sondern mit ihr auch die letzte Verwandte verloren? Weil alle anderen bereits in den Vierzigerjahren verschwunden oder gar ermordet worden waren? Da er selbst nicht in Estland, sondern bei Kirow aufgewachsen war, lag es nahe, dass auch seine Mutter und Tante ihre Heimat nicht freiwillig verlassen hatten. Sie schlug im *Meyers* nach und las die wenigen Fakten über Kirow, die darin über die Gebietshauptstadt im europäischen Teil der RSFSR standen. Laut Abkürzungsverzeichnis stand RSFSR für Russische Sozialistische

Föderative Sowjetrepublik. Gesine kratzte sich an der Schläfe. Das waren alles nur ein paar Bröckchen, die ihren Wissenshunger nicht annähernd stillen konnten. Wenigstens schien es sich bei Kirow um eine zivilisierte Stadt zu handeln und nicht um einen Ort im unwirtlichen Sibirien, wohin die Sowjets missliebige Personen zu schicken pflegten. Andererseits war es für die Betroffenen vermutlich fast gleichgültig gewesen, wo sie landeten. Sie hatten ihre Heimat verloren, waren von Angehörigen, Freunden und Nachbarn getrennt worden und mussten sich in einer vollkommen fremden Umgebung ein neues Leben aufbauen. Die Vorstellung, über Nacht ihr Zuhause verlassen zu müssen, ließ Gesine frösteln.

Ich weiß nicht, ob ich das gebacken kriegen würde, dachte sie. Ich finde ja schon die Aussicht grauenvoll, ein paar Monate in ein Internat zu gehen. Das ist im Vergleich Pillepalle. Ich mag mir gar nicht ausmalen, wie es wäre, für immer von hier fortzugehen. Und das nicht aus freien Stücken. Sondern weil irgendwelche Leute das so bestimmen. Gesine schüttelte sich, stellte die Bücher zurück ins Regal und verließ die Bibliothek.

Estland – November 1938

– 14 –

»Was wirst du nun tun?«, fragte Charlotte und sah ihren Onkel unsicher an, der ihr gegenüber auf einem Sessel Platz nahm.

»Ich werde der Aufforderung meiner Schwester Folge leisten und mir dieses Hauswärter-Ehepaar mal ansehen«, antwortete er mit einem Achselzucken. »Ich muss mir ja ohnehin jemanden suchen, der Lennart bis nächsten September vertritt, solange er seine Ausbildung in Jäneda macht.« Onkel Julius schaute ihr in die Augen. »Dass ich nun auch Ersatz für dich brauche, schmerzt mich natürlich sehr. Aber es hat keinen Sinn, sich mit deiner Mutter anzulegen.«

»Da muss ich dir leider zustimmen.« Charlotte seufzte. »Sie wird nicht lockerlassen, bis sie ihren Willen bekommt.«

»Und den soll sie auch vorerst haben«, sagte Onkel Julius. »Ich möchte, dass jetzt erst einmal Ruhe einkehrt und sich die Wogen glätten. Deine Mutter soll gern glauben, dass ihr durchsichtiges Manöver Erfolg hat.«

Charlotte zog fragend die Brauen hoch. Zu ihrer Überraschung stahl sich ein verschmitztes Lächeln auf Onkel Julius' Gesicht.

»Nun, Irmengard beabsichtigt zweifellos, mir dieses ehrenwerte Ehepaar als Erben schmackhaft zu machen. Nach dem Motto, wenn schon fremde Leute den Birkenhof bekommen sollen, dann wenigstens deutsche.«

»Und das amüsiert dich?« Charlotte war erstaunt, wie schnell sich seine Empörung verflüchtigt hatte. Sie selbst fand das Verhalten ihrer Mutter unmöglich und war sehr aufgebracht darüber.

»Wenn Irmengard glaubt, ihre Taktik sei zielführend, verschafft uns das ein wenig Luft und Zeit«, antwortete Onkel Julius.

»Na ja, mir eher nicht, ich muss ja so bald wie möglich nach Hause fahren.« Charlotte ließ die Schultern hängen. Der Abschied von Lennart wäre ihr nicht gar so schwergefallen, wenn sie selbst auf dem Birkenhof hätte bleiben dürfen.

»Nicht zwangsläufig«, sagte Onkel Julius. »Hier kannst du zwar leider vorerst nicht bleiben. Aber nach Haapsalu musst du deshalb noch lange nicht.«

»Was meinst du damit?«

»Es ist mir nicht entgangen, dass es dich nicht unbedingt nach Hause zieht und du gern auf eigenen Beinen stehen würdest«, antwortete Onkel Julius.

»Das kannst du laut sagen!« Charlotte verzog den Mund. »Leider sehen meine Eltern das anders. Sie finden nicht, dass eine junge Frau aus gehobenen Kreisen um jeden Preis arbeiten sollte.«

»Ich habe da vielleicht eine Idee, wie wir sie umstimmen können.« Onkel Julius strich sich übers Kinn. »Es ist sicher nicht die aufregendste Arbeit und du …«

»Alles ist besser, als daheim herumzusitzen!«, rief Charlotte. »Ehrlich gesagt, graut es mir regelrecht davor.«

»In Tallinn habe ich neulich meinen alten Freund Ferdinand Rheintal getroffen, der beim Verlag der Estländischen Druckerei arbeitet. Ich glaube, er kann dir helfen. Und du ihm.«

»Ist er nicht auch Mitglied der Volksnationalen Vereinigung? Ich glaube, mich zu erinnern, dass mein Vater ihn mal in diesem Zusammenhang erwähnt hat.«

Clemens von Lilienfeld liebäugelte selbst mit dieser liberal-demokratischen Erneuerungsbewegung, die erst wenige Jahre zuvor ins Leben gerufen worden war und im Gegensatz zur Baltischen Brüderschaft eine Anlehnung an den reichsdeutschen Nationalsozialismus ablehnte.

»Das stimmt. Ferdinand engagiert sich in allen möglichen

deutschbaltischen Organisationen und Vereinen. Das wird Irmengard sehr gefallen.«

»Auf jeden Fall!« Charlotte setzte sich aufrechter.

»Jedenfalls hat mir Ferdinand sein Leid geklagt, wie dringend er einen tüchtigen Assistenten braucht«, sprach Onkel Julius weiter. »Offenbar ist es gar nicht so einfach, jemand Geeignetes zu finden.« Er nickte Charlotte zu. »Ich bin mir sicher, dass er auch über eine talentierte Assistentin glücklich wäre.«

»Ich in einem Verlag?« Charlotte schüttelte unwillkürlich den Kopf. »Wie soll das gehen? Ich habe doch gar keine Erfahrung!«

»Das ist kein Hexenwerk«, fiel ihr Onkel Julius ins Wort. »Wie gesagt, es handelt sich um eine eher eintönige Tätigkeit. Ferdinand betreut das Erscheinen des ›Estländischen Kalenders und Jahrbuchs‹. Da geht es vor allem darum, das Adressenverzeichnis auf den neuesten Stand zu bringen, Posttarife und andere Daten zu aktualisieren, Werbeanzeigen aufzunehmen und die Chronik des laufenden Jahres zusammenzustellen.«

Charlotte nickte. Bei ihren Eltern spielte das Jahrbuch eine wichtige Rolle. Sie nahmen es häufig zur Hand, wenn sie die Anschrift oder Telefonnummer von Ministerien, staatlichen sowie städtischen Institutionen, Krankenhäusern, Ärzten, Juristen oder anderen Berufsgruppen und Verbänden nachschlagen wollten. Außerdem waren die Straßen der wichtigsten Städte gelistet, es gab Umrechnungstabellen der verschiedenen Maße in russische Einheiten, Jagd- und Schonzeiten, die Sitzpläne der Tallinner Theater sowie Kalender für Markttage in diversen Gemeinden und viele weitere nützliche Informationen.

»Ferdinand sucht daher jemanden, der gründlich, fleißig und zuverlässig arbeitet«, fuhr Onkel Julius fort. »Also jemanden wie dich. Er weiß, dass ich große Stücke auf dich halte, und wird sich glücklich schätzen, dich als Assistentin zu gewinnen.«

169

»Das … das wäre wunderbar«, stammelte Charlotte. »Aber wie kann ich meine Eltern dazu bringen, mir …«

»Das musst du gar nicht selbst tun.« Onkel Julius rieb sich die Hände. »Ich werde Ferdinand vorschlagen, sich an deine Eltern zu wenden und sie zu bitten, ihm ihre Tochter als Mitarbeiterin anzuvertrauen.«

»Das ist eine geniale Idee!« Charlotte rutschte an die Kante ihres Sessels. »Sie werden sich geschmeichelt fühlen.«

»Genau das ist der Plan.« Onkel Julius schmunzelte vergnügt und erhob sich. »Dann setze ich jetzt einen Brief an Ferdinand auf.«

»Du bist der Beste!« Charlotte sprang auf und umarmte ihn.

»Ich werde ihn auch bitten, nach einer geeigneten Unterkunft für dich Ausschau zu halten.«

»Danke, aber das wird nicht nötig sein«, sagte Charlotte. »Meine Freundin Zilly hat mir angeboten, bei ihr und ihren Eltern zu wohnen, wenn ich nach Tallinn komme. Familie von Weitershagen besitzt dort ein großes Haus.«

»Ist ihr Vater im Deutschen Kulturrat?«

Charlotte nickte.

»Ich kenne das Ehepaar. Ausgesprochen angenehme Leute«, sagte Onkel Julius. »Bei meinem vorletzten Aufenthalt in der Hauptstadt war ich auf einer Soiree der Baronin eingeladen. Ein sehr vergnüglicher Abend.« Er ging zur Tür und hielt inne. »Ich hoffe, dass unsere kleine Verschwörung Erfolg hat. Es wäre in jeder Hinsicht ein Gewinn. Nicht zuletzt, weil Tallinn sehr günstig gelegen ist.« Er zwinkerte ihr zu.

»Günstig gelegen?«

»Wenn man nach Jäneda möchte. Es gibt eine direkte Zugverbindung. In anderthalb Stunden ist man dort.«

Charlottes Herz machte einen Sprung. Sie senkte den Kopf und wagte es nicht, ihren Onkel anzusehen.

170

»Ich wollte dich nicht in Verlegenheit bringen«, sagte er. »Ich mag ja in euren Augen ein betagter Mann sein. Aber ich bin durchaus noch in der Lage zu erkennen, wenn Amors Pfeile ihr Ziel getroffen haben.«

Charlotte wurde rot.

»Also, meinen Segen habt ihr, das weißt du hoffentlich.« Er trat einen Schritt auf sie zu und suchte ihren Blick. »Ich muss gestehen, dass ich bereits mit dem Gedanken spiele, Lennart und du könntet eines Tages den Birkenhof übernehmen.« Er lächelte zerknirscht. »Verzeih, wenn ich so weit in die Zukunft denke. Das ist vermutlich meinem Alter geschuldet. Jetzt genießt ihr beiden erst einmal euer Glück. Alles Weitere wird sich finden.« Onkel Julius tätschelte ihren Oberarm. »Wir sehen uns gleich beim Mittagessen.«

Benommen schaute Charlotte auf die Tür, nachdem er den Salon verlassen hatte. Seit wann ihr Onkel wohl wusste, was sich da zwischen Lennart und ihr entspann? Und sie hatten sich eingebildet, dass keine Menschenseele etwas ahnte. Charlotte war ein wenig beschämt, vor allem aber erleichtert. Die Heimlichtuerei hatte ihr nicht behagt – insbesondere Onkel Julius gegenüber, der ihr stets offen und ehrlich begegnete. Es tat gut, ihn auf ihrer Seite zu wissen. Beschwingt eilte sie in ihr Zimmer. Vor dem Essen war noch genug Zeit, Zilly einen kurzen Brief zu schreiben und zu fragen, ob ihr Angebot noch galt. Hoffentlich sind meine Eltern einverstanden, dachte Charlotte. Es würde sich alles so wunderbar fügen! Ich würde zu meiner besten Freundin ziehen, das aufregende Hauptstadtleben mit ihr erkunden, eigenes Geld verdienen und das alles weit weg von zu Hause. Und das krönende Sahnehäubchen: Ich würde die Möglichkeit haben, mich unauffällig mit Lennart zu treffen.

Am nächsten Tag setzten sich Onkel Julius, Lennart und Charlotte ein letztes Mal zusammen zum Abendessen ins Speisezimmer. Charlotte hatte Frau Mesila gebeten, *pirukad* zu backen, kleine mit Pilzen gefüllte Teigtäschchen, die zu Lennarts Leibspeisen zählten. Dazu gab es Saure Sahne und Rote-Rüben-Salat mit Schwarzem Rettich.

Charlotte bekam kaum einen Bissen der köstlich duftenden, knusprig-goldbraunen Piroggen hinunter. Die bevorstehende Trennung von Lennart sowie die Ungewissheit, ob der Plan ihres Onkels aufgehen und was die Zukunft bringen würde, schnürten ihr den Hals zu. Lennart stocherte ebenfalls halbherzig auf seinem Teller herum. Onkel Julius gab sich zwar alle Mühe, die wehmutgeschwängerte Stimmung mit launigen Anekdoten aus seiner Studentenzeit in Tartu aufzulockern, seine Heiterkeit wirkte jedoch bemüht. Früher als an anderen Abenden löste er ihre kleine Runde auf mit dem Hinweis, Lennart stünde am nächsten Tag eine lange Reise bevor. Er selbst wollte es sich nicht nehmen lassen, seinen Stallmeister persönlich zum Hafen von Orjaku zu kutschieren – begleitet von Charlotte, die das letzte Lebewohl so weit wie möglich hinauszögern wollte. Während Lennart zu seiner Wohnung im Verwalterhäuschen neben den Stallungen aufbrach, zogen sich Onkel Julius und Charlotte in ihre Zimmer in der ersten Etage des Herrenhauses zurück.

Charlotte saß vor dem Spiegel, der an der Wand über der Waschkommode hing, löste ihren Zopf und hatte eben begonnen, das hüftlange Haar zu bürsten, als es leise klopfte. Wollte Onkel Julius noch etwas mit ihr besprechen? Oder hatte die Köchin eine Frage? Sie stand auf, öffnete die Tür und hob überrascht die Hand vor den Mund. Lennart stand auf dem Flur.

»Entschuldige, ich wollte dich nicht erschrecken«, flüsterte er.

Charlotte spähte an ihm vorbei in den dunklen Gang, an dessen Ende das Zimmer ihres Onkels lag. Unter der Tür schimmerte ein Lichtschein. Sie nahm Lennart bei der Hand und zog ihn über die Schwelle.

»Ich wollte es dir schon früher geben«, fuhr Lennart leise fort, nachdem sie die Tür geschlossen hatte. »Aber in den letzten beiden Tagen gab es leider kaum eine Gelegenheit, dich allein zu sehen.« Er zog eine kleine Schachtel aus seiner Jackentasche und hielt sie ihr hin. »Das habe ich von einem Restaurator anfertigen lassen, der gerade in der Martinskirche von Käina den Marienaltar ausbessert.«

Charlotte öffnete die Schachtel und hielt die Luft an. »Das ist wunderschön«, hauchte sie. Auf blauem Samt lag eine Kette mit einem Anhänger in Form eines goldenen Birkenblattes. »Es sieht so echt aus.«

»Das ist es auch«, antwortete Lennart und nahm das Schmuckstück heraus. »Es stammt aus unserem Park. Ich habe es getrocknet und dann von dem Restaurator vergolden lassen.« Er trat hinter Charlotte und legte ihr die Kette um den Hals. »Trage es als Pfand meiner Liebe«, flüsterte er ihr ins Ohr.

Charlotte erschauerte, als sie seinen Atem an ihrem Hals spürte. Ohne nachzudenken, öffnete sie die Eichenblattbrosche, die sie stets an die Krägen ihrer Blusen oder Jacken steckte, und drückte sie Lennart in die Hand. »Und ich möchte, dass du die hier nimmst«, sagte sie leise.

»Aber das ist doch deine Erinnerung an Stift Finn. Die kann ich doch nicht …«

»Wenn sie bei dir ist, bedeutet sie mir noch viel mehr«, fiel ihm Charlotte ins Wort.

Lennart zog sie an sich und gab ihr einen Kuss.

»Ich weiß nicht, wie ich es ohne dich aushalten soll«, sagte sie, nachdem sie sich voneinander gelöst hatten. »Ich werde dich so schrecklich vermissen.«

»Ich dich auch«, antwortete er und sah sie direkt an.

Charlotte erschauerte, als sie das Verlangen in seinen Augen sah. Er schlang seine Arme um ihren Oberkörper und drückte sie erneut an sich. Ein Zittern durchlief ihren Körper, der sich ohne ihr Zutun fester an seinen schmiegte. »Ich möchte dir ganz nah sein«, murmelte sie an seiner Brust. »So nah, wie sich zwei Menschen nur sein können.« Sie erschrak über ihre eigenen Worte, gleichzeitig spürte sie deren tiefe Wahrheit. Sie hob den Kopf und suchte seine Lippen.

Lennart stöhnte leise auf und schob sie sanft ein Stück von sich weg. »Nicht, ich fürchte, ich kann mich sonst nicht mehr ...«

»Das sollst du auch gar nicht.« Charlotte küsste ihn wieder. »Ich sehne mich so sehr nach dir!«

»Ich möchte dir nicht wehtun«, sagte er zögernd. »Bist du wirklich sicher?«

»So sicher wie noch nie in meinem Leben«, antwortete sie.

Lennart zog sie an sich, vergrub seine Nase in ihren Haaren und schob Charlotte langsam rückwärts zu ihrem Bett, das ein paar Schritte hinter ihnen stand. Für den Bruchteil einer Sekunde tauchte das Gesicht ihrer Mutter vor ihr auf, voller Entrüstung über diese Schamlosigkeit und die Bereitschaft, das kostbarste Gut einer Frau zu verschleudern, anstatt es zu behüten und aufzusparen für die Hochzeitsnacht. Charlotte verscheuchte das unwillkommene Bild. Für sie gab es keinen Zweifel, dass Lennart der Mann war, an dessen Seite sie durchs Leben gehen wollte. Ob mit oder ohne Trauschein. In diesem Moment zählten nur die tiefe Verbundenheit zwischen ihnen und das Verlangen, ihn mit allen Sinnen zu spüren und mit ihm zu verschmelzen.

Ganz leise meldete sich ein Stimmchen, das von der Angst vor dem »ersten Mal« flüsterte. Im Schutz des dunklen Maidenzimmers von Finn hatten sie und Zilly in mancher Nacht über dieses Mysterium getuschelt. Es gab so viele Fragen: Wie groß war der Schmerz bei der Entjungferung? War es unangenehm oder gar eklig, an gewissen Stellen angefasst zu werden? Die Schulbibliothek von Stift Finn hatten Zilly und sie vergebens nach Antworten durchforstet. In der einzigen Buchhandlung von Haapsalu nach derartiger Literatur zu fragen, verbot sich. Graf und Gräfin Lilienfeld waren dort Stammkunden und hätten es umgehend von der tratschsüchtigen Frau des Ladeninhabers erfahren. In Charlottes Umfeld war niemand bereit, offen darüber zu sprechen. Ihre Eltern hätten das Ansinnen, ihre Tochter aufzuklären, als unschicklich zurückgewiesen.

Auch Zillys Eltern, die in vielerlei Hinsicht sehr viel liberaler waren, hatten bei dem Thema ausweichend reagiert. Und sogar ihre älteren Schwestern, die beide verheiratet waren, hatten Zilly mit verschwurbelten Andeutungen abgespeist. Wenig hilfreich zur Klärung ihrer Fragen waren auch Liebesszenen in Romanen oder die wissenschaftlichen Details im Biologiebuch. Zilly hatte daher eines Nachts festgestellt, sie müssten dem Geheimnis eben eines Tages selbst auf die Spur kommen, und Charlotte das Versprechen abgenommen, sich gegenseitig ohne Wenn und Aber über ihre Erfahrungen zu berichten.

Charlottes Befürchtungen und Überlegungen lösten sich in einem diffusen Nebel auf, als Lennart sie zart auf den Hals küsste und dabei die Knöpfe ihres Kleides öffnete. Ihre Hände wanderten zu seinen Hüften, zogen sein Hemd nach oben und schoben sich darunter. Seine Haut fühlte sich weich und glatt an. Sie spürte, wie er unter ihrer Berührung erbebte. Mittlerweile hatten sie das Bett erreicht. Lennart streifte ihr das Kleid von den Schultern und löste die Haken aus den Ösen, mit denen ihr Leibchen am Rücken geschlossen war. Charlotte drehte sich zu der Petroleumlampe, die auf dem Nachttisch stand, und wollte sie löschen.

Lennart hielt ihre Hand fest. »Nicht! Bitte, lass mich dich anschauen.« Die Zärtlichkeit in seiner Stimme, gepaart mit dem Begehren, das sie in seinen Augen las, vertrieb die letzte Scheu.

»Ich dich aber auch«, sagte sie heiser.

Lennart nickte und entledigte sich seiner Hose, während Charlotte ihm das Hemd auszog.

Ein paar Atemzüge lang standen sie einander reglos gegenüber, versunken in den Anblick des anderen. Schließlich streckte Lennart eine Hand aus und legte sie sacht an Charlottes Hüfte. Ein Schauer überlief sie und gleichzeitig spürte sie ein heißes Pulsieren an einer Stelle, für die eine Tochter aus gutem Hause keinen Namen kannte. Sie ließ sich rücklings auf das Bett fallen und zog Lennart mit sich, der sich dicht neben sie legte und begann, sie zu streicheln. Binnen Sekunden fühlte sich Charlotte der Zeit und dem Ort, an dem sie sich befanden, entrückt. Zugleich waren all ihre Sinne hellwach auf Lennart gerichtet, um nur ja keine seiner Bewegungen, seiner Berührungen und zärtlichen Laute zu versäumen. Begierig sog sie alles in sich auf – beseelt nur von einem Gedanken: Nur ja nichts vergessen von diesen Sekunden, die sich aneinanderreihten zu einer Kette lustvoller Perlen – kostbarer als jedes Schmuckstück, das sie sich vorstellen konnte.

Schleswig-Holstein, September 1977

− 15 −

»Ist das da hinten nicht euer Russe?«, fragte Kirsten.

Gesine, die neben ihr aus dem Schulgebäude lief, folgte dem Blick ihrer Freundin. Auf dem Gehweg vor dem Klaus-Harms-Gymnasium stand Grigori mit dem Fahrrad von Stallmeister Wittke und ließ seine Augen suchend über die herausströmenden Schüler schweifen.

»Ich werd verrückt!«, entfuhr es Gesine. »Was macht er denn hier?«

In diesem Moment entdeckte Grigori sie und hob grüßend die Hand. Gesine hakte Kirsten unter und ging zu ihm.

Es war der erste Schultag nach den Sommerferien. In diesem Jahr hatte Gesine zum ersten Mal das Ende der freien Zeit kaum erwarten können – bedeutete es doch gleichzeitig das Ende ihres Hausarrests. Kurz nach sieben Uhr hatte sie sich auf ihr Fahrrad geschwungen und war die sieben Kilometer nach Kappeln zum Gymnasium gefahren, einem zweistöckigen, L-förmigen Backsteinbau, der aus allen Nähten platzte und spätestens im übernächsten Jahr durch einen Neubau im Hüholz ersetzt werden sollte. In der Früh hatten über den Feldern und Wiesen noch Nebelschwaden gewabert. Mittlerweile war die Luft klar, vom blassblauen Himmel strahlte die Sonne, und ein leichter Wind trug den würzigen Geruch der Aal- und Fischräucherei Föh vom Hafen herüber.

»Hallo Grigori«, sagte Gesine, als sie ihn erreicht hatte. »Das ist Kiki, meine beste Freundin.«

»Guten Tag!« Grigori gab Kirsten die Hand und wandte sich an Gesine. »*Dedushka* ... äh, Großvater schickt mich.«

»Mein Opa?« Gesine zog verblüfft die Brauen hoch.

Grigori nickte, kramte einen Umschlag aus der Hosentasche und gab ihn ihr. Gesine öffnete ihn. Darin fand sie einen Zwanzigmarkschein und einen zusammengefalteten Zettel:

Liebe Gesine,

kannst du Grigori bitte helfen? Deine Mutter hat ihm Geld gegeben und ihn losgeschickt, damit er sich was »Anständiges« zum Anziehen kauft. Er hat ja kaum etwas mitnehmen können. Sie ist der Meinung, dass das eine prima Gelegenheit ist, unter Menschen zu kommen und seine Deutschkenntnisse zu erweitern. Das ist sicher gut gemeint, ich denke aber, dass Grigori ein bisschen Unterstützung gebrauchen kann, um sich in unserem Konsumdschungel zurechtzufinden. Deshalb habe ich ihn zu dir geschickt. Es wäre nett, wenn du ihn (vielleicht gemeinsam mit deiner Freundin?) beim Kleideraussuchen begleitest, ihm ein paar nützliche Tipps gibst und ein bisschen durch unser Städtchen führst.

Vielen Dank und liebe Grüße,
Dein Opa

P. S. Da Ihr nicht zum Mittagessen hier sein werdet, habe ich Verpflegungsgeld beigelegt.

»Lust auf 'ne Shoppingtour?«, fragte Gesine und grinste Kirsten an. »Grigori braucht neue Klamotten. Und ich soll ihm beim Einkaufen helfen.«

»Klaro«, antwortete Kirsten und lächelte Grigori an. »Wobei die Auswahl in unserem Kaff ja nicht so der Hammer ist. In Flensburg wär's leichter, da gibt es wenigstens ein paar brauchbare ...«

»Wir werden schon was Vernünftiges finden«, fiel Gesine ihr rasch ins Wort. Grigori musste – sofern er Kirsten verstand –

ihre Bedenken für Luxusprobleme halten. Vermutlich gab es hier in einem einzigen Geschäft mehr Auswahl, als er in Russland in den letzten zwanzig Jahren je gesehen hatte.

»Du sollst dir doch Kleider kaufen«, sagte sie zu Grigori und deutete auf seine Hosen und Jacke.

»Gräfin sagt, ich brauche neue.«

Aus seiner unergründlichen Miene konnte Gesine nicht ablesen, wie er dieses Ansinnen fand. Fühlte er sich vor den Kopf gestoßen? Oder war es ihm gleichgültig? Sie legte eine Hand auf Kirstens Schulter. »Wir kommen mit und helfen dir, okay?«

»Gut«, antwortete er.

Sein Lächeln erleichterte Gesine, die befürchtet hatte, er könnte sich bevormundet fühlen. »Dein Rad lässt du am besten hier.« Sie zeigte erst auf das Fahrrad und anschließend auf die Ständer im Schulhof. »Jetzt gehen wir erst mal was essen. Ich verhungere gleich.«

»Unbedingt!«, rief Kirsten. »Ich ruf nur eben zu Hause an, dass ich später komme.« Sie lief die Straße hinauf zu einer gelben Telefonzelle.

»Danke für Hilfe«, sagte Grigori zu Gesine, als sie das Rad angeschlossen hatten und dann Kirsten folgten.

»Nichts zu danken« Gesine schüttelte energisch den Kopf. »Das machen wir sehr gern. Außerdem lerne ich bei den Pferden so viel von dir. Es freut mich, dass ich dir auch bei was helfen kann.«

Zu dritt liefen sie kurz darauf die Kirchstraße hinunter Richtung Hafen, wo sie auf der Veranda des Lokals »Zum Leuchtturm« einen Tisch ergatterten. An diesem sonnigen Mittag waren die Plätze am Wasser sehr gefragt, ebenso die Rostbratwürste, die auf einem einfachen Holzgrill brutzelten und über die Stadtgrenzen hinaus einen legendären Ruf hatten. Wie auch die weniger jugendfreien Genüsse, mit denen der Wirt an manchen

Abenden Nachtschwärmer anlockte. In einem ehemaligen Versammlungssaal veranstaltete er hinter gepolsterten Doppeltüren schlüpfrige Vorführungen, die bei den Soldaten des nahegelegenen Marinestützpunktes unter dem Begriff »Schweinchen-Kino« firmierten.

Gesine hatte dafür gesorgt, dass Grigori den Platz mit dem besten Blick auf den Hafen bekam. Wie bereits auf dem Weg von der Schule sah er sich neugierig um.

»Was ist das?«, fragte er und deutete auf ein weitläufiges, W-förmiges Gebilde, das einen halben Meter aus dem Wasser ragte.

»Das ist ein Fischzaun«, erklärte Gesine.

Grigori verzog verständnislos das Gesicht. Gesine griff nach dem Soldaten-Wörterbuch, das er vor sich auf den Tisch gelegt hatte.

»*Sabor* – Zaun für *rujba* – Fisch. Früher hat man damit Heringe gefangen.« Sie blätterte erneut in den Seiten. »*Sseljodka* – Hering; *uditj* – angeln.«

»Ah ja, das ich kenne!«, sagte Grigori. »Fangen hier viele Fische damit?«

»Nicht mehr«, antwortete Gesine. »Jetzt ist es nur noch ein Denkmal.« Vergebens suchte sie in dem Wörterbuch nach diesem Wort. Auch für erinnern, historisch oder Geschichte gab es keine Übersetzungen. Als deutscher Soldat in Russland hatte man für solche Begriffe wohl keine Verwendung gehabt. Sie zuckte mit den Schultern und wünschte sich Opa Paul herbei, der Grigori mehr über dieses Wahrzeichen ihrer Heimatstadt hätte erzählen können.

»Was ist denn das für ein komisches Teil?«, fragte Kirsten und nahm Gesine das vergilbte Heftchen aus der Hand. »Ein Soldaten-Wörterbuch?« Sie hob ungläubig die Brauen. »Wo habt ihr das denn ausgegraben?« Sie las den Text unter dem Titel laut vor: »Der Krieg hat gezeigt, mit wie einfachen Mitteln sich der deutsche Soldat überall verständigen kann. Die richtigen Worte, ohne Rücksicht auf Grammatik nebeneinandergestellt, genügen fast immer.« Sie grinste. »Das werde ich bei nächster Gelegenheit Herrn Schneider stecken, wenn er mich wieder mit seinen blöden Regeln nervt.«

Grigori sah sie fragend an.

»Herr Schneider ist unser Französischlehrer«, erklärte Gesine und machte eine abwinkende Handbewegung. »Nicht wichtig.«

»Und, woher hast du das?«, fragte Kirsten und hielt das Büchlein hoch.

»Gefunden auf Markt für alte Dinge«, antwortete Grigori.

»Du meinst Trödelmarkt.« Kirsten nickte. »Echt flippig, das Teil.« Sie blätterte in dem Heftchen.

»Es hat sicher mal einem deutschen Kriegsgefangenen gehört«, sagte Gesine. »Sieh mal nach, was Kriegsgefangener oder Gefangenenlager auf Russisch heißt«, forderte sie Kirsten auf.

Diese blätterte in dem Büchlein, hielt es Grigori hin und tippte mit dem Finger auf eine Zeile.

Er las und nickte. »In Kirow es gab zwei Lager für deutsche Soldaten.«

»Schon verrückt, dass das Wörterbuch jetzt wieder hier gelandet ist.« Gesine aß den Rest ihrer Wurst auf.

»Wie kommen auf andere Seite?«, fragte Grigori und deutete auf eine Handvoll Jachten, Fischkutter und Motorboote, die sich vor der niedrigen, zweispurigen Brücke drängten, die rechter Hand von ihnen auf die andere Seite der Schlei führte.

»Sie warten, bis sie geöffnet wird«, erklärte Gesine und sah auf ihre Armbanduhr. »In fünfzehn Minuten ist es so weit. Zu jeder vollen Stunde wird der mittlere Teil zur Seite gedreht.« Sie schwenkte ihren Unterarm waagrecht hin und her.

»Können wir beobachten?«, fragte Grigori. »Oder keine Zeit mehr?«

»Doch, natürlich«, antwortete Gesine. »Die Geschäfte laufen uns ja nicht weg. Wenn du magst, können wir das Öffnen sogar direkt auf der Brücke verfolgen.« Sie begleitete ihre Worte mit erklärenden Gesten.

»Au ja!«, rief Kirsten. »Vielleicht lässt uns der Brückenwärter auf dem beweglichen Teil mitfahren. Das macht Spaß!«

»Stimmt«, sagte Gesine und lächelte Grigori an. »Da kommt man den Booten so nah, dass man sie fast anfassen kann.«

Kirsten trank den letzten Schluck ihrer Fanta aus. »Dann mal los!«, sagte sie und stand auf.

Eine halbe Stunde später kehrten sie dem Hafen und der Drehbrücke den Rücken und liefen in die Fußgängerzone zwischen Rathausmarkt und Gerichtsstraße. Sie war erst vor knapp einem Jahr feierlich eingeweiht worden. Im Zuge der Bauarbeiten war auch erstmals eine zentrale Kanalisation verlegt worden, die in der Innenstadt bis dahin gefehlt hatte. Viele Anwohner hatten noch eigene Klärgruben gehabt, die jeden Freitagabend vom sogenannten Goldwagen geleert worden waren – eine Zeit, in der man diese Straßen tunlichst vermied wegen des fürchterlichen Gestanks. Das »Jahrhundertprojekt Fußgängerzone« sollte Kappeln zum Zentrum Nordschwansens und Ostangelns machen, musste aber bis zu seiner Verwirklichung einige Hürden und Vorbehalte überwinden. Viele der ansässigen Geschäftsleute hatten befürchtet, dass Kunden wegbleiben könnten, weil sie nicht mehr mit dem Auto bis vor die Tür fahren konnten oder Geschäfte während des Umbaus geschlossen werden mussten. Die Befürworter hatten sich jedoch durchgesetzt, und bald waren auch die einstigen Gegner überzeugt. Die Ladenstraße füllte sich mit entspannt bummelnden Menschen, die Geschäfte florierten, und neue Läden wurden eröffnet.

Gesine und Kirsten hatten Grigori in ihre Mitte genommen, der mit großen Augen die Auslagen der Geschäfte betrachtete, die rechts und links an der Schmiedestraße lagen. Offenbar hat er bislang wenig Gelegenheiten gehabt, sich in westlichen Städten umzusehen, dachte Gesine und versuchte sich vorzustellen, wie der Anblick der Warenvielfalt und Reklametafeln auf jemanden wirken musste, in dessen Heimat viele Dinge entweder unerschwinglich oder gar nicht erst vorhanden waren. Oder traf das nur auf die DDR zu? Beschämt gestand sich Gesine ein, dass ihre Kenntnisse über die Sowjetunion und das Leben der Menschen dort sehr überschaubar waren.

»Wie weiß man, was bester ist?«

Grigori war vor den Schaufenstern des Elektrofachgeschäfts Nissen stehen geblieben und zeigte auf mehrere Elektrorasierer verschiedener Fabrikate.

»Gute Frage«, sagte Kirsten und zuckte mit den Schultern. »Der Werbung kann man jedenfalls nicht trauen. Da behaupten alle, das beste Produkt anzubieten.«

Mit einem Kopfschütteln wandte sich Grigori von der Auslage ab. Sein Befremden brachte Gesine erneut zum Nachdenken. War es nicht in der Tat seltsam, für ein und denselben Zweck mehrere Apparate anzubieten, die zudem kaum Unterschiede aufwiesen? Was Grigori wohl über sie und Kirsten dachte? Hielt er sie für oberflächliche, dem Konsumrausch ergebene Kapitalistinnen? War das nicht das Bild, das hinter dem Eisernen Vorhang über die Menschen im Westen vorherrschte? Selbst wenn er seine Heimat verlassen hatte, war er dennoch sein ganzes Leben der dortigen Ideologie ausgesetzt gewesen. Spurlos war das sicher nicht an ihm vorbeigegangen.

Sie liefen weiter und erreichten wenige Schritte später das Bekleidungsgeschäft Möller. In der Herrenabteilung eilte ein Mann mittleren Alters auf sie zu und erkundigte sich nach ihren

Wünschen. Als er erfuhr, dass Grigori von Kopf bis Fuß neu ein-
gekleidet werden sollte, erschien ein Funkeln in seinen Augen,
mit denen er den jungen Russen abschätzend musterte.

»Größe fünfzig, nehme ich an«, murmelte er und fuhr lauter
fort: »Wenn Sie mir bitte folgen wollen.« Er führte Grigori zu
einem Regal. »Hier hätten wir Hosen. Für welchen Anlass soll es
denn sein?«

»Für den Alltag«, antwortete Gesine an Grigoris Stelle.

»Etwas Legeres also.« Der Verkäufer nickte und zog verschiedene Modelle aus den Fächern und legte sie auf einen Tresen:
gerade geschnittene Anzughosen sowie Schlaghosen aus dünner
Wolle, Cord, Baumwolle und glänzenden Mischgeweben. Anschließend holte er eine Auswahl einfarbiger, gestreifter, karier-
ter und bunt gemusterter Hemden mit unterschiedlichen Kra-
genlängen und hielt sie probeweise an die Hosen. »Natürlich
haben wir auch passende Schlipse.«

Gesine bemerkte, wie sich Ratlosigkeit auf Grigoris Gesicht
breitmachte.

»Die hier steht ihm sicher tierisch gut«, sagte Kirsten leise zu
Gesine und hielt eine knallenge, schwarze Hüfthose hoch. »Da
kommt sein knackiger Hintern gut zur ...«

»Kiki!«, zischte Gesine und stieß ihr den Ellenbogen in die
Seite.

»Was denn?«, protestierte Kirsten und hielt Grigori die Hose
mit einem unschuldigen Lächeln hin. »Zieh doch mal diese an.«

Grigori schüttelte den Kopf. »Gibt es ... äh, *dzhinsy*?«, fragte
er den Verkäufer.

»Du meinst Jeans?«, erkundigte sich Gesine.

»Ja, Levi's. Fünf Null Eins.«

»Selbstverständlich«, sagte der Verkäufer. Enttäuscht blickte er
auf die farbenfrohen Hosen, ging zu einem anderen Regal, in dem
Jeans aufgestapelt waren, und reichte Grigori eine Levi's 501.

»Danke!« Der junge Russe presste die Hose an sich.

Der Verkäufer nahm eine Jeansjacke von einem Ständer, griff nach einem roten Hemd und hielt Grigori beide Teile hin. »Sie können es hinter dem Vorhang da anprobieren.« Als dieser in die Umkleidekabine verschwunden war, wandte sich der Verkäufer an Gesine und Kirsten. »Kommt Ihr Bekannter aus Russland?«

Gesine nickte.

»Dann wundert mich seine Wahl nicht.« Er senkte die Stimme. »In der UdSSR sind Jeans aus dem Westen ein heiß begehrtes Statussymbol. Und absolut verboten. Insbesondere, wenn sie aus den USA stammen. Wer sie trägt, riskiert den Verlust seines Arbeitsplatzes oder kann von der Uni fliegen.«

»Wie bitte?« Gesine zog die Brauen hoch.

»Ich weiß, für uns ist das schwer vorstellbar. Aber die Sowjets sehen darin eine klassenfeindliche Provokation.«

»Das ist total ballaballa«, stellte Gesine fest. »Wie kann man sich von einem harmlosen Kleidungsstück so provozieren lassen?«

»Wie kommt man denn in Russland überhaupt an Kleidung aus dem Westen?«, fragte Kirsten.

»Es ist fast immer Schmuggelware, die auf dem Schwarzmarkt getauscht wird«, antwortete der Verkäufer. »Übrigens ein sehr gefährliches Geschäft. Anfang der sechziger Jahre wurden zwei Jeanshändler sogar zum Tode verurteilt und hingerichtet.«

»Wahnsinn!«, riefen Gesine und Kirsten wie aus einem Mund und sahen sich bestürzt an.

Grigoris Erscheinen unterbrach die Unterhaltung. Er sah mit einem glücklichen Lächeln an sich herunter. Der Verkäufer nickte zufrieden.

»Astrein!« Kirsten machte ein Daumen-hoch-Zeichen. »Jetzt fehlen nur noch Stiefel, ein Halstuch und ein Cowboyhut«, flüsterte sie Gesine zu. »Und fertig ist der Marlboro-Mann.«

Gesine nickte geistesabwesend. Gebannt starrte sie Grigori an. Unglaublich, wie ein paar neue Kleidungsstücke einen Menschen verändern können, dachte sie. Er wirkt viel selbstbewusster und irgendwie befreit. Als habe er mit den alten Sachen eine Last abgelegt. Vor allem aber sieht er verdammt gut aus, flüsterte ein Stimmchen in ihr. Verlegen senkte sie den Kopf, als sich ihre Blicke trafen.

Estland – Dezember 1938

– 16 –

Tallinn, 1. Adventssonntag 1938

Mein geliebter Lennart,

es tut mir leid, dass ich mich bei Dir bislang nur mit einem mageren Kartengruß gemeldet habe. Als ich hier vor zehn Tagen ankam (später als geplant, weil ich noch bis zum Geburtstag meines Vaters Mitte November in Haapsalu bleiben musste), warteten bereits zwei Briefe von Dir auf mich und hießen mich willkommen. Bitte verzeih mir, dass ich erst jetzt die Zeit und Ruhe finde, Dir zu antworten – das viele Neue, das hier auf mich einprasselte, nahm mich buchstäblich in Beschlag. Dabei hätte ich Dir so gern jeden Abend brühwarm von meinen Erlebnissen und Eindrücken berichtet und habe Dich sehnlichst an meine Seite gewünscht. Ich vermisse unsere Spaziergänge, die langen Gespräche und noch so vieles, vieles mehr.

Nun hast Du mir schon zum dritten Mal geschrieben und mein schlechtes Gewissen ordentlich befeuert, obwohl Du kein vorwurfsvolles Wörtchen hast fallenlassen. Hab vielen Dank für den Einblick in Dein derzeitiges Dasein als Student. Ich freue mich, dass Du so nette Kommilitonen und Lehrer hast und Dich in Jäneda wohlfühlst, auch wenn Euer Lernpensum sehr anspruchsvoll klingt.

Wusstest Du, dass die letzte Besitzerin des Gutes, Maria Ignatjewna Sakrewskaja Benckendorff Budberg (allein schon der Name ist bemerkenswert), ein ziemlich bewegtes Leben hatte und wohl noch immer führt? Man könnte einen Roman über sie schreiben! Zillys Vater hat sie vor der Enteignung von Gut Jendel auf einer Jagdgesellschaft kennengelernt. Damals war sie noch mit dem Diplomaten Graf Johann Benckendorff verheiratet.

Nach seiner Ermordung 1919 (leider kenne ich die Umstände nicht) ging sie eine kurze Ehe mit Baron Budberg ein, bevor sie während der Wirren der Russischen Revolution mit einem adligen britischen Geheimagenten liiert war. Später kam sie als Sekretärin in den Haushalt des russischen Schriftstellers Maxim Gorki, dessen Geliebte sie wurde. Und stell Dir vor: Derzeit lebt sie (unter dem Namen Moura Budberg) mit H. G. Wells zusammen! Der hat übrigens vor vier Jahren den letzten Band seiner Memoiren in einem Häuschen ganz in der Nähe Eurer Schule geschrieben.

Charlotte hielt inne und lächelte versonnen. Sie sah Lennarts begeistertes Gesicht vor sich, mit dem er ihr von den Science-Fiction-Romanen des englischen Schriftstellers vorgeschwärmt hatte, die er als Jugendlicher förmlich verschlungen hatte. Besonders die Vorstellung, in der Zeit reisen zu können, hatte es ihm damals angetan. Mit zunehmendem Alter fand Lennart mehr Gefallen an den utopischen Romanen von Wells, der sich das anspruchsvolle Ziel gesetzt hatte, die Gesellschaft zu verbessern. Lennart teilte dessen Einschätzung, dass künftige militärische Konflikte verheerende Folgen für die Menschheit haben würden. Charlotte beschloss, sich bei nächster Gelegenheit Bücher von Wells zu beschaffen. Bei der Lektüre würde sie sich Lennart nahe fühlen und ihn noch besser kennenlernen. Sie beugte sich erneut über den Briefblock und schrieb weiter.

Du findest mich in meinem Zimmer, einem behaglich eingerichteten Raum, der sich in der ersten Etage befindet und auf den Garten hinausgeht. Das Haus meiner Gastgeber liegt am Anfang der Straße, die zu den neuen Fabriken im Hafengebiet führt. Früher war dieses Viertel vor allem von Fischern und Bootsbauern bewohnt, seit der Eröffnung der Eisenbahnverbin-

dung nach Petersburg vor knapp siebzig Jahren hat sich hier jedoch viel Industrie angesiedelt. Während die Unterkünfte der Arbeiter größtenteils als zwei- oder dreistöckige Wohnhäuser mit zwei symmetrischen, schmalen Holzflügeln – getrennt durch ein zentrales Stiegenhaus aus Stein – errichtet wurden, wohnen die von Weitershagens in einem geräumigen Giebelhaus inmitten eines großen Gartengrundstücks, das zur Straße hin durch eine Mauer geschützt ist.

Der Stadtteil Fischermay (Kalamaja) befindet sich nordwestlich der unteren Stadt, wo ich unweit des Rathausplatzes in der Rataskaevu 10 arbeite. Jeden Tag komme ich auf meinem Weg zum Estländischen Verlag am Baltischen Bahnhof vorbei – es ist ein wahrhaft prächtiges, schlossartiges Gebäude – und würde jedes Mal am liebsten in den Zug nach Tapa springen, um zu Dir zu fahren.

Es ist früh am Morgen, Familie von Weitershagen liegt noch in tiefem Schlaf, und draußen schimmern die verschneiten Büsche und Hecken im diffusen Dämmerlicht. Ich habe es mir mit einer dicken Decke auf einem Sessel bequem gemacht und schreibe Dir im Schein einer Leselampe. Mein Aufenthalt hier lässt sich sehr angenehm an, ich habe mich schon gut eingewöhnt – was nicht zuletzt der gastfreundlichen, herzlichen Art von Zillys Eltern geschuldet ist, die mich wie eine weitere Tochter aufgenommen haben und mir nie das Gefühl geben, eine Fremde unter ihrem Dach zu sein. Auch der Bekannte meines Onkels, Ferdinand Rheintal, dem ich als Assistentin in der Redaktion zur Hand gehe, ist ein sehr angenehmer Zeitgenosse und Vorgesetzter. Die Arbeit macht mir Freude, zumal das – auf den ersten Blick eintönige – Abgleichen der Adressen für mich einen schönen Nebeneffekt hat: auf diese Weise »erkunde« ich die Stadt und finde mich schon gut in den Straßen zurecht. Nachmittags habe ich dann Gelegenheit, die The-

orie in die Praxis umzusetzen, wenn Zilly mich nach ihrem Schauspielunterricht abholt und wir gemeinsam ein Café besuchen (am liebsten setzen wir uns ins »Feischner« am Freiheitsplatz, da gibt es himmlisches Schmalzgebäck), ins Gloria-Kino gehen oder einfach nur durch die malerischen Gassen der Altstadt schlendern (wenn das Wetter nicht zu garstig ist).

Es ist schon eine aufregende Erfahrung für mich, mich in einer richtigen, großen Stadt aufzuhalten – das verschlafene Nest Haapsalu verdient in meinen Augen diesen Titel nicht. Auf Dauer in Tallinn zu wohnen, kann ich mir allerdings nicht vorstellen – dazu vermisse ich das Landleben und insbesondere den Birkenhof doch zu sehr.

Ein Klopfen ließ Charlotte den Kopf heben. Bevor sie »Herein!« sagen konnte, wurde die Tür geöffnet, und Zilly schlüpfte ins Zimmer. Sie trug einen Morgenmantel über ihrem Nachthemd, die dauergewellten Haare waren vom Schlaf zerdrückt, und ihre Füße steckten in fellgefütterten Pantoffeln.

»Hab ich doch richtig gesehen, du bist schon wach«, sagte sie und deutete auf die Leselampe. »Tut mir leid, wenn ich dich störe«, fuhr sie fort und zog sich einen Stuhl heran. »Aber ich muss einfach mit jemandem reden, sonst platze ich noch.«

Charlotte legte Briefblock und Füller aufs Fensterbrett und sah ihre Freundin erwartungsvoll an. »Hat es mit dem Fest gestern zu tun?«

Am Abend zuvor waren Zilly und ihre Eltern auf der Geburtstagsfeier eines Schauspielkollegen von Baronin Weitershagen gewesen. Sie hätten Charlotte gern mitgenommen, diese hatte jedoch bereits zugesagt, sich auf einem Wohltätigkeitsbasar nützlich zu machen, den ihr Chef mitorganisiert hatte.

Zilly nickte mit glänzenden Augen.

»Du hast dich mal wieder verliebt!«, rutschte es Charlotte heraus.

»Was soll denn ›mal wieder‹ heißen?« Zilly schlug in gespielter Empörung nach Charlotte und schnaubte. »Du tust ja gerade so, als sei ich ein flatterhaftes Wesen.«

Charlotte schluckte die Antwort hinunter, die ihr auf der Zunge lag. Seit ihre Freundin auf die Akademie ging, verguckte sie sich ständig in Mitschüler, Schauspieler oder andere Männer, die ihr bei abendlichen Unternehmungen begegneten. Charlotte hegte den Verdacht, dass es Zilly in erster Linie gefiel, umschwärmt zu werden. Bislang hatte sie jedenfalls keine tieferen Gefühle für einen der jungen Männer entwickelt oder gar eine ernsthafte Verbindung angestrebt – weswegen sich Charlotte auch keine Mühe mehr gab, sich die Namen der wechselnden Verehrer zu merken.

»Also, was ist gestern so Aufregendes geschehen?«, fragte Charlotte.

»Erinnerst du dich an den finnischen Film *VMV6*?«

Charlotte legte die Stirn in Falten. »Seltsamer Titel. Nein, den habe ich nicht ge…«

»VMV6 ist die Bezeichnung für ein Patrouillenboot der finnischen Küstenwache«, erklärte Zilly. »Der Film handelt vom Kampf der Besatzung gegen die Schwarzhändler, die während der Prohibitionszeit in Finnland Alkohol von Estland herüberschmuggelten.«

»Ah ja, jetzt erinnere ich mich. Mein Bruder war damals im Kino und sehr angetan«, sagte Charlotte. »Vor allem von der Hauptdarstellerin Regina Linnanheimo.«

Zilly rutschte unruhig auf ihrem Stuhl nach vorn. »Jedenfalls war gestern Ants Lauter da, der hat bei dem Film ebenfalls mitgespielt.« Sie sah Charlotte prüfend an. »Du weißt, wen ich …«

»Aber natürlich!«, fiel ihr Charlotte ins Wort. »Er und seine Frau Erna Villmer sind schließlich die Stars hier am Theater.«

Zillys Mutter hatte mehr als einmal betont, wie glücklich sie sich schätzte, mit diesen talentierten Kollegen arbeiten und auftreten zu dürfen.

»Ist er nicht auch Lehrer bei euch an der Akademie?«, fragte sie.

Zilly nickte. »Er unterrichtet allerdings nur die höheren Semester.«

»Und was hat es nun mit diesem Film auf sich?«

»Risto Orko hat die Regie geführt. Er ist außerdem Produzent und stets auf der Suche nach neuen Talenten. Anfang nächsten Jahres kommt er auf der Durchreise nach Tallinn. Herr Lauter will ihm dann einige seiner Schüler vorstellen.«

»Und du bist dabei?« Charlotte zog die Stirn kraus. »Aber … äh, hast du nicht gerade gesagt, dass er dich noch gar nicht unterrichtet?«

»Er hat zu meiner Mutter gesagt, dass ich eine steile Karriere vor mir habe, wenn ich auch nur einen Bruchteil ihres Talents geerbt habe.«

Charlotte öffnete den Mund.

»Ich weiß, was du sagen willst!« Zilly grinste. »Dass er damit nur meiner Mutter schmeicheln wollte.« Sie zuckte mit den Schultern. »Das ist mir egal. Ich werde jedenfalls alles tun, um Risto Orko kennenzulernen, wenn er hier ist. Das ist die perfekte Gelegenheit!« Sie sah Charlotte ernst an. »Ich will unbedingt zum Film. Und in Finnland wird gerade viel produziert. Da habe ich gute Chancen, eine kleine Rolle zu bekommen.«

»Davon bin ich überzeugt«, sagte Charlotte. »Ich glaube fest an dein Talent.«

»Danke«, Zilly drückte ihre Hand.

»Meine beste Freundin auf der großen Leinwand!« Charlotte strahlte sie an. »Wie wundervoll.«

»Beschrei es nicht, sonst geht es garantiert in die Hose«, rief Zilly und grinste schief. »Meine Güte, ich werde langsam genauso abergläubisch wie die meisten am Theater.« Sie sprang auf. »Jetzt lass ich dich aber weiterschreiben.« Sie lief zur Tür. »Wir sehen uns ja nachher beim Frühstück.«

Charlotte nahm ihr Schreibzeug vom Fensterbrett, überflog den letzten Abschnitt und setzte den Brief fort.

Wenn ich schreibe, dass Tallinn mit seinen circa 145.000 Einwohnern für mich etwas Großstädtisches hat, trifft das nicht in allen Bereichen zu. Sehr überschaubar nämlich ist die »Gesellschaft«, zu der sich etwa drei- bis vierhundert Familien der insgesamt knapp siebentausend deutschbaltischen Bürger der Stadt zählen – also wiederum nur ein kleiner Ausschnitt des ohnehin winzigen Kosmos der Deutschbalten. Obwohl die von Weitershagens durchaus über diesen Tellerrand hinausschauen und in ihrem Haus auch Esten, Juden und durchreisende Ausländer willkommen heißen, spielt sich auch ihr soziales Leben überwiegend im Rahmen besagter »Gesellschaft« ab. Diese ist in unzähligen Vereinen, Verbänden und Clubs vernetzt und trifft sich, besonders in der Wintersaison, permanent sowohl bei privaten Einladungen als auch auf Wohltätigkeitsveranstaltungen zu Gunsten verarmter Angehöriger »unserer« Volksgruppe, Bällen, Clubabenden sowie im Theater und bei anderen kulturellen Darbietungen. Wie in einem Dorf sind alle über (fast) alles, was die einzelnen Mitglieder treiben, informiert. Es ist so gut wie unmöglich, sich unbemerkt zu bewegen. Immer scheint jemand in der Nähe zu sein, der einen beobachtet und Neuigkeiten umgehend weitertratscht.

Aus diesem Grund musste ich zum Beispiel noch nie erklären, wo ich arbeite oder bei wem ich wohne. Stets werde ich mit Worten begrüßt wie »Ah, da ist sie ja, die tüchtige Assistentin von unserem geschätzten Rheintal« oder »Wie geht es Ihrer Mutter, Fräulein Lilienfeld, leidet sie immer noch unter Migräne?« oder »Richten Sie der Baronin Weitershagen ein herzliches Dankeschön für das Kümmelkuchen-Rezept ihrer Köchin aus. Er mundet uns ganz vortrefflich.« Zilly macht sich gern einen Spaß daraus, die Gerüchteküche mit frei erfundenen Geschichten anzuheizen, und amüsiert sich köstlich, wenn sie diese kurze Zeit später wiedererzählt bekommt – in der Regel angereichert mit deutlich dramatischeren Wendungen, pikanten Details und wilden Mutmaßungen.

Du ahnst vielleicht, worauf ich hinauswill: Es würde sich wie ein Lauffeuer verbreiten, wenn Du mich hier besuchtest. Und es wäre nur eine Frage der Zeit, bis diese Neuigkeit ihren Weg aus Tallinn hinausfände und auch meinen Eltern zu Ohren käme. Als ich in Deinem letzten Brief las, dass Du vor Weihnachten wegen Deines vollgepackten Stundenplans und der vielen Lernerei keine Möglichkeit haben wirst, Dich von Jäneda loszueisen, teilte ich zwar Dein Bedauern, war zugleich aber auch ein bisschen erleichtert. Bitte glaube nicht, dass ich mich nicht zu Dir bekennen will und deshalb unsere Liebe geheim halte! Aber Du hast selbst gesagt, dass wir momentan keine realistische Chance haben, eine gemeinsame Existenz aufzubauen, und dass Du erst die Ausbildung beenden und nach Kassari zurückkehren willst, bevor wir Nägel mit Köpfen machen. Dann werde ich keine Sekunde zögern, meinen Eltern gegenüberzutreten und sie mit meinem Entschluss, an Deiner Seite durchs Leben zu gehen, zu konfrontieren – mit oder ohne ihren Segen.

Charlotte kaute auf dem Ende ihres Füllfederhalters herum und sah aus dem Fenster, hinter dem es mittlerweile hell geworden war. Hier in der Hauptstadt war sie so deutlich wie selten zuvor mit den Gräben konfrontiert worden, die sich zwischen den verschiedenen Volksgruppen auftaten. Onkel Julius und die von Weitershagens, die den Esten gegenüber aufgeschlossen waren und ebenso selbstverständlich Umgang mit ihnen pflegten wie mit Deutschen, waren die Ausnahmen. Ihre Eltern dagegen gehörten mit ihrer Abschottung zu einer großen Mehrheit; eine Haltung, die im Übrigen auch auf estnischer Seite überwog. Beide Lager begegneten sich in der Regel höflich und mit Respekt. Doch nähere Kontakte oder gar Freundschaften gab es selten.

Zillys Eltern hatten ihr von einem besonders beschämenden Zwischenfall berichtet, der sich erst in diesem Jahr anlässlich der Abiturfeier an der Domschule in Tallinn ereignet hatte. Einer der Abiturienten des alteingesessenen Knabengymnasiums hatte sich erdreistet, eine junge Estin einzuladen, was den Unmut der deutschen Schulaufsicht erregt hatte. Der Schüler wurde aufgefordert, die Einladung zu widerrufen – ungeachtet der Tatsache, dass es sich bei dem Mädchen um die Tochter des estnischen Premierministers handelte. Der Affront hatte Folgen. Das Bildungsministerium drohte damit, das deutsche Gymnasium zu schließen, falls sich ein solcher Skandal wiederholen sollte.

Auch an der Universität herrschte eine weitgehend strikte Trennung zwischen den Volksgruppen. Charlottes Bruder und seine Freunde studierten zwar in Tartu Seite an Seite mit estnischen Kommilitonen, diese waren jedoch in acht eigenen Korporationen organisiert. Nur einmal im Jahr, am ersten Mai, feierten alle Studenten gemeinsam, zogen abends zusammen mit Fackeln durch die Stadt, entfachten das Maifeuer und tanzten und tranken miteinander bis in die frühen Morgenstunden des nächsten Tages.

Charlotte seufzte und fragte sich, wie lange es wohl noch dauern würde, bis die Unterschiede verblassen und sich alle Staatsbürger des Landes als Esten empfinden würden. Sie rieb sich die Stirn und schrieb weiter.

Ich habe mir überlegt, dass wir uns im neuen Jahr, wenn es bei Dir an der Schule etwas entspannter zugeht, an einem »neutralen« Ort treffen könnten, wo wir nicht Gefahr laufen, irgendwelchen Bekannten zu begegnen, und uns unbeschwert aufhalten können. Für das nötige Fahr- und Unterkunftsgeld spare ich tüchtig, da ich fast mein gesamtes Gehalt zurücklegen kann. Ich habe kaum Ausgaben, die Eltern von Zilly wollen partout kein Unterhaltsgeld von mir annehmen und bestehen außerdem darauf, mich umsonst zu verköstigen und sogar für die Dinge aufzukommen – wie Kinokarten und andere Auslagen –, die sie auch ihrer eigenen Tochter bezahlen.

Onkel Julius hat mir geschrieben, dass er ganz zufrieden mit der Arbeit des Hauswärterpaares ist, das meine Mutter ihm vermittelt hat. Er hat aber deutlich durchblicken lassen, wie sehr ihm die gemeinsamen Abende mit uns beiden fehlen und dass er sich darauf freut, wenn wir alle wieder auf dem Birkenhof vereint sein werden. Dass er mir damit aus der Seele gesprochen hat, brauche ich Dir wohl nicht zu sagen. Die Aussicht, im nächsten Herbst mit Dir nach Kassari zurückzukehren, tröstet mich ein klein wenig, wenn mich die Sehnsucht nach Dir in manchen Momenten schier zerreißt. Dabei kommt mir regelmäßig Goethes Gedicht in den Sinn:

Nur wer die Sehnsucht kennt,
Weiß, was ich leide!
Allein und abgetrennt
Von aller Freude,
Seh' ich ans Firmament
Nach jener Seite.

Ach! Der mich liebt und kennt,
Ist in der Weite.
Es schwindelt mir, es brennt
Mein Eingeweide.
Nur wer die Sehnsucht kennt,
Weiß, was ich leide!

Mit diesen Versen schließe ich für heute und schicke Dir meine
innigsten Grüße. Ich küsse Dich, in Liebe,

Deine Charlotte

Schleswig-Holstein, September 1977

– 17 –

Die ersten Tage nach den Ferien ließen sich ruhig an. Gesine bemühte sich, alles zu vermeiden, was den Unmut ihrer Mutter erregen konnte. Zum einen hatte sie es Kirsten versprochen, um die Erlaubnis für den gemeinsamen Trip nach London zu erhalten. Zum anderen wollte sie nicht das Ende der gemeinsamen Trainingsstunden riskieren, zu denen sie sich jeden Nachmittag nach Erledigung ihrer Hausaufgaben mit Grigori traf. Sein Umgang mit ihrer Stute Cara beeindruckte sie nach wie vor, und sie lernte in einer Woche mehr über Pferde und ihre Denk- und Verhaltensweisen als in all den Jahren zuvor. Sein Deutsch verbesserte sich von Tag zu Tag. Mittlerweile war das Wörterbuch, das Opa Paul ihm bestellt hatte, eingetroffen.

»Du musst lernen Sprache von Pferd«, hatte Grigori bei ihrer ersten Übungseinheit gemeint und sie aufgefordert, ihre Stute und andere Pferde so oft wie möglich zu beobachten, wenn sie sich frei auf der Koppel bewegten. »Pferde reden mit Körper. Geben Zeichen mit Ohren, mit Haltung von Kopf, mit Spannung von Muskeln«, hatte er erklärt und behauptet, dass darin schon das ganze Geheimnis lag. Gesine leuchtete das auf Anhieb ein, ebenso Grigoris Hinweis, wie wichtig es war, sich stets ihrer eigenen Körperhaltung bewusst zu sein, und welche Signale sie damit ihrem Pferd sendete. Die Umsetzung war jedoch nicht so einfach, wie sie es sich gewünscht hätte. Zu eingefleischt waren manche Verhaltensweisen und Reflexe. Je tiefer sie in Grigoris Denkweise eintauchte, umso größer wurde ihr Wunsch, sich ebenso mühelos mit Pferden verständigen zu können wie er.

Auch ihr Interesse an ihren estnischen Wurzeln und dem Land, aus dem Grigoris Familie stammte, war ungebrochen. Opa

Paul – erfreut über die Wissbegierde seiner Enkelin – besorgte ihr das Buch *Geschichte der baltischen Staaten* von Georg von Rauch. Gesine war fasziniert von der wechselvollen Geschichte der Region, die häufig als Pufferzone zwischen Deutschland und Russland hatte herhalten müssen und deren Geschicke allzu oft von diesen beiden miteinander rivalisierenden Großmächten bestimmt worden war. Besonders spannend fand sie die Kapitel über die deutsch-estnischen Beziehungen. Immer wieder kam sie während der Lektüre ins Grübeln: Wann waren die Vorfahren von Großmutter Charlotte nach Estland gekommen und wie hatten sie dort gelebt? Waren sie Großgrundbesitzer gewesen mit estnischen Leibeigenen? Wie hatten Grigoris Vorfahren zu den »Herren« oder »Paronen« gestanden, wie die Deutschen jahrhundertelang genannt worden waren? Gesine getraute sich nicht, Grigori darauf anzusprechen. Sie fürchtete, mit Fragen nach seiner Familie Wunden aufzureißen und seiner Traurigkeit neue Nahrung zu geben.

Ebenso verkniff sie es sich, den Gründen für seine Flucht in den Westen nachzubohren. Als sie Opa Paul gefragt hatte, ob er mittlerweile mehr darüber in Erfahrung gebracht habe, hatte er den Kopf geschüttelt. »Ich vermute, dass Grigoris Misstrauen zu tief verwurzelt ist, um über so heikle Themen offen zu sprechen«, hatte er geantwortet und Gesines Einwand, Grigori sei doch bei ihnen in Sicherheit und habe nichts zu befürchten, mit einem Argument widerlegt, das sie sehr nachdenklich machte. »Du hast das – gottlob – nie selbst erlebt. Aber Grigori ist in einem System aufgewachsen, in dem im Grunde keiner dem anderen vertrauen kann, nicht einmal engsten Freunden und Verwandten. Der Staat, besser gesagt dessen Geheimpolizei, versucht, noch in die intimsten Räume der Menschen einzudringen und sie zu bespitzeln. Und wir wissen, dass der Arm des KGB weit über die Grenzen der UdSSR hinausreicht. Auch wenn es unwahrscheinlich ist, dass die nach Grigori suchen – seine Angst davor ist nicht vollkommen unberechtigt.«

»Also ganz ähnlich wie bei euch damals im Dritten Reich«, hatte Gesine festgestellt und sich mit Schaudern ausgemalt, wie furchtbar es sein musste, in jedem Menschen einen potenziellen Informanten oder Denunzianten sehen zu müssen.

Es kam Gesine so vor, als würde sie seit Grigoris Ankunft ständig über Themen rund um den Ostblock stolpern. So auch am Samstag Ende der zweiten Septemberwoche. Bereits morgens hörte Gesine in den Radionachrichten, dass das innerdeutsche Ministerium in Bonn neunzig politische Gefangene aus der DDR »freigekauft« hatte – für je 50 000 DM. Und als sie nach dem Mittagessen in der »WELT« blätterte, stieß sie auf einen Artikel des Korrespondenten für Osteuropa, Carl Gustaf Ströhm. Am zwölften Tag der Schleyer-Entführung stellte er die Frage, ob eine Handvoll junge Leute und ihre Sympathisanten wirklich einen ganzen Staat ins Wanken bringen konnten – ohne Unterstützung von außen? Verbarg sich hinter dem »scheinbar so wahnwitzigen Terrorismus« vielleicht eine klare und sehr gefährliche politische Absicht – nämlich der Plan des Ostblocks, Westeuropa zu destabilisieren?

Der Artikel löste ein mulmiges Gefühl in Gesine aus. Die Vorstellung, ihr Land könnte von feindlich gesinnten Mächten unterwandert und manipuliert werden, erschreckte sie. Sie legte die »WELT« beiseite und widmete sich ihren Hausaufgaben, bevor sie sich mit Grigori zu einer weiteren Trainingsstunde mit Cara traf.

Anfangs hatte sie mit ihrer Ungeduld zu kämpfen gehabt. War sie nicht schon viel weiter gewesen? Sie war doch keine blutige Anfängerin! Grigori bestand darauf, jede Übung so lange zu wiederholen, bis sie einwandfrei saß. Bald jedoch respektierte Gesine seine konsequente Linie, bei der eine Lektion auf der anderen aufbaute. Außerdem war es ihr wichtig, Grigoris Achtung zu erlangen. Sie wollte vor seinen Augen bestehen und lernen, so wie er ohne fremde Hilfsmittel mit ihrem Pferd zu kommunizieren.

An diesem Nachmittag sollte sie Cara von sich wegschicken.

»Pferde sind Fluchttiere«, sagte er, nachdem er der Stute das Halfter abgenommen und sie in den Paddock gelassen hatte. »So, sie fühlen sich bedroht.« Er baute sich vor ihr auf, spannte seinen Körper an und starrte ihr in die Augen.

Gesine musste an sich halten, nicht einen Schritt rückwärts zu machen. Es war unheimlich, wie bedrohlich er auf einmal wirkte.

»Du verstehst?«, fragte er nach ein paar Sekunden, die Gesine wie eine Ewigkeit vorkamen.

»Und ob!« Sie grinste schief. »Ich wär am liebsten davongaloppiert.«

Er lächelte, schwang sich auf die oberste Stange der Paddock-Umzäunung und forderte sie auf, sich frontal und aufrecht vor die Stute zu stellen, den Körper anzuspannen und den Blick direkt auf ihren Kopf zu richten. Zu Gesines Überraschung machte Cara nach kurzem Zögern ein paar Schritte rückwärts.

»Gut gemacht!«

Grigoris Lob trieb Gesine eine leichte Röte in die Wangen.

»Und jetzt soll sie folgen dich«, fuhr er fort.

»Komm!«, rief Gesine und ging rückwärts.

Cara machte keine Anstalten, sich in Bewegung zu setzen. Gesine streckte eine Hand aus und lockte die Stute erneut. Cara sah sie zwar aufmerksam an, blieb jedoch stehen. Gesine spürte, wie sie sich verkrampfte. Grigori sprang vom Zaun und kam zu ihr.

»Du musst lassen locker«, sagte er und tippte ihr leicht auf die hochgezogene Schulter. Die Berührung ging ihr durch und durch. Unwillkürlich senkte sie den Blick und drehte sich weg.

»Genau richtig!«, hörte sie ihn sagen und nahm aus den Augenwinkeln wahr, dass Cara auf sie zukam.

Nachdem sie beide Bewegungsabläufe ein paar Mal wiederholt hatten, beendete Grigori das Training. Gesines Verkrampfung hatte sich gelöst. Grigori hatte nicht nur auf Pferde diese beruhigende Wirkung – das war ihr von Anfang an aufgefallen.

»Hast du Lust, heute Abend mit mir zu Kiki zu fahren?«, fragte sie ihn, als sie Cara in den Stall brachten. »Wir treffen uns dort mit ein paar Freunden und schauen gemeinsam Fernsehen. Erst eine Musiksendung. Und dann eine Spielshow.«

»Gern«, antwortete er, ohne nachzudenken, und sah ihr in die Augen.

»Wirklich?«, rutschte es ihr überrascht heraus. Gesine hatte sich darauf eingestellt, dass er es ablehnen oder zumindest zögern würde, sie zu begleiten. Doch insgeheim freute sie sich sehr über seine Zusage.

»So ich lerne mehr über dein Land«, schob er nach, griff nach einer Bürste und begann, Cara zu striegeln.

Gesine biss sich auf die Zunge. Sie ärgerte sich über sich selbst. Warum hatte sie sich eingebildet, Grigori käme ihretwegen mit?

Seit gut einem Jahr verabredeten sich Gesine und Kirsten regelmäßig an Samstagabenden mit ein paar Schulkameraden, wenn Shows wie »Dalli Dalli«, »Auf Los geht's los« oder »Am laufenden Band« ausgestrahlt wurden. An diesem 17. September stand die 32. Folge von Rudi Carrells Sendung auf dem Programm. Am liebsten versammelten sie sich bei Kirsten. Ihre Eltern gingen an Samstagen häufig aus – und ihre Tochter hatte sturmfrei.

Familie Joergensen wohnte im Neubaugebiet Ellenberg in der Mürwiker Straße. Mit dem Fahrrad brauchten Gesine und Grigori eine gute halbe Stunde für die zehn Kilometer lange Strecke, die sie über die Felder nach Kappeln zum Hafen und von dort

über die Drehbrücke ans andere Schleiufer führte. Als sie vor
dem rechteckigen Backsteinbau mit Flachdach inmitten einer
Rasenfläche ankamen, stiegen dort gerade Andrea und ihre
Schwester Dörte sowie Manfred und Günter von ihren Rädern.
Grigori wurde freundlich begrüßt und vor allem von den Mädchen – beide hochgewachsen, flachsblond und sommersprossig –
mit unverhohlener Neugier beäugt. Gemeinsam begaben sie sich
zur Wohnung im ersten Obergeschoss, wo Kirsten sie in Empfang nahm und ins Wohnzimmer dirigierte, während sie in der
Küche verschwand.

Der kleinere Teil des L-förmigen Raums diente als Essecke
und hatte eine Durchreiche zur benachbarten Küche. Um den
Tisch standen orangene Plastikstühle des dänischen Designers
Verner Panton – Freischwinger mit weichen Rundungen und aus
einem Stück gegossen. Der größere Teil des Zimmers wurde fast
vollständig von einer moosgrünen Sofalandschaft und einer
Schrankwand ausgefüllt, die die Tapete mit ihrem braun-ocker-
farbenen Wellenmuster bis auf wenige Stellen verdeckte. Auf
einem Sideboard waberte in einer an eine Rakete erinnernden
Lavalampe eine lila-bläuliche Flüssigkeit, und eine Bogenlampe
streckte ihren Schirm aus milchigem Glas über den niedrigen
Couchtisch.

Gesine schaute unauffällig zu Grigori. Ihre Klassenkameraden
standen um ihn herum und löcherten ihn mit Fragen zu seinem
Leben in Russland, die er mit freundlichem Lächeln, jedoch recht
einsilbig beantwortete. Gesine versuchte sich vorzustellen, welchen Eindruck die Einrichtung auf ihn machte. Alles war neu angeschafft worden, als die Joergensens vor drei Jahren einzogen.
Grigoris Miene war – wie so oft, wenn er sich unter mehreren
Menschen aufhielt – unergründlich.

Als Gesine die Wohnung ihrer Freundin zum ersten Mal betreten hatte, war ihr, als habe es sie in eine kunterbunte Bonbon-

welt verschlagen. Sogar das Badezimmer war mit apfelgrünen Fliesen gekachelt, und in der Einbauküche, die mit allen erdenklichen elektrischen Geräten ausgestattet war – vom Eierkocher über Brotschneidemaschine, Zitrusfrüchtepresse, Obstentsafter, Waffeleisen, Tischgrill, Kaffeemaschine bis hin zu Rührgerät, Standmixer und einer Fritteuse –, klebten Pril-Blumen auf den dottergelben Kacheln hinter Spüle und Herd. Kirstens Zimmer dagegen war in Rottönen gehalten und getränkt vom Duft unzähliger Räucherstäbchen. Zum achtzehnten Geburtstag hatte sie eine Stereoanlage samt Lautsprecherboxen geschenkt bekommen, die das Musikhören in einer Qualität ermöglichten, von der Gesine mit ihrem einfachen Radiorekorder und einem Kofferplattenspieler nur träumen konnte.

Sie fühlte sich in ihrer eigenen Einrichtung aus weiß lackierten Möbeln wohl, beneidete ihre Freundin jedoch gelegentlich um deren Freiheit, ihr Zimmer vollkommen nach ihrem Geschmack einrichten zu dürfen und Eltern zu haben, die offen für modernes Design waren. Für Gesines Mutter zählten Tapeten, Polsterstoffe und Vorhänge mit wilden, bunten Mustern, allem voran jedoch Möbel aus Kunststoff zu den Dingen, die sie nicht in ihrem Hause duldete. Dieser minderwertige, geschmacklose »Plastikkram«, der gar nicht dafür gedacht war, jahrzehntelang oder gar generationenübergreifend zu überdauern, war für sie das Sinnbild des kulturellen Verfalls einer Gesellschaft, die sich leichtfertig neumodischen Strömungen öffnete, hemmungslosem Konsum frönte, keine beständigen Werte kannte, bedenkenlos wegwarf, was nicht mehr gefiel, und stets dem neuesten Trend hinterherhechelte.

Gesine war zwar ebenfalls der Meinung, nicht jede modische Kapriole mitmachen zu müssen, aber was sprach dagegen, etwas frischen Wind durch die alten Gemäuer des Hauses ihrer Eltern wehen zu lassen? Schließlich hatten ihre Vorfahren ebenfalls die

Errungenschaften ihrer jeweiligen Zeit in ihr Heim integriert, nicht nur in technischer Hinsicht, sondern auch stilistisch. Gesines Vater und auch Opa Paul waren durchaus nicht abgeneigt, scheiterten jedoch am kategorischen Nein der Gräfin, die bereits das Ansinnen, eine Hollywoodschaukel auf der Terrasse aufzustellen, als Verrat an der Tradition des altehrwürdigen Anwesens empfand.

Warum hatte ihre Mutter Angst vor Wandlungen und Neuerungen? Gesine vermutete den Grund dafür in deren Kindheit. Geborgenheit hatte sie wohl eher nicht erlebt, vielleicht suchte sie in Dingen die Konstanz, die ihr menschliche Kontakte nicht hatten geben können. Wieder einmal stellte sich Gesine die Frage, warum sich Großmutter Charlotte nicht um ihre Tochter gekümmert hatte. Warum hatte sie sie bei ihrer Schwiegermutter aufwachsen lassen und später im Internat?

»Kann das bitte mal jemand auf den Tisch stellen?«

Kirsten lugte durch die Durchreiche aus der Küche ins Wohnzimmer und reichte Gesine, die zu ihr eilte, einen Glaskrug mit Wasser, eine Packung *Cefrisch* sowie sieben Gläser und Löffel heraus. Als Kirsten gleich darauf mit zwei Schüsseln Chips und Erdnussflips ins Wohnzimmer kam, nahmen die anderen auf den Sofas Platz und mixten sich das nach Orangen schmeckende Getränkepulver ins Wasser, während Kirsten den Fernsehapparat einschaltete und das ZDF einstellte, in dem wenige Augenblicke zuvor die Musiksendung »Disco« mit dem Auftritt der Band Hot Chocolate begonnen hatte, die ihren Hit »So you win again« sangen. Anschließend erschien Ilja Richter in dunkelblauem Anzug und blau-weiß-grau gestreifter Krawatte auf einer Art Kanzel, grüßte mit den Worten »Einen wunderschönen guten Abend, meine Damen und Herren« in die Kamera, reckte die Arme wie Antennen hoch, drehte sich zum Studiopublikum herum und rief: »Hallo Freunde!«

Gesine, die über Eck zu Grigori saß, sah, wie er zusammenzuckte, als Kirsten und die anderen vier lauthals in das »Hallo
Ilja!« einfielen, mit dem die Gäste im Fernsehen antworteten. Er
muss uns für vollkommen bekloppt halten, schoss es ihr in den
Kopf. Eine Vermutung, die sich ihr während der folgenden Stunden mehrfach aufdrängte. Grigoris Gegenwart brachte sie dazu,
sowohl die Musiksendung mit ihren albernen Sketchen als auch
die anschließende Show von Rudi Carrell mit anderen Augen zu
sehen. Bislang hatte Grigori wohl kaum Gelegenheit gehabt, das
deutsche Fernsehprogramm kennenzulernen. Im Torhaus von
Gut Pletten, in dem er wohnte, gab es keinen TV-Anschluss. Es
war ihr plötzlich unangenehm, ihm ausgerechnet mit diesen
seichten Unterhaltungssendungen erste Eindrücke der westlichen TV-Kultur zu vermitteln.

»Was ist denn los mit dir?«, hörte sie Kirsten, die neben ihr
saß, flüstern. »Du machst ein Gesicht, als hättest du eine Mathearbeit vergeigt.«

»Findest du das alles nicht auch unsäglich dämlich?«, antwortete Gesine leise und nickte zum Bildschirm hin, auf dem zwei
Kandidaten, Vater und Sohn, eben von Rudi Carrell gebeten worden waren, einer jungen Dame den Hof zu machen und sich dabei gegenseitig auszustechen.

Kirsten zuckte mit den Schultern. »Seit wann stört dich das?«,
fragte sie. »Klar ist das verschärfter Dumpfsinn. Deshalb macht
es ja so Spaß.« Sie griff in die Chipsschüssel und lehnte sich wieder zurück.

Gesine nippte an ihrem Glas und beobachtete die anderen.
Manfred und Günter feuerten den Sohn mit Flirttipps an, machten sich über das unbeholfene Vorgehen des Vaters lustig und
kommentierten wohlwollend das Aussehen der jungen Frau.
Andrea und Dörte dagegen hatten kaum Augen für das Geschehen im Fernsehen. Sie hatten sich Grigori zugewendet und woll-

ten giggelnd von ihm wissen, wie er in der Situation vorgehen würde, um die Gunst eines Mädchens zu erlangen. Was für Anmachsprüche waren in Russland gerade angesagt? Und wie musste eine Frau aussehen, um sein Interesse zu erregen? Gesine war einerseits peinlich berührt von der Direktheit der Schwestern. Andererseits ertappte sie sich dabei, wie sie selbst gespannt auf seine Antwort wartete.

»Bei uns nicht lange reden«, antwortete Grigori mit unbewegter Miene. »Wenn Frau gefällt, ich sage ›komm mit‹ und fertig.«

»Astrein!«, rief Günter und schlug Grigori auf die Schulter.

»Keine lange Anschmeiße, sondern direkt zur Sache«, sagte sein Freund Manfred. In seiner Stimme schwang Bewunderung.

Andrea und Dörte dagegen waren sichtlich vor den Kopf gestoßen und tuschelten empört miteinander. Kirsten verzog spöttisch den Mund und murmelte etwas, das klang wie: »Dumme Frage, dumme Antwort.«

Gesine schaute zu Grigori. Täuschte sie sich, oder glomm ein schalkhafter Funken in seinen Augen? Er bemerkte ihren Blick, zwinkerte ihr kaum merklich zu. Die konspirative Geste löste ihre Anspannung. Verflogen waren das Fremdschämen und das Unwohlsein, das sie wegen des TV-Programms und des Verhaltens ihrer Freunde überkommen hatte. Sie hob ihr Glas und prostete ihm zu.

Estland – Dezember 1938

– 18 –

Am Tag vor Heiligabend fuhr Charlotte nach Haapsalu. Auch ihr Bruder kam über Weihnachten aus Tartu nach Hause, und so war Familie von Lilienfeld seit langer Zeit einmal wieder vollständig versammelt. Auf das Wiedersehen mit Johann hatte sich Charlotte besonders gefreut. Die Geschwister hatten sich seit dem Ende des vergangenen Jahres nicht mehr gesehen und nur sporadisch Briefe ausgetauscht. Umso mehr hatten sie sich nun zu erzählen. Die erste Gelegenheit, sich ungestört zu unterhalten, ergab sich vor der Bescherung. Ihre Mutter bestand darauf, dass die beiden wie früher im »dunklen Zimmer« auf das Klingeln des Glöckchens warten mussten, das den Höhepunkt des Abends einläutete.

Nach dem Besuch des Gottesdienstes setzten sich Charlotte und Johann wie in ihrer Kindheit in eine der beiden tiefen Fensternischen im Speisezimmer und unterhielten sich mit gedämpften Stimmen. Das leise Knacken der Heizungsrohre, die samtene Dunkelheit und der Duft des Bratens, der in der Küche seiner Vollendung entgegenbrutzelte, versetzten Charlotte in eine festliche und zugleich heimelige Stimmung. Zu ihrer Freude hatte die lange Pause der Verbundenheit zwischen ihr und ihrem Bruder keinen Abbruch getan.

Zunächst berichtete Johann ihr von seinem Wunsch, an eine deutsche Universität in Heidelberg, Berlin oder Tübingen zu wechseln, da sein Hauptfach, die Germanistik, in Tartu im Vergleich zur estnischen oder finnischen Literaturwissenschaft seit der Unabhängigkeit des Landes stark in den Hintergrund getreten war und stiefmütterlich behandelt wurde. Danach vertraute er Charlotte stockend seine Schwärmerei für die Tochter eines sei-

ner Professoren an, die er mit sehnsüchtigen Gedichten um-
warb – allerdings ohne seinen Namen anzugeben. Charlotte war
froh über die Dunkelheit, die ihr Augenrollen vor Johann verbarg. So selbstbewusst er seine Meinung zu literarischen und
anderen akademischen Themen vertrat, so schüchtern war er im
Umgang mit Menschen und insbesondere Frauen. Daran hatte
sich auch in den zurückliegenden zwölf Monaten offensichtlich
nichts geändert.

»Aber wie kannst du je ihr Herz gewinnen, wenn du dich ihr
nicht zu erkennen gibst?«, fragte sie leise.

Johann atmete hörbar aus. »Ach, Charlotte, ich weiß selber,
wie dumm mein Verhalten ist. Aber ich trau mich einfach
nicht … sie ist so wundervoll und … was soll sie denn mit einem
wie mir? Sie nimmt mich gar nicht wahr.«

»Ich bitte dich, was meinst du denn mit einem wie dir?«
Charlotte legte ihre Hand auf seine Schulter und drückte sie.
»Du bist der einfühlsamste und höflichste Mensch, den ich
kenne. Vor allem aber klug und gebild…«

»Das ist es ja gerade«, fiel ihr Johann ins Wort. »Ich habe
nicht den Eindruck, dass sie darauf großen Wert legt. Sie hat
vielmehr eine Vorliebe für Männer, die sportlich und zupackend
sind.«

Charlotte biss sich auf die Zunge. Bei aller Liebe – ihrem Bruder diese Eigenschaften zuzuschreiben, wäre ihr nicht im Traum
eingefallen. Sein schlaksiger Körper war alles andere als durch-
trainiert, und sein Auftreten eher linkisch als forsch.

»Warum denkst du, dass sie …?«

»Ich habe zufällig mitbekommen, wie sie mit einer Freundin
beim Anblick der Fußballmannschaft des Dorpater Turnvereins
ins Schwärmen geriet«, antwortete Johann.

»Aber genug von mir«, fuhr er fort. »Wie ist es dir ergangen,
seit du Stift Finn verlassen hast? Du bist ja ganz schön herumge-

kommen. Wie war es bei Onkel Julius? Und wie gefällt es dir in Tallinn?«

Kaum hatte Charlotte begonnen, seine Fragen zu beantworten, öffneten sich die Flügel der Doppeltür zum angrenzenden Salon. Sie war nicht traurig über die Unterbrechung – bewahrte sie sie doch davor, ihren Bruder anzulügen, falls er sie zu ihrem Liebesleben befragte. Lennart und sie hielten weiterhin daran fest, vorerst niemandem von ihrer Beziehung zu erzählen. Nicht einmal Zilly hatte sich Charlotte anvertraut. Es war ihr sehr schwergefallen, doch das Versprechen zu halten, war ihr wichtig. Sie sollten jedes Risiko vermeiden. Bei ihrem Bruder war die Wahrscheinlichkeit, dass er sich verplapperte, besonders groß. Schon in seiner Kindheit hatte es ihre Mutter sofort bemerkt, wenn er etwas verheimlichte oder sie anflunkerte. Davon abgesehen hätte Charlotte ohnehin gezögert, ihm von Lennart zu erzählen. Sie wusste, dass es Johann in seiner eigenen unerwiderten Verliebtheit besonders getroffen hätte, von ihrem Glück zu hören – sosehr er sich mit ihr gefreut hätte. Und nichts lag ihr ferner, als seinen Kummer noch zu verschlimmern.

Das Wohnzimmer erstrahlte im Licht unzähliger Kerzen, die an einer deckenhohen Tanne befestigt waren. Irmengard von Lilienfeld hatte es sich nicht nehmen lassen, die Zweige nach alter Familientradition allein stundenlang mit einzelnen silbernen Lamettafäden zu behängen, was den Baum wie einen gefrorenen, glitzernden Wasserfall aussehen ließ, den es mitten in die gute Stube der Familie verschlagen hatte – bewohnt von einem langhaarigen Rauschgoldengel auf der Spitze.

Auch in diesem Jahr las Clemens von Lilienfeld anschließend aus der alten Familienbibel die Weihnachtsgeschichte vor, bevor sie zum Abschluss »O du fröhliche« anstimmten und sich an den Esstisch setzten. Auf diesem hatten die Köchin und das Dienstmädchen in der Zwischenzeit die Kerzen der silbernen Leuchter entzündet, Rotwein in die geschliffenen Kristallgläser gegossen und den Braten samt Erbsen und Kartoffeln als Beilagen aufgetischt. Die beiden waren bereits nach dem Kirchgang der Familie von der Gräfin mit ein paar nützlichen Kleinigkeiten beschenkt worden, durften sich nun zurückziehen und mussten erst am folgenden Vormittag nach dem Besuch des Gottesdienstes ihre Arbeit wieder aufnehmen.

Beim Essen dauerte es nicht lang, bis die Unterhaltung den von Charlotte erwarteten – und befürchteten – Verlauf nahm. Sie war eben dabei, die Frage ihres Vaters nach ihrer Arbeit in der Redaktion des Estländischen Verlags zu beantworten, als ihre Mutter das Gespräch an sich zog.

»Du Glückliche«, begann sie. »Zur Ballsaison in der Hauptstadt, all die Gesellschaften, Feiern und festlichen Banketts!« Sie sah ihren Mann mit einem seelenvollen Lächeln an. »Erinnerst du dich noch?«

Wie könnte er nicht, dachte Charlotte und warf ihrem Vater einen Blick zu. Er brummte zustimmend und schob sich einen großen Bissen Braten in den Mund. Gewöhnlich leitete diese rhetorische Frage die allen Anwesenden sattsam bekannte Anekdote des ersten Kennenlernens des Paares auf einem Kostümball vor dem Ausbruch des Weltkrieges ein. An diesem Tag kam Irmengard von Lilienfeld jedoch ohne Umschweif zu ihrem eigentlichen Anliegen.

»In deinem letzten Brief hast du erwähnt, dass dich deine Gastgeber auf den Ball im Hause Stackelberg mitgenommen haben. Dort hast du gewiss die Bekanntschaft einiger junger Herren gemacht«, stellte sie mehr fest, als dass sie fragte.

Charlotte unterdrückte ein Seufzen und nickte vage.

»Mir ist zu Ohren gekommen, dass der junge Freiherr von Dillershausen in Reval weilt. Und auch die Söhne von Baron Stern sollen …«

»Möglich«, fiel Charlotte ihr ins Wort. »Ich hatte aber nicht das Vergnügen.«

Ihre Mutter runzelte die Stirn. »Aber die von Weitershagens stellen dir doch gewiss den ein oder …«

»Anderen Heiratskandidaten vor?« Charlotte schnaubte. »Nein, eigentlich nicht. Sie sind nämlich nicht der Ansicht, dass es die einzige Bestimmung einer Frau ist, einen geeigneten Ehemann zu finden.«

»Erlaube mal!« Ihre Mutter funkelte sie empört an. »Seit wann führst du so lockere Reden?« Sie wandte sich an ihren Mann und sah ihn auffordernd an.

Er wischte sich den Mund mit der Serviette ab. »Mäßige deinen Ton, Charlotte«, sagte er und häufte sich Erbsen auf die Gabel.

Charlotte sah, wie ihre Mutter ärgerlich das Gesicht verzog. Das genügt ihr nicht, dachte sie. Sie will, dass er mich ordentlich ins Gebet nimmt. Im Stillen dankte sie ihrem Vater, dass er keine Anstalten machte, dieser Erwartung zu entsprechen.

Angesichts der dräuenden Miene seiner Frau ließ er die Gabel sinken. »Lass es gut sein, meine Liebe. Unsere Charlotte ist noch keine zwanzig Jahre alt. Da muss sie nun wirklich noch nicht in den Hafen der Ehe steuern.« Als seine Frau den Mund öffnete, sprach er rasch weiter. »Du selbst warst immerhin Mitte zwanzig, als wir geheiratet haben.«

Irmengard von Lilienfeld schluckte die Erwiderung, die ihr zweifellos auf der Zunge lag, hinunter und presste die Lippen aufeinander.

Charlottes Vater hob sein Weinglas und prostete in die Runde. »Und nun lasst uns die guten Speisen genießen und den Weihnachtsfrieden, den unser Präsident ausgerufen hat, auch in unseren vier Wänden einhalten.«

Die Zeit zwischen den Jahren war bei Familie von Lilienfeld von jeher von geselligen Unternehmungen geprägt. Einladungen zum Nachmittagstee und Abendessen wechselten sich mit Gegenbesuchen bei Freunden und Bekannten ab und ließen wenig Raum für anderes. Schon als Kind hatte Charlotte diesen Gesellschaften wenig abgewinnen können, und auch in diesem Jahr war sie froh, als sein Ende erreicht war, das stets in kleinem Kreise begangen wurde.

Nach einem festlichen Essen wurden ein letztes Mal alle knapp einhundert Kerzen des Weihnachtsbaumes entzündet, es gab heiße Rotweinbowle, und auch der Blick in die Zukunft durfte nicht fehlen. Immer wieder flogen Charlottes Gedanken zu Lennart, der die Weihnachtszeit bei seiner Schwester Maarja verbrachte. Was hätte sie nicht darum gegeben, zusammen mit ihm ins neue Jahr feiern zu können!

Was es wohl für sie bereithalten würde? Charlottes Vater stellte eine flache, mit Wasser befüllte Schüssel auf die Mitte des Tisches und bat Charlotte, die Schiffchen zu holen. Bereits am Nachmittag hatte sie Walnüsse geknackt und mit heißem Wachs kleine Kerzenstummel in die Innenseiten der Schalen geklebt. Ihr Bruder hatte derweil Wünsche für das kommende Jahr (Gesundheit, Geldsegen, eine lange Reise, beruflicher Erfolg, Liebesglück, Zufriedenheit, erfreuliche Neuigkeiten, Harmonie, eine interessante Bekanntschaft) auf Zettelchen geschrieben, die er nun mit Wäscheklammern am Rand der Schüssel befestigte.

»Machst du den Anfang, meine Liebe?«, fragte Clemens von Lilienfeld und reichte seiner Frau die Streichholzschachtel.

Sie nickte und zündete die Kerze in ihrem Walnussbötchen an. »Mal sehen, was mir 1939 bringen wird«, murmelte sie und setzte die Nussschale aufs Wasser, das sie mit dem Zeigefinger vorsichtig umrührte. Das Schiffchen schwamm langsam einmal im Kreis und machte vor dem Zettel halt, der erfreuliche Neuigkeiten verhieß.

Sie nahm ihr Walnussboot aus der Schüssel. »Da wüsste ich schon eine Neuigkeit, die mich überglücklich machen würde«, sagte sie und warf ihrer Tochter einen bedeutungsvollen Blick zu. »Vielleicht hören wir ja bald ganz besondere Glocken läuten.«

Geflissentlich überhörte Charlotte die Bemerkung und gab vor, nur Augen für die Walnussschale ihres Bruders zu haben, die sich soeben heftig schaukelnd in Bewegung setzte. Unwillkürlich hielt sie die Luft an. Es brachte Unglück, wenn die Kerze erlosch oder das Bötchen kenterte. Erleichtert atmete sie aus, als es ohne Malheur bei einem Papierstreifen landete, der Zufriedenheit verhieß. Johann lächelte und hielt ihr die Zündhölzer hin.

Vor welchem Wunsch würde ihr Schiffchen vor Anker gehen? Gebannt verfolgte Charlotte seine Fahrt.

»Oh, wie schön!« Ihre Mutter klatschte in die Hände. »Du wirst eine lange Reise machen. Wenn das mal nicht eine Anspielung auf Flitterwochen ist.«

Charlotte unterdrückte ein genervtes Stöhnen und beschloss, dass das geplante Treffen mit Lennart auf halber Strecke zwischen Tallinn und Jäneda gemeint sei, auch wenn es sich dabei nicht um eine lange Reise handelte.

Um zwölf Uhr schaltete Charlottes Vater das Radio an. In der »Deutschen Zeitung« hatte gestanden, dass der staatliche Rundfunk das neue Jahr mit dem Geläut der berühmtesten Glocken sowie Grußworten aus dreiundzwanzig Staaten Europas einleiten werde. Den Anfang machte der Kölner Dom, nachdem der Sprecher verkündet hatte: »Großdeutschland wünscht der ganzen Welt Friede und Glück im neuen Jahr.« Es schlossen sich Belgien, Bulgarien und Dänemark an, bevor auch Estland die alte Tallinner Rathausglocke aus der Hansezeit ertönen ließ und

»den Völkern der Erde Friede und ein freudiges neues Jahr«
wünschte. Es folgten England, Frankreich, Italien und viele weitere Länder. Während die meisten mit imposanten Geläuten be-
eindruckten, grüßte die Schweiz von einer kleinen Kapelle in
den Alpen die ganze Welt. Nachdem die letzten Glockenschläge
verklungen waren, stand die Familie auf und sang:

Des Jahres letzte Stunde
ertönt mit ernstem Schlag,
trinkt, Brüder, in die Runde
und wünscht ihm Segen nach!
Zu jenen grauen Jahren
entfliegt es, welche waren;
es brachte Freud' und Kummer viel
und führt' uns näher an das Ziel.

Anschließend riefen sie im Chor »Prosit Neujahr!« und begaben
sich mit ihren Gläsern auf die Straße, wo sie einige Nachbarn
trafen und mit ihnen 1939 hochleben ließen. Charlotte liebte
diese ersten Minuten eines neuen Jahres: Menschen lehnten in
geöffneten Fenstern, beleuchtet vom Schein ihrer Weihnachts-
bäume, der Schnee knirschte unter den Füßen, die Luft war erfüllt vom Glockengeläut der Domkirche, und eine freudige Erwartung nahm von ihr Besitz.

Am Montag, dem 2. Januar, gab es ein letztes gemeinsames
Frühstück, bevor erst Johann nach Tartu und einige Stunden später Charlotte nach Tallinn abreisen würden. Ihr Vater griff nach
der ersten Tasse Kaffee wie gewohnt nach der »Deutschen Zeitung« und las die Artikel, die ihm bemerkenswert erschienen,
laut vor. An diesem Morgen waren es einige Passagen aus einem
kurzen Jahresrückblick, der von der angespannten Lage der Au-
ßenpolitik Estlands berichtete.

»Ich hoffe sehr, dass sich diese heiklen Zuspitzungen nicht wiederholen«, warf seine Frau ein.

Charlotte musste an Onkel Julius denken. Er hatte keinen Zweifel an der Zerbrechlichkeit des Friedens, der von Adolf Hitler im Lauf des verflossenen Jahres mehrmals mutwillig aufs Spiel gesetzt worden war. Hoffentlich täuscht er sich, dachte Charlotte und richtete ihre Aufmerksamkeit wieder auf ihren Vater, der mittlerweile die Lektüre des Rückblicks beendet hatte und die Neujahrsbotschaft von Adolf Hitler vorlas, die die Zeitung in Auszügen abgedruckt hatte:

Das nationalsozialistische Deutschland verabschiedet sich vom Jahre 1938 mit tiefer Dankbarkeit für alles das, was das Schicksal ihm gewährt hat. Wenn ich zum Jahresende auf die Vergangenheit zurückblicke, so geschieht das mit dem Gefühl einer unermeßlichen Dankbarkeit gegenüber Gott und danach gegenüber meiner Partei. Die nationalsozialistische Bewegung hat diese Wunderwerke vollbracht. Wir sind auch den anderen Staatsmännern dankbar, die in diesem Jahre mit uns zusammen um die Regelung unaufschiebbarer Fragen auf friedlichem Wege bemüht waren. Im Weltmaßstabe wird unser Verhalten vom Antikominternpakt bestimmt.

Charlotte legte die Stirn in Falten. »Warum erwähnt Hitler diesen Pakt so ausdrücklich?«, fragte sie.

1936 hatte das Deutsche Reich mit Japan einen völkerrechtlichen Vertrag geschlossen, der die Bekämpfung der Kommunistischen Internationalen zum Ziel hatte. Ein Jahr später war das faschistische Italien beigetreten, das ebenfalls ein Interesse daran hatte, den der Sowjetunion unterstellten Expansionsgelüsten entgegenzuwirken.

Ihr Vater hob die Brauen. »Hm, das ist eine berechtigte Frage.« Er kratzte sich am Kinn.

»In meinen Ohren klingt das wie eine Drohung«, fuhr Charlotte fort.

Johann, der ihr gegenübersaß, nickte zustimmend.

»Genug von der leidigen Politik«, rief ihre Mutter, bevor einer der Männer antworten konnte. »Ich will die letzten Momente mit meinen Kindern nicht mit solchen Problemen belasten.«

Eine Stunde später stapften Charlotte und Johann auf den verschneiten Straßen zum Bahnhof, der mit 214 Metern den längsten überdachten Bahnsteig Europas hatte. Im Sommer herrschte dort lebhaftes Treiben bei der Ankunft und Abfahrt der Gäste der zahlreichen Sanatorien und Seebäderhäuser, die Haapsalu in der Zarenzeit zum mondänen Kurort hatten aufblühen lassen. Die meisten suchten im radioaktiven Ostseeschlamm, dessen Heilwirkung ein deutschbaltischer Arzt Anfang des 19. Jahrhunderts entdeckt hatte, Linderung ihrer rheumatischen und anderer Leiden. Andere kamen in den Sommermonaten wegen des milden Klimas, das in der flachen Bucht von Haapsalu mit ihren Holmen und Inselchen herrschte und zum Baden einlud. An diesem Wintertag lag der Bahnhof jedoch nahezu verwaist am Rande des Städtchens.

Nachdem sich Charlotte von ihrem Bruder verabschiedet und seinem Zug hinterhergewunken hatte, lief sie nicht direkt zu ihrem Elternhaus zurück, das im Villenviertel nahe der Strandpromenade lag. Sie machte einen Umweg zum mittelalterlichen Zentrum mit seinen schmalen Gassen. In der Rüütli Straße blieb sie vor einem einstöckigen Holzhaus stehen und klopfte an die Tür. Wenige Augenblicke später wurde diese von einer etwa fünfzigjährigen Frau geöffnet, die bei Charlottes Anblick die Hände zusammenschlug.

»Nein, was fier eine Freude!«, rief sie mit einem starken estnischen Akzent. »Das Freilein Charlotte!« Sie streckte ihr beide Arme entgegen. »Wie lange ist das her?«

Viel zu lange, dachte Charlotte, die bereits im Herbst bei ihrem letzten Aufenthalt in Haapsalu diesen Besuch geplant hatte, von ihren Eltern jedoch ähnlich in Beschlag genommen worden war wie in der Weihnachtswoche. Sie ergriff die Hände ihrer ehemaligen Kinderfrau und drückte sie fest. »Ich hoffe, ich störe nicht?« Sie spürte, wie ihr Hals eng wurde. Bis zu ihrem zehnten Lebensjahr war Frau Pärnpuu die wichtigste Person in ihrem jungen Leben gewesen, noch vor den eigenen Eltern, die ihr zuweilen mit ihren strengen Regeln und Geboten wie unnahbare Götter erschienen waren. Bei der Kinderfrau dagegen hatte Charlotte fraglose Liebe erfahren, sie hatte ihr Trost und Geborgenheit geschenkt, als sei sie ihre eigene Tochter.

Frau Pärnpuu verneinte energisch, zog sie ins Innere des Hauses, nahm ihr Mantel, Schal und Mütze ab und führte sie in die Küche. Der vertraute Duft der Kinderfrau – eine Mischung aus Bügelstärke, einem Hauch Kernseife und ihrem Eigengeruch, den Charlotte als »vanillig« beschrieben hätte – katapultierte sie zurück in ihre Kindheit. Sie nahm auf der Eckbank vor einem quadratischen Tisch Platz und betrachtete die an der Wand aufgehängten Fotografien, Postkarten und von Kindern gemalten Bilder, während ihre Gastgeberin Kaffee aufbrühte, Tassen aus einem Schrank holte und einen Teller mit Weihnachtsplätzchen füllte.

Charlotte schluckte trocken, als sie unter all den Mädchen und Jungen, die von Frau Pärnpuu betreut worden waren, auch zwei Fotos von ihrem Bruder und sich entdeckte. Sie hingen inmitten eines Kreises aus Ansichtskarten, die Charlotte ihr in den vergangenen Jahren aus Urlauben geschickt hatte. Dass sie die alle aufgehoben hat, dachte sie. Es sind doch nur nichtssagende Grüße. Der Anblick einer Buntstiftzeichnung, die sie als etwa Achtjährige für Frau Pärnpuu angefertigt hatte, steigerte ihre Rührung. Darauf hatte sie sich selbst mit einem roten Kleid und geflochtenen Zöpfen gemalt, an der Hand der Kinderfrau, deren Kopf überdimensional groß war. Ihr Bruder hatte sich über die misslungenen Proportionen lustig gemacht und gespottet, dass Frau Pärnpuu mit einem solchen Wasserkopf im echten Leben nie das Gleichgewicht halten könnte. Charlotte hatte seine Kritik nicht angefochten und ihm erklärt, dass sie das Innere darstellen wollte. Frau Pärnpuu wisse nämlich unglaublich viel und habe auf all ihre Fragen Antworten, mit denen sie etwas anfangen könne. Lebensantworten, hatte sie es genannt, fiel ihr ein. Ein treffendes Wort, dachte sie – verblüfft von der Scharfsicht ihres jüngeren Ichs. Die Kinderfrau mochte keine fundierte Bildung besitzen, die den Ansprüchen von Charlottes Eltern auch nur annähernd genügt hätte. Dafür verfügte sie über Einfühlungsvermögen, Menschenkenntnis und Intuition, die ihresgleichen suchten.

Ein Beispiel dafür hatte sich Charlotte besonders eingeprägt. Ungefähr in der Zeit, in der sie das Bild für Frau Pärnpuu gemalt hatte, war eine Cousine ihrer Mutter mit ihrem Bräutigam einige Tage zu Besuch in Haapsalu gewesen. Alle waren begeistert von dem jungen Mann. Ihrer Mutter hatte es – neben dem großzügigen Gehalt, das er als leitender Angestellter in der Papierfabrik seines Vaters verdiente – vor allem sein galantes Benehmen angetan; ihr Mann war beeindruckt von seinen hervorragenden Verbindungen zu den »allerhöchsten Kreisen«. Ihr Bruder schwärmte dagegen von dessen umfassender Bildung. Die Cousine wurde entsprechend beglückwünscht, zumal ihr zukünftiger Ehemann obendrein sehr gut aussah.

Einzig Frau Pärnpuu hatte sich der allgemeinen Begeisterung nicht angeschlossen. Von Charlotte nach dem Grund gefragt, hatte sie geantwortet: »Dieser Mann hat kaltes Herz. Er kann nicht lieben und wird arme Cousine unglücklich machen.« Eine Prophezeiung, die sich kein halbes Jahr nach der Hochzeit bewahrheitet hatte. Der Filou verlor rasch das Interesse an seiner

Frau, entfloh dem Familienleben, sooft er konnte, und suchte Zerstreuung in den Armen rasch wechselnder Geliebter – ohne auch nur den Versuch zu unternehmen, dabei diskret vorzugehen.

Frau Pärnpuu setzte sich über Eck zu Charlotte und holte diese in die Gegenwart zurück. Nachdem sie Grüße von ihrem Bruder ausgerichtet hatte, erkundigte sie sich nach dem Befinden ihrer Gastgeberin und den Kindern, die diese gegenwärtig in ihrer Obhut hatte.

Schon bald beugte sich Frau Pärnpuu jedoch zu Charlotte und lächelte sie freundlich an. »Genug von mir«, sagte sie und begann, sie mit Fragen zu bestürmen. Mit sichtlichem Interesse verfolgte sie Charlottes Bericht von ihrer Zeit im Mädchenpensionat, auf dem Birkenhof und von ihrer Arbeit und dem Leben in Tallinn.

»Ich bin nun also flügge geworden«, beendete sie mit einem verschmitzten Lächeln ihren Bericht.

Frau Pärnpuu lehnte sich zurück und wischte eine Träne weg, die ihr die Wange hinunterlief.

»Entschuldigung. Aber es kommt mir vor wie gestern, dass ich Sie auf meinen Knien reiten ließ.« Sie musterte Charlotte mit einem ungläubigen Kopfschütteln und stutzte kurz. »Und jetzt sitzt sich schmucke, junge Dame vor mir und hat sich wohl bald selber ein Kind.«

Charlotte zog die Stirn kraus. »Na, damit eilt es nun wirklich nicht, das kann noch eine ganze Weile warten!« Sie sah auf ihre Uhr und sprang auf. »Oh nein, so spät schon! Es tut mir leid, aber ich muss mich sputen. Mein Zug geht bald, und meine Eltern fragen sich sicher schon, wo ich bleibe.«

Frau Pärnpuu erhob sich. »War sich große Freude fier mich, Sie zu sehen.«

»Für mich auch!« Charlotte schüttelte ihr die Hand. »Beim nächsten Mal bringe ich mehr Zeit mit, versprochen.«

Die Kinderfrau sah ihr in die Augen, schien etwas sagen zu wollen, nickte jedoch nur stumm, tätschelte ihren Arm und begleitete sie zur Tür.

Während Charlotte nach Hause eilte, hallten die letzten Sätze von Frau Pärnpuu nach. Nein, eigentlich war es nur ein Nebensatz, die Bemerkung, sie werde nun wohl bald selbst ein Kind haben. Das war wörtlich gemeint, erkannte Charlotte und blieb abrupt stehen. Sie glaubt, dass ich schwanger bin! Wie kommt sie darauf? Das kann doch nicht sein. Kann es doch, meldete sich ein leises Stimmchen zu Wort. Deine Monatsblutungen sind mehr als überfällig, genau genommen hast du sie schon zwei Mal nicht gehabt. Das hat nichts zu bedeuten, hielt sie dagegen. Die haben schon öfter ausgesetzt, und die vergangenen Wochen waren nun wirklich sehr aufwühlend. Charlotte holte tief Luft und lief weiter. Sicher täuscht sich Frau Pärnpuu, es muss einfach so sein!

Schleswig-Holstein, September 1977

– 19 –

»Sag mal, hörst du mir überhaupt zu?«

Kirstens Frage riss Gesine aus ihren Gedanken, die – wie so oft – wieder einmal um Grigori kreisten. Wie gewohnt hatten sie sich seither jeden Nachmittag zum Training mit Cara getroffen und gut zusammengearbeitet. Sobald Gesine jedoch auf dem Weg zur Koppel oder zum Paddock, bei gemeinsamen Tätigkeiten im Stall oder anderen Gelegenheiten versuchte, mit ihm ins Gespräch zu kommen, dauerte es nicht lang, bis tiefe Verwirrung von ihr Besitz ergriff. Sie wurde einfach nicht schlau aus dem jungen Russen. In einem Moment schaute er ihr tief in die Augen, schien sich in ihrer Gegenwart wohlzufühlen und beantwortete bereitwillig Fragen, nur um kurz darauf in Schweigen zu versinken und so unnahbar zu wirken, dass sie sich nicht traute, ihn anzusprechen.

Hatte Gesine seine zeitweise Unnahbarkeit in den ersten Tagen ihrer Bekanntschaft auf die traurigen Erlebnisse in seiner Vergangenheit oder Heimweh zurückgeführt, stellte sie sich für sie nach dem Fernsehabend in einem neuen Licht dar: Dachte Grigori vielleicht an ein anderes Mädchen? Eine Möglichkeit, die ihr angesichts seiner Wirkung auf Andrea und Dörte alles andere als abwegig erschien. Zumal ihr in jenen Stunden bewusst geworden war, wie anziehend sie selbst ihn fand. Seither gelang es Gesine nicht mehr, ihn »nur« als Trainer von Cara zu betrachten – sosehr sie sich darum bemühte.

Es ärgerte sie, dass sie sich von Grigoris wechselhaftem Verhalten verunsichern ließ und kaum eine Nacht verging, in der sie nicht zwischendurch wach lag und über ihn sinnierte. Und wenn sie ihn endlich aus ihrem Kopf verbannen konnte, ertappte sie

sich häufig dabei, wie sie die Melodie von David Dundas Song
»Jeans On« summte, die sich als Ohrwurm in ihr eingenistet
hatte:

When I wake up in the morning light,
I pull on my jeans and I feel all right.

Es musste Grigoris Begeisterung für die Levis 501 sein, die sie
auf den Hit aufmerksam gemacht hatte. Zuvor hatte er ihr weder
besonders gefallen, noch hatte sie ihn beim Radiohören bewusst
wahrgenommen. Nun ging ihr der simple Text, der ursprünglich
für einen Werbespot der Jeansmarke Brutus geschrieben und
überraschend als Single in den Hitparaden nach oben katapul-
tiert worden war, nicht mehr aus dem Sinn. Vor allem der Refrain der dritten und vierten Strophe drückte ziemlich genau aus,
was sie Grigori gegenüber empfand – auch wenn sie das am
liebsten verdrängt hätte.

I need to have you near me,
I need to feel you close to me.

»Tschuldige, was hast du gesagt?« Gesine sah ihre Freundin, die
neben ihr in der Schlange der Stadtbäckerei Tange stand, schuld-
bewusst an.

Die beiden nutzten eine Freistunde am frühen Nachmittag,
um sich ein süßes Teilchen zu holen und die Beine zu vertreten,
bevor der Unterricht weiterging.

»Ich wollte wissen, ob deine Mutter ihr Okay gegeben hat und
das mit unserem Kinobesuch heute klargeht«, antwortete Kirsten.

»Äh, … Kino, heute? Ich dachte, dass …«

»Jetzt sag nicht, du hast es vergessen!« Kirsten stemmte ihre
Fäuste in die Seiten und funkelte sie empört an.

»Hab ich nicht!«, sagte Gesine schnell. »Den neuen Bond. *Der Spion, der mich liebte.* Ich hab mich nur im Tag vertan.«

»Was ist bloß los mit dir?« Kirsten musterte sie mit gerunzelten Brauen. »So kenn ich dich gar nicht.«

Ich mich auch nicht, pflichtete Gesine ihr im Stillen bei und war froh, dass sie inzwischen zum Tresen vorgerückt waren, wo sich die Verkäuferin nach ihren Wünschen erkundigte. Sie wählte einen Kopenhagener mit Mandeln, Kirsten einen Vanilleplunder.

»Raus mit der Sprache!«, sagte diese, als sie langsam von der Mühlenstraße zurück zur Schule schlenderten. »Hast du wieder Ärger mit deiner Mutter?«

»Nein, zum Glück nicht«, antwortete Gesine. »Sie hat auch nichts dagegen, dass ich heute ins Kino gehe.« Sie biss in ihr Gebäck und genoss das nussige Aroma der Marzipanfüllung.

»Hm, die Mathearbeit hast du nicht verhauen«, überlegte Kirsten laut weiter. »Das kann es also auch nicht sein.« Sie blieb stehen. »Dann gibt es eigentlich nur eine Erklärung.«

Gesine schluckte. Sie ahnte, was jetzt kommen würde. Kirsten würde aussprechen, was sie selbst nicht wahrhaben wollte.

»Du hast dich verknallt!«

»Nee, ich bin einfach nur ein bisschen zerstreut.«

»Ja genau, weil du immerzu an ihn denkst.«

Gesine verdrehte die Augen. »Wirklich, da ist nichts.«

Kirsten schüttelte den Kopf. »Mir kannst du nichts vormachen.« Sie hakte sich bei Gesine unter und lief weiter. »Es ist Grigori, stimmt's?«

»Pst, nicht so laut!« Gesine sah sich unwillkürlich um und atmete erleichtert auf. Es war niemand in Sicht, den sie kannte.

»Wusst ich's doch!« Kirsten grinste triumphierend. »Erzähl, habt ihr euch schon ge…«

»Da gibt's nichts zu erzählen«, fiel ihr Gesine ins Wort. »Ich weiß nicht mal, ob er mich überhaupt mag.« Sie ließ die Schultern hängen. »Ich komme mir so dämlich vor.«

»Natürlich mag er dich!«

»Wieso glaubst du das?«

Die Überzeugung in Kirstens Stimme entzündete einen winzigen Hoffnungsfunken in Gesine. Wider Erwarten war sie froh, dass ihre Freundin das Thema angeschnitten hatte. Sie selbst hätte es nicht über sich gebracht. Es war ihr zu peinlich.

»Na, wie er dich ansieht und …«

»Ja, manchmal«, unterbrach Gesine sie. »Aber dann hab ich im nächsten Moment den Eindruck, dass er mich gar nicht bemerkt. Dieses Hin und Her macht mich noch wahnsinnig!« Sie fuhr sich durch die Haare. »Warum muss ich mich ausgerechnet in ihn verlieben? Warum nicht in jemanden, der nicht so kompliziert ist?«

»Vielleicht ist es ja gerade das, was dich so an ihm reizt?« Kirsten zuckte die Schultern. »Und er sieht wirklich gut aus.« Sie grinste Gesine an. »Keine Angst, er ist nicht mein Typ. Außerdem würde ich niemals versuchen, dir jemanden auszuspannen.«

»Weiß ich doch.« Gesine biss sich auf die Lippe. »Wobei, es gibt ja gar nichts auszuspannen.«

»Womit wir wieder beim Thema wären«, sagte Kirsten. »Wie finden wir heraus, ob er deine Gefühle erwidert?« Sie steckte das letzte Stück ihres Plunders in den Mund. »Am besten, wir gehen das systematisch an«, überlegte sie, nachdem sie ausgekaut hatte.

Mittlerweile hatten sie das Gymnasium erreicht, dessen Hof – wie so oft am Nachmittag – bis auf ein paar rauchende Oberstufenschüler verwaist in der Sonne lag. Kirsten steuerte auf eine Bank zu, die in einer Nische des Gebäudes stand und neugierigen Blicken entzogen war.

»So, dann mal los«, sagte sie, sobald sie sich gesetzt hatten. »Das mit dem Augenkontakt klappt schon mal. Wie ist es mit der

Körpersprache? Lehnt er sich beim Reden zu dir rüber? Oder verschränkt er seine Arme vor dem Körper und dreht sich immer wieder weg von dir?«

»Puh, da hab ich bislang nicht so drauf geachtet«, antwortete Gesine.

»Solltest du aber unbedingt. Das liefert wichtige Hinweise«, sagte Kirsten und fuhr fort: »Zupft er an seinen Klamotten rum? Fährt er sich oft durch die Haare? Das wäre ein gutes Zeichen, dann will er sich nämlich von seiner besten Seite zeigen und dir gefallen. Und wenn er dich ab und zu berührt, ist das …«

»Hör auf!« Gesine schüttelte sich. »Du klingst wie eine Briefkastentante. Wenn's doch nur so einfach wäre! Ich sag's doch: Er ist total widersprüchlich.«

»Tja, dann hilft nur eins«, stellte Kirsten fest. »Du musst ihn auf die Probe stellen.«

»Hä? Wie das denn? Soll ich mich in eine brenzlige Situation bringen und sehen, ob er mich rettet? Oder noch dramatischer: in der er sich zwischen mir und jemand anderem entscheiden muss?«

Oder etwas anderem, schob sie für sich nach und sah sich über einem Abgrund schweben, in den auch ihre Stute Cara abzurutschen drohte. Grigori eilte herbei und wandte sich, ohne zu zögern, dem Pferd zu, um es aus der Gefahrenzone zu bringen, während ihre Hilferufe ungehört verhallten, und sie in die Tiefe stürzte.

»Nee, das will ich lieber nicht austesten.« Gesine schlang die Arme um den Oberkörper.

»Okay.« Kirsten schien nachzudenken. »Vielleicht ist er einfach nur schüchtern? Dann wäre es nicht verkehrt, ihn ein bisschen zu ermutigen und ihm zu zeigen, dass dir an ihm liegt.«

»Ich weiß nicht«, murmelte Gesine. »Ich will mich nicht zum Affen machen.«

»Aber irgendwas musst du tun«, widersprach Kirsten. »Einfach nur abwarten ist jedenfalls keine Lösung. Wir sind doch emanzipierte Frauen, oder?«

Gesine zuckte die Schultern und sah zu Boden. Es war eine Sache, in der Theorie althergebrachte Verhaltensmuster und Normen zu verdammen und sich über frühere Zeiten lustig zu machen, in denen Frauen gefälligst den passiven Part einzunehmen hatten und den Männern die Initiative überlassen sollten. In der Praxis anders zu handeln und auf einen Jungen zuzugehen, erschien ihr nun ein Ding der Unmöglichkeit zu sein. Angsthase, schimpfte ihr strenges Ich. Wer nicht wagt, der nicht gewinnt! Ach, halt die Klappe, hielt Gesine dagegen.

»Es schadet aber sicher nicht, wenn du dich ein bisschen rausputzt«, hörte sie Kirsten sagen.

»Willst du damit sagen, dass was mit meinem Aussehen nicht stimmt?«

»Ein bisschen mehr könntest du schon aus dir ...«

»Na, danke!« Gesine schob die Unterlippe vor.

»Jetzt sei doch nicht gleich eingeschnappt.« Kirsten knuffte sie gegen den Oberarm. »Ich meine doch nur ... mal nicht die ewigen Latzhosen, sondern ...«

»Einen Minirock und ein knappes T-Shirt? Und möglichst noch eine neue Frisur?«

Gesine verzog das Gesicht. Das war einer der wenigen Punkte, bei denen sie und Kirsten gelegentlich aneinandergerieten. Ihre Freundin hatte eine umfangreiche Garderobe, ging gern zum Friseur und befolgte die Schminktipps, die in den dort ausliegenden Frauenmagazinen gegeben wurden. Gesine dagegen gab nicht viel auf das modische Getue, wie sie es bei sich nannte. Ihr war es vor allem wichtig, sich in ihrer Kleidung wohlzufühlen. Kirstens Bemerkung gab ihr dennoch einen Stich. Vollkommen gleichgültig war ihr ihr Aussehen eben doch nicht – auch wenn sie das gern behauptete. Aber würde eine Änderung ihres äußeren Erscheinungsbildes Grigori beeindrucken? Sie wusste ja nicht einmal, was ihm gefiel. Ganz abgesehen davon, dass er auf sie nicht den Eindruck machte, als wären ihm solche Dinge wichtig.

»Er ist aber auch nur ein Mann«, sagte Kirsten, als habe sie Gesines letzten Gedanken gelesen. »Grigori mag zwar nicht so oberflächlich sein wie andere. Aber ich fresse einen Besen, wenn er nicht ebenso empfänglich für …«

»Schon klar«, fiel ihr Gesine ins Wort. »Ich hab's gerafft.«

Vor ihrem geistigen Auge erschien eine Version ihrer selbst, die in einen engen Rock oder Hotpants gezwängt war, die Haare zu einer aufwendigen Föhnfrisur gestylt und das Gesicht von einer dicken Schicht Make-up bedeckt. Sie lehnte lasziv an der Stalltür und bedachte Grigori, der mit einer Schubkarre an ihr vorbeiging, mit einem vielsagenden Augenaufschlag. Gesine musste kichern.

»Was ist?«, fragte Kirsten.

»Ich hab's mir gerade vorgestellt«, antwortete Gesine. »Aber das wäre nicht ich. Ich käme mir verkleidet vor.« Sie schüttelte den Kopf. »Und wenn Grigori tatsächlich darauf anspringt, dann müsste ich mich ja immer so zurechtmachen.« Sie sah Kirsten an. »Das kann's ja wohl auch nicht sein, oder?«

Das Klingeln der Pausenglocke ertönte.

Kirsten stand auf. »Uns fällt schon noch was ein, versprochen.«

Gesine unterdrückte ein Seufzen und folgte ihr ins Schulgebäude.

Die Erleichterung, die Gesine empfunden hatte, als sie sich ihrer Freundin anvertraute, war rasch verflogen. Laut ausgesprochen zu haben, wie sie für Grigori empfand, machte es ihr nun vollends unmöglich, ihre Verliebtheit zu leugnen oder kleinzureden.

Ja, es war ihr, als sei im Gespräch mit Kirsten endgültig der Damm gebrochen, der die dahinter aufgestauten Gefühle zuvor einigermaßen in Schach gehalten hatte. In ihrer Angst, sich vor Grigori zu blamieren oder eine Blöße zu geben, wurde sie immer verkrampfter, wagte es kaum noch, ihm in die Augen zu sehen, und lechzte gleichzeitig nach ermutigenden Zeichen seinerseits. Ihr unstimmiges Verhalten ging ihr auf die Nerven. Muss Grigori nicht denken, dass du kein Interesse an ihm hast?, hielt sie sich vor, um beim nächsten Atemzug damit zu hadern, dass es ihn offensichtlich nicht störte. Sonst wäre er doch auf sie zugekommen, oder? Gesine hielt sich selbst kaum noch aus und wünschte sich ihren Seelenfrieden zurück. Sie konnte sich im Unterricht und beim Erledigen der Hausaufgaben nur mit Mühe konzentrieren und bekam dunkle Ringe unter den Augen.

Anneke war die Erste auf Gut Pletten, der Gesines Zustand auffiel. Gut eine Woche nach der Aussprache mit Kirsten, am ersten Sonntag im Oktober, gab es zum Nachtisch Mädchenröte, eine traditionelle Angeliter Süßspeise. Dafür rührte die Haushälterin steif geschlagenen Eischnee mit Johannisbeersaft und Zucker zu einer feinschaumigen Masse. Für Gesine, die dieses Dessert besonders mochte, hatte Anneke extra eine sämige Englische Creme mit Vanille dazu gemacht. Gesine, die seit Tagen kaum Appetit verspürte, ließ ihr Schälchen fast unberührt stehen und verzog sich in ihr Zimmer. Dackel Anton folgte ihr und rollte sich auf dem Bettvorleger zusammen. Es war ein regnerischer Tag, der zu ihrer trüben Stimmung passte. Sie legte eine Kassette von *Simon & Garfunkel* in den Rekorder, warf sich längs auf ihr Bett, starrte an die Decke und haderte mit ihrem Schicksal, während die wehmütigen Klänge von »Sound of Silence« den Raum erfüllten.

Gesine sehnte sich nach Opa Paul, dem sie sich gern anvertraut hätte. Er würde Rat wissen oder sie zumindest trösten. Warum musste er ausgerechnet jetzt eine Woche lang auf einer urgeschichtlichen Exkursion unterwegs sein? Dass ihre Eltern in Kürze nach Lübeck aufbrechen wollten, wo sie zu einem Geburtstagsempfang eingeladen waren und über Nacht bleiben würden, hatte Gesine dagegen mit Erleichterung aufgenommen. Die ständigen Ermahnungen ihrer Mutter, sich beim Lernen »ranzuhalten«, fielen ihr auf den Wecker.

Gesine hätte dringend einen Deutschaufsatz – eine Erörterung zu *Homo faber* von Max Frisch – fertigschreiben müssen, den sie am folgenden Tag abgeben sollte. Das Thema lautete: »Walter Faber ist am Ende seines Berichts ein anderer als zu Beginn. – Diskutieren Sie die Stimmigkeit dieser Aussage anhand geeigneter Einstellungen und Verhaltensweisen Fabers.« Gesine streckte dem Schreibtisch, auf dem das Aufsatzheft lag, die Zunge heraus.

Schritte auf dem Flur ließen sie hochschrecken. Auch Anton hob den Kopf und lauschte. Kam ihre Mutter zu einer letzten Kontrolle vor ihrer Abfahrt? Gesine schaltete den Rekorder aus, hastete zu ihrem Schreibtisch, beugte sich über das Schulheft und nahm den Füller zur Hand. Die Schritte entfernten sich. Gesine atmete aus und las den Absatz, den sie bislang zu Papier gebracht hatte:

Anfänglich ist Walter Faber ein absoluter Einzelgänger. Er ist überhaupt nicht auf der Suche nach Bekanntschaft mit anderen Menschen, er schüttelt sogar jeden Versuch der Kontaktaufnahme anderer rigoros ab. Im Verhältnis zu Frauen ist sein Drang, allein zu sein, besonders deutlich zu erkennen. Alle Frauen sind für ihn gleichbedeutend mit Ivy, einer Geliebten, von der er sich trennt. Ihr Name ist das englische Wort für »Efeu«. Er setzt sie also mit einer Schlingpflanze gleich, die ihn umfängt, einschnürt und so seiner Freiheit beraubt. Immer wieder fordert er: »Ich will allein sein!«

War Grigori auch so ein einsamer Wolf, der sich schwertat, Gefühle für andere zu entwickeln? Gesine kaute auf dem Ende ihres Füllers herum. Selbst wenn es so war, bestand doch Hoffnung. Schließlich hatte sich sogar ein Walter Faber durch die Liebe zu der jungen Sabeth vollkommen gewandelt und war zu einem sympathischen Menschen geworden. Er konnte auf einmal Gefühle zeigen und sich diese auch selbst eingestehen. Aber das ist eine erfundene Geschichte, wandte Gesines Vernunftstimme ein. In der Realität geschieht so etwas sicher nicht sehr oft.

Eine Hand legte sich auf ihre Schulter. Gesine zuckte zusammen und fuhr herum. Anneke stand hinter ihr. Sie musste ihr Klopfen an der Tür überhört haben. Die Haushälterin hielt ihr das Dessertschälchen hin.

»Hat es dir nicht geschmeckt?«

»Äh, doch ...« Gesine sah sie zerknirscht an. »Ich hab einfach zurzeit keinen Hunger.«

Anton lief zu Anneke und sprang an ihr hoch.

»Nein, das ist nichts für dich«, sagte sie streng, schob ihn mit einem Fuß weg und wandte sich erneut an Gesine. »Bist du krank? Hast du dich erkältet?«

Der Rauhaardackel trollte sich aus dem Zimmer.

Gesine schüttelte den Kopf. »Mir geht's gut«, nuschelte sie.

Anneke verengte die Augen und schaute ihr prüfend ins Gesicht. »Was fehlt dir, Kind?«

Die Sorge in ihrer Stimme ging Gesine zu Herzen. Sie ließ die Schultern hängen.

»Hast du Angst, die Prüfungen nicht zu bestehen? Bis dahin ist doch noch viel Zeit. Mach dich man nicht verrückt.«

Gesine verneinte erneut und senkte den Kopf. Anneke fasste sie unters Kinn.

»Hartsehr?«, fragte sie leise.

Herzschmerz, ja, das trifft es, dachte Gesine und schluchzte unterdrückt.

Die Haushälterin zog sie an sich, wiegte sie hin und her und murmelte beruhigend auf sie ein. Gesine entspannte sich, schmiegte sich enger an Anneke und schloss die Augen.

Erst als das Schrillen einer Fahrradklingel ertönte, löste sie sich von Anneke, ging zum Fenster und sah hinaus. Auf dem Kiesplatz vor dem Haus stand Kirsten in einem Regencape neben ihrem Fahrrad und winkte ihr hektisch zu.

Gesine öffnete das Fenster und lehnte sich hinaus. »Waren wir verabredet?«, rief sie.

»Nein. Aber ich hab 'ne astreine Idee zu Du-weißt-schon-wem. Die muss ich dir einfach brühwarm erzählen.«

Das Strahlen im Gesicht ihrer Freundin hob Gesines Laune. Der graue Tag, der durch Annekes Trost bereits an Wärme gewonnen hatte, sah mit einem Mal auch heller aus.

»Ich bin sofort bei dir«, rief sie und rannte aus dem Zimmer.

Estland – Januar 1939

– 20 –

Die Andeutung ihrer ehemaligen Kinderfrau ließ Charlotte keine Ruhe. Im Zug nach Tallinn konnte sie an nichts anderes denken und hatte kaum Augen für die verschneite Landschaft, die an ihrem Abteilfenster vorbeizog. Wenn sie tatsächlich in anderen Umständen war, würde das neue Jahr viel tiefgreifendere Veränderungen bringen als erwartet. Es war der denkbar ungünstigste Zeitpunkt, ein Kind zu bekommen.

Die Reaktion ihrer Eltern wagte Charlotte sich gar nicht auszumalen. Vor allem, wenn sie erfahren würden, wer der Vater war. Bestenfalls würden sie versuchen, den Fehltritt ihrer »gefallenen« Tochter zu vertuschen, und sie zwingen, den Säugling nach der Geburt wegzugeben. Und sie anschließend so rasch wie möglich mit einem »anständigen« Deutschbalten verheiraten. Wenn Charlotte sich dem widersetzte und darauf bestand, das Kind zu behalten und mit Lennart zusammenzubleiben, würden sie diesen »Verrat« nicht einfach hinnehmen. Es war gut möglich, dass sie sie für immer verstoßen würden. Allein bei der Vorstellung wurde Charlotte kalt.

Sie hatte es zwar ernst gemeint, als sie Lennart in ihrem Brief versichert hatte, ihren Eltern die Stirn zu bieten und an seiner Seite zu bleiben. Damals war sie jedoch davon ausgegangen, zu einem späteren Zeitpunkt vor diesem Schritt zu stehen: Wenn Lennart seine Ausbildung beendet, seine Arbeit auf dem Birkenhof wieder aufgenommen und einer Familiengründung rein finanziell nichts im Wege gestanden hätte. Mit dem eigenen Nachwuchs dagegen hatten sie es nicht eilig – darin waren sich Charlotte und Lennart einig. Sie waren doch beide noch so jung! Zuvor wollten sie ihre Zweisamkeit nach der langen Trennung genießen und sich in aller Ruhe auf dem Birkenhof ihr gemeinsames Leben einrichten.

Die Frage, wie Lennart auf die Aussicht reagieren würde, sehr viel früher als geplant Vater zu werden, verstärkte Charlottes Nervosität. Ein Teil in ihr zweifelte keine Sekunde daran, dass er ihr treu bleiben und sie unterstützen würde. Es gab jedoch ein Stimmchen, das Zweifel anmeldete. So gut kennst du ihn nun auch wieder nicht, wisperte es. Was, wenn er Muffensausen bekommt und ihm die Verantwortung über den Kopf wächst?

Als Charlotte mit ihren Überlegungen an diesen Punkt gelangte, gebot sie sich energisch Einhalt. Frau Pärnpuus Gespür war zwar gut, aber nicht unfehlbar. Wie groß war die Wahrscheinlichkeit der Empfängnis nach einer einzigen Liebesnacht? Charlotte rief sich die Eheleute im Bekannten- und Freundeskreis ihrer Familie ins Gedächtnis, die oft monate-, wenn nicht jahrelang vergeblich versucht hatten, Kinder zu bekommen. Von ihrer Mutter wusste sie, dass es bei ihr auch nicht auf Anhieb geklappt hatte.

Gleichgültig, wie du es drehst und wendest, dir bleibt nichts übrig, als abzuwarten, um Gewissheit zu erhalten, stellte die nüchterne Stimme in ihr fest. Nicht ganz, widersprach sie sich selbst. Ich kann zumindest herausfinden, welche körperlichen Veränderungen sich im Frühstadium einer Schwangerschaft bemerkbar machen. Beschämt gestand sie sich ein, bis auf die berüchtigte Morgenübelkeit keine Symptome zu kennen. Und da sie keine derartigen Beschwerden hatte, war die ganze Aufregung vielleicht vollkommen überflüssig.

Noch am Abend ihrer Rückkehr ins Haus der Familie von Weitershagen schlich Charlotte vor dem Schlafengehen hinunter zum Bücherschrank im Salon und nahm den in lindgrünes Leinen eingebundenen Band *Die Frau als Hausärztin* von Dr. med. Anna Fischer-Dückelmann heraus. Die Ausgabe stammte von 1908 und war im Jugendstil gestaltet mit goldenen Ornamenten und einem Bild, auf dem eine junge Frau einem Säugling ein Fläschchen gab.

Zurück auf ihrem Zimmer im ersten Stock legte Charlotte das Buch auf ihren Sekretär, blätterte zum Kapitel »Schwangerschaft« und fand ab der Seite 269 die Stellen, nach denen sie suchte:

Eines der wichtigsten Anzeichen der Schwangerschaft ist das Ausbleiben der Menstruation, daher berechnen alle Frauen darnach. Nachdem man aber nie weiß, ob die Befruchtung unmittelbar nach der letzten oder kurz vor der ausgebliebenen Menstruation eingetreten ist, was einen Unterschied der Geburt um etwa drei Wochen ausmachen würde, muß man sich noch nach weiteren Merkmalen richten. Diese alle zusammen können dann einen annähernd richtigen Zeitpunkt ergeben. Diese Merkmale sind vor allem die Bewegungen des Kindes, die in der zwanzigsten Schwangerschaftswoche beginnen und anfänglich nur in Zucken bestehen, das auch mit Darmbewegungen verwechselt wird; dann mit zunehmendem Umfang des Leibes.

Charlotte rieb sich die Schläfe. Wann hatte sie ihre letzte Monatsblutung gehabt? Es musste ungefähr Mitte Oktober gewesen sein. Ihr Puls beschleunigte sich. Anfang November hatten Lennart und sie sich geliebt – bei einem regelmäßigen Zyklus also ziemlich genau zum Zeitpunkt des Eisprungs. Rasch las sie weiter:

Unsichere Zeichen sind, weil auch bei anderen Zuständen auftretend: Ausbleiben der Menstruation, Vergrößerung des Leibesumfanges und verschiedene Gesundheitsstörungen, welche allgemein als »Schwangerschaftszeichen« gelten, wie Erbrechen morgens und Übelkeit unter Tags, Hitzgefühle in den Geschlechtsteilen, Druck und Vollgefühl im Leibe und anderes mehr.

Charlotte atmete tief durch. Bis auf die ausbleibende Blutung hatte sie keinerlei der genannten Symptome. Na siehst du, beruhigte sie sich selbst. Aber wenn »es« doch passiert ist? Die Stimme des Zweifels gab keine Ruhe. Wann wäre denn dann die Geburt? Charlotte ließ ihre Augen suchend über die Zeilen wandern.

Um eine annähernd zutreffende Berechnung der Schwangerschaft zu ermöglichen, rechnet man von jeher vom ersten Tage der letzten Menstruation an 280 Tage, das sind zehn Monate zu 28 Tagen; um den Tag der Geburt jedoch annähernd zu treffen, werden drei Monate vom ersten Menstruationstage zurückgerechnet, ein Jahr und noch sieben Tage zugezählt. Der siebente Tag pflegt dann gewöhnlich der Tag der Geburt zu sein.

Charlotte hielt inne, rechnete nach und kam zu dem Ergebnis, dass sie ungefähr um den 20. Juli herum im Fall der Fälle mit einer Niederkunft rechnen musste und sich gegenwärtig etwa in der zehnten oder elften Schwangerschaftswoche befinden würde. Sie stand auf, öffnete die Tür und spähte auf den Gang, der im Dunkeln lag. Unter der Tür von Zillys Eltern schimmerte Licht, ob ihre Freundin noch wach war, konnte Charlotte nicht ausmachen. Sie huschte über den Flur ins Gästebad, knipste das Licht an, stellte sich vor den Spiegel, der über dem Waschbecken hing, raffte ihr Nachthemd hoch und betrachtete ihren Bauch im Profil.

Nein, da war keine verräterische Wölbung. Aber hätte sie in diesem frühen Stadium überhaupt schon von außen etwas erkennen können? Wohl eher nicht, nahm Charlotte an, zog das Nachthemd wieder nach unten und seufzte. Sie musste sich gedulden und die nächsten Wochen abwarten, bis sie Gewissheit über ihren Zustand erhielt.

»Was treibst du denn da?«

Charlotte zuckte heftig zusammen und drehte sich zur Tür, in der Zilly stand. Sie trug ihren Morgenmantel und hatte eine Zahnbürste sowie ein Handtuch dabei.

»Mein Gott, schleich dich doch nicht so an«, keuchte Charlotte. »Ich habe mich zu Tode erschrocken.«

»Tut mir leid, es war nicht abgeschlossen«, sagte Zilly und schlüpfte in den Raum. »Meine Mutter braucht mal wieder ewig im Bad. Darum wollte ich mir rasch hier die Zähne putzen.« Sie legte das Handtuch über den Rand der Badewanne und stellte sich neben Charlotte vor das Waschbecken. »Keine Sorge, du hast über Weihnachten nicht zugenommen.« Sie grinste Charlottes Spiegelbild zu und stutzte. »Aber kann es sein, dass dein Busen größer geworden ist?«

Charlotte folgte ihrem Blick. Zilly hat recht, stellte sie fest. Ihre Brüste wirkten voller und zeichneten sich deutlich unter dem Stoff ihres Nachthemds ab. War das nicht auch ein Anzeichen für eine Schwangerschaft? Sie spürte, wie ihr das Blut in die Wangen stieg.

»Das muss dir doch nicht peinlich sein«, sagte Zilly. »Ich wär froh, wenn ich etwas mehr …«

Die Röte in Charlottes Gesicht wurde tiefer.

»Es sei denn, der Grund für das wundersame Wachstum wäre …« Zilly schnappte nach Luft. »Bist du etwa …« Sie schüttelte den Kopf. »Nein, das ist Unsinn. Wie solltest du …« Sie stockte und drehte sich zu Charlotte. »Nein! Oder?«

»Ich weiß es nicht«, flüsterte diese.

»Wie bitte? Was soll das hei… Es wäre also möglich?« Zilly ließ sich auf einen Schemel fallen, der zur Ablage von Kleidern in einer Ecke stand und starrte Charlotte entgeistert an. »Das kann ich nicht glauben! Ich hätte es doch gemerkt, wenn du dich mit jemandem triffst. Wer ist es? Warum weiß ich nichts von ihm? Ist es was Ernstes?«

Die Enttäuschung in ihrer Stimme versetzte Charlotte einen Stich. Es wäre ihr an Zillys Stelle nicht anders gegangen. Es war verletzend, von der besten Freundin nicht über eine so wichtige Veränderung im Leben informiert zu werden.

»Es tut mir leid. Ich hätte es dir schon längst ... aber, äh ... Es ist kompliziert, und ich darf nicht darüber ... äh, also wir haben be...«

Zilly sog scharf die Luft ein. »Oh nein! Bist du etwa verge... hat dir jemand Gewalt ange... jemand, von dem du abhängig ... dein Chef?«, stammelte sie und hob entsetzt eine Hand vor den Mund.

»Nein, nein!« Charlotte schüttelte energisch den Kopf und stellte nicht zum ersten Mal fest, dass die ohnehin blühende Phantasie ihrer Freundin einen deutlichen Drall ins Dramatische erhalten hatte, seit sie an der Schauspielschule Unterricht nahm.

»Du kennst ihn nicht. Ich habe ihn auf dem Gut meines Onkels wieder getroffen und da ...«

»Wieder getroffen?« Zilly runzelte die Stirn. »Du kanntest ihn also schon von früher?«

Charlotte nickte. »Er ist der Sohn des ehemaligen Verwalters vom Birkenhof.«

»Verstehe.« Zilly legte den Kopf schief. »Lass mich raten: Nicht von Stand und kommt deswegen für deine Eltern nicht in ...«

»Schlimmer«, fiel ihr Charlotte ins Wort. »Lennart ist Este.«
»Ach, du grüne Neune!«

»Das trifft es ziemlich gut.« Charlotte lächelte Zilly schief an, setzte sich auf den Rand der Badewanne und sah sie eindringlich an. »Glaub mir, ich hätte mich dir anvertraut. Aber Lennart und ich haben ausgemacht, erst einmal niemanden einzuweihen. Wir wollen nicht riskieren, dass ...«

»Brauchst nicht mehr erklären«, sagte Zilly und nahm ihre Hand. »Eure Verbindung ist mehr als heikel. Da muss man höllisch aufpassen, nicht ins Gerede zu kommen.«

»Bei dir hat mich etwas anderes bewogen, vorerst nichts zu erzählen«, sagte Charlotte und erwiderte den Händedruck ihrer Freundin. »Ich weiß ja, dass unser Geheimnis bei dir absolut sicher aufgehoben ist. Aber ich wollte dich da nicht mit reinziehen. Dass du meinetwegen in Verlegenheit gerätst und lügen musst!«

Zilly sah ihr in die Augen. »Du Arme, du musst dich furchtbar allein gefühlt haben«, sagte sie nach einer kleinen Pause. »Und ich dummes Ding erzähle dir ständig von meinen albernen Verliebtheiten, während du ...« Sie schüttelte den Kopf und verzog zerknirscht das Gesicht. »Wie hältst du das nur aus? Du musst ihn schrecklich vermissen! Wann kannst du denn wieder nach Kassari fahren und ihn sehen?«

»Lennart ist im Augenblick gar nicht dort«, antwortete Charlotte. »Mein Onkel hat ihn für ein knappes Jahr nach Jäneda auf die Landwirtschaftsschule geschickt. Wir wollen uns im März auf halbem Weg treffen, wenn Lennart einige wichtige Prüfungen abgelegt hat.«

»Oh weh, das ist noch lange hin.« Zilly sah sie mitfühlend an. »Und zu dem Trennungsschmerz kommt jetzt auch noch das.« Sie deutete auf Charlottes Bauch.

»Das ist noch gar nicht sicher«, sagte diese schnell.

Zilly hob die Brauen. »Aber wenn doch? Was sagt denn dein Lennart dazu?«

»Gar nichts. Es ist doch bloß eine vage Vermutung. Solange ich keine Gewissheit habe ...«

»Machst du die Pferde nicht scheu«, ergänzte Zilly. »Verständlich.« Sie schaute Charlotte aufmerksam an. »Würdest du es denn wollen?«

»Puh, du stellst Fragen!« Charlotte rieb sich die Stirn. »Eigentlich schon. Aber ...«

»Nicht ausgerechnet jetzt?«

Charlotte nickte. »Ich weiß einfach nicht, wie ich ... eine Zeitlang könnte ich es noch gut kaschieren. Aber irgendwann ist das ja nicht mehr möglich. Und was dann?«

»Hast du schon darüber nachgedacht, es nicht zu bekommen?«

Charlotte zog die Stirn kraus. »Du meinst, es wegmachen zu lassen?« Sie verspannte sich und rutschte unwillkürlich ein Stückchen von Zilly weg. Vor ihrem inneren Auge sah sie sich in ein heruntergekommenes Haus schleichen, wo in einem abgedunkelten Hinterzimmer eine Engelmacherin ihrem blutigen Handwerk nachging und verzweifelten Frauen half, unerwünschten Nachwuchs loszuwerden.

»Eine meiner Mitschülerinnen hat sich in einer ähnlichen Lage befunden«, sagte Zilly leise. »Es gibt da einen erfahrenen und vor allem äußerst diskreten Arzt, der solche Eingriffe vornimmt.«

»Ein niedergelassener Arzt?« Charlotte sah Zilly ungläubig an.

»Ja, er hat eine gut gehende Praxis in der Narva maantee, der Narvschen Straße«, antwortete Zilly.

»Wieso sollte er seine Zulassung aufs Spiel setzen? Ist es wegen des Geldes?«

Zilly schüttelte den Kopf. »Er handelt aus Überzeugung. Er hat nämlich etwas dagegen, dass Frauen ihre Gesundheit bei Pfuschern oder mit Selbstversuchen aufs Spiel setzen. Und dann gar mit ihrem Leben dafür bezahlen, wenn sie aus welchen Gründen auch immer das Kind nicht austragen möchten. Daher bietet er diesen illegalen Dienst an.« Sie stand auf und griff nach ihrer Zahnbürste, die sie auf dem Waschbeckenrand abgelegt hatte.

»Lass uns morgen in Ruhe weiterreden. Jetzt muss ich dringend ins Bett. Sonst bin ich den ganzen Tag zu nichts zu gebrauchen.«

Charlotte nickte. »Geht mir genauso.« Sie erhob sich und umarmte Zilly. »Ich bin so froh, dass ich dich habe.«

»Versprich mir, dass du das nächste Mal nicht so lange wartest, wenn dir etwas so schwer auf der Seele liegt«, antwortete diese. »Ich finde den Gedanken ganz furchtbar, dass du dich die ganze Zeit allein damit rumgequält hast.«

»Ich verspreche es«, sagte Charlotte. Sie drückte Zilly erneut kurz an sich. »Danke«, murmelte sie.

Erst als sie sich ihrer Freundin anvertraute, war ihr klar geworden, wie sehr sie sich nach jemandem gesehnt hatte, mit dem sie über Lennart und ihre Gefühle reden konnte. Dazu gesellte sich ein Hauch Erleichterung: es gäbe einen Ausweg, falls sie in anderen Umständen war, der den Status quo ante wiederherstellen und »das Problem« aus der Welt schaffen konnte.

Schleswig-Holstein, Oktober 1977

– 21 –

Gesine kauerte am Boden einer leeren Box, die bereits ausgemistet und mit frischem Stroh eingestreut war. Angestrengt lauschte sie. Die meisten Pferde waren an diesem wolkigen, jedoch weitgehend trockenen Oktobernachmittag draußen und würden erst am frühen Abend von den Koppeln und Weiden zurückgeholt werden. Nur ein Wallach mit einem verstauchten Sprunggelenk sowie eine trächtige Stute standen in ihren Abteilen und dösten vor sich hin. Irgendwo raschelte eine Maus, und von draußen drang das ferne Motorentuckern eines Traktors herein. Es kam Gesine so vor, als halte sie sich bereits seit einer halben Ewigkeit in ihrem Versteck auf. Ein Blick auf ihre Armbanduhr verriet ihr jedoch, dass gerade einmal fünf Minuten vergangen waren, seit sie in den Stall gewitscht war. Sie hatte einen Moment abgepasst, in dem Grigori die mit verdrecktem Stroh beladene Schubkarre auf dem Misthaufen ausleerte, der sich hinter dem Gebäude befand. Stallmeister Wittke war in der gegenüberliegenden Scheune beschäftigt.

Sich nähernde Schritte ließen Gesine den Atem anhalten. Sie hätte sie unter hunderten als die von Grigori erkannt. Mit einem Klacken wurde ein Riegel hochgeschoben, kurz darauf ertönte das knisternd-schabende Geräusch, mit dem die Mistgabel ins Stroh gestoßen wurde, gefolgt von dem dumpfen Aufprall, mit dem dieses in der Schubkarre landete.

»Hallo Grigori!«, rief Kirstens Stimme.

Gesine legte ihre Daumen in die Innenflächen ihrer Hände und umschloss sie mit den anderen Fingern. Bitte, bitte, lass ihren Plan gelingen, flehte sie stumm und legte ihr Ohr an einen schmalen Spalt in der hölzernen Tür. Ihre Freundin hatte ihr bei ihrem spontanen Besuch am Tag zuvor einen Vorschlag unterbreitet, wie sie herausfinden konnten, was Grigori für Gesine empfand: Kirsten würde ihm »zufällig« über den Weg laufen und in ein Gespräch verwickeln, in dem sie ihm beiläufig auf den Zahn fühlen wollte. Gesine war begeistert von dieser Idee gewesen und zuversichtlich, dass Kirsten erfolgreich sein würde. Sie traute ihr zu, die »Mission Grigori«, wie sie ihr Vorhaben getauft hatten, gut zu meistern: selbstbewusst, unverkrampft und natürlich.

Mittlerweile war Gesines Optimismus erheblich geschrumpft und wurde von Zweifeln überlagert. »Der Lauscher an der Wand hört die eigene Schand« – mit diesen Worten hatte Anneke sie viele Jahre zuvor getadelt, als sie sie beim Horchen am Schlüsselloch der Wohnzimmertür ertappt hatte. Damals hatte Gesine nicht verstanden, was die Haushälterin meinte. Sie wollte doch bloß herausfinden, was ihre Eltern ihr zum Geburtstag schenken würden. In diesem Augenblick wurde ihr die Bedeutung klar. Der Schuss konnte nach hinten losgehen. Wie würde sie es verkraften, direkt aus Grigoris Mund zu erfahren, dass sie ihm vollkommen gleichgültig war? Nun, das hättest du dir früher überlegen müssen, meldete sich ihre Vernunftstimme. Jetzt ist es zu spät.

»Hallo Kiki«, erwiderte Grigori.

»Ist Gesine hier?«, fragte Kirsten. »Ich bin mit ihr verabredet, aber im Haus ist sie nicht. Da dachte ich, dass ich sie vielleicht hier finde.«

Grigori verneinte wohl mit einem Kopfschütteln oder einer anderen Geste.

»Hm«, machte Kirsten. »Vielleicht habe ich mich in der Zeit vertan. Na ja, dann will ich dich mal nicht weiter stören.« Kurze Pause. »Ach, fast hätte ich es vergessen«, schob sie nach. »Ich soll dir Grüße ausrichten.«

»Mir? Von wem?« In Grigoris Stimme schwang Erstaunen.

»Von Andrea und Dörte.«

»Äh, entschuldige. Ich nicht weiß …«

»Die Schwestern, die neulich bei dem Fernsehabend dabei waren«, erklärte Kirsten.

»Ach so. Hatte Namen vergessen.« Es klang neutral. »Danke.«

»Sie würden gern wissen, ob du ihnen das Reiten beibringen kannst.«

»Ich kein Lehrer«, brummte Grigori.

Offenbar hatten die beiden keinen bleibenden Eindruck bei ihm hinterlassen. Gesine spürte, wie sich ihr Mund zu einem Lächeln verzog.

»Da ist Gesine aber anderer Meinung«, hörte sie Kirsten sagen. »Sie hat gesagt, dass sie unglaublich viel von dir lernt.«

»Sie lernt von Pferd. Nicht von mir«, antwortete Grigori.

»Sie ist jedenfalls begeistert«, fuhr Kirsten fort.

Gesines Magen zog sich zusammen. Übertreib's nicht, beschwor sie ihre Freundin. Sie drehte vorsichtig den Kopf und versuchte durch den Spalt im Holz einen Blick auf Grigori zu erhaschen. Enttäuscht stellte sie fest, dass er mit dem Rücken zu ihr in der Stallgasse stand und sie sein Gesicht nicht sehen konnte. Sie hielt erneut ihr Ohr an die Tür.

»Für mich wär das ja nichts. Ich meine Reiten«, plapperte Kirsten weiter. »Um ehrlich zu sein, ich habe Angst vor Pferden. Es sind wunderschöne Tiere. Aber ich komme ihnen lieber nicht zu nahe. Gesine dagegen kann ohne Pferde nicht leben. Das geht dir sicher ähnlich, oder?«

Grigori ging nicht auf die Frage ein. »Gibt kein Grund für Angst«, sagte er stattdessen.

»Genau Gesines Worte«, rief Kirsten. »Ihr seid euch wirklich in vielem …«

»Wenn ich sehe sie, ich sage, dass du sie suchst.« Grigoris Ton war freundlich, aber bestimmt.

244

Gesine hörte, wie er erneut die Gabel ins Stroh stieß. Zu ihrer Erleichterung machte Kirsten keine Anstalten, weitere Fragen zu stellen. Sie dankte Grigori und verabschiedete sich. Sehr ergiebig war das Gespräch nicht gewesen. Immerhin wusste Gesine nun, dass er sich nicht für Andrea oder Dörte interessierte. Sie verharrte reglos in ihrem Versteck und wartete darauf, dass Grigori den Stall verließ. Einige Sekunden verstrichen.

»Du kannst kommen raus. Sie ist weg.«

Gesine wurde starr vor Schreck. Hatte er das tatsächlich gesagt? Zu ihr? Ihre Hände wurden feucht, ihr Herz begann zu rasen, und das Blut schoss ihr ins Gesicht. Nein, nein, nein! Das ist der absolute Super-GAU, schrie es in ihr. Das darf einfach nicht wahr sein! Benommen nahm sie wahr, dass er die Schubkarre in Bewegung setzte und sich seine Schritte Richtung hinteren Ausgang entfernten. Schwankend richtete sie sich auf. Nichts wie weg hier! Und dann irgendwo verkriechen, wo man sie niemals finden würde.

Gesine schob sich aus der Box und rannte in die Sattelkammer. Sie riss ein Fenster auf, das zum Hof zeigte, und kletterte hinaus. Ohne sich umzuschauen, hastete sie zu der kleinen Pforte neben dem Wohnhaus, durch das sie in den Park gelangte. Wie von selbst schlugen ihre Füße den Weg zu der alten, gut zwanzig Meter hohen Trauerbuche ein, deren Zweige lang und senkrecht bis zum Boden herabhingen.

Unter diesem Blätterzelt hatte Gesine als Kind oft Zuflucht gefunden. Wenn sie etwas angestellt hatte und sich nicht unter die Augen ihrer Mutter getraute. Wenn sie ungestört ihren Tagträumereien nachhängen oder einfach nur eine Weile ihre Ruhe haben und nachdenken wollte. In den vergangenen Jahren hatte sie ihr Baumversteck immer seltener aufgesucht. Die Ausritte mit Cara waren an seine Stelle getreten. Auch in diesem Moment wäre Gesine gern zu ihrer Stute gelaufen, in deren Gegenwart sie sich in schwierigen Situationen aufgehoben und getröstet fühlte. Das Risiko, dabei Grigori zu begegnen, war ihr jedoch zu hoch. Allein der Gedanke verursachte Gesine Übelkeit. Sie schwang sich auf den untersten der waagrecht abstehenden Seitenäste, stieg einige Meter nach oben zu ihrem alten Lieblingsplatz, einer breiten Astgabelung, setzte sich und lehnte den Rücken an den Stamm.

Ein paar Atemzüge lang schloss sie ihre Augen. Sie spürte den Unebenheiten der Rinde nach und holte mehrmals tief Luft, in der sich der Geruch von feuchter Erde und frisch gemähtem Gras mit der Anisnote vermischte, die die blauen, in der Nähe blühenden Duftnesseln verströmten. Bis auf das Zetern einer Amsel, die Gesine aufgeschreckt hatte, und das leise Rascheln des Windes in den Blättern, von denen sich viele bereits rotgelb färbten, war es still. Nach und nach ging ihr Atem gleichmäßiger. Der Aufruhr in ihrem Inneren dagegen tobte weiter. Sie konnte sich nicht erinnern, sich jemals in einer ähnlich peinlichen Lage befunden zu haben.

Was für ein Albtraum, dachte Gesine. Gründlicher hätte Kirstens astreiner Plan wohl kaum in die Hose gehen können. Was muss Grigori jetzt bloß von mir denken? Was wohl, höhnte ihr strenges Ich. Dass du total unreif bist, eine alberne Gans, die dämliche Spielchen treibt, um ihn auszuhorchen. Er wird dich nie wieder ernst nehmen.

»Gesine! Wo steckst du? Gesiiine!«

Kirstens Rufe drangen gedämpft an ihr Ohr. Sie hatte vollkommen vergessen, dass sie sich nach der »Mission Grigori« in ihrem Zimmer hatten treffen wollen. Sie schob die Unterlippe vor. Kirsten hat mir den Schlamassel eingebrockt. Ich will sie jetzt nicht sehen. Sei nicht unfair, hielt die Vernunftstimme dagegen. Niemand hat dich gezwungen, ihren Plan durchzuführen. Das war deine Entscheidung. Gesine vergrub ihr Gesicht in den

Händen. Ist doch egal. Ich will nie wieder irgendwen sehen! Ich werde für immer hierbleiben.

Das Kribbeln in einem Bein, das eingeschlafen war, bereitete diesem Vorhaben nach einer knappen Stunde ein jähes Ende. Unter dem Laubzelt war es außerdem merklich kühler als in den Teilen des Parks, die im Sonnenlicht lagen. Das taube Gefühl erschwerte Gesines Rückkehr auf den Boden. Unbeholfen hangelte sie sich nach unten, sprang ein paar Mal auf der Stelle und humpelte schließlich Richtung Haus. Ihre Hoffnung, durch die Terrassentür hineinzugelangen, erfüllte sich nicht. Sie war geschlossen, ebenso die Fenster des Speisezimmers. Fluchend lief sie weiter zur Pforte zum Hof, öffnete sie vorsichtig einen Spaltbreit und schlug sie mit einem entsetzten Gurgeln wieder zu. Auf der anderen Seite stand Grigori! Bevor sie wegrennen konnte, schwang die Tür auf, und er trat zu ihr.

»Entschuldigung. Wollte dir nicht erschrecken.« Er schaute sie forschend an. »Alles in Ordnung? Du bist nicht gekommen zu Training mit Cara. Anneke sagt, du vielleicht bist in Garten.« Er deutete auf die Hängebuche.

Na großartig, dachte Gesine. Heute ist echt mein Glückstag. Sogar Anneke fällt mir in den Rücken und verrät mein Versteck.

»Geht dir gut?«, hörte sie Grigori fragen.

Gesine umschlang ihren Oberkörper mit beiden Armen und starrte ihn misstrauisch an. Seine Miene war ernst. Sie konnte keine Anzeichen für Spott oder Verachtung darin entdecken. Sie nickte stumm. Ein winziger Hoffnungsstrahl brach sich Bahn durch die Finsternis, die sich nach ihrer Flucht aus dem Stall in ihr ausgebreitet hatte: Hatte Grigori womöglich doch nicht durchschaut, warum Kirsten bei ihm aufgetaucht war?

»Äh, wegen vorhin …« stammelte sie. »Also … als ich in der Box …« Ihre Stimme war belegt. Sie räusperte sich.

Grigori machte eine abwinkende Handbewegung. »Musst nicht erklären. Ich kenne auch. Gibt Zeit, man will nicht mit anderen reden. Selbst nicht mit beste Freund.«

Gesine hob verblüfft die Brauen. Auf diese Erklärung wäre sie im Traum nicht gekommen. Vor Erleichterung wurde ihr flau. Sie lehnte sich gegen die Wand neben der Pforte.

»Ich beobachtet viele Tage, dass du … ähm, wie sagt man … bedruckt?«, fuhr Grigori fort und schaute ihr in die Augen. »Du bist da und doch nicht da.«

Gesines Puls beschleunigte sich. »So wie du«, rutschte es ihr heraus.

Grigori zog fragend die Stirn kraus.

»Ähm, ja«, stotterte Gesine. »Du … hast in letzter Zeit oft abwesend gewirkt. Als wärst du in Gedanken ganz weit weg.«

»Oh, mir tut leid.« Er kratzte sich im Nacken.

»Und da hab ich mich gefragt, ob es meinetwegen ist«, brach es aus Gesine heraus. »Ob du nur mit Cara und mir trainierst, weil es deine Pflicht ist. Und ob ich dir auf die Nerven gehe, und du eigentlich lieber …« Der ungläubige Ausdruck seines Gesichts ließ sie verstummen.

»Warum du glaubst das?«, fragte er leise. Seine Augen hatten sich verdunkelt. »Das nicht richtig!«

Gesines Mund wurde trocken. »Ich weiß auch nicht.« Sie schluckte. »Es ist mir wichtig, was du über mich denkst«, hauchte sie fast unhörbar, senkte den Kopf und nestelte an ihrem Pullover herum. »Ich hatte Angst, dass ich etwas Falsches ge…«

Seine Hand schob sich in ihr Gesichtsfeld und schloss sich um ihre Finger. »Nicht so viel denken.«

Gesine war froh über den Halt der Mauer in ihrem Rücken. Ihre Knie fühlten sich wabbelig an. Sie war nicht sicher, ob sie sie getragen hätten.

Er ließ ihre Hand wieder los. »Vertraue auf Gerz.« Er deutete erst auf ihre Brust, anschließend auf seine. »Sind sehr nah. Deshalb ich noch hier.«

Gesine sah ihn benommen an. »Du wolltest weg?«

»Erste Tage, ja.«

»Warum?«

Grigori zuckte mit den Schultern. »War auf Suche«, antwortete er. »Nicht wichtig«, fuhr er fort, bevor Gesine nachhaken konnte. »Alles gut.« Er lächelte. »Bis morgen, bei Training?«

Gesine nickte.

»Muss jetzt zuruck«, sagte Grigori. »Wittke wartet.« Er nickte ihr zu und lief über den Hofplatz Richtung Stallungen.

Gesine sah ihm nach. Das flaue Gefühl in ihrem Magen war einem Kribbeln gewichen. Hatte sie das eben tatsächlich erlebt? Sie kniff sich kräftig in den Oberarm. Der Schmerz vertrieb den Schwindel, der sie bei seiner Berührung erfasst hatte. Deshalb ich noch hier, hatte er gesagt. Weil sich ihre Herzen nahe waren. Aber könnte das bedeuten, dass er in mich … Gesine hielt die Luft an und wagte nicht, den Satz zu Ende zu denken. Grigoris Deutschkenntnisse hatten sich zwar in den vergangenen Wochen von Tag zu Tag verbessert, es kam jedoch immer wieder durch unklare Formulierungen zu Missverständnissen – die nicht zuletzt zu Gesines Unsicherheit ihm gegenüber beigetragen hatten. Sie ließen zu viel Spielraum für Interpretationen.

Ich muss das sofort mit Kiki besprechen, beschloss sie und rannte zum Haus. Hoffentlich ist sie nicht allzu sauer, dass ich sie vorhin einfach so habe stehen lassen. Gesine eilte zum Büro ihres Vaters, der um diese Zeit seinen Rundgang durch die Ställe machte, und griff nach dem Telefonhörer. Nach vier Freizeichen wurde am anderen Ende abgehoben.

»Kirsten Joergensen.«

»Kiki!«, rief Gesine. »Du glaubst nicht, was eben passiert ist!«

Estland – Januar/März 1939

– 22 –

In den ersten Tagen nach der Aussprache mit Zilly war es Charlotte mehr oder weniger erfolgreich gelungen, sich von ihrer möglichen Schwangerschaft abzulenken. Als ihre Monatsblutung jedoch auch im Januar ausblieb, fiel es ihr schwer, sich noch länger einzureden, dass kein Grund zur Beunruhigung bestand. Zumal sie weitere Symptome zeigte, die darauf hindeuteten, dass sich ihr Körper in »anderen Umständen« befand: Sie litt unter einer Sextanerblase, die sie häufiger als gewöhnlich aufs stille Örtchen trieb, ihre Brüste schmerzten, und sie reagierte empfindlicher auf starke Gerüche. Je mehr sich die Hinweise verdichteten, umso übermächtiger wurden die bangen Gedanken, die sich Charlotte aufdrängten. Allen voran die Frage: Wie lange würde sie die Schwangerschaft verbergen können? Und was sollte sie tun, wenn sie für jedermann sichtbar sein würde?

Sie war froh, sich nicht länger allein den Kopf darüber zerbrechen zu müssen. Dankbar nahm sie Zillys Angebot an, sich in »der Sache« jederzeit an sie wenden zu können. Zu ihrer Erleichterung insistierte ihre Freundin nicht auf dem Vorschlag, sich Hilfe bei dem diskreten Arzt zu holen. Allen Unwägbarkeiten zum Trotz war es für Charlotte keine Option, die sie ernsthaft in Betracht zog. Sie fürchtete, es sich selbst nie verzeihen zu können. Es war doch ihr und Lennarts Kind!

Ende Januar stellte Charlotte eines Morgens beim Ankleiden fest, dass ein schmal geschnittener Rock, den sie länger nicht getragen hatte, am Bund zwackte und sie unangenehm einengte. Ein Blick in den Spiegel bestätigte ihren Verdacht: Ihr Bauch zeigte eine kleine Wölbung. Ihr wurde heiß. Panik durchflutete ihren Körper. Sie stürzte in Zillys Zimmer und rüttelte ihre Freundin wach.

»Charly? Was ist los?« Verschlafen rieb sich Zilly die Augen.

»Es ist so weit«, keuchte Charlotte. »Jetzt werden es bald alle wissen!«

»Was werden alle wissen?« Zilly tastete nach dem Schalter ihrer Nachttischlampe.

»Das da«, antwortete Charlotte und deutete auf ihren leicht gerundeten Unterleib.

Zilly blinzelte. »Also, ich seh da noch nicht viel. Könnte auch als Blähbauch durchgehen.«

»Entschuldige, ich bin wohl etwas hysterisch.« Charlotte ließ sich auf die Bettkante sinken. »Aber es ist doch nur eine Frage der Zeit, bis …«

»Aber noch nicht gleich«, unterbrach Zilly sie und setzte sich auf. »Jetzt lässt sich das noch gut kaschieren.«

»Jetzt vielleicht, aber bald …«, begann Charlotte.

»Lass uns bitte Schritt für Schritt vorgehen«, fiel ihr Zilly erneut ins Wort. »Es hat doch keinen Sinn, sich vorzeitig verrückt zu machen.« Sie stand auf, ging zu ihrem Kleiderschrank und hielt Charlotte nach kurzer Suche eine lange Strickjacke hin. »Die fällt schön weit, die trägst du heute über deinem Rock. Und morgen ist ja schon Wochenende, dann überlegen wir in Ruhe, wie wir deine Garderobe für die nächsten Wochen umgestalten.«

Am Samstagnachmittag zogen sich die beiden Freundinnen mit einer Kanne heißer Schokolade, einem Teller Milchkekse und einem Stapel Modezeitschriften, die Charlotte besorgt hatte, in Zillys Zimmer zurück. Diese hatte sich von einer Näherin, die für die Kostüme der Theaterschüler zuständig war, einige Ratschläge eingeholt, wie man von einem fülligeren Leibesumfang ablenken konnte.

»Frau Rätsep hat gesagt, dass man glänzende Stoffe meiden und lieber matte wählen sollte, am besten in dunklen Farben und mit längsorientierten Mustern«, begann Zilly, nachdem sie es sich neben Charlotte auf einem zweisitzigen Sofa bequem gemacht hatte. »Außerdem ist alles gut, was die Figur streckt und die Silhouette insgesamt schlanker wirken lässt. Also zum Beispiel Oberteile oder Kleider mit V-Ausschnitt, mittige Knopfleisten, lange Ketten sowie Schals.« Sie nippte an ihrer Tasse und fuhr eifrig fort: »Wichtig ist auch, dass du darauf achtest, an welcher Stelle eine Bluse oder ein Pullover endet, denn genau dorthin wird der Blick gelenkt. Deshalb solltest du jetzt Stücke wählen, die bis über die Hüfte reichen.«

Charlotte nickte ergeben und nahm sich ein Plätzchen. Sie tat sich schwer, die gleiche Begeisterung wie ihre Freundin für das Thema aufzubringen.

»Frau Rätsep hat auch noch eine interessante Feststellung gemacht, die dir sehr entgegenkommen dürfte«, sagte Zilly und zwinkerte Charlotte zu. »In dieser Modesaison herrscht nämlich bei den großen Modehäusern Uneinigkeit darüber, wo genau sich die Gürtellinie bei Damen zu befinden hat. Deshalb sind wohl gerade Drapierungen en vogue, die den genauen Sitz der Taille nicht definieren.« Sie griff zu einem der Magazine, blätterte in den Seiten und zeigte auf mehrere Kleider. »Siehst du?«

Charlotte beugte sich über das Heft, nickte und unterdrückte ein Seufzen. Warum konnte sie sich nicht einfach wie die alten Römer oder Nonnen in eine weite Tunika hüllen und ihren Körper auf diese Weise neugierigen Blicken entziehen?

»Plissierte Blusen sind auch nicht schlecht«, hörte sie Zilly sagen. »Die kannst du jetzt noch mit einem Gürtel tragen und später locker über den Bund hängen lassen.«

»Du meine Güte«, rutschte es Charlotte heraus. »Das ist ja die reinste Wissenschaft! Dass man sich darüber so viele Gedanken machen kann!« Sie hob die Brauen.

»Über so etwas Nichtiges?« Zilly sah sie mit gespieltem Tadel an. »Denk an den Lieblingsspruch unserer geschätzten Schulleiterin.«

»Du meinst den von Carl Hilty?«, fragte Charlotte. »Der einzige Weg, auf welchem wahre Kenntnis erreicht werden kann, ist durch liebesvolles Studium?«

Sie sah Elisabeth Tiling vor sich, die den Maiden in Stift Finn ihre Überzeugung und Grundsätze gern mit Aphorismen näherbrachte.

»Fast«, sagte Zilly. »Das ist zwar auch von einem Schweizer, aber ich meinte den Ausspruch von Pestalozzi: Es kommt im Leben auf Kleinigkeiten an.«

»Ist ja gut, ich hab's verstanden.« Charlotte grinste und griff nach einer Ausgabe von »Die Dame«.

»Laut Frau Rätsep sind trapezförmige Kleider gut geeignet«, sagte Zilly nach einer kurzen Pause, in der sie schweigend in den Zeitschriften stöberten. »Die sind im Schulterbereich schmal und erweitern sich nach unten zum Saum hin.« Sie hielt Charlotte ein aufgeschlagenes »Mode und Heim«-Heft hin. »So was in der Art.«

Charlotte warf einen Blick auf die Abbildung und rümpfte die Nase. »Erinnert mich an ein Zelt.« Sie zuckte mit den Schultern. »Na ja, was soll's. Zum Glück ist Winter, da fällt es nicht so auf, wenn ich unförmige Sachen trage.«

Auch wenn sie sich alle Mühe gab, sich auf die Sichtung geeigneter Kleidung zu konzentrieren – ihre Gedanken schweiften immer wieder ab zu für sie drängenderen Fragen, mit denen sie in nicht allzu ferner Zukunft konfrontiert sein würde. So modern und aufgeschlossen die Menschen im Vergleich zu früheren Generationen sein mochten, es war nach wie vor verpönt, wenn eine ledige Frau ein Kind erwartete – insbesondere in ihren Kreisen. Der einfachsten Lösung – einer Hochzeit mit Lennart vor der Geburt – standen ähnliche Gründe im Weg. Dass sie ihren Namen gegen einen bürgerlichen und obendrein estnischen austauschte, würde für Irmengard von Lilienfeld dem Fass endgültig den Boden ausschlagen. Selbst wenn Charlotte bereit war, gegen den Willen ihrer Eltern zu heiraten, mit ihren knapp zwanzig Jahren war sie noch minderjährig und unterstand noch gut ein Jahr der Vormundschaft ihres Vaters.

»Planst du einen Badeurlaub?«

Zillys Stimme, in der leiser Spott schwang, unterbrach Charlottes Grübelei. Ohne es wahrzunehmen, hatte sie auf eine Doppelseite gestarrt, auf der verschiedene Schwimmanzüge präsentiert wurden. Peinlich berührt schlug sie das Heft zu.

»Seit zwei Minuten bist du ganz weit weg«, fuhr Zilly ernster fort. »Was quält dich, Charly?«

»Ich hab Angst«, antwortete Charlotte leise. »Es gibt einfach zu viele Unwägbarkeiten. Wohin soll ich gehen, wenn selbst die ausgeklügeltste Drapierung meinen Zustand nicht mehr verbergen kann? Wo soll ich das Kind bekommen? Und wie geht es anschließend weiter?« Sie ließ die Schultern hängen. »Meine Eltern werden nie erlauben, dass ich Lennart heirate.«

»Ich verstehe, dass dich das alles umtreibt und bedrückt«, sagte Zilly und streichelte ihre Schulter. »Aber male bitte die Zukunft nicht nur in dunklen Farben! Du darfst die Regie über dein Leben nicht aus der Hand geben, hörst du?« Sie sah ihr eindringlich in die Augen. »Ich bin mir ganz sicher, dass sich für all deine Probleme eine Lösung finden wird. Du musst daran glauben, dass alles gut wird. Dann werden sich Türen öffnen und Wege vor dir auftun, von denen du gar nicht geahnt hast, dass es sie gibt.«

Charlotte schluckte. Zilly hat recht, dachte sie. Es bringt gar nichts, die Flinte vorzeitig ins Korn zu werfen. Unwillkürlich legte sie die Hand auf ihren Bauch. Ich werde das schaffen, versprach sie dem Ungeborenen. Mit der anderen drückte sie Zillys Hand. »Danke, du bist so klug!«

»Traut man mir gar nicht zu, nicht wahr.« Zilly grinste. »Gib zu, auch du hältst mich zuweilen für oberflächlich.«

Charlotte sah verlegen zur Seite.

»Muss dir nicht peinlich sein, es stimmt ja«, fuhr Zilly fröhlich fort. »Aber wenn es drauf ankommt ...« Sie legte den Kopf schief. »Wann willst du es Lennart eigentlich sagen?«, fragte sie. »Sollte er nicht allmählich eingeweiht werden?«

Noch so ein heikles Thema. Charlotte unterdrückte ein Seufzen. »Ich möchte ihm das persönlich mitteilen«, antwortete sie.

»Verständlich.« Zilly zwirbelte eine ihrer blonden Strähnen. »Wann trefft ihr euch denn endlich?«

»Leider erst Anfang März. Lennart hat jetzt einige wichtige Prüfungen vor sich, da kann er unmöglich aus Jäneda fort.«

»Du befürchtest, dass er sich nicht freut. Oder schlimmer noch, dich sitzen lässt.«

Charlotte zuckte zusammen. Konnte Zilly ihre Gedanken lesen?

»Eigentlich zweifle ich nicht daran, dass Lennart zu mir stehen wird«, sagte Charlotte nach zwei Atemzügen. »Aber was wirklich in ihm vorgeht ...« Sie hob hilflos die Schultern. »Vielleicht hätte er erwartet, dass ich das Kind entfernen lasse, als das noch einigermaßen gefahrlos machbar war. Für ihn ist das Ganze doch viel abstrakter. Es ist gut möglich, dass er hauptsächlich die Schwierigkeiten im Blick hat, die auf uns zukommen. Ich könnte es ihm nicht einmal verdenken.«

»Das wäre natürlich möglich«, sagte Zilly und kratzte sich an der Schläfe. »Aber, wie gesagt, male den Teufel nicht gleich an die Wand! Vertraue auf dein Gefühl. Und das ist doch überzeugt, dass Lennart dich unterstützen wird.«

Charlotte zwang sich zu einem Lächeln.

Zilly hob die Kanne von dem Stövchen und schenkte heiße Schokolade in die Tassen nach. »Was deine andere Befürchtung angeht«, sagte sie. »Ich meine das mit deinen Eltern.« Sie hielt

Charlotte den Teller mit den Milchkeksen hin. »Wenn sie sich partout weigern sollten, dir die Ehe mit Lennart zu erlauben, gibt es trotzdem einen Weg.«

Charlotte knabberte an dem Mandelgebäck. »Nämlich?« Sie sah Zilly gespannt an.

»Erinnerst du dich an den Film *Sieben Ohrfeigen* mit Willy Fritsch und Lilian Harvey?«

»Diese Komödie, in der sich ein verarmter Tropf an dem Großindustriellen rächt, den er für seine Misere verantwortlich macht, indem er ihm eine Woche lang jeden Tag eine Ohrfeige verpasst?« Charlotte hob die Brauen. »Soll ich das Einverständnis meiner Eltern etwa mit Gewalt erzwingen?«

»Natürlich nicht«, Zilly rollte mit den Augen. »Wo und wie endet der Film?« Sie sah Charlotte erwartungsvoll an.

»Ähm …« Charlotte legte ihre Stirn in Falten. »Willy Fritsch heiratet am Ende die Tochter seines Widersachers und …«

»… und zwar in Gretna Green!«, platzte Zilly heraus.

»Ah ja, jetzt, wo du es erw…«

»Dämmert dir endlich, was ich …«

»Natürlich!« Charlotte schlug sich die Hand vor den Kopf. »Das Dorf in Schottland, wo minderjährige Paare ohne Erlaubnis der Erziehungsberechtigten eine Ehe schließen können.«

»Wenn also alle Stricke reißen, könntet ihr dorthinfahren«, sagte Zilly. »Ich begleite euch als Trauzeugin.« Sie zwinkerte Charlotte zu. Als diese den Mund öffnete, hob Zilly die Hand. »Falls dein Lennart sich wider Erwarten als Drückeberger erweist, werden wir beide das Kind schon schaukeln. Im wahrsten Sinne des Wortes. Wir könnten zusammen nach Amerika gehen und es dort aufziehen. Ich will so oder so über kurz oder lang nach Hollywood. Und du findest dort auch eine gute Arbeit.« Sie strahlte Charlotte an. »Wie ich sagte, es gibt für alles eine Lösung.«

Überwältigt vom Optimismus ihrer Freundin, verzichtete Charlotte auf weitere Einwände.

Die allerletzten Zweifel an ihrer Schwangerschaft verlor Charlotte Anfang März, einige Tage, bevor sie zu ihrem ersten Treffen mit Lennart seit ihrer Trennung verabredet war. Auch an diesem Montag war sie – wie gewöhnlich unter der Woche – zeitig aufgestanden, um in Ruhe zu frühstücken und die »Deutsche Zeitung« zu lesen. Ihre Freundin pflegte so lange wie möglich auszuschlafen, bevor sie auf den letzten Drücker zur Schauspielschule aufbrach. Zillys Mutter nahm ihre erste Tasse Kaffee gern noch im Bett zu sich, machte anschließend ausführlich Toilette und suchte das Speisezimmer oft erst auf, wenn Charlotte längst an ihrem Schreibtisch in der Redaktion saß. Der Baron dagegen war die einzige Lerche der Familie von Weitershagen und verließ das Haus bereits gegen halb acht Uhr morgens.

Charlotte war in einen Artikel über die geplante Luftschutzausbildung der deutschen Jugend im Reich vertieft gewesen, als sie ein leichtes Kitzeln in der Magengrube spürte, dem sie zunächst keine Beachtung geschenkt hatte. Das angekündigte Vorhaben der Nationalsozialisten, das gesamte deutsche Volk luftschutzbereit zu machen, fand Charlotte ebenso beunruhigend wie die Meldung eine Spalte weiter mit der Überschrift: *Amerika rüstet*. Präsident Roosevelt hatte vom Kongress die Bewilligung immenser Kredite gefordert, mit denen Flugabwehrgeschütze, Panzer und Gasmasken angeschafft sowie der Küstenschutz massiv ausgebaut werden sollten. Charlotte hatte das Blubbern in ihrem Bauch auf das mulmige Gefühl zurückgeführt, das sie oft beschlich, wenn sie solche Nachrichten las. Zwar wurde allseits der Frieden beschworen und betont, dass ein Krieg unbedingt vermieden werden sollte, gleichzeitig gab es viele Anzeichen, die in ihren Augen vom Gegenteil zeugten.

Als sich das zarte Flattern wiederholte, war Charlotte stutzig geworden, hatte sich in ihrem Stuhl zurückgelehnt und in sich hineingehorcht. Nein, das war kein Unwohlsein oder ängstliches Verkrampfen des Zwerchfells. Es war, als würden kleine Bläschen an der Bauchdecke zerplatzen oder eine Feder dagegenstreichen. Ist das möglich?, hatte sie sich gefragt. Ist das mein Kind, das sich da bewegt?

Der Verwunderung war ein unbändiges Glücksgefühl gefolgt. In ihrem Leib wuchs tatsächlich ein kleiner Mensch heran! Von diesem Moment an hatte Charlotte gewusst, dass sie es niemals bereuen würde, den von Zilly erwähnten Arzt nicht aufgesucht und um seine diskreten Dienste gebeten zu haben.

In das zärtliche Gefühl für das Ungeborene mischte sich Sorge um dessen Zukunft. Charlotte hatte nach reiflicher Überlegung beschlossen, ihre Eltern erst nach der Geburt vor vollendete Tatsachen zu stellen – in der Hoffnung, der Anblick ihres Enkelchens würde sie milde stimmen und ihren Widerwillen gegen die Verbindung ihrer Tochter mit einem Esten verringern. Was aber, wenn sich diese Hoffnung nicht erfüllte? Wenn ihre Eltern sie zwingen würden, sich von Lennart zu trennen und das Kind wegzugeben? Charlotte legte ihre Hände schützend auf ihren Unterleib. »Ich werde das niemals zulassen und dich immer behüten«, flüsterte sie. »Niemand wird uns auseinanderbringen!«

Schleswig-Holstein, Oktober 1977

– 23 –

Am Dienstag regnete es sich ein. Bereits am frühen Morgen, als Gesine mit dem Fahrrad zur Schule fuhr, nieselte es, und eine graue Wolkendecke hing schwer über den abgeernteten Feldern, gemähten Wiesen und umgepflügten Äckern. Im Lauf des Vormittages wurde aus dem feinen Fieseln ein Pladdern, das gegen die Fenster des Klassenzimmers prasselte und die Sicht nach draußen verschwimmen ließ. Auf dem Rückweg zum Gut Pletten waren die Feldwege von Pfützen übersät, in den Furchen der Traktorenreifenspuren sammelte sich das Wasser, und der aufspritzende Schlamm sprenkelte ihre Schuhe und Hosenbeine mit graubraunen Klecksen.

Gesine nahm kaum etwas davon wahr. Ihre Gedanken waren bereits bei dem bevorstehenden Training mit Cara und Grigori, um das sie schon während des Unterrichts unablässig gekreist waren. Die Schulstunden waren an Gesine vorbeigerauscht. Sie hatte den Ausführungen des Mathematiklehrers über die Kurvendiskussion zwar zugehört, wäre jedoch anschließend kaum in der Lage gewesen, den Inhalt wiederzugeben. Ebenso war es ihr bei dem Referat einer Klassenkameradin im Englischleistungskurs ergangen. Lediglich in der Doppelstunde Gemeinschaftskunde war Gesine aus ihrer geistigen Abwesenheit aufgetaucht und hatte sich an der hitzigen Debatte beteiligt, die über das allgegenwärtige Thema RAF-Terror geführt worden war. Frau Herder hatte ihre Schüler aufgefordert, sich zur Vorbereitung des Unterrichts das aktuelle »Spiegel«-Heft zu besorgen und das Titelthema: *Terrorismus in Deutschland – Die Sympathisanten* zu lesen. Zu Beginn des Unterrichts trug sie einen Absatz aus dem Artikel vor. Die Lehrerin hatte den letzten Satz noch nicht beendet, als bereits die ersten Finger nach oben geschnellt und Zwischenrufe ertönt waren. Der erregte Schlagabtausch, den sich die Teilnehmer des Leistungskurses lieferten, führte Gesine vor Augen, wie zutreffend der Schlusssatz des Zeitungsartikels war:

Im neuen Verdachtsklima von Terror und Sympathisantensuche keimen klassische Züge des McCarthyismus: Verfolgungssucht und Rufmordkampagnen auf der einen Seite, Rechtfertigungszwang und Entschuldigungsmanie auf der anderen. Unter dem Stichwort Sympathisant alias Deutschenfeind alias Volksverräter alias vaterlandsloser Geselle gedeiht wieder einmal deutscher Aberwitz, wie er im Geschichtsbuch steht.

Später, als Gesine mit gesenktem Kopf durch den Regen radelte, fragte sie sich, wie Grigori die Diskussion wohl erlebt hätte. Wieder einmal wurde ihr klar, wie wenig sie über seine politischen Ansichten oder anderen Überzeugungen wusste. Wie stand er zu den sozialistischen Idealen? Was hielt er vom Kapitalismus? War er religiös? Ist das wichtig? Nein, eigentlich nicht, stellte sie fest. Für mich zählt nur, ob er mich wirklich mag und meine Gefühle erwidert.

Gesine konnte sich nicht erinnern, wann sie das letzte Mal derart aufgeregt gewesen war. In einem Moment kam sie fast um vor Ungeduld, Grigori endlich zu sehen, im nächsten Augenblick war sie drauf und dran, ihn zu versetzen und Kopfschmerzen oder einen verdorbenen Magen vorzutäuschen. Wobei Letzteres zunehmend zur Realität zu werden drohte. Schon in der Schule war ihr flau gewesen. Als sie zu Hause in der Eingangshalle ihre durchnässte Jacke an der Garderobe aufhängte, bereitete ihr der Geruch nach angebratenem Speck, der aus der Küche drang, Übelkeit. Sie würde keinen Bissen von Annekes leckeren Buchweizenklößen, die es mittags geben sollte, hinunterbringen.

Zwei Stunden später war der Regen noch stärker geworden. Der von der See kommende stürmische Wind peitschte ihn übers Land. Kaum hatte Gesine – in Anorak und Gummistiefeln – das Haus verlassen, war sie von allen Seiten von Nässe umhüllt, die Böen nahmen ihr den Atem, und die wenigen Schritte bis zum Stall reichten aus, ihre Hosen zu durchweichen sowie Gesicht und Haaransatz mit einem Tröpfchenfilm zu überziehen.

Mama hat recht, wir brauchen eine Reithalle, dachte Gesine, während sie über den Hof rannte, auf dem sich große Lachen mit Wasser gebildet hatten, das der von Feuchtigkeit gesättigte Boden nicht mehr aufnehmen konnte. Heute können wir unmöglich draußen mit Cara trainieren.

Gräfin Pletten lag ihrem Mann seit Langem mit dem Bau einer Halle in den Ohren. Gesines Vater war jedoch der Ansicht, dass es dringendere Investitionen auf dem Gestüt gäbe. Gesine, die vor Grigoris Ankunft nur widerwillig auf dem Sandplatz trainiert hatte und am liebsten ausgeritten war, hatte ebenfalls keinen Bedarf für einen geschützten Ort gesehen, an dem auch bei widrigen Wetterverhältnissen mit den Holsteinern gearbeitet werden konnte. Seit sie jeden Tag mit Cara übte, hatte sie ihre Meinung geändert.

Sie schob die Stalltür einen Spaltbreit auf, schlüpfte ins Innere und schloss sie hinter sich. Der vertraute Geruch nach warmen Pferdeleibern, in den sich der Duft von würzigem Heu, Haferschrot, Lederpolitur sowie eine Ammoniak-Note mischten, stieg ihr in die Nase. Aus einigen Boxen streckten die Holsteiner ihren Hals über die brusthohen Holzwände und begrüßten sie mit leisem Wiehern oder Schnauben. Weiter hinten in der Gasse stand Grigori und reinigte einem Wallach die Hufe. Gesine atmete tief durch, streifte die Kapuze vom Kopf und ging zu ihm.

Er drehte sich zu ihr und begrüßte sie mit seinem gewohnt freundlichen »Chaalo!«.

Außerstande, einen Ton herauszubringen, nickte Gesine ihm zu.

»Wusste nicht, ob du kommst«, sagte er. »So viel Regen. Nicht gut für Training im Freien.«

»Ja«, krächzte Gesine. Sie räusperte sich. »Aber ich wollte nicht einfach wegbleiben. Wir waren ja verabredet.« Sie deutete auf den Wallach. »Kann ich dir helfen?«

Grigori schüttelte den Kopf. »Bin fertig mit ihm.« Er führte das Pferd zurück in seine Box.

Gesine trat unschlüssig von einem Bein auf das andere. Sollte sie wieder gehen? Sie zupfte an ihren Locken, die sich durch die Feuchtigkeit noch stärker kräuselten als gewöhnlich. Vermutlich sehe ich aus wie ein explodierter Wischmopp, schoss es ihr in den Sinn.

»Aber bei Casimir wir mussen arbeiten zusammen«, sagte Grigori, der wieder in die Gasse getreten war.

Er deutete zum Abteil des jungen Hengstes, der seit seiner traumatisierenden Begegnung mit den Steinewerfern äußerst schreckhaft war. Jede noch so kleine Veränderung in seinem Umfeld, jede unverhoffte Bewegung, jedes unbekannte Objekt oder fremde Personen – alles konnte ihn in Panik versetzen. Zwar hatte sich sein Zustand dank Grigoris täglichen Bemühungen stabilisiert. Dennoch war ungewiss, ob er sich jemals ganz von dem Erlebten erholen würde. Erst wenige Tage zuvor hatte Gesine gehört, wie ihr Vater mit Wittke diskutiert hatte, ob Casimir sich noch als Turnierpferd eignete. Der Stallmeister hatte die Bedenken zwar nachvollziehen können, war jedoch zuversichtlich, dass es Grigori gelingen konnte, den Hengst wieder »einzuordnen«. Gesine hatte ihm im Stillen beigepflichtet. Wenn jemand dazu in der Lage war, dann Grigori.

»Bald kommt Schmied«, fuhr dieser fort. »Casimir muss stillhalten, wenn Eisen an Fuße geschlagen wird.« Er öffnete die Box, hielt Gesine ein Seil hin und forderte sie auf, das Pferd herauszuholen.

Behutsam näherte sie sich dem Hengst, der in eine Ecke zurückgewichen war und sie nervös beäugte. Sein Atem ging schnell, flach und gepresst. In Erinnerung an eine frühere Lektion begann Gesine, tief Luft zu holen und diese mit einem leisen Geräusch auszustoßen, als ob sie sehr müde sei. Es dauerte keine Minute, bis Casimir ebenfalls tief ein- und ausatmete und herzhaft gähnte. Auch Gesine spürte, wie sie ruhiger wurde und sich entspannte. Sie befestigte die Leine am Halfter des Hengstes und führte ihn aus seiner Box.

»Sehr gut« Grigori lächelte ihr zu.

In der folgenden halben Stunde übten sie mit Casimir, seine Beine nacheinander auf Kommando zu heben, in ihre Hand zu legen und sie dort zu belassen, bis sie ihm den Befehl gab, sie wieder auf den Boden zu stellen. Grigori übernahm die Rolle des Schmieds und ahmte mit einem Hammer das Beschlagen nach. Zunächst mit dem Stiel, später mit dem Stahlkopf klopfte er auf die Hufe – abwechselnd lockerer und fester, was dem Pferd die Möglichkeit gab, sich beim leichten Hämmern etwas abzuregen, bis auch das härtere Schlagen kein Problem mehr darstellte. Anschließend erzeugte Grigori laute Geräusche, indem er mit dem Hammer gegen Metall schlug. Casimir zuckte zwar zusammen, blieb mit seiner Konzentration jedoch bei Gesine, die sich seitlich neben seinen Kopf gestellt hatte und ihn am Widerrist kraulte.

»Brav«, lobte Grigori und beendete das Training. »Morgen wir üben Feilen von Hufe.« Er tätschelte den Hals des Pferdes, das zwischen ihm und Gesine stand. Sie streichelte es auf der anderen Seite.

»Woher hast du eigentlich gestern gewusst, dass ich in der leeren Box bin?«, fragte sie.

»Pferde in Stall haben mir verraten, dass jemand dort«, antwortete Grigori. Er lächelte spitzbübisch »Und Apfel, dass du es bist«, fügte er hinzu.

»Apfel?« Gesine sah ihn verständnislos an.

Er deutete auf ihre Haare. »Riecht wie Apfel.«

Schönes Haar, das man am Duft erkennt – Waschen Sie den Duft frischer grüner Äpfel ins Haar. Der Slogan, mit dem das Shampoo von Respond angepriesen wurde, tauchte vor Gesines innerem Auge auf – zusammen mit dem von Granny Smith Äpfeln umrahmten Gesicht einer jungen Frau, die dem Betrachter auf Werbeanzeigen des Haarwaschmittels entgegenlachte. Gesine benutzte es wie viele ihrer Klassenkameradinnen, seit es im Jahr zuvor auf den Markt gekommen war.

Sie grinste verlegen, fuhr Casimir durch die Mähne und zuckte zusammen, als sie auf Grigoris Hand stieß. Bevor sie ihre zurückziehen konnte, verschränkte er seine Finger mit ihren. Gesine erschauerte, erwiderte vorsichtig seinen Druck und sah in seine graublauen Augen, die sich tief in ihre versenkten. Ihr Herz bummerte in ihrem Hals.

»*Jabloko dewuschka*«, sagte Grigori leise. Es klang sehr zärtlich.

Bevor sie sich erkundigen konnte, was das auf Deutsch hieß, stellte er die Frage, die Gesine sehnlich herbeigewünscht und zugleich gefürchtet hatte.

»Darf ich kussen dir?

Wie von selbst nickte ihr Kopf. Grigori duckte sich unter Casimirs Hals hinweg und war ihr plötzlich ganz nah. Er umfasste ihr Gesicht mit beiden Händen und zog es sanft zu sich. Gesine schloss die Augen. Sie hörte das leise Schnauben des Pferdes, spürte die Wärme seines Leibes und gleich darauf etwas Weiches auf ihrem Mund. Ein Kribbeln überlief ihren Körper, als sich ihre und Grigoris Lippen erst zaghaft berührten, sich wieder lösten, erneut tastend suchten, bevor sie schließlich miteinander verschmolzen und Gesine nicht hätte sagen können, wo ihre endeten und seine begannen.

Estland – März 1939

— 24 —

Vier Monate waren vergangen, seit Charlotte der Fähre hinter-
hergewunken hatte, mit der Lennart vom Hafen von Orjaku
Richtung Festland abgefahren war. Schier endlos hatten sich die
Wochen in der Zwischenzeit gedehnt. Jeden Tag und vor allem
in den Nächten hatte sie sich nach ihm gesehnt und sich ihr
Wiedersehen ausgemalt. Immer und immer wieder hatte sie
Lennarts Briefe gelesen, bis sie sie auswendig konnte. Die letzte
Stunde der Trennung – die Fahrt zu ihrem Treffpunkt – war die
schlimmste. Charlotte war an diesem Freitagnachmittag direkt
nach der Arbeit mit ihrer Reisetasche zum Bahnhof gelaufen und
hatte den Zug nach Aruküla genommen. Der kleine Ort lag ungefähr auf halbem Wege zwischen Tallinn und Jäneda an der ältesten Bahnlinie Estlands, die den eisfreien Hafen Paldiski (Bal-
tischport) mit Tallinn, dem Grenzort Narva und Leningrad
(vormals Sankt Petersburg) verband.

Gemächlich zuckelte der Zug durch die flache Landschaft, die
sich Mitte März noch fest im Griff des Winters befand. Äcker
und Wiesen, Moore und Sümpfe waren mit einer lückenlosen
Schneeschicht bedeckt, Seen und Tümpel zugefroren, und die
Stämme exponiert stehender Bäume auf der Wetterseite von Eis-
kristallen überkrustet. Charlotte hielt es kaum auf ihrem Sitz.
Sie verfluchte jeden der zahlreichen Zwischenhalte und schaute
alle paar Minuten auf ihre Armbanduhr. In die Vorfreude auf
Lennart mischte sich zunehmend Nervosität. Wie würde er die
Neuigkeit aufnehmen, die auch für sein Leben eine tiefgreifende
Veränderung bedeutete?

Nach einer Stunde erreichte die Bahn den Kiefernwald, der
Aruküla umgab. Charlotte stand auf, zog ihren Mantel an und

stellte sich mit ihrer Reisetasche auf den Gang. Kaum hatte der Zug gehalten, wurde die Tür von außen aufgerissen, zwei Arme streckten sich ihr entgegen und hoben sie auf den Bahnsteig.

»Mein Herz«, flüsterte Lennart ihr ins Ohr. »Endlich!« Er drückte sie an sich.

Charlotte ließ die Tasche fallen und umarmte ihn mit aller Kraft. Sie sog den vertrauten Duft in sich ein, spürte die Wärme von Lennarts Körper und lauschte seiner Stimme, die sie so lange nur in ihren Gedanken gehört hatte. Wie hatte sie es nur all die Monate ohne ihn ausgehalten?

»Das waren die längsten Wochen meines Lebens«, hörte sie ihn leise sagen. Als habe er ihre Gedanken gelesen. »Ich habe die Zeit ohne dich nur ertragen, weil ich gebüffelt und gearbeitet habe wie ein Verrückter.«

»Das ging mir ganz ähnlich«, murmelte Charlotte, suchte seine Lippen und versank in einem Kuss, den er leidenschaftlich erwiderte.

Nach einer Weile löste sich Lennart von ihr, griff mit einer Hand nach ihrer Reisetasche und legte den anderen Arm um ihre Schultern. Eng aneinandergeschmiegt liefen sie in den Ort, dessen Straßen bereits im Dämmerlicht des hereinbrechenden Abends lagen. Vor einem einfachen Gasthof machte Lennart halt.

»Bereit, Frau Landa?«

Charlotte nickte und kicherte nervös. Sie hatten vereinbart, als Ehepaar aufzutreten, das erst nach Lennarts Studium einen gemeinsamen Hausstand gründen konnte. Ansonsten wollten sie bei den Tatsachen bleiben. Zu behaupten, sie wären bereits getraut, war in ihren Augen eine harmlose Flunkerei – zumal sie noch im Lauf des Jahres zur Wahrheit werden sollte. Dennoch überlief Charlotte ein Prickeln, als der Wirt sie als *härra ja proua Landa* – Herrn und Frau Landa – willkommen hieß und zu ihrem Zimmer im ersten Stock führte. Der Reiz des Verbotenen verband sich mit dem Vorgeschmack auf die Zeit, in der sie tatsächlich Lennarts Namen tragen würde. Es fühlte sich fremd und zugleich selbstverständlich an. Lennart und sie stellten ihr Gepäck ab, hängten ihre Mäntel an dafür vorgesehene Haken neben der Tür und folgten dem Wirt zurück nach unten, wo sie von dessen Frau begrüßt und in die Gaststube gebeten wurden.

»Ihr habt euch sicher viel zu erzählen nach der langen Trennung«, sagte die Wirtin mit einem freundlichen Lächeln und führte sie zu einem kleinen Tisch, der halb verdeckt von einem mächtigen Kachelofen in einer Ecke stand, wo Charlotte und Lennart weitgehend den neugierigen Blicken der anderen Gäste entzogen waren.

Sie waren die einzigen Fremden. Am Tresen saßen drei Burschen, die Kartoffelschnaps der Tallinner Spritfabrik Rosen & Co. tranken, Papirossi rauchten und sich über die endlosen juristischen Verwicklungen aufregten, die die Verwirklichung einer seit Langem im Kiefernwald geplanten Gartenstadt hinauszögerten. Soweit Charlotte es mitbekam, fühlten sich die drei Handwerker um lukrative Arbeitsaufträge geprellt, die man ihnen in Aussicht gestellt hatte. An einem runden Tisch spielten sechs Männer *Turakas*, ein ursprünglich russisches Kartenspiel. Dabei ging es darum, möglichst schnell alle Karten loszuwerden, um nicht als letzter Spieler noch welche auf der Hand zu haben und als *Turakas* (abgeleitet vom russischen *Durák*, zu Deutsch Dummkopf) verspottet zu werden.

Während Charlotte und Lennart Platz nahmen, eilte die Wirtin in die Küche und kehrte mit zwei Tellern dampfender *hernesupp* zurück. In der sämigen Erbsensuppe schwammen *veri käkk*, in Mehl und Ei gewälzte und anschließend in Schmalz ausgebackene Schweineblutklößchen. Dazu servierte sie *küüslaugulei-*

vad, mit Öl und Knoblauch in der Pfanne gebratene Schwarzbrotscheiben.

»Möchtet ihr ein Bier dazu?«, fragte sie. »Mein Mann hat erst vorgestern frisch gebraut.«

»Ja, gern« antwortete Lennart.

»Nein, danke, für mich bitte einen Tee«, sagte Charlotte.

Lennart sah sie erstaunt an. Auf dem Birkenhof hatte sie abends gern ein Bier zum Essen getrunken. Charlotte spürte, wie ihr das Blut in die Wangen schoss.

Die Wirtin hob die Brauen, streifte Charlottes Bauch mit einem Blick, nickte ihr mit einem Lächeln zu und lief zum Tresen, nachdem sie ihnen mit »*Jätku leivale*« eine gesegnete Mahlzeit gewünscht hatte, wörtlich übersetzt: »Das Brot soll reichen.«

»Tee?« Lennart musterte Charlotte. »Bist du erkältet?«, fragte er besorgt.

Sie schüttelte stumm den Kopf, unfähig, einen Ton herauszubringen.

Lennart sah zur Wirtin, die am Schanktisch einen Krug Bier zapfte. »Warum hat sie dich dann so … wie soll ich sagen … wissend angeguckt?« Er drehte sich wieder zu Charlotte. »Geht es dir wirklich gut?«

Charlotte wurde noch röter. »Oh, äh … ja, … alles in Ordnung«, stotterte sie und verwünschte im Stillen den Scharfblick der Wirtin. Eine Gaststube war der letzte Ort, an dem sie Lennart hatte einweihen wollen.

Er runzelte die Stirn. »Es ist doch nicht …« Seine Augen weiteten sich. »Bist du etwa … erwartest du …«

»Pssst!«, machte Charlotte und legte ihre Hand auf seine. »Ich wollte es dir nachher sagen, wenn wir ungestört sind«, wisperte sie.

Lennart umschloss ihre Finger. »Ich werde Vater?«, fragte er kaum hörbar.

Charlotte nickte und wartete mit angehaltenem Atem auf seine Reaktion.

Ein Ausdruck ungläubigen Staunens breitete sich auf seinem Gesicht aus. »Bist du sicher?«

Charlotte nickte erneut.

Lennart begann zu strahlen. »Ich weiß gar nicht, was ich sa…« Er fuhr sich durchs Haar. »Das ist wundervoll!« Er hob ihre Hände an seinen Mund und küsste nacheinander die Innenflächen.

Charlottes Hals wurde eng. Tränen der Erleichterung stiegen ihr in die Augen.

»Seit wann weißt du es?«, fragte er leise.

»Absolut sicher bin ich erst seit Kurzem.«

»Warst du schon bei einem Arzt?«

Charlotte schüttelte den Kopf.

»Solltest du nicht … ich meine, um überprüfen zu lassen, dass alles in Ordnung …«

Charlotte presste die Lippen aufeinander und wich seinem Blick aus. Es war ihr peinlich zuzugeben, dass ihr die Aussicht unangenehm war, als ledige Schwangere einen Arzt aufzusuchen. Sich von den bornierten Ansichten zu befreien, die ihr von klein auf eingetrichtert wurden, und nichts auf die Meinung Außenstehender zu geben, sondern selbstbewusst zu ihrer Situation zu stehen, fiel ihr schwerer als gedacht.

Das Erscheinen der Wirtin, die Lennarts Bier und eine Tasse mit Pfefferminztee für Charlotte auf den Tisch stellte, unterbrach kurz ihr Gespräch. Nachdem sie sich wieder entfernt hatte, beugte sich Lennart zu Charlotte.

»Hat es etwas mit dem Getratsche in euren Kreisen zu tun, von dem du mir geschrieben hast?«, fragte er. »Hast du Angst, dass der Arzt sich nicht an seinen Eid halten und es deinem Vater erzählen könnte? Quasi von Kollege zu Kollege?«

Charlotte blinzelte verblüfft. Auf diesen Gedanken war sie gar nicht gekommen. Zumal sie ohnehin keinen deutschen Doktor wählen würde. Zilly und ihre Mutter waren bei einem jüdischen Frauenarzt, den sie in den höchsten Tönen lobten. Der Besuch von Doktor Epsteins Praxis würde kein Risiko darstellen. Charlottes Eltern pflegten – so wie die meisten Angehörigen der baltischen Oberschicht – keinen gesellschaftlichen Umgang mit Juden. Die Lebenskreise der beiden Minderheiten berührten sich kaum. Die Deutschen in Estland hatten größtenteils keine hohe Meinung von ihren jüdischen Mitbürgern, sie hielten sie für feige, penetrant und aufdringlich. Ihnen wurde unterstellt, ihnen läge der Handel mehr als produktive Tätigkeiten, weshalb ihnen auch schöpferische Begabungen in der Kunst abgesprochen wurden – ohne dass Charlotte je einen stichhaltigen Beweis für diese Klischees erhalten hätte.

»Nein, das ist es nicht«, antwortete sie, um einen beiläufigen Ton bemüht. »Ich hatte einfach noch keine Zeit. Aber ich mache gleich nächste Woche einen Termin, versprochen.«

»Das beruhigt mich sehr«, sagte Lennart. Er seufzte. »Jetzt wird es noch unerträglicher, von dir getrennt zu sein.« Er schob den Teller, von dem er kaum gegessen hatte, weg und schaute ihr in die Augen. »Ich möchte dir zur Seite stehen. Ich finde es falsch, dich jetzt allein zu lassen. Am liebsten würde ich das Studium ab...«

»Auf keinen Fall!« Charlotte sah ihn beschwörend an. »Es sind doch nur noch wenige Monate. Und mein Onkel wäre ...«

»Du hast ja recht.« Lennart fuhr sich durchs Haar. »Aber ich komme mir so nutzlos vor.«

»Ich bitte dich!« Charlotte legte die Hand auf seinen Arm. »Das ist doch Unsinn, allein schon zu wissen, dass du zu mir stehst und mich nicht im Stich ...«

»Wie könnte ich?«, rief Lennart. »Das wäre nun wirklich das Letzte!«

Aus den Augenwinkeln nahm Charlotte wahr, dass die drei Burschen am Tresen sich zu ihnen umgedreht hatten und ihnen neugierige Blicke zuwarfen.

»Du bist das Wichtigste in meinem Leben«, fuhr Lennart mit gedämpfter Stimme fort. Er nahm ihr Gesicht zwischen seine Hände. »Du kannst unbedingt auf mich zählen.«

Charlottes Hals wurde eng. Wie hatte sie nur eine Sekunde an Lennart zweifeln können? »Ich liebe dich so sehr«, flüsterte sie ihm ins Ohr.

Am nächsten Tag machten sie einen ausgedehnten Spaziergang hinaus zum ehemaligen Herrenhaus. Das Thermometer, das neben der Haustür des Gasthofs angebracht war, zeigte minus drei Grad Celsius. Ein mäßiger Wind trieb Schäfchenwolken über den blassblauen Himmel, der sich hoch über der verschneiten Landschaft wölbte. Auf der Tallinna Maantee, der Tallinner Chaussee, ging es am Ortsrand entlang Richtung Süden. Rechter Hand entdeckten sie nach einer Weile eine Baustelle, auf der ein schlichtes Holzhaus mit Giebeldach errichtet wurde.

»Das muss das Kulturhaus sein, das die Wirtin erwähnt hat«, sagte Charlotte. »Ich hatte es mir irgendwie imposanter vorgestellt.«

Die Frau hatte ihren Gästen beim Servieren eines deftigen Frühstücks voller Stolz vom Bau des *rahvamaja* (Volkshauses) berichtet, das noch in diesem Jahr eröffnet werden sollte. Nach ihren überschwänglichen Beschreibungen hatte Charlotte eine Art Kulturzentrum mit mehreren Gebäuden erwartet.

»Sag ihr das bloß nicht!« Lennart sah Charlotte gespielt streng an. »Die Gute hatte ja sichtlich das Bedürfnis, uns Aruküla anzupreisen. Vermutlich befürchtet sie, dass es uns hier zu wenig spektakulär ist.«

»Wenn sie wüsste!« Charlotte drückte sich an ihn. »An deiner

Seite wird für mich noch die langweiligste Einöde zu einem interessanten Ort.«

Lennart legte einen Arm um ihre Schultern. »Immerhin gibt es hier einen der größten Findlinge von Estland. Wir können ja auf dem Rückweg einen Abstecher zu ihm machen.«

Charlotte nickte. Schweigend liefen sie weiter.

»Ich habe heute Nacht viel darüber nachgedacht, wo du die kommenden Monate am besten aufgehoben wärest«, sagte Lennart nach einer Weile. »In Tallinn kannst du schließlich nicht mehr lange bleiben.«

»Stimmt.« Charlotte verzog den Mund. »Die Frage hat mir auch schon einiges Kopfzerbrechen bereitet.«

»In den Sommerferien kannst du auf jeden Fall bei meiner Schwester unterschlüpfen. Sie wird uns ohne zu zögern helfen.«

»Auf die Idee bin ich gar nicht gekommen.« Charlottes Miene erhellte sich. Zillys Worte, dass sich oft unerwartet Türen öffneten und Auswege anboten, fielen ihr wieder ein.

»In dem Schulhaus ist viel Platz«, fuhr Lennart fort. »Außerdem ist Maarja mit einer Frau befreundet, die als Hebamme arbeitet. Du wärest also auch in dieser Hinsicht in guten Händen.«

»Wie lange wirst du noch in Jäneda sein?«, fragte Charlotte nach kurzem Zögern. Sie wollte Lennart nicht unter Druck setzen.

»Die letzten Prüfungen habe ich zwar erst Anfang Oktober«, antwortete er. »Aber davor finden keine Vorlesungen mehr statt. Ich kann in der zweiten Julihälfte zu euch stoßen und wäre bei der Geburt dabei.«

Charlottes Herz machte einen Sprung. »Das wäre großartig!« Sie atmete tief durch.

»Ich möchte das unbedingt«, sagte Lennart und zog sie enger an sich. »Lernen kann ich schließlich auch auf Hiiumaa. Hauptsache, ich bin bei dir. Und unserem Kind.«

Mittlerweile hatten sie den Englischen Park erreicht, in dem das ehemalige Gutshaus lag. Es war in den 1820er Jahren im klassizistischen Stil errichtet und um die Jahrhundertwende um ein zweites Stockwerk aus Holz ergänzt worden. Im Zuge der estnischen Landreform hatte der Staat die Baranoffs enteignet und das Gut samt Feldern und Wäldern dem estnischen Freiheitskämpfer Kaarel Eenpalu für dessen Verdienste im Unabhängigkeitskampf gegeben. Dieser hatte den Besitz wenig später der Gemeinde von Aruküla geschenkt, die in dem Wohnhaus eine Schule einrichtete.

Während sie durch den Park liefen, spürte Charlotte der Geborgenheit nach, die sie in Lennarts Armen fand. An die Stelle der Zweifel und Ängste war Zuversicht getreten. Auch wenn es noch viele offene Fragen gab – für den Moment überwog das Vertrauen, dass sie gemeinsam alle Widrigkeiten überwinden konnten. Als habe Lennart ihre Gedanken gelesen, hörte sie ihn sagen: »Jetzt muss uns nur noch etwas einfallen, wo du die Zeit vor den Ferien verbringen kannst.«

»Wenn meine alte Kinderfrau nicht ausgerechnet in Haapsalu wohnen würde, könnte ich sie fragen. Sie ist ein herzensguter Mensch und würde mich niemals verraten.«

Lennart kratzte sich am Kinn. »Dasselbe gilt für deinen Onkel«, sagte er nach kurzem Nachdenken. »Er wäre überglücklich, wenn du wieder zu ihm ziehen würdest.«

»Das mag sein. Aber da ist ja noch dieses Hauswärterpaar, das meine Mutter ihm aufgenötigt hat. Die würden sie gewiss sofort informieren über meine …«

»Die müssten natürlich vorher weg«, unterbrach Lennart sie. »Julius hat mir erst letzte Woche geschrieben, dass er drei Kreuze schlagen wird, wenn er die beiden wieder los ist.«

»Wieso? Ich dachte, sie sind tüchtig und erledigen ihre Aufgaben gut.«

»Das schon. Aber er wird nicht warm mit ihnen. Sie sind ihm zu aufdringlich und machen keinen Hehl aus ihrer Verachtung für die Esten.«

»Na, da sind sie bei Onkel Julius aber an den Falschen geraten«, sagte Charlotte.

»Zumal sie offenbar Frau Mesila vor den Kopf gestoßen haben. Die Gute war schon kurz davor zu kündigen.«

»Das wird Onkel Julius nie zulassen. Er liebt ihre Kochkünste!«

»Genau.« Lennart grinste. »Er hat sie wohl bekniet, durchzuhalten bis zu meiner Rückkehr nach den Prüfungen.«

»Und bis dahin braucht mein Onkel dieses Ehepaar noch«, sagte Charlotte. »Zumindest auf den Mann kann er nicht verzichten.«

»Verflixt!« Lennart runzelte die Stirn. »Das hatte ich im Eifer des Gefechts ganz vergessen.«

»Abgesehen davon möchte ich Onkel Julius nicht in die Sache mit hineinziehen«, sprach Charlotte weiter. »Er hatte schon genug Schererein mit meiner Mutter. Da muss ich nicht noch mehr Öl ins Feuer gießen.«

Lennart blieb stehen. »Aber du weißt schon, dass er sich wirklich nichts mehr wünscht als deine Rückkehr.« Er sah ihr in die Augen. »Eigentlich rechnet er sogar fest damit. Er freut sich, dass wir uns unsere Zukunft auf dem Birkenhof vorstellen können und das Gestüt gemeinsam mit ihm bewirtschaften wollen.«

Charlottes Puls ging schneller. Es war eine Sache gewesen, sich in vagen Wunschvorstellungen zu ergehen. Eine andere, zu hören, dass ihrer Verwirklichung zumindest von Seiten ihres Onkels nichts im Wege stand. In die Freude darüber mischte sich Besorgnis. Das Glück war zum Greifen nah – und zugleich bedroht und zerbrechlich. So vieles konnte zuvor noch schiefgehen.

»Ich kann es kaum erwarten, mit dir und unserem Kind als Familie zu leben«, sagte Lennart. »Wenn es doch nur im echten Leben so eine Zeitreisemaschine wie in dem Roman von H. G. Wells gäbe. Dann würden wir uns jetzt auf der Stelle in den Spätsommer versetzen lassen.«

»Ja, das wäre wirklich großartig.« Charlotte seufzte. »Ich mag gar nicht daran denken, dass wir uns morgen schon wieder trennen müssen.«

»Wir sehen uns bald wieder, versprochen!« Er beugte sich zu ihr und suchte ihre Lippen.

Charlotte legte ihren Kopf in den Nacken und erwiderte seinen Kuss, der sie ein paar Atemzüge lang alles um sich herum vergessen ließ.

Schleswig-Holstein, Oktober 1977

– 25 –

Benommen tapste Gesine über den Hof durch den Regen zurück zum Wohnhaus, platschte, ohne es zu bemerken, in Pfützen, stieß sich an einer Schubkarre das Knie und wäre auf den Stufen zur Eingangstür beinahe über ihre eigenen Füße gestolpert. Er hat mich geküsst, er hat mich geküsst – dieser Satz war das Einzige, was sie denken konnte. Je öfter sie ihn wiederholte, desto unwirklicher kam er ihr vor. In der Eingangshalle wurde sie von Anton mit fröhlichem Gebell begrüßt. Während sie sich die verdreckten Stiefel auszog, sprang der Rauhaardackel schwanzwedelnd an ihr empor. Sie kauerte sich vor ihn hin und kraulte ihn hinter den Ohren. Die Berührung des warmen Hundekörpers erdete Gesine und schob den nebligen Vorhang der Konfusion beiseite, hinter dem die Welt nach dem Kuss von Grigori verschwunden war.

Nachdem sie sich voneinander gelöst hatten, war er mit einem freundlichen Abschiedsgruß zu seiner Arbeit zurückgekehrt. Gesine hatte sich nicht getraut zu fragen, ob sie nun zusammen waren. Was dieser Kuss für ihn bedeutete. Ob *sie* ihm etwas bedeutete.

»Du hast es gut«, sagte sie leise zu Anton, der mittlerweile auf dem Rücken lag und sich den Bauch streicheln ließ. »Bei euch Hunden ist das alles nicht so kompliziert.«

»Was ist denn bei dir so kompliziert?«

Gesine drehte sich um und sah sich ihrem Großvater gegenüber, der eben das Haus betreten hatte und seinen Regenschirm in den dafür vorgesehenen Ständer stellte.

»Opa, du bist zurück!« Gesine richtete sich auf und flog in seine Arme. »Ich habe dich schrecklich vermisst!«

»Ich bin auch froh, wieder hier zu sein«, sagte er, während er sie herzlich an sich drückte.

»War's denn nicht so toll?«, fragte Gesine.

»Oh doch! Die Exkursion war hoch interessant, und es tat gut, sich mal wieder ausgiebig mit anderen auszutauschen. Aber wenn ich wegfahre, bekomme ich spätestens nach drei Tagen Heimweh.« Er zuckte die Achseln. »Liegt wohl an meinem Alter.«

»Ich bitte dich, sooo alt bist du doch gar nicht!«, rief Gesine. »Wenn ich es nicht besser wüsste, würde ich dich höchstens auf Mitte sechzig schätzen.«

»Danke für die Blumen.« Opa Paul tätschelte ihre Wange. »Und nun verrate mir, was du mit Grigori angestellt hast.«

»Ich?« Gesine sah ihn erschrocken an. Was hatte Grigori ihrem Großvater erzählt? Ihr Magen zog sich zusammen. Hatte er sich damit gebrüstet, wie leicht er sie herumgekriegt hatte?

»Grigori ist wie ausgewechselt«, erklärte Opa Paul. »Als ich vorhin am Stall vorbeikam, hat er vergnügt vor sich hin gepfiffen. Keine Spur mehr von der melancholischen Stimmung, in die er vor meiner Reise so oft versponnen war.«

Gesine atmete aus. »Warum glaubst du, dass ich was damit zu tun habe?«, fragte sie und hoffte, dass ihr Großvater das Pochen ihres Herzens nicht hörte, das ihr überlaut in den Ohren rauschte.

»Ich habe mich nach dem Grund für seine gute Laune erkundigt«, antwortete er. »Er sagte, dass er sich schon sehr auf morgen und das Training mit Cara und dir freut.« Opa Paul zwinkerte ihr zu. »Und da sich deine Stute ihm gegenüber wohl kaum wesentlich anders als sonst verhält, schließe ich messerscharf, dass du die Ursache bist.«

Gesine wusste nicht, wohin sie schauen sollte. Ihr Herz klopfte mittlerweile so heftig, dass sie fürchtete, es werde zerspringen.

»Freust du dich denn auch?«, fragte ihr Großvater. Es klang

zweifelnd. »Du machst mir irgendwie keinen sehr glücklichen Eindruck.« Er nickte zu Anton hin, der zu ihren Füßen saß und sich mit dem Hinterbein am Hals kratzte. »Was hast du vorhin gemeint? Was ist kompliziert?«

»Ach, nichts.« Gesine spürte, wie ihr die Röte ins Gesicht stieg.

»Danach klang das aber nicht.« Opa Paul strich ihr über die Wange. »Möchtest du deinem alten Großvater nicht anvertrauen, was dich umtreibt?« Er lächelte sie freundlich an. »Ist es kompliziert, weil du nicht recht weißt, woran du bei ihm bist? Ich meine natürlich nicht Anton.«

Der Dackel wuffte kurz, hörte auf sich zu kratzen und sprang an Opa Paul hoch. Dieser streichelte ihn, ohne den Blick von seiner Enkelin abzuwenden. Gesine biss sich auf die Lippe. Ihr Großvater las in ihr wie in einem offenen Buch.

Sie gab sich einen Ruck. »Bis vor Kurzem hätte ich geschworen, dass Grigori mich gar nicht richtig wahrnimmt. Aber vorhin hat er mich gek…« Sie ließ die Schultern sacken. »Ach Opa, es ist alles so verwirrend. Ich weiß einfach nicht, woran ich bei ihm bin.«

»Du wirst es herausfinden.« Er deutete auf ihre Stirn. »Denk nicht so viel nach. Vertraue deinem Gefühl.«

»Das sagt sich so leicht«, brach es aus Gesine heraus. »Ich hab solche Angst, mich zum Affen zu machen. Wie soll ich ihm gegenüber auftreten? Worüber soll ich reden? Was soll ich anziehen? Und wie …«

»Du machst dir definitiv zu viele Gedanken.« Opa Paul sah ihr in die Augen. »Grigori ist anders als die meisten Jungs, mit denen du sonst zu tun hast. Er macht sich nichts aus Äußerlichkeiten. Er achtet – egal ob bei Pferden oder Menschen – nur auf das innere Wesen. Und deines hat es ihm ganz offensichtlich sehr angetan.«

»Meinst du wirklich?«

»Ich müsste mich schon arg täuschen.«

»Aber warum ist er so … sprunghaft?« Gesine fuhr sich durch die Haare. »Erst passiert ewig nichts, dann küsst er mich plötzlich, und danach mistet er eine Box aus, als wäre nichts geschehen.«

»So sieht das vielleicht von außen aus. Und schließlich ist es seine Arbeit, für die er bezahlt wird. Grigori ist sehr pflichtbewusst.«

»Mag sein. Aber warum ist er jetzt auf einmal so … Ich … äh … ich hatte keine Ahnung, dass er mich …«

»Kann es sein, dass es ihm da mit dir ganz ähnlich ging?«, fragte Opa Paul. »Vielleicht war er ebenfalls unsicher, wie du zu ihm stehst.« Er tätschelte Gesines Wange.

In seinem Rücken erschienen Gesines Eltern.

»Hallo Paps, hallo Mama«, rief sie und sah ihren Großvater beschwörend an.

Sie wollte nicht, dass ihre Eltern – insbesondere ihre Mutter – von ihrer Verliebtheit Wind bekamen. Gesine hielt es für wahrscheinlich, dass Letztere Grigori als dahergelaufenen Habenichts ohne Rang und Namen ablehnte – sosehr sie seine Fähigkeiten als Bereiter und Pferdetrainer auch schätzen mochte. Aus diesem Grund beschloss Gesine, sich vorerst bedeckt zu halten. Dazu kam, dass sie keine Lust verspürte, mit ihren Eltern über ihre Gefühle zu sprechen. Es wäre ihr peinlich gewesen – anders als bei Opa Paul, dem sie ihr Herz bedenkenlos öffnete.

Er nickte ihr kaum merklich zu und lächelte komplizenhaft.

»Hallo, ihr beiden«, sagte Graf Pletten und schüttelte seinem Vater die Hand. »Wie war deine Exkursion?«

»Hast du deine Schularbeiten schon erledigt?«, erkundigte sich gleichzeitig ihre Mutter bei Gesine.

»Fast«, antwortete diese. »Muss noch einen Aufsatz fertig schreiben.«

»Worauf wartest du dann noch?«

»Bin ja schon weg.« Gesine wandte sich zur Treppe.

»Bis später beim Abendessen«, rief ihr Vater ihr nach, während sie die Stufen hinaufsprang, und die Worte ihres Großvaters in ihr nachhallten.

Am folgenden Vormittag hatte sie Kirsten in der großen Pause von Grigoris Kuss und ihrer Unsicherheit, wie sie sich beim nächsten Treffen mit ihm verhalten sollte, erzählt.

»Ich hab dir doch gleich gesagt, dass er schüchtern ist«, hatte Kirsten gemeint und Gesine geraten, selbst die Initiative zu ergreifen. »Es ist doch total von gestern, alles den Jungs zu überlassen und brav abzuwarten, dass die in die Gänge kommen. Was spricht dagegen, auf ihn zuzugehen und ihm zu zeigen, dass du ihn magst?«

»Er könnte sich bedrängt fühlen«, hatte Gesine geantwortet. »Und heißt es nicht immer, dass Männer es genießen, eine Frau zu erobern?«

»Glaubst du ernsthaft an diesen Quatsch?«, hatte Kirsten vorwurfsvoll geschnaubt. »Dass sich Männer um die Jagd betrogen fühlen, wenn eine Frau Interesse zeigt? Vergiss diese Chauvi-Sprüche!« Sie hatte Gesine streng angesehen. »Hör auf deinen Opa. Grigori ist nicht so ein Typ. Ich bin sicher, dass er sich freut, wenn du ihm deine Zuneigung zeigst.«

Beim Klingeln der Schulglocke, die das Ende der Pause verkündet hatte, war Gesine noch wild entschlossen gewesen, Kirstens Rat zu beherzigen. Je näher das nächste Treffen mit Grigori rückte, desto weniger sah sie sich jedoch dazu imstande. Auf dem Weg vom Wohnhaus über den Hof trödelte sie und ging im Kopf unverfängliche Floskeln durch, mit denen sie das Gespräch mit Grigori beginnen konnte.

Der sintflutartige Regen des Vortages war in ein feines Nieseln übergegangen, das unablässig aus der grauen Wolkendecke tröpfelte. Die trübe Lichtstimmung ließ kaum Rückschlüsse zu, wie weit der Tag fortgeschritten war – sie hatte sich seit dem Morgen nicht wesentlich verändert. Zögernd schob Gesine schließlich die Stalltür auf, nahm ihre Kapuze ab und schaute zur Box von Casimir, die sich am Ende der Gasse befand. Wartete Grigori dort auf sie, um den Hengst weiter auf den bevorstehenden Besuch des Hufschmieds vorzubereiten? Oder wollte er zunächst mit Cara trainieren? Ein Klappern lenkte ihre Aufmerksamkeit auf die Sattelkammer, neben deren halboffener Tür sie stand. Grigori nahm gerade ein Zaumzeug vom Haken.

»Hallo!«, sagte Gesine und klopfte gegen den Türrahmen.

Grigori schrak zusammen und drehte sich hastig um. Die Zügel schlugen heftig gegen einen Putzeimer, der auf einem Schemel abgestellt war. Er kippte um, landete mit lautem Scheppern auf dem Steinboden und bespritzte Gesine von oben bis unten mit Schmutzwasser. Sie schnappte nach Luft, machte einen Schritt rückwärts und stieß sich den Kopf an einem Hängeregal.

»*Kurat!*«, fluchte Grigori und legte das Zaumzeug beiseite. »Es … äh … es tut mir leid«, stammelte er. Er sah sie zerknirscht an.

So kenne ich ihn gar nicht, dachte Gesine. So fahrig und nervös. »Nichts passiert«, nuschelte sie. Ihr war ein wenig schummrig. Sie betastete die schmerzende Stelle an ihrem Hinterkopf und spürte gleichzeitig die Kälte ihrer durchnässten Hosen an den Beinen.

Grigori holte ein sauberes Tuch aus einer Schublade, in der Lappen, Bürsten und anderes Zubehör zum Einfetten und Polieren verstaut waren, und hielt es ihr hin. Verständnislos starrte sie es an.

»Darf ich?«, fragte er, als sie keine Anstalten machte, es zu nehmen.

Mechanisch nickte sie. Behutsam begann er, ihre tropfenden Haare abzutupfen. Seine Hand zitterte kaum merklich. Gesine stand stocksteif vor ihm. Sie traute sich kaum zu atmen.

»Was sich passiert ist gestern«, sagte er nach einer Weile.

Gesine schloss die Augen. Okay, jetzt kommt's, dachte sie. Jetzt wird er mir mitteilen, dass der Kuss ein einmaliger Ausrutscher war und nichts zu bedeuten hatte.

»Bin ich gewesen zu … kuhn?« Es klang unsicher.

Gesine blinzelte verdattert.

»Fur mich … alles ist so neu«, fuhr er leise fort und sah ihr in die Augen.

»Für mich auch.« Ihre Stimme kiekste. Sie griff sich an den Hals. »Es war schön«, stieß sie hervor und verfluchte sich im gleichen Moment. Bist du noch zu retten, schimpfte ihr innerer Kritiker. Das klingt total idiotisch. Schön! Das sagt man, wenn einem ein Ausflug gefallen hatte. Oder wenn man eine … Das Strahlen, das in Grigoris Augen aufleuchtete, brachte die Stimme zum Verstummen.

»War sehr schon!«, sagte er und strich ihr eine nasse Strähne aus dem Gesicht.

Gesines Magen zog sich zusammen. Sie beugte sich vor und gab Grigori einen Kuss auf die Wange. Er legte seinen Arm um ihre Taille und zog sie näher zu sich.

»Grigori? Bist du hier?«

Wittke hätte keinen ungünstigeren Zeitpunkt für sein Erscheinen wählen können. Sie löste sich von Grigori, der die Sattelkammer verließ und den Stallmeister grüßte.

Kurz darauf erschien Grigori wieder in der Tür. »Lieferung von Futter ist gekommen. Wittke und ich mussen abladen.« Er verzog bedauernd das Gesicht. »Ich beeile mir.«

»Und ich zieh mir rasch was Trockenes an«, antwortete Gesine.

Ihre Hoffnung, Grigori bei ihrer Rückkehr allein anzutreffen, erfüllte sich nicht. Ihr Vater schaute gerade auf seinem nachmittäglichen Rundgang durch die Stallungen vorbei und hatte Wittke, der das defekte Ventil eines Tränkebeckens reparierte, in eine Fachsimpelei über eine neue Futtermischung verwickelt, die der Stallmeister ausprobieren wollte. Gesine lief zu Grigori, der Casimir in die Boxengasse geführt hatte und striegelte. Er legte die Bürste beiseite und griff nach einem Stück Holz, mit dem er das Pferd mit den Bewegungsabläufen beim Feilen der Hufe vertraut machen wollte.

»Bereit?«

Gesine nickte, nahm ihre Position an der Seite des Hengstes ein und gab ihm den Befehl, das Vorderbein zu heben und in ihre Hand zu legen. Grigori stellte sich dicht neben sie und streifte flüchtig ihren Arm. Seine Nähe brachte Gesines Herzschlag ins Stolpern. Die roten Flecken an seinem Hals verrieten ihr, dass auch er nicht so ruhig war, wie er nach außen hin wirkte. Er setzte das Holz an den Huf und tat so, als raspelte er an diesem entlang schräg nach unten. Casimir schnaubte. Sein Vorderbein zuckte in Gesines Hand.

»Braver Junge«, murmelte sie leise, kraulte ihm mit der anderen am Hals und schaute über seinen Rücken hinweg verstohlen zu ihrem Vater und Wittke.

Die beiden waren nach wie vor in ihr Gespräch vertieft und nahmen keine Notiz von ihnen. Grigori folgte ihrem Blick, legte das Holzstück weg und ging in die Hocke. Gesine ließ Casimir das Bein auf den Boden stellen und tat es Grigori nach. Sie fassten einander an den Händen. Ein unbekanntes Glücksgefühl pulsierte durch Gesine. Sie drückte Grigoris Finger und sah ihm unverwandt in die Augen. Für ein paar Atemzüge bestand die

Welt nur aus dem Graublau seiner Iris, in das sie eintauchte und darin versank wie in einem unergründlichen und zugleich Geborgenheit spendendem, warmen Meer.

Estland – April 1939

— 26 —

Der April begann mit unbeständigem Wetter. Lebhafte Winde trieben immer wieder vom Meer her Wolken über die Stadt, die sich in kurzen Schauern ihrer Regenlast entledigten. Zwischendurch setzte die erstarkende Sonne den Schneeresten in den Gärten und an den Straßenrändern zu und verwandelte sie in graue Haufen. Frühmorgens begrüßte ein vielstimmiger Chor von Rotkehlchen, Kohlmeisen, Amseln, Buchfinken, Zaunkönigen und anderen Singvögeln den Tag; die ersten Frühblüher steckten ihre Köpfe aus dem auftauenden Erdreich, und an den Zweigen der Weidenkätzchen, die das Dienstmädchen auf dem Markt gekauft und in eine Bodenvase im Salon gestellt hatte, öffneten sich die Knospen.

Seit dem Treffen in Aruküla war ein Monat vergangen – vier Wochen, in denen Charlotte häufig das Gefühl hatte, ein Doppelleben zu führen. Ihren wachsenden Leibesumfang zu kaschieren, war dabei vorläufig die geringste Herausforderung, zumal sich die Rundung noch in Grenzen hielt. Es machte Charlotte weitaus mehr zu schaffen, in der Gegenwart von anderen Menschen – mit Ausnahme von Zilly – ständig auf der Hut sein zu müssen und nichts Verräterisches zu sagen oder zu tun. Etwa versonnen ihren Bauch zu streicheln, den lebhafter werdenden Bewegungen und Tritten des Ungeborenen nachzuspüren und mit diesem zu sprechen. Oder beim Blättern in Zeitschriften bei Seiten mit Kindermode zu verharren und auf Anzeigen zu starren, die Saugfläschchen, Milchsterilisierapparate, Rasseln, Beißringe, Kinderwägen, Ställchen und andere Utensilien bewarben, die junge Eltern anschaffen sollten. Außerdem sah sie sich genötigt, Ausreden zu ersinnen, warum sie alkoholische Getränke vermied. In der Fastenzeit vor Ostern hatte sie ihren Verzicht leicht begründen können. Wie sie ihn an den bevorstehenden Feiertagen erklären sollte, wusste sie dagegen nicht.

Der erste Vollmond im Frühling hatte am dritten April über den Türmen und Giebeldächern der Hauptstadt geleuchtet, am darauffolgenden Wochenende war Ostern. Während dieses Fest bei Charlottes Familie in Haapsalu im engsten Kreis begangen wurde, luden Zillys Eltern am Sonntag nach dem Gottesdienst in der Domkirche zu einem großen Essen ein, das bis spät in den Nachmittag hinein dauerte. Die Köchin war mit dem Dienstmädchen und einer zugebuchten Aushilfe seit Tagen mit den Vorbereitungen für ein üppiges Buffet beschäftigt, das im Esszimmer auf einer Anrichte sowie mehreren Beistelltischen aufgebaut wurde.

Die weißen Damasttischdecken verschwanden unter Platten mit Pumpernickel- und Weißbrotscheiben, die mit geräuchertem Lachs, kaltem Braten und Schinken belegt waren. Daneben standen Teller, auf denen sich Pasteten und Buchweizenblinis stapelten, Schüsseln mit Kaviar, Heringscreme und *Killos* (in mit Pfeffer und Wacholder gewürzte Salzlake eingelegte Strömlinge) sowie Bretter mit aufgeschnittenen Roggenbrotlaiben und Gläser mit diversen Konfitüren und Honig. In einem Korb lagen die hartgekochten Eier, die Charlotte und ihre Gastgeber am Karfreitag gemeinsam gefärbt hatten.

Ein rundes Tischchen war den Süßspeisen vorbehalten. In der Mitte thronte der *Kulitsch*, ein süßes Osterbrot aus Hefeteig mit Rumrosinen und einer Zuckergussglasur, das symbolisch für Golgatha, den Berg der Kreuzigung, stand. Es war von kleinen weißen, oben abgeflachten Pyramiden umringt – *Pascha* oder *Pass'cha*, einer ursprünglich aus Russland stammenden Quarkspeise, die es nur an Ostern gab. Die Grundmasse bestand aus Quark, reichlich Butter, Schmand, Zucker und Eiern, in die kandierte Früchte, gehackte Mandeln, ausgeschabtes Vanillemark, Kardamom und abgeriebene Zitronenschalen gerührt wurden. Nachdem alles erhitzt worden war, hatte die Köchin die Quarkmischung in mit dünner Gaze ausgelegte Holzförmchen gefüllt, zwei Tage lang abtropfen lassen und schließlich am Sonntagmorgen gestürzt und die Türmchen mit bunten Zuckerperlen verziert. Unzählige gefüllte Schokoladeneier und Marzipanfiguren von Zuckerbäcker Stude bedeckten den Rest des Tisches.

Charlotte hatte angeboten, die ankommenden Gäste mit dem Begrüßungssekt zu versorgen – was ihr die Möglichkeit verschaffte, sich selbst unauffällig ein Glas mit Selters und einem Schuss Apfelsaft zu füllen. Bald waren die Eingangshalle, der Salon und das Speisezimmer vom Stimmengewirr und Gelächter der rund drei Dutzend Geladenen erfüllt, die sich am Buffet bedienten und anschließend mit ihren Tellern teils stehend in Gruppen zusammenfanden, teils auf die Stühle, Sofas und Sessel im Wohnzimmer verteilten, die der Hausdiener dort ringsum an den Wänden aufgestellt hatte.

Charlotte nahm in einer Ecke Platz, von der aus sie einen guten Überblick über den Raum hatte, der durch eine zweiflügelige Tür mit dem Speisezimmer verbunden war. Sie ließ ihre Augen über die Anwesenden schweifen und sah Zilly, die vor einem Fenster stand und in eine angeregte Unterhaltung mit einigen Theaterkollegen ihrer Mutter vertieft war. Charlotte erkannte den Schauspieler Ants Lauter, einen Mittvierziger mit markanten Gesichtszügen, den sie kürzlich auf der Bühne gesehen hatte. Er hatte die männliche Hauptrolle in *Juurakon Hulda* gespielt, einem Stück der estnisch-finnischen Schriftstellerin Hella Wuolijoki. Zilly entdeckte Charlotte, winkte ihr mit einem strahlenden Lächeln zu und machte ein Daumen-hoch-Zeichen. Während sich Charlotte noch fragte, was ihre Freundin wohl so freudig stimmte, wurde sie von einem Gespräch abgelenkt, das zwei Herren in hellen Anzügen und eine elegant gekleidete Dame führten, die neben ihr saßen.

Es drehte sich um die Besetzung Albaniens durch das faschistische Italien, das tags zuvor in dem benachbarten Königreich einmarschiert war und die wichtigsten Hafenstädte besetzt hatte. Die Zeitungen hatten am Karsamstag ausführlich über das Thema berichtet. Beim Lesen war Charlotte klar geworden, wie wenig sie über die Zustände auf dem Balkan wusste. Offenbar hatte Albanien bereits vor der Invasion stark unter dem Einfluss Italiens gestanden und war de facto dessen Protektorat gewesen. Charlotte vermutete darin den Grund für die verhaltene Reaktion des Auslands. Zumindest nach den offiziellen Verlautbarungen in der Presse bezogen Staaten wie England, Frankreich oder Jugoslawien eine abwartende Position, Hitler dagegen machte keinen Hehl aus seiner ausdrücklichen Billigung von Mussolinis Vorstoß. Albanien zu Hilfe zu eilen, wurde von keiner Seite in Erwägung gezogen.

Hätte Estland in so einer Situation ausländischen Beistand zu erwarten? Die Antwort hatte für sie auf der Hand gelegen: Sehr wahrscheinlich nicht! Die Ereignisse der letzten Jahre gaben wenig Anlass zu der Hoffnung, ihr kleines Land könne auf tatkräftige Unterstützung zählen, falls es einem mächtigen Staat wie Russland oder Deutschland einfallen sollte, es sich einzuverleiben.

»Zu dumm, dass es heute und morgen keine Zeitungen gibt«, sagte der jüngere der beiden Herren und zog an seiner Zigarette. »Ich wüsste zu gern, wie weit die Italiener mittlerweile vorgerückt sind.«

»Es würde mich nicht wundern, wenn sie bereits Tirana eingenommen hätten«, meinte der ältere. »Die albanischen Streitkräfte haben Mussolinis Truppen nicht viel entgegenzusetzen. Sie sind schlecht ausgebildet und noch schlechter ausgerüstet.«

»Hoffentlich kommt es nicht zu einem schlimmen Blutvergießen«, sagte die Dame, von der Charlotte annahm, dass sie die Ehefrau des älteren Mannes war. Die beiden waren gemeinsam eingetroffen und wirkten sehr vertraut miteinander.

»Das ist sehr unwahrscheinlich«, antwortete er und tätschelte ihren Arm.

»Wieso?« Seine Frau verzog pikiert das Gesicht. »Schließlich hat König Zogu die Zivilbevölkerung in einem Radioaufruf zum Widerstand aufgefordert. Das kann böse Fol…«

»Deine Sorge in allen Ehren«, fiel ihr Mann ihr ins Wort. »Ich würde sie unter anderen Umständen durchaus teilen. Aber in Albanien gibt es kaum Haushalte, die einen Radioempfänger besitzen. Zogu hat also buchstäblich ins Leere gesprochen.«

»Und sich gestern früh feige aus dem Staub gemacht«, fügte der jüngere Herr hinzu.

Ein helles Klingen lenkte Charlottes Aufmerksamkeit zu Baronin Weitershagen, die mit einem Löffel gegen ihr Sektglas schlug und ihre Gäste aufforderte, am Eierklopfwettbewerb teilzunehmen. Charlotte kannte den Brauch aus ihrer Kindheit. Dabei traten jeweils zwei Spieler mit hart gekochten Eiern an, deren Spitzen sie gegeneinanderschlugen mit der Absicht, die Schale des anderen zu zerbrechen. Sieger war der Besitzer des Eis, das zum Schluss als einziges noch unversehrt war.

»Meine Tochter Cecilie wird nun mit den gefärbten Eiern herumgehen«, sagte die Baronin. »Bitte nehmt euch jeder eines. Und dann: Gutes Gelingen und viel Spaß!«

Charlotte schaute zu dem Fenster, vor dem sie ihre Freundin das letzte Mal gesehen hatte, konnte sie jedoch nicht entdecken. Auch die Baronin sah sich mit gerunzelter Stirn suchend um. Zilly befand sich weder im Salon noch im Esszimmer. Charlotte stand auf, holte den Eierkorb von der Anrichte und nickte ihrer Gastgeberin zu. Diese lächelte dankbar und wandte sich wieder den beiden Damen zu, mit denen sie zuvor gesprochen hatte.

Während Charlotte die bunten Eier reihum anbot, wanderten ihre Gedanken zu Lennart. Welches hätte er wohl aus dem Korb genommen? Von ihm wusste sie, dass dem estnischen Volksglauben zufolge die Wahl des Eis Rückschlüsse auf den Charakter erlaubte. Den Farben wurden bestimmte Bedeutungen zugeschrieben. So stand Rosa für Zartheit, Grün für Hoffnung, Blau für Ehrlichkeit und Treue, Gelb für Falschheit und Grau für Ausgeglichenheit. Sie bezweifelte, dass die Anwesenden sich darüber klar waren. Wer hätte andernfalls freiwillig zu den goldgelben gegriffen, die sich unter den Gästen großer Beliebtheit erfreuten? Sie selbst wählte ein grünes Ei und schickte einen stummen Gruß nach Jäneda, wo Lennart die Feiertage über seinen Büchern verbrachte.

Nachdem alle mit Eiern versorgt waren, machte sich Charlotte auf die Suche nach Zilly, für die sie ein blaues aus dem Korb gefischt hatte. Nachdem sie vergeblich in der Eingangshalle, dem Büro des Barons, das als Raucherzimmer diente, der Küche und im Garten nach ihr Ausschau gehalten hatte, ging sie nach oben und klopfte an Zillys Tür.

»Geh weg!«, ertönte es von drinnen.

Verwundert über den unwirschen Tonfall, drückte Charlotte behutsam die Klinke hinunter und steckte ihren Kopf ins Zimmer. »Ich bin's«, sagte sie leise. »Darf ich reinkommen?«

»Bist ja schon drin«, brummte Zilly. Sie hatte sich bäuchlings auf ihr Bett geworfen. Ihre Stimme klang rau.

»Was ist passiert?« Charlotte setzte sich neben sie. »Vorhin hast du noch so glücklich gewirkt.«

»Da wusste ich noch nicht, wie engstirnig meine Eltern sind.« Zilly richtete sich auf. »Sie wollen mir die Chance meines Lebens zerstören!«, rief sie. »Nur weil ich noch nicht volljährig bin.« Sie schnaubte. »Es ist so ungerecht!«

»Wovon sprichst du?« Charlotte sah ihre Freundin ratlos an. »Welche Chance?«

»Tschuldige.« Zilly holte tief Luft. »Also, ich habe vorhin mit Herrn Lauter gesprochen.«

»Das hab ich gesehen, ja.«

»Er hatte großartige Neuigkeiten.« Zillys Augen begannen zu leuchten. »Stell dir vor, Risto Orko lädt mich ein, nach Helsinki zu kommen!«

»Der Produzent von Suomi-Filmi?« Charlotte spürte, wie sich die Aufregung ihrer Freundin auf sie übertrug. Ihr Herz schlug schneller.

Zilly hatte Herrn Lauter, der an der Akademie unterrichtete, überredet, sie in die Gruppe der Schauspielschüler aufzunehmen, die er dem finnischen Filmemacher Anfang des Jahres als potenzielle Nachwuchstalente vorgestellt hatte. Risto Orko hatte damals nicht durchblicken lassen, was er von den Darbietungen der jungen Mimen hielt. Er hatte sich bei ihnen bedankt und sich mit der vagen Ankündigung verabschiedet, von sich hören zu lassen. Zilly hatte das als höflich verbrämtes Desinteresse gewertet und sich keine weiteren Hoffnungen gemacht.

»Hat er dir etwa eine Rolle in einem Film angeboten?«, fragte Charlotte.

»Natürlich nichts Großes. Nur eine kleine Nebenrolle.«

»Wie wunderbar!« rief Charlotte. »Ich bin sicher, das ist nur der Anfang einer ganz …«

»Bitte, hör auf« Zillys Miene hatte sich wieder verfinstert. »Es wird ja nichts daraus.« Sie ließ die Schultern hängen. »Ich hab das vorhin sofort meinen Eltern erzählt. Ich dachte, sie freuen sich. Aber Pustekuchen! Sie stellen sich quer. Angeblich haben sie Angst, mich für längere Zeit allein ins Ausland gehen zu lassen.«

»Weil du noch nicht mündig bist?« Charlotte zog die Brauen zusammen. »Aber in ein paar Monaten ist es doch so weit. Außerdem ist Helsinki nun wirklich nur einen Katzensprung von Tallinn entfernt.«

»Meine Rede!«, rief Zilly. »Aber sie wollen es trotzdem nicht erlauben.« Sie schob die Unterlippe vor. »Wahrscheinlich ist meine Mutter einfach nur eifersüchtig und gönnt mir diese Chance nicht.«

Das konnte Charlotte sich zwar nicht vorstellen, sie verzichtete jedoch darauf, Zilly zu widersprechen. Es hatte keinen Sinn, sie gegen sich aufzubringen und ihre Laune noch weiter zu verschlechtern. »Rede doch später noch mal in Ruhe mit deinen Eltern«, schlug sie vor. »Gib ihnen Zeit, sich die Sache durch den Kopf gehen zu lassen.«

»Ich hab aber keine Zeit!« Zilly sprang auf und ging erregt auf und ab. »Ich soll so schnell wie möglich nach Helsinki kommen. Die Dreharbeiten beginnen bereits in ein paar Tagen.«

Charlotte rieb sich die Schläfe und überlegte fieberhaft, was sie Zilly raten sollte.

»Ich war schon drauf und dran, einfach abzuhauen«, sagte diese. »Aber mein Vater muss den Vertrag unterschreiben. Außerdem wüssten sie ja, wo ich bin.« Sie ließ sich neben Charlotte auf die Bettkante fallen. »Wenn ich doch bloß ein Mann wäre! Die haben viel mehr Freiheiten. Ein Cousin von mir wurde nach dem Abitur nach Berlin zum Studieren geschickt. Da war der gerade mal achtzehn.«

»Das kenne ich nur zu gut«, brummte Charlotte. »Meinem Bruder werden Dinge erlaubt, von denen ich nur träumen kann.« Sie legte den Arm um Zillys Schultern. Ein paar Atemzüge lang saßen sie schweigend nebeneinander.

»Was wäre, wenn du nicht allein nach Finnland fährst?«, fragte Charlotte nach einer Weile. »Würden es dir deine Eltern dann erlauben?«

»Kann schon sein«, antwortete Zilly. »Aber wer käme da infrage? Es müsste jemand sein, dem sie vertrauen. Und der zufällig Zeit und Lust hat, mal eben zwei, drei Monate an einem Filmset rumzulungern, wo er nichts zu tun hat. Nur mir zuliebe. Also, mir fällt da niem… »

Charlotte drückte sie fester an sich. Zilly stutzte und drehte sich zu ihr. »Du?« Ihre Augen weiteten sich. »Meinst du das ernst?«

»Ich bin zwar auch noch nicht volljährig, aber …«

»Meine Eltern sind schwer angetan von dir«, setzte Zilly den Satz fort. »Von deiner Zuverlässigkeit, deinem Fleiß und deiner Hilfsbereitschaft. In ihren Augen bist du geradezu der ideale Anstandswauwau.«

»Ein etwas zweifelhaftes Lob.« Charlotte zog eine Grimasse. »Klingt nach einer ziemlich langweiligen Person.«

»Sie wissen ja nicht, wie tief dieses stille Wasser ist.« Zilly grinste und streichelte über Charlottes Bauch. »Was ist mit Lennart? Du wärst dann noch weiter weg von ihm als jetzt. Und seid ihr nicht Ende des Monats wieder in Aruküla verabredet?«

Charlotte nickte. »Wir wollen gemeinsam überlegen, wo ich demnächst unterschlüpfen könnte, bis ich in den Schulferien im Sommer zu seiner Schwester nach Hiiumaa gehe.«

»Was sich erübrigt, wenn du mit mir nach Finnland kommst.« Zilly strahlte Charlotte an. »Du bist genial! So schlagen wir zwei Fliegen mit einer Klappe.«

»Deswegen hatte ich das aber nicht vorgeschlagen«, sagte Charlotte, die erst in diesem Moment erkannte, dass das tatsächlich die Antwort auf die immer drängendere Frage war, die Lennart und sie seit Wochen umtrieb. »Ich will dir helfen. So wie du mir in letzter Zeit.«

»Weiß ich doch«, sagte Zilly. »Trotzdem finde ich es prima, dass es deine Probleme ebenfalls lösen könnte. In Helsinki kennt dich kein Mensch. Es besteht also kaum die Gefahr, dass deine Eltern vorzeitig Wind von deinem Geheimnis bekommen.« Sie strich sich eine Haarsträhne hinters Ohr. »Apropos deine Eltern. Werden die einverstanden sein, dass du mich begleitest?«

»Wenn ich ihnen das richtig verkaufe …« Charlotte grinste. »Wie könnten sie sich weigern, sich für die Gastfreundschaft zu revanchieren, die mir deine Eltern seit Monaten so großzügig gewähren? Da ist es doch selbstverständlich, dass sie sich erkenntlich zeigen und mir ihre Erlaubnis erteilen.«

»Du bist wirklich durchtriebener, als man meinen sollte.« Zilly sah Charlotte mit gespieltem Tadel an. »Bleibt nur noch die Frage, was dein Chef im Verlag dazu sagt, wenn du so kurzfristig kündigst.«

»Er ist darauf eingestellt«, antwortete Charlotte. »Ich habe ihm bereits angedeutet, dass ich demnächst in dringenden Familienangelegenheiten für längere Zeit aus Tallinn wegmuss. Er bedauert das zwar, ist jedoch grundsätzlich darauf vorbereitet, mich nur für einen begrenzten Zeitraum als Assistentin zu haben.«

»Wie das?«

»Für ihn steht fest, dass eine junge Frau vor allem ein Ziel hat: die Ehe. Und dass sie nur so lange arbeitet, bis sie unter der Haube ist.« Charlotte rümpfte die Nase.

»Mit dieser Ansicht ist er weiß Gott nicht allein«, sagte Zilly und rollte mit den Augen.

»Ich werde jetzt gleich an meine Eltern schreiben.« Charlotte stand auf. »Und du solltest heute noch mit deinen reden, wenn die Gäste weg sind.«

Zilly nickte und erhob sich ebenfalls. »Ich danke dir!«, sagte sie und drückte Charlotte an sich. »Du bist die Beste! Ich bin so froh, dass du hier bist.«

»Und ich erst«, murmelte Charlotte, der ein Kloß in der Kehle steckte. »Ich wüsste gar nicht, was ich ohne dich täte.«

Schleswig-Holstein, Oktober 1977

– 27 –

Wenn Gesine in den folgenden Tagen nicht damit beschäftigt war, sich jedes Wort, jede Berührung, jedes noch so kleine Detail ihrer kurzen Treffen wieder und wieder ins Gedächtnis zu rufen, kreisten ihre Gedanken um die Frage, wann und wo ihre nächste Begegnung stattfinden würde. Grigori allein und ungestört zu treffen, war eine Herausforderung. Er hatte einen eng getakteten Arbeitstag, der frühmorgens mit dem Ausmisten der Ställe und dem Füttern der Tiere begann. Anschließend brachte er – wenn es das Wetter zuließ – die meisten Pferde auf Koppeln oder in den Paddock, bevor er das Training mit den Jungtieren aufnahm. Diese mussten zunächst an Sattel und Zaumzeug gewöhnt werden sowie lernen, richtig vor einer Kutsche zu laufen. Waren die Pferde ausreichend mit dem Reiter beziehungsweise dem Wagen vertraut, begann Grigori mit der eigentlichen Ausbildung, übte die drei Grundgangarten Schritt, Trab und Galopp ein, versuchte die besonderen Talente und Fähigkeiten seiner vierbeinigen Schüler herauszufinden und stellte entsprechende Bewegungsprogramme zusammen, um diese zu fördern. Nachmittags folgte das Training der Turnierpferde. Zwischendurch widmete er sich dem Striegeln und der Hufpflege, kümmerte sich um kranke Tiere und nahm die Säuberung und Instandhaltung von Gerätschaften wie Zaumzeugen, Sätteln und Anspanngeschirren in Angriff. Abends wurden die Boxen je nach Bedarf ein weiteres Mal ausgemistet und frisches Heu in die Raufen verteilt. Spätestens um zehn Uhr zog sich Grigori zur Nachtruhe zurück.

Am Freitag fiel der Englischleistungskurs überraschend aus, so dass für Gesine der Unterricht nach Biologie in der vierten Stunde endete. Kaum ertönte die Pausenklingel, stopfte sie Heft,

Lehrbuch und Federmäppchen in ihre Umhängetasche, schnappte sich ihre Jacke, stürmte aus dem Klassenzimmer hinunter auf den Hof und zerrte ihr Fahrrad vom Ständer. So fest sie konnte, trat sie in die Pedale. Nur ja keine kostbare Minute verlieren! Sie legte den Heimweg in Rekordzeit zurück und machte sich unverzüglich auf die Suche nach Grigori, den sie angesichts des schönen Wetters beim Training auf dem Sandplatz vermutete.

Das regenreiche Tiefdruckgebiet, das am Anfang der Woche über sie hinweggezogen war, war von einem Hoch mit milden Temperaturen um die zwölf Grad vertrieben worden. Das rotgelbe Laub der alten Eichen, die die Allee zum Gestüt säumten, leuchtete im Sonnenlicht, das auch die herbstlich verfärbten Büsche und Bäume im Park sowie auf den angrenzenden Weiden und Feldern prächtig zur Geltung brachte. Der Sandplatz war frisch gerecht – von Grigori jedoch keine Spur. Gesine lief zum Torhaus. Sie hatte die Bereiterwohnung seit Grigoris Einzug nicht betreten. Die Tür zum Treppenhaus stand einen Spaltbreit offen. Sie klopfte, steckte ihren Kopf in den Eingangsbereich und rief Grigoris Namen. Ein Rascheln verriet ihr, dass sich jemand im Inneren aufhielt.

»Hallo? Grigori?« Gesine trat ein und wäre beinahe über Anton gestolpert, der aus Grigoris Küche gesaust kam.

»Was machst du denn hier?«, fragte Gesine verdutzt.

Der Dackel sah mit einem Blick zu ihr auf, der ihr verriet, dass er etwas angestellt hatte. Sie stieß die Tür zur Küche vollends auf. Auf dem Boden lag ein zerfetztes Tütchen *Schokoknackige Knulli Bullis*, Erdnüsse mit Vollmilchschokoladenüberzug. Von den Süßigkeiten fehlte jede Spur, die bunte Sammelfigur, die in jeder Packung steckte, wies Bissspuren auf. Gesine hob sie auf und stellte sie aufs Fensterbrett zu den anderen Knulli-Männchen, die dort aufgereiht waren. Es handelte sich um seltsame Kugelwesen mit Antennen auf den Köpfen, die unter den jüngeren Schülern an Gesines Schule als heiß begehrte Sammelobjekte galten und in den Pausen getauscht wurden.

Gesine nahm sich vor, Antons Raubzug wiedergutzumachen und bei nächster Gelegenheit ein paar Päckchen der Schokoklicker zu besorgen, für die Grigori – der stattlichen Anzahl der Marsmännchen auf seinem Fensterbrett nach zu schließen – offensichtlich eine Schwäche hatte. Sie verließ die Küche. Der Rauhaardackel hatte sich mittlerweile aus dem Staub gemacht. Gesine konnte der Versuchung nicht widerstehen, einen kurzen Blick in Grigoris Stube zu werfen, deren Tür ebenfalls offen stand. Sie war neugierig, wie er sich eingerichtet hatte und was die Gestaltung seines Wohnraums über ihn verraten würde. Das Zimmer war gemütlich, hell und mit den Möbeln bestückt, die bereits der vorige Bereiter benutzt hatte. Eine persönliche Note konnte Gesine nicht ausmachen. Enttäuscht wandte sie sich zum Gehen.

Was hattest du erwartet?, höhnte ihre Vernunftstimme. Grigori ist schließlich nicht mit Koffern voller privater Dinge hierhergekommen. Er konnte buchstäblich nur das mitnehmen, was er am Körper und in seiner kleinen Segeltuchtasche bei sich getragen hat, als er in der Schweiz von seinem Team weggelaufen ist. Und bei der Ausreise aus der Sowjetunion musste er damit rechnen, gründlich gefilzt zu werden. Es hätte den Argwohn der Zollbeamten geweckt, wenn er Fotoalben oder andere Gegenstände im Gepäck gehabt hätte, die man normalerweise nicht auf einer relativ kurzen Dienstreise dabeihat.

Gesine schlang ihre Arme um den Oberkörper. Die Vorstellung, sein gesamtes Hab und Gut oder zumindest einen Großteil davon zurücklassen zu müssen, war beklemmend. Die Berichte von Zeitzeugen, die während und nach dem Zweiten Weltkrieg vertrieben, deportiert oder geflohen waren, kamen ihr in den Sinn. Auch ihre eigene Familie war unter den Betroffenen gewesen. Die Großeltern ihrer Mutter – sowohl mütterlicher- als auch väterlicherseits – waren 1945 aus dem Warthegau vor den sowjetischen Truppen geflohen und nach Schleswig-Holstein gekommen. Gesine hatte sie bis auf Uroma Elfriede nicht mehr kennengelernt. Und auch von Baronin Moltzan, bei der ihre Mutter bis zu ihrer Aufnahme ins Internat Louisenlund aufgewachsen war, hatte sie nur ein vages Bild. Sie war bei deren Tod noch ein Kleinkind gewesen.

Gesines Mutter hatte die Vertreibung als Fünfjährige miterlebt und dementsprechend nur bruchstückhafte Erinnerungen daran. Erzählungen von den erlittenen Verlusten, enteigneten Gutshöfen und anderen Besitztümern kannte Gesine daher in erster Linie von entfernten Bekannten, aus dem Geschichtsbuch oder aus Fernsehdokumentationen. Solche Erfahrungen gehörten in ihren Augen – zumindest in Deutschland – einer fernen Vergangenheit an.

Grigori dagegen hatte erst wenige Wochen zuvor seiner Heimat den Rücken gekehrt und alles, was er sein Eigen genannt hatte, aufgegeben. Ob es einen Unterschied machte, dies aus freien Stücken zu tun? Was würde sie selbst einpacken, wenn sie nur eine Tasche mitnehmen dürfte?

Als Gesine die Wohnung verließ, traf sie im Treppenhaus ihren Großvater, der von seinem vormittäglichen Spaziergang zurückkehrte.

»Weißt du zufällig, wo Grigori ist?«, fragte sie, nachdem sie ihn mit einem Kuss auf die Backe begrüßt hatte.

»Ja, er ist mal wieder zu der Bank bei den drei Birken geritten.«

»Du meinst die auf der kleinen Anhöhe am Strand?«

Opa Paul nickte. »Ein schönes Plätzchen.«

»Stimmt. Von dort hat man wirklich eine tolle Aussicht aufs Meer«, sagte Gesine.

»Aus diesem Grund hat übrigens schon deine Großmutter die Bank sehr geschätzt. Und wegen der Birken.«

»Oma Greta? Ich wusste gar nicht, dass sie eine Vorliebe für Bir…«

»Ich meinte deine Großmutter Charlotte«, unterbrach Opa Paul sie. »Sie hat ja eine Zeitlang hier gelebt. Damals hat sie mir einmal anvertraut, dass sie sich auf der Bank unter den Birken zurück nach Estland auf die Insel träumte, auf der sie vor dem Krieg die glücklichsten Monate ihres Lebens verbracht hat. Dort wuchsen wohl ebenfalls viele Birken.«

Gesine schaute auf ihre Armbanduhr. Bis zum Mittagessen blieb ihr noch eine gute Stunde. »Du musst mir bei Gelegenheit unbedingt mehr von ihr erzählen«, sagte sie. »Aber jetzt …«

»Lauf nur.« Opa Paul tätschelte ihren Arm. »Grigori freut sich bestimmt.«

»Bis nachher beim Essen«, rief Gesine und eilte zum Paddock, in dem sie Cara beim Nachhausekommen mit zwei weiteren Stuten gesehen hatte. Sie öffnete das Gatter, schwang sich auf den bloßen Rücken ihres Pferdes und dirigierte es auf den Weg, der zum Meer führte. Seit sie regelmäßig mit Grigori trainierte, konnte sie Cara weitgehend ohne Hilfen wie Zaumzeug, Kandare, dem Einsatz von Hacken oder gar einer Gerte reiten. Sie kommunizierte mittels Gewichtsverlagerungen, kurzen Zurufen und Lautäußerungen wie Zungenschnalzen mit der Stute und war anfangs erstaunt gewesen, wie bereitwillig diese unter dem veränderten Reitstil den Befehlen folgte.

Als Gesine sich der Bank näherte, auf der Grigori mit dem Rücken zu ihr saß, trug ihr die leichte Brise, die vom Meer her wehte, die Töne eines Liedes zu. Sie stieg ab, band Cara an den Strauch, an dem auch er sein Pferd festgemacht hatte, und ging auf Zehenspitzen weiter. Die Melodie war ihr vertraut, es war das russische Lied »Kalinka«. Anneke trällerte zuweilen den Refrain der deutschen Version von Peter Alexander:

Kalinka, Kalinka, Kalinka heißt sie.
Und ein Mädchen wie Kalinka, das sah ich noch nie!

Gesine blieb stehen und lauschte dem Gesang. Die Worte verstand sie nicht, Grigoris wohltönende Tenorstimme ging ihr jedoch unter die Haut. Die Strophen zwischen den beschwingten Kalinka-Kehrreimen klangen getragener und sehnsuchtsvoll. Ein Schauer überlief Gesines Körper. Eine Textstelle ließ sie aufhorchen. *Ach! Jabloko dewuschka.* Waren das nicht die gleichen Worte, die Grigori erst wenige Tage zuvor im Stall gemurmelt hatte, bevor er sie fragte, ob er sie küssen dürfte?

Das Schnauben der Pferde unterbrach Grigoris Gesang. Er drehte sich zu dem Strauch um und entdeckte erst Cara, einen Lidschlag später Gesine.

»Ich wollte dich nicht stören.« Sie verharrte unschlüssig ein paar Schritte vor der Bank.

»Aber nein«, antwortete er und klopfte mit der flachen Hand neben sich auf die Sitzfläche. »Große Freude, dass du bist gekommen!«

Gesine setzte sich zu ihm. Er legte seinen Arm um sie und zog sie an sich. Sie schmiegte sich an ihn und überließ sich ein paar Atemzüge lang dem Glücksgefühl, das sie durchströmte. Grigori summte leise die Melodie weiter.

»Was bedeutet *jabloko dewuschka*?«, fragte Gesine nach einer Weile.

»Apfelmädchen.«

»Apfelmädchen?« Gesine richtete sich auf und sah ihn verblüfft an. »Und diese Kalinka ist das Apfelmädchen? Warum? Verkauft sie Äpfel?«

Grigori lachte auf. »Nein, Kalinka ist kein Name«, antwortete er. »Ist kleine Form von *kalina*. Bedeutet Beere von … hm, kenne deutsche Namen nicht. Blute ist weiß, groß wie Faust und duftet süß.«

302

»Ich glaube, du meinst den Schneeballstrauch. Die Beeren sind rot.«

Grigori nickte.

»Und worum geht es in dem Lied?«

»Ist schwer zu ubersetzen.«

Gesine warf Grigori einen Seitenblick zu. Täuschte sie sich, oder war er tatsächlich rot geworden?

»Was hat die Schneebeere mit dem Apfelmädchen zu tun?«

»Nichts.« Grigori lächelte verschmitzt. »Habe Text geändert. Du bist *jabloko dewuschka.*« Er fuhr ihr mit der Hand durchs Haar. »Mein Apfelmädchen«, sagte er zärtlich.

Nun war es Gesine, der das Blut in die Wangen stieg. Vermutlich handelte es sich um ein Liebeslied. Sie würde Opa Paul bei Gelegenheit bitten, ihr den Text zu übersetzen. Die Version von Peter Alexander hatte offenbar wenig mit der russischen Vorlage zu tun.

»Anneke denkt, dass Kalinka ein Mädchenname ist.« Sie kicherte. »Aber eigentlich geht es um ein Scheebeerchen, richtig?«

Grigori schmunzelte. »Und um ein Himbeerchen. *Malinka* ist kleine Form von *malina*, Himbeere.« Grigori grinste und sang: »Schneebeerchen, Schneebeerchen, Schneebeerchen mein, im Garten ist das Himbeerchen, das Himbeerchen mein!«

Gesine prustete los und stellte sich Annekes Gesicht vor, wenn sie ihr die wahre Bedeutung des Schlagerrefrains enthüllte, den sie so gern schmetterte.

»Gibt es sich Schneeball auch hier?«, fragte Grigori. »Meine Mama hat Gelee daraus gemacht. Schmeckt sehr gut!«

»Sind die Früchte nicht giftig?«

»Nicht, wenn du pflucken nach erstem Frost und kochen. Gerostete Kerne wir nehmen als Ersatz für Kaffee. Aus Zweigen man kann flechten Korbe. Und Saft von Rinde ist gut gegen Krampf in

Bauch.« Ein Schatten flog über sein Gesicht. »Mama hat geliebt *kalina*.«

»Du vermisst sie sehr, nicht wahr?« Gesine streichelte seine Hand. »Konntest du irgendein Andenken an sie mitnehmen?«

»Andenken?«

»Etwas, das dich an sie erinnert«, erklärte Gesine. »Ein Bild. Ein Schmuckstück, das sie besonders gern mochte. Einen Gegenstand oder vielleicht ein …«

Grigori schüttelte den Kopf. »Ihren Stuhl ich hätte gern eingepackt«, sagte er nach kurzem Nachdenken. »Es war ein … *kreslo kachalka*. Macht so!« Er bewegte seinen Oberkörper vorwärts und rückwärts.

»Ein Schaukelstuhl.«

»Genau! War nicht besonders. Aber viele Erinnerungen.« Grigori lächelte wehmütig und erzählte Gesine, wie er als kleiner Junge auf dem Schoß seiner Mutter und später als Heranwachsender zu ihren Füßen auf einem Kissen gesessen und ihren Geschichten und Liedern aus der alten Heimat gelauscht hatte, die sie als Kind von ihrer Patentante erzählt bekommen hatte. In diesen zweisamen Stunden, in denen sie keine Lauscher zu befürchten hatten, sprachen sie Estnisch miteinander – was streng verboten war. Der Schaukelstuhl war für Grigori zum Symbol des heimlichen Widerstands geworden, auf dem seine Mutter die kurze Zeit der Freiheit ihres Landes zwischen den beiden Weltkriegen heraufbeschworen hatte, die mit der Einverleibung in die UdSSR ihr Ende gefunden hatte. Wobei sie bis zu ihrem Tod fest daran geglaubt hatte, dass die Esten eines Tages ihre Unabhängigkeit erneut erlangen und alle, die ihre Heimat hatten verlassen müssen, zurückkehren würden.

Grigori streckte den Arm aus und deutete Richtung Osten aufs Meer hinaus. »Ist gar nicht so weit. Durch die Luft ungefähr eintausend Kilometer.«

»Mit dem Schiff könnte man nach Helsinki fahren«, sagte Gesine, die sich an die Karte im *Diercke Weltatlas* erinnerte, auf der eine gestrichelte Linie die Fährverbindung zwischen Lübeck und der finnischen Hauptstadt anzeigte. »Und von dort wären es dann keine hundert Kilometer mehr nach Tallinn.«

Grigori starrte in Gedanken versunken auf den Strand. »Wasser hier hat vielleicht berührt Ufer von Estland«, murmelte er leise.

Seine Wehmut ging Gesine zu Herzen. Er war buchstäblich heimatlos. Seine einzige Angehörige war tot, an eine Rückkehr nach Kirow, wo er aufgewachsen war, war nach seiner Flucht nicht zu denken, und der Weg nach Estland zu den Wurzeln seiner Familie war ihm ebenfalls verwehrt.

Sie nahm ihn fest in die Arme. »Ich hoffe so sehr, dass deine Mama recht behält und Estland irgendwann wieder frei sein wird.«

Grigori atmete schwer aus und legte seinen Kopf an ihre Schulter. Gesine streichelte ihm über den Rücken. In ihr Mitleid mischte sich Freude. Grigori suchte Trost bei ihr und scheute sich nicht, ihr seine Trauer zu zeigen. Es fühlte sich gut an, so viel Vertrauen entgegengebracht zu bekommen.

Finnland – Frühsommer 1939

– 28 –

»Was gibt es denn da draußen Interessantes zu sehen, Charly?«

Zillys Frage riss Charlotte aus der Betrachtung der Landschaft, die am Fenster des Zuges vorbeizog, mit dem sie eine Dreiviertelstunde zuvor Helsinki Richtung Norden verlassen hatten. Sie saß neben ihrer Freundin, auf der gegenüberliegenden Bank hatten zwei Schneiderinnen Platz genommen. Angeregte Gespräche, Rascheln von Zeitungen, Gelächter und das laute Schnarchen eines Tontechnikers, der sofort nach der Abfahrt eingenickt war, erfüllten das durchgehende Abteil des Waggons, der für die Mitarbeiter von Suomi-Filmi reserviert war. Der Regisseur reiste zusammen mit dem Produktionsleiter und dem Kameramann in der ersten Klasse, die Schauspieler der Hauptrollen würden erst einige Tage später nachkommen.

Auf der Strecke in die etwa hundert Kilometer von Helsinki entfernte Stadt Hämeenlinna waren den Vororten zunächst bäuerliche Anwesen und kleine Dörfer inmitten von Feldern, Äckern und Viehweiden gefolgt. Mittlerweile schnaufte die Dampflokomotive durch dünner besiedeltes Gebiet, das von Kiefern-, Fichten- und Birkenwäldern geprägt war, in denen immer wieder dunkelblaue Seen und Wasserläufe aufschimmerten. An den Bahnhöfen zeugten riesige Stapel mit Baumstämmen von der Bedeutung der Holzwirtschaft für das Land, in dem entlang der Flüsse seit jeher unzählige Papiermühlen und Sägewerke angesiedelt waren.

»Ich sehe da nur seeehr viele Bäume«, fuhr Zilly fort.

Charlotte zuckte verlegen die Achseln und unterdrückte ein Seufzen. Ihre Gedanken waren wie so oft bei Lennart gewesen. In seinen Briefen schwärmte er häufig von den stillen Wäldern rund um Jäneda, die er in seinen Lernpausen durchstreifte, und den Stegen an einsamen Moorseen, auf die er sich gern zum Lesen und Briefeschreiben zurückzog. Beim Anblick der unberührt wirkenden Natur zu beiden Seiten der Bahngleise fühlte sie sich ihm nach den sechs Wochen, die sie in Helsinki verbracht hatte, besonders nah. Dort waren ihr seine Berichte wie Grüße aus einer weit entfernten Welt vorgekommen.

Charlotte, die bereits Tallinn im Vergleich zum beschaulichen Haapsalu als quirlig wahrgenommen hatte, war in den ersten Tagen ihres Aufenthalts in Helsinki überwältigt gewesen. In der finnischen Hauptstadt lebten rund 250 000 Menschen, fast doppelt so viele wie in der estnischen – was sich allein schon am lebhaften Verkehr bemerkbar machte. Charlotte hatte nie zuvor so viele Automobile, Omnibusse und Trambahnen auf einmal gesehen, ganz zu schweigen von den zahlreichen Fußgängern. Während Tallinns Altstadt mit seinen verwinkelten Gassen, Türmen und Giebeldächern ein mittelalterliches Gepräge aufwies, atmete Helsinki mit seinen breiten Straßen, großen Plätzen und imposanten neoklassizistischen Häusern und Jugendstilgebäuden Weite und Erhabenheit. Sehr beeindruckend hatte Charlotte auch die neuesten Bauwerke im Stil des Funktionalismus und des nordischen Art déco gefunden. Staunend war sie durch den *Lasipalatsi*, den Glaspalast, im Zentrum gestreift, der neben verschiedenen Geschäften, Restaurants und einer beliebten Eisdiele das größte Lichtspielhaus Finnlands beherbergte.

»Ich verstehe nicht, wie du ausgerechnet hier Heimweh haben kannst«, sagte Zilly und verzog in mildem Spott den Mund. »Finnland ist doch im Grunde Estland in groß – mit noch mehr Seen und noch unendlicheren Wäldern. Außerdem sind die Sprachen nah verwandt, die Finnen teilen mit den Esten die Leidenschaft fürs Saunieren und sogar die Melodie der Nationalhymne. Also, ich könnte ein bisschen mehr Fremdartigkeit gut vertragen.«

»Bin ich so schlimm?« Charlotte zupfte verlegen an einer Haarsträhne.

»Aber nein«, sagte die ältere Schneiderin, eine drahtige Mittvierzigerin mit hellbraunem Bubikopf, ein Kreuzworträtsel in ihrem Schoß. Sie streckte einen Arm aus und tätschelte Charlottes Knie. »Es ist doch ganz natürlich, dass du dich in deinem Zustand nach einer vertrauten Umgebung sehnst, wo du dir in aller Ruhe ein Nest bauen kannst.« Sie warf Zilly einen strengen Blick zu. »Anstatt von einer jungen Dame mit Hummeln im Hintern durch die Weltgeschichte gescheucht zu werden.« Sie drehte sich zu ihrer Kollegin, die in einen Kriminalroman vertieft war. »Hab ich nicht recht?«

»Gewiss«, nuschelte diese, ohne von den Seiten aufzusehen.

»Ich bin sehr froh, hier zu sein«, sagte Charlotte schnell, drückte verstohlen Zillys Hand und lächelte der Schneiderin in der Hoffnung zu, von weiteren Ermahnungen und Ratschlägen verschont zu bleiben.

Ihr Gegenüber runzelte die Stirn, verzichtete jedoch auf eine Erwiderung, murmelte etwas von verantwortungslosen jungen Leuten und beugte sich wieder über das Kreuzworträtsel.

»Ich bin auch froh darüber«, sagte Zilly kaum hörbar. »Ich mag gar nicht an die Zeit denken, wenn du nicht mehr bei mir bist.«

Sie hielt Charlotte eine Papiertüte hin – randvoll mit einzeln eingewickelten Lakritzstangen, länglichen *Kiss-Kiss-Karamelli* mit weichem Toffeekern, grünen Geleekugeln sowie Pfefferminzbonbons mit Schokoladenfüllung. Vor der Abreise hatte Zilly sich im Café Fazer mit »überlebenswichtigem Proviant«, wie sie es nannte, eingedeckt. Charlotte wollte sich eben ein Karamellkonfekt herausnehmen, als der Produktionsassistent aufstand.

»Wir sind gleich da«, rief er und klatschte in die Hände. »Macht euch bitte zum Aussteigen bereit!«

Der Zug drosselte sein Tempo und hielt kurz darauf vor einem stattlichen Backsteinbau, dem Bahnhof von Hämeenlinna. Der Assistent verließ das Abteil als Erster, bezog mit einem Klemmbrett Position neben der Tür und hakte die Mitglieder der Filmcrew auf einer Liste ab.

»Ich komme mir vor wie auf einer Klassenfahrt«, flüsterte Zilly in Charlottes Ohr, als sie sich in die Schlange der Aussteigenden einreihten.

Charlotte kicherte. Zilly hatte ins Schwarze getroffen. Das letzte Mal hatte sie sich in ihrer Schulzeit in der Gesellschaft derart ausgelassener Menschen befunden. Die Crewmitglieder – von denen die meisten deutlich älter als Zilly und sie waren – neckten sich gegenseitig, riefen sich Scherzworte zu und alberten herum. Sogar die strenge Schneiderin hatte rote Wangen und tuschelte mit ihrer Kollegin.

Auf der zehnminütigen Fahrt zum Hotel in einem angemieteten Bus herrschte weiterhin eine aufgekratzte Stimmung. Die Worte des Assistenten, der einen kurzen Abriss der bis ins Mittelalter zurückreichenden Stadtgeschichte gab und auf einige Sehenswürdigkeiten aufmerksam machte, verhallten weitgehend ungehört. Charlotte schnappte ein paar Fetzen seines Vortrags auf und erfuhr, dass es sich bei dem trutzigen Bau in Backsteingotik, der im Vorbeifahren am anderen Ufer eines länglichen Sees zu sehen war, um die Burg Häme handelte. Sie war im 13. Jahrhundert nach den schwedischen Kreuzzügen von Birger Jarl, an den Charlotte eine vage Erinnerung aus dem Geschichtsunterricht hatte, errichtet worden, um die Herrschaft der Folkunger über die frisch christianisierten Finnen zu sichern. Im Laufe der Zeit hatte das Bollwerk seine strategische Bedeutung verloren und diente nun als Gefängnis.

Der Anblick, der sich Charlotte wenige Minuten später bot, entlockte ihr ein überraschtes »Oh!«. Sie hatte ein schlichtes Gasthaus als Unterkunft erwartet – keinen futuristisch wirkenden Bau, dessen weiß verputzte Fassade einerseits einen scharfen Kontrast zu den ihn umgebenden Grüntönen der Rasenflächen, Bäume und Sträucher bildete, sich andererseits überraschend harmonisch ins Landschaftsbild fügte.

Die Gruppe folgte dem Produktionsassistenten zur Rezeption, wo sie der Portier begrüßte und kurz mit den Räumlichkeiten vertraut machte. Das Aulanko Hotel bestand aus einem fünfstöckigen Flügel mit abgerundeten Enden, in dem die Gästezimmer untergebracht waren, und einem niedrigeren Bau, in dem sich der Empfang, eine großzügig geschnittene Lounge, ein Café, ein Musikzimmer sowie das Restaurant befanden. Vor diesem lag eine Terrasse mit Zugang zum weitläufigen Park, der sich bis zum Ufer des Vanajavesi-Sees erstreckte.

Charlotte begann zu begreifen, warum Suomi-Filmi diesen Ort als Kulisse für den nächsten Film gewählt hatte. Die hochwertigen Materialien, die bei der Herstellung der Innenausstattung verwendet worden waren – Parkettböden aus heimischen Holzarten, Glasbausteine, Marmor und flauschige Teppiche – sorgten für eine luxuriöse Atmosphäre und machten das Hotel zum perfekten Schauplatz für den Film, der von der verwöhnten Tochter eines wohlhabenden Reeders handelte, die ihre Tage mit Reiten, Schönheitspflege und Feiern verbrachte, ihr Dasein jedoch als leer und langweilig empfand. Das änderte sich durch das Auftauchen eines ebenso charismatischen wie mysteriösen Arbeiters, in den sie sich verliebte. Der drohende Bankrott ihres Vaters löste sich am Ende in Wohlgefallen auf und auch der vermeintliche Arbeiter entpuppte sich als gut verdienender Ingenieur, der mit seiner Maskerade die Liebe der Heldin auf die Probe gestellt hatte – und alle lagen sich schließlich glücklich in den Armen.

Zilly hatte sich beim Lesen des Drehbuchs über die Vorher-
sehbarkeit der Handlung amüsiert und über deren Realitätsferne
gelästert. Charlotte hatte ihr beigepflichtet und sich zugleich
insgeheim gewünscht, ihre eigene Geschichte mit Lennart
könnte ebenso kitschig ausgehen. Vor ihrem inneren Auge hatte
sich eine rührende Szene abgespielt, in der ihre Eltern sie mit
offenen Armen empfingen und Lennart als Schwiegersohn und
Vater ihres ersten Enkelchens im Kreis der Familie aufnahmen.

Zilly hakte sich bei Charlotte unter. »Lass uns nach oben gehen«, sagte sie und wedelte mit dem Schlüssel, den sie sich an
der Rezeption hatte aushändigen lassen.

Gemeinsam liefen sie hinter einem Hotelboy her, der ihre
Koffer in die dritte Etage zu ihrem Doppelzimmer schleppte.

Sonntag, den 4. Juni 1939

Mein geliebter Lennart,

*gestern sind wir mit dem Tross der Filmcrew in Hämeenlinna
eingetroffen und haben unser Quartier im Hotel Aulanko bezogen, das etwas außerhalb der kleinen Provinzhauptstadt im
Wald liegt. Hier sollen die Dreharbeiten zu »Rikas Tyttö« (Ein
reiches Mädchen) stattfinden. Die Hauptrolle übernimmt
Sirkka Sari. Du erinnerst Dich? Zilly und ich waren Anfang Mai
auf ihrer Geburtstagsparty eingeladen. Sie ist gerade einmal
neunzehn Jahre alt, hat schon in zwei erfolgreichen Filmen mitgespielt und ist auf dem besten Wege, ein Star zu werden. Zilly
bewundert Sirkka sehr und ist glücklich, dass sie mit ihr vor der
Kamera stehen wird – wenn auch nur in einer kleinen Nebenrolle. Sie sieht es vor allem als Chance, von Sirkka und den anderen »alten Hasen« zu lernen.*

*In Helsinki hat Zilly zuletzt bei dem Sportfilm »Avoveteen«
(Yrjö, der Läufer) mitgemacht. Vielleicht kennst Du den Roman
von Urho Karhumäki, auf dem der Film basiert? Er wurde 1936*

bei den Olympischen Spielen in Berlin mit der Goldmedaille in der Disziplin Epische Werke ausgezeichnet. 1940 werden die nächsten Spiele ja in Helsinki stattfinden – und im Film wird der Held dort den Langstreckenlauf für die finnische Nationalmannschaft gewinnen.

Zu ihrem Leidwesen wurde Zilly nur als Statistin (jubelnde Zuschauerin) eingesetzt. Es waren dennoch aufregende Tage. Ich durfte am Set zuschauen und konnte das nagelneue Olympiastadion erkunden. Das Wahrzeichen ist ein schlanker Turm aus Stahlbeton, der mit seiner Höhe von 72,71 Metern genau der Siegesweite des finnischen Speerwurf-Olympiasiegers von 1932 entspricht.

Zilly und ich teilen uns ein Zimmer, das sehr modern und komfortabel eingerichtet ist und einen herrlichen Blick auf den Vanajavesi-See bietet. Dieses Fleckchen Erde würde Dir bestimmt auch gut gefallen. Wie wäre es, wenn wir hier später einmal gemeinsam ein paar Tage Urlaub machen? Vielleicht schon nächsten Winter? Wenn man dem Hotelprospekt glauben darf, kann man in den Wäldern wunderbar langlaufen, es werden mehrere Loipen gespurt. Unser Kind könnten wir in einem Rucksack huckepack mitnehmen …

Ach, Lennart, ich vermisse Dich so sehr! Ich bin froh über die vielen neuen Eindrücke und Erlebnisse – sie lenken mich ein bisschen von der Sehnsucht nach Dir ab. In den Nächten allerdings bin ich ihr ganz und gar ausgeliefert und daher dankbar, dass diese immer kürzer werden.

Im Musikzimmer steht ein Flügel. Gestern Abend hat ein Hotelgast wunderschön darauf gespielt, vor allem Werke von Sibelius (der übrigens in Hämeenlinna geboren wurde). Ein Stück hatte es mir in seiner verspielten und zugleich sehnsüchtigen Stimmung besonders angetan. Und nun rate, wie es heißt! Die Birke! Es war wie ein Gruß von Dir. Und vom Birkenhof, von *dem ich ein Stück in Gestalt Deines vergoldeten Birkenblattes stets bei mir trage.*

Ein Klopfen an der Tür unterbrach Charlotte. Sie legte den Füller beiseite und rief »Herein!«.

Die ältere Schneiderin steckte ihren Kopf ins Zimmer. »Entschuldige die Störung«, sagte sie. »Ich wollte dir nur rasch einen kleinen Imbiss bringen.« Sie trat ein und stellte ein Tablett mit einem Glas Milch, einem Teller mit belegten Broten und einem Schüsselchen Erdbeeren auf einen kleinen Tisch, der vor dem Sofa stand.

»Aber das wäre doch nicht nötig ge…« Charlotte machte Anstalten aufzustehen.

»Nein, bitte, bleib sitzen«, rief die Schneiderin. »Ich bin schon wieder weg.« Sie ging zur Tür. »Du musst dich schonen.«

Ihr resoluter Ton erstickte Charlottes Widerspruch im Keim. »Vielen Dank, das ist wirklich sehr aufmerksam.«

Die Schneiderin machte eine abwinkende Handbewegung und verließ das Zimmer. Charlotte beugte sich wieder über ihren Brief.

Du erkundigst Dich immer so besorgt nach meinem Befinden. Ich kann Dir versichern, dass es darum nicht besser stehen könnte. Ich werde nämlich von den Filmleuten wegen meines »Umstandes« nach Strich und Faden verwöhnt und muss kaum einen Finger rühren. Einige sehen in mir eine Art Maskottchen, für andere wiederum (darunter auch welche, die wesentlich älter sind als ich) scheine ich eine mütterliche Instanz zu sein, ein Ruhepol im hektischen Getriebe, das auf einem Filmset herrscht. Eine Maskenbildnerin hat mich beim letzten Dreh regelmäßig gebeten, ihr bei der Arbeit Gesellschaft zu leisten. Meine bloße Anwesenheit hätte so eine beruhigende Wir-

kung auf die oft ungeduldigen Darstellerinnen, die sie schminken muss. Für mein bloßes Dasein revanchieren sich viele mit unermüdlicher Hilfsbereitschaft, kleinen Aufmerksamkeiten und guten Ratschlägen – wobei ich auf Letztere gut verzichten könnte.

Was Zilly vom Theater berichtet, trifft auch auf die Filmwelt zu: Sie ist bevölkert von ausgesprochen abergläubischen Menschen. Dementsprechend seriös sind auch die Verhaltensregeln, die mir ans Herz gelegt werden. Hier eine kleine Auswahl:

Wenn eine Schwangere …

… die Beine übereinanderschlägt, bekommt das Kind keine Luft mehr;

… sich erschreckt, soll sie die Hände vom Körper wegstrecken, sonst bekommt das Kind einen Wolfsrachen;

… ein Feuer sieht, darf sie sich nicht berühren, weil das Kind dann an dieser Stelle ein rotes Muttermal bekommt;

… oft Sodbrennen hat, wird das Kind mit vielen Haaren geboren. Die Haare kitzeln nämlich den Magen von innen;

… Scharfes isst, brennt das dem Baby in den Augen;

Und wenn sie laute Musik hört, wird das Kind taub.

Abgesehen von diesen fragwürdigen Äußerungen kümmern sich alle rührend um mich. Mir geht es also rundum gut, besser gesagt: uns beiden. Das Kleine macht sich nämlich mittlerweile immer spürbarer bemerkbar. Wenn es mit seinen Füßchen strampelt, kann ich manchmal kleine Beulen auf meinem Bauch sehen. Ab und zu wache ich nachts sogar auf, wenn es mich tritt. Es ist ein unbeschreibliches, sehr beglückendes Gefühl, dieses kleine Wesen in mir zu spüren! Es tut mir nur leid, dass Du es nicht auch – wenigstens von außen – erleben kannst. Ich erzähle unserem Kleinen aber oft von seinem Papa und singe ihm estnische Lieder vor, mit denen mich meine Kinderfrau einst in den Schlaf gewiegt hat. So gewöhnt es sich an den Klang seiner Vatersprache. (Ich kann Dir gar nicht sagen, wie sehr ich den Klang Deiner Stimme entbehre!)

Für heute sage ich Dir Adieu und schicke Dir mit diesen Zeilen meine innigsten Grüße und sehnsüchtigen Gedanken. Fühle Dich fest umarmt und geküsst von

Deiner Dich liebenden Charlotte

Schleswig-Holstein, Oktober 1977

— 29 —

Am Samstag hatte Kirsten nach längerer Pause wieder sturmfrei. Ihre Eltern waren mit Freunden zum Kino verabredet, und sie nutzte die Gelegenheit, die Fernsehclique einzuladen. An diesem achten Oktober stand die 64. »Dalli Dalli«-Sendung von Hans Rosenthal auf dem Programm, davor lief im Ersten der »Musikladen«. Grigori hatte Gesines Vorschlag, den Abend bei Kirsten mit Manfred, Günter sowie den Schwestern Andrea und Dörte zu verbringen, gern angenommen. Ihre Befürchtung, die Gruppe sei ihm zu oberflächlich – ganz zu schweigen vom Fernsehprogramm –, erwies sich als haltlos.

Grigori freute sich über die Gesellschaft Gleichaltriger und die Möglichkeit, sein Deutsch weiter zu verbessern. Vor allem aber bedeutete es ihm viel, dass Gesine ihn dabeihaben wollte. Diese Äußerung – begleitet von einem tiefen Blick in ihre Augen – versetzte Gesine in einen Zustand schwindeliger Seligkeit, die sich ins schier Unerträgliche steigerte, als Grigori sich im Wohnzimmer der Joergensens dicht neben sie in eine Ecke der moosgrünen Sofalandschaft setzte und den Arm um ihre Schultern legte. Zum ersten Mal präsentierten sie sich fremden Augen als Paar. Noch auf dem Weg zu Kirsten hatte sie sich gefragt, ob Grigori wohl zu den Männern gehörte, denen es unangenehm war, in der Öffentlichkeit Gefühle zu zeigen.

Die Selbstverständlichkeit, mit der Grigori an diesem Abend seine Zugehörigkeit zu ihr bekundete, machte Gesine umso glücklicher. Mit klopfendem Herzen lehnte sie sich an ihn und genoss das neue Erlebnis der Zweisamkeit im Kreis ihrer Freunde. Falls Andrea und Dörte enttäuscht waren, dass Grigori nun vergeben war, ließen sie es sich nicht anmerken. Auch Manfred und

Günter verkniffen sich Kommentare oder Fragen zum jungen Liebesglück. Sie hatten Grigori mit sichtlicher Wiedersehensfreude begrüßt und keinen Zweifel daran aufkommen lassen, dass er für sie ein Teil ihrer Gruppe war.

Kirsten drehte die Lautstärke des Fernsehgeräts höher, als der von Uschi Nerke und Manfred Sexauer moderierte »Musikladen« begann und die Intro-Melodie »A Touch of Velvet, a Sting of Brass« von *Mood Mosaic* ertönte. Dazu wurden die Namen der auftretenden Interpreten eingeblendet, präsentiert von den legendären Gogo-Girls. Gesine konnte nicht nachvollziehen, warum ausgerechnet diese ebenso textil- wie talentfrei durch die Sendung hüpfenden Dullchen zum Kultstatus der Musikshow beitrugen. Eine Frage, die Kirsten einmal mit einem lakonischen »Du bist eben kein Mann und weißt ihre Reize nicht zu schätzen« beantwortet hatte.

Gesine bekam die Darbietungen der Sänger und Bands nur am Rande mit. Sie genoss es, an Grigoris Seite Teil der Gemeinschaft zu sein, verspürte jedoch kein Bedürfnis, sich an der Unterhaltung zu beteiligen. Zunächst tauschten sich die anderen über die Kinofilme aus, die sie zuletzt gesehen hatten. Manfred und Günter waren begeistert von *Der tolle Käfer in der Rallye Monte Carlo*, der dritte Film um den VW-Käfer Herbie mit den Wunderkräften. Kirsten empfahl die französische Liebeskomödie *Cousin, Cousine* wegen ihres ironischen Witzes und des feinen Gespürs für Zwischenmenschliches. Andrea und Dörte dagegen hatten das Kino zuletzt enttäuscht verlassen. In der Gangsterkomödie *Charleston – Zwei Fäuste räumen auf* war Bud Spencer ohne seinen gewohnten Partner Terence Hill aufgetreten und hatte dadurch erheblich an Ausstrahlungskraft verloren.

Später drehte sich die Unterhaltung um den tödlichen Unfall der österreichischen Schauspielerin Sylvia Manas. Sie war als

Kandidatin bei »Dalli Dalli« vorgesehen gewesen und zwei Tage zuvor bei der Anreise mit dem Auto verunglückt. Gesine kannte die erst Neunundzwanzigjährige aus der Krimiserie *Derrick*. Als Ersatz hatte der Sender Heidi Brühl eingeladen, von deren Schlagern Anneke ein halbes Dutzend Schallplatten besaß.

Im »Musikladen« sang Leroy Gomez »Don't Let Me Be Misunderstood«. Gesines Körper begann unwillkürlich, sich im Takt der beschwingten Melodie zu bewegen. Andrea und Dörte hingegen waren vor allem von dem Sänger angetan. Seine schwarze Lockenpracht und sein strahlendes Lächeln versetzten sie in einen »grenzdebilen Schmachtmodus«, wie Kirsten das in ihren Augen übertriebene Anhimmeln unerreichbarer Pop- oder Filmidole zu nennen pflegte. Die Schwestern klebten förmlich am Bildschirm und zischten Günter und Manfred ein wütendes »Pssst« zu, als diese sich über die Verrenkungen der drei Gogo-Girls lustig machten, die im Hintergrund als spanische Flamencotänzerinnen zu sehen waren.

»Ich kenne Lied«, sagte Grigori nach einer Weile. »Aber langsamer.«

»Vielleicht das Original von Nina Simone?«, fragte Kirsten. »Die hat es schon 1964 als Blues-Ballade aufgenommen.«

»Nein, Sänger war ein Mann«, antwortete Grigori. »Bekannter von mir hatte Song auf Tonband. Kenne leider Namen nicht.«

»Vermutlich die Interpretation der *Animals*«, sagte Günter. »Die hat es vor zwölf Jahren in die internationalen Hitparaden geschafft.«

»Er meinte doch, dass es langsamer war«, widersprach ihm Manfred. »Da käme eher Joe Cockers Einspielung von neunundsechzig infrage.«

»Oder die von *The Moody Blues*.«

Während die beiden Freunde über die verschiedenen Interpreten des Songs diskutierten, drehte sich Grigori zu Gesine. »Sänger hat Angst, dass er falsch verstanden wird, richtig?« Er lächelte verschmitzt.

Sie nickte.

»Dann ist mein Lied«, fuhr Grigori fort. »Fehler machen Missverstehnisse. Mein Deutsch noch nicht so gut.«

»Stimmt gar nicht!« Gesine schüttelte energisch den Kopf. »Ehrlich, ich wäre froh, wenn ich eine Fremdsprache so schnell lernen würde wie du.«

Die Musikshow näherte sich ihrem Ende. Zu Beginn waren nach dem ersten Live-Auftritt Ausschnitte von vier Oldies gezeigt worden, von denen die Zuschauer mittels Telefonanruf einen wählen konnten. Der Titel, der die meisten Stimmen auf sich vereinigen konnte, wurde vor dem letzten Auftritt gezeigt. An diesem Abend hatten Santana, Nirvana, Melanie und Amen Corner um die Gunst des Fernsehpublikums gebuhlt, das sich klar für den Song »Bend me, shape me« des letzten Kandidaten entschied.

Dörte und Andrea waren mit dem Ausgang dieser Wahl zufrieden und fielen lauthals in den Refrain ein, Manfred und Günter, die auf Santanas Song »Jingo« gehofft hatten, wandten sich maulend vom Bildschirm ab und machten den letzten Käsespießchen den Garaus, die Kirsten aus Emmentaler-Würfeln und Trauben angerichtet hatte.

»Hast du eine Lieblingsband oder Musikrichtung?«, fragte Kirsten und hielt Grigori einen Teller mit Schinkenröllchen hin. »Ich muss gestehen, dass ich keine Ahnung habe, was man in Russland so hört.«

Stimmt, dachte Gesine. Darüber haben wir noch nie gesprochen.

»*Maschina Wremeni*«, antwortete Grigori und nahm sich eine der in Kochschinkenscheiben gewickelten Spargelstangen. »Bedeutet Zeitmaschine. Machen Rock'n'Roll. Und Stas Namin ich mag. Ist sehr popular in Russland.«

»Könnt ihr auch Bands aus dem Westen hören?«, fragte Günter.

»Wohl eher nicht.« Kirsten sah Grigori fragend an. »Das ist doch sicher verboten, oder?«

Grigori nickte. »Wir hören trotzdem.« Er lächelte verschmitzt. »In Diskothek sie spielen *Boney M.* und Donna Summer. Und ich hatte Kassette mit *Supertramp.*«

»Das ist eine meiner Lieblingsbands!«, rief Gesine. »Ich hab all ihre Platten!« Sie strahlte ihn an. »Ich kann sie dir aufnehmen.«

Dass ich da nicht früher drauf gekommen bin, dachte sie. Opa Paul hatte Grigori seinen Rekorder überlassen und ihm Kassetten mit einem Deutschlernprogramm besorgt.

»Komm doch morgen Vormittag zu mir«, fuhr sie fort. »Dann zeig ich dir meine Schallplatten.«

»So nennt man also die gute alte Briefmarkensammlung heute«, sagte Günter und grinste anzüglich.

Dörte stupste Andrea in die Seite, machte einen Kussmund und gab schmatzende Geräusche von sich. Die beiden begannen zu kichern.

Gesine spürte, wie ihr das Blut ins Gesicht stieg. Das alberne Gegickel machte ihr bewusst, wie doppeldeutig ihr Angebot klang.

»Ihr könnt auch immer nur an das Eine denken«, fauchte Kirsten und funkelte die Schwestern an.

Grigori kratzte sich an der Schläfe. »Was meint sie?«, fragte er Gesine leise.

»Äh … nichts«, stammelte diese und schob sich rasch eine der Eihälften in den Mund, deren Dotter Kirsten mit Zitronensaft, Mayonnaise und fein gehackten Sardellen vermischt und wieder in die Eigelbkuhle gegeben hatte.

Während sie den würzigen Bissen kaute, fragte sie sich, ob Grigori in ihrer Einladung – so wie Günter, Andrea und Dörte – die versteckte Botschaft vermutete, sie wolle mit ihm schlafen. Erwartete er mehr als eine Sichtung ihrer Schallplatten? Sosehr sie auch in ihn verliebt war – für diesen Schritt fühlte sie sich noch nicht bereit. Würde er sie deshalb für verklemmt und prüde halten?

Auf den Ratgeberseiten der »Bravo« wurde stets betont, wie wichtig es war, in diesem Punkt auf sich selbst zu hören und sich zu nichts drängen zu lassen, nur um dem anderen einen Gefallen zu tun. Wenn es doch nur so einfach wäre! Gesine stöhnte innerlich auf. Sie wollte ja – grundsätzlich, irgendwann. Aber noch nicht jetzt. Es war alles noch so neu mit ihr und Grigori. Sie kannte ihn doch kaum – auch wenn er ihr in vielem so vertraut schien, als sei er schon lange ein Teil ihres Lebens. Ihre Kehle wurde eng. Es gelang ihr kaum, das Ei hinunterzuschlucken. Hoffentlich ist er nicht sauer, wenn es morgen nicht geschieht.

Am Sonntagvormittag passte Gesine den Moment ab, in dem ihre Eltern zu einem Ausritt aufbrachen, den sie beim Frühstück geplant hatten. Anneke war nach Gundelsby zum Gottesdienst in der Christuskirche gefahren. Eine günstigere Gelegenheit, Grigori unbemerkt in ihr Zimmer zu schleusen, würde es in absehbarer Zeit nicht geben. Kaum waren ihre Mutter und ihr Vater vom Hof getrabt, rannte Gesine zum Stall, wo Grigori damit beschäftigt war, frische Streu in den Boxen zu verteilen. Wortlos griff sie zu einer Heugabel und half ihm. Er nickte ihr mit einem dankbaren Lächeln zu. Schweigend arbeiteten sie einander zu und fanden rasch einen gemeinsamen Rhythmus. Gesine spürte, wie die Nervosität von ihr abfiel. Sie kehrte auch nicht zurück, als sie eine halbe Stunde später Hand in Hand zum Wohnhaus liefen. Erst als Gesine die Tür zu ihrem Zimmer öffnete und Grigori hineinbat, stellte sie sich wieder ein – aus einem Grund, der ihr zuvor gar nicht in den Sinn gekommen war.

Sie sah den Raum in diesem Augenblick aus Grigoris Perspektive und schämte sich des Überflusses, der in scharfem Kontrast zu seinen kargen Besitztümern stand. Sie ging davon aus, dass er auch in Russland in eher bescheidenen Verhältnissen gelebt hatte und von einem Zimmer wie diesem nur hatte träumen können. Auch wenn es im Vergleich zu manchen ihrer Schulkameraden schlicht eingerichtet war, in Grigoris Augen, der sein gesamtes Hab und Gut hatte zurücklassen müssen, wirkte ihr Leben vermutlich sehr luxuriös.

Angespannt beobachtete Gesine, wie Grigori sich umsah. In seinem Gesicht bemerkte sie weder Erstaunen noch Verachtung, nur Neugier und ein Aufleuchten, als er die Schallplatten entdeckte.

»Darf ich?«, fragte er und kniete sich vor das Regal, in dem Gesine sie verstaut hatte.

Sie nickte und kauerte sich neben ihn. Andächtig nahm er eine nach der anderen heraus.

»Ah, *Supertramp!*«, rief er, als er das Album »Crime of the Century« in den Händen hielt.

Gesine rückte näher. Gemeinsam betrachteten sie das Cover, auf dem das schwarze All mit der Milchstraße zu sehen war, in der ein massives, fenstergroßes Metallgitter (von einer Gefängniszelle?) schwebte, umklammert von zwei grauen Händen, die körperlos aus dem Nichts um die Stäbe griffen.

»Kannte Bild nicht«, sagte Grigori nach einer Weile. Seine Stimme klang heiser. »Macht ... äh ... *gusinaya kozha.*« Er streifte den Ärmel seines Pullovers hoch und deutete auf die Härchen seines Unterarms, die sich aufgerichtet hatten.

»Gänsehaut«, sagte Gesine. »Ja, das Cover passt gut zu den

Inhalten der Songs. Bei denen überläuft es mich auch immer wieder.«

Grigori sah ihr in die Augen. »Du verstehst«, sagte er und drückte ihre Hand.

Gesine musste kurz an Kirsten denken, die ihre Begeisterung für die Kompositionen der Band befremdlich fand, hinter denen sich ein zutiefst pessimistisches Menschenbild verbarg. »Muss ich mir Sorgen machen, dass meine beste Freundin Songs liebt, in denen es um Wahnsinn, Verbrechen und drohendes Unheil geht?«, hatte sie sich erst einige Tage zuvor erkundigt, als Gesine die Melodie von »Dreamer« vor sich hin summte. Gesine hatte sich schwergetan, ihre Faszination zu erklären. Für sie spiegelte die Musik eindrucksvoll ihre eigene Wahrnehmung der Welt wider, in der unter einer schicken Oberfläche oftmals Abgründe lauerten.

Welche Bedeutung hatte *Supertramp* für Grigori? Die Wehmut, die ihn oft umgab, ließ Gesine vermuten, dass er sich vor allem von den Texten Roger Hodgsons angesprochen fühlte. Im Radio hatte sie einmal gehört, dass der englische Sänger mit seinen Liedern oft die Angst und den Schmerz zum Ausdruck brachte, die er als kleiner Junge empfunden hatte, als er als Achtjähriger in ein Internat gesteckt wurde. Die Scheidung seiner Eltern vier Jahre später hatte seine Unsicherheit noch verstärkt. Für den kleinen Roger war die Gitarre zum besten Freund geworden, dem er anvertrauen konnte, wie es in seinem Inneren aussah. Waren es in Grigoris Jugend in Russland nicht die Pferde gewesen, die diese Rolle eingenommen hatten? Denen er – abgesehen von seiner Mutter – ohne Angst vor Denunziation begegnen und sich so zeigen konnte, wie er war?

Gesine erwiderte Grigoris Händedruck und zog eine Platte aus dem Regal, auf deren Hülle ein mit Schnee bedeckter Konzertflügel in einer verschneiten Gebirgslandschaft abgebildet war. »Kennst du schon ›Even in the Quietest Moments‹?«, fragte sie. »Das neueste Album von *Supertramp*?«

Grigori schüttelte den Kopf.

»Es ist erst diesen April rausgekommen.« Gesine stand auf. Ein Blick auf ihre Armbanduhr verriet ihr, dass noch reichlich Zeit war, bis ihre Eltern von ihrem Ausritt zurückkamen. »Komm, lass uns hinuntergehen«, schlug sie vor. »Im Salon steht eine richtig gute Stereoanlage. Da kann ich dir die Platte vorspielen und auch gleich aufnehmen, wenn du möchtest.« Sie griff nach einer leeren Musikkassette, von denen sie stets ein paar vorrätig hatte, um im Radio Songs von den wöchentlichen Charts mitzuschneiden.

»Gern. Wenn das ist in Ordnung«, sagte Grigori.

Gesine zögerte einen winzigen Augenblick. Eigentlich musste sie um Erlaubnis fragen, wenn sie ihre Schallplatten auf der Anlage im Wohnzimmer hören wollte. Ach was, fegte sie die Bedenken fort. Mama und Paps werden es ja gar nicht mitkriegen. Und was man nicht weiß, macht einen nicht heiß.

Ein paar Minuten später erfüllten die Akkorde einer akustischen 12-Saiten-Gitarre den Raum, der wie das angrenzende Speisezimmer mit Biedermeiermöbeln aus Kirschbaumholz eingerichtet war. Vor und neben dem gemauerten Kamin an einer Schmalseite standen mehrere mit hellem Satin bezogene Sessel, ein verglaster Bücherschrank nahm die Wand gegenüber der zum Garten zeigenden Fensterfront ein. In einer Ecke befand sich ein hüfthohes Regal mit der Stereoanlage und einer ansehnlichen Schallplattensammlung mit klassischer Musik. An den Wänden hingen Kupferstiche mit Ansichten von Gestüt Pletten und seinen Ländereien aus dem 18. und 19. Jahrhundert sowie von herausragenden Zuchtpferden. Neben der Tür zum Speisezimmer war das Pult mit dem Stammbuch aufgestellt, umrahmt von Familienfotos.

Gesine und Grigori standen sich in der Mitte des Zimmers auf einem geknüpften Orientteppich gegenüber, hielten einander an den Händen und lauschten der hohen Stimme von Roger Hodgson:

Give a little bit
Give a little bit of your love to me.
Give a little bit
I'll give a little bit of my love to you.
There's so much that we need to share
So send a smile and show you care.

»Was er singt?«, fragte Grigori leise. »Englisch ich kann nicht viel.«

Gesine räusperte sich. »Ähm … also: Gib mir ein kleines Stück deiner Liebe«, begann sie und wurde rot. Stockend fuhr sie fort: »Dann gebe ich dir ein kleines Stück meiner Liebe. Es gibt da so viel, das wir teilen müssen. Darum schenke mir ein Lächeln und zeige mir, dass …«

»Ah, hab ich doch richtig gehört. Hier ist jemand.«

Gesine erstarrte. Das durfte nicht wahr sein! Ihre Mutter konnte unmöglich jetzt schon zurück sein. Sie hatte ihre Eltern frühestens in einer guten Stunde, kurz vor dem Mittagessen, erwartet. Gesine ließ Grigoris Hände los und drehte sich um. Henriette von Pletten stand in der Tür zur Eingangshalle. Die kurzen Haare klebten an ihrem Kopf, der Stoff ihrer Jacke war dunkel vor Feuchtigkeit, und um ihre Reitstiefel hatte sich eine kleine Wasserlache gebildet – sie war tropfnass. Erst in diesem Moment bemerkte Gesine das Rauschen des Regens, der vor dem Fenster niederging. Er hatte den Ausritt ihrer Eltern offensichtlich vorzeitig beendet. Sie rang nach Luft und wünschte sich verzweifelt ein Mauseloch, in dem Grigori und sie verschwinden konnten.

Sich ausgerechnet von ihrer Mutter erwischen zu lassen, wie sie nicht nur unerlaubt die Stereoanlage im Salon benutzte, sondern obendrein mit einem Angestellten turtelte – das war ein Horrorszenario, das Gesine sich in ihren schlimmsten Phantasien nicht ausgemalt hatte. Sie ballte ihre Hände zu Fäusten und versuchte, sich innerlich gegen das Donnerwetter zu wappnen, das zweifellos in der nächsten Sekunde über sie hereinbrechen würde.

Finnland/Estland – Sommer 1939

– 30 –

»Wie hat das alles bloß jemals da reingepasst?«

Charlotte schaute ratlos auf die beiden geöffneten Koffer vor ihrem Bett, die bis zum Rand gefüllt waren mit zusammengelegten Röcken, Blusen, Jacken, Leibwäsche, Strümpfen und Nachthemden sowie zwei Paar Schuhen, einem Kulturbeutel und einer Schreibmappe. Auf der Tagesdecke des Bettes türmten sich noch mehrere Schachteln, Päckchen und Tüten.

»Das kann ich dir verraten«, sagte Zilly, die ihr beim Einpacken half. »Das alles hätte noch nie reingepasst.« Sie grinste und deutete auf einen großen Leinensack, in dem sich Strampelanzüge, kleine Pullover, Lätzchen und eine Krabbeldecke befanden, die mehrere Damen der Filmcrew in den vergangenen Wochen für die werdende Mutter gestrickt und genäht hatten. »Deine Besitztümer haben sich hier deutlich vermehrt.«

»Mir war nicht bewusst, wie viel Zeugs ich angehäuft habe.« Charlotte ließ sich mit einem Ächzen auf die Bettkante sinken, massierte sich das Kreuz und ließ ihre Augen über die Dinge wandern, die noch verstaut werden mussten. Neben ihren Mitbringseln (für Lennart ein handgefertigtes Messer mit Holzgriff in einer Lederscheide, eine polierte Schale aus Birkenholz für seine Schwester Maarja, für Onkel Julius einen Briefblock und Umschläge aus der Nokia-Papiermühle sowie ein langes Band Klöppelspitze für Frau Mesila, mit der sie ihre Bettwäsche oder Tischdecken verzieren konnte) stapelten sich die Abschiedsgeschenke der Filmleute: zwei Flaschen mit *Salmiakki Koskenkorva*, selbstgemachtem Likör aus salzigen Lakritzbonbons; eine rote Blechdose mit Kakaopulver von Fazer sowie mehrere Tafeln Schokolade derselben Marke; ein Beutel mit Kräutern für Sauna-Aufgüsse und ein Büchlein mit Fotografien von Sehenswürdigkeiten Finnlands – darunter die Burg von Hämeenlinna und die Landschaft um den Vanajavesi-See.

Drei Tage zuvor, am 1. Juli, waren Charlotte und Zilly mit der Filmcrew nach Helsinki zurückgekehrt und hatten erneut das kleine Zimmer in einer Pension nahe des Hauptsitzes der Produktionsgesellschaft im Zentrum der Stadt bezogen, in dem sie bereits in den ersten Wochen ihres Finnlandaufenthalts gewohnt hatten. Nachdem die Aufnahmen der Szenen im Aulanko Hotel weitgehend abgeschlossen waren, wurden die Dreharbeiten zu *Rikas Tyttö* nun in den Studios von Suomi-Filmi fortgesetzt. Ende des Monats sollten abschließend noch ein paar kurze Takes in Hämeenlinna aufgenommen werden, bevor der Film in den Schneideraum wandern und schließlich am 17. September uraufgeführt werden würde. Charlotte bedauerte es, die Premiere zu verpassen. Sie hätte den Film gern gesehen.

Zilly dagegen war in Gedanken bereits bei ihrer nächsten Rolle. Die Szenen, in denen sie bei *Das reiche Mädchen* mitgewirkt hatte, waren längst im Kasten. Da war ihr das Angebot des jungen Regisseurs Ilmari Unho sehr willkommen, eine Rolle in seinem Debütfilm zu übernehmen. Er sollte für Suomi-Filmi eine Sommerkomödie inszenieren, die in Lappeenranta spielte, einem Ort im Herzen des idyllischen Seengebietes Saimaa im Südosten nahe der russischen Grenze. Der Titel *Punahousut* (Die roten Hosen) bezog sich auf die roten Beinkleider der Kavalleristen, die in der Festung des Garnisonsstädtchens stationiert waren. Zilly hatte ihren Koffer bereits gepackt. Sie würde am nächsten Morgen in den Zug nach Lappeenranta steigen, während

Charlotte am selben Tag Finnland verlassen und die Reise nach Hiiumaa antreten wollte.

»Möchtest du nicht doch mit mir kommen?«, fragte Zilly und sah Charlotte bittend an. »Wenigstens für ein paar Tage. Die Landschaft muss wirklich traumhaft sein.«

»Kein Zweifel«, sagte Charlotte und deutete auf das Finnland-Buch, in dem auch die Naturschönheit Südkareliens verewigt war. »Unter anderen Umständen würde ich dich liebend gern begleiten. Aber jetzt ist es Zeit für uns, zu Lennarts Schwester nach Malvaste zu fahren.« Sie streichelte ihren Bauch, der sich mittlerweile zu einer Kugel in der Größe einer Wassermelone gerundet hatte.

»Ich weiß.« Zilly seufzte. »Es ist selbstsüchtig von mir. Aber ich habe mich so daran gewöhnt, mit dir ein Zimmer zu teilen und dich um mich zu haben. Es wird schrecklich einsam sein ohne dich.«

»Ich werde dich auch vermissen.« Charlotte drückte Zillys Hand. »Aber wir sehen uns doch bald wieder. Du wirst schließlich die Patentante.« Sie stützte sich mit einer Hand am Bettgestell ab und zog sich hoch.

»Versprich mir, die Taufe so zu legen, dass ich auch wirklich dabei sein kann«, sagte Zilly und half Charlotte beim Aufstehen.

»Selbstverständlich, ohne dich geht's ja gar nicht!« Charlotte umarmte Zilly. »Aber erst einmal muss das Kleine überhaupt auf die Welt kommen.« Sie schaute auf ihren Bauch. »Manchmal kann ich es immer noch nicht fassen, dass da drin ein kleiner Mensch wohnt. Ich kann es kaum erwarten, ihn endlich kennenzulernen.« Sie seufzte. »Dabei hab ich gehörig Bammel vor der Geburt.«

»Ach Charly, ich wünschte, ich könnte dir beistehen.« Zilly sah ihr in die Augen. »Sag ehrlich, soll ich kommen, wenn es so weit ist?«

»Das ist lieb von dir«, antwortete Charlotte und blinzelte eine Träne weg, die ihr ins Auge gestiegen war. »Aber du kannst doch nicht einfach vom Set verschwinden. Das käme gar nicht gut an. Und ich will sicher nicht, dass meine beste Freundin meinetwegen ihre Karriere aufs Spiel setzt.«

Zilly öffnete den Mund.

»Außerdem bin ich in den besten Händen«, sprach Charlotte rasch weiter. »Lennart wird da sein. Seine Schwester kennt eine erfahrene Hebamme. Und in Kärdla gibt es sicher einen Arzt, der nach mir und dem Kleinen sehen kann.«

»Während ich vermutlich nur wie ein kopfloses Huhn herumrennen und allen im Weg stehen würde.« Zilly verzog den Mund zu einem ironischen Grinsen. »Wie damals, als die Hündin meiner Großeltern werfen sollte und es Komplikationen gab. Ich war so aufgelöst, dass mich Oma schließlich in mein Zimmer einsperrte und erst wieder rausließ, als alle Welpen wohlbehalten in ihrem Körbchen lagen.«

Sie ging zur Tür. »Ich frage unsere Wirtin nach einer großen Kiste. Da packen wir den ganzen Kram hinein«, sie deutete auf die Sachen auf dem Bett, »und lassen ihn dir nachschicken. Was hältst du davon?«

»Das ist eine prima Idee«, antwortete Charlotte. »Vielen Dank! Ohne dich wäre ich aufgeschmissen.«

Zilly warf ihr eine Kusshand zu und verließ das Zimmer. Wenige Minuten später kehrte sie mit zwei Holzkästen zurück, die, dem Aufdruck nach zu schließen, einst Waschpulver enthalten hatten. »Du hast Post von zu Hause«, sagte sie, stellte die Kisten ab und reichte Charlotte einen Umschlag, auf dem diese die zierliche Schrift ihrer Mutter erkannte. »Meinst du, sie hat Lunte gerochen?«

»Das werden wir gleich wissen.« Charlotte atmete tief durch, öffnete das Kuvert, zog den Briefbogen heraus und überflog das kurze Schreiben.

»Und?« Zilly sah Charlotte ungeduldig an. »Hat sie gemerkt, dass ich den letzten Brief an deiner Stelle geschrieben habe?«

»Nein, Gott sei Dank nicht!«, antwortete Charlotte. Sie lächelte erleichtert. »Wenn alle Stricke reißen, könntest du dir dein Geld als Handschriftenfälscherin verdienen.« Sie zwinkerte Zilly zu und las vor:

Hapsal, 27. Juni 1939

Liebe Charlotte,

bevor wir in die Sommerfrische aufbrechen – wir haben uns wie im vergangenen Jahr für ein paar Wochen in Toila am Finnischen Meerbusen Zimmer genommen (Adresse s. u.) –, möchte ich Dir wenigstens noch einen kurzen Gruß senden und mich für Deinen letzten Brief bedanken. Besonders gefreut habe ich mich über Deinen anschaulichen Bericht von Eurem Schiffsausflug von Hämeenlinna nach Tampere. Da wurden alte Erinnerungen wach, denn Dein Vater und ich haben in jungen Jahren eine kleine Reise durch Südfinnland unternommen und unter anderem auch diese Stadt mit den beeindruckenden Stromschnellen besucht.

Nun bist Du also auf dem Sprung nach Karelien, wo wir damals ebenfalls ein paar Tage verbracht haben, allerdings weiter nördlich. Ich bin daher besonders neugierig auf Deine Eindrücke von Lappeenranta.

»Auf die bin ich auch gespannt.« Zilly kicherte. »Am besten verwende ich Durchpauspapier und schicke dir die Durchschläge. Damit du auch weißt, was du in den kommenden Wochen in Finnland erlebst«, fuhr sie ernster fort. »Es wäre doch zu peinlich, wenn du dich später verplapperst.«

»An was du alles denkst!« Charlotte hob die Augenbrauen. »An dir ist wirklich eine ausgefuchste Betrügerin verloren gegangen.«

Zilly zuckte die Schultern. »Ich sehe es als Rolle, in die ich schlüpfe. Und die möchte ich möglichst perfekt spielen.«

»Ich habe schon ein schlechtes Gewissen, dass ich dich immer tiefer in mein Lügengespinst hineinziehe.« Charlotte rieb sich die Stirn. »Ich fände es furchtbar, wenn du meinetwegen in …«

»Papperlapapp!«, rief Zilly und drückte Charlottes Arm. »Mir macht das einen Heidenspaß. Außerdem würde ich noch viel mehr tun, um dir zu helfen.«

»Aber was ist, wenn …«

»Kein Aber!« Zilly sah Charlotte eindringlich an. »Dafür sind Freundinnen schließlich da.«

Bei der Einfahrt in den Hafen von Tallinn, den Charlotte am folgenden Tag um die Mittagszeit erreichte, wurde ihr Hals eng. Sie hatte fast die gesamte dreistündige Überfahrt auf dem vorderen Deck verbracht und ungeduldig Ausschau nach dem estnischen Festland gehalten. Endlich war ein grüner Streifen am Horizont erschienen, und bald darauf tauchte die Silhouette der Tallinner Altstadt auf mit ihren zahlreichen Glocken- und Wehrtürmen, der mittelalterlichen Stadtmauer und dem Schloss auf dem Domberg sowie den Zwiebelhauben der Alexander Newski Kathedrale. Die estnischen Flaggen, die an vielen Heckmasten von Frachtschiffen und Dampfern im Hafen hingen, ließen Charlottes Herz höher schlagen. Sie war wieder zu Hause! Erst beim Anblick der blau-schwarz-weißen Trikolore wurde ihr bewusst, wie sehr sie sich nach ihrer Heimat gesehnt hatte.

Ursprünglich war die Fahne in den 1880er Jahren von einer Studentenverbindung verwendet worden. Als Symbol der estnischen Nationalisten und ihres Strebens nach Selbstständigkeit wurde sie jedoch wenig später von der russischen Obrigkeit verboten. Im Kampf um die Unabhängigkeit hatten die Esten die blau-schwarz-weiße Trikolore verwendet und schließlich in der Verfassung als offizielle Staatsflagge verankert. Den Farben wurden verschiedene Bedeutungen zugeschrieben. Charlotte fühlte sich am meisten von der Version angesprochen, in der das Blau für den Himmel, Treue und Vertrauen stand, das Schwarz die Erde und die Verbundenheit mit den Ahnen symbolisierte und das Weiß den Schnee und eine hoffnungsvolle Zukunft.

Den Weg vom Fähranleger zum Kai der Estländischen Küstenfahrtlinie, wo es mit dem Dampfer »Woldemar« nach Hiiumaa weitergehen sollte, legte Charlotte zügig und mit gesenktem Kopf zurück. So unwahrscheinlich es auch sein mochte, ausgerechnet in diesen wenigen Minuten einem Bekannten ihrer Eltern zu begegnen – der Zufall war unberechenbar. Zu ihrer Erleichterung lag das kleine Schiff, das erst am frühen Abend ablegen würde, bereits vor Anker. Sie löste eine Fahrkarte am Schalter des Baltischen Bergungsvereins, der die Küstenverbindungen des Landes unterhielt, kaufte sich an einem Kiosk die »Deutsche Zeitung« sowie die estnische »Postimees«, die auflagenstärkste Tageszeitung des Landes. Anschließend bat sie den Gepäckträger, der ihr mit einer Sackkarre von der Fähre gefolgt war, ihre beiden Koffer in die kleine Kabine zu schaffen, die sie für die gut zwölfstündige Nachtfahrt gebucht hatte. Nachdem sie ihn entlohnt hatte, schloss Charlotte die Tür hinter ihm, streifte ihre Schuhe ab und ließ sich mit einem Stöhnen auf der schmalen Pritsche nieder. Es tat gut, sich zurückziehen und ihre geschwollenen Beine hochlegen zu können.

Das Tuten der Dampfpfeife riss Charlotte einige Stunden später aus dem Schlummer, in den sie unmerklich geglitten war. Benommen setzte sie sich auf und sah auf ihre Armbanduhr. Pünktlich um sieben hatte die »Woldemar« abgelegt. Charlotte verließ ihre Kabine und lief aufs Passagierdeck, auf dem sich nur wenige Reisende befanden. Nachdem sie sich vergewissert hatte, dass kein bekanntes Gesicht darunter war, setzte sie sich auf einen Stuhl an der seeseitigen Reling und ließ ihre Augen über das grüngraue Wasser der Ostsee wandern, die sich an diesem windstillen Tag glatt unter einem wolkenlosen Himmel ausbreitete. Die Sonne stand noch hoch und würde erst gegen halb elf Uhr nachts für einige Stunden hinterm Horizont verschwinden. Nach einer Weile holte Charlotte die Zeitungen aus ihrer Tasche und vertiefte sich in die Nachrichten – wozu sie in den Tagen zuvor selten die Muße gefunden hatte.

Die »Danzig-Frage« stand darin im Mittelpunkt. Die Stadt hatte bis zum Ende des Weltkrieges zu Preußen gehört, war im Versailler Vertrag vom Reichsgebiet abgetrennt worden und hatte unter dem Schutz des Völkerbundes die Stellung eines autonomen Freistaats erhalten. Sowohl den Polen als auch den Deutschen war die Regelung ein Dorn im Auge. Beide Seiten erhoben Ansprüche auf die florierende Hafenstadt. Im März hatte sich die Lage dramatisch zugespitzt, als Hitler das Münchener Versprechen – wonach das Sudetenland seine letzte territoriale Forderung gewesen sei – gebrochen und die Rest-Tschechei zum Protektorat gemacht hatte. In den Augen der polnischen Regierung war es nun nur noch eine Frage der Zeit, bevor sich die Deutschen auch die freie Stadt Danzig einverleiben und so den Korridor, der Ostpreußen vom restlichen Reich abtrennte, wieder schließen wollten. England und Frankreich schätzten die Lage ähnlich ein, hatten den Polen Garantieerklärungen gegeben und ihre Unterstützung im Falle eines deutschen Angriffs zugesichert.

Charlotte spürte, wie sich die Härchen auf ihren Unterarmen aufstellten, als sie in der »Deutschen Zeitung« folgende Meldungen las:

Das Schweizer Militärdepartement erlässt eine Anordnung über die Evakuierung der Zivilbevölkerung im Kriegsfall.

Die britische Regierung lässt 15 Millionen Exemplare einer Broschüre »Über einige Dinge, die man wissen muss, wenn Krieg kommen sollte« verteilen.

Auch ein Bericht im »Postimees« war nicht dazu angetan, ihre bangen Vorahnungen zu verscheuchen. Der estnische Verfasser zitierte eine Verlautbarung aus Berlin – »Die Korridorfrage wird gelöst, so oder so« – und beschrieb anschließend Maßnahmen, die auf eine kriegerische Absicht hinwiesen. Seit Juni täuschten demnach deutsche Frachter, die offiziell zwischen Stettin und Königsberg auf Tour waren, Havarien vor, um die Danziger Schichau-Werft anzulaufen und dort nachts im Schutze der Dunkelheit Haubitzen, Panzerwagen und Drahtverhaue zu entladen. Als »Geheime Reichssache« wurden in Danzig Kampfverbände mit Polizei und SS-Bataillonen formiert. Die Regierung in Warschau war nicht gewillt, sich diese aggressive Provokation bieten zu lassen, hoffte jedoch vergebens auf Rückendeckung aus England. Die Briten mahnten zu Besonnenheit, rieten zu diplomatischen Verhandlungen und beschwichtigten die polnischen Ängste mit Waffenlieferungen.

Charlotte ließ das Blatt auf ihre Knie sinken. In Finnland hatte sie die Drohgebärden aus Deutschland und die unter der Oberfläche brodelnden Konflikte zwischen den verschiedenen europäischen Mächten weitgehend verdrängt. Die Zeitungsartikel zeigten ihr, wie akut der Frieden unmittelbar vor ihrer Haustür gefährdet war.

Sie legte unwillkürlich schützend die Hände auf ihren Bauch. Die Vorstellung, ihr Kind könnte in eine Zeit des Krieges hineingeboren werden, war beängstigend. Leise stimmte sie das Wiegenlied an, das ihr Frau Pärnpuu vorgesungen hatte, wenn sie als kleines Mädchen nicht einschlafen konnte oder sich ängstigte:

>*Viire takka tulevad ka unetuuled monusad.*
Kui katab tuuletiivake, siis suiguteleb silmake.«
Vom Horizont kommen Winde voll Schlaf.
Wenn ihre Flügel dich bedecken, wirst du einschlafen.

Während sie sang, stiegen Bilder von blutdurchtränkten Schlachtfeldern, zerbombten Dörfern und verwundeten und toten Soldaten in ihr hoch – beschworen durch die Erzählungen von Kriegsveteranen, denen sie als Kind mit einer Mischung aus Faszination und Grauen gelauscht hatte. Besonders tief hatten sich die Berichte einer Krankenschwester in Charlottes Gedächtnis gegraben, die eine Zeitlang in der Praxis ihres Vaters angestellt gewesen war. Sie hatte als junge Frau hinter der Westfront in einem Lazarett des Roten Kreuzes gearbeitet und war auch viele Jahre nach Kriegsende nicht über die grausamen Verstümmelungen und das qualvolle Sterben hinweggekommen, mit denen sie dort konfrontiert gewesen war.

Charlotte spürte die Bewegung des kleinen Wesens unter ihrem Herzen, atmete tief ein und aus und streichelte ihren Bauch. »Nein, mein Liebes«, murmelte sie leise. »So verrückt kann niemand sein, hier bei uns einen Krieg vom Zaun zu brechen. Nicht nach den schrecklichen Erfahrungen des letzten.«

Ihre Worte klangen hohl in ihren Ohren. Du willst dich doch nur selbst beruhigen, flüsterte ein Stimmchen in ihr. Mach die Augen auf! Allerorten rasseln sie mit den Säbeln. Wir sitzen auf dem sprichwörtlichen Pulverfass. Es ist nur eine Frage der Zeit, bis es explodiert. Charlotte fröstelte und schlang ihre Arme um den Leib. »Dann bring ich dich weg von hier«, setzte sie ihren halblauten Dialog mit dem Ungeborenen fort. »Irgendwohin, wo

Frieden herrscht.« Mit aller Macht stemmte sich Charlotte gegen die Angst, die sie zu übermannen drohte. Gegen die dunklen Vorahnungen, die von drohendem Unheil und Blutvergießen kündeten. »Bitte, lieber Gott«, flüsterte sie. »Lass nicht zu, dass das geschieht!«

Schleswig-Holstein, Oktober 1977

– 31 –

»Grigori, wären Sie so nett und reiben die Pferde trocken?« Henriette von Pletten trat ins Wohnzimmer. »Wittke hat ja heute frei.«

Grigori nickte und ging zur Tür.

Wenigstens putzt sie mich nicht vor ihm runter, dachte Gesine. Sie presste die Lippen aufeinander. Wo waren nur all die ausgefeilten Sätze geblieben, die sie sich für eine Situation wie diese zurechtgelegt hatte? Die sie ihrer Mutter entgegenschleudern wollte, wenn diese sie wegen ihrer Beziehung zu Grigori zur Rede stellen und ihr Verhalten tadeln würde? Ihr Kopf war wie leer gefegt.

»Haben Sie Lust, uns nachher beim Mittagessen Gesellschaft zu leisten?«

Hatte ihre Mutter das tatsächlich eben zu Grigori gesagt?

»Wir würden uns freuen, nicht wahr, Gesine?«

Gesine starrte sie verblüfft an.

»Wir essen um halb eins«, fuhr Henriette von Pletten fort.

»Danke, sehr gern.« Grigori winkte Gesine zu und verließ den Raum.

»Ich bin oben und zieh mich um. Könntest du bitte Anneke Bescheid geben, dass wir heute ein zusätzliches Gedeck benötigen?«

Gesine nickte mechanisch und war drauf und dran, sich in den Arm zu zwicken.

Ihre Mutter hielt inne und hob eine Augenbraue. »Du hast doch nicht im Ernst geglaubt, dass ich das nicht merke.« Ein feines Lächeln umspielte ihre Lippen. »Ich habe Augen im Kopf. Man müsste schon blind oder sehr ignorant sein, um nicht mitzubekommen, wie du für Grigori empfindest.«

Gesine schluckte. »Äh, und du hast nichts dage…«

»Warum sollte ich?« Ihre Mutter zuckte die Achseln. »Solange er dich nicht vom Lernen abhält.«

Gesine warf ihr einen misstrauischen Blick zu.

»Ich weiß gar nicht, was du hast. Du tust ja gerade so, als würde ich nicht wollen, dass du glücklich bist.« Henriette von Pletten schüttelte den Kopf, straffte sich und drehte sich zur Tür. »Also, bis nachher. Und räum die Schallplatten weg.«

Gesine schaute ihr verwundert hinterher. War ihre Mutter von Aliens entführt und einer Gehirnwäsche unterzogen worden? Sie dachte an den Film *Invasion vom Mars*, in dem Menschen von Außerirdischen in ihr Raumschiff gelockt und dort mittels implantierter Chips zu Killermaschinen umprogrammiert wurden. Im Falle ihrer Mutter hatten die Marsmännchen eine positive Wesensänderung vorgenommen und Strenge, Dünkel und Prinzipienreiterei gegen Nachgiebigkeit, Verständnis und Laisser-faire ausgetauscht.

Ein schabendes Geräusch holte Gesine in die Gegenwart zurück. Anneke hatte die zweiflügelige Schiebetür zum angrenzenden Speisezimmer geöffnet und musterte sie mit gerunzelter Stirn.

»Anstatt Löcher in die Luft zu starren, könntest du mir beim Tischdecken helfen.« Sie hielt ihr einen Stapel Teller hin. »Stimmt was nicht?«, erkundigte sie sich. »Du kiekst so verbaast.«

»Ich bin ja auch verwirrt«, antwortete Gesine und nahm Anneke die Teller ab. »Weißt du, was mit meiner Mutter los ist? Stell dir vor, sie hat Grigori gerade zum Essen eingeladen. Und sie scheint nichts dagegen zu haben, dass ich mit ihm zusammen bin.«

»Warum wundert dich das?«

»Na, hör mal. Wir sprechen von meiner Mutter!« Gesine schnaubte. »Sie lässt doch selten ein gutes Haar an der Jugend von heute. Und sie legt großen Wert auf die Herkunft von Menschen.«

»Grigori mochte sie von Anfang an«, stellte Anneke fest. Sie trat näher und senkte die Stimme. »Erst vorgestern hab ich gehört, wie sie mit dem Grafen über ihn geredet hat. Und über dich.«

Gesine wurde es heiß. Alle wissen über Grigori und mich Bescheid, dachte sie. Wir hätten uns die ganze Heimlichtuerei sparen können. Wie peinlich! Sie räusperte sich. »Ähm, was hat sie denn gesagt?«

»Dass ihr ein fleißiger und anständiger junger Mann aus einfachen Verhältnissen für dich allemal lieber ist als ein flippiger Tunichtgut mit Titel. So wie ein gewisser Ferdinand.«

»Ferdinand von Dernath?«

Anneke nickte.

Gesine erinnerte sich an den gutaussehenden Mittzwanziger aus dem weiteren Bekanntenkreis ihrer Eltern, der ins Gerede gekommen war. Nach dem frühen Tod seiner Eltern hatte er sein Studium abgebrochen, vertat seine Zeit mit häufig wechselnden Liebschaften und war drauf und dran, das Erbe seiner Familie zu verprassen.

»Deine Mutter hat gemeint, mit Grigori verhalte es sich wie bei einem guten Pferd ohne Stammbaum«, fuhr Anneke fort. »Sie habe sofort erkannt, dass er hervorragende Anlagen hat. Das mache für sie fehlende Herkunftsnachweise wett.«

Gesine grinste. Der Vergleich mit einem Pferd sah ihrer Mutter ähnlich.

»Also, mach dir man keen Kopp«, sagte Anneke, tätschelte Gesines Arm und ging aus dem Zimmer.

Mit klopfendem Herzen setzte sich Gesine eine halbe Stunde später auf ihren Platz an dem ovalen Tisch, der zur Feier des

Sonntages mit einer weißen Damastdecke und dem guten Geschirr – einem Jugendstil-Service mit Goldrand, das Opa Pauls Frau Greta einst als Mitgift in die Ehe gebracht hatte – bestückt war. Die Klänge einer barocken Tafelmusik, die ihr Vater aufgelegt hatte, drangen aus dem Salon durch die geöffnete Schiebetür. Gesines Befürchtung, Grigori könnte durch die förmliche Atmosphäre verunsichert sein, verflüchtigte sich binnen Minuten. Es war, als habe er schon immer neben Opa Paul ihr gegenüber am Tisch gesessen und sich entspannt an der Unterhaltung beteiligt, während er mit sichtlichem Appetit die Speisen genoss, die Anneke auftischte.

Gesines Bauch verkrampfte sich, als er dabei das Messer unberührt liegen ließ. Stattdessen schob er das Essen mit Hilfe eines Stücks Brot, um das er Anneke gebeten hatte, auf die Gabel. Sie schielte zu ihrer Mutter. Wie würde sie, die größten Wert auf perfekte Tischmanieren legte, mit Grigoris erneutem Fauxpas umgehen? Bereits dessen unbekümmertes »Guten Appetit« zu Beginn der Mahlzeit hatte Henriette von Pletten die Kiefernmuskeln für einen winzigen Moment anspannen lassen. In Adelskreisen war diese Floskel ebenso verpönt wie ein Gericht als »lecker« zu loben. Ihre Mutter schien jedoch beschlossen zu haben, über die Fehltritte ihres Gastes kommentarlos hinwegzusehen – ein weiteres Zeichen für die Wertschätzung, die sie Grigori entgegenbrachte.

Zuerst gab es einen deftigen Weißkohl-Hack-Kartoffeleintopf. Die Haushälterin bereitete ihn nach einem alten Angeliter Rezept zu, das wie das der im Anschluss als Nachspeise servierten Fliederbeersaftsuppe aus dem Kochbuch ihrer Mutter stammte, die es wiederum von ihrer Mutter geerbt hatte.

Sosehr Gesine diese traditionellen Gerichte mochte – bis auf wenige Ausnahmen wie Rübenmus (einem Brei aus pürierten Steckrüben, Kartoffeln, Zwiebeln sowie Karotten, den es als Bei-

lage zu gepökeltem Fleisch oder sauer eingelegtem Fisch gab) –,
an manchen Tagen haderte sie damit, dass es für Anneke überhaupt
nicht infrage kam, zur Abwechslung wenigstens hin und wieder
modernere Speisen wie Ragout fin aus der Dose in Blätterteigpastetchen oder italienische Pasta und Pizza auf den Tisch zu bringen.

Insbesondere Tiefkühlkost lehnte sie kategorisch ab. Gesines
Versuche, ihr die Vorzüge von Lieferungen der Firma Bofrost
schmackhaft zu machen, hatten nicht gefruchtet. Regelmäßig
sah Gesine auf den Landstraßen die weiß-roten Transit-Kasten-
wagen oder VW-Busse mit den blauen Schildern an den Seiten,
auf denen der weiße Schriftzug *bo*frost* prangte, der erst wenige
Wochen zuvor den alten Markennamen *boquoi*frost* ersetzt hatte.
Vergebens hielt sie Anneke vor, dass direkt nach der Ernte
schockgefrostete Erbsen, Bohnen, Schwarzwurzeln, Blumenkohl
und andere Gemüsesorten sowie Beeren, Pflaumen oder Apriko-
sen mehr Vitamine und Nährstoffe enthielten als länger in der
Vorratskammer oder im Kühlschrank gelagertes Grünzeug, ganz
zu schweigen von eingekochtem oder eingelegtem Obst und Gemüse. Die Haushälterin schaltete bei diesem Thema auf Durchzug
oder wollte beleidigt wissen, was Gesine an ihren Kochkünsten
auszusetzen hätte. Diese hatte schließlich ihre Bekehrungsversu-
che eingestellt und stillte ihren Appetit auf die verpönten Speisen bei Familie Joergensen, wenn sie bei Kirsten zum Mittagessen war oder bei ihr übernachtete.

Bei Tisch drehten sich die Gespräche überwiegend um Pfer-
dethemen. Zunächst ging es um die »Horse of the Year Show«,
die gerade wie jedes Jahr im Oktober im Londoner Wembley Empire Pool stattfand. Gesines Mutter hatte als junge Frau mehrfach als Dressurreiterin an der internationalen Veranstaltung
teilgenommen, bei der außerdem Springturniere, Geschicklich-
keitsfahren mit Zweispännern, Arbeitspferdeprüfungen sowie
eine große Zuchtschau organisiert wurden. Während Henriette

von Pletten in alten Erinnerungen schwelgte und von namhaften Reitern und Pferden schwärmte, gegen die sie einst angetreten war, fragte sich Gesine, ob sie wohl die Erlaubnis erhalten würde, mit Kirsten über ihren achtzehnten Geburtstag Anfang November drei Tage nach London zu fahren. Das letzte Wort in dieser Angelegenheit war noch nicht gesprochen. Gesines Vater hatte zwar sein Einverständnis gegeben, seine Frau dagegen wollte noch das Ergebnis zweier Schularbeiten abwarten, die Gesine vor den Herbstferien schreiben würde. Wenn die Noten zu ihrer Zufriedenheit ausfielen, wollte sie ihrer Tochter den Kurztrip erlauben – gemäß ihrem Motto: Ohne Fleiß kein Preis.

»Wer weiß, vielleicht kann unsere Gesine ja schon nächstes Jahr mit Cara an dem Turnier in London teilnehmen.«

Bei der Nennung ihres Namens schreckte Gesine aus ihren Gedanken hoch und bemerkte, dass ihre Mutter sie erwartungsvoll ansah.

»Es wäre doch schön, wenn endlich wieder ein Mitglied unserer Familie dort an den Start gehen würde«, fuhr Henriette von Pletten fort.

Gesine rollte genervt mit den Augen. Mama kann es einfach nicht lassen, bemerkte sie im Stillen. Wann wird sie endlich begreifen, dass ich mir nichts aus Wettkämpfen mache? Und akzeptieren, dass ich andere Ziele und Wünsche für mein Leben habe als sie?

»Was meinen Sie, Grigori«, wandte sich ihre Mutter an den jungen Russen. »Sind meine Tochter und ihre Stute bald fit für Turniere?«

»Mama, bitte!«, zischte Gesine halblaut.

»Apropos Veranstaltungen«, platzte Opa Paul heraus, bevor Grigori antworten konnte. »Fährst du eigentlich dieses Jahr zu den Holsteiner Pferdetagen?«, fragte er seinen Sohn und zwinkerte Gesine kaum merklich zu.

Ihre Mutter runzelte die Stirn, sagte jedoch nichts. Gesine schickte ihrem Großvater ein lautloses Dankeschön für sein hilfreiches Ablenkungsmanöver.

»Was für eine Frage!«, antwortete Gesines Vater und hob die Brauen. »Du weißt doch, dass wir dieses Jahr dort zwei Junghengste antreten lassen. Ich werde selbstverständlich dabei sein.«

Wie jedes Jahr sollte Anfang November in den Holstenhallen in Neumünster die traditionelle Elite-Reitpferde-Auktion des Holsteiner Verbandes stattfinden, bei der talentierte Nachwuchspferde aus den besten Ställen bei zahlreichen Trainingseinheiten und Vorführungen präsentiert wurden.

»Darüber wollte ich ohnehin noch mit Ihnen sprechen«, sagte der Graf zu Grigori. »Ich würde gern Castor und Carolus zur Körung anmelden. Sie sind jetzt fast drei Jahre alt. Was meinen Sie, sind die beiden bereit?«

Grigori nickte. »Sind gute Pferde. Lernen schnell.«

»Das will ich hoffen«, sagte Gesines Vater. »Schließlich stammen sie von Achill ab.« Er faltete seine Serviette zusammen, steckte sie in den silbernen Ring, in den sein Name eingraviert war, und stand auf. »Kommen Sie, ich zeige Ihnen sein Bild.« Er ging in den Salon.

Gesine grinste und begegnete dem Blick ihres Großvaters, der ebenfalls schmunzelte. Graf Pletten war bei seinem Lieblingsthema angelangt, den hochkarätigen Ahnen seiner Pferde.

Gesine sammelte die mittlerweile leer gegessenen Dessertteller ein, brachte den Stapel in die Küche und ging anschließend ebenfalls ins Wohnzimmer. Ihre Mutter hatte sich in der Zwischenzeit in ihre Gemächer im ersten Stock zurückgezogen, Opa Paul war ins Torhaus zurückgekehrt. Grigori stand neben dem Grafen vor der Wand mit den Bildern der wichtigsten Zuchtstuten und Beschäler des Gestüts.

»Die Achill-Linie ist eine der letzten noch reinen Holsteiner

Züchtungen«, erklärte ihr Vater gerade, als sie zu den beiden Männern trat.

»Heute werden unsere Pferde aber nicht mehr in direkter Folge von diesen Leistungsvererbern beeinflusst«, nahm Gesine seinen Faden auf. »Das wertvolle Erbgut ist jedoch in den Stutenstämmen verankert.« Sie lächelte Grigori an. »Meine Cara ist zum Beispiel eine Nachfahrin von ihm.« Sie tippte auf eine Schwarz-Weiß-Fotografie, die laut der Beschriftung auf dem Rahmen den Hengst Farnese zeigte, einen Spross des legendären Achill.

Das Klingeln des Telefonapparates, das gedämpft aus dem Büro zu hören war, unterbrach die Unterhaltung. Während sich Gesine noch fragte, wer die heilige Mittagsruhe – noch dazu an einem Sonntag – zu stören wagte, eilte ihr Vater zur Tür.

»Ihr entschuldigt mich bitte«, rief er. »Das wird Heinz Claußen sein. Ich hatte ihn um seinen Rückruf gebeten.« Er verließ den Salon.

Gesine bemerkte, dass Grigori zu den Familienbildern schaute, die über dem Pult mit dem Stammbuch hingen.

»Es ist schon verrückt«, sagte sie. »Ich weiß mehr über die Vorfahren unserer Pferde als über die meiner Familie. Zumindest was die Verwandten meiner Mutter betrifft.«

»Wo sind sie?« fragte Grigori. Er stellte sich vor die Wand mit den gerahmten Fotos.

»Hier hängen nur die von Plettens«, antwortete Gesine. »Das ist Opa Paul mit seiner Frau.« Sie deutete auf ein braunstichiges Bild, auf dem eine junge Frau in einem weißen Kleid auf einem Stuhl saß und scheu in die Kamera lächelte. Hinter ihr stand eine junge Version von Gesines Großvater in dunklem Frack mit zurückgekämmten, pomadisierten Haaren und einem flotten Schnurrbärtchen. »Meine Oma habe ich leider kaum gekannt, sie starb, als ich fünf Jahre alt war.«

»Was ist mit den Eltern von deiner Mutter?«

»Mamas Vater ist im Krieg gefallen. Und mit ihrer Mutter hat sie schon vor meiner Geburt den Kontakt abgebrochen.«

Grigori runzelte die Stirn. »Du hast sie nie gesehen?« Seine Stimme klang ungläubig.

»Nein. Meine Mutter will nichts mit ihr zu tun haben.« Gesine verzog den Mund. »Keine Ahnung, was zwischen den beiden vorgefallen ist. Mama redet nicht darüber und wird sofort sauer, wenn man versucht, das Thema anzuschneiden.« Gesine zuckte mit den Schultern. »Ich finde das sehr schade. Opa Paul hat erzählt, dass Charlotte – so heißt meine Oma – sehr nett ist. Aber auch er weiß nicht, wo sie wohnt und ob sie überhaupt noch lebt.« Sie rieb sich die Schläfe. »Ich spiele seit ein paar Wochen mit dem Gedanken, mehr über sie herauszufinden. Hm, vielleicht sollte ich mal die Hansens fragen. Der Großvater von Ulrike und ihrer Schwester war schließlich Charlottes Onkel. Vielleicht können die mir was über sie sagen.«

Grigori schüttelte den Kopf.

»Nicht?« Gesine sah ihn irritiert an. »Wie kommst du darauf?«

»Habe gefragt Ulrike nach Familie. Hat nichts erzählt von einer Charlotte.«

Gesine zog die Stirn kraus. Grigori gab sich sichtlich Mühe, unbefangen zu wirken. Seine belegte Stimme strafte diesen Eindruck jedoch Lügen. Da war es wieder: das Gefühl, dass Grigori etwas verheimlichte.

»Bei uns, Familie ist sehr wichtig«, sprach er weiter, bevor sie nachhaken konnte. »Ist höflich, zu fragen nach Verwandten.«

Bildete sie sich das nur ein, oder wich er tatsächlich ihrem Blick aus? Gesine zupfte an einer Haarsträhne. Seine Begründung hörte sich für sie stark nach einer Ausflucht an. Es könnte aber auch eine ganz harmlose Erklärung geben, meldete sich Gesines Vernunftstimme zu Wort. Vielleicht interessiert sich Grigori für andere Familien, weil er selbst keine mehr hat. Aber würde er nicht im Gegenteil das Thema meiden, um nicht ständig an seinen Verlust erinnert zu werden? Aber was könnte sonst hinter seinem Interesse stecken?

»Du denkst, ich bin zu neugierig.«

Gesine wurde rot. Konnte er Gedanken lesen? Sie schüttelte den Kopf. »Äh, nein, gar nicht«, sagte sie lahm. »Mir ist nur gerade eingefallen, dass Großmutter Charlotte auch aus Estland stammt. So wie deine Familie.« Sie hoffte, unbefangen zu klingen. »Das ist doch wirklich ein verrückter Zufall, findest du nicht?«

Mit angehaltenem Atem wartete sie auf seine Reaktion.

»Ist vielleicht Grund, warum du und ich so nah fühlen«, antwortete er und schaute ihr tief in die Augen.

Die Zweifel, die sie eben noch in Beschlag genommen hatten, lösten sich in Luft auf. Ist doch vollkommen egal, warum er sich für unsere Familie interessiert, dachte Gesine und versank in einen langen Kuss.

Estland – Sommer 1939

– 32 –

Am frühen Morgen erreichte der Dampfer »Woldemar« den Hafen von Kärdla, der Hauptstadt von Hiiumaa. Charlotte stand am Bug und verfolgte die Einfahrt und später das Anlegemanöver zusammen mit einigen anderen Passagieren. Neben ihr erklärte ein Familienvater seinen sichtlich gelangweilten Sprösslingen, dass es sich bei der zweitgrößten Insel Estlands zugleich um eine der ältesten Inseln der Welt handelte, die vor etwa 455 Millionen Jahren durch einen Meteoriteneinschlag entstanden war. Außerdem war es die waldreichste Region Estlands, nahezu zwei Drittel der Gesamtfläche wurden von Kiefern-, Fichten-, und Laubhölzern sowie Wacholderhainen bedeckt.

»Und wer kann mir sagen, warum die Schweden, die die Insel als Erste besiedelt haben, sie Dagö nennen, also Taginsel?«, fragte er schließlich und sah seine drei Kinder erwartungsvoll an.

»Wahrscheinlich, weil man nach einem Tag genug von dem öden Flecken hat«, maulte ein Junge, den Charlotte auf fünfzehn Jahre schätzte.

Seine beiden jüngeren Geschwister kicherten. Ihr Vater warf ihnen einen strengen Blick zu. Sie duckten sich weg, fassten sich an den Händen und rannten auf die andere Seite des Decks.

»Nicht in diesem Ton, Bürschchen!«, herrschte der Vater seinen Ältesten an. »Andere wären froh, wenn sie Ferien an einem solch idyllischen Ort machen könnten.« Als sein Sohn den Mund öffnete, fuhr er drohend fort: »Überleg dir gut, was du sagst! Du kannst den Urlaub auch in einem Zimmer über deinen Schulbüchern verbringen.« Mit einem empörten Schnauben drehte er ihm den Rücken zu, murmelte etwas von undankbarer Jugend, die gar nicht wisse, wie gut sie es habe, und entfernte sich zur Seitenreling, wo seine Frau neben mehreren Koffern wartete.

Der Junge senkte den Kopf und starrte in das grüngraue Wasser des Hafenbeckens. Das Aufmüpfige in seinem Gesicht war Verunsicherung und Mutlosigkeit gewichen.

Wahrscheinlich kann er es seinem Vater nie recht machen, schloss Charlotte. Sie rückte behutsam ein wenig näher.

»Dagö heißt die Insel, weil zur Schwedenzeit die Überfahrt von Gotland ziemlich genau vierundzwanzig Stunden gedauert hat«, sagte sie leise.

Der Junge blickte überrascht auf.

»Falls das noch mal jemand von dir wissen will.« Charlotte zwinkerte ihm zu.

Der Junge spannte seine Kiefermuskeln an und schielte unwillkürlich zu seinem Vater.

»Und wenn du noch mit anderen Fakten punkten möchtest, könntest du zum Beispiel etwas über den adligen Strandräuber aus dem Geschlecht Ungern-Sternberg zum Besten geben. Der hat im 18. Jahrhundert bei Kõrgessaare falsche Leuchtfeuer gesetzt, um Schiffe in die Irre zu führen und die Ladung zu kassieren.«

»Sie nehmen mich auf den Arm.« Der Junge verengte die Augen und musterte Charlotte argwöhnisch.

Sie schüttelte den Kopf. »Dort verläuft eine wichtige Schiffsroute über die Ostsee, die wegen der vielen Untiefen unter Seeleuten als besonders gefährlich gilt. Noch heute kann man den Stein des räuberischen Grafen besichtigen. Er enthält drei Löcher als Halterung für die Laterne, die durch die Waldschneise hindurchleuchtete und fremde Schiffe auf das Kalksteinriff lockte, das sich nur einen Meter unter der Wasseroberfläche befindet.« Sie verzog den Mund zu einem verschwörerischen Lächeln. »Ich weiß das übrigens nur, weil ich in deinem Alter ebenfalls mit solchen Fragen getrietzt worden bin. Mein Vater ist der Ansicht, dass Ferien kein Grund sind, mit dem Lernen aufzuhören. Er hat keine Gelegenheit ausgelassen, meinen Bruder und mich abzufragen oder uns Aufgaben zu stellen. Und da wir jeden Sommer nach Hiiumaa gefahren sind, weiß ich ziemlich gut über die Insel Bescheid.«

Der Junge entspannte sich und schaute sie interessiert an.

»Hiiumaa ist vor allem für ihre Leuchttürme bekannt«, fuhr Charlotte fort. »Der von Kõpu ist der weltweit drittälteste und wurde schon 1531 in Betrieb genommen. Und der oben in Tahkuna mit seinem weiten Blick über den Finnischen Meerbusen war seit der zaristischen Zeit ein strategisch wichtiger Beobachtungspunkt. Im letzten Krieg wurden die Befestigungsanlagen dort von den Russen noch weiter ausgebaut und während der Operation Albion von den Deutschen 1917 erobert.«

Die Augen des Jungen leuchteten auf. »Da hätte ich gerne mitgetan!« Er nahm Haltung an. »Das war bislang die mit Abstand größte amphibische Unternehmung deutscher Streitkräfte«, erklärte er. »Noch nie zuvor hatten Landtruppen und Marine bei einer so bedeutenden Aktion zusammengearbeitet.« Er fuhr sich durch die kurz geschnittenen Haare. »Es muss großartig sein, an der Seite treuer Kameraden den Sieg zu erringen!«

Die Begeisterung in seiner Stimme löste in Charlotte gemischte Gefühle aus. Einerseits freute sie sich, dass er seine Verzagtheit abgeschüttelt hatte. Gleichzeitig bereitete ihr seine unverhohlene Kriegslust Unbehagen. So kindlich und naiv seine Vorstellungen, die unverkennbar von der reichsdeutschen Propaganda geprägt waren, auch sein mochten – er war mit seiner Verklärung kriegerischer Szenarien nicht allein. Die bangen Vorahnungen, die Charlotte am Vortag beim Lesen der Zeitungen bedrückt hatten, kehrten zurück.

»Günther! Was trödelst du da herum?«

Der Junge zuckte zusammen. Charlotte folgte seinem Blick. Seine Familie hatte sich bereits in die Schlange der Passagiere eingereiht, die in Kärdla von Bord gehen wollten. Sein Vater machte eine herrische Kopfbewegung in seine Richtung.

»Ich muss los«, murmelte Günther, hielt Charlotte die Hand hin und rannte zu seinen Eltern und Geschwistern. Auf halbem Wege drehte er sich um, hob grüßend den Arm und rief Charlotte »Danke!« zu.

Der Dampfer hatte mittlerweile den Anlegesteg der Estnischen Küstenschifffahrt erreicht. Vor ihnen ragten neben dem Verwaltungsgebäude zwei imposante Kalksteinbauten auf, die Mitte des 19. Jahrhunderts errichtet worden waren. Der eine diente der Aufbewahrung von Wollballen, die aus Australien und Neuseeland für die Tuchfabrik geliefert wurden, der Kärdla seinen Wohlstand verdankte. Der zweite Speicher hieß im Volksmund »Schnapslager«. Dort waren die Vorräte untergebracht, die im Herbst vom Festland herangeschafft wurden, bevor die Ostsee zufror und der Schiffsverkehr zum Erliegen kam.

Der Schiffsmotor wurde gedrosselt, und ein Matrose warf einem Hafenarbeiter ein dickes Tau zu, mit dem dieser die »Woldemar« an einem Eisenpoller festmachte. In der kleinen Menschentraube, die sich am Ufer versammelt hatte, fiel Charlotte eine Gestalt auf, die heftig winkte. Sie beschattete ihre Augen und schrie leise auf. Lennart stand dort unten! Sie hatte nicht mit ihm gerechnet und ihn erst eine knappe Woche nach ihrer eigenen Ankunft auf Hiiumaa erwartet. So schnell es ihr Leibesumfang zuließ, eilte sie Richtung Ausgang und stellte sich in die Schlange der Passagiere. Drei Minuten später – die sich anfühlten wie eine halbe Stunde – warf sie sich in Lennarts Arme.

»Ich kann es gar nicht fassen, dass du schon hier bist«, stammelte sie unter Tränen, als sie sich voneinander lösten.

Lennart zog ein gebügeltes Taschentuch hervor und tupfte ihr zärtlich die Wangen trocken. »Als Maarja mir vor ein paar Tagen deine Ankunftszeit telegrafiert hat, habe ich sofort meine Sachen gepackt und bin hergefahren.« Er legte seine Hände an ihren Bauch und strich sanft darüber. »Er ist wunderschön.« In seiner Stimme schwang Rührung. Er beugte sich tiefer. »Hallo, Kleines«, sagte er leise. »Hier ist dein Vater. Ich kann es kaum erwarten, dich bald kennenzulernen.«

Er richtete sich wieder auf, legte einen Arm um Charlotte, gab einem Gepäckträger die Anweisung, ihnen mit den Koffern zu folgen, und führte sie ein paar Meter zu einem Einspänner, vor dem ein kräftiger Brauner angeschirrt war.

»Ist das nicht Iason?« Charlotte sah Lennart erstaunt an. Der gut proportionierte Wallach war unverkennbar ein Torgelsches Warmblut. Ein Blick auf seine rechte Hinterhand bestätigte ihren Verdacht. Das dort sichtbare Brandzeichen, ein Birkenblatt, wies das Pferd als Eigentum ihres Onkels Julius aus.

Lennart nickte, entlohnte den Dienstmann und verstaute das Gepäck unter dem Sitz. »Ich war gestern auf dem Birkenhof.« Er reichte Charlotte die Hand und half ihr in den Einspänner. »Dein Onkel lässt dir herzliche Grüße ausrichten. Er kann es kaum erwarten, bis wir nach meinen Prüfungen zu ihm ziehen.« Lennart stopfte ihr ein Kissen in den Rücken. »Er hat darauf bestanden, uns die Kutsche und Iason auszuleihen. Damit du mobiler bist.« Er lächelte verschmitzt. »Ich glaube, dein Onkel ist mindestens so aufgeregt wie wir.« Er streichelte Charlottes Bauch erneut. »Ich musste ihm schwören, dafür zu sorgen, dass du bestmöglich versorgt bist. Er hat sogar an einen estnischen Arzt in Kärdla geschrieben, der ihm empfohlen wurde, und ihn gebeten, sich in der fraglichen Zeit zur Verfügung zu halten.« Lennart schwang sich auf den Kutschbock, schnalzte mit der Zunge und lenkte Iason auf die Straße ortsauswärts Richtung Kõrgessaare nach Westen.

Charlotte lehnte sich zurück und atmete tief ein und aus. Die Fahrt mit der Kutsche ins rund elf Kilometer entfernte Malvaste würde zwar eine gute Stunde dauern, mehr als drei Mal so lang wie mit dem Postbus. Auf diesen hätten sie jedoch noch bis zum späten Nachmittag warten müssen. Sie dankte ihrem Onkel im Stillen für seine umsichtige Fürsorge und gab sich dem Anblick der üppigen Gärten hin, von denen die meisten der aus Holz gebauten Wohnhäuser umgeben waren. In vielen blühten noch Schneeballbüsche, deren weiße Dolden einen lieblichen Duft verströmten. Charlotte legte den Kopf zurück und sah in die Wipfel der Alleebäume, über denen sich ein azurblauer Himmel wölbte. Sobald sie die Ausläufer des Ortes hinter sich gelassen hatten, führte die Landstraße durch den Wald. Bis auf das Klacken der Hufe, das leise Quietschen der Wagenfedern und das sanfte Rauschen des Windes in den Nadeln der Kiefern herrschte Stille. Nach vier Kilometern zügelte Lennart den Wallach und bog linker Hand in einen schmalen Weg ein.

»Warum fährst du hier lang?« Charlotte richtete sich auf. »Malvaste liegt doch an der Landstraße, oder nicht?«

»Stimmt.« Lennart drehte sich zu ihr. »Aber wir machen einen kleinen Abstecher.«

»Wohin?«

»Lass dich überraschen.« Er fuhr noch ein paar Meter weiter, bevor er die Kutsche anhielt.

Charlotte sah sich um. Ein Schauer durchlief ihren Körper, eine mystische Stimmung lag über dem Ort. Neben dem Weg erstreckte sich zwischen den Bäumen ein welliges Gelände, das mit unzähligen Kreuzen bedeckt war: Neben uralten aus Eisen geschmiedeten und vom Rost zerfressenen oder hölzernen mit kunstvollen Schnitzereien steckten oder lagen einfache Kreuze aus Stöcken oder Zweigen, die mit Bast, Rindenstreifen oder Schilfhalmen zusammengebunden waren. Manche waren an Baumstämmen befestigt, andere waren aus Kiefernzapfen auf dem sandigen Untergrund angeordnet worden.

»Ist das ein Friedhof?«, fragte Charlotte und senkte unwillkürlich die Stimme.

Lennart schüttelte den Kopf. »Das ist der Ristimägi.«

»Der Hügel der Kreuze«, übersetzte Charlotte. »Davon hab ich noch nie gehört. Liegt wohl daran, dass wir früher in den Ferien nur Ausflüge zu Stränden, Leuchttürmen und Orten an den Küsten unternommen haben. Das Innere der Insel ist Neuland für mich.« Sie sah Lennart gespannt an. »Und was hat es nun mit diesem Ristimägi auf sich?«

»Hier haben die Schweden ihren letzten Gottesdienst abgehalten, bevor sie Hiiumaa für immer verlassen mussten.«

»Ah ja, meine Tante Luise hat mir die Geschichte mal erzählt«, sagte Charlotte und ließ sich von Lennart aus der Kutsche helfen. »Wegen angeblicher Unbotmäßigkeit befahl Katharina II. 1781 die Deportation der meisten Inselschweden in die Ukraine, wo sie eine Kolonie gründen sollten. Den Betroffenen blieb keine andere Wahl, als dem Befehl zu folgen. Vor ihrer Zwangsumsiedlung versammelten sie sich hier an diesem Ort, errichteten ein Kreuz und hielten einen letzten Gottesdienst ab.«

Charlottes Magen zog sich zusammen. Die Vorstellung, seiner Heimat von jetzt auf nachher für immer Lebewohl sagen zu müssen und in ein unbekanntes, weit entferntes Land zu ziehen, war beklemmend. Onkel Julius' Frau hatte berichtet, dass es den vertriebenen Schweden gar nicht gut ergangen war. Um sie zu einem friedlichen Abzug zu bewegen, hatte man ihnen verlockende Versprechungen gemacht: Ihnen wurde der Status als freie Bauern und eine Steuerbefreiung für vier Jahre zugesagt; man wollte ihnen Saatgut, Holz für den Bau neuer Häuser sowie Möbel zur Verfügung stellen und die Erlaubnis geben, eine eigene Kirche zu bauen. Doch den Überlebenden des zweitausend

Kilometer langen Fußmarschs in die neue Heimat, bei dem fast die Hälfte der Schweden umkam, bot sich ein ganz anderes Bild. Sie fanden nicht das versprochene gute Land vor, sondern unfruchtbaren Boden, den sie erst mühsam urbar machen mussten. Auch die angekündigte finanzielle Unterstützung und das Holz für die Häuser war ihnen die russische Regierung schuldig geblieben, was viele weitere im ersten Winter das Leben kostete. Als im Zuge des sowjetischen Bürgerkriegs ihre Situation erneut durch Enteignungen und andere Repressalien erschwert wurde, setzten die Nachkommen der ehemaligen Dagö-Schweden alles daran, die Ukraine verlassen zu dürfen. 1929 wurde ihr Gesuch endlich bewilligt. Einige wanderten nach Kanada aus, die meisten ließen sich jedoch auf der Insel Gotland nieder – dem Ort, von dem ihre Urahnen einst nach Hiiumaa aufgebrochen waren.

»Zum Gedenken an die Vertriebenen und als Zeichen der Solidarität stellten ihre estnischen Nachbarn weitere Kreuze auf«, sprach Lennart weiter. »So entstand der Brauch, dass jeder, der Hiiumaa verlässt, hier ein Kreuz aus natürlichen Materialien anfertigt.« Er griff unter den Sitz des Kutschbocks und holte zwei armlange, gerade Birkenäste hervor. »Laut dem Volksglauben ist das übrigens die Gewähr dafür, dass man zur Insel zurückkehrt.«

»Eine schöne Sitte«, sagte Charlotte. »Hast du die Zweige aus dem Park vom Birkenhof mitgebracht?«

»Ja, sie sollen uns Glück bringen.« Lennart band sie mit einem dünnen Lederstreifen zu einem Kreuz zusammen. »Jetzt brauchen wir nur noch ein geeignetes Plätzchen.«

Charlotte schaute sich um. »Wie wäre es dort drüben?« Sie deutete auf einen moosbewachsenen Sandhaufen.

Gemeinsam steckten sie ihr Kreuz in den Boden, fassten sich an den Händen und verharrten schweigend einen Moment.

Bitte mach, dass wir Hiiumaa niemals gegen unseren Willen verlassen müssen, betete Charlotte stumm. Und dass wir niemals getrennt werden! Sie drückte Lennarts Hand und strich mit der anderen über ihren Bauch. Lass uns hier in Frieden leben!

Sie spürte die Bewegung des Ungeborenen. Werde ich der Verantwortung für dieses Kind gerecht werden?, fragte sie sich. Werde ich es vor Unbill schützen können?

Lennart legte einen Arm um ihre Schultern und zog sie an sich. »Mach dir nicht so viele Sorgen«, flüsterte er. »Es wird alles gut.« Er legte seine andere Hand auf ihren Bauch. »Wir drei werden glücklich, da bin ich mir ganz sicher.«

Charlotte unterdrückte ein Seufzen. Warum fällt es mir so schwer, das zu glauben?, fragte sie sich. Ich hoffe so sehr, dass er recht hat! Sie schmiegte sich an Lennart und überließ sich dem Gefühl der Geborgenheit, das sie an seiner Seite empfand.

Schleswig-Holstein, Oktober 1977

— 33 —

Die Tage bis zum Beginn der Herbstferien verflogen für Gesine im Nu. Wenn es nach ihr gegangen wäre, hätte sie jede schulfreie Minute mit Grigori verbracht. Auch wenn ihm die Vorbereitung der beiden Junghengste auf die Körung in Neumünster noch weniger Freizeit ließ als gewöhnlich – es hätte Gesine genügt, in seiner Nähe zu sein, ihm bei der Stallarbeit zur Hand zu gehen oder ihm beim Training zuzusehen. Ihre Mutter wachte jedoch mit Argusaugen darüber, dass sie ihre Schulaufgaben gewissenhaft erledigte und sich intensiv auf die beiden noch vor den Ferien anstehenden Klausuren vorbereitete. Da Henriette von Pletten von deren Benotung – eine Zwei beziehungsweise elf Punkte würde sie gerade noch akzeptieren – ihre Erlaubnis abhängig machen wollte, ob Gesine über ihren achtzehnten Geburtstag nach London fahren durfte, lag auch Kirsten ihrer besten Freundin mahnend in den Ohren. Gemeinsam mit Kirsten eine Metropole zu erkunden, ganz ohne elterliche oder schulische Aufsicht – das versprach ein prickelndes Abenteuer zu werden.

Kirsten und Gesine waren sich rasch einig geworden, die Sehenswürdigkeiten, die man in London abklappern konnte, weitgehend links liegen zu lassen. Sie wollten die Stadt auf eine Art erleben, die nichts mit dem »Zehn Dinge, die Touristen unbedingt gesehen haben sollten« oder ähnlichen Programmen, die in Reiseführern beworben wurden, zu tun hatte. Der Wachwechsel vor dem Buckingham Palace, die Kronjuwelen im Tower, das British Museum oder die National Gallery, Westminster Abbey sowie St. Paul's Cathedral waren Ziele, die ohne Zweifel interessant und sehenswert waren.

»Die laufen uns nicht davon«, sagte Kirsten, als sie wieder einmal in einer Hofpause die Köpfe zusammensteckten und ihren Aufenthalt planten.

Sie saßen nebeneinander auf einer der tiefen Fensterbänke im Flur des zweiten Stocks, aßen ihre belegten Brote und blätterten in dem »Merian«-Heft über London, das sie sich zur Einstimmung auf die britische Hauptstadt besorgt hatten. Draußen nieselte ein feiner Regen aus dem tief über den Dächern hängenden grauen Himmel. Die meisten Schüler waren ebenfalls im Gebäude geblieben, das von Stimmengewirr, Türenknallen, Gelächter, Rufen, Pfiffen, Fußgetrappel, Geschepper und dem Rascheln von Butterbrotpapier erfüllt war.

»In der kurzen Zeit könnten wir uns all das ohnehin niemals ansehen«, fuhr Kirsten fort. »Es sei denn, du möchtest Heidi nacheifern.«

Die Erwähnung ihrer Mitschülerin entlockte Gesine ein entsetztes Schnauben. Heidi hatte im Frühling während eines dreitägigen Aufenthalts in Paris einen wahren Sightseeingmarathon absolviert. Allein bei der Schilderung ihrer *tour de force* durch unzählige Ausstellungen, Galerien, Kirchen, Schlösser, Gartenanlagen und andere touristische Attraktionen hatten Gesines Füße angefangen, wehzutun. Heidi war sichtlich stolz darauf gewesen, ihr ehrgeiziges Programm nicht einmal zum Essen unterbrochen zu haben. Ihre frugalen Mahlzeiten – größtenteils bestehend aus von zu Hause mitgebrachten Müsliriegeln, Keksen, Scheiblettenkäse und Dauerwurst – hatte sie sich unterwegs zu Gemüte geführt. Die einzigen Pausen hatte sie eher unfreiwillig eingelegt – beim Stehen in den Warteschlangen, die sich vor manchen Sehenswürdigkeiten wie dem Louvre bildeten.

Gesine und Kirsten hatten Heidis Bericht fassungslos angehört und sich hinterher gefragt, wie man eine poetische Stadt wie Paris so schnöde nach Plan abhaken konnte. Als handle es sich um eine Einkaufsliste.

»Dann würde ich lieber gar nicht erst hinfahren«, rief Gesine. »Heidi hat doch rein gar nichts vom Pariser Flair mitbekommen.«

»Sie hätte ebenso gut einen Dokumentarfilm oder ein paar Bildbände ansehen und dabei ihre Kekse knabbern können«, pflichtete Kirsten ihr bei. »Das wäre entschieden bequemer gewesen.«

»Ich fasse es immer noch nicht, dass sie kein einziges Mal irgendwo eingekehrt ist.« Gesine schüttelte stirnrunzelnd den Kopf und biss in ihre Stulle, die Anneke mit geräucherter Mettwurst bestrichen hatte.

»Dabei muss sie nun wirklich nicht aufs Geld schauen«, sagte Kirsten.

»Umso weniger verstehe ich ihre Knausrigkeit«, antwortete Gesine. »Obwohl … wahrscheinlich hat sie sich von dem, was sie sich in Paris vom Mund abgespart hat, irgendwas Esoterisches gekauft. Hatte sie im April nicht ihre Bachblütenphase?«

Kirsten setzte eine tadelnde Miene auf und hob den Zeigefinger. »Liebe Gesine, es gibt Wichtigeres als die Befriedigung leiblicher Begierden«, sagte sie mit verstellter Stimme.

Sie traf Heidis belehrenden Ton so gut, dass Gesine kichern musste.

»Aber das kannst du natürlich nicht verstehen. Du bist zu sehr im Materiellen verhaftet«, fuhr Kirsten fort. »Einem spirituellen Menschen wie mir dagegen, dessen Seele bereits in höheren Sphären …«

Gesine prustete los und steckte Kirsten an, die nicht länger ernst bleiben konnte.

»Wir prosaischen Wesen würden uns zumindest auf einem Wochenmarkt Camembert, Oliven, Tomaten und frisches Baguette kaufen«, sagte Gesine, als sie sich wieder beruhigt hatten.

»Auf jeden Fall! Damit würden wir ein Picknick am Ufer der Seine oder in einem der schönen Parks machen.«

»Dazu ein Glas Rotwein«, sagte Gesine.

»Irgendwo spielt ein Akkordeon«, spann Kirsten den Faden weiter. »Männer mit Baskenmützen stehen rauchend und parlierend zusammen.«

»Elegant gekleidete Damen flanieren mit ihren Schoßhündchen vorbei.«

»Du würdest vor allem von knutschenden Pärchen bevölkerte Parkbänke und Ufermauern sehen, jedes Mal sehnsüchtig seufzen und dich nach deinem Grigori verzehren.« Kirsten zwinkerte Gesine mit einem spitzbübischen Grinsen zu.

»Mach dich nur lustig.« Gesine schlug spielerisch nach ihrer Freundin. »Wer hatte letztes Jahr nichts anderes als einen gewissen Jens im Kopf?«

»Erinnere mich bloß nicht!«, rief Kirsten und verdrehte die Augen. »Was ich an dem eingebildeten Lackaffen nur finden konnte?« Sie schüttelte sich. »Aber bei dir und Grigori ist das was ganz anderes«, fuhr sie ernster fort. »Ihr passt wunderbar zusammen.«

Gesine spürte, wie ihr das Blut in die Wangen stieg. Dies aus dem Munde ihrer besten Freundin zu hören, bedeutete ihr viel.

»Ich hoffe, dass ich auch mal so einen netten Jungen treffe«, sagte Kirsten leise.

»Das wirst du ganz sicher.«

Kirsten zuckte die Schultern und verzog skeptisch den Mund.

»Wenn ich einer wäre, würde ich mich vom Fleck weg in dich verlieben.« Gesine legte kurz den Arm um ihre Schultern und drückte sie.

Das Klingeln der Schulglocke unterbrach ihr Gespräch und

verkündete das Ende der großen Pause. Sie verließen das Fensterbrett und kehrten in ihr Klassenzimmer zurück.

Während der Biologielehrer die Klasse in die Grundlagen der Zellbiologie einführte und über Aufbau, Funktion und Vermehrung von Zellen referierte, schweiften Gesines Gedanken erneut zu ihrem Londonbesuch. Der einzig feste Programmpunkt war bisher ein Konzert von Elton John am Donnerstag, dem 3. November. Der Sänger trat im Zuge seiner »Blue Moves Tour« im Wembley Empire Pool auf. Kirstens Eltern hatten als Geburtstagsgeschenk für Gesine zwei Karten spendiert. Abgesehen von diesem Termin hatten die Freundinnen noch keine konkreten Pläne, wie sie die Tage verbringen wollten. Kirsten war fasziniert von den Squattern. Diese Hausbesetzer waren Arbeitslose, Studenten, Homosexuelle, Künstler, Drogenabhängige, Frauen und Kinder diverser Nationalitäten, die gegen die jahrelange verfehlte Wohnungsbaupolitik protestierten und illegal in zum Abbruch bestimmte Mietshäuser, von Grundstücksspekulanten aufgekaufte Villen oder leerstehende Büros und Ladenlokale einzogen. Kirsten schwärmte von ihrer Gegenkultur, die auch die Frauen- und die Schwulenbewegung einbezog, auf Solidarität fußte und für die Liberalisierung der Gesellschaft eintrat. Am liebsten hätte sie in einem dieser okkupierten Häuser übernachtet statt in dem Youth Hostel, das in dem von ihnen gebuchten Angebot bei Twen-Tours vorgesehen war.

Gesine war besonders neugierig auf die Vielfalt der in London lebenden Menschen aus den unterschiedlichsten Ländern, die mit ihren verschiedenen Sprachen, Gebräuchen, Kleidungsstilen und Speisen die Stadt prägten. Außerdem wollte sie unbedingt Soho erkunden, durch die King's Road sowie die Carneby Street schlendern und in die Läden gehen, in denen sich die Punker mit ihrer provokanten Mode eindeckten. Gesine spielte mit dem Gedanken, sich ein Nietenhalsband zu kaufen, und malte sich das entsetzte Gesicht ihrer Mutter aus, wenn sie damit bei Tisch erschiene.

Gemeinsam freuten sich Gesine und Kirsten auf die verschiedenen Märkte, die teils in Hallen, teils auf Straßen und Plätzen unter freiem Himmel abgehalten wurden. Sie stellten sich vor, wie sie durch die Gassen zwischen den Verkaufsständen schlenderten, an denen Lebensmittel und Gewürze aus aller Welt, Blumen, Kleidung, Kunsthandwerk, Hausrat sowie Antiquitäten feilgeboten wurden. Außerdem wollten sie unbedingt mindestens einen Pub besuchen und verzweifelten ob der schieren Menge, die zur Auswahl stand.

Wenn Gesine mit Kirsten Pläne schmiedete, konnte sie es kaum erwarten, die Reise anzutreten. War sie wieder allein, meldete sich jedoch eine andere Seite in ihr zu Wort, der die Aussicht, mehr als ein paar Stunden von Grigori getrennt zu sein, nicht gefiel. Sie fand das selbst albern, es handelte sich doch nur um drei Tage, an denen sie sich nicht sehen würden. Außerdem kam es gar nicht infrage, einen Rückzieher zu machen. Kirsten würde es ihr nicht verzeihen, wenn sie ihren ersten mehrtägigen Ausflug absagte, den sie zu zweit unternahmen. Hatten sie sich doch geschworen, niemals, unter gar keinen Umständen, zuzulassen, dass ein Junge – und sei es noch so ernst mit ihm – einen Keil zwischen sie treiben würde.

Gesine wusste, dass Grigori nichts ferner lag, als von ihr zu verlangen, den Londontrip seinetwegen sausen zu lassen. Er hatte zwar durchblicken lassen, dass er ihren Geburtstag gern mit ihr gefeiert hätte. »Aber das wir holen nach«, hatte er hinzugefügt und erklärt, dass noch so viel gemeinsame Zeit vor ihnen läge und sie später einmal zusammen nach England fahren könnten.

Am ersten Montag der zweiwöchigen Herbstferien stand Gesine mit gesenktem Kopf vor dem gedeckten Mittagstisch, an dem ihre Eltern bereits Platz genommen hatten. Sie waren kurz vorher von einem dreitägigen Wochenendbesuch bei Freunden in Hamburg zurückgekehrt und hatten Gesine am letzten Schultag nicht mehr gesehen. Diese war darüber erleichtert gewesen, hatte es ihr doch eine Galgenfrist verschafft. Ihre Hoffnung, diese noch ein wenig verlängern zu können und das erwartbare Donnerwetter erst nach dem Essen ertragen zu müssen – gestärkt von einer ordentlichen Portion *Groter Hans (ein Brotpudding*, serviert mit gebratenem Speck und Erdbeersoße) –, erfüllte sich jedoch nicht. Gesine hatte Anneke extra darum gebeten und sich selbst die Daumen gedrückt, das Leibgericht ihrer Mutter würde diese milde stimmen.

Gesines Kalkül war nicht aufgegangen. Kaum hatte sie das Speisezimmer betreten, verlangte ihre Mutter die beiden Klausuren zu sehen. Beim Lesen der Noten verfinsterte sich ihre Miene.

»Das ist inakzeptabel!«, zischte sie. »Ich bin enttäuscht!«

Gesines Vater stand auf, ging zu dem Kopfende, an dem seine Frau saß, nahm ihr die Arbeitsblätter aus der Hand und warf einen Blick darauf.

»So schlimm ist es ja nun nicht«, sagte er.

»Nicht schlimm?« Henriette von Pletten sah ihn entrüstet an. »Acht Punkte in Mathematik und neun in Englisch. Damit bleibt Gesine weit hinter ihren Möglichkeiten zurück.«

Über ihr Abschneiden in der Englischklausur ärgerte sich Gesine selbst am meisten. Sie hatte so viel für diese Arbeit gelernt und war überzeugt gewesen, sich gut vorbereitet zu haben. In ihrer Aufregung hatte sie jedoch offensichtlich die Fragestellung falsch verstanden und in ihrem Aufsatz das Thema verfehlt. Dass es dennoch für eine Drei Plus gereicht hatte, war – laut einer schriftlichen Bemerkung des Lehrers unter dem Aufsatz – der Fehlerlosigkeit und dem guten Stil ihres Textes zu verdanken sowie den schlüssigen Argumenten, die sie ins Feld geführt hatte, wenn auch leider nicht zum eigentlichen Thema.

»In Mathe hat niemand aus dem Kurs die volle Punktzahl erhalten«, sagte Gesine leise. »Zwölf Punkte waren das beste Ergebnis.«

»Na, siehst du«, sagte ihr Vater. »Mit ihrer Drei hat unsere Tochter also noch vergleichsweise gut abgeschnitten.«

Gesine biss sich auf die Lippen. Diese Feststellung war nicht dazu angetan, ihre Mutter zu beschwichtigen. So gut es ihr Vater auch meinte, damit machte er die Sache nur noch schlimmer. Ihre Mutter hatte nichts übrig für Leute, deren Motto die Redewendung »Unter den Blinden ist der Einäugige König« war. In solchen Situationen pflegte sie gern ein Gedicht des Lyrikers Emanuel Geibel zu zitieren.

Auf keinen Fall gestehe Du
der Mittelmäßigkeit was zu.
Hast Du Dich erst mit ihr vertragen,
dann wird's Dir bald bei ihr behagen,
bis Du dereinst, Du weißt nicht wie,
geworden bist, so flach wie sie.

»Wer sich an der Masse orientiert, kommt über Durchschnittlichkeit nicht hinaus«, stellte Henriette von Pletten mit vor Verachtung triefender Stimme fest.

Ihr Mann nestelte betreten an seiner Krawatte. Bleiernes Schweigen legte sich über den Tisch.

»Was ist mit London?«, rutschte es Gesine heraus.

»Du kennst die Antwort.« Ihre Mutter funkelte sie an. »Ich denke, ich hatte mich diesbezüglich unmissverständlich ausgedrückt.«

Gesine ließ die Schultern hängen. Wie bringe ich das nur Kirsten bei?, schoss es ihr durch den Kopf. Sie wird schrecklich enttäuscht sein. Verdammt, es ist so ungerecht! Warum darf Mama so über mich entscheiden? Sie straffte sich und öffnete den Mund.

»Henriette, bitte, gib dir einen Ruck«, kam der Graf seiner Tochter zuvor. »Die Reise ist schließlich schon bezahlt. Und unsere Gesine wird nur einmal achtzehn, und da könntest du doch ...«

»Bei deiner Nachsichtigkeit wird sie nie lernen, Verantwortung zu übernehmen und Dinge ordentlich zu erledigen«, fiel ihm seine Frau ins Wort.

»Aber ich habe doch gelernt«, rief Gesine. »Ich habe mir wirklich alle Mühe gegeben!«

»Alle Mühe? Ganz sicher nicht!« Die Falte zwischen ihren Brauen vertiefte sich. »Geh jetzt auf dein Zimmer«, fuhr sie fort. »Du kannst dir dein Essen bei Anneke in der Küche geben lassen.«

Gesines Vater machte eine beschwichtigende Handbewegung.

»Nein, Carl-Gustav, es ist höchste Zeit, durchzugreifen.« Henriette von Pletten schob energisch das Kinn vor. »Fürs Erste hast du Hausarrest«, sagte sie zu Gesine. »Also keine Ausritte, kein Training mit Grigori und andere Sachen, die dich vom Lernen ablenken könnten.«

»Was? Ich darf Grigori nicht sehen? Das kannst du doch nicht ...« Gesine spürte Tränen in sich aufsteigen. Sie schluckte sie krampfhaft hinunter. Nein, die Blöße würde sie sich nicht geben. Weinen oder gar betteln. Rasch drehte sie sich weg und rannte aus dem Zimmer.

— 34 —

Malvaste, Donnerstag, den 27. Juli 1939
Liebe Zilly,

herzlichen Dank für Deine Ansichtskarte aus Lappeenranta und Deinen Bericht von den Dreharbeiten. Es freut mich sehr, dass Du Dich dort so wohlfühlst, und ich bin gespannt, wie es für Dich nach diesem Film weitergeht!

Hörst Du das Rumoren? Das ist mein schlechtes Gewissen, weil ich Dir erst jetzt schreibe. Zum Glück habe ich in Dir eine ebenso verständnisvolle wie nachsichtige Freundin. Du hast in Deinem letzten Brief nämlich ganz zutreffend vermutet, dass ich hier erst einmal vollauf damit beschäftigt war, mich einzugewöhnen. Es tut mir trotzdem leid, dass Du so lange auf Antwort warten musstest!

Mein derzeitiges Zuhause liegt knapp zwölf Kilometer von der Inselhauptstadt Kärdla entfernt, mitten im Wald. Malvaste ist ein kleiner Weiler, bestehend aus ein paar Gebäuden aus unterschiedlichen Zeiten, darunter ein uralter Bauernhof. Das einstöckige Schulhaus, in dem sich auch eine Postagentur befindet, ist das jüngste. Es wurde erst vor neun Jahren fertiggestellt und bietet uns Bewohnern in der oberen Etage ein behagliches Dach überm Kopf mit modernstem Komfort. Ansonsten gibt es noch eine 1906 errichtete russisch-orthodoxe Kapelle aus Holz mit Glockenturm und Reetdach, die dem Propheten Elija geweiht ist. Direkt daneben liegt der Waldfriedhof. Ein idyllischer Ort, den ich gern aufsuche, um auf einem schattigen Bänkchen zu lesen oder vor mich hin zu träumen.

In diesem Augenblick sitze ich an einem Tisch hinter der Schule unter einem Apfelbaum. Eine leichte Brise macht die

Hitze, in der die Insel seit Tagen brütet, erträglicher. Der Himmel spannt sich wolkenlos in tiefem Blau über mir. In den Bäumen und Büschen, die den Garten umgeben, tummeln sich Karmingimpel, Gartenrotschwänze und Sperbergrasmücken, auch einen Kernbeißer habe ich gesichtet. Eine rotgetigerte Katze sitzt seit zehn Minuten reglos vor einem Mauseloch. Es herrscht eine träge, sonnensatte Stimmung. Lennart hat sich in ein Klassenzimmer zurückgezogen, wo er seine Bücher und Aufzeichnungen nach Herzenslust ausbreiten kann. Seine Schwester Maarja sortiert im Kontor die Postsendungen, die täglich vom Amt in Kõrgessaare geliefert werden. Ein Teil wird später zum Posthof von Kauste transportiert und von dort aus weiterverteilt.

Apropos Post: Du hattest Dich nach den beiden verschollen geglaubten Kisten mit den Abschiedsgeschenken und den vielen handgearbeiteten Kindersachen der fleißigen Filmdamen erkundigt, die wir vor meiner Abreise aus Helsinki als Frachtgut verschickt haben: Sie sind vorgestern endlich angekommen. Es wird ein Geheimnis der Post bleiben, warum sie so lange unterwegs waren …

Nun bin ich – was die Ausstattung betrifft – aufs Beste gerüstet für die Ankunft des Kindes, das sich allerdings noch ein bisschen Zeit lässt. Ich hatte ja ausgerechnet, dass heute vor einer Woche der Tag hätte sein können. Laut Frau Madar, der Hebamme, die regelmäßig vorbeischaut und mich untersucht, habe ich mich allerdings um mindestens zehn Tage vertan. Die Warterei geht also weiter, und meine Geduld wird auf eine harte Probe gestellt.

Unter uns: Allmählich habe ich genug von meinem Zustand: Ich bin immerzu müde, schon ein kurzer Spaziergang lässt mich keuchen wie eine Dampflok, ich werde häufig von Sodbrennen und Rückenschmerzen geplagt und finde nachts nur schwer eine angenehme Position zum Schlafen. Wenn ich dann wach liege, suchen mich oft bange Gedanken heim. Zu der Angst vor der Geburt gesellt sich die Befürchtung, das Neugeborene könnte nicht gesund sein oder ich würde Kindbettfieber bekommen. Zum Glück gelingt es mir meistens gut, diese Nachtdämonen in ihre finsteren Ecken zurückzuscheuchen. Es hat ja keinen Zweck, sich unnötig verrückt zu machen. Am schlimmsten finde ich aber meine Unbeweglichkeit. Ich komme mir vor wie ein sehr dicker Käfer mit zu kurz geratenen Beinchen. Strümpfe anziehen oder Schnürsenkel binden – solche einfachen Tätigkeiten sind mittlerweile für mich akrobatische Kunststücke und versetzen mich in die mir unangenehme Lage, um Hilfe bitten zu müssen.

So, nun aber genug geklagt! Nicht, dass Du mich am Ende falsch verstehst: Abgesehen von diesen Wehwehchen geht es mir gut, und ich bin sehr dankbar für die unbeschwerte Zeit, die ich hier mit Lennart und seiner Schwester verbringen darf. Im Grunde ist es wie Urlaub. Lennart muss zwar viel lernen für die Prüfungen, er findet dennoch zwischendurch Raum für kleine Ausflüge und zweisame Stündchen, die wir nach der langen Trennung besonders genießen.

Auch mit seiner Schwester komme ich sehr gut aus. Ich mochte Maarja schon als Kind sehr gern. Damals war mir unser Altersunterschied von sieben Jahren riesig erschienen, jetzt fällt er nicht mehr so stark ins Gewicht, und wir verstehen uns prächtig. Du würdest Maarja auch sehr mögen, sie ist ein liebenswürdiger und äußerst hilfsbereiter Mensch.

Ach Zilly, ich kann gar nicht sagen, wie sehr ich mich freue, wenn Du sie und vor allem natürlich Lennart bei der Taufe kennenlernen wirst. Auch meinem Onkel Julius wirst Du bei der Gelegenheit endlich begegnen – und so habe ich dann all die Menschen um mich, die meinem Herzen am nächsten sind.

Charlotte hielt inne und schaute stirnrunzelnd auf den letzten Satz. So ganz stimmt das nicht, dachte sie. Mein Bruder fehlt in der Aufzählung. Und ich gäbe viel darum, wenn meine Eltern ebenfalls dabei wären und Lennart und unser Kind in die Familie aufnehmen würden. Charlotte seufzte. Der Gedanke an ihre Eltern lag ihr schwer auf der Seele. Es belastete sie, sie glauben zu lassen, sie befände sich nach wie vor bei Zilly in Finnland. Noch bedrückender war allerdings der Gedanke an den Tag, an dem sie ihnen reinen Wein einschenken musste.

Lennart und sie hatten in Absprache mit Onkel Julius beschlossen, Mitte Oktober auf den Birkenhof zu ziehen und dort zu heiraten. In der ersten Woche desselben Monats musste Lennart an der Landwirtschaftsschule in Jäneda seine Prüfungen ablegen. Charlotte wollte währenddessen nach Haapsalu fahren und ihre Eltern zur Hochzeit einladen. Sie würde ihnen mit ihrem Kind gegenübertreten und hoffte, der Anblick ihres Enkelchens würde sie milde stimmen. Auch die Tatsache, dass sie auf dem Birkenhof leben und diesen dereinst von Onkel Julius übernehmen würden, konnte eigentlich nur positiv zu Buche schlagen. Eigentlich. Charlottes Zuversicht war gering. Insbesondere ihre Mutter würde die Verbindung ihrer Tochter mit einem Bürgerlichen, der obendrein Este war, als Affront auffassen. Nun, sie wird es hinnehmen müssen, dachte Charlotte. Schlimmstenfalls muss es eben ohne ihren Segen gehen. In wenigen Monaten werde ich einundzwanzig und damit volljährig. Dann bin ich nicht länger auf ihr Einverständnis angewiesen. Sie straffte sich und schrieb den Brief weiter.

Wenn Du kommst, können wir schöne Ausflüge unternehmen. Hiiumaa bietet zwar keine großartigen historischen Gemäuer oder andere spektakuläre Sehenswürdigkeiten, dafür aber unberührte Natur in Hülle und Fülle. Am meisten angetan hat es mir die Küste am Nordzipfel der Insel. Erst gestern sind wir wieder mit der Kutsche dorthingefahren. Knapp neun Kilometer schlängelt sich der Weg durch den Kiefernwald, bis die Bäume auf einmal zurückweichen und den Blick freigeben auf einen schlanken weißen Turm mit roter Haube: den Tahkuna Leuchtturm. Er ist ungefähr 43 Meter hoch und besteht aus vorgefertigten Eisenteilen, die von der Verwaltung des Zarenreichs 1871 auf der Weltausstellung in Paris gekauft und später auf Hiiumaa zusammengesetzt und aufgestellt wurden.

Es ist ein wunderschönes Fleckchen Erde! Der Wind bläst die Lungen frei. Die Luft schmeckt nach Salz und Wacholder. Der Strand ist mit Findlingen bedeckt. Diese Überbleibsel der Eiszeit verleihen der Küste etwas Urtümliches und Schroffes – es würde mich nicht wundern, wenn dort ein Mammut oder ein anderes urzeitliches Tier des Weges kommen würde. Die Ostsee, die sich gestern glatt und in der Sonne glänzend vor uns ausbreitete, hat etwas Meditatives, ich könnte ewig in ihren Anblick versinken. Ich habe meine liebsten Grüße an Dich übers Wasser geschickt! Sehen konnten wir die knapp neunzig Kilometer entfernte finnische Küste allerdings nicht. Selbst wenn ich auf den Turm hätte steigen können – in meinem Zustand leider ein unmögliches Unterfangen –, wäre sie noch hinter dem Horizont verborgen gewesen.

Für heute schließe ich meinen Brief. Es ist gleich zwölf Uhr – Zeit für Lennarts und meinen Spaziergang zum Strand. Wir verbringen in der Bucht oft die Mittagszeit, picknicken und tauchen in die Wellen der Ostsee, die durch die Sonne angenehm temperiert ist. Beim Schwimmen fühle ich mich in meinem Körper am wohlsten, weil ich dann sein Gewicht nicht spüre und mich leichter bewegen kann – so wie sich Walrösser im Wasser in ihrem Element befinden und trotz ihrer Leibesfülle wendig und flink sind.

*Ich hoffe, es geht Dir gut, und wünsche Dir weiterhin viel
Freude und Erfolg beim Film! Sei innigst umarmt und herzlich
gegrüßt,*

Deine Charly

An diesem Tag kamen Charlotte und Lennart nicht zum Strand.
Kurz nachdem sie aufgebrochen waren, durchzuckte ein schneidender Schmerz Charlottes Unterleib.

Sie blieb stehen. »Ich glaube, es geht los!« Sie fasste sich an
den Bauch.

»Hat die Hebamme gestern nicht gemeint, dass dein Bauch
noch sehr hoch ist und sie frühestens in drei Tagen mit der Geburt rechnet?«

Charlotte zuckte mit den Schultern. »Offenbar hat es sich unser Kleines anders überlegt.« Sie krümmte sich unter dem erneuten Stechen, das nichts mit dem schwachen Ziehen der Vorwehen gemein hatte, das seit zwei Wochen in unregelmäßigen
Abständen auftrat.

Lennart legte seinen Arm um sie und führte sie zum Haus
zurück. »Ich rufe sofort Frau Madar an.« Er musterte Charlotte
besorgt. »Tut es sehr weh?«

Sie schüttelte den Kopf und ließ sich auf die Bank neben der
Eingangstür sinken, während Lennart ins Postkontor rannte, wo
der Telefonapparat stand.

Einen Augenblick später eilte seine Schwester aus dem Haus.
»Wie geht es dir? Kann ich etwas für dich tun?«, fragte sie und
strahlte Charlotte an. »Ich freue mich so. Ich werde Tante!«

Ihre Begeisterung verscheuchte für einen Augenblick die Nervosität, die von Charlotte Besitz ergriffen hatte.

Charlotte war erleichtert, als die Hebamme eine halbe Stunde
später mit ihrer großen Ledertasche eintraf, in der sie diverse
Scheren, Klemmen, ein Maßband, Katheter, Waschschalen aus

Emaille, Seife, Handbürsten, Nagelreiniger, Massageöl, reinen
Alkohol zum Desinfizieren, Puder, Mullbinden, Kompressen
und Verbandspflaster sowie ein Fieberthermometer, ein Stethoskop und eine zusammenfaltbare Waage verstaut hatte. Zwischen
den Wehen lagen zwar noch längere Pausen, dennoch wollte
Charlotte eine fachkundige Auskunft, wie es um sie und das Ungeborene stand.

Nachdem sich die Hebamme ausgiebig die Hände geschrubbt
hatte, folgte sie Charlotte in das Zimmer im ersten Stock, das
diese und Lennart bewohnten. Sie forderte sie auf, sich aufs Bett
zu legen und machte sich an die Untersuchung. Zunächst hörte
sie mit einem Stethoskop die Herztöne des Kindes ab.

»Sehr schön. Kräftig und gleichmäßig«, stellte Frau Madar
fest und bat Charlotte, die Beine anzuwinkeln und zu spreizen.
»Der Muttermund steht einen Zentimeter weit offen«, verkündete sie kurz darauf.

»Was bedeutet das?«, fragte Charlotte und schaute die Hebamme ängstlich an.

»Dass es noch eine Weile dauert, bis Ihr Kind kommt«, antwortete Frau Madar. »In der Regel öffnet sich der Muttermund
pro Stunde etwa einen Zentimeter«, erklärte sie. »Und bei Erst-
gebärenden dauert es meist ohnehin länger.« Sie verstaute Maßband und Stethoskop in ihrer Tasche. »Ich schaue heute am späten Nachmittag wieder vorbei.«

Charlotte setzte sich auf. »Sie gehen weg?« Ihre Stimme klang
dünn.

Frau Madar tätschelte ihren Arm. »Keine Angst! Ich denke,
dass es frühestens heute Abend so weit ist, wohl eher in der
Nacht oder morgen.« Sie öffnete die Tür, hinter der Lennart wartete.

»Soll ich den Doktor rufen?«, fragte er. Sein Gesicht war
bleich, er rang sichtlich um Fassung.

»Dazu ist es noch viel zu früh«, antwortete die Hebamme. »Machen Sie sich bitte nicht verrückt, es ist alles in bester Ordnung«, fuhr sie fort, als Lennart zu einer Erwiderung ansetzte. Sie wandte sich an Charlotte. »Nehmen Sie ein Bad und versuchen Sie, sich zu entspannen.« Sie nickte ihnen zu und verließ das Haus.

Lennart setzte sich neben Charlotte. »Hast du Schmerzen?« Er legte seine Hand auf ihren Bauch.

»Momentan nicht.« Sie schüttelte leicht den Kopf. »Ich kann nicht glauben, dass unser Kind nun bald kommt.«

»Hoffentlich geht alles gut.« Lennart fuhr mit der Hand durch sein Haar. »Ich muss gestehen, dass ich furchtbar aufgeregt bin.«

»Ich auch.« Charlotte schluckte und biss sich auf die Lippe. Berichte von Frauen, die tagelang vor Schmerz schreiend in den Wehen lagen, und Komplikationen durch eine ungünstige Lage des Säuglings, eines zu engen Beckens oder eines nicht vollständig geöffneten Muttermundes kamen ihr in den Sinn. Ihr Herz begann schneller zu schlagen. Jetzt nur keine Panik, ermahnte sie sich. Denk an die Ausführungen von Frau Doktor Fischer-Dückelmann in ihrem Ratgeber *Die Frau als Hausärztin*. Hat sie nicht mehrfach betont, dass gesunde, kräftige Frauen die Schmerzen durch tiefes Atmen ertragbar gestalten und die Geburtsarbeit in wenigen Stunden bewältigen können?

Charlotte räusperte sich. »Es dauert ja noch eine Weile, bis es richtig losgeht.« Sie fasste nach Lennarts Hand. Die Berührung beruhigte sie.

Lennart stand auf. »Ich lasse dir ein Bad ein.« Er ging zur Tür. »Hast du Durst? Oder Hunger? Soll ich dir etwas bringen?«

Die Sorge in seinen Augen rührte Charlotte. »Du bist so lieb.« Sie erhob sich ebenfalls. »Nein danke, ich brauche nichts. Das Bad reicht vollkommen.«

Als Charlotte im Wasser saß, kamen die Wehen regelmäßig alle acht Minuten. Die Schmerzen wurden immer stärker. Sie stöhnte unterdrückt und bemühte sich, ruhig ein- und auszuatmen und sich nicht zu verkrampfen.

Lennart, der neben der Wanne saß, warf ihr einen beunruhigten Blick zu. »Das gefällt mir nicht!« Er sprang auf. »Ich hole jetzt sofort Frau Madar zurück.«

»Ich weiß nicht, es ist sicher falscher Alarm.«

»Egal. Wir gehen kein Risiko ein.« Er rannte aus dem Zimmer.

Charlotte hörte ihn nach Maarja rufen, die kurz darauf den Kopf durch die Tür steckte. Sie trug einen Stapel Handtücher, Waschlappen und eine Wärmflasche.

»Ich bereite schon mal alles vor«, sagte sie. »Möchtest du noch hierbleiben?«

Charlotte nickte. »Das warme Wasser tut gut.«

Frau Madar, die wenig später eintraf, machte einen etwas ungehaltenen Eindruck. Es war ihr deutlich anzumerken, dass sie Charlotte und Lennart für überängstlich hielt und der Überzeugung war, sich umsonst herbemüht zu haben. Bei der Untersuchung weiteten sich ihre Augen und sie stieß einen erstaunten Laut aus.

»Was ist?«, fragte Charlotte. Die Angst kehrte zurück. »Stimmt etwas mit dem Kind nicht? Liegt es verkehrt?«

»Alles in Ordnung«, antwortete die Hebamme. »Aber der Muttermund ist bereits sieben Zentimeter weit geöffnet.« Sie kratzte sich am Kinn. »Das ging ungewöhnlich schnell, ist aber überhaupt kein Grund zur Sorge!«

Sie half Charlotte aufzustehen und forderte sie auf, ein wenig herumzulaufen, damit das Kind tiefer ins Becken rutschen konnte. Sie ließ sich derweil von Maarja in der Küche Wasser aufsetzen, in dem sie vorsorglich die Nabelschere, Nabelbänder,

Verbandsläppchen, eine Geburtszange sowie das Klistierbesteck abkochte.

»Darf ich dabei sein?« Lennart stand in der Tür und sah Charlotte bittend an. »Ich weiß, dass die meisten eine Geburt als reine Frauensache ansehen, aber ich würde dir gern bei…«

»Aber natürlich!« Charlotte streckte den Arm nach ihm aus. »Im Gegenteil, ich bin dir sehr dankbar.«

Wenn meine Mutter das wüsste, schoss es ihr in den Sinn. Sie fände das ungehörig und absolut unpassend. Unwillkürlich schob Charlotte die Unterlippe vor. Was kümmert's mich? Ich gebe nichts auf Regeln, deren Sinn sich mir nicht erschließt. Warum soll ein Mann nicht bei der Geburt seines Kindes dabei sein und helfen? Schließlich war er doch auch an der Zeugung maßgeblich beteiligt. Bei der Vorstellung, ihrer Mutter dieses Argument vorzuhalten, das diese zweifellos als anzüglich verurteilen würde, musste Charlotte grinsen.

»Einen *sent* für deine Gedanken«, sagte Lennart.

»Ach, nichts Wichtiges«, antwortete sie. »Ich bin so froh, dass du bei mir bist!«

Als die Wehen stärker wurden, stützte sich Charlotte an der Kommode ab und bemühte sich, den Schmerz zu veratmen und die Lippen locker zu lassen. Auf Geheiß der Hebamme trat Lennart hinter sie und strich ihr den Rücken aus. Als die Presswehen einsetzten, führte er sie zum Bett, setzte sich hinter sie und hielt sie fest. Frau Madar drückte unterdessen einen mit warmem Kaffee getränkten Lappen gegen ihren Damm – um die Durchblutung des Gewebes zu fördern, es elastischer zu machen und so einen Riss zu verhindern, wie sie erklärte.

Die Heftigkeit des Schmerzes, der Charlotte nun in immer kürzeren Intervallen überrollte, raubte ihr fast die Besinnung. Von bedächtigem Durchatmen und Entspannen konnte gar keine Rede mehr sein. Ich kann nicht mehr, war alles, was sie denken konnte. Sie hörte Schreie und begriff erst nach einigen Sekunden, dass diese aus ihrem Mund drangen. Sie wand sich in Lennarts Griff. »Mach, dass es aufhört!«, rief sie und krallte sich an seinen Beinen fest.

»Mein Liebes, halte durch«, sagte er und wischte ihr den Schweiß mit einem Waschlappen aus dem Gesicht. In einer kurzen Wehenpause flößte er ihr ein paar Schlucke Tee ein und sprach ihr Mut zu.

»Nein, nein, ich will nicht mehr!«, schrie Charlotte, als die nächste Wehe einsetzte und die Hebamme sie aufforderte, tüchtig zu pressen.

Frau Madar nahm Charlottes Hand und führte sie nach unten. »Spüren Sie das?«, fragte sie. »Das ist das Köpfchen ihres Kindes. Sie müssen ihm helfen.«

Charlotte biss die Zähne zusammen und drückte mit aller Kraft. Sie hatte das Gefühl, jeden Moment zerrissen zu werden. Ob das Ungeborene ebenfalls Schmerzen erlitt? Die Vorstellung peinigte Charlotte mehr als die eigene Qual. Gleich hast du es geschafft, ermunterte sie im Stillen das Ungeborene. Halte nur noch ein bisschen durch! Kaum hatte sie das gedacht, spürte sie, wie sich das Köpfchen durch den Muttermund schob, und wenige Atemzüge später rutschte das Kind auf die Decke. Ungläubig starrte Charlotte auf das winzige Wesen.

»Ein Mädchen«, sagte die Hebamme und hob es auf Charlottes Bauch.

Benommen legte diese die Hände auf das Kind. »Du bist da«, flüsterte sie. Ihr Hals wurde eng.

Lennart stopfte ihr ein paar Kissen in den Rücken und half Frau Madar, die Nabelschnur zu durchtrennen und abzuklemmen. Während die Hebamme anschließend prüfte, ob die frisch gebackene Mutter Verletzungen erlitten hatte, kniete Lennart neben dem Bett nieder.

Charlotte bemerkte, dass seine Augen voller Tränen standen.

»Ein Wunder!«, stammelte er und strich der Kleinen scheu über den Kopf. »Unser Wunder!«

Charlotte betrachtete ihn und ihre Tochter. Tiefe Dankbarkeit stieg in ihr auf. Sie schloss die Augen und spürte dem Glück nach, das jede Faser ihres Körpers erfüllte.

Schleswig-Holstein, Oktober 1977

– 35 –

»Dieses Mal ist Mama zu weit gegangen«, sagte Gesine zu Anton, der neben ihr saß und aufmerksam zu ihr emporschaute. »Ich lasse mir das nicht länger gefallen!«

Der Rauhaardackel wuffte kurz und wedelte mit dem Schwanz. Gesine stand am Fenster ihres Zimmers, presste die Stirn gegen die kühle Scheibe und starrte auf den Hof und das gegenüberliegende Torhaus. Der Schein der tiefstehenden Sonne, der alles in ein mildes Licht tauchte, passte nicht zu der trüben Stimmung, in der sich Gesine seit der Gardinenpredigt ihrer Mutter befand. Deren Ansage, dass sie »fürs Erste« Hausarrest hatte und weder ausreiten noch mit Grigori trainieren durfte, ließ auch Stunden später glühende Wut in ihr hochkochen. Gepaart mit der Frage, was »fürs Erste« bedeutete. Zwei, drei Tage? Eine Woche? Oder gar die gesamten Ferien? Und was fiel unter »andere Sachen, die dich vom Lernen ablenken könnten«? Hatte ihre Mutter ernsthaft vor, sie von der Außenwelt abzuschotten? Würde Kirsten sie besuchen dürfen? Oder standen sogar Telefonate mit ihrer besten Freundin auf der Sanktionsliste? Und – das Wichtigste – würde sie ihr den Kontakt mit Grigori verbieten?

Das grenzt an Isolationsfolter, dachte Gesine. So hatten die RAF-Terroristen ihre Haftbedingungen beschrieben, bevor sie ab 1973 ins neugebaute Hochsicherheitsgefängnis in Stammheim bei Stuttgart verlegt wurden, wo die Auflagen weniger rigide waren. Ein Grund dafür war der Tod von Holger Meins gewesen, der aus Protest gegen die Zustände in seinem Gefängnis mehrfach in Hungerstreiks getreten war und den letzten nicht überlebt hatte. Er und die anderen Terroristen waren in strenger Einzelhaft gehalten worden. Die tägliche Stunde im

Hof hatten sie unter Abschirmung von anderen Gefangenen absolviert, und von Gemeinschaftsveranstaltungen blieben sie ausgeschlossen.

Gesine spielte kurz mit dem Gedanken, ebenfalls einen Hungerstreik zu beginnen. Sie sah sich bleich, mit eingefallenen Wangen auf ihrem Bett liegen, taub gegen die Bitten ihrer Eltern, die sich mit Selbstvorwürfen zerfleischten und sie anflehten, wieder etwas zu sich zu nehmen … Nein, das war keine gute Idee. Sie aß einfach zu gern und würde die selbstgewählte Abstinenz nicht lange durchhalten. Nicht in diesem Haus, das regelmäßig von verführerischen Düften aus Annekes Küche durchzogen wurde. Und selbst wenn es ihr gelang, die Nahrungsaufnahme zu verweigern, würde das ihre Mutter vermutlich nicht zum Einlenken bewegen. Gesine traute ihr zu, dass sie sie ins Krankenhaus bringen und eine Zwangsernährung veranlassen würde. Eine scheußliche Vorstellung!

»Ich könnte abhauen«, sagte Gesine zu Anton, der sich mittlerweile zu ihren Füßen zusammengerollt hatte und döste. »Am besten ins Ausland. Vielleicht nach Dänemark oder Holland. Was meinst du?«

Der Dackel öffnete die Lider und jaulte leise.

»Keine Sorge, ich will ja nicht für immer weg. Nur so lang, bis Mama ihr Verhalten bereut und einsieht, dass sie mir unrecht getan hat.«

Gesine bückte sich zu Anton hinunter. »Ich könnte es wie Grigori machen«, fuhr sie fort, während sie den Dackel am Bauch kraulte.

Grigori hatte ihr erzählt, wie er über die Schweizer Grenze gelangt war. Es war ein Kinderspiel gewesen. Er hatte sich in einem Großtransporter versteckt, mit dem der Besitzer eines niedersächsischen Reitstalls seine Pferde samt Ausrüstung von der St. Gallener Meisterschaft zurück nach Deutschland gefahren hatte. Bei der flüchtigen Kontrolle an der Grenze hatte niemand den blinden Passagier bemerkt.

»Es reicht eigentlich, wenn ich bis zu meinem achtzehnten Geburtstag untertauche. Dann hat mir Mama eh nichts mehr zu sagen.«

Wenn du dich da mal nicht täuschst, meldete sich ihre Vernunftstimme zu Wort. Für sie gilt doch dieser dämliche Spruch: »Solange du die Füße unter unseren Tisch stellst, hast du zu tun, was wir dir sagen.« Gesine schnaubte und begann, im Zimmer auf und ab zu laufen. Draußen setzte die Dämmerung ein. Der Hof lag bereits in tiefen Schatten. Im Torhaus war das Fenster von Opa Pauls Studierstübchen erleuchtet, die Wohnung von Grigori dagegen lag noch im Dunkeln.

Was er wohl denkt, fragte sich Gesine. Hat man ihm gesagt, warum ich heute nicht zum Training gekommen bin? Oder glaubt er, ich hätte ihn ohne Entschuldigung versetzt? Gesine schaute zu den Stallungen, in denen sie Grigori beim abendlichen Ausmisten vermutete. Ich muss ihn sehen! Jetzt. Sofort. Es ist mir egal, ob ich zu ihm gehen darf oder nicht. Ich pfeife auf Mamas Verbot! Die Sehnsucht nach Grigori war mit einem Mal so übermächtig, dass Gesine kurz schwarz vor Augen wurde. Als der Schwindel verflogen war, ging sie zur Tür. Anton folgte ihr und sprang schwanzwedelnd an ihr hoch.

»Nein, ich kann jetzt nicht mit dir Gassi gehen«, sagte sie leise.

Vorsichtig drückte sie die Klinke herunter und lugte in den Flur. Unter der Tür zu den Zimmern ihrer Mutter drang kein Licht, sie hielt sich wohl unten im Salon auf oder war draußen unterwegs. Anton witschte an Gesine vorbei und rannte ins Erdgeschoss.

»Da bist du ja«, hörte sie die Stimme ihres Vaters rufen. »Komm, wir drehen vor dem Abendessen noch eine Runde.«

Gesine lauschte dem fröhlichen Bellen, mit dem der Dackel auf die Aufforderung antwortete. Die Eingangstür wurde geöffnet und fiel gleich darauf wieder ins Schloss. Kein Laut war zu hören. Auf Zehenspitzen schlich sie die Treppe hinunter zum ehemaligen Dienstboteneingang neben der Küche, aus der Geklapper, das Geräusch fließenden Wassers und Annekes Stimme drang. Sie bereitete das Abendbrot zu und sang dazu einen Schlager von Tina York mit, der im Radio gespielt wurde:

Du bist erst sechzehn und hast schon genug,
von deinem Elternhaus.
Du schmiedest Pläne, es steht für dich fest,
das hältst du nicht mehr aus, du musst endlich hier raus!
Doch lass dir sagen:
Ein Adler kann nicht fliegen,
solange er im Käfig sitzt.

Gesine hielt kurz inne und hörte zu. Wo sie recht hat, hat sie recht, dachte sie, lächelte grimmig und öffnete die Tür.

»Wen haben wir denn da?«

Gesine prallte zurück und starrte ihre Mutter an, die vor ihr stand.

»Ich, äh …«, stammelte Gesine. Ihr wurde kalt.

Im Hintergrund schmetterte Anneke:

Lässt man ihn frei,
kriegt er bald zu spüren, wie das Leben wirklich ist.
Frei sein, das muss man verstehen,
erst dann ist es einfach zu gehen.

Henriette von Pletten zog eine Braue hoch. »Das ist ja ausnahmsweise mal ein einigermaßen sinnvoller Text.« Sie musterte Gesine, die ihren Blick mit klopfendem Herzen erwiderte. »Du hältst mich für ungerecht und zu streng«, stellte sie fest. »Aber wenn du diesen Hof wirklich einmal übernehmen und leiten willst, musst du lernen, verantwortungsbewusst zu handeln und Dinge durchzuziehen. Mit deinem Lust-und-Laune-Prinzip wirst du nicht weit kommen.«

Gesine versteifte sich und biss die Zähne zusammen.

»Ich bin nicht deine Feindin«, fuhr ihre Mutter fort. »Auch wenn du das leider zu glauben scheinst.«

Jetzt sagt sie gleich: ich will doch nur dein Bestes!, dachte Gesine und verschränkte die Arme vor der Brust. Ich komme mir vor wie in einer Filmschnulze. Sogar den passenden Soundtrack haben wir.

»Versuch doch mal, dich in meine Lage zu versetzen«, sagte Henriette von Pletten. »Wenn du nun eine Tochter hättest, um deren Wohlergehen du dich sorgst. Würdest du dann nicht auch ...«

»Dann versetze dich auch mal in meine Lage!«, brach es aus Gesine heraus. »Du verbietest mir, Grigori zu sehen. Das ist grausam!« Sie schluchzte auf. »Wir lieben uns. Und du ...«

»Gut, dass du ihn erwähnst«, sagte ihre Mutter. »Du könntest dir ein Beispiel an ihm nehmen. Grigori ist nämlich weiterhin zuverlässig und pflichtbewusst, auch wenn er zweifellos bis über beide Ohren in dich verliebt ist.« Ein kaum merkliches Lächeln umspielte ihre Lippen.

Gesine holte tief Luft. »Bitte, Mama! Darf ich ihn wenigstens ganz kurz sehen?«

»Morgen vielleicht. Wenn ich mich überzeugen konnte, dass du was für die Schule getan hast.« Henriette von Pletten fasste Gesine an der Schulter und schob sie zurück ins Haus. »Bis zum Abendessen hast du noch eine Dreiviertelstunde. Ich würde dir raten, sie gut zu nutzen.«

Gesine wagte an diesem Tag keinen weiteren Versuch, das Haus heimlich zu verlassen. Auch am folgenden Morgen blieb sie auf ihrem Zimmer und bemühte sich, Englischvokabeln zu lernen.

Als sich Gesine am Mittag im Speisezimmer einfand, war der Tisch nur für drei Personen gedeckt.

»Wo ist Mama?«, fragte Gesine ihren Vater und deutete auf den leeren Platz am anderen Kopfende. »Isst sie nicht mit uns?«

»Sie ist doch heute mit Grigori zu dieser Fortbildung in Süderbrarup gefahren«, antwortete ihr Vater und zog seine Serviette aus dem breiten Silberring.

»Was für eine Fortbildung?« Gesine sah ihn und ihren Großvater fragend an. »Davon weiß ich gar nichts.«

»Drüben in Güderott. Der Verein hat wohl einen renommierten Trainer aus den USA zu Gast«, erklärte Opa Paul.

Der Reiterverein Südangeln, der zum Pferdesportverband Schleswig-Holstein gehörte, organisierte seit einigen Jahren auf Gut Güderott neben Turnieren, Reitertagen und berittenen Jagden auch Lehrgänge und Vorträge. Henriette von Pletten – sonst keine Freundin von Vereinen – engagierte sich in diesem tatkräftig und unterstützte insbesondere die Arbeit mit dem Nachwuchs, den es für den Pferdesport zu gewinnen und zu begeistern galt.

»Ich dachte, deine Mutter hätte es dir gegenüber erwähnt.« Gesines Vater runzelte die Stirn »Eigentlich hatte ich gehofft, dass sie dich doch noch mitnimmt. Es wäre schließlich auch für dich sehr interessant.« Er schüttelte den Kopf, nahm sich eine Scheibe Brot und bestrich sie mit Butter.

»Wie lang bleiben sie weg?«

»Sie kommen übermorgen zurück«, antwortete ihr Vater.

Gesine starrte missmutig auf ihren Teller. Sie fühlte sich ausgetrickst. Ihre Mutter hatte offenbar nicht die Absicht gehabt, ihr an diesem Tag ein Treffen mit Grigori zu gestatten.

»Stört es euch, wenn ich das Radio einschalte?« Gesines Vater stand auf. »Es wird jetzt gleich die Beisetzung von Schleyer übertragen.«

Gesine zuckte die Achseln, ihr Großvater bedeutete seinem Sohn mit einem Nicken sein Einverständnis. Dieser öffnete die Schiebetür zum Salon und schaltete das Radio an.

Mama würde sich das verbitten, dachte Gesine. Bei Tisch duldete die Gräfin allenfalls das Abspielen von Schallplatten mit klassischer Musik. Das Anhören einer Radiosendung während des Essens war in ihren Augen ein Anzeichen für den Verfall der guten Sitten. »Als Nächstes stellen wir uns dann einen Fernsehapparat auf die Anrichte«, hatte sie mit vor Abscheu triefender Stimme gesagt, als ihr Mann einige Wochen zuvor den Wunsch geäußert hatte, beim Abendbrot im NDR eine Analyse zur Entführung des Arbeitgeberpräsidenten zu hören. Auch Opa Paul hätte nichts dagegen gehabt, hin und wieder eine interessante Sendung zu verfolgen.

Schon verrückt, dachte Gesine. Zwei gestandene Männer trauen sich nicht, ihr zu widersprechen und solche ungeschriebenen Regeln infrage zu stellen. Da habe ich natürlich erst recht keine Chance. Sie seufzte tief.

»Nimm eins von Annekes guten Schwalbennestern.« Opa Paul hielt Gesine einen Teller mit den aufgeschnittenen Rouladen hin. Die Haushälterin bereitete sie mit dünnen Kalbsschnitzeln zu, die sie mit Schinkenscheiben belegte, um gekochte Eier rollte und anbriet.

»Vielleicht ist es ganz gut, dass du und deine Mutter euch ein Weilchen aus dem Weg geht«, fuhr Opa Paul fort und lächelte sie freundlich an.

»Grigori will ich aber nicht aus dem Weg gehen«, brummte Gesine.

Aus dem Salon tönte die Übertragung des Pontifikalamtes zu

384

Ehren des ermordeten Hanns Martin Schleyer. Darin wurde aus der Rede des Bundespräsidenten zitiert, der die Terroristen als »junge verirrte Menschen« und »Feinde jeglicher Zivilisation« verurteilte. Walter Scheel beschwor die Weltgemeinschaft, eine Konvention gegen Terroristen zu beschließen. Wenn man auf die Forderungen der Entführer eingegangen und inhaftierte Terroristen freigelassen hätte, wäre ein »Flächenbrand« ausgebrochen. Dass das nicht passiert sei, habe Opfer gekostet. Scheel bat daher »im Namen aller Deutschen« die Familie Schleyer um Vergebung. Seinen Tod müsse man als Einschnitt in der Geschichte begreifen, von dem eine verwandelnde Kraft ausgehen solle.

Während Gesine ihr Brot mit Rouladenscheiben aß und den Ausführungen lauschte, fragte sie sich, wie es wohl den Hinterbliebenen von Andreas Baader, Gudrun Ensslin und Jan-Carl Raspe ging, die sich eine Woche zuvor in Stammheim das Leben genommen hatten. Sie malte sich die Bestürzung der Eltern der Terroristen aus. Es musste unendlich schwer für sie sein, sich vorzustellen, geschweige denn zu akzeptieren, dass ihr eigen Fleisch und Blut diese grauenvollen Taten begangen hatte. Vermutlich wurden sie nun von der Frage gequält: Was haben wir bloß falsch gemacht? Hinzu kam wahrscheinlich die Zerrissenheit zwischen der tiefverwurzelten Liebe zu seinem Kind und der Unfähigkeit, diesem seine Verbrechen verzeihen zu können. Musste man sich vom eigenen Kind lossagen oder durfte man es noch lieben? Galt man dann nicht schnell als Sympathisant der Tat, verblendet und ignorant dem Schicksal der Opfer gegenüber?

Solche Eltern haben ganz andere Probleme als meine mit mir, dachte Gesine und steckte den letzten Bissen ihres Brotes in den Mund. Und Mama führt sich auf, als stünde ich kurz vor dem Absturz. Sie sollte aufpassen, dass ihre sture Haltung und ihre drakonischen Strafen nicht eines Tages genau dazu führen: dass ich tatsächlich den Gehorsam verweigere, alles hinschmeiße, Drogen nehme und vielleicht sogar kriminell werde.

»Wenn sie zurückkommt, werde ich ihr genau das sagen!«

Der erstaunte Blick ihres Großvaters zeigte Gesine, dass sie den letzten Satz laut ausgesprochen hatte.

»Ich hab nur gerade beschlossen, noch mal vernünftig mit Mama zu reden«, erklärte sie.

»Klingt gut.« Opa Paul nickte ihr zu und hob sein Glas in ihre Richtung. »Auf die Vernunft!«

Estland – Sommer 1939

— 36 —

Zwei Wochen nach der Geburt saß Charlotte im Schatten des Apfelbaums hinter dem Schulhaus und fächelte ihrer Tochter, die auf ihrem Schoß schlief, mit einer Modezeitschrift Luft zu. Der August war ungewöhnlich warm. Seit Tagen lastete eine schwüle Hitze über dem Land, die sich gelegentlich in kurzen Gewittern entlud. Sie brachten keine merkliche Abkühlung, die Regentropfen verdunsteten, kaum dass sie die Erde berührt hatten. Charlotte, die in dem Magazin nach Schnittmustern für Kinderkleider hatte suchen wollen, gähnte herzhaft und nahm einen Schluck aus ihrem Wasserglas. Es fiel ihr schwer, die Augen offen zu halten. Seit Vaike auf der Welt war, verdiente Charlottes Nachtruhe diesen Namen nicht mehr. Die Kleine machte ihrem Namen, der sich von estnisch *vaik* – still, ruhig, friedlich – ableitete, zwar alle Ehre und schrie selten. Sie wurde jedoch alle zwei bis drei Stunden hungrig und verlangte nach Charlottes Brust.

In *Die Frau als Hausärztin* hatte Charlotte gelesen, dass man das Kind vom Tage der Geburt an daran gewöhnen sollte, nachts von zehn Uhr bis fünf Uhr in der Früh ohne Nahrung auszukommen. Es würde dem Säugling nicht schaden, ein bisschen zu hungern und ihn schnell dazu bringen, in dieser Zeit durchzuschlafen. Nur so sei gewährleistet, dass die Mutter ausreichend Ruhe bekäme, in der sie neue Kräfte sammeln und ihre Gesundheit erhalten könne. Der eindringliche Appell der Autorin hatte Charlotte durchaus eingeleuchtet, sie brachte es jedoch nicht über sich, die Bedürfnisse ihrer Tochter zu ignorieren, zumal sie dieser nicht erklären konnte, warum sie stundenlang Hunger leiden sollte. Dazu kam, dass Charlotte die innige Zweisamkeit mit ihrem Kind während des Stillens genoss. Nicht zuletzt war sie davon überzeugt, dass häufige körperliche Nähe eine wichtige Rolle für dessen seelisches Gleichgewicht spielte.

Lennart unterstützte Charlottes Entscheidung, auch in den Nächten zu stillen, aus vollem Herzen und half ihr, wo er konnte. Das Wechseln der Windeln ging ihm schneller von der Hand als ihr, und es machte ihr Freude, ihn dabei oder beim Baden der Kleinen zu beobachten. Immer wieder ertappte sie sich dabei, ungläubig über das Glück zu staunen, das ihr widerfuhr. Auch seine Schwester Maarja kümmerte sich oft um die kleine Vaike – und so fand Charlotte tagsüber immer wieder Gelegenheiten für kleine Nickerchen, mit denen sie ihr Schlafdefizit ein wenig ausgleichen konnte.

»Du hast Post aus Finnland!« Maarja war aus dem Haus getreten und reichte ihr einen Brief.

»Endlich!«, rief Charlotte.

Seit Tagen wartete sie auf Nachricht von Zilly. Sie hatte sie zur Taufe von Vaike eingeladen, die Anfang September stattfinden sollte, und hoffte, dass ihre Freundin bereits in der letzten Augustwoche kommen konnte.

»Falls jemand nach mir fragt«, sagte Maarja. »Ich bin im Wald und pflücke uns Blaubeeren für den Nachtisch.« Sie schwenkte einen flachen Korb.

Charlotte nickte geistesabwesend, riss den Umschlag auf und zog ein gefaltetes Blatt sowie eine Karte heraus, auf der ein gemalter Storch ein Bündel mit einem Säugling im Schnabel trug. Darüber waren in verschnörkelter Schrift die finnischen Worte: *Onneksi olkoon!* – Herzlichen Glückwunsch! gedruckt. Auf der Rückseite gratulierte Zilly den frischgebackenen Eltern und wünschte ihnen und dem Kind alles Gute. Charlotte legte die Karte beiseite und entfaltete den Briefbogen.

Hämeenlinna, den 10. August 1939

Liebe Charly,

endlich finde ich eine ruhige Minute und ein ungestörtes Plätzchen, um Dir zu schreiben. Es tut mir leid, dass es so lange gedauert hat. Wie Du oben sehen kannst, befinde ich mich wieder am Vanajavesi-See. Die letzten Tage waren sehr bewegend, erschütternd, aber auch aufregend. Ich weiß gar nicht, wo ich beginnen soll.

Meinen letzten Brief an Dich hatte ich ja noch aus Lappeenranta abgeschickt. Eigentlich hatte ich vor, nach dem Ende der Dreharbeiten von »Punahousut« der Einladung zweier Kolleginnen zu folgen und mit ihnen in der ersten Augusthälfte Urlaub an der Schärenküste bei Kotka zu machen. Anschließend wollte ich Dich in Malvaste besuchen, mit Dir die Insel erkunden und zum krönenden Abschluss Anfang September mein erstes Patenkind übers Taufbecken halten. Doch meine Pläne sind durchkreuzt worden. Das ist auch – um ganz ehrlich mit Dir zu sein – ein Grund, warum ich mich ein bisschen vor dem Schreiben gedrückt habe.

Charlotte stutzte. Sie kommt nicht, dachte sie und verzog enttäuscht den Mund. Die kleine Vaike war unterdessen aufgewacht und strampelte mit ihren dicken Beinchen.

»Na, meine Süße«, sagte Charlotte und kitzelte ihre Tochter am Kinn. »Hast du gut geschlafen?« Sie nahm sie hoch. »Gleich bekommst du deine Milch. Ich lese nur noch rasch zu Ende.«

Es ist ein schreckliches Unglück geschehen. Sirkka Sari, die Hauptdarstellerin von »Rikas tyttö«, hatte am 30. Juli einen tödlichen Unfall während der Dreharbeiten im Aulanko-Hotel. Genauer gesagt, nicht auf dem Filmset, sondern während einer

Party, die sie mit der Filmcrew an jenem Abend gefeiert hat. Du erinnerst Dich sicher an das Flachdach, von dem aus man so einen tollen Blick hat. Sirkka ist mit einem der Männer hinaufgegangen und wollte unbedingt die Leiter eines vermeintlichen Landschaftsbalkons erklettern. Nur dass es sich dabei nicht um einen Aussichtsturm handelte, sondern um einen Schornstein. Sirkka hat das offenbar zu spät bemerkt und ist in die Öffnung gefallen – direkt in einen Heizkessel. Sie war sofort tot.

»Um Gottes willen«, entfuhr es Charlotte. »Wie furchtbar!«

Vaike drehte ihr Köpfchen, sah sie erschrocken an und verzog den Mund.

»Nicht weinen«, sagte Charlotte zärtlich. »Alles ist gut.« Sie wiegte die Kleine hin und her und las weiter.

Weil noch einige Szenen im Film fehlten, hat der Regisseur Valentin Vaala beschlossen, diese mit einer anderen Schauspielerin zu drehen – aus größerer Entfernung und ohne Nahaufnahmen des Gesichts. Und da ich in Sirkkas Alter bin und in etwa ihre Statur sowie Haarfarbe habe, fiel seine Wahl auf mich. Ich habe mich natürlich sehr geschmeichelt gefühlt. Gleichzeitig kam ich mir schlecht vor, weil ich von dem tragischen Tod der armen Sirkka profitiere. Denn es scheint, dass diese Besetzung den entscheidenden Stein für mein berufliches Fortkommen ins Rollen gebracht hat.

Demnächst beginnen in Suitia, einem alten Schloss fünfzig Kilometer westlich von Helsinki, die Dreharbeiten zu »Tottisalmen perillinen« (Der Erbe von Tottisalmi). Er soll als Familienfilm in der Weihnachtszeit in den Kinos laufen. Ilmari Unho, mit dem ich ja in Karelien gearbeitet hatte, schreibt das Drehbuch, das auf einem Jugendbuch basiert.

Er hat mich dem Regisseur wärmstens empfohlen, der bereits von Valentin Vaala auf mich aufmerksam gemacht worden war. So langsam nimmt also meine Schauspielkarriere hier Fahrt auf.

Ein großer Wermutstropfen vergällt mir die Freude darüber allerdings gewaltig: Ich werde nicht zu Vaikes Taufe kommen und die Patenschaft für sie übernehmen können. Ich kann verstehen, wenn Du mir deswegen böse bist, schließlich hatten wir das so ausgemacht. Aber abgesehen davon, dass ich in den nächsten Wochen wirklich unmöglich von hier wegkann, wäre ich grundsätzlich keine gute Patin für Eure Tochter. Sie hat jemanden verdient, der an ihrem Leben teilnimmt und sich um sie kümmert – und nicht eine ferne Unbekannte, die ab und zu Geschenke schickt.

Liebe Charly, es tut mir wirklich unsagbar leid, dass ich Dich so enttäusche! Ich hoffe sehr, dass Du mir vergeben kannst. Vielleicht erlaubst Du mir später einmal, die Patenschaft für eines Deiner weiteren Kinder zu übernehmen (ich zweifle keinen Moment daran, dass Lennart und Du eine große Familie haben werdet) – denn ich werde auch wieder einmal in ruhigere Gewässer steuern und mehr Zeit für andere Dinge haben. Aber jetzt würde ich es mir selbst nie verzeihen, diese unglaublichen Chancen auszuschlagen. Ich kann gar nicht fassen, dass das alles tatsächlich mir widerfährt!

In Gedanken war und bin ich oft bei Dir. Ich versuche mir vorzustellen, wie Eure kleine Vaike wohl aussieht. Kommt sie mehr nach Dir oder Lennart? Ich brenne darauf, sie und ihren Papa kennenzulernen! Schicke mir doch bitte baldmöglichst eine Fotografie von Euch dreien.

Eure Namenswahl gefällt mir übrigens sehr gut. Gerade in dieser unruhigen Zeit, in der man das Gefühl hat, auf einem Pulverfass zu sitzen, beschwört er die Harmonie, in der wir doch *alle leben möchten. Und so wünsche ich Eurer Tochter von ganzem Herzen, dass sie in Frieden aufwachsen kann!*

Ich umarme Dich und schicke Dir meine liebsten Grüße,

Deine Zilly

P. S. Deinen Eltern habe ich weiterhin jede Woche Kartengrüße zukommen lassen. Du brauchst Dir also keine Sorgen machen, sie wähnen Dich nach wie vor hier bei mir in Finnland. Deine Mutter schrieb außerdem, dass sie und Dein Vater bis Mitte September eine Rundreise zu verschiedenen Verwandten unternehmen und postalisch nur schwer erreichbar sein werden. Das kann uns ja nur recht sein.

Während Charlotte die letzten Zeilen las, kam Lennart aus dem Haus. Er setzte sich neben sie auf die Bank, nahm ihr Vaike ab und prüfte, ob die Windel gewechselt werden musste.

»Post von Zilly?«, fragte er, als Charlotte den Brief auf ihren Schoß sinken ließ.

Sie nickte und biss sich auf die Lippe. Zilly vermutet richtig, dachte sie. Ich bin schrecklich enttäuscht. Warum kann sie sich nicht wenigstens für zwei, drei Tage loseisen? Bedeutet ihr unsere Freundschaft so wenig? Sei nicht albern, wies sie sich selbst zurecht. Das ist unfair. Du würdest von ihr doch umgekehrt auch Verständnis erwarten. Und dass sie sich mit mir freut. Tue ich ja! Ich bin sogar sehr stolz auf sie, aber traurig bin ich trotzdem.

»Wann kommt sie?«

»Gar nicht«, antwortete Charlotte und gab ihm den Brief.

»Wie schade«, rief er, nachdem er ihn gelesen hatte. »Du hattest dich doch so auf sie gefreut.«

»Stimmt! Und ich hätte sie dir liebend gern endlich vorgestellt.« Charlotte zwinkerte die Träne weg, die ihr ins Auge gestiegen war. »Das muss eben warten.« Sie räusperte sich. »Aber in einem Punkt hat sie nicht ganz unrecht.«

Lennart sah sie fragend an.

»Eine Patentante, die nie da ist ...« Charlotte krauste die Stirn. »Weißt du, ich finde eigentlich schon seit einer Weile, dass Maarja die beste Patin ist, die sich unsere Vaike wünschen kann.«

»Ich kann gar nicht sagen, wie sehr ich mich darüber freue!« Lennart strahlte sie an.

»Dann ist es also abgemacht.« Charlotte gab ihm einen Kuss.

Vaike begann zu greinen. Lennart legte sie Charlotte in den Arm, und eine Minute später saugte die Kleine zufrieden an der Brust.

Charlotte hätte gern die Zeit angehalten, sich ganz den kostbaren Tagen hingegeben, die sie mit Lennart und Vaike bei Maarja verbrachte. Das Schulhaus und seine Umgebung waren für sie ein Refugium geworden, in dem sie – scheinbar vergessen von der Welt – ihr Glück auskosten durften. Ihr war bewusst, wie zeitlich begrenzt und zerbrechlich dieses Idyll war. Umso mehr genoss sie jede Minute und bemühte sich, die dräuenden Herausforderungen zu verdrängen, die die Zukunft bringen würde – allen voran die Konfrontation mit ihren Eltern. Es war jedoch nicht nur ihr Frieden auf der »Insel der Seligen«, wie sie Malvaste bei sich nannte, der auf tönernen Füßen stand. Das wurde Charlotte eine gute Woche nach dem Eintreffen von Zillys Brief unübersehbar vor Augen geführt.

Der 24. August ließ sich zunächst wie jeder andere Tag an. Nach dem Frühstück hatte sich Lennart mit seinen Büchern ins Klassenzimmer verzogen. Maarja erledigte Büroarbeiten und bereitete Unterrichtsmaterialien für das kommende Schuljahr vor. Und Charlotte spülte Geschirr, nachdem sie ihre Tochter versorgt hatte. Anschließend hängte sie Wäsche auf die Leine, die neben dem Haus aufgespannt war. Vaike lag in einem Tragekorb im Schatten und döste. Ein Hupen kündigte die Ankunft des Postbusses an, der wie jeden Vormittag Briefe, Zeitungen und Päckchen vom Amt in Kõrgessaare zur Filiale in Malvaste brachte. Der Fahrer, ein schlaksiger Mann um die vierzig, stieg aus und brachte den Postsack zum Haus, aus dem Maarja trat und ihn freundlich begrüßte. Charlotte gesellte sich zu ihnen. Sie hoffte auf einen Brief von Zilly, der sie umgehend auf ihren letzten geantwortet hatte.

»Sie glauben nicht, was heute Nacht passiert ist«, rief der Postbote und legte mehrere estnische, russische und deutsche Zeitungen, die von den Inselbewohnern abonniert wurden, auf die Bank neben der Eingangstür. Auf allen Titelseiten prangte eine ähnliche Schlagzeile wie auf der der »Deutschen Zeitung«, die Charlotte als Erstes ins Auge sprang:

DEUTSCH-RUSSISCHER NICHTANGRIFFSPAKT UNTERZEICHNET
ÜBERRASCHUNG IN LONDON UND PARIS

»Stalin und Hitler sind auf einmal die besten Freunde!« Der Postbote spuckte auf den Boden und ballte die Faust. »War für die Nazis Sowjetrussland nicht gestern noch der Feind Nummer eins, weil dort der jüdische Bolschewismus herrscht?«

»Und Stalin hat Hitler immer als Faschisten und blutigen Mörder der Arbeiterklasse bezeichnet«, sagte Maarja und schüttelte den Kopf. »Ich kann nicht glauben, dass die beiden jetzt gemeinsame Sache machen.«

»Da sieht man mal wieder, dass ideologische Gegensätze keine Rolle mehr spielen, wenn es den Leuten um Wichtigeres geht«, sagte Lennart, der – angelockt von den erregten Stimmen – seine Bücher verlassen hatte und auf der Türschwelle stand.

»Trotzdem!«, beharrte Maarja. »Die Sowjets verhandeln doch seit geraumer Zeit mit den Franzosen und Engländern.«

»Wenn das je ernst gemeinte Gespräche waren«, sagte Charlotte. »Schließlich verlangt Stalin freie Hand in Bezug auf das Baltikum und Polen. Der Westen wird das niemals zulassen.«

»Ich muss weiter«, sagte der Postbote, tippte sich an die Schirmmütze und stieg wieder in seinen Wagen.

»Lasst uns die Nachrichten lesen«, schlug Lennart vor. »Dann können wir uns ein besseres Bild machen.« Lennart und Maarja vertieften sich in die estnischen Tageblätter, während Charlotte zunächst den Korb mit der nach wie vor schlummernden Vaike holte und sich erst dann neben Maarja setzte, nach der »Deutschen Zeitung« griff und die Artikel überflog.

Die Beteuerungen, Deutschland wolle in Frieden mit den im Osten ansässigen Völkern leben, entlockten Charlotte ein angewidertes Schnauben. Man musste schon sehr naiv sein, dieser Behauptung Glauben zu schenken. Sie musste an Onkel Julius denken, der bereits im vergangenen Oktober anlässlich der Annexion des Sudetenlandes der Ansicht gewesen war, dass Hitlers Hunger nach Land im Osten noch lange nicht gestillt war und sich der Führer nicht ernsthaft für einen Erhalt des Friedens einsetzen würde. Und kurz vor ihrer Abreise aus Finnland hatte ein Kameramann, der Freunde in Berlin besucht hatte, einen dort kursierenden Witz erzählt: »Drei Schweizer unterhalten sich im Juni 1939 über ihre Urlaubspläne. Sie wollen Deutschland bereisen. Der eine will nach München, der zweite nach Berlin. Der dritte verkündet: ›Ich fahre nach Warschau!‹ ›Aber Warschau liegt doch nicht in Deutschland‹, erwidern die anderen. Darauf der Dritte: ›Ich nehme meinen Urlaub ja erst im Oktober.‹«

Charlotte blätterte nachdenklich durch die Zeitung. Überschriften wie:

MILITÄRISCHE VORBEREITUNGEN IN POLEN
NEUE EINBERUFUNGEN IN FRANKREICH
FRANZOSEN VERLASSEN DEUTSCHLAND

verstärkten ihr Unbehagen und ließen für sie keinen Zweifel daran, dass Krieg in der Luft lag.

»Wie schätzen die Esten die Lage ein?«, fragte Charlotte nach einer Weile.

»Sie sehen sich in ihrer Neutralitätspolitik der letzten Jahre bestätigt«, antwortete Lennart. »Und sie sehen darin auch in Zukunft ein gutes Mittel, um nicht in die Streitigkeiten der Großmächte verwickelt zu werden.«

»Das kann ich bestätigen«, sagte Maarja und tippte auf einen Artikel im »Rahvaleht«. »Allerdings nur, wenn Russland und das Deutsche Reich bei ihren Vertragsverhandlungen untereinander keine eigennützigen Abmachungen in Bezug auf das Baltikum getroffen haben.«

»Das sieht der Kommentator vom ›Päewaleht‹ ähnlich«, sagte Lennart. »Er hält es für durchaus möglich, dass Moskau seine imperialistischen Ziele den Baltischen Staaten gegenüber keineswegs aufgegeben hat. Und dass Berlin eventuell sogar zugesagt hat, sich bei einem Konflikt zwischen der Sowjetunion und ihren Nachbarn neutral zu verhalten.«

»Im Gegenzug wird wohl Stalin den Plänen Hitlers, sich Danzig mit Gewalt zurückzuholen, nichts entgegensetzen«, stellte Charlotte fest.

»Davon muss man ausgehen.«

Lennart stand auf und sah nach Vaike, die aufgewacht war und vor sich hin blubberte.

»Aber riskiert er damit nicht, dass die Briten den Polen zu Hilfe kommen? Und es dieses Mal eben nicht bei leeren Versprechungen belässt?«, fragte Maarja. »Chamberlain hat doch erst kürzlich versichert, dass er Warschau auf alle Fälle beistehen wird. Und das bedeutet Krieg.«

»Ich fürchte, dieser Verrückte wird es darauf ankommen lassen.« Lennart setzte sich mit Vaike auf dem Arm neben Charlotte auf die Bank. »In Jäneda haben wir viel darüber diskutiert. Der Vater eines Kommilitonen ist Diplomat und hat einen guten Blick hinter die politischen Kulissen. Er ist der Überzeugung, dass Deutschland den Krieg allein schon aus wirtschaftlichen Gründen braucht. Bereits jetzt steckt nämlich ein Fünftel seines Bruttosozialprodukts in der Kriegsproduktion, und Schulden werden mit ungedeckten Wechseln bezahlt. Nur durch Raubzüge im Osten ließe sich daher vermeiden, dass die deutsche Wirtschaft in den Ruin schlittert.«

»Also wirklich Krieg«, flüsterte Maarja. »Was für ein furchtbarer Gedanke.«

Charlotte erschauerte, rückte näher an Lennart, legte ihren Kopf an seine Schulter und streichelte den Nacken von Vaike, die er an seinen Brustkorb gedrückt hielt. Die Kleine nuckelte an seinem Hemd. Charlotte umschloss mit ihren Fingern seine Hand, mit der er seine Tochter hielt. Bitte, bitte, lieber Gott, betete sie stumm. Lass nicht zu, dass unser Frieden zerstört wird! Lass es nicht so weit kommen!

Schleswig-Holstein, Oktober/November 1977

— 37 —

An dem Tag, an dem Henriette von Pletten und Grigori zurückerwartet wurden, traute sich Gesine nicht, das Haus zu verlassen. Sie wollte nicht riskieren, von ihrer Mutter dabei ertappt zu
werden, wie sie den von ihr verhängten Stubenarrest ignorierte.
Ihr Vater und Opa Paul hatten tags zuvor keine Einwände erhoben, als Gesine eine Stunde mit ihrer Stute Cara ausgeritten war
und später lange mit Kirsten telefoniert hatte. »Pausen sind
wichtig«, hatte ihr Vater gemeint, sie gleichzeitig jedoch ermahnt, das Lernen nicht zu vernachlässigen. Gesine hatte ihm
das gern versprochen. Schließlich wollte sie ihrer Mutter keine
weiteren Gründe liefern, sie zu schikanieren.

Nach dem Mittagessen hob sie immer wieder den Kopf von
ihrem Mathematikbuch und lauschte mit angehaltenem Atem,
ob nicht endlich das Motorengeräusch des VW Golfs ihrer Mutter ertönte. Sie sehnte sich danach, Grigori endlich wiederzusehen. Außerdem wollte sie die fällige Aussprache mit ihrer Mutter hinter sich bringen. Als sie am späten Nachmittag wieder
einmal auf den Hof hinunterschaute, traute sie ihren Augen
nicht. Grigori stand vor der Stalltür und unterhielt sich mit
Wittke. Ohne nachzudenken öffnete Gesine das Fenster, lehnte
sich hinaus und rief Grigoris Namen. Er drehte sich zu ihr. Ein
Strahlen breitete sich auf seinem Gesicht aus. Wittke nickte ihr
grüßend zu und verschwand in der Sattelkammer. Grigori hob
den Arm und forderte sie mit einem Winken auf, zu ihm zu kommen.

Gesine beugte sich noch weiter vor und sah sich suchend um.
»Wo ist meine Mutter?«, rief sie, als sie weder diese noch deren
Wagen entdecken konnte.

»Sie ist geblieben länger«, antwortete Grigori.

Noch nie war Gesine so schnell nach unten in die Halle gesaust, in ihre Gummistiefel und einen Anorak geschlüpft und aus dem Haus gerannt. Atemlos warf sie sich in Grigoris Arme. Er drückte sie fest an sich und gab ihr einen langen Kuss.

Beim Abendessen erfuhr Gesine von ihrem Vater, dass ihre Mutter ihn angerufen hatte. Sie wollte ein paar Tage bei einer ehemaligen Internatsfreundin verbringen, die sie lange aus den Augen verloren und nun zufällig wiedergetroffen hatte. Seiner irritierten Miene nach zu urteilen war Graf Pletten von diesem spontanen Entschluss seiner Frau ebenso überrumpelt wie Gesine. Sie konnte sich nicht erinnern, dass ihre Mutter jemals einen Besuch – und erst recht einen mehrtägigen – nicht von langer Hand geplant hätte. Als ob das nicht schon seltsam genug gewesen wäre, hatte sie nicht gesagt, um welche Freundin es sich handelte und wo diese wohnte.

»Findest du das nicht auch höchst merkwürdig?« Gesine sah ihren Vater forschend an. »Mama macht so etwas nicht.«

Sie saßen allein am Tisch. Opa Paul war bei einem Bekannten eingeladen, der seine Leidenschaft für die Frühgeschichte der Region teilte.

»Es ist ungewöhnlich«, stimmte ihr Vater zu. »Aber vermutlich wollte sie einfach die Gelegenheit beim Schopfe packen. Wer weiß, wie lang sie ihre Freundin nicht mehr gesehen hat.«

»Von der niemand weiß, wer sie ist und wo sie lebt.«

»Ich nehme an, sie wohnt weiter weg, vielleicht sogar im Ausland«, antwortete ihr Vater. »Die meisten Mitschüler deiner Mutter hat es nach dem Abitur in alle Himmelsrichtungen verschlagen. Nur die allerwenigsten sind hier in der Gegend geblieben.«

»Aber sie hätte dir doch wenigstens den Namen sagen können.«

Der Graf zuckte die Schultern. »Er würde mir so oder so nichts sagen.« Er trank einen Schluck Bier. »Ach, übrigens. Das hätte ich fast vergessen. Deine Mutter ist jetzt doch einverstanden, dass du nach London fährst.«

Gesine verschluckte sich beinahe an der Silberzwiebel, die sie eben in den Mund gesteckt hatte.

»Sie hat wohl eingesehen, dass ein Verbot zu hart wäre«, fuhr ihr Vater fort.

»Bist du wirklich sicher, dass das Mama am Telefon war?«

»Nun sei mal nicht ungerecht«, sagte ihr Vater. »So streng und unnachgiebig ist sie gar nicht.«

Gesine verzichtete auf einen Kommentar und zerbrach sich weiter den Kopf, was den Gesinnungswandel ihrer Mutter bewirkt haben mochte. Sie spielte alle Szenarien durch, die sie aus den kitschigen Spielfilmen kannte, die sie manchmal zusammen mit Kirsten anschaute. Hatte ihre Mutter vielleicht Grund zu der Annahme, schwer erkrankt zu sein? Hatte sie die Freundin erfunden und war in Wahrheit in einem Krankenhaus, um sich durchchecken zu lassen? Eine beklemmende Vorstellung. Nein, das passt nicht zu Mama, überlegte Gesine. Mit solchen Dingen geht sie sehr offen um. Zumindest Papa würde sie reinen Wein einschenken. Und der würde hier nicht so seelenruhig sitzen, während sie vielleicht gerade eine schreckliche Diagnose bekommt. Aber was könnte sonst der Grund für ihre Veränderung sein? Hat sie sich in einen anderen Mann verliebt? Vor Gesines geistigem Auge tauchte ein zerwühltes Hotelbett auf, neben dem eine halb geleerte Champagnerflasche in einem silbernen Eiskübel und ein üppiger Strauß roter Rosen standen. Auf dem Boden waren Kleidungsstücke verstreut – im Liebestaumel vom Leib gerissen. Beleuchtet wurde die Szenerie von Kerzen in Kristallleuchtern, im Hintergrund säuselte eine kitschige Melodie, und die Luft war vom Duft eines schweren Parfüms geschwängert. Ihre Mutter und ein Mann lagen …

Nein. Stopp! Gesine schüttelte sich und biss rasch in ihr Schinkenbrot. Das ist vollkommen absurd! Es mag ja sein, dass stille Wasser tief sind und außerdem niemand, selbst ein beherrschter Mensch wie Mama, davor gefeit ist, von Amors Pfeil getroffen zu werden. Aber Mama würde es sich nie im Leben gestatten, eine Affäre zu beginnen. Dazu sind ihre Prinzipien viel zu stark.

»Wann kommt sie denn wieder?«, fragte sie.

»Vermutlich am Sonntagabend«, antwortete ihr Vater. »Ganz genau wollte sie sich noch nicht festlegen.« Er zwinkerte ihr zu. »Die Katze ist also noch eine Weile aus dem Haus. Übertreib es aber bitte nicht mit dem Auf-den-Tischen-Tanzen.«

Auch nach ihrer Rückkehr gab Henriette von Pletten ihrer Tochter Rätsel auf. Sie machte auf Gesine einen abwesenden Eindruck, versunken in Gedanken, die ihr zuweilen tiefe Seufzer entlockten. Sie war fahrig und nervös, vergaß Dinge und zog sich mit Ausnahme der Mahlzeiten im Speisezimmer in ihre Zimmer zurück. Fragen nach ihrem Befinden wimmelte sie mit nichtssagenden Floskeln ab und war nicht bereit, über die Gründe ihres seltsamen Benehmens zu sprechen.

Auf Gesines Frage, ob während des Aufenthalts auf Gut Güderott etwas vorgefallen war, das das veränderte Verhalten ihrer Mutter erklären konnte, hatte Grigori keine Antwort. Er hatte nicht einmal die Begegnung mit der alten Freundin bemerkt – zu sehr war er auf den Lehrgang konzentriert gewesen und den amerikanischen Trainer, der ihn sehr beeindruckt hatte.

Ebenso wenig konnte ihr Vater Gesine weiterhelfen. Er schüttelte ratlos den Kopf und murmelte etwas von »Vielleicht die Wechseljahre?«. Gesine verkniff sich die Bemerkung, dass ihre Mutter mit ihren siebenunddreißig Jahren wohl noch zu jung dafür war.

Es war Opa Paul, der Gesine eine Erklärung bot, die ihr schlüssig erschien.

»Es wäre doch möglich, dass sie ihren vergangenen Triumphen bei Wettkämpfen nachtrauert«, sagte er, als Gesine ihn zwei Tage nach der Rückkehr ihrer Mutter auf deren seltsame Veränderung ansprach. »Bei dem Seminar waren ja viele aktive Turnierreiter anwesend. Es muss schmerzlich sein, nicht mehr dazuzugehören.«

Das hatte Gesine eingeleuchtet. Schließlich hatte ihre Mutter ihre Karriere als Springreiterin unfreiwillig nach einer schweren Rückenverletzung mit Ende zwanzig aufgeben müssen.

»Du wirst sehen, schon bald ist sie wieder ganz die Alte«, sagte Opa Paul.

»Damit darf sie sich gern noch ein bisschen Zeit lassen.« Gesine grinste. »Sie hat bis jetzt kein einziges Mal nach meiner Lernerei gefragt. Und das, obwohl ich ja morgen schon nach London fahre.« Sie wandte sich zur Tür des Studierstübchens, in dem sie ihrem Großvater einen kurzen Besuch abgestattet hatte. »Ich will dich nicht länger aufhalten«, sagte sie mit Blick auf die Akten, Notizen und Fotos, die auf dem Arbeitstisch lagen. »Du hast sicher noch einiges vor deiner Abfahrt morgen vorzubereiten.«

Opa Paul war als Redner bei der Herbsttagung der Arbeitsgemeinschaft »Vor- und Frühgeschichte der Landschaft Angeln« angemeldet, die in Husby stattfand.

»Ja, ich gehe meinen Vortrag noch einmal durch.« Opa Paul verzog den Mund. »Offensichtlich verliert sich mein Lampenfieber mit dem Alter nicht.«

»Du wirst das ganz prima machen«, sagte Gesine, drückte ihm einen Kuss auf die Wange und lief aus dem Zimmer.

Die Erwähnung der London-Reise hatte sie daran erinnert, dass sie selbst noch einiges erledigen musste. Ihre Reisetasche war erst zur Hälfte gepackt. Gesines Vater hatte angeboten, sie und Kirsten am nächsten Morgen mit dem Wagen nach Neumünster zum Zug nach Hamburg zu bringen. Von dort würde es mit dem Flugzeug nach England gehen.

Graf Pletten würde sich nach dem Abstecher zum Bahnhof bei den Holstenhallen in Neumünster mit Stallmeister Wittke treffen, der die beiden Hengste, die zur Körung des Holsteiner Verbandes angemeldet waren, mit dem Transporter hinfahren sollte. Während seiner Abwesenheit würde Grigori auf dem Hof »die Stellung halten«. Henriette von Pletten, die ursprünglich geplant hatte, ihren Mann und Wittke zu begleiten, hatte beschlossen, zu Hause zu bleiben. Diese spontane Planänderung stürzte Anneke in Verlegenheit. Die Haushälterin hatte die Abwesenheit der Familie für einen Besuch bei Verwandten nutzen wollen und war drauf und dran, diesen abzusagen. Sie konnte doch die Gräfin nicht mutterseelenallein und unversorgt zurücklassen! Erst nachdem Gesines Mutter ihr eindringlich versichert hatte, vier Tage allein zurechtzukommen, hatte Anneke eingewilligt, den kurzen Urlaub zu nehmen.

Nach dem Abendessen suchte Gesine die Haushälterin und fand sie in der Küche, wo sie für die nächsten Tage vorkochte. Anton, den Anneke in ihrem Reich duldete, solange er brav in seinem Körbchen lag, leistete ihr Gesellschaft. Aufmerksam verfolgte er jede ihrer Bewegungen – in der Hoffnung auf Fleischstückchen, Wurstzipfel und andere Leckerbissen, die Anneke ihm zuweilen zuwarf.

»Was kann ich für dich tun, Kind?« Sie schraubte den Deckel eines Einweckglases zu, in das sie Gulasch gefüllt hatte, und stellte es in den Kühlschrank.

»Ich wollte dich nur fragen, ob es irgendetwas gibt, das ich dir aus London mitbringen soll.«

»Da muss ich nicht lange überlegen«, antwortete Anneke. »Schokolade von Cadbury! Nach dem Krieg haben manchmal die britischen Soldaten, die in Schleswig stationiert waren, uns Kindern welche zugesteckt.« Sie lächelte verträumt. »Seither gibt es für mich keine bessere Schokolade.«

»Die besorge ich dir gern«, sagte Gesine. »Jetzt muss ich nur noch herausfinden, womit ich Grigori eine Freude machen kann.«

Ein Klopfen an der Fensterscheibe unterbrach ihr Gespräch.

»Wenn man van de Düvel proot, denn is he dichtbi«, sagte Anneke.

Gesine erkannte Grigori, der ins Innere spähte und erfreut lächelte, als er sie entdeckte. Rasch verabschiedete sie sich von der Haushälterin und eilte zum ehemaligen Dienstboteneingang neben der Küche.

»Ich habe gesucht dich«, sagte Grigori und schloss sie fest in seine Arme.

»Und ich wollte auch gerade zu dir«, antwortete Gesine, löste sich ein wenig von ihm und schaute ihn an. »Morgen breche ich ja früh auf. Da wollte ich mich sicherheitshalber schon heute in aller Ruhe von dir verabschieden.« Sie spürte, wie ihr Hals eng wurde. Die Vorfreude auf London verblasste. »Am liebsten würde ich hier bei dir bleiben«, sagte sie mit belegter Stimme.

»Nein, du musst fahren«, sagte Grigori. »Kirsten ist traurig, wenn du lässt im Stich sie.«

»War nur so ein Gedanke.« Gesine straffte sich. »Aber ich kann es jetzt schon kaum erwarten, dich wiederzusehen.«

»Ich auch.« Grigori nahm sie bei der Hand. »Komm. Ich habe Überraschung.« Er lief mit ihr zur Pforte, durch die man in den Park hinter dem Haus gelangte.

Ein Teil des Rasens vor der Terrasse war in das Licht getaucht, das aus den Fenstern des Salons schien. Die Büsche und Sträu-

404

cher, die ihn einrahmten, sowie die Bäume weiter hinten lagen im Dunkeln und waren nur schemenhaft zu erkennen. Der Himmel war von einer dichten Wolkendecke überzogen, aus der es tagsüber hin und wieder leicht geregnet hatte. Es roch nach feuchtem Laub und Erde, in einem Haufen aus abgeschnittenen Ästen raschelte ein Igel, und aus der Ferne drang das Aufheulen eines beschleunigenden Motorrads. Als es verklungen war, senkte sich Stille über den Garten.

Grigori führte Gesine zu der alten Trauerbuche im hinteren Teil. Er schob ein paar der bis zum Boden herabhängenden Zweige wie einen Vorhang beiseite und ließ Gesine den Vortritt. Sie schlüpfte durch den Spalt und blieb überrascht stehen. Auf dem Boden und den unteren Ästen standen gut ein Dutzend Teelichter, die den Raum unter dem Blätterdach erleuchteten. Die im Luftzug flackernden Flämmchen ließen die Schatten tanzen und erzeugten eine magisch anmutende Stimmung.

»Es ist wunderschön«, hauchte Gesine und schmiegte sich an Grigori, der neben sie getreten war.

Nach einer Weile stellte er sich direkt vor sie und nahm ihr Gesicht in beide Hände. Sein feierlicher Gesichtsausdruck beschleunigte Gesines Herzschlag.

»Du bist wichtigste Mensch für mich«, sagte er und zog eine silberne Kette unter seinem Hemd hervor, löste den Verschluss und hielt sie ihr hin. Daran baumelte ein runder Anhänger, der aus drei stilisierten Eichenblättern geformt war. »Hat gehört meiner Mama«, fuhr er leise fort. »Sie hat geerbt von Vater.«

»Du willst mir das einzige Andenken schenken, das du von deiner Mama hast?« Gesine schüttelte den Kopf. »Das kann ich unmöglich annehmen.«

Grigori sah ihr tief in die Augen. »Ist Pfand für Liebe. Großvater hat es bekommen von einzige Frau, er hat geliebt in seinem Leben.« Er legte ihr die Kette um den Hals. »Du bist meine Lebensliebe.«

Gesine schluckte. Einen Atemzug lang war sie eingeschüchtert von der Wucht seines Bekenntnisses, von der Unbedingtheit, die aus seinen schlichten Worten sprach. Sie schloss kurz die Lider, horchte in sich hinein und wurde ganz ruhig. Eine unerschütterliche Gewissheit ergriff von ihr Besitz: Grigori und ich gehören zusammen. Sollen doch andere unken, die erste Liebe hätte selten Bestand und Teenager seien in ihren Emotionen schwankend. Ich weiß, dass das mit Grigori und mir etwas ganz Besonderes ist.

Gesine öffnete die Augen. »Und du bist meine«, sagte sie leise und schmiegte sich an ihn. »Ich möchte dir gern noch viel näher sein«, fügte sie mit bebender Stimme hinzu.

Sie hörte Grigoris Atem schneller gehen und spürte, wie sich sein Herzschlag beschleunigte.

»Wollen wir zu dir gehen?«, flüsterte sie, schwankend zwischen Verlangen und Furcht.

Grigori hob ihr Kinn an und sah ihr ins Gesicht. »Ich will dich auch. Mehr, als ich kann mit Worten sagen«, fuhr er fort. »Aber erst, wenn *du* bist ganz sicher.«

Es ist, als könne er in mich hineinsehen, dachte Gesine erleichtert. Als wüsste er besser als ich selbst, was ich wirklich möchte und wann ich für diesen Schritt bereit bin.

»Wir haben noch so viel Zeit mit uns«, flüsterte er zärtlich und zog sie an sich. »Ich warte gern.«

»Ich liebe dich«, hauchte Gesine und gab ihm einen Kuss, in den sie all ihr Verlangen legte, ihre rückhaltlose Hingabe und das Versprechen auf mehr. Wenn ich aus London zurück bin, werde ich bereit sein. Die Gewissheit durchströmte sie und machte sie schwindelig vor Glück.

Estland – September/Oktober 1939

– 38 –

Charlottes Gebet wurde nicht erhört. Am ersten September eröffnete das Linienschiff »Schleswig-Holstein« in den frühen Morgenstunden das Feuer auf polnische Befestigungen vor der Freien Stadt Danzig. Etwa zur selben Zeit begannen Kampfflieger der Luftwaffe mit der Bombardierung der zentralpolnischen Kleinstadt Wielun, und kurz darauf marschierte die Wehrmacht über die Grenze. Nachdem Hitler das von Großbritannien und Frankreich gestellte Ultimatum für einen Rückzug aus Polen in den Wind geschlagen hatte, erklärten die beiden Großmächte dem Deutschen Reich zwei Tage später den Krieg – ausgerechnet an dem Sonntag, an dem Vaike getauft wurde.

Charlotte, Lennart und Maarja holten Onkel Julius, der mit dem Schiff von Kassari anreiste, mit der Kutsche am Hafen von Kärdla ab. Gemeinsam fuhren sie zur evangelischen Johanniskirche, in der Vaike im Rahmen des Gottesdienstes in die Gemeinschaft der Christen aufgenommen werden sollte.

Charlotte fiel es schwer, sich auf die Worte des Pastors zu konzentrieren. Sie saß neben Lennart, Onkel Julius und Maarja in der ersten Reihe unter der Kanzel, die sich links neben dem Portal zur Apsis befand. Hinter einer halbrunden, kniehohen Balustrade stand dort der Altartisch unter einem Gemälde, das die Kreuzigung Jesu darstellte. Die Bänke im Kirchenschiff, die rund sechshundert Menschen Platz boten, waren zur Hälfte gefüllt. Der weiß getünchte Raum wurde von drei großen, über dem Mittelgang schwebenden Kronleuchtern dominiert. Der Sonnenschein, der durch die Fenster drang, tauchte die Kirche in ein helles Licht, das im Kontrast zu Charlottes düsterer Stimmung stand. Immer wieder schweiften ihre Gedanken zu den Ereignissen in Polen.

»Liebe Gemeinde!«, begann der Pastor seine Predigt, nachdem er einen Absatz aus dem Johannesevangelium vorgelesen hatte. »In der Welt habt ihr Angst. Zu unseren persönlichen Ängsten vor Krankheit, Einsamkeit, wirtschaftlicher Not und anderem Ungemach im Alltag ist nun eine Angst getreten, die wir mit Tausenden anderen teilen. Die Angst vor einem neuen Krieg.«

Charlotte nickte unwillkürlich. Die Berichte von den Bombardierungen der Städte und den unzähligen getöteten Zivilisten, die von deutschen Stukas gezielt beschossen worden waren, hatten sie am meisten erschüttert. In ihrer Vorstellung wurden Kriege hauptsächlich auf Schlachtfeldern zwischen Soldaten ausgetragen, obwohl ihr durchaus bewusst war, dass dieses Bild veraltet war. Bereits im Weltkrieg von 1914 waren neu entwickelte Bomber-Flugzeuge sowie Zeppeline für Angriffe im gegnerischen Hinterland zum Einsatz gekommen.

Wann würden England und Frankreich Polen zu Hilfe eilen? Würden sie Hitlers Truppen vertreiben können? Und was würde geschehen, wenn ihnen das nicht gelang? Sie versteifte sich, schaute zur Kanzel und konzentrierte sich wieder auf die Ausführungen des Pastors.

»Jesus sagt: Angst gehört zu dieser Welt. Er sagt nicht: Glaubende haben keine Angst. Jesus beschönigt nichts. Er sagt sehr nüchtern: Die Welt ist kein Ort der Harmonie und des Glücks – auch nicht für den, der glaubt.«

Neben ihr atmete Onkel Julius schwer aus. Ein Blick auf seine Miene verriet Charlotte, dass er tief in seine sorgenvollen Gedanken verstrickt war. Auf der Fahrt vom Hafen hatte er ohne Umschweife zugegeben, wie sehr ihn die politische Lage beunruhigte. Er zweifelte daran, dass die Westmächte zügig und entschlossen eingreifen und Hitler die Stirn bieten würden. Die Hinweise eines befreundeten Konsuls, mit dem Onkel Julius eine rege Korrespondenz unterhielt, hatten seine Skepsis noch verstärkt. Abgesehen vom Fehlen einer gemeinsamen alliierten Strategie, war Frankreich nicht auf einen militärischen Angriff seinerseits vorbereitet, sondern sah im Fall eines Krieges mit Deutschland eine auf die Bunkeranlagen der Maginot-Linie gestützte Verteidigung vor. Ein Übergang zur Offensive war frühestens für das Jahr 1941 vorgesehen. Und die Engländer taten sich schwer, ihre bislang verfolgte Zurückhaltung über Bord zu werfen – nach wie vor in der Hoffnung, sich doch noch auf diplomatischem Wege mit Hitler zu einigen.

»Wir können uns also ausrechnen, wie es Estland ergehen wird, sollte Russland oder Deutschland seine Hände nach uns ausstrecken«, hatte Onkel Julius gemeint. »Wie lange können wir dann noch unsere Unabhängigkeit wahren?« Er hatte grimmig das Gesicht verzogen. »Hitler hat ja noch nie einen Hehl aus seinen Absichten gemacht. Ende Mai hat er gegenüber der Wehrmachtsführung betont, dass es für ihn um die Erweiterung des Lebensraumes im Osten geht, um die Sicherstellung der Ernährung sowie um die Lösung des Baltikum-Problems – was immer er darunter versteht.«

Die Worte von Onkel Julius gingen Charlotte nicht mehr aus dem Sinn. War er zu pessimistisch? So gern sie das geglaubt hätte, tief in ihrem Inneren war sie überzeugt, dass er recht hatte. Wie würde sich die Regierung in Tallinn in einem solchen Fall verhalten? Das kleine Land konnte sich nicht selbst gegen so übermächtige Gegner wie die Sowjetunion oder das Deutsche Reich zur Wehr setzen – so tapfer und aufopferungsvoll seine Armee auch kämpfen würde. Charlotte nahm an, dass Präsident Päts keine andere Wahl blieb, als den Forderungen letztendlich nachzugeben.

»Seid getrost!, ruft Jesus und gibt einen Grund für diesen Mut zur Zukunft: Ich habe die Welt überwunden.«

Der Pastor hatte seine Stimme erhoben. Charlotte richtete ihre Aufmerksamkeit auf ihn und lauschte dem Rest der Predigt.

»Die Welt«, fuhr der Geistliche fort. »Das ist die Welt der Menschen voller Egoismus, Grausamkeit und Erbarmungslosigkeit. In sie ist Jesus gekommen. Nicht, um eine Weltreise zu machen. Sondern wie eine Mutter, die in ein brennendes Haus stürzt, um ihr Kind zu retten – unter Einsatz ihres Lebens. In seiner großen Liebe zu uns nimmt Jesus den Kampf mit der Welt auf. Er lässt sie nicht, wie sie ist, sondern überwindet sie. Das kostet ihn das Leben. Und uns gibt es die Gewissheit, dass wir von ihm getragen und darum getröstet sind. Amen!«

Die Orgel ertönte, und die Gemeinde stimmte ein Lied an. Anschließend wandte sich der Pastor an die Angehörigen des Täuflings und begrüßte sie.

»Fürchte dich nicht, sondern rede und schweige nicht! Denn ich bin mit dir, und niemand soll sich unterstehen, dir zu schaden.« Der Geistliche machte eine kurze Pause. »Diese Worte aus der Apostelgeschichte habt ihr, liebe Eltern, als Taufspruch für eure Tochter gewählt.« Er nickte ihnen zu. »Es sind Worte, die Mut machen. Worte der Zuverlässigkeit. Worte, die keine Zukunftsangst kennen. Neben Zeiten voller Freude, in denen alles gut gelingt, wird Vaike auch schwere, unsichere Zeiten durchleben müssen. Dann ist couragiertes Handeln gefordert. Doch fürchte dich nicht, Vaike! Gott ist an deiner Seite. Gott in seiner Güte lässt dich nicht fallen, er hilft dir, das Schwere zu bewältigen und steht zu dir, auch wenn sich die Welt von dir abwendet. In diesem Glauben kannst du die Höhen und die Tiefen des Lebens bestehen.«

Der Pastor stieg von der Kanzel und bat die Eltern und die Patin des Täuflings vor den Altar. Vaike, die den Gottesdienst weitgehend in Lennarts Armen verschlafen hatte, wurde munter und schaute den Geistlichen mit großen Augen an, als er ihr ein paar Tropfen Weihwasser auf die Stirn träufelte und sie dem Segen Gottes anbefahl. Charlotte stand neben Lennart, der seine

Hand fest um ihre geschlossen hatte. Seine Schwester hielt die kleine Vaike. Onkel Julius wischte sich über die Augen. Die angespannte Sorge in seinem Gesicht war einem gerührten Ausdruck gewichen. Für einen Moment überließ sich Charlotte dem Glücksgefühl, das sie beim Anblick ihrer kleinen Familie erfüllte.

Zwei Wochen nach Vaikes Taufe fiel die Rote Armee am 17. September in Polen ein und besetzte den Osten des Landes bis zu einer Linie, die von den Flüssen Narew und Bug gebildet wurde. Als Begründung ließ Stalin verlauten, der polnische Staat sei zusammengebrochen – und damit der mit ihm geschlossene Nichtangriffspakt hinfällig. Außerdem würden polnische »Banditen« die ukrainischen und belorussischen Minderheiten terrorisieren. Zu deren Schutz hätte die Sowjetunion eingreifen müssen. Damit war Polen zum vierten Mal in seiner Geschichte zwischen den angrenzenden Großmächten aufgeteilt. Der sowjetische Angriff veranlasste die Regierungen in London und Paris lediglich zu verbalen Protesten. Stalin konnte davon ausgehen, dass seinem völkerrechtswidrigen Vorgehen keine Konsequenzen folgen würden. Kein Wunder, waren doch die Alliierten schon nicht ausreichend auf den Krieg vorbereitet, den sie gegen Deutschland führen mussten.

Nur einen Tag nach dem Überfall auf Polen nahm die Sowjetunion den »Orzeł-Zwischenfall« zum Vorwand, ihre Ansprüche im Baltikum geltend zu machen. Mitte des Monats hatte das polnische U-Boot »Orzeł« den Hafen der estnischen Hauptstadt Tallinn angesteuert, um zwei erkrankte Besatzungsmitglieder medizinisch versorgen zu lassen. Als das Kriegsschiff am folgenden Tag wieder auslaufen wollte, wurde es aufgehalten und entwaffnet. Sowohl Deutschland als auch die Sowjetunion verlangten die Auslieferung der »Orzeł« samt Besatzung. Diese entzog sich durch eine erfolgreiche Flucht. Stalin unterstellte den Esten, sie hätten das U-Boot mit Absicht entkommen lassen. Außerdem sei ihre Marine gar nicht in der Lage, die estnischen Hoheitsgewässer entsprechend dem internationalen Seerecht effektiv zu kontrollieren.

Die Sowjetunion verlangte ultimativ die Erlaubnis, Militärbasen in Estland einrichten zu dürfen, und versprach, dessen Souveränität nicht anzutasten. Um der Forderung Nachdruck zu verleihen, stationierte die Rote Armee entlang der estnischen Grenze ein imposantes Aufgebot an Soldaten, Geschützen und Panzern und blockierte mit ihrer Flotte den Zugang zur See. Außerdem drangen immer wieder sowjetische Flugzeuge in den estnischen Luftraum ein.

Die Anfrage von General Laidoner beim Oberkommando der Wehrmacht, ob sein Land im Falle einer russischen Invasion auf deutsche Hilfe zählen könne, war mit einem harschen Nein beantwortet worden. Auch sonst stand Estland allein.

Die Regierung in Tallinn gab dem enormen Druck aus Moskau schließlich nach. »Es ist unsere wichtigste Aufgabe, das estnische Volk und den estnischen Staat heil durch den jetzigen großen Krieg zu bringen«, verkündete Staatspräsident Päts und unterzeichnete am 28. September den »Beistandspakt« zur gegenseitigen Hilfeleistung.

Vor diesem Hintergrund fiel Charlotte der Abschied von Lennart, der Anfang Oktober zu seinen Prüfungen nach Jäneda fuhr, besonders schwer. Es widerstrebte ihr, sich in unsicheren Zeiten wie diesen von ihm zu trennen, und sei es nur für wenige Tage. Lennart bemühte sich nach Kräften, ihre Ängste zu zerstreuen, konnte jedoch nicht verhindern, dass Charlotte seine eigene Besorgnis bemerkte.

»Bitte, mach es mir doch nicht so schwer.« Lennart rang sich ein ermutigendes Lächeln ab und nahm ihre Hände in seine.

Sie standen in Kärdla vor dem Gebäude der Hafenverwaltung,

unter dessen Vordach sie Schutz vor dem Regen gesucht hatten und auf den Dampfer warteten, mit dem Lennart nach Tallinn fahren würde. Mitte September war das Wetter umgeschlagen. Dem heißen, trockenen Sommer war ein ungewöhnlich kühler Herbst gefolgt mit lang andauernden Niederschlägen, die ohne nennenswerte Unterbrechungen ineinander übergingen. In den Schlaglöchern der Straßen sammelte sich das Wasser, ungepflasterte Wege waren mit einer zähen Schlammschicht bedeckt, und auf den Wiesen hatten sich flache Teiche gebildet. Im Schulhaus von Malvaste waren die Leinen über dem Herd in der Küche ständig mit durchnässten Jacken und Hosen bedeckt, die dort zum Trocknen aufgehängt wurden. Außerdem hatte Maarja bereits den Kamin in der Wohnstube sowie den gusseisernen Kanonenofen im Klassenzimmer angeheizt, in dem sie nach dem Ende der Sommerferien ihre Schüler unterrichtete.

»In einer Woche schon sitzen wir bei deinem Onkel auf dem Birkenhof und stoßen auf meinen Abschluss an.« Lennart küsste Charlotte die Tränen von den Wangen. »Und dann planen wir auch unsere Hochzeit.«

»Danke für den Wink.« Charlotte grinste schief, zog ein Taschentuch hervor und schnäuzte sich. »Wenn ich doch nur schon meinen Gang nach Canossa hinter mir hätte.« Sie seufzte. Um das letzte Hindernis auf dem Weg ins gemeinsame Glück mit Lennart und ihrer Tochter zu beseitigen, hatte Charlotte beschlossen, am Wochenende mit Vaike zu ihren Eltern nach Haapsalu zu fahren und sie über ihre bevorstehende Eheschließung mit Lennart zu informieren. Da sie erst im Februar mündig würde, benötigte sie die Einwilligung ihres Vaters, wenn sie noch diesen Herbst heiraten wollte. Onkel Julius hatte bei seinem Besuch Anfang September angeboten, sie zu begleiten und ihr Schützenhilfe zu leisten. Charlotte war zwar gerührt und dankbar gewesen, hatte seinen Vorschlag jedoch abgelehnt. Zu groß war die Wahrscheinlichkeit, ihre Mutter damit noch mehr zu erzürnen. Wie empört würde sie reagieren, wenn sie erfuhr, dass Onkel Julius nicht nur all die Monate in Charlottes Heimlichkeiten eingeweiht gewesen war, sondern darüber hinaus deren Verbindung mit Lennart wohlwollend unterstützte? Charlotte traute ihrer Mutter zu, endgültig mit ihrem Bruder zu brechen und sich von ihm loszusagen. Das wollte und konnte sie nicht verantworten.

Nein, sosehr Charlotte die Begegnung auch fürchtete und viel darum gegeben hätte, ihr aus dem Weg zu gehen: sie musste ihren Eltern allein die Stirn bieten. Sie hoffte, der Anblick ihrer Enkelin würde diese milde stimmen und ihren Widerstand gegen Charlottes Beziehung mit einem Esten bröckeln lassen. Schließlich konnten sie kein Interesse daran haben, dass ihre Tochter als ledige Mutter eines unehelichen Kindes ihr Dasein in Schande fristete. Wenn alles gut lief, würden sie vielleicht sogar bereit sein, der Ehe nicht nur ihren Segen zu schenken, sondern zur Trauung in der Kapelle von Kassari anzureisen. Charlotte klammerte sich an diese Hoffnung – so gering die Chance auch war, dass sie sich erfüllte. Nur so fand sie die Kraft, die Reise nach Haapsalu anzutreten.

Die Ankunft des Dampfers der Estländischen Küstenschifffahrt brachte Bewegung in die kleine Menschentraube, die sich am Kai versammelt hatte. Die Hafenarbeiter vertäuten das Schiff an den Pollern und legten die Gangway an, eine Handvoll Passagiere kam an Land, andere gingen an Bord.

Lennart legte seine Arme um Charlotte. »*Armastus teeb tugevaks*«, flüsterte er.

Sie schluchzte auf. Liebe macht stark. Dieses estnische Sprichwort hatte er zitiert, als sie sich vor einem Jahr das erste Mal im Wäschezimmer auf dem Birkenhof geküsst hatten und Charlotte unsicher gewesen war, ob ihre Liebe eine Zukunft haben konnte.

Sie schluckte die Tränen hinunter. »Alles wird gut. Solange wir nur zusammenhalten«, zitierte sie seine damaligen Worte.

Lennart drückte sie fest an sich. Charlotte schloss die Augen, sog den vertrauten Geruch des Geliebten tief in sich ein und tastete nach dem Birkenblattanhänger, den sie stets an einer Kette um den Hals trug.

Zehn Minuten später legte der Dampfer ab. Charlotte stand im Regen, dessen Tropfen sich auf ihrem Gesicht mit den Tränen mischten, die sie nicht länger zurückhalten konnte, und winkte Lennart zu.

»Bis bald, meine Liebste!«, rief er und beugte sich weit über die Reling. »Bis bald auf dem Birkenhof!«

Schleswig-Holstein, November 1977

— 39 —

»Das war echt der bombastischste Geburtstag, den ich je hatte!«
Gesine ließ sich neben Kirsten auf den Sitz im Linienbus fallen,
mit dem sie am Sonntagnachmittag von Schleswig nach Kappeln
die letzte Etappe ihrer Rückreise antraten.

»Ich fand's auch spitzenmäßig.« Kirsten hielt Gesine eine
Dose mit Fruchtdrops von *Cavendish & Harvey* hin. »Wahnsinn!«,
sagte sie nach einem Blick auf ihre Armbanduhr. »Gestern um
die Zeit waren wir gerade in Madame Tussaud's Waxworks.«

»Hoffentlich ist das Foto von dir was geworden, wo du John
Lennon anschmachtest.«

»Der war wenigstens ganz gut getroffen«, sagte Kirsten.

»Stimmt, im Gegensatz zu Elvis zum Beispiel«, kicherte Gesine. »Dem haben sie so eine merkwürdige Schnute verpasst.«

Kirsten öffnete den Mund ein wenig und schob die Oberlippe
vor. Gemeinsam prusteten sie los.

»Und Marilyn Monroe sah aus wie ein aufgeschrecktes Huhn«,
rief Kirsten, riss die Augen weit auf, griff sich mit der Hand ins
Haar und starrte Gesine an.

»Wenn ich ein Mann wäre, würde ich eher davonlaufen, als sie
anzuhimmeln.«

Kirsten nickte. »Aber insgesamt war's sehr beeindruckend.«
Sie kramte mehrere Hefte des »Time Out Magazine« aus ihrer
Tasche, die sie sich in London bei einem Trödler antiquarisch
gekauft hatte. »Willst du auch eins lesen?«

Gesine schüttelte den Kopf und lehnte sich in ihrem Sitz zurück. Die letzte Stunde der Rückfahrt zog sich für sie wie Kaugummi. Alle fünf Minuten schaute sie auf ihre Armbanduhr,
stöhnte bei jedem Halt auf und verfluchte die aus- und einstei-

genden Fahrgäste, die ihrer Meinung nach furchtbar trödelten. Sie konnte es kaum erwarten, Grigori wiederzusehen und in ihre Arme zu schließen. Je näher sie ihrem Zuhause kam, umso hibbeliger wurde sie. Als Gesine sich erneut über das Schneckentempo des Busses beklagte, rollte Kirsten genervt die Augen. »Wie war das mit der Vorfreude?«, brummte sie und stupste Gesine in die Seite. »Ist doch angeblich die schönste Freude.«

»Tut mir leid«, murmelte Gesine. »Ich geh mir ja selbst auf die Nerven.« Sie zuckte mit den Schultern. »Aber ich sehne mich so schrecklich nach ihm.«

»Das wird ihm nicht anders gehen«, antwortete Kirsten. »Sieh mal, gleich haben wir es geschafft.« Sie deutete aus dem Fenster, wo linker Hand auf einer kleinen Anhöhe die Feldsteinkirche St. Marien zu sehen war. Von Opa Paul wusste Gesine, dass sie im 12. Jahrhundert auf einer ehemaligen heidnischen Kultstätte außerhalb des Dorfes Rabenkirchen-Faulück erbaut worden war. Von hier waren es nur noch sechs Kilometer bis Kappeln.

In London hatte es nur wenige Situationen gegeben, in denen Gesine nicht an Grigori gedacht hatte. Etwa als Elton John auf seinem Konzert in der Wembley Arena verkündet hatte: »Ich habe meine Entscheidung heute Nacht gefällt – dies wird mein letzter Auftritt sein« und anschließend »Sorry Seems to Be the Hardest Word« sang, während das Publikum zwischen Betroffenheit, Trauer und Ungläubigkeit schwankte. Oder als sie und Kirsten sich im Gedränge an einem Bahnsteig der Underground Station Oxford Circus aus den Augen verloren hatten und Gesine erst im Zug der Piccadilly Line bemerkte, dass ihre Freundin nicht zugestiegen war. Sie war wie geplant an der Haltestelle Knightsbridge ausgestiegen, von der aus sie erst zum berühmten Kaufhaus Harrods und anschließend zum Hyde Park Corner laufen wollten. Die Minuten, die Gesine am Gleis wartete und Ausschau nach Kirsten hielt, zählten zu den nervenaufreibendsten Momenten ihres London-Aufenthalts. Dicht gefolgt von dem Rückweg zu ihrem Youth Hostel von dem Pub, in dem sie ihren Geburtstag hatten ausklingen lassen. Sie hatten sich heillos verlaufen, waren in immer einsameren und dunkleren Straßen herumgeirrt und hatten eine geschlagene Stunde gebraucht, bis sie wieder den richtigen Weg fanden.

Abgesehen von diesen Erlebnissen war Grigori stets präsent für Gesine gewesen. Sie fühlte sich von ihm begleitet und überlegte oft, ob er dieselben Dinge faszinierend, seltsam, komisch, schön oder abstoßend finden würde wie sie. Sie machte eine innere Liste, was sie ihm bei einem gemeinsamen Besuch der britischen Metropole alles unbedingt zeigen wollte, und hatte eine Tüte voll mit Mitbringseln im Gepäck, die sie für ihn gekauft und gesammelt hatte: einen Prospekt der Royal Mews, der königlichen Stallungen, Streichholzbriefchen angesagter Pubs und Clubs, eine alte Blechdose mit einem Bild des Wachwechsels der Horse Guards, die sie bei einem Händler auf dem Portobello Road Market gefunden hatte, die brandneue Single von ABBA: »The Name of the Game« stand in den aktuellen UK-Single-charts auf dem ersten Platz, einen Schlüsselanhänger mit einem winzigen Hufeisen aus Messing sowie ein Glas mit *Cadbury milk chocolate coated peanuts*, von denen sie hoffte, dass sie ihm genauso gut schmeckten wie seine geliebten *Schokoknackigen Knulli Bullis*.

In Kappeln wartete Kirstens Vater an der Bushaltestelle und bot Gesine an, sie nach Hause zu fahren, was sie dankbar annahm. Eine Viertelstunde später fuhren sie durch das Hoftor von Gestüt Pletten.

»Vielen Dank für dieses wundervolle Geburtstagswochen-ende«, sagte Gesine und umarmte Kirsten. »Das war so eine tolle Idee von dir!«

»Ich weiß.« Kirsten grinste. »Und nun lauf schon zu deinem Grigori.«

Gesine schnappte sich ihre Reisetasche und stieg aus, Kirstens Vater wendete und fuhr davon. Gesine winkte dem Wagen kurz nach, bevor sie ins Torhaus rannte und mit dem Ruf: »Grigori, ich bin zurück!«, die Treppe zwei Stufen auf einmal nehmend, nach oben stürmte.

Die Tür zu seinem kleinen Appartement war nur angelehnt. Gesine klopfte. »Grigori?« Sie ging hinein und bemerkte, dass seine Jacke nicht am Garderobenhaken hing. Also war er vermutlich im Stall. Als Gesine kehrtmachte, fiel ihr Blick durch die geöffnete Tür in sein Schlafzimmer. Sie stutzte. Die Schubladen seiner Kommode waren herausgezogen, und der Kleiderschrank stand offen. Er war leer. Gesine trat näher und sah, dass die Kommode ebenfalls ausgeräumt war. Sie runzelte die Stirn. Ist es möglich, dass Mama ihn endlich zu uns geholt hat? Als Geburtstagsüberraschung für mich? Paps hat jedenfalls sicher nichts dagegen. Grigori gehört ja praktisch zur Familie, und Platz genug haben wir weiß Gott. Das wäre wunderbar! Wir könnten uns viel öfter sehen. Beschwingt machte sich Gesine auf den Weg zum Wohnhaus.

Auf dem Hof traf sie ihren Großvater, der gerade von einem Bekannten abgesetzt worden war, mit dem er zur Herbsttagung gefahren war. Sie begrüßte ihn und Anton, der bellend an ihnen emporsprang und heftig mit dem Schwanz wedelte.

»Wir sehen uns gleich beim Abendessen.« Opa Paul wandte sich zum Gehen. »Ich bin schon sehr gespannt, was du von London erzählen wirst.« Er nickte ihr zu und ging ins Torhaus.

Im gleichen Moment tauchten Gesines Eltern auf. Der Anblick ihrer ernsten Mienen versetzte ihrer Vorfreude auf Grigori einen Dämpfer.

»Was ist passiert?«, fragte sie.

»Grigori ist verschwunden«, antwortete ihr Vater.

»Verschwunden?« Gesine hob die Brauen. »Was soll das heißen?«

»Er ist fortgegangen«, sagte ihre Mutter. »Für immer, wie es aussieht.«

»Das kann nicht sein!« Gesine starrte sie ungläubig an. »Grigori würde nie … warum sollte er …«

»Wir verstehen es auch nicht«, sagte ihr Vater. »Aber es gibt keinen Zweifel.« Er sah sie bekümmert an. »Er hat all seine Sachen mitgenommen.«

»Und noch einiges mehr«, ergänzte Gesines Mutter.

»Einiges mehr? Du meinst, er hat …«

»Uns bestohlen.« Sie nickte. »Genauer gesagt Wittke. Der schließt ja seine Tür nie ab. Und als er vorhin mit deinem Vater zurückgekommen ist, musste er feststellen, dass sein Bargeld und ein paar Wertgegenstände fehlen. Kleine Dinge, die wenig Platz wegnehmen.«

»Das könnten doch auch irgendwelche Diebe gewesen sein«, entgegnete Gesine. »Du sagst es ja selbst, in Wittkes Zimmer kommt jeder hinein. Vielleicht ein Landstreicher?«

Ihre Mutter verzog skeptisch das Gesicht.

»Wurde denn bei uns im Haus auch etwas gestohlen?«, fragte Gesine.

»Zum Glück nicht«, antwortete ihr Vater. »Das haben wir eben überprüft. Deine Mutter hatte alles verriegelt, bevor sie heute Mittag für ein paar Stunden weggefahren ist. Diese Zeit hat Grigori genutzt, um in Wittkes Zimmer zu schleichen und sich danach unbemerkt davonzumachen. Anneke war ja ebenfalls noch unterwegs.«

»Nein, nein, nein!«, schrie Gesine. »Das ist Blödsinn, Grigori ist doch kein Dieb! Und er würde mich nie einfach so …« Ihre Stimme brach.

»Ich hätte ja auch jederzeit meine Hand für ihn ins Feuer gelegt«, sagte ihre Mutter und sah sie mitfühlend an. »Aber die Tatsachen sprechen für sich.«

Gesine griff sich an den Hals. Die ausgeräumte Kommode und der leere Schrank in Grigoris Schlafzimmer fielen ihr wieder ein.

»Jemand hat meine Sachen durchwühlt!« Opa Paul stand mit bleichem Gesicht im Eingang des Torhauses. »Der Schmuck von Greta fehlt. Und die silberne Taschenuhr, die sie mir zur Silberhochzeit geschenkt hat.« Er schwankte leicht und zitterte am ganzen Körper.

Henriette von Pletten warf Gesine einen vielsagenden Blick zu, während ihr Mann zu seinem Vater eilte und ihn stützte.

Gesine wurde ganz kalt. Ausgerechnet die Uhr. Sie bedeutete ihrem Großvater sehr viel, war sie doch sein liebstes Erinnerungsstück an seine Frau.

»Wir haben Grund zu der Annahme, dass es Grigori war«, hörte Gesine ihren Vater zu Opa Paul sagen. »Er hat uns nämlich verlassen. Mit Sack und Pack.«

»Grigori?« Gesines Großvater hob überrascht die Brauen. »Das kann ich mir nicht vorstellen.«

»Genau!« Gesine sah ihn dankbar an. »Warum sollte Grigori plötzlich von hier wegwollen?«, fragte sie. »Er hat sich doch bei uns wohlgefühlt. Und …« Sie brach ab. Das »Er liebt mich« wollte ihr nicht über die Lippen kommen. War es möglich, dass er ihr seine Zuneigung nur vorgegaukelt hatte? Hatte er nicht anfangs mal gesagt, dass er eigentlich nicht lange auf Gestüt Pletten hatte bleiben wollen? Weil er auf der Suche war. Sie hatte nie herausgefunden, nach was er gesucht hatte. Sie hatte sich damit zufriedengegeben, dass ihm das nicht mehr wichtig war, nachdem er sich in sie verliebt hatte. Hatte sie sich getäuscht? Oder hatte er sich selbst etwas vorgemacht und in ihrer Abwesenheit gemerkt, dass ihn sein ursprüngliches Vorhaben immer noch umtrieb? Aber dann hätte er ihr doch wenigstens eine Nachricht hinterlassen und ihr alles erklärt.

»Es tut mir leid.« Ihre Mutter berührte Gesine am Arm. »Für dich muss das besonders schlimm sein. Vielleicht ist Grigori klar geworden, dass seine Gefühle für dich doch nicht so stark sind. Und ist gegangen, bevor du dich noch stärker in ihn verliebst.«

Gesine zuckte zusammen. Ihre eigenen Überlegungen laut ausgesprochen zu hören, tat weh.

»Das zeigt wenigstens, dass er noch einen Rest Anstand im Leib hat«, sagte ihr Vater. »Auch wenn er nicht davor zurückgeschreckt ist, uns zu bestehlen.« Er schüttelte den Kopf. »Ich verstehe das nicht. Wenn er Geld brauchte, hätte er uns doch darum bitten können.« Er rieb sich den Nacken. »Wie konnten wir uns nur so in ihm täuschen?«

»Jetzt lasst uns erst einmal ins Haus gehen«, sagte Henriette von Pletten.

Ihr Mann nickte. »Ein kräftiger Schluck wird uns allen guttun nach dem Schreck.« Er hakte Opa Paul unter, der nach wie vor einen wackeligen Eindruck machte.

»Das ist eine hervorragende Idee, mein Lieber«, antwortete ihre Mutter.

Gesine starrte sie fassungslos an. Was war nur los mit ihren Eltern? Für sie brach gerade die Welt zusammen – und die beiden taten so, als habe sich lediglich ein ärgerliches Malheur ereignet, das man mit einem Gläschen Schnaps aus der Welt schaffen konnte.

»Willst du Anzeige erstatten?«, fragte ihr Vater Opa Paul.

»Nein. Ich will keine Polizei auf dem Hof. Bin ja selber schuld, dass ich meine Tür nicht abgeschlossen habe. Außerdem können sie ohnehin nicht viel ausrichten. Grigori ist gewiss schon über alle Berge.«

»Das sieht Wittke genauso.« Gesines Vater klang erleichtert. »Die Sache bleibt also unter uns.«

»Kommst du?« Henriette von Pletten sah ihre Tochter auffordernd an.

Gesine schüttelte den Kopf, drehte sich um und rannte davon. Sie musste hier weg. Augenblicklich.

»Gesine!«

»Lass sie, Henriette«, hörte sie ihren Vater sagen, bevor sie durch die Stalltür schlüpfte und diese hinter sich zuzog. Schwer atmend lehnte sie sich dagegen.

Denk nach, befahl sie sich. Wo könnte Grigori eine Nachricht für mich hinterlegt haben? Sie lief zu Caras Box. Ihre Stute begrüßte sie mit einem Schnauben und verfolgte neugierig, wie Gesine jeden Winkel absuchte. Vergebens. Ebenso wenig wurde sie in den anderen Boxen, der Sattelkammer und im Futterlager fündig. Nachdem sie auch den Stall auf der anderen Hofseite und Grigoris kleine Wohnung durchkämmt hatte, lief sie zur Trauerbuche im Park und suchte nach einer Botschaft, die Grigori vielleicht in die Rinde geritzt hatte. Wieder wurde ihre Hoffnung enttäuscht. Mit zunehmender Verzweiflung schwang sie sich auf ihr Fahrrad und fuhr zu der Bank unter den Birken am Strand, dem Lieblingsplatz von Grigori. Als sie auch dort kein Zeichen von ihm entdeckte, war es mit Gesines Selbstbeherrschung endgültig vorbei.

Schluchzend sank sie zu Boden. Sie spürte weder die Kälte des sandigen Untergrunds noch die Feuchtigkeit der Grashalme oder die Windböen, die ihr die Haare zausten.

Eine Weile war Gesine nicht imstande, sich zu rühren. In ihrem Kopf spielte unablässig die Strophe eines Songs von *Chicago*, der im Frühjahr wochenlang in den Single-Charts gestanden hatte:

If you leave me now, you'll take away the biggest part of me.
No baby please don't go.
And if you leave me now, you'll take away the very heart of me.
No baby please don't go, no I just want you to stay.

Was, wenn Mama doch richtigliegt? Wenn er mich nicht liebt? Die Frage ließ sich nicht länger verdrängen. Gesine krümmte sich zusammen. Hat er deshalb an unserem letzten Abend vor meiner Abfahrt nach London nicht mit mir schlafen wollen? Weil er wusste, dass er mich damit noch fester an sich binden würde? Und er daran kein Interesse hatte?

Du kannst dich immerhin glücklich schätzen, dass er so rücksichtsvoll war und deine Schwäche für ihn nicht ausgenutzt hat, ätzte die Stimme der Vernunft in ihr. Die meisten anderen Jungs wären mit dir in die Kiste gehüpft und hätten sich erst danach verdünnisiert.

Nein, das stimmt einfach nicht. Das passt hinten und vorne nicht zusammen! Gesine richtete sich auf. Grigori liebt mich! Er hat mir sein kostbarstes Andenken an seine Mutter geschenkt – und das ist bloß ein äußerer Beweis. Er hat mir seine Gefühle nicht vorgespielt. Warum hätte er das auch tun sollen? Offensichtlich ging es ihm ja nicht darum, mich zu verführen. Nein, es ist ihm ernst mit uns. Gesine setzte sich auf die Bank und starrte nachdenklich aufs Wasser. Was könnte Grigori dazu bewegt haben, so plötzlich zu verschwinden? Oder hat er das gar nicht selbst beschlossen? Wurde er gezwungen? Vom KGB? Gesines Puls beschleunigte sich. Hatten sowjetische Geheimdienstagenten ihn aufgespürt, den Hof ihrer Eltern beschattet und einen günstigen Moment abgewartet, in dem sie Grigori unbemerkt schnappen und verschleppen konnten? Sie sah ihn gefesselt und geknebelt im Kofferraum eines schwarzen Wagens liegen, auf dem Weg zurück in die UdSSR, wo ihn zweifellos eine schreckliche Strafe für seine Flucht erwartete.

Fröstelnd schlang Gesine die Arme um ihren Oberkörper. Die Vorstellung war entsetzlich. Und – bei Lichte betrachtet – nicht sehr realistisch. Selbst wenn sie das Gestüt gerade dann überwacht hatten, als Grigori dank einer Verkettung außergewöhnlicher Umstände tatsächlich für ein paar Stunden ganz allein anwesend war – hätten sie wertvolle Zeit damit verschwendet, seine Sachen mitzunehmen und darüber hinaus auch noch Wertsachen zu stehlen? Nun, vielleicht war das ja ein Teil ihres perfiden Plans: es so aussehen zu lassen, als sei Grigori ein flüchtiger Räuber. Andererseits riskierten die Agenten damit, eine polizeiliche Fahndung auszulösen und selbst ins Visier zu geraten. Das konnte kaum in ihrem Interesse sein. Gesine atmete aus und suchte weiter nach einer plausiblen Erklärung für Grigoris Verschwinden.

War die Kette mit dem Eichenlaubanhänger ein Abschiedsgeschenk gewesen?, überlegte sie. Hat er an jenem Abend bereits gewusst, dass er bei meiner Rückkehr nicht mehr da sein würde? Vielleicht hat ihn ja der KGB doch aufgespürt. Aber Grigori hat rechtzeitig Lunte gerochen und ist abgehauen. Um irgendwie über die Runden zu kommen, hat er das Geld und die anderen Sachen mitgehen lassen. Auch wenn ihm das gewiss sehr schwergefallen ist. Und um mich nicht in Gefahr zu bringen, hat er keinen Abschiedsbrief geschrieben. Damit keine Verbindung zu mir hergestellt werden kann. Aus Liebe zu mir riskiert er, dass ich ihn für einen oberflächlichen Egoisten und Dieb halte.

Einen Atemzug lang fühlte sie sich ein wenig getröstet. Ihren Eltern würde sie nichts von ihren Mutmaßungen erzählen. Sie würden es nicht verstehen und glauben, sie wolle sich Grigoris schnöde Abfuhr schönmalen. Sie nahm den Anhänger der Kette in die Hand, schloss die Augen und beschwor stumm ihren Liebsten: Ich zweifle nicht an dir, Grigori. Ich weiß, dass du mich liebst! Bitte, gib gut acht auf dich! Ich würde es nicht ertragen, wenn dir etwas zustößt. Ihr Hals wurde eng. Werde ich ihn jemals wiedersehen?, fragte sie sich. Wie soll ich es ohne ihn aushalten?

Ich muss ihn finden! Aber wie kann ich das anstellen? Die Polizei einschalten? Nein, auf keinen Fall! Was sollte ich als Grund angeben? Seine Diebstähle? Dann würde nach ihm als Räuber gefahndet. Davon abgesehen würde ihn eine offizielle Suche erst recht in Gefahr bringen. Der KGB hört gewiss den Polizeifunk ab. Wenn die deutschen Ermittler erfolgreich wären, würden sie die Agenten auf seine Spur bringen.

Denk nach! Wohin kann Grigori gegangen sein? Er kennt hier doch kaum jemanden. Auf den Hansenhof, wo er ganz zu Anfang nach seiner Flucht aus der Schweiz gelandet ist? Nein, zu nahe liegend. Außerdem müsste er damit rechnen, dass uns Ulrike und ihre Familie Bescheid geben. Gesine kratzte sich am Kopf. Wenn Grigori so vorgeht wie in St. Gallen und als blinder Passagier in einem Lastwagen reist, kann er in diesem Moment überall sein. Vielleicht schon jenseits der Grenze in Holland oder Dänemark. Oder auf einer Fähre nach Schweden.

Die Erkenntnis durchfuhr sie wie ein Schlag, die Verzweiflung kehrte zurück. Gesine schlug die Hände vors Gesicht und ließ ihren Tränen freien Lauf. Noch nie in ihrem Leben hatte sie sich so verlassen gefühlt. In ihr tat sich ein schwarzer Abgrund auf, von dem sie ahnte, dass er sich nicht so schnell wieder schließen würde. Wenn es überhaupt jemals möglich war.

Estland – Oktober 1939

– 40 –

Einen Tag, bevor Charlotte nach Haapsalu aufbrechen wollte, bekam Vaike Fieber, und ihre Augen waren entzündet. Maarja rief Frau Madar an und bat sie um einen Hausbesuch. Die Hebamme tupfte die verklebten Lider der Kleinen mit einem Mullbausch ab, den sie zuvor in lauwarmes, abgekochtes Wasser getaucht hatte, und zeigte Charlotte und Maarja, wie sie – falls die Temperatur steigen sollte – das Fieber mit Wadenwickeln senken konnten. Vor allem aber riet sie Charlotte dringend davon ab, die Kleine mitzunehmen. Die Strapazen der Reise sowie Zugluft konnten die Beschwerden verschlimmern und zu einer ernsthaften Erkrankung führen. Sie lieh ihr eine Brustpumpe aus, mit der sie vor ihrer Abfahrt Milch als Vorrat für Vaike absaugen und sich auch unterwegs die Brüste leeren konnte. Die Apparatur war ebenso effektiv wie einfach: Ein Glastrichter mit einer Ausbauchung unten zum Sammeln der Milch und einem aufgesteckten Saugball aus Gummi, der von Hand zusammengepresst wurde und den zum Abpumpen benötigten Unterdruck erzeugte. In sterilisierten, luftdicht verschlossenen Flaschen würde die Milch im Eisschrank gut zwei Tage haltbar sein.

Obwohl Frau Madar den Zustand von Vaike nicht bedrohlich fand, sondern von einer einfachen Bindehautentzündung sprach, die fast jeden Säugling einmal heimsuchte, war Charlotte drauf und dran, den Besuch bei ihren Eltern zu verschieben. Sie war hin- und hergerissen zwischen dem Bedürfnis, bei ihrer kranken Tochter zu bleiben und dem Wunsch, die Konfrontation mit ihren Eltern endlich hinter sich zu bringen und sich anschließend ganz der Vorbereitung auf ihr Leben als Lennarts Ehefrau auf dem Birkenhof widmen zu können. Du hast es ihm versprochen, sagte sie sich. Wenn er nächste Woche aus Jäneda zurückkommt, wolltest du die Angelegenheit erledigt haben. Dieses Argument und das Wissen, dass Vaike bei ihrer Patentante in den besten Händen war, zumal sie ja ohnehin höchstens zwei Nächte abwesend sein würde, überwogen schließlich. Am Samstag, dem 6. Oktober, machte sie sich wie geplant auf den Weg. Der Abschied von Vaike, von der sie zum ersten Mal in deren kurzem Leben getrennt sein würde, fiel ihr schwer. Der Anblick des erhitzten Gesichtchens und der entzündeten Augen schnitt ihr ins Herz. Sie nahm die Kleine aus der Wiege und drückte sie behutsam an sich.

»Mama ist bald wieder da«, sagte sie leise. »Und dein Papa auch. Dann fahren wir zusammen zu Onkel Julius und werden eine richtige Familie sein.«

»Du solltest langsam los.« Maarja stand in der Tür von Charlottes Zimmer. »Der Postbus kommt jeden Moment.«

»Soll ich nicht doch bleiben?«

»Du kannst hier nicht viel für sie tun«, antwortete Maarja. »Ihr ist auch mehr gedient, wenn du die Sache mit deinen Eltern klärst. Es geht schließlich auch um Vaikes Zukunft.«

»Du hast ja recht.« Charlotte seufzte. »Und übermorgen bin ich ja auch schon wieder zurück.«

»Ich verspreche dir hoch und heilig, dass ich mich um sie kümmern werde, als wäre sie meine eigene Tochter.«

»Das weiß ich doch, meine Liebe.« Charlotte küsste Vaike auf die Stirn, legte sie zurück in ihr Bettchen und umarmte Maarja. »Vielen Dank für alles!«

Wie bei Lennarts Abfahrt Anfang der Woche regnete es auch an diesem Tag in Strömen. Charlotte fuhr mit dem Postbus zum rund fünfundzwanzig Kilometer südöstlich der Inselhauptstadt Kärdla gelegenen Örtchen Heltermaa, von dessen Hafen die kür-

zeste Schiffsverbindung nach Haapsalu bestand. Im Aufenthalts-
raum setzte sie sich an einen Tisch neben einem Fenster und
starrte in das trübe Grau hinter der Scheibe. Es war kaum auszumachen, wo die Grenze zwischen Regen und der Meeresoberflä-
che verlief.

Wenigstens passt das Schmuddelwetter zu meiner Stimmung,
dachte Charlotte. Ihre Gedanken wanderten zu jenem Sommertag im Jahr zuvor, als sie die Fahrt in umgekehrter Richtung unternommen hatte. Auch damals hatte sie ihrer Ankunft am Ziel-
ort mit Nervosität entgegengesehen – wenn auch unter anderen
Vorzeichen. Zu der Wut über die Selbstverständlichkeit, mit der
über sie verfügt und sie zu Onkel Julius geschickt wurde, hatte
sich die Befürchtung gesellt, den Aufgaben nicht gewachsen zu
sein. Charlotte lächelte wehmütig. Ihre Selbstzweifel hatten sich
auf dem Birkenhof rasch in Luft aufgelöst. Außerdem war es zu
dem Zeitpunkt lediglich um ein paar Monate ihres Lebens gegangen. Dieses Mal stand für sie alles auf dem Spiel: Sie musste
mit ihren Eltern um nichts Geringeres als ihre Zukunft und die
ihres Kindes verhandeln.

Am Nebentisch waren zwei deutschbaltische Herren und eine
Dame in ein Gespräch vertieft. Ihre anfangs leisen Stimmen, die
Charlotte als diffuses Hintergrundgeräusch wahrgenommen
hatte, waren in den letzten Minuten lauter geworden und lenk-
ten ihre Aufmerksamkeit auf sich. Es ging um die bevorstehende
Besetzung von Marinestützpunkten und anderen militärischen
Einrichtungen durch sowjetische Soldaten. In Tallinn waren bereits hochrangige Rotarmisten eingetroffen, die die Modalitäten
der Stationierung festlegen sollten.

»Unser Präsident mag sich ja alle Mühe geben, die Bevölkerung zu beruhigen und Zuversicht zu verbreiten, dass Moskau
unsere Unabhängigkeit respektieren wird«, sagte der ältere der
beiden Männer, ein untersetzter Glatzkopf um die fünfzig. »Aber

ich habe das ungute Gefühl, dass Estland den Kopf in den Rachen des Löwen gesteckt hat und es nur noch eine Frage der Zeit ist, bis dieser zubeißen und sich unsere kleine Republik einverleiben wird.«

»Das ist ja mal ein drastischer Vergleich.« Der jüngere Herr, der seine Haare mit Pomade zurückgekämmt hatte und einen tadellos sitzenden Anzug trug, hob eine Augenbraue. »Aber ich fürchte, Sie haben recht. Die russische Kontrolle über die Marinebasen liefert unsere Nation vollständig der Gnade des Kreml aus.«

»Bitte, Liebling, sag so etwas nicht!«, rief die Frau an seiner Seite, deren Garderobe ebenfalls einen sehr gepflegten Eindruck machte. »Was soll denn aus uns werden, wenn … ach! Ich mag gar nicht daran denken!«

Charlotte legte die Stirn in Falten. Die beiden Männer am Nebentisch schätzten die Lage ihrer Meinung nach realistisch ein. Es war töricht, darauf zu vertrauen, dass sich Russland nicht früher oder später zurückholen würde, was jahrhundertelang zu seinem Reich gehört hatte. Aber würde Deutschland tatenlos dabei zusehen? Soweit Charlotte wusste, war es auch wirtschaftlich eng mit dem baltischen Staat verbunden und hatte unter anderem großes Interesse an den reichen Ölschiefervorkommen – ganz zu schweigen von den historischen Bindungen. Am Ende des Ersten Weltkriegs hatte es sogar Bestrebungen gegeben, die neu entstehenden baltischen Staaten an das Deutsche Reich anzuschließen.

Vielleicht fand sie eine Antwort in dem Leitartikel der »Deutschen Zeitung«, die sie aus ihrer Tasche zog und dessen Überschrift ihr bereits beim Aufschlagen ins Auge sprang:

ADOLF HITLERS GROSSE REDE

Wortreich beteuerte Hitler zunächst den Friedenswillen Deutschlands, machte ein Angebot für eine Verständigung mit Großbritannien und gab sich alle Mühe, das plötzliche Bündnis mit der Sowjetunion, dem vormaligen Hauptfeind des Nationalsozialismus, zu rechtfertigen. Es folgte eine Aufzählung der Ziele und Aufgaben, die sich aus dem Zerfall des polnischen Staates ergaben. Der fünfte Punkt machte Charlotte stutzig:

Als wichtigste Aufgabe aber: eine neue Ordnung der ethnographischen Verhältnisse, das heißt, eine Umsiedlung der Nationalitäten, so, daß sich am Abschluß der Entwicklung bessere Trennungslinien ergeben, als es heute der Fall ist.

In diesem Sinne aber handelt es sich nicht um ein Problem, das auf diesen Raum beschränkt ist, sondern um eine Aufgabe, die viel weiter hinausgreift. Denn der ganze Osten und Südosten Europas ist zum Teil mit nicht haltbaren Splittern des deutschen Volkstums gefüllt. Gerade in ihnen liegen ein Grund und eine Ursache fortgesetzter zwischenstaatlicher Störungen. Im Zeitalter des Nationalitätenprinzips und des Rassegedankens ist es utopisch zu glauben, daß man diese Angehörigen eines hochwertigen Volkes ohne weiteres assimilieren könne.

Es gehört daher zu den Aufgaben einer weitschauenden Ordnung des europäischen Lebens, hier Umsiedlungen vorzunehmen, um auf diese Weise wenigstens einen Teil der europäischen Konfliktstoffe zu beseitigen. Deutschland und die Union der Sowjetrepubliken sind übereingekommen, sich hierbei gegenseitig zu unterstützen.

Sie runzelte die Stirn. Was verstand Hitler unter »nicht haltbaren Splittern des deutschen Volkstums«? Zählten die Deutschbalten dazu? Nein, das war unwahrscheinlich. Schließlich waren sie Staatsbürger Estlands, Lettlands sowie Litauens und seit Jahrhunderten in diesen Ländern verwurzelt. Außerdem hatte die bisherige Volkstumspolitik der Nationalsozialisten immer ihr Bleiben propagiert. Rasch las sie den Text zu Ende, konnte jedoch keine weiteren Erläuterungen finden.

Und der Führer schloß mit folgenden Worten: »Als Führer des deutschen Volkes und als Kanzler des Reiches kann ich in diesem Augenblick dem Herrgott nur danken, daß er uns in dem ersten schweren Kampf um unser Recht so wunderbar gesegnet hat und ihn bitten, daß er uns und alle anderen den richtigen Weg finden läßt, auf daß nicht nur dem deutschen Volk, sondern ganz Europa ein neues Glück des Friedens zuteil wird.«

Hoffentlich finde auch ich den richtigen Weg zu Glück und Frieden, schoss es Charlotte durch den Kopf. Die Begegnung mit ihren Eltern rückte unweigerlich jede Stunde, jede Minute näher. Der Gedanke daran, wie ihre Eltern wohl auf ihre Entscheidung reagieren mochten, ließ sie, bis sie in Haapsalu anlegten, keinen Augenblick mehr los.

Den zwanzigminütigen Weg vom neuen Hafen an einer schmalen Landzunge zu ihrem Elternhaus im Villenviertel nahe der Strandpromenade legte Charlotte zu Fuß zurück. Der Regen war zu einem leichten Nieseln abgeflaut, und hinter den Wolken war die tiefstehende Sonne als matte Lichtscheibe zu erahnen. Während Charlotte zügig am Ufer des Binnensees Väike viik (Kleiner Wiek) entlanglief, wurden in ihr Erinnerungen an ihre Kindheit wach. Ihr Bruder und sie hatten es im Winter kaum abwarten können, bis die Oberfläche des flachen Gewässers endlich zugefroren war und für die Schlittschuhläufer freigegeben wurde. Wenn sie bei Sonnenuntergang nach Hause gekommen waren, mit rotgefrorenen Nasen und eiskalten Füßen, hatte Frau Pärnpuu sie in Empfang genommen, ihnen beim Ausziehen geholfen und sie in warme Decken gepackt. Für Charlotte hatte es nichts Schöneres gegeben, als sich an ihre Kinderfrau zu schmiegen und ihren Geschichten zu lauschen, während sie heiße Schokolade schlürften und dazu *Piimaküpsised* (Milchkekse) knabberten. Charlotte beschloss, Frau Pärnpuu einen Besuch abzustatten und ihr von Vaike zu berichten. Die Aussicht hellte ihre Stimmung auf. Wenigstens eine Person, die sich aufrichtig über meine Tochter freuen wird, dachte sie.

Kurz darauf bog sie in die Straße ein, in der inmitten eines großen Gartens das Haus ihrer Familie lag. Im Erdgeschoss hatte ihr Vater seine Praxis eingerichtet, die beiden oberen Etagen dienten als Wohnung. Charlotte atmete tief durch, bevor sie die vier Stufen zum Eingang hinaufstieg und auf den Klingelknopf drückte. Wenige Sekunden später wurde die Tür geöffnet.

»Das … das Fräulein!«, stammelte das Dienstmädchen, eine feingliedrige Blondine Mitte zwanzig, die seit fast zehn Jahren bei der Familie von Lilienfeld arbeitete. Sie wich einen Schritt zurück und schlug die Hand vor den Mund.

»Guten Tag, Kerti«, sagte Charlotte.

Kerti sah sie aus geweiteten Augen an und mit einer Miene, in der sich Furcht, Entsetzen und Mitleid spiegelten. Sie öffnete den Mund, brachte jedoch keinen Ton heraus.

Bevor sich Charlotte erkundigen konnte, was das Dienstmädchen so verstörte, wurde dieses energisch beiseitegeschoben.

»Geh und hilf der Köchin«, befahl Irmengard von Lilienfeld.

Kerti machte auf dem Absatz kehrt und huschte davon.

Charlottes Mutter stemmte die Hände in die Hüften. »Dass du dich hierhertraust!« Sie musterte ihre Tochter mit kaltem Blick. »Nach allem, was du dir geleistet hast!«

»Ich kann das erklä…«

»Schweig!« Ihre Mutter packte sie am Arm und zog sie ins Haus.

»Au, du tust mir weh!«

Ihre Mutter schenkte ihrem Protest keine Beachtung. »Clemens!«, schrie sie mit sich überschlagender Stimme. »Du glaubst nicht, wer hier ist!«

Sie zerrte Charlotte die Treppe hinauf zum Salon, in dem Clemens von Lilienfeld in einem Sessel saß und las. Als sie hereinkamen, sprang er auf. Er sah sie ähnlich ungläubig und verstört an wie Kerti. Als ob ich ein Gespenst wäre, dachte Charlotte. Ihre Mutter stieß sie in die Mitte des Raumes. »Wie konntest du uns das antun?« Sie stellte sich neben ihren Mann. »Schande hast du über uns gebracht, du schamlose Person!«

Charlotte wurde blass. Wussten sie bereits alles? Von Lennart und von ihrer Tochter?

»Hast du etwa geglaubt, dass wir deiner krummen Tour nicht auf die Schliche kommen? Du ... du ...« Ihre Mutter schnappte nach Luft.

»Reg dich bitte nicht auf«, sagte ihr Mann und wandte sich an Charlotte. »Warum hast du uns monatelang glauben lassen, dass du noch in Finnland bist?«

Verflixt! Charlotte biss sich auf die Lippe. Wie und wann haben sie herausgefunden, dass ich nicht mehr bei Zilly bin?

»Wie konntest du es wagen, uns so dreist anzulügen und unser Vertrauen zu missbrauchen?«, fuhr ihr Vater fort. »Du bist nicht einmal davor zurückgeschreckt, deine beste Freundin in deine betrügerischen Machenschaften hineinzuziehen.«

Charlotte senkte den Kopf. Woran haben sie gemerkt, dass nicht ich die Postkarten geschrieben habe?

»Ich erkenne dich nicht wieder!« Ihr Vater sah sie vorwurfsvoll an. »So haben *wir* dich nicht erzogen!«

Haben sie Zilly befragt?, überlegte Charlotte weiter. Aber warum hat die mich dann nicht vorgewarnt? Nein, die Briefe können es nicht gewesen sein. Zilly hat doch gemeint, dass sie erst einmal keine mehr nach Haapsalu schicken würde, weil meine Eltern bis Mitte September auf Reisen waren.

»Deine Ehre hast du verwirkt.« Ihre Mutter hielt ihr den Zeigefinger anklagend vors Gesicht. »Deine Tugend hast du besudelt und den Ruf der Familie befleckt!«

Hat mich doch jemand, der mich kennt, irgendwo gesehen und es meinen Eltern erzählt?, fragte sich Charlotte. Aber wo könnte das gewesen sein?

»Warum hast du uns nicht um Hilfe gebeten?«, fragte ihr Vater. »Es ist bitter genug, dass du dich von irgendeinem Hallodri hast verführen lassen. Und ihm deine Jungfräulichkeit geopfert hast. Aber wir hätten Mittel und Wege gefunden, das Problem diskret aus der Welt zu schaffen. Eine längere Reise. Ein verschwiegenes Sanatorium. Anschließend eine Adoption … kein Mensch hätte etwas davon erfahren.«

»Stattdessen zerreißt sich jetzt halb Hapsal den Mund über die gefallene Tochter von Doktor Lilienfeld«, schrie seine Frau. »Was willst du hier? Unsere Vergebung?« Sie schnaubte. »Das hättest du dir früher überlegen sollen.«

Charlotte spürte, wie ihre Knie weich wurden. Sie stützte sich auf die Lehne eines Sessels. Wie fortgeblasen waren die Worte, die sie sich für diesen Moment zurechtgelegt hatte, an denen sie nächtelang gefeilt hatte. Ihr war übel.

»Wo ist das Kind?«

Die Frage ihres Vaters brachte sie wieder zu sich. Sie richtete sich auf.

»Ich hoffe, du warst so klug, es wegzugeben«, sagte ihre Mutter, bevor Charlotte antworten konnte. »Dann gibt es vielleicht doch noch Möglichkeiten zu retten, was zu retten ist. Wenn erst einmal etwas Gras über die Sache gewachsen ist.« Diese Aussicht belebte sie sichtlich. »Dann finden wir schon einen Mann für dich, der über deine Jugendsünde hinwegsieht.«

»Das wird nicht nötig sein«, sagte Charlotte mit fester Stimme. »Eure Enkeltochter wird bei mir und ihrem Vater Lennart Landa leben.«

Die Gesichtszüge ihrer Mutter entgleisten, ihr Vater sog scharf die Luft ein. Charlotte zog die Schultern hoch und wappnete sich für den Sturm der Entrüstung, der unweigerlich im nächsten Augenblick über sie hereinbrechen würde.

Schleswig-Holstein, August 1991

– 41 –

Gegen sechs Uhr – kurz vor Sonnenaufgang – verließ Gesine wie jeden Morgen ihr Zimmer und ging hinunter in die Eingangshalle, wo bereits Fred und Wilma auf sie warteten und schwanzwedelnd an ihr emporsprangen. Gesine hatte die Geschwister bei einem benachbarten Dackelzüchter gekauft, nachdem Anton im Winter nach dem Fall der Mauer in den Hundehimmel eingegangen war.

Während Gesine in ihre Gummistiefel schlüpfte, schaute sie in den Garderobenspiegel. Der Anblick ihrer kurzen Locken war immer noch ungewohnt. Nachdem sie ihre Haare seit ihrem zehnten Lebensjahr schulterlang getragen hatte, war die Lust, etwas Neues zu probieren, immer größer geworden. Einige Tage zuvor hatte sie endlich einen Termin bei einem Friseur vereinbart, den Kirsten ihr wärmstens empfohlen hatte. »Du wirst dich wie ein neuer Mensch fühlen«, hatte sie gesagt. »Und wenn du nicht zufrieden sein solltest, sind die Haare ja schnell wieder nachgewachsen.«

Gesine war überrascht gewesen, wie gut ihr das Ergebnis gefiel, und fragte sich, warum sie diesen Schritt erst mit einunddreißig Jahren gewagt hatte – nicht zuletzt, weil die neue Frisur so pflegeleicht war. Wie oft hatte sie in der Vergangenheit geflucht, wenn sie wieder einmal mit einer Bürste die vom Wind zerzausten Locken bearbeitete oder diese sich bei feuchtem Wetter noch mehr kräuselten. Die kurzen Haare dagegen ließen sich nahezu ohne schmerzhaftes Ziepen kämmen und mit ein paar Handgriffen in Form bringen. Kirsten, die nach einer längeren

Reportagereise für drei Wochen auf »Heimaturlaub« war, hatte Gesine nach dem Friseurbesuch zum Eisessen abgeholt und den neuen Haarschnitt gelobt. »Er bringt deine geschwungenen Augenbrauen noch besser zur Geltung und passt super zu deiner lebhaften Ausstrahlung.« Leider hatte sie dem Kompliment noch hinzugefügt: »Du wirst sehen, das kommt auch bei den Männern gut an.« Die Erinnerung an diesen Spruch ließ Gesine die Augen verdrehen. Warum hatte alle Welt den Eindruck, sie bräuchte einen Freund? Allen voran ihre Eltern, die immer häufiger mehr oder weniger dezent durchblicken ließen, dass sie sich Enkel wünschten.

Gesine machte sich auf den Weg zum Stall, begleitet von Fred und Wilma, die sich fröhlich kläffend gegenseitig jagten. Als Erstes schaute sie wie gewohnt nach ihrer Stute Cara, die sich mit knapp neunzehn Jahren nach wie vor bester Gesundheit erfreute und einige Wochen zuvor erneut Mutter geworden war. Sie stand mit ihrem Fohlen in einer geräumigen Box und begrüßte Gesine mit einem Schnauben.

»Na, wie geht's dir?« Gesine streichelte Caras Hals und beobachtete deren Hengstfohlen, das neugierig die beiden Dackel beschnupperte, die sich unter der Tür hindurchgezwängt hatten und durch das Stroh wuselten.

Cara stupste Gesine gegen den Arm und wieherte.

»Ich hab jetzt leider keine Zeit für unseren Ausritt.« Gesine hielt ihr ein Stück Karotte hin. »Heute ist nämlich Opa Pauls neunzigster Geburtstag. Aber ich bring dich und deinen Kleinen nachher noch auf die Weide. Da kannst du dich dann austoben.« Gesine rief die Dackel zu sich und setzte ihren morgendlichen Rundgang fort.

Im vergangenen Jahr hatte sie den alten Stall nach modernsten Erkenntnissen umbauen lassen: Auf der linken Seite der Gasse befanden sich neben Caras Box noch mehrere separate Abteile für kranke Tiere oder Gastpferde, außerdem ein Lagerplatz, auf dem sich Futtersäcke, Strohballen und Heu neben mehreren Kisten stapelten, in denen Mineralstoffe und andere Zusatzmittel aufbewahrt wurden. Auf der anderen Seite lag der Offenstall. Entlang des Gangs waren von außen befüllbare Raufen angebracht, einige davon in Abteilen, die verschlossen werden konnten. Sie wurden genutzt, wenn ein Pferd eine spezielle Futtermischung, Aufbaupräparate oder Medikamente bekam. Alle anderen Areale gingen ineinander über und dienten verschiedenen Bedürfnissen: In einem waren Wasserspender, Salzlecksteine und Kratzbürsten an die Wände geschraubt, eines war mit Sand zum Wälzen eingestreut, das größte mit Holzhäckseln. Von diesem Bereich ging es ins Freie zu einem umzäunten Paddock, dem sich der Reitplatz anschloss. Um beide verlief ein Trail, in dem die Pferde Auslauf hatten, wenn sie nicht auf die Koppeln konnten.

Gesine liebte diese frühe Morgenstunde, in der sie allein durch ihr Reich streifte, das allmählich zum Leben erwachte. Nachdem sie sich überzeugt hatte, dass alle Pferde wohlauf waren, lief sie über den Hof zur Reithalle, die sich seit drei Jahren auf der anderen Seite erhob. Unter ihrem Giebel klebten mehrere Lehmnester. Gesine blieb stehen und verfolgte die Schwalben, die bereits fleißig unterwegs waren und ihren Nachwuchs mit Insekten versorgten. In Momenten wie diesen spürte sie eine tiefe Zufriedenheit und Dankbarkeit. Ihr alter Kindheitstraum, an der Seite ihres Vaters das Gestüt zu bewirtschaften, war vor sechs Jahren in Erfüllung gegangen. Nach ihrer Ausbildung zur Pferdewirtin und einigen befristeten Anstellungen auf verschiedenen Gestüten und Reiterhöfen hatte er sie zur gleichgestellten Geschäftsführerin ernannt.

Bislang hatte sie ihre Entscheidung, in die Leitung des väterlichen Guts einzusteigen, keine Sekunde lang bereut. Sie liebte die Arbeit mit den Pferden – gleichgültig, ob beim Training, als

Reitlehrerin, beim Ausmisten, Striegeln oder anderen Tätigkeiten in den Ställen und auf den Weiden. Ihr Vater hatte mehr und mehr die Buchhaltung und organisatorische Aufgaben übernommen und ließ Gesine freie Hand, ihre neuen Ideen umzusetzen. Zusammen mit Stallmeister Heinz Rademann, dem Nachfolger des mittlerweile pensionierten Wittke, bildeten sie ein gut eingespieltes Team.

Auch ihre Mutter, die anfangs Vorbehalte gegen das Anbieten von Reitstunden gehabt und befürchtet hatte, mit den vielen Schülern könnte es mit der Ruhe auf dem Hof vorbei sein, war mittlerweile Feuer und Flamme. Sie hatte mit Ende vierzig das Unterrichtgeben für sich entdeckt und trainierte seither begabte Jugendliche für Wettbewerbe. Auf Gesine wirkte sie lockerer und fröhlicher – ein Eindruck, den ihr Vater und Opa Paul bestätigten. Letzterer vermutete, dass seine Schwiegertochter in der Arbeit mit den jungen Talenten eine Art Ersatz für ihre eigene Karriere als Springreiterin gefunden hatte. Gesine war froh über das vergleichsweise entspannte Verhältnis, das sich zwischen ihr und ihrer Mutter entwickelt hatte. Zwar würde es Henriette von Pletten wohl nie so wie ihrem Mann gelingen, eine herzliche Beziehung zu ihrer Tochter aufzubauen. Sie hatte jedoch akzeptiert, dass Gesine ihre eigenen Pläne hatte und nicht vom gleichen Ehrgeiz beseelt war, der sie als junge Frau angetrieben hatte.

Dass neben der Arbeit wenig Zeit für andere Dinge blieb, störte Gesine selten. Während ihrer Ausbildungsjahre hatte sie mehrere Reisen mit Kirsten unternommen – angefangen mit einer zweimonatigen Tour durch Australien nach dem Abitur. Gesine war jedoch jedes Mal froh, wenn sie wieder auf das Gestüt zurückkehrte. Kirsten dagegen hielt es nie lange zu Hause aus und hatte als Auslandskorrespondentin einen Beruf gefunden, in dem sie ihre Reiselust ausleben konnte.

Gegen neun Uhr – nach dem Frühstück und einer kurzen Tagesplanbesprechung mit ihrem Vater und dem Stallmeister – holte Gesine ihren Großvater am Torhaus ab. Als sie mit ihrem roten Saab 900 vorfuhr, stand Opa Paul bereits in seinen geliebten Kniebundhosen, einem frisch gebügelten weißen Hemd mit Stehkragen und einem leichten Leinenjanker vor der Tür. In den vergangenen vierzehn Jahren war sein Rücken etwas krummer geworden, seine Stimme klang brüchiger, und seine weißen Haare hatten sich gelichtet. Für Gesine strahlte er jedoch nach wie vor eine Vitalität aus, von der sich – ihrer Meinung nach – einige wesentlich jüngere Männer eine dicke Scheibe abschneiden konnten.

Sie sprang aus dem Wagen und eilte zu ihm. »Alles Liebe zum Geburtstag!« Sie schloss ihn fest in die Arme, drückte ihm einen Kuss auf die glatt rasierte Wange und hielt ihm die Tür auf.

»Danke, dass du mit mir die Flucht ergreifst.« Opa Paul stieg ein. »Auch wenn die große Feier erst am Samstag stattfindet, werden es sich viele nicht nehmen lassen, mir doch schon heute zu gratulieren.« Er zuckte die Schultern. »Da werden sie sich leider umsonst herbemüht haben«, fügte er mit einem schelmischen Grinsen hinzu.

Gesine setzte sich hinters Steuer und lenkte den Wagen durchs Hoftor. Das Laub der alten Eichen, die die Zufahrtsallee säumten, war von einer feinen Lehmschicht bedeckt, aufgewirbelt von der staubigen, ungeteerten Straße. Der heiße und trockene Juli war in einen ebenso sonnigen August übergegangen. Was die örtlichen Hotelbesitzer und Vermieter von Ferienhäusern mit Freude erfüllte und das Fremdenverkehrsamt zu Jubelmeldungen über Rekordbuchungen veranlasste, bereitete Gesine Sorgen. Wenn es nicht bald regnete, würde die Ernte von Hafer, Klee und anderen Futtermitteln schlecht ausfallen und sie zu Zukäufen zwingen.

Mittlerweile hatten Gesine und ihr Großvater die Nordstraße erreicht und fuhren auf ihr nach Kappeln, wo es auf der B 203

nach Schleswig weiterging. Opa Paul summte vergnügt vor sich
hin. Wie ein Schuljunge, der den Unterricht schwänzt. Gesine
unterdrückte ein Grinsen. Sie konnte ihn gut verstehen. Sie fände
es auch lästig, den ganzen Tag unzählige Gratulanten empfangen
oder Geburtstagsgrüße am Telefon entgegennehmen zu müssen.
Und auf dem Empfang wird Paps in erster Linie die Honneurs
machen. Schließlich wird da auch sein Sechzigster nachgefeiert.

»150 Jahre Paul und Carl-Gustav von Pletten« – so lautete das
Motto des Festes anlässlich der beiden runden Geburtstage. Die
Planungen hielten Gesines Mutter und Anneke, die mit ihren
knapp sechzig Jahren nach wie vor als Haushälterin für die Familie tätig war, seit Wochen in Atem. Gesine hatte längst den Überblick verloren und bewunderte die beiden Frauen, die ebenso
zielstrebig wie umsichtig vorgingen und sich der Herausforderung, ein Fest mit gut zweihundert Gästen zu organisieren, wie
zwei Generäle mit strategischem Geschick stellten. Neben zahl-
losen Verwandten und Freunden waren auch Mitglieder des Heimatvereins und des Pferdesportverbandes geladen, dazu Nachbarn und Honoratioren der Gemeinde, wie der Bürgermeister,
der Tierarzt oder der Apotheker. Außerdem hatte es sich Gesines
Mutter nicht verkneifen können, eine Handvoll Junggesellen auf
die Gästeliste zu setzen, die sie als geeignete Heiratskandidaten
für ihre Tochter betrachtete. Die Erinnerung daran entlockte Gesine ein Schnauben.

»Was ist?«, erkundigte sich Opa Paul.

»Ach, nichts. Ich musste nur gerade an Mama denken und ihre
Versuche, mich mit irgendeinem geeigneten Von-und-zu zusam-
menzubringen.«

»Was ist so verkehrt daran? Ich meine, an dem Wunsch, dass
du eine Familie gründest?«

»Bitte!«, rief Gesine. »Fang du nicht auch noch damit an! Ich
komme gut klar mit meinem Dasein als Single.«

»Das weiß ich doch.« Ihr Großvater betrachtete sie nachdenklich. »Aber sehnst du dich nicht manchmal nach einem Partner?«

»Doch, schon.« Gesine zuckte die Achseln. »Ist halt noch nie der Richtige aufgekreuzt.«

»Sicher? Dieser Manfred, mit dem du letzten Sommer zusammen warst, schien mir ein netter Bursche zu sein«, sagte Opa Paul. »Ich hatte den Eindruck, dass ihr gut zueinanderpasst.«

»Aber auch nur, bis er festgestellt hat, dass ich seinetwegen nicht alles hinschmeiße und mit ihm in die Schweiz ziehe.«

Opa Paul brummte etwas, das nach »dieser Dummkopf« klang und sah sie mitfühlend an.

Gesine zog die Brauen zusammen. Die Beobachtung ihres Großvaters war durchaus zutreffend gewesen. Sie hatte sich ein Leben an der Seite des jungen Ingenieurs vorstellen können und zum ersten Mal den Wunsch verspürt, mit einem Partner Kinder zu bekommen. Es hatte ihr sehr wehgetan, als sich Manfred schweren Herzens zwar, aber ohne groß zu zögern, gegen sie entschieden hatte und weggezogen war.

Gesine streifte ihren Großvater mit einem Blick. »Und komm mir jetzt nicht damit, dass ich zu anspruchsvoll bin und mit dieser Haltung nie jemanden finden werde.«

»Das käme mir nicht in den Sinn.« Opa Paul drückte ihren Arm. »Aber der Mensch neigt nun einmal dazu, von sich auf andere zu schließen. Und da ich mit meiner Greta sehr glücklich war, wünsche ich dir ebenfalls einen Menschen, der gut zu dir passt und mit dem du dein Leben teilen möchtest.«

Gesine lächelte ihm zu. Er hat ja recht, dachte sie. Das wünsche ich mir auch. Irgendwann. Aber erzwingen kann man so etwas nun einmal nicht. Und wenn ich ehrlich bin: Wirklich vermissen tue ich eine Beziehung im Augenblick nicht. Ich finde mein Leben eigentlich wunderbar so, wie es gerade ist.

Nach einer Dreiviertelstunde erreichten sie ihr Ziel: Schloss Gottorf, das Museen für Kunst- und Kulturgeschichte sowie für Archäologie beherbergte. In letzterem war Anfang des Monats die Ausstellung »Gold der Steppe« eröffnet worden, die einen einmaligen Einblick in Lebensweise, Totenkult, Kriegsführung und Kunsthandwerk der Skythen und anderer Reiternomaden bot. Opa Paul freute sich schon seit Langem auf diese Weltpremiere, bei der die Ukraine zum ersten Mal Ausgrabungsfunde aus dem vergangenen Jahrzehnt präsentierte.

Gesine ließ sich von Opa Pauls Begeisterung anstecken, mit der er Bronzemesser und Keulenköpfe, goldene Schmuckstücke für Reiter und Pferde, Silberstatuetten und Grabsteine, Maskenhelme, Geräte, Waffen und Gefäße aller Art inspizierte. Besonders angetan hatten es ihm drei modellierte Schädel, die in den Grabkammern hochgestellter Stammesfürsten gefunden worden waren. Die Köpfe waren vom Körper der Toten abgetrennt, gehäutet und des weichen Gewebes entledigt worden, bevor der Ahnenpräparator eine lehmige Masse aus Erde, Ocker, Kohle und Knochenstaub in die Höhlen von Augen, Ohren, Nase sowie auf den Mund aufgebracht hatte. Diese Porträtköpfe wurden zwar in dieselbe Grabkammer gelegt wie der Körper, allerdings oft zu einem viel späteren Zeitpunkt. Außerdem wurden sie neben der Schulter oder dem Ellenbogen platziert. Über die Gründe dafür war sich die Wissenschaft nicht einig, es ging wohl darum, dem Haupt als eigentlichem Hort der Persönlichkeit die unwürdige Verwesung des übrigen Leibes zu ersparen.

Gesine hingegen war insbesondere von den Grabbeigaben eines Skythenkönigs fasziniert und zugleich abgestoßen. Ihm hatte man zur Begleitung ins Jenseits elf in Gold und Silber aufgezäumte Reitpferde mitgegeben, außerdem eine Frau, vier Diener und jede Menge Waffen, Kleidungsstücke und Schmuck sowie eine komplette Küche samt einem Weindepot mit 74 Amphoren.

»Eigentlich gefällt mir die Vorstellung gut, nach dem Tod auf unendlichen Steppen dahinzugaloppieren«, sagte sie zu Opa Paul. »Aber dass deswegen Pferde getötet wurden.« Sie rümpfte die Nase. »Das geht ja gar nicht!«

»Dabei haben die Bestatter auch an das Wohl der Tiere gedacht.« Ihr Großvater deutete auf eine Erklärungstafel. »Die Grasziegel, die über dem Grab aufgeschichtet waren, sollten ihnen als himmlische Futterweide dienen.« Er lächelte Gesine zu. »Apropos Essen. Die Aufzählung der Speisen, die es als Totenschmaus gab, macht mich ganz hungrig. Wollen wir uns eine Stärkung gönnen?«

»Sehr gern. Es ist ja auch schon Mittag.« Gesine hakte sich bei ihm unter und steuerte zum Ausgang.

Im Restaurant »Schlosskeller«, einer im Erdgeschoss gelegenen Kreuzgewölbehalle, fanden sie neben einer der dicken Säulen einen ruhigen Tisch. Nachdem sie beim Kellner gebratene Dorschfilets mit Salzkartoffeln und Salat bestellt hatten, beugte sich Opa Paul zu Gesine. »Ich muss etwas mit dir besprechen.« Er griff in die Innentasche seines Jankers und zog einen Umschlag heraus. »Den habe ich von Charlotte erhalten.«

»Welche Charlotte?« Gesine krauste die Stirn. »Du meinst doch nicht etwa …«

»Doch, deine Großmutter.« Er hielt ihr den Brief hin. »Sie hat mir zum Geburtstag gratuliert.«

»Nach all den Jahren?« Gesine sah ihn verblüfft an. »Ich wusste ehrlich gesagt nicht einmal, dass sie noch lebt.«

»Das ging mir nicht anders. Umso mehr freue ich mich, dass sie sich gemeldet hat.«

»Aber warum hat sie gerade jetzt be…«

»Lies selbst«, fiel er ihr ins Wort und drückte ihr den Umschlag in die Hand.

Gesine zog ein Blatt heraus, das mit einer gut lesbaren, geschwungenen Schrift bedeckt war.

London, 07. August 1991

Lieber Paul,

in der Hoffnung, dass Du lebst, nach wie vor auf dem Gestüt wohnst und wohlauf bist, schreibe ich Dir diesen Brief.

Zunächst einmal möchte ich Dir sehr herzlich zu Deinem Geburtstag gratulieren, den Du hoffentlich bei guter Gesundheit feiern kannst. Ich wünsche Dir von Herzen einen schönen Tag im Kreise lieber Menschen und noch viele weitere Jahre in Zufriedenheit und Glück.

Du wirst Dich vermutlich wundern, nach so langer Zeit ein Lebenszeichen von mir zu erhalten. Wie Du weißt, habe ich es sehr bedauert, dass meine Tochter sich jeglichen Kontakt mit mir strikt verbeten hat. Meine wiederholten Versuche, sie umzustimmen, sind bekanntlich fehlgeschlagen. Ich habe schließlich geglaubt, ihre Entscheidung akzeptieren zu müssen, und mich ihrem Wunsch gefügt. Ein Schwächeanfall (Gott sei Dank nichts Ernstes!) hat mir jedoch vor einigen Wochen den berühmten Warnschuss vor den Bug gegeben. Er hat mir klargemacht, dass ich nicht aufgeben darf – und es auch gar nicht will. Ich könnte es mir nie verzeihen, aus dieser Welt zu scheiden, ohne zumindest noch einen Versuch unternommen zu haben, mich mit Henriette auszusprechen und vielleicht sogar zu versöhnen. Ich bin der Überzeugung, dass das auch für sie wichtig ist. Vielleicht kann sie die Dinge mittlerweile anders sehen und ist bereit, mich zu treffen. Das hoffe ich zumindest sehr!

Obwohl ich also fest entschlossen bin, wieder in ihrem Leben in Erscheinung zu treten, möchte ich diesen Schritt behutsam tun. Ich wäre Dir sehr dankbar, wenn Du mir einen Rat geben könntest, wie ich am besten vorgehe. Ich bin ja leider gar nicht auf dem Laufenden, wie mittlerweile die Situation auf Gestüt Pletten aussieht. Darf ich Dich bitten, mir zu helfen? Ich könnte verstehen, wenn Du Dich nicht zwischen die Stühle setzen und

Deine Schwiegertochter gegen Dich aufbringen willst. Sage mir daher bitte ehrlich, wenn Dir mein Ansinnen unangenehm ist. Ich möchte Dich keinesfalls in Schwierigkeiten bringen!

Zeitlich bin ich sehr flexibel und kann die Reise zu Euch relativ spontan antreten.

In gespannter Erwartung auf Deine Antwort schicke ich Dir liebe Grüße,

alles Gute,

Charlotte

Gesine blickte auf und begegnete dem Blick ihres Großvaters, der sie aufmerksam beobachtet hatte.

»Was denkst du?«, fragte er.

»Dass du sie unbedingt zu uns einladen solltest«, erwiderte Gesine, ohne zu zögern.

»Ich hatte gehofft, dass du das sagen würdest.« Er legte seine Hand auf ihre. »Deine Mutter wird allerdings alles andere als begeistert sein. Gut möglich, dass sie uns als Verräter betrachtet und …«

»Mir egal. Wenn sie damit ein Problem …«

Das Erscheinen des Kellners, der ihnen die Fische servierte, ließ sie kurz verstummen.

»Ich finde, Mama hatte kein Recht, mir meine Großmutter vorzuenthalten«, fuhr Gesine fort, als sie wieder allein waren. »Wenn ich das richtig sehe, weiß Charlotte nicht einmal, dass es mich gibt.« Sie fuhr sich durch die kurzen Locken. »Höchste Zeit, dass sich das ändert.« Sie steckte eine Gabel mit Fischfilet in den Mund. Es war in Butter knusprig angebraten und schmeckte köstlich.

»Ganz meine Meinung.« Opa Paul nickte ihr zu und griff zu seinem Besteck. »Es hat mir immer in der Seele wehgetan, dass du sie nie kennengelernt hast. Ich bin nämlich überzeugt, dass ihr euch wunderbar verstehen würdet.« Er spießte ein Stück Kartoffel auf. »Wenn ich gewusst hätte, wo Charlotte lebt, hätte ich sie kontaktiert.«

»Was hat sie wohl nach England verschlagen?«, fragte Gesine und tippte auf die Adresse, die am Ende des Briefes samt einer Telefonnummer angegeben war. »Ob sie wohl schon dort gewohnt hat, als ich mit Kiki siebenundsiebzig in London war?«

Opa Paul hob die Schultern.

Vielleicht sind wir uns sogar irgendwo begegnet, überlegte Gesine und spürte, wie sich die Härchen auf ihren Unterarmen aufstellten. Es ist zwar nicht sehr wahrscheinlich in so einer riesigen Stadt. Aber ein paar Tage waren wir einander zumindest räumlich sehr nah und haben die gleiche Luft geatmet. Sie zupfte an einer Haarsträhne. Es erfüllte sie mit Wehmut, einen so großen Teil ihres Lebens nichts von dieser Großmutter mitbekommen zu haben.

»Ich werde Charlotte heute noch anrufen.« Opa Paul trank einen Schluck Wasser. »Wenn sie es einrichten kann, soll sie zu unserem Fest kommen.«

»Das ist eine großartige Idee«, sagte Gesine. »Die vielen Gäste werden Mama ablenken und es ihr leichter machen, sich an Charlottes Anwesenheit zu gewöhnen. Und dann wird sich schon ein Moment ergeben, in dem sich die beiden aussprechen können.«

»Genauso habe ich mir das auch ausgerechnet.« Opa Paul nickte zufrieden. »Und falls Henriette partout nicht bereit sein sollte, mit ihrer Mutter zu reden, dann hast du immerhin die Möglichkeit dazu. Das ist mir mindestens ebenso wichtig.«

Ein, zwei Minuten aßen sie schweigend. Gesine schaute nachdenklich auf das eingewebte Blumenmuster der weißen Damasttischdecke. Es kam ihr unwirklich vor, plötzlich eine Großmutter zu haben. Als Kind und Jugendliche hatte sie sich sehnlichst eine gewünscht – besonders in Momenten, in denen sie mit ihrer Mutter Streit hatte. Sie hatte sich vorgestellt, wie sie bei Opa Pauls Frau Greta, die bereits 1965 gestorben war, körperliche Zuwendung, gütiges Verständnis und bedingungslose Akzeptanz finden würde, während Henriette von Pletten sich mit diesen Dingen schwertat. Was ist bloß in Mamas Kindheit schiefgelaufen?, fragte sich Gesine nicht zum ersten Mal. Warum hat sie so ein verkorkstes Verhältnis zu ihrer Mutter? Hoffentlich ist Charlotte bereit, Licht ins Dunkel zu bringen und mir von früher zu erzählen.

Die Aussicht, endlich mehr über die Geschichte ihrer Familie mütterlicherseits zu erfahren, versetzte Gesine in Aufregung. »Ein bisschen nervös bin ich schon«, murmelte sie.

»Das wundert mich nicht«, sagte Opa Paul. »Schließlich wirst du nun ein Kapitel aufschlagen, das bislang unter Verschluss gehalten worden war.«

Er versteht mich ohne große Worte, stellte Gesine fest. Eine tiefe Dankbarkeit durchströmte sie. Alles, was sie sich von einer Großmutter hätte wünschen können, hatte sie seit jeher von ihm bekommen. Er war für sie alle Großeltern in einer Person.

»Ich kann gar nicht sagen, wie froh ich bin, dich zu haben.« Sie beugte sich über den Tisch und küsste ihn auf die Wange.

»Womit hab ich das verdient?« Opa Paul blinzelte verdattert.

»Du bist einfach der beste Großvater der Welt!«

Estland – Oktober 1939

– 42 –

»Das hätte ich mir denken können, dass mein Bruder da mit drinsteckt!« Irmengard von Lilienfeld griff sich an die Brust und japste.

Charlotte hatte für ein paar Sekunden das Gefühl, das Geschehen im Wohnzimmer ihres Elternhauses als Unbeteiligte zu verfolgen. Wie ein Zuschauer im Theater. Die Situation kam ihr inszeniert vor, die Rollen und Dialoge wirkten klischeehaft: Die sündige Tochter, die mit bleichem Gesicht vor ihren Richtern stand, nicht willens, ihre Schuld einzusehen, geschweige denn Reue zu zeigen. Die hysterische Mutter, deren kreischende Stimme ein halbwegs sachliches Gespräch unmöglich machte. Der aufgebrachte Vater, dessen Zorn sich in erster Linie an der Störung des Hausfriedens entzündet hatte und der es seiner Tochter übelnahm, das Problem nicht diskret aus der Welt geschafft zu haben. In dem Fall hätte er ihr großmütig verzeihen und zum gewohnten Alltag zurückkehren können. Ihre Weigerung, »Vernunft anzunehmen«, vereitelte diesen Wunsch.

»Es wundert mich nicht, dass dein Onkel sich entblödet, dich mit seinem Pferdeknecht zu verkuppeln«, schrie Charlottes Mutter. »Eine solche Unverschämtheit sieht ihm nur zu ähnlich! Er hat ja schon immer auf die Familienehre gepfiffen.«

Die Bösartigkeit ihres Tons riss Charlotte aus ihrer distanzierten Warte. »Lass wenigstens Onkel Julius aus dem Spiel«, bat sie. »Ihn trifft nicht die geringste Schuld. Er käme nie auf die Idee, jemanden zu verkuppeln oder sich sonst wie einzu…«

»Er hat es aber auch nicht verhindert. Das wäre seine verdammte Pflicht gewesen!«

»Er wird Lennart und mich als Erben einsetzen«, sagte Char-

450

lotte, um einen nüchternen Ton bemüht. »Ihr müsst euch also um meine Zukunft keine Sorgen machen. Außerdem bleibt der Birkenhof in Familienhand.« Sie sah ihre Mutter an. »Das wolltest du doch unbedingt.«

»Nicht um diesen Preis!« Irmengard von Lilienfeld baute sich vor ihrer Tochter auf. »Du wirst diesen … diesen Kretin nicht heiraten!« Sie warf ihrem Mann einen strengen Blick zu und forderte ihn mit einer herrischen Handbewegung auf, sie zu unterstützen.

»Da du noch nicht volljährig bist, kannst du ohne unsere Einwilligung keine Ehe eingehen«, sagte Charlottes Vater. »Und dein Verhalten beweist, dass du weit davon entfernt bist, die Verantwortung für deine Zukunft zu übernehmen.«

»Aber Lennart und ich haben eine Tochter!«, rief Charlotte.

»Sei froh, dass du das Balg nicht am Hals hast«, antwortete ihre Mutter. »Du kannst dich glücklich schätzen. So hast du die Möglichkeit, deinen Fehltritt auszubügeln.«

»Aber das will ich gar nicht, nie und nimmer!« Charlottes Hals wurde eng. Sie kämpfte gegen die aufsteigenden Tränen an. »Bitte, ich gehöre zu Vaike und Lennart.«

»Nein, du gehörst zu uns«, sagte ihr Vater. »Und später einmal zu einem Mann, der deines Standes und unseres Namens würdig ist.« Er räusperte sich. »Ich schlage vor, wir sprechen morgen weiter. Es ist schon spät, und die Gemüter sind erhitzt.« Er wandte sich an Charlotte. »Du gehst am besten auf dein Zimmer. Das Mädchen wird dir etwas zu essen bringen.«

Charlotte nickte. Für den Moment war sie dankbar, sich zurückziehen und ihre Gedanken ordnen zu können. Außerdem schmerzten ihre Brüste – höchste Zeit, die Milch abzupumpen. Wie es Vaike wohl ging? Die Sehnsucht nach ihrem Kind überrollte sie mit einer Macht, die ihr schier den Atem raubte. Ihr wurde kurz schwarz vor Augen. Leicht wankend verließ sie den Salon.

Kurz nachdem sie ihr altes Kinderzimmer in der zweiten Etage betreten hatte, klopfte es, und Kerti brachte ein Tablett mit belegten Broten, einem Glas Milch und einem Apfel herein.

»Vielen Dank«, sagte Charlotte, die vor ihrer Frisierkommode saß, und deutete auf den Nachttisch. »Stell es bitte dorthin.«

»Gern.« Kerti lächelte ihr schüchtern zu. »Kann ich sonst noch etwas für Sie tun? Ein heißes Bad oder eine Wärmflasche?«

»Das ist lieb von dir. Aber ich brauche nichts.«

»Dann wünsche ich Ihnen eine gute Nacht.« Kerti ging zur Tür.

»Warte.« Charlotte stand auf. »Ich möchte dich nicht in Verlegenheit bringen. Aber kannst du mir vielleicht sagen, wann und wie meine Eltern herausgefunden haben, dass ich nicht mehr in Finnland bin?«

Kerti errötete und rang sichtlich mit sich, bevor sie rasch einen Blick in den Flur warf und die Tür bis auf einen Spalt schloss. »Ein Bekannter Ihrer Eltern ist Mitte September geschäftlich nach Helsinki gereist«, erzählte sie mit gedämpfter Stimme. »Die gnädige Frau hatte ihm ein Päckchen für Sie mitgegeben. Aber unter der angegebenen Adresse hat er weder Sie noch Ihre Freundin angetroffen.«

Charlotte presste die Lippen zusammen. Natürlich nicht. Zilly hatte sich zu der Zeit außerhalb der finnischen Hauptstadt bei Dreharbeiten auf einem Schloss aufgehalten.

»Daraufhin hat sich der Bekannte bei der Filmfirma nach Ihnen erkundigt«, wisperte Kerti.

Charlotte stöhnte auf. »Ich ahne schon, was jetzt kommt.«

»Dort hat man ihm gesagt, dass Sie bereits im Juli abgereist sind. Und dass …«

»Ich schwanger war«, beendete Charlotte den Satz.

»Hier war der Teufel los, als er es Ihren Eltern berichtet hat.« Kerti schüttelte sich. »Ich habe befürchtet, dass die gnädige Frau der Schlag trifft.«

»Das kann ich mir lebhaft vorstellen.« Charlotte rieb sich die Stirn. »Vielen Dank, dass du …«

Ein Geräusch auf dem Gang ließ Kerti zusammenzucken. Sie sah Charlotte furchtsam an, huschte zur Tür und verschwand, ehe diese weitersprechen konnte.

Charlotte hatte nicht erwartet, in dieser Nacht ein Auge zutun zu können. Aufgewühlt vom Streit mit ihren Eltern, der Sorge um Vaike und der Sehnsucht nach Lennart, hatte sie sich ins Bett gelegt und sich auf endlose Stunden des Hin- und Herwälzens und Grübelns eingestellt. Sie musste jedoch eingeschlummert sein, kaum dass sie die Nachttischlampe ausgeschaltet hatte. Am nächsten Morgen wachte sie spät auf und brauchte einige Sekunden, bis sie sich zurechtfand. Sie fühlte sich trotz des langen Schlafs zerschlagen und ermattet.

Frisches, kaltes Wasser ins Gesicht, das wird mir jetzt guttun, dachte sie und tapste benommen zur Tür, um ins Bad zu gehen. Sie ließ sich nicht öffnen. Charlotte rüttelte an der Klinke. Nein, die Tür klemmte nicht. Sie war abgeschlossen. Ihr Magen krampfte sich zusammen, mit einem Mal war sie hellwach. Charlotte klopfte gegen das Holz und rief laut nach Kerti. Nach einer Weile hörte sie Schritte.

»Hallo! Lass mich bitte raus! Jemand hat die Tür abgeschlossen.«

»Ja, und das bleibt sie auch«, antwortete die Stimme ihrer Mutter.

»Das kannst du nicht machen.« Charlotte ballte die Fäuste. »Du kannst mich nicht einsperren!«

»Und ob ich das kann. Zumindest so lange, bis du wieder klar denkst und dein unentschuldbares Verhalten bereust. Dein Vater und ich werden nicht zulassen, dass du zu diesem Erbschleicher zurückkehrst und die Ehre der Familie weiterhin mit Füßen trittst.«

»Das ist Freiheitsberaubung!«, schrie Charlotte. »Dazu habt ihr kein Recht!«

»Haben wir durchaus. Außerdem hast du dir das selbst zuzuschreiben. Du hast uns wochenlang hintergangen und dreist angelogen. Nun musst du eben die Konsequenzen tragen.«

»Ich muss dringend auf die Toilette. Außerdem würde ich mich gern im Bad frisch machen«, rief Charlotte. »Darf ich wenigstens das?«

»Nein, wozu? In deinem Zimmer befindet sich alles, was du brauchst. Ein Nachttopf, Waschwasser und Handtücher.«

Charlotte hörte, wie sich ihre Mutter wieder entfernte.

»Bitte, komm zurück!«, rief sie. »Bitte, lass mich gehen!«

Keine Antwort. Hinter der Tür blieb es still. Charlotte schlug mit der Stirn gegen das Holz. Warum bin ich nicht in Malvaste geblieben? Ich hätte nie herkommen dürfen! Was soll ich jetzt bloß machen? Sie rannte zum Fenster und riss es auf. Ihr Impuls, um Hilfe zu rufen, verebbte. In der Aufregung hatte sie vergessen, dass ihr Zimmer zum Garten hinausging und nicht zur Straße. Das Nachbarhaus lag kaum sichtbar hinter Bäumen, gute fünfzig Meter weit entfernt. Selbst wenn man sie dort gehört hätte, wären ihre Eltern gewiss vorher auf ihre Schreie aufmerksam geworden. Sie schaute nach unten und fluchte leise. Es war zu hoch, um zu springen, und die glatte Fassade bot keinen Halt, um an ihr hinunterzuklettern.

Charlotte setzte sich auf die Bettkante. Denk nach, befahl sie sich. Wie kannst du entkommen? In Romanen oder Filmen zerreißen die Leute doch immer Bettlaken und knoten die Stücke aneinander, wenn sie aus einem hochgelegenen Raum türmen wollen. Charlotte sprang auf, warf die Daunendecke beiseite, zog das Laken von der Matratze und hielt inne. Immer mit der Ruhe, gebot sie sich. Du hast ja noch dein Nachthemd an. Du musst jetzt die Nerven behalten und darfst nichts überstürzen. Dazu steht zu viel auf dem Spiel.

Charlotte griff nach der Milchpumpe auf dem Nachttisch. Ihre Brüste waren zum Bersten gefüllt und taten weh. Während sie die Milch absaugte, liefen ihr die Tränen über die Wangen. Die Sehnsucht nach Vaike, die in diesem Moment an ihrer Brust liegen sollte, war kaum auszuhalten. Es kam ihr so vor, als sei ihr ein wichtiger Körperteil ohne Narkose amputiert worden.

Nach dem Abpumpen wusch sich Charlotte notdürftig mit dem Waschlappen an der Wasserschüssel, die auf der Frisierkommode stand, und begann, sich anzukleiden.

Es hat wenig Sinn, am helllichten Tage abzuhauen, überlegte sie weiter. Das Risiko, dabei erwischt zu werden, ist einfach zu groß. Außerdem ist es immerhin möglich, dass Vater doch noch einlenkt und mich gehen lässt. Ich muss zumindest versuchen, mit ihm zu reden und ihn zu überzeugen. Charlotte brachte ihr Bett in Ordnung, frisierte sich sorgfältig und nahm auf einem Sessel neben dem Fenster Platz, auf dem sie sich als Jugendliche beim Lesen in ferne Welten, spannende Detektivgeschichten, vergangene Zeiten und aufwühlende Liebesbeziehungen hatte entführen lassen. Damals hätte sie sich nie träumen lassen, einmal selbst in eine romanhaft anmutende Situation zu geraten: gefangen gehalten, weil sie in den Augen ihrer Eltern den falschen Mann liebte und nicht von ihm lassen wollte.

Charlottes Geduld wurde an diesem Sonntag auf eine harte Probe gestellt. Offenbar hatten ihre Eltern beschlossen, sie eine Weile im eigenen Saft schmoren zu lassen und weichzukochen, vermutlich in der Annahme, das Alleinsein werde ihr so zusetzen, dass sie nachgeben und sich ihrem Willen beugen würde. Am Vormittag kam Kerti kurz zu ihr, leerte den Nachttopf, brachte frisches Waschwasser und ein Tablett mit einem Frühstück. Bewacht wurde sie von Charlottes Mutter, die sich mit verschränkten Armen in der Tür aufbaute und jeglichen Versuch ihrer Tochter, mit dem Dienstmädchen zu sprechen, im Keim erstickte. Diese neuerliche Verschärfung ihrer Haftbedingungen brachte Charlottes Vorsatz, die Situation so gelassen wie möglich zu ertragen, ins Wanken. Dazu kam, dass sich ihr Vater nicht bei ihr blicken ließ und ihre Mutter auf ihre Bitte, sie möge ihn zu ihr schicken, nicht reagierte. Wenn doch Johann hier wäre, dachte Charlotte. Er würde mich verstehen und mir helfen.

Den ganzen Tag verbrachte sie damit, abwechselnd Fluchtpläne zu schmieden oder zu überlegen, wie sie einen Brief mit der Bitte um Hilfe an Onkel Julius oder ihren Bruder aus dem Haus schmuggeln konnte. Die Wahrscheinlichkeit, zumindest ihren Vater umstimmen zu können, schätzte sie mittlerweile sehr gering ein. Seine Weigerung, mit ihr zu sprechen, zeigte ihr, dass er sich nicht auf ihre Seite stellen würde – um des Friedens mit seiner Frau willen und wegen seiner eigenen Vorbehalte Lennart gegenüber.

Am Abend war Charlotte fest entschlossen, in dieser Nacht aus dem Fenster zu klettern und nach Malvaste zurückzukehren. Da man zweifellos nach ihr suchen würde, sobald ihre Eltern ihr Verschwinden am nächsten Morgen entdeckten, wollte sie nicht von Haapsalu aus übersetzen – zumal der Dampfer nach Hiiumaa erst am späten Vormittag ablegte –, sondern den Frühzug nach Tallinn nehmen und sich dort einschiffen. Ihre Eltern wussten zum Glück nicht, wo sie die letzten Wochen verbracht hatte – das erleichterte ihre Flucht.

Das Abendessen, das Kerti ihr – wieder unter der Aufsicht ihrer Herrin – servierte, aß Charlotte mit großem Appetit. Die Aussicht, ihre Geschicke wieder in die eigene Hand zu nehmen und spätestens am folgenden Abend ihre kleine Tochter in die Arme schließen zu können, hatte ihre Lebensgeister geweckt. Sie konnte es kaum erwarten, dass die Nacht hereinbrach und die übrigen Bewohner zu Bett gingen. Nach dem Essen zog sie sich ihre Schuhe und Jacke an, packte die Reisetasche und setzte sich in den Sessel am Fenster. Das Laken hatte sie bereits in Streifen zerrissen, diese aneinandergeknotet und im Schrank versteckt. Sobald im Haus Ruhe herrschte, würde sie ihre Behelfsleiter am Fensterkreuz befestigen und sich aus dem Staub machen.

Heller Lichtschein drang durch Charlottes Lider. Blinzelnd schlug sie die Augen auf und fuhr aus dem Sessel hoch. Draußen schien die Sonne! Das kann nicht sein, schrie es in ihr. Gerade war es noch zehn Uhr abends. Benommen schaute sie sich um. Ihr Blick blieb an dem Tablett mit dem Abendbrot hängen. Ein furchtbarer Verdacht keimte in ihr: Hatten ihre Eltern ihr ein Schlafmittel verabreicht? In der Milch? In ihren Augen zweifellos das sicherste Mittel, ihre Tochter am Fortlaufen zu hindern. Von ihrem Vater wusste Charlotte, dass Barbiturate, die gängigsten Schlafmittel, nicht nur schlafanstoßend, sondern in höherer Dosierung schlaferzwingend wirkten. Danach fühlte man sich erschöpft, abgeschlagen und wie gerädert – genau so wie Charlotte an diesem und am vorigen Morgen.

Der Schlüssel im Türschloss wurde gedreht. Charlotte sprang auf – wild entschlossen, sich den Weg hinaus zu erzwingen. Ihre Mutter kam herein. Charlotte stürmte auf sie zu, stieß sie beiseite – und rannte ihrem Vater in die Arme, der seiner Frau auf dem Fuß folgte. Er packte sie und schob sie ins Zimmer zurück.

»Was hab ich dir gesagt, Clemens?« Ihre Mutter deutete anklagend auf die Reisetasche neben dem Sessel. »Sie will weglaufen.«

»Ich hätte dich für klüger gehalten.« Ihr Vater sah Charlotte resigniert an, die zitternd vor ihren Eltern stand, unfähig, einen Ton herauszubringen.

»Zum Glück habe ich darauf bestanden, Vorkehrungen zu treffen.« Irmengard von Lilienfelds Blick zum Milchglas bestätigte Charlottes Verdacht. »Wie wolltest du es anstellen?« Ihre

Mutter schaute sich um. »Ah, das Laken fehlt«, stellte sie fest. Sie zog die Schubladen der Frisierkommode auf, warf einen Blick unters Bett und wurde schließlich im Schrank fündig. »Dass du dich nicht schämst«, zischte sie und hielt die zusammengeknoteten Lakenstreifen hoch.

Charlotte rang nach Luft. »Bitte, lasst mich gehen!« Sie schaute ihren Vater flehend an.

»Nimm doch Vernunft an, Kind«, antwortete er. »Wir wollen dich doch nur davor bewahren, eine Dummheit zu begehen, die dein ganzes Leben ruiniert!«

Aber ihr seid es doch, die es ruiniert, wollte Charlotte schreien. Ihrem Mund entrang sich jedoch nur ein Wimmern.

»Reiß dich gefälligst zusammen!« Ihre Mutter musterte sie abfällig. »Komm, Clemens. Lass uns frühstücken.« Sie ging auf den Flur. »Vorher sage ich noch dem Burschen wegen des Fensters Bescheid.«

»Bitte, mach es uns und dir doch nicht noch schwerer, als es ohnehin schon ist«, sagte Clemens von Lilienfeld leise, als er an Charlotte vorbei zur Tür schritt. »Eines Tages wirst du uns dankbar sein.« Er verließ das Zimmer, schloss die Tür und drehte den Schlüssel um.

Charlotte legte sich rücklings aufs Bett und starrte an die Decke. Du darfst dich jetzt nicht unterkriegen lassen, sprach sie sich selbst gut zu. Dir wird schon eine andere Möglichkeit einfallen. Wenige Augenblicke später lenkte lautes Hämmern ihre Aufmerksamkeit zum Fenster. Davor stand ein Mann auf einer Leiter und nagelte ein massives Brett diagonal am Rahmen fest. Charlotte stand auf und öffnete einen Flügel. Der Mann wich ihrem Blick aus und beeilte sich, ein zweites Brett über Kreuz anzubringen und seine Arbeit zu beenden. Charlotte verzichtete darauf, ihn um Hilfe zu bitten. Es würde ihn nur in Verlegenheit bringen.

Sie wandte sich ab. Warum lassen sie nicht gleich ein richtiges Gitter befestigen?, dachte sie. Sie könnten mir auch eine Fußkette mit Eisenkugel anschmieden. Oder mich an die Wand fesseln. Sie sank auf die Knie und vergrub den Kopf in den Händen. Zum ersten Mal seit der Ankunft im Haus ihrer Eltern wurde sie von abgrundtiefer Verzweiflung gepackt. Jegliche Hoffnung war dahin, kein Ausweg in Sicht.

Schleswig-Holstein, August 1991

— 43 —

Am Freitag war das Wetter – wie vorhergesagt – heiter und trocken bei schwachem Wind und Temperaturen bis zu 25 Grad. Beim Mittagessen bot Gesine an, später nach Schleswig zu fahren und die Tisch- und Menükarten abzuholen, die ihre Mutter dort bei der Druckerei Lange bestellt hatte. Die Erledigung des Auftrags hatte sich verzögert, die pünktliche postalische Zustellung war unwahrscheinlich geworden.

»Das wäre wirklich sehr hilfreich«, sagte Henriette von Pletten. »Ich weiß gerade nicht, wo mir der Kopf steht. Man kann die Dinge noch so akribisch planen, am Ende ergeben sich doch immer wieder solche unvorhergesehenen Verzögerungen.« Sie holte ihre Lesebrille aus einem Etui und überprüfte ihre To-do-Liste, die sie seit Tagen stets bei sich hatte. »Könntest du bei der Gelegenheit auch bei Ahrens vorbeischauen und noch einen Schwung Mückenkerzen und Fackeln mitnehmen? Ich bin nicht sicher, ob unser Vorrat reicht.«

»Klar, liegt ja auf dem Weg«, antwortete Gesine.

»Wunderbar. Vielen Dank!« Ihre Mutter lächelte sie an und eilte davon, um sich nach der kurzen Mittagspause erneut in die Vorbereitungen des Festes zu stürzen.

Gesine verspürte einen leichten Gewissenspiekser. Ihr Angebot kam nicht von ungefähr. Sie hatte ohnehin vor, in die Kreisstadt an der Schlei zu fahren – begleitet von Opa Paul, der mit ihr Charlotte vom Bahnhof abholen wollte. Sie waren übereingekommen, niemanden über den Überraschungsgast zu informieren. Henriette sollte keine Möglichkeit haben, vorab ihr Veto gegen die Anwesenheit ihrer Mutter einzulegen. Und andere Mitwisser – allen voran Gesines Vater und

Anneke – wollten sie es nicht zumuten, Stillschweigen zu bewahren.

Gesine hatte für ihre Großmutter ein Zimmer im Hotel Aurora in der Innenstadt von Kappeln am Rathausmarkt gebucht. Von dort konnte sie am folgenden Tag mit dem Taxi zum Gestüt beziehungsweise zur Christuskirche in Gundelsby fahren, wo das Jubiläumsfest mit einem Gottesdienst beginnen würde. Charlotte, der Opa Paul diesen Vorschlag am Telefon unterbreitet hatte, war damit sehr einverstanden. Es kam ihr entgegen, eine Rückzugsmöglichkeit außerhalb von Gut Pletten zu haben. Sie hatte freimütig zugegeben, dass sie ihrem Besuch nervös und angespannt entgegensah – und insbesondere der Begegnung mit ihrer Tochter. Gesine konnte das gut verstehen. Es musste furchtbar sein, vom eigenen Kind weggestoßen zu werden und beim Versuch, den Graben zu überwinden, immer und immer wieder zu scheitern. Wie viel Mut und Überwindung musste es Charlotte kosten, sich der Angst vor einer erneuten Zurückweisung zu stellen?

Nachdem Gesine und ihr Großvater die Einkäufe im Haushaltswarenkaufhaus Ahrens erledigt und die Druckerei Lange aufgesucht hatten, fuhren sie zum Bahnhof im Ortsteil Friedrichsberg. Je näher die Ankunft des Zuges aus Hamburg rückte, desto aufgeregter wurde Gesine. Während sich Opa Paul auf dem Bahnsteig auf einer Bank niederließ, tigerte sie unruhig auf und ab und schaute ungeduldig die Schienen entlang in die Richtung, aus der der Intercity einfahren würde. Was ist, wenn wir uns nichts zu sagen haben?, fragte sie sich. Oder uns unsympathisch finden? Na, dann verschwindet sie nach dem Fest eben wieder aus deinem Leben, antwortete die Vernunftstimme. Jetzt mach dich nicht verrückt! Das Eintreffen des Zuges beendete ihren inneren Dialog. Sie ging zu Opa Paul und half ihm beim Aufstehen.

Gesine entdeckte Charlotte als Erste. Einige Meter von ihnen entfernt stieg eine Großfamilie aus. Eine der älteren Frauen – Gesine schätzte sie auf Anfang siebzig – entfernte sich von der Gruppe und sah sich suchend um. Sie war mittelgroß, trug einen hellen Hosenanzug aus Leinen und hatte ihre grauen Haare zu einem kinnlangen Bob mit Seitenscheitel frisiert. Über die Schulter hatte sie eine Reisetasche gehängt und über den Arm einen leichten Mantel.

»Ist sie das?«, fragte Gesine.

Bevor sie ihrem Großvater zeigen konnte, wen sie meinte, schaute die Frau in ihre Richtung, hob grüßend die Hand und kam auf sie zu.

»Paul! Du hast dich gar nicht verändert«, rief sie und streckte ihm die Rechte entgegen.

»Du aber auch nicht, Charlotte.« Er ergriff ihre Hand. »Was für eine Freude, dich zu sehen!«

»Das kann ich nur erwidern«, antwortete sie. »Ich kann dir gar nicht sagen, wie dankbar ich dir bin!« Sie drehte sich zu Gesine. »Ist sie das?«

»Ja, das ist deine Enkelin.«

Gesine spürte ihren Herzschlag im Hals. Der Blick in die hellbraunen Augen, die auf ihr ruhten, brachte eine Saite in ihr zum Schwingen, die sie bislang nie wahrgenommen hatte. Es lag etwas Vertrautes darin, das sie anrührte.

»Herzlich willkommen!« Gesines Stimme klang rau. Sie räusperte sich. »Ich freue mich, dich kennenzulernen.« Sie biss sich auf die Lippe und spürte, wie ihr das Blut in die Wangen stieg. Das klang so förmlich und distanziert. Verlegen senkte sie den Blick.

»Mach dir keinen Kopf«, hörte sie Charlotte sagen. »Ich bin auch schrecklich nervös.«

»Wir sollten fahren, Gesine«, sagte Opa Paul. »Sonst wundert sich deine Mutter noch, wo du bleibst.«

»Stimmt, ich hatte ihr versprochen, mich um die Lampions und Girlanden zu kümmern.« Sie deutete auf Charlottes Reisetasche. »Lass mich die nehmen.«

»Das ist sehr lieb von dir. Meine morschen Knochen sagen danke.«

Die Unterhaltung auf der Fahrt nach Kappeln wurde zunächst von Opa Paul und Charlotte bestritten. Gesine war froh, vorerst einfach nur zuhören zu dürfen und sich innerlich zu sortieren. Es überraschte sie, wie sehr die Anwesenheit ihrer Großmutter sie aufwühlte.

»Und was hat dich nach London verschlagen?«, fragte Gesines Großvater, nachdem die beiden festgestellt hatten, dass seit ihrem letzten Treffen weit über dreißig Jahre vergangen waren, und Charlotte sich eingehend nach Pauls Befinden und den wichtigsten Ereignissen in seinem Leben erkundigt hatte. »Wenn ich mich recht erinnere, wolltest du damals nach Schweden.«

»Ja, da war ich auch sehr lang.«

»Du hattest dort eine Freundin, nicht wahr?«

»Du meinst Zilly.« Charlotte nickte. »Ja, sie hatte mich eingeladen. Wir hatten uns seit 1939 nicht mehr gesehen. Es war eine große Erleichterung, dass sie den Krieg gut überstanden hatte.«

»Das stelle ich mir bewegend vor, ein Wiedersehen nach so langer Zeit«, sagte Opa Paul.

»Es war unglaublich. Fast schon unheimlich. Als wären wir nie getrennt gewesen. Dabei waren wir schon immer sehr verschieden. Und in der Zwischenzeit hatten sich unsere Leben und Erfahrungen noch weiter voneinander entfernt. Aber das hat im Grunde nie eine Rolle gespielt.«

Gesine musste an Kirsten denken. Auch ihre Freundin war völlig andere Wege gegangen als sie – was die Vertrautheit und das gegenseitige Verständnis zwischen ihnen jedoch nie beeinträchtigt hatte.

»Wart ihr zusammen auf der Schule?« Sie drehte kurz den Kopf zu ihrer Großmutter, die auf der Rückbank Platz genommen hatte. Ihre Befürchtung, Charlotte könnte ähnlich reserviert auf persönliche Fragen reagieren wie ihre Tochter Henriette, hatte sich mittlerweile in Luft aufgelöst – und mit ihr Gesines Befangenheit.

»Wir haben uns in einem Mädchenstift kennengelernt«, antwortete Charlotte. »Da konnte man eine einjährige Hauswirtschaftsausbildung machen. Zilly ist anschließend an eine Schauspielschule gegangen und bekam noch vor dem Abschluss Rollenangebote beim Film. Erst in Finnland, später dann in Schweden.«

»Wow, eine Schauspielerin!«, rief Gesine. »Wie aufregend!«

»Ja, Zilly hatte und hat ein sehr bewegtes Leben. Sie probiert ständig neue Dinge aus. Vor einiger Zeit hat sie sich in den Kopf gesetzt, ein kleines Theater in London, das immer haarscharf an der Pleite vorbeischrammt, zu übernehmen und es wieder auf Vordermann zu bringen.« Charlotte schüttelte mit einer Mischung aus Staunen und Bewunderung den Kopf. »So wie ich sie kenne, wird ihr das auch gelingen.«

»Du bist ihr also nach London gefolgt?«, fragte Opa Paul.

»Ja, Ende der siebziger Jahre. Da bekam sie nach einem Gastspiel an einem Theater vom Intendanten ein dauerhaftes Engagement angeboten. Und da sie sich ohnehin beruflich neu ausprobieren wollte, hat sie es angenommen.«

»Und was hast du in Schweden und später in London gemacht?«, erkundigte sich Gesine.

»Oh, alles Mögliche. Bei mir hat es eine ganze Weile gedauert, bis ich meinen Platz in der Berufswelt gefunden hatte.« Sie lächelte Charlotte über den Rückspiegel zu. »Letztendlich bin ich bei Amnesty International gelandet.«

»Wie spannend! Darüber musst du mir unbedingt mehr erzählen.« Gesine verlangsamte das Tempo. Mittlerweile hatten sie Kappeln erreicht.

»Mach ich gern«, antwortete Charlotte. »Wir werden hoffentlich noch viele Gelegenheiten haben, miteinander zu sprechen.«

»Auf jeden Fall!« Gesine fuhr auf den Rathausmarkt, hielt auf dem Parkplatz des Hotels an und drehte sich zu Charlotte. »Ich hoffe, es gefällt dir einigermaßen. Es ist nicht besonders luxuriös und entspricht vielleicht nicht …«

»In der Hinsicht bin ich nicht sehr anspruchsvoll«, unterbrach Charlotte sie. »Solange die Matratze nicht zu weich ist und die Sauberkeit stimmt.«

Opa Paul blieb im Auto sitzen, während Gesine ihre Großmutter zur Rezeption und anschließend zu ihrem Zimmer im ersten Stock begleitete. Das Fenster ging zur Seite hinaus und bot einen Blick auf den trutzigen Backsteinbau der St.-Nikolai-Kirche.

»Zentraler geht es wirklich nicht«, sagte Charlotte. »Es gefällt mir sehr gut!«

»Das freut mich.« Gesine stellte die Tasche ab. »Es wird hoffentlich ruhig sein. Hier finden nämlich immer wieder Dreharbeiten für ›Der Landarzt‹ statt. Ein Teil des Restaurants fungiert dann als Asmussens Kneipe, in der sich die Darsteller zum Stammtisch treffen.«

Anneke war ein großer Fan der ZDF-Serie und insbesondere von Christian Quadflieg, der Hauptfigur. Sie verpasste keine Folge und war dem von ihr verehrten Schauspieler bereits zweimal als Statistin am Set begegnet. Nachdem Gesine ihrer Großmutter eine Kopie des Festprogramms für den folgenden Tag überreicht und sich vergewissert hatte, dass es ihr an nichts fehlte, verabschiedete sie sich und eilte zu ihrem Wagen zurück.

Am Samstagvormittag platzte die Christuskirche von Gundelsby aus allen Nähten. Zu dem Gottesdienst für die beiden Jubilare hatten sich neben den vielen geladenen Gästen zahlreiche Gemeindemitglieder und entfernte Bekannte eingefunden, die den beiden Grafen die Ehre erweisen wollten. Die türkisblau gestrichenen Bänke im rechteckigen Kirchenschiff waren bis auf den letzten Platz besetzt, ebenso die Stühle im angrenzenden Gemeinderaum, dessen bewegliche Trennwand unter der Orgelempore beiseitegeschoben worden war.

Gesine saß neben ihren Eltern und Opa Paul in der ersten Reihe rechts vor dem halbrunden Chor. Während dieser von einem weiß verputzten Gewölbe aus Stein überspannt wurde, bestand die Tonnendecke des Schiffs aus einer Holzkonstruktion mit Zugbalken. Durch die großen Fenster flutete das Sonnenlicht, das auch die Farben des runden Bleiglasfensters in der Apsis über dem Altar – ein Brustbild Christi mit der Dornenkrone – zum Leuchten brachte und dem Messing des vielarmigen Kronleuchters im Mittelgang einen warmen Schimmer verlieh. Rechts neben dem Chorbogen befand sich die Kanzel, an der linken Wand hing eine Kopie des Gemäldes »Anbetung der Hirten« des spätgotischen Malers Martin Schongauer.

Immer wieder drehte sich Gesine um und ließ ihre Augen auf der Suche nach Charlotte über die Reihen hinter ihr und zum Eingang wandern. Wo bleibt sie nur?, fragte sie sich. Hat sie es sich anders überlegt und kommt doch nicht? Verdenken könnte ich es ihr nicht. Sie könnte mit gutem Grund befürchten, erneut abgewiesen zu werden. Vielleicht zieht sie es vor, eine demütigende Abfuhr ohne Dutzende Zeugen zu kassieren. War es doch ein Fehler, sie zu dem Fest einzuladen? Gesine schielte zu ihrer Mutter, die aufrecht neben ihrem Mann saß. Wird sie eine Szene machen, wenn Charlotte auftaucht? Seit Gesine wusste, dass ihre Großmutter die Einladung von Opa Paul angenommen hatte, spielte sie immer wieder verschiedene Möglichkeiten durch, wie ihre Mutter reagieren könnte: Von einer tränenreichen Umarmung mit geschluchzten Entschuldigungen über eisiges Schweigen bis hin zu einem vulkanartigen Wutausbruch war alles denkbar.

Gesine beugte sich zu ihrem Großvater. »Opa, Charlotte ist immer noch nicht da«, raunte sie ihm ins Ohr.

»Sie wird kommen«, flüsterte er zurück. »Da bin ich mir ganz sicher.«

»Aber vielleicht war es keine gute Idee, sie ausgerechnet heute …«

»Ich verstehe deine Bedenken. Eventuell hat sie tatsächlich beschlossen, der Feier fernzubleiben. Obwohl mich das wundern würde. Sie neigt nicht dazu, vor unangenehmen Dingen davonzulaufen.«

Das Empfangsgeläut der beiden Glocken im Turm über dem Chor verstummte, und die Akkorde eines Orgelpräludiums füllten den Raum. Gesine schaute nach vorn, wo der Pastor vor das Pult trat. Sein Vorgänger, bei dem sie konfirmiert worden war, hatte noch von der Kanzel aus gepredigt. Nachdem der Geistliche die Gemeinde begrüßt hatte, stellte er fest, dass jeder, der etwas zu feiern hatte, in der Regel auch Grund zu danken hatte.

»Heute sind wir hier, um zusammen mit Paul und Carl-Gustav von Pletten für viele erfüllte Lebensjahre zu danken. Den Dank verbinden wir mit der Bitte um Gottes Segen für die nächsten Jahre, die unseren Jubilaren noch beschieden sein werden.«

Opa Paul brummte etwas, das wie »bei mir kaum noch viele« klang.

»Sag das bitte nicht, du wirst steinalt!«, flüsterte Gesine, drückte seinen Arm und sandte ein Stoßgebet gen Himmel, ihr ihren Großvater noch lange nicht zu entreißen.

Das Knarzen der Tür lenkte ihre Aufmerksamkeit vom Pfarrer ab. Sie schaute nach hinten und sah ihre Großmutter eintreten. Diese stellte sich hinter einen großen Mann und verschwand aus

Gesines Blickfeld. Mit klopfendem Herzen drehte sie sich wieder nach vorn und drückte unwillkürlich ihre Daumen. Hoffentlich wird es nachher nicht allzu schlimm.

»Vergebung ist ein zentrales Thema in der Bibel. Wo Menschen zusammenkommen, da wird es immer auch Spannungen geben. Und machen wir nicht alle einmal die Erfahrung, dass gerade die, die uns am nächsten sind, uns auch am tiefsten verletzen und enttäuschen können?«

Der Satz des Pastors ließ Gesine aufhorchen. Aus den Augenwinkeln bemerkte sie, dass ihre Mutter sich versteifte, die Stirn runzelte und sich zu ihrem Mann neigte.

»Hattet Ihr nicht vereinbart, dass er über eure Taufsprüche predigt?«, fragte sie leise.

Gesines Vater zuckte mit den Schultern und murmelte etwas Unverständliches.

Nachdem der Pastor festgestellt hatte, dass Gott die Menschen mit all ihren Charakterschwächen, Fehlern und ihrem Versagen annahm, forderte er seine Zuhörer auf, sich ihn zum Vorbild zu nehmen und nicht in Bitterkeit, Rachsucht und Hass zu verharren.

»Bei der Vergebung geht es nämlich mehr um uns als um die Person, der wir verzeihen müssen. Denn Unversöhnlichkeit ist wie ein Haken, der in unserem Herzen steckt und uns immer noch mit der Verletzung und dem Menschen, der sie verursacht hat, verbindet.«

Gesine sah, wie ihre Mutter die Kiefer aufeinanderbiss. Ihr Gesicht war bleich. Was hatte den Pfarrer geritten, vom verabredeten Inhalt abzuweichen? Gesine warf ihrem Großvater einen prüfenden Blick zu. Er lauschte entspannt und begleitete die Ausführungen des Geistlichen mit zustimmendem Nicken. Steckte er hinter dem Themenwechsel der Predigt?

»Opa, hast du etwa den Pastor …?«, flüsterte sie.

»Ich dachte, es sei nicht verkehrt, ein wenig den Boden zu bereiten.« Er zwinkerte ihr verschmitzt zu.

Gesine schaute ihn verblüfft an. Es gelang ihm trotz der langen Zeit, die sie ihn nun kannte, sie immer wieder zu überraschen.

»Wir weigern uns, Menschen zu vergeben, weil wir es ihnen heimzahlen wollen«, fuhr der Pfarrer fort. »Dabei merken wir nicht, dass wir uns selbst bestrafen. Vergebung bedeutet nicht, dass wir damit Schuld, die uns widerfahren ist, herunterspielen. Wir geben lediglich unser vermeintliches Recht auf Rache ab und überlassen es Gott, in dieser Angelegenheit zu richten. Was für ein Stein fällt uns vom Herzen, wenn die Last der Erbitterung, des Grolls und des Hasses von uns genommen wird und ein tiefer Friede an diese Stelle tritt.«

Die Predigt endete mit der Bitte an Gott, den Anwesenden die Kraft zur Vergebung zu schenken. Nachdem die Gemeinde das »Vaterunser« gesprochen hatte, stimmte sie das Lied »Befiehl du deine Wege« von Paul Gerhard an. Während Gesine sang, wanderten ihre Augen erneut zu ihrer Mutter. Deren unbewegter Gesichtsausdruck verriet nicht, wie es in ihrem Inneren aussah.

Nach dem Lied ergriff der Pastor wieder das Wort und schwenkte elegant zum eigentlichen Anlass des Gottesdienstes über.

»Wir wissen, wie schwer es ist, zu vergeben. Doch: *Alle Dinge sind möglich dem, der glaubt.* Diesen Spruch hat man einst dem Täufling Carl-Gustav von Pletten mit auf den Weg gegeben. Und seinem Vater Paul von Pletten die Aufforderung: *Seid fröhlich in Hoffnung, geduldig in Trübsal, beharrlich im Gebet.* Zwei, wie ich finde, sehr ermutigende und tröstliche Worte, die unsere beiden Jubilare auf den Höhen und Tiefen ihres Lebens begleitet haben. Mögen sie uns allen Zuversicht und Vertrauen schenken.«

Nach der Verlesung der Fürbitten, einem weiteren Lied und dem abschließenden Segen verließen die Gottesdienstbesucher, begleitet von Orgelmusik, die Kirche. Gesine verfluchte ihren Platz in der ersten Reihe. Es dauerte eine gefühlte Ewigkeit, bis sie an Opa Pauls Seite als eine der Letzten den Ausgang erreichte. Ihre Eltern gingen ein paar Schritte vor ihr. Vergebens versuchte Gesine, einen Blick nach draußen zu erhaschen und Charlotte zu entdecken. Endlich traten sie ins Freie, wo sich die Gäste und Gemeindemitglieder in kleinen Gruppen unterhielten.

Gesines Großmutter stand etwas abseits und schaute zum Kirchenportal. Ihre Augen und die ihrer Tochter Henriette trafen im gleichen Moment aufeinander. Charlotte lächelte schüchtern und hob die Hand zum Gruß. Gesine sah, wie ihre Mutter zusammenzuckte und die Fäuste ballte. Für den Bruchteil einer Sekunde erwartete sie, dass sie sich auf Charlotte stürzen würde. Bevor sie zu ihr eilen und sie davon abhalten konnte, wankte ihre Mutter und sank in einer halben Drehung zu Boden.

Nach einer Schrecksekunde eilte Gesine zu ihrer Mutter, fiel neben ihr auf die Knie und beugte sich über sie. Der Anblick von Charlotte hat sie im wahrsten Sinne des Wortes umgehauen, schoss es Gesine unwillkürlich durch den Kopf. Um Gottes willen, hoffentlich hat sie nicht der Schlag getroffen. Angst kroch in Gesine hoch. Mit zitternden Fingern suchte sie am Hals ihrer Mutter nach dem Puls.

– 44 –

Seit Charlotte denken konnte, ging es in ihrem Elternhaus leise zu. Irmengard von Lilienfeld legte großen Wert auf Ruhe und verbat sich alles, was Lärm und Hektik erzeugte. Von der Arztpraxis im Erdgeschoss war in der darüberliegenden Wohnung kaum etwas zu hören, die Dienstboten waren angehalten, ihren Beschäftigungen nach Möglichkeit geräuschlos nachzugehen, und Charlotte und ihr Bruder Johann waren von klein auf zu rücksichtsvollem und leisem Verhalten erzogen worden.

Zu Beginn der zweiten Oktoberwoche jedoch war es mit der Stille vorbei. Es herrschten eine Geschäftigkeit und Unruhe, die Charlotte sich nicht erklären konnte: Ständig läutete das Telefon, Türen schlugen, es polterte, Schritte eilten auf dem Gang hin und her, es wurde nach dem Dienstmädchen oder dem Knecht gerufen sowie lautstarke Anweisungen gegeben, deren Wortlaut sie nicht verstand. Die hektische Atmosphäre versetzte Charlotte in eine unterschwellige Alarmbereitschaft, die – zusätzlich zu ihrer trostlosen Stimmung, der Sorge um Vaike und der Sehnsucht nach Lennart – an ihren Nerven zehrte. Es machte sie schier verrückt, in der Isolation ihrer Gefängniszelle, zu der ihr Zimmer mutiert war, die Ursache dieser Unruhe nicht ausmachen zu können.

Kerti hatte offensichtlich ein striktes Redeverbot auferlegt bekommen. Am Montag versorgte sie Charlotte unter der Aufsicht des Knechts schweigend und so schnell es ging mit Essen, frischem Waschwasser, Kleidung und Handtüchern. Charlottes Bitten, ihr wenigstens mitzuteilen, was im Hause vor sich ging, ignorierten die beiden Bediensteten. Sie machten auf Charlotte einen verstörten Eindruck – was ihre eigene Anspannung noch verstärkte. Auch der Dienstag verging, ohne dass sich jemand bemüßigt fühlte, ihr eine Erklärung zu geben. Charlottes Niedergeschlagenheit erlebte einen neuen Tiefpunkt, als sie feststellte, dass ihre Brüste sich nicht mehr füllten. Vermutlich hatte der Schock über die Behandlung, die ihr in ihrem Elternhaus widerfuhr, zum Versiegen der Milch geführt.

Am Mittwoch fand Charlotte unter dem Deckchen auf dem Tablett, das Kerti ihr mit dem Mittagessen heraufgebracht hatte, mehrere ausgeschnittene Artikel aus der »Deutschen Zeitung« der letzten Tage. Sie setzte sich zum Lesen aufs Bett. Am Montag, 9. Oktober 1939, lautete die Überschrift:

AUSSIEDELUNG DER DEUTSCHEN VOLKSGRUPPEN IN OSTEUROPA
ADOLF HITLERS PROGRAMM WIRD DURCHGEFÜHRT

Hastig überflog Charlotte den Artikel und stöhnte auf, als sie las:

Dementsprechend will die Deutsche Regierung auch die in Estland wohnhaften deutschen Volksangehörigen für immer nach Deutschland überführen und hat zu diesem Zweck deutsche Handelsschiffe in die estländischen Häfen geschickt.

Charlotte starrte ungläubig auf das Blatt. Das konnte nicht sein! Sollten alle Deutschen das Land verlassen? Das Ansinnen erschien ihr ungeheuerlich, die Hast, mit der es in Angriff genommen wurde, beängstigend. Ein Teil in ihr sträubte sich dagegen, das Gelesene ernst zu nehmen und in seiner Tragweite an sich heranzulassen. Vielleicht ist der Reporter im Eifer des Gefechts übers Ziel hinausgeschossen, versuchte sie sich selbst zu beruhigen und griff nach den Artikeln, die aus der Zeitung vom Dienstag, 10. Oktober stammten. Deren erste Seite wurde von einem Bericht beherrscht, bei dem es um die *Durchführung des*

*estnisch-räterussischen Beistandspaktes in den nächsten Tagen
ging.*

Na also, dachte Charlotte. Wenn wirklich eine umfassende
Aussiedlung geplant wäre, stünde das doch an prominenter
Stelle. Sie überflog die Zeilen, in denen über die Beratungen der
gemischten russisch-estnischen Kommission berichtet wurde,
die unter anderem Fragen zum Transport und zur Unterbrin-
gung der sowjetischen Truppen klären sollte. Ein Absatz entlockte Charlotte ein erschrockenes »Oh nein!«.

*Wie schon bekannt, werden die Inseln Saaremaa und Hiiumaa die
Hauptbasen für die russischen Streitkräfte bilden. Daneben werden in Paldiski und Umgebung, in der Umgebung von Rohuküla
und im Rayon von Haapsalu russische Garnisonen stationiert.*

Die Vorstellung, hunderte Rotarmisten würden demnächst *ihre*
geliebte Insel bevölkern, löste Unbehagen, ja Angst in Charlotte
aus. Das verhieß nichts Gutes! Die wiederholten Beteuerungen
der estnischen Regierung, die Souveränität und Neutralität des
Staates würden dadurch nicht angetastet, klangen in ihren Ohren hohl. Man musste schon sehr naiv sein, ihnen Glauben zu
schenken.

Aber dann ist es doch sehr wahrscheinlich, dass tatsächlich
alle Deutschen das Land verlassen sollen, meldete sich ein
Stimmchen in ihr zu Wort. Denn wenn die Russen hier erst einmal die Macht übernehmen, werden sie alle, die sie als Klassen-
feinde ansehen, drangsalieren, verhaften und deportieren. Wenn
sie sie nicht gleich hinrichten. Allen voran den Adel und das
Großbürgertum. Charlotte schüttelte sich und griff zu den
nächsten Ausschnitten. Bereits am Dienstag war ein »Merkblatt
für die deutschen Aussiedler« veröffentlicht worden:

GEPÄCK UND MOBILIAR

a) Das zum Leben allernotwendigste Gepäck wie: Kleider, Wäsche sowie Wertsachen, persönliche Dokumente, Wertpapiere, Policen, Besitztitel, ferner Verpflegung für drei Tage ist zur sofortigen Mitnahme herzurichten. Dieses Gepäck hat jeder bei der Abreise und Einschiffung selbst zu tragen.

b) Grosses Gepäck, wie: nötigenfalls entbehrliche Wäsche, Kleider, Decken, Kissen, Bettzeug, in engbegrenztem Maße Ess- und Kochgeschirr, wertvolle Gemälde ohne Rahmen usw., sind gut verpackt in feste Kisten, Koffer oder Körbe zum sofortigen Abtransport bereitzustellen. Bündel oder sonstige lose verpackte Gepäckstücke sind nicht zulässig. Alle Gepäckstücke müssen an gut sichtbarer Stelle den vollen Namen des Besitzers sowie den Buchstaben »B« tragen.

c) Wertvolle Möbelstücke sind im Aussiedlungsstabe anzumelden. Beratung dortselbst.

GELD

Die Mitnahme von Bargeld ist nicht nötig, jedoch innerhalb der Freigrenze bis zu Kr. 50.– pro Person gesetzlich zulässig. Das sonstige Bargeld sowie Bankguthaben sollen auf das Conto der Deutschen Gesandtschaft eingezahlt werden. Der Ausgleich dieser Guthaben erfolgt im Reich. Pensionsempfänger sollten einer Vertrauensperson Vollmacht erteilen.

Nach einer ausführlichen Erklärung, wie Grundbesitzer, Geschäftsinhaber, Firmenchefs, Ärzte und andere Berufsgruppen ihr Eigentum und Inventar dokumentieren sollten, folgten noch allgemeine Bestimmungen:

BEKANNTGABEN UND VERHALTUNGSMASSREGELN
werden ausschliesslich vom Aussiedlungs-Stabe durch dessen Beauftragte, durch die »Deutsche Zeitung« sowie durch gedruckte

oder schriftliche Mitteilungen erteilt. Sämtlichen aus sonstigen Quellen stammenden Gerüchten ist kein Glauben zu schenken. Auskünfte erteilt die Auskunftstelle des Aussiedlungs-Stabes. Telephonische Anfragen (Tel. 30–39) sind auf das Allernotwendigste zu beschränken. Mitteilungen über bevorstehende Abreise-Termine erfolgen rechtzeitig, diesbezügliche Anfragen sind zwecklos.

Rasch las Charlotte die verbliebenen Artikel aus der aktuellsten Ausgabe. Auch an diesem Tag gab es keine Meldung, die die bevorstehende Evakuierung infrage stellte. Ganz im Gegenteil, es folgten weitere Anweisungen, Erklärungen und Aufforderungen des Aussiedlungsstabes:

Achtung! Aussiedler! Alle diejenigen, die ihren Deutschtumsausweis (Tunnistus) in 3 Ortssprachen noch nicht erhalten haben, müssen sich denselben im Ausstellungsstabe selbst abholen. Ohne Deutschtumsausweis ist eine Abreise unmöglich!

Umrahmt waren die amtlichen Erklärungen und Aufrufe von privaten Kleinanzeigen. Wo sonst Stellenausschreibungen, Kontaktannoncen, Werbung und private Bekanntmachungen von Todesfällen, Verlobungen oder Taufen standen, waren seit Dienstag fast ausschließlich Gesuche nach gebrauchten Möbeln, Kleidern, Wäsche, Kupfersachen, Hausgerät, altem Eisen, Dachbodenkram, Klavieren und anderen Haushaltsgegenständen abgedruckt.

Es waren diese Inserate, die für Charlotte die allerletzten Zweifel beseitigten, dass der Aufruf, sich auf das Verlassen der Heimat vorzubereiten, ernst gemeint war. Es versetzte ihr einen Stich, dass bereits am ersten Tag nach der offiziellen Verkündung der Aussiedlung Menschen Dinge erwerben wollten, die die Betroffenen zurücklassen würden. Diese Eile hatte in ihren Augen etwas Anstößiges, etwas von Leichenfledderei. Andererseits war es – nüchtern betrachtet – nachvollziehbar. Schließlich wusste niemand, wie lange die Deutschbalten noch im Lande sein und den Verkauf ihres Hab und Guts regeln konnten.

Ein Rumpeln über ihr auf dem Dachboden riss Charlotte aus ihren Überlegungen. Die ungewöhnliche Betriebsamkeit der letzten Tage konnte nur einen Grund haben: Ihre Eltern waren bereit, dem Aufruf ohne Weiteres Folge zu leisten, und hatten sofort nach der Bekanntmachung mit dem Packen begonnen. Und da sie keine Anstalten machten, den Hausarrest aufzuheben und sie gehen zu lassen, hatten sie offensichtlich die Absicht, sie mitzunehmen.

Charlottes Magen zog sich zusammen. Nein! Das dürfen sie nicht! Sie stürzte zur Tür und hämmerte mit aller Kraft dagegen.

»Lasst mich sofort raus! Ich muss mein Kind holen!«

Nach ein paar Minuten, in denen sie unablässig gerufen und geklopft hatte, wurde die Tür geöffnet. Ihre Eltern kamen herein und schlossen hinter sich wieder ab.

»Ist es wahr?«, rief Charlotte. »Ihr wollt Estland verlassen?«

»Woher weißt du …« Ihr Vater runzelte kurz die Stirn. »Wir wollen nicht, wir müssen«, fuhr er leise fort.

»Daher!« Seine Frau deutete auf die Zeitungsausschnitte, die verstreut auf dem Bett lagen. »Ich nehme an, dass Kerti sie ihr gebracht hat.« Sie verzog das Gesicht. »Diese unzuverlässige Person.«

»Wann wolltet ihr es mir denn sagen?« Charlotte bemühte sich um einen ruhigen Ton. »Habe ich nicht ein Recht darauf, über eine so einschneidende Veränderung informiert zu werden?«

»Alles zu seiner Zeit«, sagte ihre Mutter. »Es gibt jetzt so viel zu organisieren und in die Wege zu leiten.«

»Aber warum diese Hast?« Charlotte nahm eine Mitteilung des Aussiedlungsstabes, hielt sie ihr hin und tippte auf den Unterpunkt 5:

Personen, die wegen Regelung wirtschaftlicher Verpflichtungen dringend zurückzubleiben wünschen, sollen sich sofort in der Umsiedlungsstelle der Deutschen Gesandtschaft melden.

»Es besteht doch keine Notwendigkeit, sich derart zu beeilen«, fuhr sie fort.

»Oh doch«, antwortete ihre Mutter. »Je eher du hier fortkommst, desto besser.«

»Sieh es doch als Chance«, sagte ihr Mann und sah Charlotte bittend an. »Für einen Neuanfang.«

»Hör auf deinen Vater!«

»Nein! Ich will nicht neu anfangen.« Charlotte rang nach Luft. »Bitte, ich muss meine To…«

»Schweig!« Ihre Mutter funkelte sie wutentbrannt an. »Du hast uns schon genug Scherereien bereitet.« Sie wandte sich zur Tür. »Komm, Clemens.«

»Bitte, lasst mich gehen!« Charlotte warf sich vor sie auf die Knie. »Tut mir das nicht an!« Sie hob flehend die Hände. »Zwingt mich nicht, meine Tochter zurückzulassen!«

»Steh sofort wieder auf«, zischte ihre Mutter. »Du bist ja vollkommen hysterisch.«

»Ich bin nicht hysterisch. Ich will zu meinem Kind!« Charlotte krallte sich an den Rock ihrer Mutter. »Kannst du das denn nicht verstehen?«

»Zu dem Bastard von diesem estnischen Stallburschen? Nein, das verstehe ich ganz und gar nicht.« Sie riss sich los. »Und jetzt hör auf mit dem Theater.«

»Vater, bitte!«, rief Charlotte und versuchte, seine Hand zu ergreifen.

Er wich ihrem Blick aus und trat einen Schritt zurück.

Charlotte richtete sich wankend auf. Ihr Blick fiel auf das Tablett mit dem Mittagessen. Ohne nachzudenken ergriff sie die

Gabel und hielt sie sich an den Hals. »Ich tue mir was an, wenn ihr mich nicht auf der Stelle …«

Ihre Mutter stürzte zu ihr und schlug ihr die Gabel aus der Hand. »Du hast ja den Verstand verloren!«

Charlotte bückte sich und versuchte, die Gabel wieder an sich zu bringen.

Ihre Mutter kickte sie weg. »Clemens, so tu doch was!«, schrie sie, zerrte Charlotte zur Seite und gab ihr eine Ohrfeige. »Sie dreht komplett durch!«

Ihr Mann holte etwas aus seiner Tasche und hielt Charlotte am Arm fest. Gleich darauf spürte diese einen Stich. Ihre Knie gaben nach, und ihr wurde schwarz vor Augen. Mit einem Stöhnen sank sie in sich zusammen.

Schleswig-Holstein, August 1991

— 45 —

Henriette von Pletten kam rasch wieder zu sich. Noch während Gesine ihren Puls suchte, flatterten ihre Lider, und einen Atemzug später schlug sie die Augen auf.

»Mama, Gott sei Dank!«, rief Gesine. »Du hast mich so erschreckt.«

»Ist sie wirklich hier?« Ihre Mutter richtete sich mühsam auf und sah zu der Stelle, an der Charlotte gestanden hatte, als sie aus der Kirche gekommen waren. Gesine folgte ihrem Blick. Er wurde von einem Wald aus Beinen verstellt. Erst jetzt bemerkte sie, dass sie von Dutzenden Menschen umringt waren, die sich besorgt über sie beugten.

»Soll ich einen Krankenwagen rufen?«

»Wie geht es ihr?«

»Ist ein Arzt unter den Anwesenden?«

»Kann man hier irgendwo ein Glas kaltes Wasser bekommen?«

Fragen schwirrten durch die Luft, untermalt von aufgeregtem Getuschel und halblaut geäußerten Vermutungen, was die Ursache für den Schwächeanfall der Gräfin gewesen sein könnte. Gesine half ihrer Mutter auf. Ihr Vater legte den Arm um die Taille seiner Frau und führte sie zu seinem Wagen, der ein paar Meter entfernt am Straßenrand vor dem Friedhof geparkt war.

»Wo ist sie?«, fragte Henriette von Pletten und sah sich erneut suchend um.

»Charlotte hielt es für besser, sich erst einmal zurückzuziehen, bis sich die Lage beruhigt hat«, antwortete Gesines Vater. »Es tut ihr sehr leid, dass ihr Anblick dich so erschreckt hat.«

»Warum ist sie überhaupt hier?«

»Weil ich sie eingeladen habe.« Opa Paul war ihnen gefolgt.

Gesines Mutter blieb stehen und schaute ihn erstaunt an. »Wieso? Nach all den Jahren?«

»Ich finde, das war längst überfällig. Schließlich gehört sie zur Familie. Und bevor es zu spät ist …« Er räusperte sich. »Du verstehst schon.«

Gesine hielt den Atem an. Sie erwartete wütenden Protest oder eine scharfe Zurechtweisung ihrer Mutter. Diese presste zwar die Lippen aufeinander und runzelte die Stirn, verzichtete jedoch auf eine Entgegnung und stieg in den Wagen.

»Hältst du hier bitte die Stellung und dirigierst die Gäste zu uns?«, fragte Carl-Gustav von Pletten seinen Vater.

»Selbstverständlich«, antwortete dieser.

»Wir sehen uns dann gleich beim Empfang.« Gesines Vater nickte ihnen zu und setzte sich ans Steuer.

»Ich weiß nicht, wie du das siehst«, sagte Opa Paul zu Gesine, als das Auto anfuhr. »Jetzt mal abgesehen vom ersten Schock hatte ich den Eindruck, dass deine Mutter gar nicht so aufgebracht ist, wie wir es befürchtet haben.«

»Schwer zu sagen.« Gesine zuckte die Achseln. »Vielleicht ist sie einfach nicht ganz bei sich. Schließlich war sie gerade noch ohnmächtig.«

»Das stimmt natürlich.« Opa Paul nahm ihren Arm. »Jetzt kümmern wir uns erst einmal um unsere Gäste.«

Das Programm der Feier, das den Geladenen auf dickes Büttenpapier gedruckt zugeschickt oder ausgehändigt worden war, sah folgenden Ablauf vor:

150 Jahre Paul und Carl-Gustav von Pletten
Feier im Park von Gut Pletten, Eekholz 3, Gemeinde Hasselberg (bei schlechtem Wetter im Haus)
11 Uhr: *Gottesdienst in der Christuskirche von Gundelsby*

12:30 Uhr: *Empfang und kalter Imbiss auf Gut Pletten*
Ständchen des Schlei-Orchesters der Stadt Kappeln
Diverse Reden und Darbietungen
gegen 18 Uhr: *Eröffnung des warmen Buffets*
20 Uhr: *Kammerkonzert des Geltinger Quartetts*
gegen 21:30 Uhr: *Feuerwerk*
Tanz mit Livemusik

Die meisten Gäste waren mit eigenen Autos gekommen, für die übrigen organisierte Gesine einen Pendeldienst zwischen der Kirche und dem knapp zwei Kilometer entfernten Gestüt Pletten. Als sie mit der letzten Fuhre dort eintraf und mit ihren Passagieren in den Park hinter dem Wohnhaus ging, herrschte dort bereits eine fröhliche Stimmung. Der Rasenplatz vor der Terrasse war zur Hälfte mit langen Tischen und Bänken zugestellt, weiter hinten hatte Gesines Vater ein Tanzpodest aufbauen lassen. Sonnensegel spendeten Schatten, und in den Büschen und Bäumen, die am Rand wuchsen, hingen Girlanden und bunte Papierlampions. Auf der Terrasse befanden sich neben einem Rednerpult mehrere Stehtische, die später beiseitegeräumt würden, um dem Kammerorchester Platz zu machen.

Die meisten Leute standen auf der freien Rasenfläche und ließen sich die herzhaften Häppchen – Pumpernickeltaler mit Räucherfisch, Käse oder Wurst, kleine Frikadellen, Schinkenröllchen, winzige Blätterteigpastetchen und Canapés mit verschiedenen Aufstrichen – schmecken, die Anneke auf großen Silbertabletts anbot. Unterstützt wurde sie von zwei Angestellten einer alteingesessenen Metzgerei aus dem Umkreis, die seit Kurzem einen Partyservice im Angebot hatte. Es hatte Gesine und ihren Vater einiges an Überredungskunst gekostet, ihre Haushälterin mit dem Gedanken zu versöhnen, die Verköstigung auf dem Fest in fremde Hände zu geben. Anneke hatte sich in ihrer Berufsehre gekränkt gefühlt und den Verdacht geäußert, ihre Küche sei wohl nicht gut genug oder man traue ihr nicht zu, diese Herausforderung zu bewältigen. Da beides nicht zutraf, konnten Gesine und ihr Vater überzeugend gegenhalten und glaubhaft versichern, die Beauftragung der Metzgerei habe einen anderen Grund: Anneke gehörte für sie ganz einfach zur Familie und sollte mit dieser feiern – und nicht den ganzen Tag schuften. Anneke hatte es sich dennoch nicht nehmen lassen, die angemieteten Kräfte zu überwachen und zumindest am Anfang selbst mit anzupacken.

Gläser klirrten, Gelächter und Zurufe schwirrten durch die Luft, Bekannte winkten sich zu, ein paar Kinder erkundeten die hinteren Teile des Parks, andere spielten Fangen, und die beiden Rauhaardackel Fred und Wilma wuselten zwischen den Beinen der Gäste herum und bettelten um Leckerbissen. Zu Gesines Erleichterung stand ihre Mutter an der Seite ihres Mannes neben dem Tisch, auf dem sich ein Berg mit Geschenken stapelte, und begrüßte zusammen mit Opa Paul die nach und nach an ihnen vorbeiziehenden Gäste. Ihre Wangen hatten wieder eine gesunde Farbe, sie hielt sich gewohnt aufrecht und machte – zumindest oberflächlich betrachtet – einen gelösten Eindruck. Für Gesine jedoch waren die zusammengepressten Hände ihrer Mutter ein untrügliches Zeichen innerer Anspannung.

Charlotte befand sich nicht in der Festgesellschaft. Gesine beschloss, sich auf die Suche nach ihr zu machen, sich nach ihrem Befinden zu erkundigen und sie zu überreden, mit ihr zum Gestüt zurückzukehren. Sie fand den Gedanken unerträglich, dass ihre Großmutter den Tag allein verbrachte – ausgegrenzt und verstoßen wie eine Aussätzige. Nachdem Gesine im Hotel angerufen und erfahren hatte, dass Charlotte nicht dorthin zurückgekehrt war, radelte sie, einer Eingebung folgend, zu der kleinen Anhöhe mit der Bank unter den Birken am Strand. Von Opa Paul wusste sie, dass ihre Großmutter dieses Fleckchen sehr geschätzt hatte – wegen der Aussicht aufs Meer und wegen der Birken. Tatsächlich sah sie schon von Weitem eine Gestalt dort sitzen. Als sie näher kam, fühlte sich Gesine um vierzehn Jahre in die Vergangenheit zurückversetzt. Es war die Melodie, die ihre Großmutter vor sich hin summte. Sie erkannte sie auf Anhieb: Es war dieselbe, mit der Grigori einst den Hengst Casimir beruhigt hatte. Ihr Herzschlag beschleunigte sich. Gesine blieb stehen und wagte kaum zu atmen.

Zwar hatte sie Grigori seit jenem Wochenende, an dem er ohne Erklärung aus ihrem Leben verschwunden war, nie vollkommen vergessen. Es hatte lang gedauert, bis der Schmerz, den seine plötzliche Abwesenheit in ihr ausgelöst hatte, mit den Monaten allmählich verblasst war und die schneidende Schärfe verlor, die sie anfangs auch körperlich gepeinigt hatte. Noch länger hatte sie gebraucht, sich von der Hoffnung zu lösen, er werde sich bei ihr melden und sie zumindest wissen lassen, dass er wohlauf war. In den letzten Jahren aber waren Gesines Gedanken immer seltener zu Grigori geschweift. Die Intensität, mit der die Erinnerung an den jungen Russen sie nun jedoch übermannte, war wieder so stark, als wäre er erst gestern verschwunden.

Charlotte drehte den Kopf und entdeckte Gesine. Ein Strahlen breitete sich auf ihrem Gesicht aus. Sie hob die Hand und machte eine einladende Geste.

»Wie geht es Henriette?«, fragte sie, nachdem Gesine ihr Fahrrad abgestellt und sich neben sie gesetzt hatte.

»Gut«, antwortete Gesine. »Es war wirklich nur der Schreck.«

»Ist das nicht furchtbar?« Ein Schatten verdunkelte Charlottes Augen. »Meine Tochter fällt bei meinem Anblick in Ohnmacht.« Sie atmete geräuschvoll aus und straffte sich. »Woher wusstest du, dass ich hier bin?«, fuhr sie fort, bevor Gesine auf ihre vorige Äußerung eingehen konnte.

»Opa Paul hat mal erwähnt, dass das früher deine Lieblingsbank war.«

»Ja, das stimmt«, sagte Charlotte. »Ich habe oft hier gesessen und mich über die Ostsee zurück nach Estland geträumt.« Sie lächelte wehmütig. »Dorthinzureisen war damals völlig undenkbar. Aber jetzt …« Sie stockte. »Ich wage kaum, es zu hoffen. Aber die aktuellen Entwicklungen …«

»Du meinst … ähm … die Veränderungen durch Perestroika und Glasnost in der Sowjetunion?«, fragte Gesine.

Charlotte nickte.

Es war Gesine peinlich, wie wenig sie über den konkreten Stand der Dinge in dem Riesenstaat wusste. Abgesehen vom Reaktorunfall im ukrainischen Atomkraftwerk Tschernobyl, der 1986 die Medien beherrscht hatte, gab es zwar immer wieder Berichte aus dem Ostblock, etwa über die Auflösung des Warschauer Paktes oder über die große Zahl der Russlanddeutschen, die in der Bundesrepublik ein neues Zuhause suchten. Ansonsten waren seit dem Mauerfall und der Wiedervereinigung vor allem die innerdeutschen Prozesse in den Fokus der Berichterstattung gerückt. »Ich muss leider zugeben, dass ich nicht wirklich auf dem Laufenden bin, was das Baltikum angeht«, sprach Gesine weiter.

»Dafür musst du dich doch nicht schämen«, sagte Charlotte. »Ich denke, dass nur Wenige gut darüber informiert sind, was dort gerade passiert.«

»Lieb, dass du das sagst.« Gesine verzog zerknirscht das Gesicht. »Aber peinlich ist es mir trotzdem.«

»Bei der Flut an Nachrichten und Informationen, die uns täglich überschwemmt, kann man unmöglich alles aufnehmen und sich merken«, sagte Charlotte. »Ich interessiere mich auf Grund meiner persönlichen Geschichte besonders für Estland. Außerdem beschäftige ich mich von Berufs wegen mit der Sowjetunion. Da ich sowohl Russisch als auch Estnisch spreche, bin ich

nämlich bei Amnesty International für diese Region zuständig.«
Sie legte den Kopf schief. »Du hast vielleicht von der Singenden
Revolution gehört?«

»Ja, da klingelt was«, antwortete Gesine. »Da gab es doch
diese Menschenkette vor zwei Jahren, die die drei Hauptstädte
der baltischen Republiken verbunden hat?«

Charlotte nickte. »Das war der sogenannte Baltische Weg, ein
Höhepunkt der Singenden Revolution. Um für die Unabhängigkeit ihrer Staaten zu demonstrieren, bildeten rund zwei Millionen Menschen am 23. August, genau 50 Jahre nach dem Hitler-
Stalin-Pakt, eine Kette von Tallinn über Riga nach Vilnius. Das
sind gut sechshundert Kilometer.

»Wahnsinn. Das ist echt imponierend.«

»Wie gesagt, das war nur ein Höhepunkt. Mich beeindruckt vor
allem die Beharrlichkeit, mit der die Balten unermüdlich durch
friedliches Singen ihre Wünsche nach Autonomie artikulieren.«

Gesine hob fragend die Brauen.

»In der Sowjetunion ist es eigentlich streng verboten, Lieder
zu singen, in denen die Liebe zu einem anderen Vaterland als
dem offiziellen, also der UdSSR, beschworen wird«, erklärte
Charlotte. »Allen voran die Nationalhymnen. Wer sie anstimmte,
musste bis vor ein paar Jahren mit schlimmen Konsequenzen
rechnen. Vom Verlust des Arbeitsplatzes bis hin zur Deportation
nach Sibirien.«

»Unglaublich!«, rief Gesine. »Solche drakonischen Maßnahmen, nur weil man sein Heimatland besingt.«

»Vielen Esten ist die Melodie ihrer Hymne trotzdem über all
die Jahrzehnte vertraut geblieben«, fuhr Charlotte fort. »Die Finnen haben nämlich für ihr Vaterlandslied dieselbe. Und das wird
vom finnischen Rundfunk jeden Tag zum Sendeschluss gespielt.«

»Lass mich raten«, sagte Gesine. »Die Esten können die Radio-
programme ihrer Nachbarn empfangen.«

»Zumindest im Norden des Landes. Die Küsten sind ja nicht weit voneinander entfernt.« Charlotte lächelte spitzbübisch. »Und als Moskau die Zügel nicht mehr so straff anzog, versammelten sich regelmäßig Tausende Menschen auf öffentlichen Plätzen und in Stadien, um ihren Wunsch nach mehr Selbstständigkeit oder gar Unabhängigkeit zu verkünden. Sie taten das vor allem, indem sie traditionelle Volkslieder sangen und so ihre Verbundenheit zu ihrer Kultur und Geschichte zeigten. 1988 haben sie dann zum ersten Mal auch öffentlich ihre verbotene Nationalhymne angestimmt.«

»Apropos Singen«, sagte Gesine. »Die Melodie, die du vorhin gesummt hast …«

»Gehört zu einem estnischen Wiegenlied, das mir meine Kinderfrau früher immer beim Zubettgehen vorgesungen hat. Und ich habe später deine Mutter damit in den Schlaf gewiegt.«

»Mama hasst Lieder, außer kirchliche«, rutschte es Gesine heraus. »Mir hat sie nie etwas vorgesungen, das weiß ich von meinem Vater.« Sie sah ihre Großmutter nachdenklich an. »Weißt du vielleicht, warum sie solch eine Abneigung hat?«

»Ich glaube, Elfriede, ihre Großmutter väterlicherseits, ist daran schuld. Als sie mitbekam, dass ich Henriette estnische Lieder vorsang, hat sie sich das strikt verbeten. Ein deutsches Kind sollte nur mit deutschem Liedgut heranwachsen – das war ihr Credo. Offenbar hat sie Henriette später mal ertappt, wie sie die Melodie dieses Wiegenliedes vor sich hin trällerte. Da hat sie deiner Mutter ihren Standpunkt wohl sehr schmerzhaft deutlich gemacht. Offenbar so drastisch, dass Henriette einen regelrechten Hass aufs Singen entwickelt hat.«

»Meine Güte, was für eine grässliche Schreckschraube diese Elfriede war!« Gesine schüttelte sich. »Wie kann man nur so grausam zu einem Kind sein?«

Charlotte seufzte und hob die Schultern.

»Ich kenne das Lied trotzdem«, sagte Gesine. »Aber nicht von meiner Mutter.«

Charlotte sah sie verblüfft an.

»Vor langer Zeit hat es mal ein junger Bereiter gesungen, um ein verängstigtes Pferd zu beruhigen. Er kam aus Russland, hatte aber estnische Wurzeln.« Gesine lächelte wehmütig. »Er war ein ganz besonderer Mensch. Ich habe nie wieder jemanden getroffen, der so ein tolles Gespür für Pferde hat.«

»Du hast ihn sehr gemocht«, stellte Charlotte mehr fest, als dass sie es fragte.

»Er war meine erste und bislang einzige wirklich große Liebe«, antwortete Gesine und wunderte sich, wie selbstverständlich sie ihrer Großmutter ihre Gefühle anvertraute. Als würde sie sie nicht erst seit einem Tag kennen, sondern von klein auf.

»Ja, die erste Liebe bleibt oft unauslöschlich in der Erinnerung und im Herzen«, sagte Charlotte. »Bei mir ist das jedenfalls so. Bis heute.« Sie hielt Gesine die Kette mit einem goldenen Anhänger hin, die sie um den Hals trug. »Dieses Birkenblatt stammt aus dem Park des Gutshofes, auf dem mein Verlobter und ich nach unserer Hochzeit miteinander leben wollten. Lennart hat es für mich vergolden lassen und mir als Beweis seiner Liebe geschenkt. Seitdem trage ich es stets bei mir.«

»So wie ich dieses hier«, sagte Gesine und zog den runden Anhänger, der aus drei stilisierten Eichenblättern geformt war, an der Silberkette unter ihrer Bluse hervor. »Den hat mir Grigori kurz vor seinem Verschwinden gegeben.«

Charlotte sog scharf die Luft ein und starrte mit geweiteten Augen auf das Schmuckstück. Zögernd streckte sie die Hand aus und betastete den Anhänger. Als befürchte sie, er könne sich in Luft auflösen.

»Was ist?«, erkundigte sich Gesine besorgt. »Du bist ganz blass.«

Charlotte schenkte ihr keine Beachtung. Erst als Gesine sie an der Schulter berührte, hob sie den Kopf. Auf ihrem Gesicht mischten sich Fassungslosigkeit und Rührung. »Ich … äh … ich hatte auch einmal genau so ein Amulett«, stammelte sie. »Eine Brosche. Sie wurden eigens für die Schülerinnen von Stift Finn angefertigt, das ich als junge Frau besucht habe.«

»Wo du deine Freundin Zilly kennengelernt hast?«

Charlotte nickte. »Weißt du, woher dein Grigori den Schmuck hatte?«

»Von seiner Mutter«, antwortete Gesine. »Und die hatte ihn von ihrem Vater geerbt, der die Kette wiederum von der einzigen Frau bekommen hatte, die er je in seinem Leben geliebt hat.«

»Sollte es möglich sein?«, flüsterte Charlotte kaum hörbar.

»Nein, das wäre ein zu unwahrscheinlicher Zufall.« Sie strich über den Anhänger. »Ich habe meine Brosche damals Lennart geschenkt.«

»Du denkst, dass diese hier deine sein könnte?« Gesine spürte, wie sich ihr Puls beschleunigte. »Das wäre wirklich unglaublich.«

Charlotte schüttelte den Kopf. »Es gab ja viele Mädchen, die eine Ausbildung auf Stift Finn gemacht haben.« Sie stand auf. »Solltest du nicht wieder zu dem Fest zurück?«

Gesine schaute auf ihre Armbanduhr und stellte verblüfft fest, dass sie bereits fast eine Stunde unterwegs war. »Begleitest du mich?«, fragte sie und erhob sich ebenfalls. »Opa Paul und auch mein Vater würden sich gewiss sehr freuen.«

»Ich weiß nicht recht.« Charlotte rieb sich die Stirn. »Ich glaube, für heute habe ich schon für genug Wirbel gesorgt.« Sie schüttelte den Kopf, bevor Gesine etwas erwidern konnte. »Nein, ich halte das für keine gute Idee. Abgesehen davon tut mir ein bisschen Ruhe ganz gut. Die Reise wühlt doch so einiges in mir auf.«

»Kein Wunder«, sagte Gesine. »Darf ich dich morgen gegen Mittag besuchen? Dann können wir gemeinsam überlegen, wie es weitergeht.«

»Das Angebot nehme ich sehr gern an.« Charlotte berührte Gesine am Oberarm und drückte ihn kurz.

»Und wie kommst du jetzt ins Hotel? Soll ich nicht schnell den Wagen holen und dich fahren?«

»Nein, mach dir bitte keine Umstände«, antwortete Charlotte. »Ich laufe zu dem Campingplatz da hinten. Die haben sicher ein Telefon, mit dem ich mir ein Taxi rufen kann.«

»Gut, dann sehen wir uns morgen.« Gesine beugte sich zu ihrer Großmutter und gab ihr einen Kuss auf die Wange. »Ich bin so wahnsinnig froh, dich endlich kennenzulernen!«

»Und ich erst!« Charlotte wischte sich über die Augen. »Und jetzt ab mit dir. Sonst schicken sie noch Suchtrupps nach dir aus.«

Gesine schwang sich auf ihr Rad. Während sie nach Hause fuhr, ließ sie das Gespräch noch einmal Revue passieren. War es möglich, dass ihr Eichenlaubanhänger einst Charlotte gehört hatte? Aber dann wäre sie ja auch Grigoris Großmutter! Ich muss das unbedingt herausfinden, nahm sie sich vor und trat kräftig in die Pedale.

Estland – Oktober 1939

– 46 –

Als Charlotte das nächste Mal zu sich kam, lag sie auf ihrem Bett. Neben ihr saß eine fremde Frau auf einem Stuhl. Sie trug ein langärmliges, hochgeschlossenes Kleid aus hellgrauem Stoff, darüber eine weiße Schürze, ihre Haare waren unter einem Kopftuch verborgen. Sie mochte um die vierzig Jahre alt sein, hatte einen energischen Zug um den Mund und schaute konzentriert auf die Nadeln, mit denen sie eine Socke strickte.

Was macht eine Pflegeschwester in meinem Zimmer?, fragte sich Charlotte und spürte in sich hinein. Ihr Mund war trocken, die Zunge hatte einen pelzigen Belag, ein dumpfer Schmerz pochte hinter ihren Schläfen, und ihr Körper fühlte sich bleischwer an. Bin ich krank? Nein, Fieber habe ich nicht, stellte sie fest, ebenso wenig Husten, Übelkeit oder andere Beschwerden. Es muss dieses vermaledeite Schlafmittel sein, das sie mir ständig geben. Außerdem war ich schon viel zu lange nicht mehr an der frischen Luft und bewege mich kaum. Kein Wunder, dass ich schlapp bin.

Charlotte wollte sich gerade aufrichten, als sich die Pflegerin bewegte. Rasch schloss sie die Augen und stellte sich schlafend. Der Stuhl neben ihrem Bett wurde zurückgeschoben, sie spürte die Präsenz der Frau, die sich über sie beugte, bevor sich ihre Schritte Richtung Tür entfernten. Ein Schlüsselbund klirrte, das Schloss wurde auf- und gleich danach wieder zugesperrt – sie war allein. Eine günstige Gelegenheit, mehr über die Zimmergenossin herauszufinden, die man ihr aufgenötigt hatte. So schnell es ihre ermatteten Glieder zuließen, stand Charlotte auf und sah sich um. Das Strickzeug lag auf dem Stuhl, an dem eine abgewetzte Ledertasche lehnte. Charlotte öffnete sie. Bis auf ein Stifteetui, ein Päckchen Halspastillen, ein Wollknäuel und eine schwarze Pappkladde im DIN-A5-Format befand sich nichts darin. Sie hielt den Atem an und lauschte angestrengt. Auf dem Flur vor ihrem Zimmer war alles still. Vermutlich war die Pflegerin (oder sollte sie Gefängniswärterin sagen?) im Badezimmer. Charlotte nahm das Notizbuch heraus. Das Etikett auf der Vorderseite war mit einer eckigen Handschrift beschrieben: *Anmerkungen zu Patienten.* Charlotte blätterte zum letzten Eintrag.

Charlotte, 20 Jahre, Tochter von Dr. med. Clemens Graf von Lilienfeld
Schwerer Nervenzusammenbruch (ausgelöst durch Schock wegen bevorstehender Umsiedlung?)
Wahnvorstellungen (behauptet, verlobt zu sein und ein Kind entbunden zu haben, weswegen sie nicht aus Estland fortwill)
Versuch, sich mit Schlafmitteln das Leben zu nehmen.
Zustand unverändert kritisch.
Lückenlose Überwachung vonnöten.
Bei akuten Schüben Sedierung empfohlen.

Sich nähernde Schritte unterbrachen Charlottes Lektüre. Sie stopfte die Kladde zurück in die Tasche, kroch wieder unter ihre Bettdecke und schloss die Augen.

Selbstmordversuch, Wahnvorstellungen. Unglaublich, zu was für Lügen sich meine Eltern hinreißen lassen, nur um ihren Willen zu erzwingen. Es fiel Charlotte schwer, ruhig zu atmen. Die Empörung war zu groß und drängte danach, sich Luft zu verschaffen. Vaike und Lennart eine Wahnvorstellung, unverschämt! Moment mal, das könnte meine Rettung sein, schoss es ihr durch den Kopf. Ich werde die Krankenschwester auffordern, mich zu untersuchen. Sie wird zweifellos feststellen, dass ich tatsächlich ein Kind bekommen habe und sie von meinen Eltern belogen wurde. Wenn sie nur ein Fünkchen Anstand und Mitgefühl besitzt, wird sie mir helfen. Und ich werde endlich zu Vaike und Lennart zurückkehren.

Charlotte tat so, als käme sie allmählich zu sich, richtete sich halb auf und schaute zur Pflegerin, die wieder auf dem Stuhl neben ihrem Bett saß.

»Wer sind Sie?«, fragte Charlotte und hoffte, dass sie angemessen überrascht klang.

»Ich bin Schwester Gudrun.« Die Frau legte ihr Strickzeug beiseite. »Wie geht es uns denn heute?«

Charlotte musste an sich halten. Mit Mühe schluckte sie die scharfe Erwiderung, die ihr auf der Zunge lag, hinunter: Mir geht es in Anbetracht der Umstände ganz gut. Wie es Ihnen geht, kann ich beim besten Willen nicht sagen. Das müssen Sie schon selbst wissen. Stattdessen rang sie sich ein Lächeln ab.

»Wir haben lang geschlafen.« Schwester Gudrun erhob sich. »Wie wäre es mit einem ordentlichen Frühstück?« Sie deutete auf ein Tablett mit einem Brotkorb, einem gekochten Ei unter einem Wollmützchen, zwei Schälchen Marmelade, einem Teller mit Wurstscheiben sowie einer Thermoskanne und einer Kaffeetasse.

»Vorher würde ich mich gern noch waschen.« Charlotte stand auf. »Kann ich bitte ins Badezimmer?«

»Später. Vielleicht.« Die Pflegerin nickte zu der Waschschüssel hin. »Jetzt ist das doch gewiss ausreichend.«

Wieder schluckte Charlotte ihren Protest hinunter. Es hat keinen Sinn, sie gegen mich aufzubringen, mahnte sie sich, während sie zur Frisierkommode ging. Diese Gudrun ist meine einzige Chance, hier endlich rauszukommen.

Charlottes Hoffnung erfüllte sich nicht. Schnell musste sie erkennen, wie überzeugend der Krankenschwester ihr angeblicher Nervenzusammenbruch vermittelt worden war. Zum einen waren alle äußeren Anzeichen für eine kürzlich erfolgte Entbindung (Brusteinlagen, Milchpumpe, Mandelöl zur Pflege der Brustwarzen) aus dem Zimmer entfernt worden. Zum anderen wies Schwester Gudrun die Aufforderung, sich selbst ein Bild zu machen und sie zu untersuchen, weit von sich. Sie dachte nicht im Traum daran, die Autorität von Charlottes Vater infrage zu stellen – weder in seiner Eigenschaft als renommierter Arzt noch als adliges Mitglied einer gesellschaftlich über ihr stehenden Klasse. Je verzweifelter Charlotte versuchte, die Lügen ihrer Eltern zu entlarven und zu beweisen, dass sie bei klarem Verstand war, desto mehr war Schwester Gudrun vom Gegenteil überzeugt. Sie sah in den Beteuerungen ihrer Patientin klare Beweise für deren geistige Verwirrtheit und zögerte nicht, den vermeintlich hysterischen Ausbrüchen mit Beruhigungsmitteln entgegenzuwirken – selbstverständlich zu Charlottes Bestem, die vor sich selbst geschützt werden musste.

Bereits am Freitag, dem 13. Oktober, machte sich Familie von Lilienfeld auf den Weg nach Tallinn. An Gepäck hatten sie nur ein paar Koffer dabei, in denen sich neben Kleidung und Reiseutensilien vor allem wichtige Dokumente, Schmuck und andere wertvolle Kleinigkeiten befanden. Charlottes Vater hatte den Hausknecht angewiesen, die großen Holzkisten mit dem guten Geschirr, Silberbesteck, weiteren Kleidungsstücken, Tisch- und Bettwäsche, Fotoalben und wertvollerem Hausrat sowie einigen Möbelstücken und Teppichen aus dem Familienerbe so bald wie möglich zur Gepäcksammelstelle des Aussiedlungsstabes in der Hauptstadt transportieren zu lassen, die er mit den Seinen mit einem der ersten Umsiedlerschiffe verlassen wollte.

Als Charlotte an diesem Morgen begriff, dass der Augenblick, in dem sie Haapsalu für immer den Rücken kehren sollte, bereits da war, erreichte ihre Verzweiflung einen neuen Höhepunkt. Nachdem sie mittlerweile deutlich länger von Malvaste fort war, als geplant, und sich Maarja gewiss große Sorgen machte, hatte Charlotte all ihre Hoffnung darauf gesetzt, von dort Hilfe zu erhalten. Sie ging davon aus, dass Maarja ihren Bruder über ihr Ausbleiben informiert hatte, wenn er nicht gar bereits wieder aus Jäneda zurückgekehrt war und sie vermisste. Lennart würde keine Sekunde zögern, nach ihr zu suchen. Dafür würde er sich an Onkel Julius wenden, der ihm die Adresse seiner Schwester geben konnte. Gut vorstellbar, dass er Lennart darüber hinaus seine Unterstützung anbieten würde. Es hatte Charlotte in den vergangenen zwei Tagen ein bisschen getröstet, sich auszumalen, wie die beiden vor ihrem Elternhaus erschienen und energisch ihre Herausgabe verlangten. Die Vorstellung, dass sie es verriegelt und leer vorfinden würden und nicht wussten, wo sie nach ihr suchen sollten, war kaum auszuhalten. Erneut stießen ihre flehentlichen Bitten, sie gehen zu lassen, auf verschlossene Ohren. Schwester Gudrun verpasste ihr vor der Abfahrt eine Beruhigungsspritze und wachte mit Argusaugen darüber, dass Charlotte keine Gelegenheit bekam, auszubüchsen oder eine Botschaft zu hinterlassen.

In Tallinn hatte Charlottes Vater im Hotel Palace zwei nebeneinanderliegende Zimmer reserviert – eines für seine Frau und sich, das zweite für Charlotte und die Pflegerin. Das Hotel, ein imposanter siebenstöckiger Bau, war erst zwei Jahre zuvor am *Vabaduse väljak*, dem Freiheitsplatz, eröffnet worden. Hinter den großen Fensterscheiben im Erdgeschoss funkelten in einem Autosalon die auf Hochglanz polierten Lacke der Limousinen und exklusiven PKW-Raritäten. Auch die luxuriöse Innenausstattung des Hotels wurde dessen Ruf gerecht, die glamouröseste und spektakulärste Unterkunft Estlands zu sein. Im Empfangsbereich, im Restaurant und in vielen der insgesamt achtzig Zimmer hingen Gemälde des estnischen Landschaftsmalers Konrad Mägi, der bereits vor seinem Tod 1925 als »Wunder der estnischen Kunst« gegolten hatte. Auch in Charlottes Zimmer zierte eines seiner Bilder aus seiner frühen, impressionistischen Phase die Wand gegenüber dem Bett. Die leuchtenden Farben, mit denen Mägi einen Küstenstrich in der Morgensonne gemalt hatte, verliehen dem Raum eine fröhliche Note, die so gar nicht zu der trostlosen Stimmung passen wollte, in der sich Charlotte befand.

Auch ihr Vater machte einen niedergeschlagenen Eindruck. Er gehörte keineswegs zu den – in Estland eher wenigen – Deutschen, die sich darauf freuten, endlich ins Dritte Reich eingegliedert und Untertanen des Führers zu werden. Während Irmengard von Lilienfeld leichten Herzens ging, sich auf einen Neuanfang in der Fremde freute und hoffte, dort einen geeigneten Ehemann für ihre zeitweilig vom rechten Wege abgekommene Tochter zu finden, fiel ihrem Mann der Abschied schwer. Gleichwohl sah er keine Zukunft mehr im Land seiner Väter. Wie viele seiner Standesgenossen fürchtete er, er und die Seinen würden bei einem Einmarsch der Roten Armee als Angehörige der Oberschicht, die bei den Sowjets pauschal als reaktionär galt, verfolgt, wenn nicht gar ermordet werden. Dazu kam die Überzeugung, dass auch die deutschbaltische Kultur unter russischer Herrschaft dem Untergang geweiht war.

Bei den Mahlzeiten, die sie zu dritt auf dem Zimmer von Charlottes Eltern einzunehmen pflegten – um ihrer Tochter keine Gelegenheit zu verschaffen, sie im Restaurant mit peinlichen Szenen vor den anderen Gästen in Verlegenheit zu bringen oder gar einen Fluchtversuch zu unternehmen –, drehten sich die Gespräche entweder um die noch ausstehenden Behördengänge und Besorgungen oder um die neuesten Anweisungen, Standpunkte und Themen, die in der deutschbaltischen Gemeinschaft diskutiert wurden.

»Ich habe vorhin Baronin Treiden getroffen«, sagte Charlottes Mutter, als sie am Montag zusammen zu Mittag aßen. »Sie teilt meine Meinung, dass die Esten uns loswerden wollen.« Sie sah ihren Mann herausfordernd an.

»Es mag durchaus einige geben, die Genugtuung über unser Verschwinden empfinden und uns keine Träne nachweinen«, antwortete er.

»Ha! Du gibst es selbst zu«, rief Irmengard von Lilienfeld.

Charlotte, die der Unterhaltung bislang stumm gefolgt war und ohne Appetit in den Salzkartoffeln stocherte, die es als Beilage zu geschmortem Zwiebelfleisch aus dem Ofen gab, bemerkte das triumphierende Funkeln in den Augen ihrer Mutter. Warum ist es ihr so wichtig, dass diese Baronin ihre Ansichten teilt, fragte sie sich. Und warum muss sie es Vater unter die Nase reiben? Kann sie es nicht einmal gut sein lassen? Nein, gab sie sich selbst die Antwort. Mutter hält es nicht aus, wenn andere eine abweichende Meinung vertreten.

»Wie gesagt, einige Esten«, fuhr Charlottes Vater fort. »Und ich kann es ihnen nicht einmal verdenken. Schließlich mussten sehr viele von ihnen jahrhundertelang den deutschen Adligen zu Diensten sein.« Er hob die Hand, als seine Frau ihm ins Wort fallen wollte. »Nach allem, was man hört, zeigen sowohl die amtlichen Stellen als auch Betriebe und Unternehmen uns größtes Entgegenkommen in der Regelung der oft recht komplizierten Angelegenheiten. Und mir persönlich sind in den letzten Tagen eigentlich nur Esten begegnet, die sich äußerst bestürzt über den geplanten Exodus der Deutschen gezeigt haben. Sie bedauern das Ende des Zusammenlebens, das sich in den letzten Jahren nicht nur wirtschaftlich, sondern auch kulturell für beide Seiten gewinnbringend gestaltet hat.«

»Für unsere auch? Glaubst du das wirklich?« Charlottes Mutter schnaubte verächtlich. »Baronin Treiden sieht jedenfalls den Erhalt unserer ethnischen und kulturellen Eigenheiten im Reich sehr viel besser gewährleistet als hier. Denk allein an die Großzügigkeit, mit der Berlin seit Jahren die deutschen Minderheitenorganisationen im Ausland alimentiert hat.«

»Sei es, wie es sei.« Der Graf zuckte die Schultern. »Uns bleibt ohnehin keine Wahl. Es ist nur eine Frage der Zeit, bis die Russen hier einmarschieren. Und unser kleines Land hat ihnen nicht viel entgegenzusetzen.«

»Findet ihr es eigentlich in Ordnung, unsere Heimat ausgerechnet in so einer kritischen Zeit zu verlassen?« Charlotte schaute ihre Eltern herausfordernd an. »Sollten wir nicht gerade jetzt unsere Loyalität beweisen und uns an die Seite unserer Landsleute stellen?«

»Wozu? Das wäre glatter Selbstmord«, fauchte ihre Mutter.

Ihr Vater sah verlegen auf seinen Teller und brummte etwas Unverständliches.

»Wollt ihr ernsthaft in einer Diktatur leben?« Charlotte setzte sich aufrechter hin. »In einem Land, dessen Bürgern eine Weltanschauung aufgezwungen wird, die unseren Vorstellungen von Religion, Lebensführung und Recht widerspricht?«

»Musst du immer so übertreiben?« Ihre Mutter rümpfte die Nase. »Was weißt du schon über die Zustände in Deutschland?«

»Genug, um dort nicht hinzuwollen.« Charlotte wandte sich an ihren Vater. »Kannst du dir ernsthaft vorstellen, in einer waschechten Diktatur zu leben? Ohne Meinungs- und Pressefreiheit? Wo jeder erbarmungslos verfolgt wird, der nicht den rassischen Anforderungen entspricht oder die Nazi-Ideologie kritisiert?«

»Wenn die Sowjets Estland annektieren, würden wir ebenfalls einen Diktator haben«, antwortete er. »Allerdings einen, der es ganz und gar nicht gut mit uns meint. Hitler dagegen hat uns Balten versichert, dass unsere Identität, Traditionen und Kultur gewahrt bleiben.« Er stand auf. »Ich muss jetzt zur Stabsstelle und unsere Deutschtumsausweise stempeln lassen, damit sie zur Ausreise gültig sind.«

»Ich kümmere mich um den Proviant«, sagte Charlottes Mutter und griff zur »Deutschen Zeitung«, in der an diesem Tag eine ergänzte Merkliste abgedruckt war:

Reiseverpflegung ist für 3 Tage mitzunehmen. Der Umsiedelungsstab empfiehlt als Mundvorrat folgende Lebensmittel in den bezeichneten Mengen pro Person mitzunehmen: Schwarzbrot 1 kg, Seppik* oder Weißbrot entsprechend um ein Viertel mehr, Butter 300–400 g, Speck oder Schinken durch die Maschine gelassen oder gebratenes Fleisch (Kotteletten) als Aufstrich ca. 400–600 g, gekochte Eier, Obst, Zucker ca. 200 g, Salz und Tee. Anzuraten ist außerdem die Mitnahme von Schokolade, 1 Zitrone, 1 Stück Seife. Jeder Umsiedler versorge sich mit einem unzerbrechlichen Trinkgefäß und leichtem Eßbesteck (Messer und Gabel). (*sepik estn. = Mischbrot)

Sie schnitt den Artikel aus und verstaute ihn in ihrer Handtasche. »Und du gehst wieder auf dein Zimmer«, sagte sie zu Charlotte. »Clemens, sagst du bitte Schwester Gudrun Bescheid.«

Charlottes Vater nickte, klopfte an die Verbindungstür zum Nebenzimmer und öffnete sie. Einen Atemzug später trat die Pflegerin ein und führte Charlotte hinüber.

Graf Lilienfeld hatte sich zur ärztlichen Begleitung der Kranken und Alten aus Kliniken, Sanatorien und Seniorenheimen gemeldet, die am Donnerstag, dem 19. Oktober, mit dem zweiten Umsiedler-Transport von Tallinn mit dem Dampfer »Der Deutsche« in die neue Heimat gebracht werden sollten.

Während Charlottes Vater seine Frau am Hafen zur Abfertigung des Gepäcks in eine Speicherhalle des Zolls begleitete, ging Schwester Gudrun auf sein Geheiß mit Charlotte, die sich wegen der Sedierungsmittel kaum aufrecht halten konnte, be-

reits an Bord. Unter den Passagieren, mit denen sie auf dem
ersten Deck auf die Zuweisung einer Kabine durch einen Ste-
ward warteten, herrschte eine gespenstisch anmutende Ruhe.
Von der in der »Deutschen Zeitung« behaupteten Ungeduld,
mit der die Baltendeutschen angeblich dem Verlassen ihrer
Heimat entgegenfieberten, war nichts zu spüren. In den Ge-
sichtern der meisten Passagiere las Charlotte Beklommenheit,
Anspannung oder Trauer. Nur zwei junge Krankenpflegerin-
nen hinter ihr unterhielten sich leise miteinander. Die beiden
fanden den Gedanken aufregend, in ein Land zu kommen, in
dem alle Menschen Deutsch redeten und alle Straßennamen
und Aufschriften in der deutschen Sprache zu lesen sein sollten.

Erst am späten Nachmittag wurden die Anker gelichtet und
die Taue eingezogen. Das vollbeladene Schiff nahm langsam
Fahrt auf.

»Wann kehren wir wohl wieder zurück?« Die Frage eines Mannes sprach vielen der Anwesenden aus der Seele. Gleich darauf
stimmte jemand die estnische Hymne an.

Mu isamaa, mu õnn ja rõõm,	*Mein Vaterland, mein Glück und Freude,*
kui kaunis oled sa!	*wie schön bist Du!*
Ei leia mina iial teal	*Ich finde nichts*
see suure, laia ilma peal,	*auf dieser großen, weiten Welt,*
mis mul nii armas oleks ka,	*was mir so lieb auch wäre,*
kui sa, mu isamaa!	*wie Du, mein Vaterland!*
Sa oled mind ju sünnitand	*Du hast mich geboren*
ja üles kasvatand;	*und aufgezogen;*
sind tänan mina alati	*Dir danke ich immer*
ja jään sull' truuiks surmani,	*und bleib Dir treu bis zum Tod,*

mul kõige armsam oled sa,
mu kallis isamaa!

Su üle Jumal valvaku,
mu armas isamaa!
Ta olgu sinu kaitseja
ja võtku rohkest õnnista,
mis iial ette võtad sa,

mu kallis isamaa!

mir bist Du das Allerliebste,
mein teures Vaterland!

Über Dich wache Gott,
mein liebes Vaterland!
Er sei Dein Beschützer
und möge reichlich segnen,
was Du auch immer unter-
nimmst,
mein teures Vaterland!

Immer mehr Menschen fielen in den Gesang ein. Kaum ein Auge blieb trocken. Der kollektive Abschiedsschmerz riss Charlotte kurzeitig aus dem Wattenebel, in den die Beruhigungsmittel sie hüllten. Alles in ihr schrie nach ihrer Tochter Vaike und nach Lennart. Wann würde sie ihre Liebsten wieder in die Arme schließen? Von Schluchzern geschüttelt, musste sich Charlotte an der Reling festklammern, um nicht in die Knie zu gehen. Sie spürte das Vibrieren des Schiffsrumpfes, hörte das Brummen der Dieselmotoren und das Rauschen des Wassers beim Ablegen, sah den Hafen in die Ferne rücken und die markante Silhouette der alten Hansestadt mit dem Schloss auf dem Domberg, dem spitzen Dach der Olaikirche und den vielen Türmen der Stadtbefestigung in der aufkommenden Dämmerung verschwinden.

»Wir gehen jetzt in die Kabine«, hörte sie Schwester Gudrun sagen und fühlte deren festen Griff, mit dem sie ihren Oberarm umfasste. »Sonst holen wir uns bei dem nassen Wetter noch eine Erkältung.«

Wenn ich doch nicht so benebelt und kraftlos wäre, dachte Charlotte. Dann könnte ich mich losmachen, ins Wasser springen und zurückschwimmen. Sie stöhnte auf. Nimmt dieser Albtraum denn gar kein Ende?

Schleswig-Holstein, August 1991

– 47 –

»Ich würde Charlotte gern vorschlagen, ein paar Tage bei uns zu verbringen«, sagte Gesine in beiläufigem Ton.

Sie saß mit ihren Eltern und Opa Paul im Speisezimmer, wo sie sich um zehn Uhr – zwei Stunden später als sonst – zum Sonntagsfrühstück versammelt hatten. Die Doppel-Geburtstagsfeier hatte bis tief in die Nacht gedauert, die letzten Gäste waren erst weit nach Mitternacht gegangen. Gesine war dennoch früh aufgestanden und hatte ihren morgendlichen Stallrundgang absolviert. Ihre innere Uhr hatte sie zur gewohnten Zeit aufgeweckt – nach einem unruhigen Schlaf mit Träumen, in denen sie durch einen Wald aus silbernen Bäumen und dichtem Unterholz irrte und nach ihrer Großmutter suchte. Während sie bei den Pferden nach dem Rechten sah, war der Entschluss in ihr gereift, Charlotte auf den Hof einzuladen.

»Eine hervorragende Idee«, sagte Opa Paul.

Gesines Vater, der eben eine Gabel voll Rührei mit Krabben in den Mund geschoben hatte, nickte zustimmend.

Alle drei schauten zu Henriette von Pletten, die mit unbewegter Miene eine Brotscheibe mit Butter und Annekes selbstgemachtem Apfel-Holunder-Gelee bestrich. Gesine, die mit einem Streit rechnete, ging im Stillen noch einmal die Argumente durch, die sie sich zurechtgelegt hatte. Ihre Mutter würde es akzeptieren müssen, dass sie Charlotte von nun an in ihr Leben zu integrieren gedachte und dass sie als Teilhaberin des Gestüts im Grunde einladen konnte, wen sie wollte.

»Was seht ihr mich so an?«, fragte die Gräfin. »Da ihr euch offensichtlich einig seid, fällt meine Stimme nicht ins Gewicht. Soll sie also kommen, in Gottes Namen.«

Gesine hob verblüfft die Brauen. Ihr Vater und Opa Paul machten ebenfalls einen überraschten Eindruck.

»Ich behalte mir jedoch vor, den Kontakt mit meiner Mutter auf das nötige Minimum zu reduzieren«, fuhr Henriette von Pletten fort und biss in ihr Brot. Damit war für sie die Sache offensichtlich abgehakt. Gesine hingegen fragte sich, ob diese milde Reaktion ihrer Mutter vielleicht nicht doch Anlass zur Hoffnung gab, dass sie sich beizeiten mit Charlotte aussöhnen würde. Schließlich war Gesines Großmutter auch nicht mehr die Jüngste.

Am Mittag fuhr Gesine nach Kappeln. Das Wetter war über Nacht umgeschlagen. Ein Tief schaufelte aus dem Norden kühle Meeresluft mit Wolken heran, aus denen vereinzelt Schauer fielen. Sie fand Charlotte in ihrem Zimmer an einem schmalen Schreibtisch sitzend und Postkarten schreibend vor. Als Gesine eintrat, stand sie mit einem erfreuten Lächeln auf und umarmte sie.

»Ich habe vorhin mit meinen Eltern und Opa Paul gesprochen«, sagte Gesine. »Wir würden uns freuen, wenn du während deines Aufenthaltes hier unser Gast bist.«

»Henriette auch?« Charlotte runzelte ungläubig die Stirn.

»Mama war zwar nicht begeistert, da müsste ich lügen«, antwortete Gesine. »Aber sie hat meinen Vorschlag erstaunlich gelassen aufgenommen und ihr Okay gegeben.«

»Ich weiß nicht recht.« Charlotte strich sich die Haare hinters Ohr. »Einerseits bin ich sehr neugierig, wie das Gestüt heute aussieht und wie du lebst. Andererseits möchte ich nicht …«

»Du kannst ja das Zimmer hier vorsichtshalber noch für eine Nacht behalten«, sagte Gesine schnell. »Wenn du nachher merkst, dass du dich bei uns nicht wohlfühlst, hast du trotzdem ein Dach über dem Kopf.«

»Guter Vorschlag. Ich danke dir.« Charlotte griff nach einer

Regenjacke, die an einem Haken neben der Tür hing. »Na, dann mal los in die Höhle des Löwen.«

Als Gesine mit Charlotte auf dem Gestüt eintraf und mit ihr ins Wohnhaus ging, ließ sich Henriette von Pletten nicht blicken. Ihr Mann nahm seine Schwiegermutter herzlich in Empfang, bevor er sich in sein Büro verabschiedete. Wegen der Festvorbereitungen in den vergangenen Tagen war dort einiges an Papierkram liegengeblieben, das erledigt werden musste.

»Wir sehen uns nachher bei Tisch«, sagte er. »Da wir so spät gefrühstückt haben, fällt das Mittagessen aus. Dafür gibt es schon gegen halb fünf ein warmes Abendbrot.« Er wandte sich an Charlotte. »Falls du zwischendurch Hunger bekommst, kannst du dir natürlich jederzeit von Anneke etwas geben lassen.« Er nickte ihr freundlich zu. »Bitte, fühle dich wie zu Hause.«

»Was hältst du davon, wenn ich dich erst einmal auf dem Hof herumführe und dir alles zeige?«, fragte Gesine, als ihr Vater in seinem Büro verschwunden war.

»Sehr gern«, antwortete Charlotte. »Ich habe schon bemerkt, dass sich einiges geändert hat, seit ich das letzte Mal hier war.«

»Opa Paul hat mir gesagt, dass du früher gern geritten bist«, fuhr Gesine fort. »Hättest du vielleicht Lust, anschließend einen kleinen Ausritt zum Strand zu machen? Oder ist es zu lang her, dass du …«

»Prima Idee!« Charlotte strahlte. »Ich komme viel zu selten zum Reiten. Dabei liebe ich es nach wie vor sehr.«

Als sie nach zweieinhalb Stunden zurückkehrten, servierte Anneke ihnen im Salon Tee, belegte Schnittchen und Gebäck. Gesines Mutter ließ ausrichten, sie werde später beim gemeinsamen Essen zu ihnen stoßen. Opa Paul fühlte sich nach den Anstrengungen des Vortages ein wenig angeschlagen und hatte Gesine bereits am Morgen um Nachsicht gebeten, wenn er erst am späten Nachmittag aus seiner Höhle hervorkriechen und sich zu ihnen gesellen werde.

Gesine war nicht traurig, Charlotte vorerst weiter für sich allein zu haben. Es gab so unendlich viele Dinge, die sie ihre Großmutter fragen wollte. Wobei sie heiklere Themen wie das zerrüttete Verhältnis zu ihrer Tochter zunächst ausließ. Auch Charlotte genoss ganz unverkennbar die gemeinsame Zeit. Mit geröteten Wangen und blitzenden Augen saß sie Gesine auf einem der Biedermeiersessel vor dem Kamin gegenüber und erzählte von ihrer Arbeit bei Amnesty International und dem Zusammenleben mit ihrer Freundin Zilly, die stets für eine Überraschung gut war.

»Deine Zilly erinnert mich ein bisschen an meine beste Freundin Kirsten«, sagte Gesine. »Die hat die sprichwörtlichen Hummeln im Hintern und ist ständig auf Achse.« Sie stand auf. »Soll ich ein paar Fotos holen? Dann kannst du sie dir besser vorstellen.«

»Unbedingt! Ich wollte dich ohnehin fragen, ob du mir alte Bilder von dir zeigst. Nachdem ich ja leider deine gesamte Kindheit und Jugend verpasst habe.«

Wenige Augenblicke später beugten sie sich gemeinsam über ein dickes Album, das mit Bildern von Gesine als Baby begann und mit einer Gruppenaufnahme ihres Abiturjahrgangs endete. Stumm betrachtete Charlotte die Bilder. Sichtlich gerührt und mit Traurigkeit im Blick blätterte sie die Seiten um, strich zuweilen über ein Gesicht und hatte Gesines Anwesenheit offenbar vergessen.

Diese biss sich auf die Lippe. Hätte ich den Vorschlag lieber nicht machen sollen?, fragte sie sich. Es muss ihr sehr wehtun, zu sehen, wovon sie all die Jahre ausgeschlossen gewesen ist. Am liebsten hätte Gesine das Album zugeschlagen und ein unverfänglicheres Thema angeschnitten.

Mittlerweile war Charlotte bei Fotos aus den siebziger Jahren angelangt.

»Das ist übrigens Kirsten«, sagte Gesine und deutete auf ein großformatiges Bild, das 1974 vor der Christuskirche in Gundelsby entstanden war. Es zeigte die damaligen Konfirmanden. Die Jungen in dunklen Anzügen mit breiten Krawatten, viele mit schulterlangen Mähnen und Pony, die Mädchen mit Midiröcken aus fließenden Stoffen, eng anliegenden Blusen und breiten Gürteln.

»Die Blonde links neben dir?«, fragte Charlotte. »Ein sehr apartes Mädchen.« Sie verzog den Mund. »Aber die Frisur …«

»Die Pudelphase.« Gesine kicherte. »Kirsten wollte zur Konfirmation unbedingt einen neuen Look. Ihr schwebte eine leichte Dauerwelle vor. Der Friseur hat da wohl etwas missverstanden, denn er verpasste ihr diese Afrolöckchen.«

»Die Arme.« Charlotte grinste. »Mir ist mal was Ähnliches passiert. Damals hatte ich noch lange Haare, in die ich ein paar Stufen schneiden lassen wollte, damit sie mehr Volumen bekommen. Irgendwie hat die Friseuse das zu wörtlich genommen, denn am Ende hatte ich eine regelrechte Treppe am Hinterkopf.«

Froh, ihre Großmutter nicht mehr so niedergeschlagen zu sehen, blätterte Gesine weiter zu einem Foto, auf dem Kirsten als Stan Laurel und sie selbst als Oliver Hardy verkleidet zu sehen waren. »Das war ein Jahr später auf einem Kostümball mit dem Motto ›Berühmte Filmpaare‹«, erklärte sie.

»Das Bärtchen steht dir gut«, sagte Charlotte und zwinkerte ihr zu.

»Und hier waren wir auf Klassenfahrt im Allgäu.« Gesine tippte auf ein Bild, das Kirsten auf der Terrasse einer Bergalm beim Vertilgen einer riesigen Portion Käsespätzle zeigte.

Es folgten Aufnahmen von weiteren Schulausflügen, Familienfeiern, Gesine zu Pferd oder mit Dackel Anton spielend, dem Abschlussball der Tanzstunde und immer wieder von Unternehmungen der Freundesclique, mit der Kirsten und Gesine sich in der Oberstufe regelmäßig getroffen hatten.

»Wer ist das?« Charlotte starrte mit geweiteten Augen auf ein Foto, das im Wohnzimmer der Familie Joergensen aufgenommen worden war.

Der Schnappschuss zeigte Gesine und Grigori Händchen haltend nebeneinander auf einem Sofa sitzend. Sie lächelten glücklich und zugleich ein wenig verlegen in die Kamera.

»Das ist Grigori«, antwortete Gesine. »Der mir den Eichenlaubanhänger ge…« Sie unterbrach sich und schaute ihre Großmutter erschrocken an.

Diese rang nach Luft und griff sich an die Brust. Alle Farbe war aus ihren Wangen gewichen. In ihren Augen schimmerten Tränen.

»Was ist?« Gesine berührte sie am Arm. »Ist dir nicht gut?«

»Unglaublich«, hauchte Charlotte kaum hörbar. »Wie aus dem Gesicht geschnitten.«

»Wer? Wem?«

»Grigori. Meinem Lennart.« Sie hob den Kopf. »Es könnte ein Jugendbild von ihm sein.«

»Bist du sicher?«, fragte Gesine. »Ich meine, nach der langen Zeit wäre es doch möglich, dass du dich …«

»Absolut sicher.« Charlotte betrachtete erneut das Foto. »Die gleichen Augen. Die Nase. Lennart hatte sie von seinem Vater geerbt, den ich als Kind noch kennengelernt habe.« Sie streichelte zärtlich über Grigoris Gesicht. Ihre Hand zitterte.

»So eine Ähnlichkeit kommt doch nicht von ungefähr«, sagte Gesine. »Dazu noch die Brosche.« Sie runzelte die Stirn. »Sie müssen miteinander verwandt sein.« Sie stockte und sprach zögernd weiter. »Hatte Lennart denn ein Kind?«

»Eine Tochter. Vaike.« Charlotte schluckte. »Grigori könnte ihr Sohn sein.«

»Ich werd verrückt!« Gesine ließ sich in ihrem Sessel zurückfallen und sah ihre Großmutter verdattert an.

Diese rang sichtlich um Fassung. Gesine schenkte ihr Tee
nach und reichte ihr die Tasse.

»Was um alles in der Welt hat Grigori hierher verschlagen?«,
fragte Charlotte, nachdem sie getrunken hatte. »In den siebziger
Jahren war der Eiserne Vorhang schließlich für die meisten nahezu undurchdringlich.«

»Er ist geflohen«, antwortete Gesine. »Ziemlich abenteuerli-
che Geschichte. Anfang September 1977 hat in der Schweiz die
achte Europameisterschaft im Dressurreiten stattgefunden. Grigori hatte das russische Team als Pferdepfleger begleitet und
konnte sich unbemerkt absetzen. Er hat sich in einem deutschen
LKW versteckt und ist so als blinder Passagier über die Grenze
gelangt.« Als wäre es gestern gewesen, sah Gesine den jungen
Russen vor sich, wie er ihr mit verschmitztem Lächeln von seiner Flucht berichtete.

»Und wie ist er bei euch gelandet?«

»Die Hansens haben ihn uns vermittelt. Mein Vater war damals auf der Suche nach einem neuen Bereiter.«

»Die Hansens?«

»Entschuldige, wir nennen sie so, weil sie auf dem Hansenhof
leben.«

»Doch nicht etwa das Gestüt von Dorothea und Theodor von
Lilienfeld?«

»Genau das. Mittlerweile wird es von ihrer ältesten Enkelin
Ulrike und deren Mann geleitet.« Gesine rieb sich die Stirn.
»Theodor war ein Onkel von dir, richtig?«

Charlotte nickte. »Der Bruder meines Vaters. Er ist 1960 gestorben. Noch vor deiner Geburt.« Sie sah Gesine nachdenklich an.
»Weißt du, warum Grigori auf dem Hansenhof war? Es ist doch
unwahrscheinlich, dass er rein zufällig dorthingegangen ist.«

»Ich habe mich das auch oft gefragt«, sagte Gesine. »Grigori konnte anfangs nur wenig Deutsch.« Sie zuckte bedauernd die Schultern. »Ich erinnere mich, dass er auf der Suche nach etwas oder jemandem war. Leider habe ich nie herausgefunden, was er finden wollte. Er meinte auch irgendwann, dass es ihm nicht mehr wichtig sei.« Weil er sich in mich verliebt hatte, fügte sie im Stillen hinzu. Bei der Erinnerung an den Ausdruck in seinen Augen, als er ihr seine Gefühle offenbart hatte, flog sie ein Hauch von Wehmut an. Seit damals hatte kein Mann sie je wieder so tief berührt, nie wieder hatte sie ein vergleichbares Vertrauen, eine solche Zugehörigkeit zu einem anderen Menschen empfunden.

»Du hast gestern erwähnt, dass Grigori dir die Brosche kurz vor seinem Verschwinden gegeben hat«, sagte Charlotte leise. »Darf ich fragen, was du damit gemeint hast?«

»Er war eines Tages einfach weg«, antwortete Gesine. »Ich war über meinen achtzehnten Geburtstag mit Kirsten nach London gefahren. Als ich zurückkam, war Grigori nicht mehr da. Er ist gegangen, ohne irgendeinen Abschiedsgruß oder eine Erklärung zu hinterlassen.«

»Einfach so?« Charlotte hob die Hand vor den Mund. »Es gab zuvor gar keine Anzeichen, dass er …«

Gesine schüttelte den Kopf.

»Das ist ja sehr merkwürdig.« Charlotte runzelte die Stirn. »Für dich muss das furchtbar gewesen sein.«

»Das war es. Gerade, weil ich nie herausgefunden habe, was passiert ist.« Gesine seufzte. »Diese Ungewissheit war schwer auszuhalten. Ganz abgesehen von dem schrecklichen Liebeskummer.«

»Ich weiß genau, was du meinst.« Charlotte beugte sich vor und streichelte Gesines Knie. »Die Umstände waren zwar anders. Aber ich habe eine ähnliche Erfahrung machen müssen und kann deine damalige Lage ziemlich gut nachempfinden.«

Gesine schaute sie fragend an.

»Auch ich wurde von meinem Liebsten fortgerissen, ohne ihm Adieu sagen zu können. Vaike war unsere gemeinsame Tochter«, erklärte Charlotte. »Sie wurde 1939 geboren, kurz darauf habe ich weder sie noch Lennart je wiedersehen können.«

»Wie schrecklich, du Arme!«, rief Gesine und hob die Hand vor den Mund. »War der Ausbruch des Krieges schuld?«

»Nicht direkt. Wobei er durchaus eine entscheidende Rolle gespielt hat. Aber in unserem Fall war es vor allem meine Familie, die …«

Ein Klopfen unterbrach sie. Die Tür wurde geöffnet, und Henriette und Carl-Gustav von Pletten kamen herein, dicht gefolgt von Opa Paul und den beiden Dackeln, die sich auf Gesine stürzten und bellend an ihrem Sessel hochsprangen.

Was für ein ungünstiges Timing, schoss es dieser durch den Kopf, während sie Fred und Wilma streichelte. Dass ausgerechnet jetzt die anderen kommen, wo es richtig spannend wird. Sie bemerkte, wie ein Ruck durch Charlotte ging, als sie sich erhob und den Eintretenden entgegensah. Ihre spürbare Anspannung übertrug sich auf Gesine. Sie stand ebenfalls auf. Jetzt ist es also so weit, dachte sie. Jetzt werden Mama und ihre Mutter zum ersten Mal seit über dreißig Jahren miteinander reden.

Warthegau – Oktober 1939

— 48 —

Während der Überfahrt, die Charlotte weitgehend zusammengerollt auf ihrer Pritsche verbrachte, wurden viele Passagiere von der Furcht geplagt, ihr Dampfer könnte beschossen werden. Schließlich befand sich Großbritannien seit Anfang September im Kriegszustand mit dem Deutschen Reich. Charlotte bezweifelte, ob das Torpedoboot, das die Kriegsmarine als Geleitschutz bereitgestellt hatte, im Falle eines Angriffs aus der Luft hilfreich sein konnte. Es war ihr gleichgültig. Seit sie den letzten Blick auf die estnische Küste erhascht hatte, wurde sie von einer Trostlosigkeit erfüllt, die lähmender war als die Sedierungsmittel, die ihr in den Tagen zuvor verabreicht worden waren. Sie befand sich in einem Dämmerzustand, in dem sie kaum etwas von dem mitbekam, was um sie herum passierte.

Ihre Hoffnung, ihr Bruder werde vor ihrer Abreise zu ihnen stoßen, sich auf ihre Seite stellen und versuchen, ihre Eltern zu überreden, sie doch noch zu Lennart und Vaike fahren zu lassen, hatte sich nicht erfüllt. Johann war zwar auf dem Sprung von Tartu nach Tallinn, würde aber dort noch einige Zeit bleiben. Zusammen mit anderen Studenten war er in die Hauptstadt beordert worden, wo sie dem Aussiedlerstab zur Hand gehen sollten. Johann würde in einer Realschule eingesetzt werden, die als Lager für die vom Lande nach Tallinn flutenden Umsiedler diente.

Die Ängste vor einer feindlichen Attacke erwiesen sich als unbegründet. Am 22. Oktober erreichte »Der Deutsche« frühmorgens wohlbehalten Gotenhafen in der Danziger Bucht. Der Dampfer ging im Außenbereich des Hafenbeckens vor Anker, und die Passagiere wurden nach und nach in kleineren

Booten mit ihrem Handgepäck ausgeschifft. Am Kai wartete eine Menschenmenge, die offensichtlich zu ihrem Empfang zusammengekommen war. Hakenkreuzfähnchen wurden geschwenkt, Willkommensgrüße schallten durch die Luft, und eine Kapelle spielte Marschmusik. Von mehreren Uniformierten wurden die Ankömmlinge zu einer mit Girlanden geschmückten Hafenhalle geleitet, in denen lange weiß gedeckte Tische aufgestellt waren. Neben den von Lilienfelds und Schwester Gudrun nahm eine Familie mit zwei kleinen Jungen Platz, die sich mit großen Augen umsahen und aufgeregt miteinander tuschelten.

Als alle saßen, trat ein Mann in grauer, gut sitzender Uniform ans Rednerpult, um das sich das übrige Empfangskomitee im Halbkreis gruppiert hatte. Die Kragenspiegel seiner Jacke waren auf der einen Seite mit silbernen SS-Runen bestickt, auf der anderen Seite mit vier kleinen Quadraten, die Charlotte für Rangabzeichen hielt. Die kurzen Haare waren mit einem akkuraten, tiefen Seitenscheitel frisiert, er hatte ein markantes Kinn und kalte Augen, deren herrischer Blick Charlotte ein Frösteln über den Rücken jagte.

»Das ist SS-Standartenführer Martin Sandberger«, raunte der Vater der Jungen seiner Frau zu. »Jurist mit allerbesten Examensnoten und glänzenden Zeugnissen. Erst achtundzwanzig, hat es aber schon weit gebracht.« In seiner Stimme schwang Bewunderung. »Heydrich, der Chef der Sicherheitspolizei, hat ihn vor ein paar Tagen zum Leiter der Einwandererzentrale ernannt.«

»Volksgenossen! Willkommen in Großdeutschland. Ich begrüße euch im Namen des Führers!«, begann der SS-Mann seine Ansprache.

Seine von einem Mikrophon verstärkte Stimme ließ Charlotte zusammenzucken.

»Ihr seid hier, weil ein längeres Verbleiben des Deutschtums in den Baltischen Staaten nicht länger möglich war«, fuhr der Redner fort. »Eure Umsiedelung ist der einzige Weg, die Zahl der Konfliktstoffe in Europa zu verringern. Manche haben sich vielleicht gefragt, warum die Durchführung so zügig erfolgt. Die Antwort ist einfach: Weil das Vaterland euch braucht!«

Charlotte runzelte die Stirn. Mein Vaterland ist Estland, dachte sie. Dort werde ich gebraucht. Von meiner Tochter. Der Gedanke an Vaike schnürte ihr den Hals zu, während der SS-Mann weiterredete.

»In den mit dem Reich wiedervereinigten Gebieten hat sich während der zwanzigjährigen polnischen Herrschaft die Zahl der Deutschen verhängnisvoll vermindert. Der Führer hat euch heim ins Reich gerufen, damit ihr hier die deutsche Ordnung wieder einführt und Aufbauarbeit leistet. Nur so kann sich ein starkes, fest zusammengeschmiedetes Deutschland bilden, dessen Nation in einem geeinten Raum lebt und arbeitet. Ihr, die Repatriierten, gewinnt etwas, was viele Generationen vor euch nicht besessen haben: Ihr werdet Bürger eines mächtigen Staates, in dem ihr als arbeitsame Glieder inmitten unseres Volkes lebt, aus dem ihr niemals und durch nichts wieder herausgerissen werdet.« Er schlug die Hacken zusammen. »In diesem Sinne schließe ich mit einem dreifachen Heil!«

Das Empfangskomitee sowie einige der Sitzenden hoben den rechten Arm mit flacher Hand auf Augenhöhe schräg nach oben und riefen drei Mal hintereinander: »Heil Hitler!«

Charlotte bemerkte, wie der jüngere, etwa achtjährige Sohn der Familie neben ihnen am Ärmel einer älteren Frau zupfte.

»Oma, wann kommt denn dieser Hitler, nach dem die Leute da rufen?«, flüsterte er.

»Gar nicht«, antwortete die Großmutter und verzog abschätzig den Mund. »Das ist hier der Gruß. In diesem Land sagt man nicht guten Morgen, nicht guten Tag und auch nicht gute Nacht! Man grüßt sich mit Heil Hitler und streckt dabei den rechten Arm nach vorn. Und wenn man eine Uniform anhat, schlägt man außerdem noch die Hacken zusammen.«

Ihr Enkel sah sie ungläubig an.

»Ja, hier ist vieles ganz anders als daheim in Estland«, sprach seine Großmutter weiter. »Daran müssen wir uns jetzt gewöhnen und die neuen Sitten lernen.«

Mittlerweile hatten die Uniformierten das Deutschlandlied angestimmt, in das die vor der Festhalle stehenden Menschen einfielen. Anschließend wurde Milchreis mit Zimt und Zucker serviert.

Onkel Julius würde sich vor Abscheu schütteln, dachte Charlotte. Für ihn hätte das alles den unangenehmen Beigeschmack der Verführung. Wo er jetzt sein mag? Ist er noch auf dem Birkenhof oder bereits auf dem Weg nach Tallinn? Wann wird er Estland verlassen? Und wohin wird es ihn verschlagen? Hoffentlich wird er in unserer Nähe angesiedelt. Vielleicht findet er einen Weg, Lennart und Vaike mitzubringen. Aus dem Nichts war dieser Gedanke aufgetaucht. Ihr Herz begann, schneller zu schlagen. Onkel Julius könnte Lennart adoptieren, spann sie ihre Eingebung weiter. Als Erben hat er ihn ja ohnehin bereits eingesetzt. Dann dürfte Lennarts Einbürgerung kein Problem darstellen. Und wenn Onkel Julius hier ein Gestüt zugewiesen wird, könnten wir dort zusammen leben.

Ihr Blick fiel auf die alte Dame, die ihr schräg gegenübersaß. Während sich ihre Enkel begeistert über die Süßspeise hermachten, hatte sie ihren Teller unberührt weggeschoben und die Arme über der Brust verschränkt.

»Ah, es gibt Zuckerbrot«, sagte sie halblaut.

»Mutter!«, zischte ihr Sohn und sah sich besorgt um. »Halte deine Zunge im Zaum!«

»Wann wohl die Peitsche folgt?«, sprach sie ungerührt weiter. »Lange wird's nicht dauern. Das werdet ihr bald merken.«

Nach dem Essen wurden die Umsiedler aufgefordert, sich in der Einwandererzentrale zu melden, die in einer anderen Halle provisorisch eingerichtet worden war. Sie umfasste verschiedene Behörden wie das Rasse- und Siedlungshauptamt und eine Gesundheits-, eine Ausweis-, eine Berufseinsatz-, eine Vermögens- sowie eine Staatsangehörigkeitsstelle. Diese sollten die Umsiedler statistisch erfassen und prüfen, wer die Kriterien für eine Einbürgerung erfüllte. Auf Grund der Feststellung der in den baltischen Staaten zurückgelassenen Vermögenswerte und der beruflichen Bildung sowie Fähigkeiten sollten später die Zuweisung des Ansiedlungsortes und die Eingliederung in das Wirtschaftsleben folgen.

Charlotte reihte sich mit ihren Eltern und Schwester Gudrun in die lange Schlange der Menschen ein, die auf ihre Registrierung warteten. An einer Wand hing ein Plakat mit einer Landkarte, auf der die Umsiedlerströme mit Pfeilen eingezeichnet waren. Charlotte las den daneben gedruckten Text:

Nach dem Feldzug der 18 Tage begann die bisher großzügigste Umsiedlungsaktion der Weltgeschichte. Alle Volksgruppen, die draußen ihre Aufgaben erfüllt haben, rief der Führer zurück in die Heimat ihrer Väter. Sie helfen jetzt mit beim Ausbau und der Festigung des großdeutschen Reiches. In besonderem Maße werden beim Aufbau des Warthegaues ihre kolonisatorischen Fähigkeiten wirksam werden.

Was für ein ausgemachter Blödsinn, dachte Charlotte. Im Naturkundeunterricht haben wir gelernt, dass Kolonisierung die Bildung einer Population durch Gründerindividuen bedeutet. Der Warthegau ist doch kein menschenleeres Brachland, das erst mühsam urbar gemacht und mit den Segnungen der Zivilisation beglückt werden müsste. Wenn ich das richtig verstanden habe, werden die armen Polen, die bislang dort lebten, gezwungen, die Gegend zu verlassen, damit wir ihre Höfe, Betriebe, Praxen und Häuser übernehmen können. Und was sollen überhaupt diese ominösen kolonisatorischen Fähigkeiten sein? Es wäre mir neu, dass zum Beispiel unsere Familie über spezielle Talente verfügt, die uns als Kolonisatoren interessant machen. Charlotte musste unwillkürlich grinsen, als sie sich ihre Mutter bei der Feldarbeit vorstellte oder ihren Bruder beim Ausschachten eines Brunnens.

Bevor sie die Behörde verließen, bekamen die Umsiedler gerahmte Porträtfotos von Adolf Hitler für ihre späteren Wohnungen ausgehändigt. Charlotte war nicht die Einzige, die das Präsent mit einem befremdeten Gesichtsausdruck betrachtete. Wurde von den frisch gebackenen Reichsdeutschen erwartet, sich den Führer in die gute Stube zu hängen? Was geschah, wenn man ihm keinen gebührenden Ehrenplatz gab? Musste man mit Nachteilen oder gar Strafen rechnen? Wurden solche Dinge kontrolliert? Die Prophezeiung der alten Dame kam Charlotte in den Sinn – begleitet von einem mulmigen Gefühl.

Bereits zwei Tage nach ihrer Ankunft in Gotenhafen erhielt Charlottes Vater einen positiven Bescheid über die Einbürgerungsanträge seiner Familie und die Nachricht, im gut dreihundert Kilometer entfernten Posen im Landesinneren stünden eine Arztpraxis sowie eine Wohnung zum sofortigen Bezug für sie bereit.

Das ehemalige Großherzogtum Posen war nach den Napoleonischen Kriegen eine Provinz von Preußen und ab 1871 Teil des Deutschen Kaiserreichs gewesen. Sie umfasste den westlichen Teil der historischen Region Großpolen und war die einzige preußische Provinz mit einer nicht-deutschen Bevölkerungsmehrheit gewesen. Von den gut zwei Millionen Einwohnern sprachen um 1910 knapp sechzig Prozent Polnisch und etwa 38 Prozent Deutsch als Muttersprache. Die Juden, deren Anteil mit anderthalb Prozent (gegenüber einem Prozent im gesamten Reich) relativ hoch war, sprachen ebenfalls Deutsch. Nach dem Weltkrieg wurde die Provinz – mit Ausnahme einiger mehrheitlich deutschsprachiger Randgebiete – an Polen zurückgegeben, bis sie nach dem Einfall der Wehrmacht erneut von den Deutschen annektiert und unter Einbeziehung weiterer polnischer Gebiete zum Reichsgau Wartheland mit Posen als Hauptstadt deklariert worden war.

Die Freude von Charlottes Vater, so rasch Klarheit über seine neue Wirkstätte bekommen zu haben, erhielt bald einen Dämpfer. Anders als von den Umsiedlungsbeauftragten versprochen, wurden die Baltendeutschen nicht in geschlossenen Gruppen in ihre neuen Wohnorte eingewiesen, so dass sie die Pflege ihrer Traditionen und Kultur hätten fortsetzen können. Die Propaganda in der gleichgeschalteten NS-Presse ließ keinen Zweifel daran aufkommen, dass die Eigenheiten und das Brauchtum der neuen Volksgenossen von einer nationalsozialistischen Weltanschauung und Lebensführung abgelöst werden sollten.

Noch mehr befremdete es Graf Lilienfeld, dass die ihm zugeteilte Arztpraxis und die privaten Räume den Vorbesitzern nicht abgekauft, sondern enteignet worden waren und diese ihr Heim offensichtlich Hals über Kopf hatten verlassen müssen. Davon zeugten ein noch eingedeckter Esstisch und viele persönliche Gegenstände, die die einstigen Bewohner zurückgelassen hatten. Nach einer freiwilligen Aufgabe ihres Zuhauses sah das nicht aus.

Seine Frau nahm daran weniger Anstoß, und auch die Trennung von vielen baltendeutschen Freunden und Bekannten machte ihr in weit geringerem Maße zu schaffen. Charlotte hatte sie im Verdacht, im Grunde froh darüber zu sein – erleichterte es doch den von ihr oft beschworenen Neuanfang für ihre Tochter, deren Fehltritt unter Fremden besser geheim zu halten war. Schon bald machte sich Irmengard von Lilienfeld daran, dem alteingesessenen deutschen Adel der Gegend ihre Aufwartung zu machen und neue Kontakte in den »guten Kreisen« zu knüpfen.

Charlotte versank erneut in dem grauen Wattenebel, der sie bereits bei der Abreise aus Tallinn umfangen hatte. Noch nie in ihrem Leben hatte sie sich so mutlos, erschöpft und ohne jeden Antrieb gefühlt. Es kostete sie schier übermenschliche Kraft, morgens aufzustehen. Alles war ihr gleichgültig, selbst der Schmerz über die Trennung von Lennart und Vaike war zu einem dumpfen Grundton abgeebbt. Ihre Tränen waren versiegt, jegliche Hoffnung erstorben. Sie verbrachte die Tage lethargisch auf einem Sofa oder Sessel – zunächst weitgehend unbehelligt. Ihre Eltern – vollauf damit beschäftigt, sich in ihrem neuen Leben einzurichten – schrieben Charlottes Ruhebedürfnis ihrem vorangegangenen kräftezehrenden hysterischen Zustand zu und waren im Übrigen froh, sie so »friedlich« zu sehen. Offenbar glaubten sie, Charlotte hätte sich mit ihrem Schicksal abgefunden und sich wieder in ihre Rolle als gehorsame Tochter gefügt. Schwester Gudrun ging dem Grafen in der Praxis zur Hand, wo er ihr eine Stelle angeboten hatte, nachdem Charlotte keiner Aufsicht mehr bedurfte.

Nach zwei Wochen verkündete Irmengard von Lilienfeld an einem Donnerstagmorgen, es sei nun an der Zeit, unter Leute zu gehen und sich am gesellschaftlichen Leben zu beteiligen.

»Du hattest nun ausreichend Muße, dich zu erholen«, sagte sie. »Heute Abend findet eine Veranstaltung statt, bei der wir nicht fehlen sollten.« Sie hielt Charlotte ein Flugblatt hin. »Da werden viele wichtige Personen kommen. Eine wunderbare Gelegenheit, dich ein paar Leuten vorzustellen.«

Charlotte warf einen Blick auf die Ankündigung.

Der 9. November in Posen

20 Uhr Feierstunde im Stadttheater

1. *Fahneneinmarsch*
2. *Musikstück*
3. *Gedicht*
4. *Musikstück*
5. *Totenehrung*
6. *Rede des Kreisleiters*
7. *Führerehrung und Nationalhymne*
8. *Fahnenausmarsch*

Deutsche Volksgenossen! Der Opfergang deutscher Menschen ist Erfüllung geworden! Großdeutschland ist erstanden! Die Feierstunde am 9. November soll die geschlossene Gemeinschaft aller Deutschen bekunden. Darum, deutsche Volksgenossen, ist es eure Pflicht, an dieser ersten Veranstaltung nach unserer Heimkehr ins Reich teilzunehmen.

»Keine Widerrede«, sagte ihre Mutter, als Charlotte matt den Kopf schüttelte. »Dein Vater und ich erwarten, dass du uns begleitest. Man hat sich schon des Öfteren gewundert, warum du dich nie blicken lässt.« Sie leerte ihre Kaffeetasse und stand auf. »Ich habe es satt, Ausreden zu erfinden, nur weil du zu faul bist, deinen gesellschaftlichen Pflichten nachzukommen.«

Ich bin nicht faul, wollte Charlotte erwidern. Ich bin nur unendlich müde. Sie zuckte die Achseln. Es war zu anstrengend, ihrer Mutter Widerstand zu leisten. Irgendwie werde ich diesen Abend schon überstehen, dachte sie. Ich hoffe nur, dass der Kreisleiter sich bei seiner Rede kurzfasst. Diese Nazis brüllen immer so unangenehm.

»Wir werden kurz nach sieben aufbrechen«, fuhr Irmengard von Lilienfeld fort und musterte Charlotte mit kritischer Miene. »Du siehst furchtbar aus«, stellte sie fest. »Ich werde dir später das neue Mädchen schicken, damit es deine Frisur richtet. Es versteht zwar kaum Deutsch, stellt sich aber für eine Polin recht geschickt an.«

Früher hätte eine derart dünkelhafte Bemerkung Charlotte unweigerlich auf die Palme gebracht und zu einer scharfen Entgegnung gereizt. Nun zuckte sie nur kraftlos mit den Schultern und nuschelte ein kaum hörbares »Wie du wünschst«.

Schleswig-Holstein, August 1991

— 49 —

Bei Tisch herrschte eine beklommene Stimmung. Anneke hatte Schnüüsch gekocht, eine Angeliter Spezialität. Die sämige Gemüsesuppe aus Kartoffeln, Bohnen, Kohlrabi und Karotten servierte sie mit geräuchertem Katenschinken und Matjesfilets, die auf separaten Tellern angerichtet waren.

Nachdem Charlotte die Veränderungen auf dem Hof gelobt, Gesines Vater ein paar Fragen zu ihrem Leben in London gestellt und Opa Paul sich nach ihrer Einschätzung der aktuellen Vorgänge auf dem Baltikum erkundigt hatte, verebbte die Unterhaltung, der Henriette von Pletten mit unbewegter Miene zugehört hatte, ohne sich daran zu beteiligen. Gesine ärgerte sich zunehmend über dieses offensiv zur Schau gestellte Desinteresse, das jegliche Höflichkeit vermissen ließ, auf die ihre Mutter ansonsten so großen Wert legte. Am liebsten hätte sie ihr unter dem Tisch gegen das Schienbein getreten. Fieberhaft suchte sie nach einem Thema, das sie aus ihrer Verweigerungshaltung zwingen würde.

»Mama, du glaubst nicht, was wir herausgefunden haben«, sagte sie schließlich ins Schweigen hinein, zog die Kette mit dem Eichenlaubanhänger unter ihrem T-Shirt hervor und hielt sie ihr hin.

»Die habe ich ja noch nie an dir gesehen«, sagte ihre Mutter, nachdem sie einen Blick auf das Schmuckstück geworfen hatte. »Warum trägst du sie verdeckt?«

Weil ich nie Lust hatte zu erklären, von wem ich sie habe. Und weil es niemanden etwas angeht, dass sie mir immer noch sehr viel bedeutet. Gesine behielt die Antwort für sich.

»Charlotte hatte als junge Frau genau die gleiche Brosche«,

sagte sie stattdessen. »Die wurden für die Schülerinnen des Mädchenstifts angefertigt, das sie in Estland besucht hat.«

»Du hast sie also von ihr?«

»Nein. Von Grigori.«

»Grigori?«, fragte ihr Vater und sah Gesine verdutzt an. »Meinst du etwa den jungen Russen, der siebenundsiebzig …«

»Genau den«, unterbrach ihn Gesine. »Er hat mir die Kette geschenkt, kurz bevor er verschwunden ist.« Sie drehte sich erneut zu ihrer Mutter. »Grigori hat sie von seiner Mutter geerbt und diese wiederum von ihrem Vater. Der stammte ursprünglich aus Estland und hat sie dort von einer jungen Frau als Pfand ihrer Liebe bekommen.«

»Aha«, presste Henriette von Pletten hervor. »Und was ist daran so spektakulär?«

»Grigoris Großvater hat damals für seine Liebste ein Birkenblatt vergolden lassen. Es stammte aus dem Park des Gutshofs, auf dem sie zusammen leben wollten.«

Gesines Mutter wurde blass.

»Hatte deine Großmutter nicht einen Bruder, dessen Gestüt Birkenhof hieß? Kann es nicht sein, dass …«

»Moment mal«, rief Opa Paul. »Du glaubst, dass Grigori dir Charlottes Brosche gegeben hat? Das würde ja bedeuten, dass er ihr Enkel ist.«

Bevor Gesine antworten konnte, sprang ihre Mutter auf. Ihr Stuhl fiel mit einem Krachen zu Boden. Ohne eine Erklärung stürzte sie zur Tür und verließ den Raum.

»Ihr entschuldigt mich«, sagte Gesines Vater und eilte ihr hinterher.

Charlotte schaute Gesine, die neben ihr saß, erschrocken an. Diese biss sich auf die Lippe und fragte sich, ob sie vielleicht zu forsch vorgegangen war.

»Das nenn ich mal ein Prachtexemplar von einer geplatzten

Bombe«, sagte Opa Paul und legte den Kopf schief. »Wusstest du, dass deine Mutter so heftig reagieren würde? Wolltest du sie aus der Reserve locken?«

»Schon, irgendwie«, antwortete Gesine. »Ich hatte allerdings keine Ahnung, dass ich mit dem Thema derart ins Schwarze treffen würde. Sie spricht ja so gut wie nie über ihre Familie.« Sie legte die Hand auf Charlottes Arm. »Es tut mir leid. Ich wollte sie nur dazu bringen, sich endlich am Gespräch zu beteiligen. Ich weiß wirklich nicht, warum sie die Fassung verloren hat.«

»Wenn unsere Schlussfolgerung stimmt und Grigori tatsächlich dein Enkel ist«, sagte Opa Paul zu Charlotte, »dann frage ich mich, ob er damals auf der Suche nach dir war.« Er kratzte sich an der Schläfe. »Es kann doch kein Zufall sein, dass er sich nach seiner Flucht direkt zum Hansenhof begeben hat.«

»Genau dasselbe dämmerte uns gestern auch schon«, sagte Gesine und stand auf. »Ich rufe jetzt gleich Ulrike an. Vielleicht kann sie sich ja an etwas erinnern, das uns weiterhilft.«

Fünf Minuten später kehrte sie ins Esszimmer zurück. Anneke hatte mittlerweile die Teller abgeräumt. Charlotte und Opa Paul standen vor einem der Fenster und sahen Gesine erwartungsvoll entgegen.

»Allzu viel konnte Ulrike nicht sagen«, begann diese. »Grigori ist eines Tages bei ihnen aufgetaucht. Angeblich, weil er auf der Suche nach einer Arbeit war. Sie erinnert sich, dass er ihrer Großmutter Fragen über Verwandte aus Estland gestellt hat. Großtante Dorothea konnte sich keinen rechten Reim darauf machen, zumal Grigoris Deutschkenntnisse anfangs ja noch sehr gering waren. Ulrike meint, dass ihre Oma ihm wohl erzählt hat, dass ihr Mann in den zwanziger Jahren aus Estland ausgewandert ist und seine Großnichte, also Henriette, nach dem Zweiten Weltkrieg nach Schleswig-Holstein kam und auf Gestüt Pletten lebt. Als sie hörte, dass mein Vater einen neuen Bereiter brauchte, lag es für sie auf der Hand, Grigori zu uns zu schicken.« Gesine rieb sich die Stirn. »Leider weiß Ulrike nicht, ob sich ihre Oma jemals bei meiner Mutter erkundigt hat, ob Grigori sie nach Charlotte gefragt hat. Sie selbst hatte Grigori keine Auskunft über sie geben können.«

»Könnte das der Grund für sein plötzliches Verschwinden sein?«, fragte Opa Paul. »Hat Henriette ihm vielleicht gesagt, wo Charlotte wohnt, und er wollte keine Zeit verlieren, sie zu finden?«

Gesines Magen zog sich zusammen. Seit sich das Gespräch um Grigori drehte, wurden immer wieder Erinnerungen an jene Wochen mit ihm wach, die so lebendig und frisch waren, als hätte sie ihn erst wenige Tage zuvor noch in den Armen gehalten. Der Schmerz und die Verzweiflung, die seine plötzliche Abwesenheit damals in ihr hervorgerufen hatte und die sie monatelang gepeinigt hatten, waren für einen Augenblick wieder spürbar. Begleitet von einer tiefen Sehnsucht, die sie mit jeder Faser ihres Körpers wahrnahm.

»Das hätte er mir doch erzählt«, beantwortete sie Opa Pauls Frage. »Warum hätte er ohne ein Wort einfach abhauen sollen? Und warum hat er sich später nie mehr gemeldet?«, sagte Gesine.

»Stimmt auch wieder«, sagte Opa Paul.

»Außerdem hatte Mama da schon ewig keinen Kontakt mehr zu Charlotte.« Gesine wandte sich an ihre Großmutter, die dem Gespräch sichtlich aufgewühlt lauschte. »Paps und mir gegenüber hat sie jedenfalls nie erwähnt, dass sie deinen Aufenthaltsort kennt.«

»Sie hatte meine Adresse, damals noch in Schweden«, sagte Charlotte heiser und räusperte sich. »Ich habe ihr über die Jahre immer wieder geschrieben. Ich konnte und wollte die Hoffnung nicht aufgeben, dass sie doch eines Tages bereit sein würde, sich mit mir auszusprechen.«

Gesine schaute zu Opa Paul. Angesichts seiner perplexen Miene verzichtete sie auf die Frage, ob er von diesen Briefen gewusst hatte. Sie verzog den Mund. Es war unglaublich, was ihre Mutter alles mit sich allein ausmachte und ihrer Familie verheimlichte.

Charlotte sah Gesine nachdenklich an. »Da Grigori nie zu mir gekommen ist, hat Henriette ihm damals offensichtlich nicht mitgeteilt, wo ich lebe. Immer vorausgesetzt natürlich, dass er sie nach mir gefragt hat.«

»Das kann nur sie selbst uns verraten«, sagte Gesine und ging zur Tür. »Und zwar jetzt!«

»Warte, willst du wirklich …«, begann Charlotte.

»Oh ja! Dieses ewige Schweigen muss ein Ende haben. Wir sind uns wohl einig, dass Mama irgendeine schreckliche Last mit sich herumschleppt. Höchste Zeit, dass sie sich das von der Seele redet.« Sie hielt inne. »Wie lange hast du eigentlich an Mama geschrieben?«, fragte sie.

»Das letzte Mal im Herbst 1977«, antwortete Charlotte. »Der Brief kam postwendend zurück. Davor hatte sich Henriette so scharf wie nie zuvor jegliche weitere Belästigung meinerseits verbeten und klargemacht, dass ich für sie gestorben war.« Sie seufzte. »Das war dann der Moment, an dem ich die Hoffnung aufgegeben habe.«

»Herbst 1977?« Opa Paul wechselte einen Blick mit Gesine. »Da war deine Mutter doch eine Weile so seltsam.«

»Genau!« Gesine verengte die Augen. »Nachdem sie mit Grigori nach Güderott gefahren war, um einen Lehrgang bei einem amerikanischen Pferdetrainer zu besuchen.«

Gesine erinnerte sich noch gut, wie sehr sie das veränderte Verhalten ihrer Mutter damals irritiert hatte.

»Sie war völlig durch den Wind«, sagte sie.

»Sie war allein mit Grigori auf dieser Fortbildung?«, fragte

Charlotte. »Dann wäre es doch denkbar, dass er die günstige Gelegenheit genutzt und nach mir gefragt hat.«

»Absolut!«, rief Gesine.

»Und diese Erkundigung hat bei Henriette alte Wunden aufgerissen und sie vollkommen aus der Bahn geworfen«, spann Opa Paul den Faden weiter.

»Aber das erklärt doch nicht, warum Grigori sich aus dem Staub gemacht hat«, sagte Charlotte. »Da muss doch irgendetwas Dramatisches vorgefallen sein.«

Gesine spürte, wie sich ihr Herzschlag beschleunigte. Ein Verdacht keimte in ihr auf: Hatte ihre Mutter Grigori fortgeschickt, als sie mit Kirsten in London gewesen war? Weil sie nicht wollte, dass durch ihn das Verdrängte und sorgsam unter den Teppich Gekehrte wieder aufgerührt wurde? Weil sie befürchtete, dass ihre Familie sie auffordern würde, Kontakt zu Charlotte aufzunehmen? Ich hätte sie auf jeden Fall darum gebeten, dachte Gesine. Nein, nicht nur gebeten, ich hätte darauf bestanden, endlich meine Großmutter kennenzulernen.

Das Klingeln der Türglocke, gefolgt von eiligen Schritten in der Empfangshalle, ließ Gesine aufhorchen. Eine Sekunde später steckte Anneke den Kopf zur Tür hinein. Sie machte einen beunruhigten Eindruck.

»Was ist passiert?«, fragten Gesine und Opa Paul gleichzeitig.

»Die gnädige Frau ist zusammengebrochen. Gerade ist der Arzt gekommen.«

Gesine schaute sie entsetzt an und stürzte aus dem Zimmer. Der erneute Kollaps ihrer Mutter binnen so kurzer Zeit ängstigte sie. Lieber Gott, bitte, lass es keinen Herzinfarkt sein, betete sie stumm, während sie die Treppe – zwei Stufen auf einmal nehmend – nach oben rannte. Die Tür zu den Räumen ihrer Mutter stand offen. Sie durchquerte den Salon und hielt auf der Schwelle zum Schlafzimmer inne, in dem sich der Arzt eben vom Bett aufrichtete und sich an ihren Vater wandte, der auf der anderen Seite saß. Er hielt die Hand seiner Frau, die mit geschlossenen Lidern dalag und flach atmete.

»Ihr Herz schlägt zwar gleichmäßig«, sagte der Doktor und steckte sein Stethoskop zurück in seinen Koffer. »Wir sollten Ihre Frau dennoch ins Krankenhaus nach Kappeln bringen und gründlich durchchecken lassen.«

»Unbedingt!« Gesines Vater erhob sich.

»Warte!« Henriette von Pletten schlug die Augen auf. »Ich muss ...«

»Frau von Pletten«, sagte der Arzt. »Wie fühlen Sie sich? Haben Sie Schmerzen im Brustbereich? Ist Ihnen übel?«

»Nein«, antwortete sie und versuchte, sich aufzurichten.

»Bleib liegen«, bat ihr Mann und streichelte ihre Stirn.

»Wir sollten so schnell wie möglich ein EKG machen«, sagte der Arzt. »Ich verständige den Rettungsdienst. Die sollen einen Wagen schicken.«

»Bitte, ich muss nicht in die Klinik. Es ist nicht das Herz«, widersprach die Gräfin. »Es ist die Schuld, die ich auf mich geladen habe.« Ihr Blick fiel auf Gesine, die in der Tür stand und die Szene verfolgte, unfähig, sich zu rühren. Ihre Mutter streckte die Hand nach ihr aus. »Hole bitte Charlotte«, sagte sie leise. »Ich muss euch etwas beichten.«

»Das kann doch warten, Mama!«, rief Gesine und lief zu ihr. »Du darfst deine Gesundheit nicht aufs Spiel setzen. Bitte, sei vernünftig und lass dich in Kappeln untersuchen.«

»Das werde ich tun, ich verspreche es. Aber erst muss ich mit euch reden.«

Die Dringlichkeit in ihrer Stimme und das Flehen in ihren Augen überzeugten Gesine. Es war offenbar tatsächlich eine seelische Pein, die ihrer Mutter zum zweiten Mal das Bewusstsein geraubt hatte.

Als sie kurz darauf mit Charlotte den Salon vor dem Schlafzimmer betrat, saß ihre Mutter dort auf einem Sessel der mit hellem Samt bezogenen Sitzgarnitur. Der Arzt und ihr Mann waren gegangen.

»Bitte, nehmt Platz«, sagte sie und deutete auf das Sofa. »Ich bin mir bewusst, wie unverzeihlich das ist, was ich euch nun sagen werde«, begann Henriette und presste ihre Hände ineinander. »Abgesehen von dem, was ich getan habe, war auch mein beharrliches Schweigen verkehrt.« Sie sah Gesine an. »Ich hatte schlichtweg Angst, dich zu verlieren«, sagte sie. »Das befürchte ich natürlich auch jetzt. Mir ist aber klar geworden, dass ich endlich reinen Tisch machen muss.«

Gesine, deren Atem sich bei den Worten ihrer Mutter beschleunigt hatte, spürte, wie auch Charlotte sich neben ihr anspannte. Sie beschloss, den Stier bei den Hörnern zu packen und direkt zur Sache zu kommen.

»Hast du damals, als du allein mit Grigori bei dieser Fortbildung in Güderott warst, herausgefunden, dass er der Enkel von Charlotte ist?«, fragte sie.

Ihre Mutter nickte. »Er hat mich auf der Fahrt nach ihr gefragt.«

»Und was hast du ihm geantwortet?«, erkundigte sich Charlotte leise.

»Dass du tot bist.« Henriette schluckte. »Für mich warst du das ja auch in gewisser Weise.« Sie traute sich nicht, ihrer Mutter in die Augen zu sehen.

»Und als ich kurz darauf in London war, hast du dafür gesorgt, dass …«, setzte Gesine an.

»Ich wollte Grigori wirklich nichts Böses«, fiel Henriette ihrer Tochter ins Wort. »Das müsst ihr mir bitte glauben. Aber es war mir unerträglich, ihn um mich zu haben.« Sie wandte sich an ihre Mutter. »Zu wissen, dass er das Kind deiner ersten Tochter war, deren Vater du wirklich geliebt hast. Mich hätte es gar nicht geben sollen, meinen Vater hast du ja nicht aus freien Stücken geheiratet.«

Charlotte schaute sie erschrocken an. »Wie kommst du darauf?«

»Großmutter Elfriede hat es mir gesagt. Die Hochzeit mit Rudolf war ein Deal. Eine Gegenleistung für einen Gefallen, den ihr Mann deinen Eltern getan hatte.«

»Stopp!«, rief Gesine. »Eins nach dem anderen. Ich will erst einmal wissen, wie du Grigori dazu gebracht hast, mich ohne ein Wort der Erklärung zu verlassen.« Sie drehte sich zu ihrer Großmutter. »Ich hoffe, das ist in Ordnung für dich?«

»Selbstverständlich.« Charlotte legte ihre Hand auf Gesines Oberschenkel und drückte ihn kurz.

»Wie ist das abgelaufen?«, fragte Gesine ihre Mutter. »Hast du ihm Geld gegeben? Hat Grigori tatsächlich die Sachen gestohlen, die bei Wittke und Opa Paul gefehlt haben?«

»Das war so eine spontane Schnapsidee von mir.« Henriette schlug die Augen nieder. »Ich dachte, wenn du ihn für einen Dieb hältst, könntest du dich leichter von ihm lösen.«

»Du hast Opa Pauls silberne Taschenuhr genommen, sein liebstes Andenken an seine Frau, um Grigori in ein schlechtes Licht zu stellen?« Gesine schnappte nach Luft. »Ich fasse es nicht!«

»Ich werde sie ihm natürlich zurückgeben und ihn um Verzeihung bitten.« Henriette kniff kurz die Lippen zusammen, bevor sie weitersprach. »Grigori hat dich aufrichtig geliebt. Er hätte sich nie im Leben kaufen lassen, um sich von dir fernzuhalten.«

»Also, wie hast du es dann angestellt?«

»Ich habe ihm weisgemacht, dass du den Anspruch auf dein Erbe verlieren würdest, wenn du nicht standesgemäß heiratest. Das Gleiche würde gelten, wenn du in wilder Ehe mit einem

Bürgerlichen lebtest. Ich habe behauptet, es gäbe ein uraltes Familiengesetz, in dem strikt geregelt ist, wer das Gestüt und alle anderen Besitztümer erben darf. Es sei insofern fortschrittlich, weil ausdrücklich auch Frauen erbberechtigt seien. Die Heiratsklausel sei dagegen eher altmodisch – und unverrückbar.«

»Du meine Güte«, rief Gesine. »Das klingt ja wie in einem Schnulzenroman aus dem 19. Jahrhundert!«

Ihre Mutter wurde rot. »Ich habe Grigori sogar eine gefälschte Urkunde gezeigt und gesagt, es gäbe bereits einen entfernten Verwandten, der auf das Erbe scharf sei und keine Skrupel hätte, dich zu verklagen, solltest du versuchen, das Familiengesetz auszuhebeln.« Sie sah Gesine verlegen an. »Ich fürchte, ich habe mich sogar dazu verstiegen, etwas von einem heiligen Schwur im Beisein unseres Notars zu erwähnen, den du geleistet und dich damit auf ewig zu seiner Einhaltung verpflichtet hättest.« Sie holte tief Luft. »Ich habe Grigori versichert, dass du natürlich aus Liebe zu ihm dennoch auf alles verzichten und nicht zögern würdest, den Hof deiner Vorfahren seinetwegen aufzugeben. Und …«

»Lass mich raten«, unterbrach Gesine sie. »Im nächsten Atemzug hast du an sein Gewissen appelliert und ihn gefragt, ob er es verantworten könne, wenn ich mein geliebtes Gestüt verlieren und von der Familie verstoßen würde.«

»Du kennst mich sehr gut«, murmelte Henriette und nestelte an ihren Blusenknöpfen.

Der ungewohnte Anblick – ihre Mutter verlegen und beschämt – verstörte Gesine beinahe noch mehr als die Ungeheuerlichkeit ihrer Intrige.

»Ich habe ihn inständig gebeten, an dein Wohl zu denken und einen schnellen, schmerzhaften Schnitt zu machen, der letztendlich für alle Beteiligten das Beste sein würde.«

»Was hast du ihm als Gegenleistung angeboten?«, fragte Gesine. »Wenn dir doch angeblich an seinem Wohl gelegen war, wirst du …«

»Ich habe ihm eine Stelle bei dem berühmten Pferdetrainer vermittelt, der den Lehrgang geleitet hatte«, antwortete ihre Mutter. »Ich bin damals länger auf Güderott geblieben und habe ihn gebeten, Grigori weiter auszubilden. Der Trainer war sehr gern bereit dazu. Er hatte Grigoris besondere Gabe, mit Pferden umzugehen, sofort erkannt.«

Gesine ließ sich gegen die Sofalehne fallen. Erst jetzt bemerkte sie, dass ihre Großmutter am ganzen Körper zitterte und aschfahl im Gesicht war. Sie legte den Arm um ihre Schultern.

»Es … es tut mir so unendlich leid, dass du und Grigori meinetwegen leiden musstet«, stammelte Charlotte. »Ich hatte offensichtlich keine Vorstellung davon, wie tief sich Henriette von mir verletzt gefühlt hat.«

Wie auch, wenn sie das Gespräch mit dir bis heute konsequent verweigert hat?, dachte Gesine und warf ihrer Mutter einen Blick zu. Diese war in sich zusammengesunken und hatte das Gesicht hinter den Händen verborgen. Ihre Schultern zuckten. Noch ein Häufchen Elend, kam es Gesine in den Sinn. Wie geht's jetzt weiter? Für den Augenblick fühlte sie sich überfordert und kaum in der Lage, einen klaren Gedanken zu fassen.

Warthegau – November/Dezember 1939

– 50 –

»Darf ich Ihnen meine Tochter vorstellen? Sie brennt darauf, Sie endlich persönlich kennenzulernen.«

Irmengard von Lilienfeld drehte sich zu Charlotte, die hinter ihr an einer Marmorsäule lehnte, auf den Boden starrte und keine Notiz von dem nahm, was um sie herum geschah – versunken in ihrem Nebel, in den das Klanggemisch aus Stimmen, Gelächter und Gläserklirren, das den Raum erfüllte, kaum eindrang. Nach der Feierstunde im Stadttheater gab es noch einen Umtrunk im Foyer, das von riesigen Kristalllüstern erleuchtet wurde, die von der mit Stuck verzierten Decke hingen.

»Reiß dich gefälligst zusammen«, zischte die Gräfin leise, griff nach dem Ellenbogen ihrer Tochter und schob sie einen Schritt nach vorn.

Charlotte hob den Kopf und sah sich einer Dame um die fünfzig, einem um zehn Jahre älteren Herrn und einem jungen Mann gegenüber, den sie auf Mitte oder Ende zwanzig schätzte.

»Charlotte, das sind Baron Moltzan, seine Gemahlin und ihr Sohn Rudolf.«

Charlotte schüttelte mechanisch die ihr entgegengestreckten Hände und murmelte ein kaum hörbares »Guten Abend«.

»Ich hatte dir doch erzählt, dass dein Vater und ich Familie von Moltzan neulich beim Empfang der Gräfin Litzendorff kennengelernt haben.« Ihre Mutter schaute sie erwartungsvoll an. »Zu meiner großen Freude haben die drei meine Einladung zu einem zwanglosen Dinner angenommen«, sprach sie rasch weiter, als Charlotte keine Reaktion zeigte.

Charlotte rang sich ein Lächeln ab. Sie konnte sich nicht daran erinnern, je von diesen Moltzans gehört zu haben. Den Berichten ihrer Mutter von ihren gesellschaftlichen Begegnungen hatte sie in den vergangenen Tagen ebenso wenig Aufmerksamkeit geschenkt wie anderen Themen, über die sich ihre Eltern bei den gemeinsamen Mahlzeiten austauschten. Unwillkürlich wanderten ihre Augen zu ihrem Vater, der ein paar Schritte entfernt mit zwei Herren vor einem der bis zum Boden reichenden Fenster stand. Es dauerte einen winzigen Moment, bis sie realisierte, dass es sich bei der bleichen Frau mit dunklen Schatten unter den Augen, die sich in den Scheiben des Sprossenfensters spiegelte, um sie selbst handelte.

Charlotte wandte den Blick ab und bemerkte, dass Rudolf von Moltzan sie anschaute. Während sein Vater einen mitternachtsblauen Smoking trug, hatte er eine Wehrmachtsuniform an. Seine schwarzen, kurzgeschnittenen Haare und die glatte Rasur betonten seine markanten Gesichtszüge. Mit seinem athletischen Körper und der aufrechten Haltung entsprach er dem Bild eines schneidigen Soldaten, das dieser Tage überall beschworen wurde. Nur der schüchterne Ausdruck in seinen Augen wollte nicht dazu passen. Charlotte setzte ein vages Lächeln auf und tat so, als hörte sie der Unterhaltung zu, die ihre Mutter mit Rudolfs Eltern führte.

Das Abendessen, zu dem Charlottes Mutter neben den von Moltzans noch vier weitere neue Bekannte eingeladen hatte, fand bereits wenige Tage nach der Feierstunde statt, gefolgt von Empfängen, Dinners und anderen Veranstaltungen im privaten Rahmen, zu denen Familie von Lilienfeld im Gegenzug gebeten wurde. An Charlotte rauschten diese Zusammenkünfte vorbei, ohne dass sie im Nachhinein hätte sagen können, was sie gegessen und getrunken oder mit wem sie ein paar Worte gewechselt hatte. Es gelang ihr, auf Durchzug zu schalten und dennoch nach außen hin einen einigermaßen interessierten und anwesenden Eindruck zu erwecken.

»Ich denke, es ist nur noch eine Frage der Zeit, bis er dir einen Antrag macht.«

Der Triumph in der Stimme ihrer Mutter riss Charlotte aus ihrer Versunkenheit. Sie saß ihren Eltern gegenüber in einer Kleinbahn, die Posen mit Vororten und Dörfern der Umgebung verband. In der Nähe von Staffelbach (polnisch Czapury) befand sich das Herrenhaus der von Moltzans, die an diesem Sonntag Ende November zum Mittagessen geladen hatten.

»Wer macht mir einen Antrag?«

»Das fragst du nicht im Ernst!« Irmengard von Lilienfeld sah ihre Tochter mit einer Mischung aus Befremden und Empörung an. »Rudolf von Moltzan, wer sonst?«

Charlotte zuckte mit den Schultern und drehte sich wieder zum Fenster, an dem die verschneite Landschaft vorbeizog. Der Winter war in diesem Jahr früh hereingebrochen, mit viel Schnee und eiskalten Temperaturen.

»Jetzt hör mir mal zu«, fauchte ihre Mutter. »Diese einmalige Chance wirst du nicht vermasseln! Was auch immer der junge Baron an dir finden mag, er hat jedenfalls nur für dich Augen, wenn du im Raum bist.«

»Das sieht ein Blinder mit Krückstock«, pflichtete Charlottes Vater ihr bei und lächelte seiner Tochter wohlwollend zu. »Du hast ihn ohne Zweifel schwer beeindruckt.«

»Und deswegen sind wir überzeugt, dass er bei nächster Gelegenheit um deine Hand anhalten wird«, sagte ihre Mutter.

»Soll er doch. Ich werde sie ihm nicht geben«, murmelte Charlotte.

»Wie war das, bitte?« Irmengard von Lilienfeld beugte sich nach vorn und sah ihre Tochter streng an. »Ich habe mich hoffentlich verhört.«

Charlotte schüttelte den Kopf. »Ich werde nicht heiraten. Weder diesen Rudolf noch sonst irgendwen.« Sie schaute ihre Eltern an. »Der einzige Mann, dem ich das Ja-Wort geben würde, heißt Lennart Landa.«

Ihre Mutter erstarrte, ihr Vater zog die Brauen zusammen.

»Ich dachte, das Thema sei ein für alle Mal ad acta gelegt«, sagte er.

»Zu deinen Akten vielleicht«, entgegnete Charlotte.

»Werde nicht frech!«, rief ihre Mutter.

»Sei vernünftig, Kind«, sagte ihr Vater, sichtlich um einen beschwichtigenden Tonfall bemüht. »Rudolf ist eine hervorragende Partie. Sie auszuschlagen, wäre töricht.«

Charlotte verschränkte die Arme über der Brust und lehnte sich tief in ihren Sitz zurück.

»Wir wollen doch nur, dass du glücklich wirst«, fuhr ihr Vater fort.

»Dann hättet ihr mich zu Lennart und meiner Tochter zurückgehen …«

»Schweig!«, zischte ihre Mutter. »Du wirst Rudolf von Moltzan heiraten, basta.«

»Nein!« Charlotte holte tief Luft. »Mein Herz gehört Lennart. Nichts wird mich dazu bewegen, meine Liebe zu verraten.«

Ihr Vater legte die Hand auf den Arm seiner Frau, die drauf und dran war, sich auf ihre Tochter zu stürzen.

»In dieser Angelegenheit ist das letzte Wort noch nicht gesprochen«, presste Irmengard von Lilienfeld hervor.

»Ich denke, doch. Oder willst du mich an den Haaren zum Standesamt schleifen?« Charlotte wandte sich ab und sah aus dem Fenster, hinter dem die ersten Häuser von Posen auftauchten. Ein winziges Licht glomm in dem Grau auf, das sie seit Wochen umwölkte. Es war der Funken der Genugtuung. Ihre Eltern mochten ihr alles genommen haben, was ihr lieb und teuer war. Es lag jedoch nicht in ihrer Macht, sie gegen ihren Willen zu verheiraten.

Die Ankunft ihres Bruders Johann, der Anfang Dezember aus Estland umgesiedelt wurde, rückte das Thema vorerst in den Hintergrund. Seine Eltern waren überglücklich, ihren Sohn wohlbehalten in ihre Arme schließen zu können. Charlotte freute sich ebenfalls riesig und empfand zum ersten Mal seit ihrer Abfahrt aus Tallinn einen Hauch von Trost, der ihre trüben Tage ein kleines bisschen aufhellte. Mit Johann hatte sie endlich wieder einen ihr wohlgesonnenen Menschen in der Nähe. Er verurteilte weder ihre Liebe zu Lennart noch ihre Weigerung, Rudolf von Moltzan zu heiraten. Im Gegenteil, er stellte sich offen auf ihre Seite und nahm die Verärgerung insbesondere seiner Mutter in Kauf, die von ihrem Liebling eine andere Haltung erwartet hatte und die Enttäuschung über seinen angeblichen Verrat nur mühsam verbergen konnte.

Johann hatte zwei Briefe für Charlotte im Gepäck, die er ihr nach zwei Tagen heimlich aushändigte, als ihre Eltern außer Haus waren. Zu ihrer Enttäuschung war keiner von Lennart. Der eine war von Onkel Julius, der andere von Zilly. Charlottes Versuche, schriftlichen Kontakt zu den beiden sowie zu Lennart aufzunehmen, waren von ihren Eltern im Keim erstickt worden. Während der letzten Tage in Estland wäre Charlotte ohnehin die meiste Zeit wegen der starken Sedierungsmittel kaum in der Lage gewesen, einen klaren Gedanken zu Papier zu bringen, geschweige denn, unbemerkt von Schwester Gudrun Briefe aus dem Haus zu schmuggeln. Aber auch in Posen, wo sie nicht mehr rund um die Uhr überwacht wurde, sorgten ihre Eltern dafür, dass sie keine Gelegenheit erhielt, hinter ihrem Rücken Briefe aufzugeben. Dem polnischen Dienstmädchen hatten sie offenbar unter Androhung von Strafen eingebläut, ihr weder Briefmarken zu besorgen noch Post von ihr zu versenden. Abgesehen davon besaß Charlotte keine müde Reichsmark – und die paar estnischen Kronen, die sie in einer Handtasche fand, waren in ihrer neuen Umgebung wertlos.

Den Brief von Zilly hatte Maarja ihr von Malvaste aus weitergeleitet. Beide Schreiben waren bereits einige Wochen zuvor in Haapsalu angekommen. Johann hatte sie dort gefunden, als er vor seiner Abreise ein paar persönliche Dinge aus seinem Elternhaus geholt hatte. Beim Anblick der vertrauten Handschriften, die wie ein Gruß aus einer weit entfernten, glücklichen Epoche anmuteten, zog sich Charlottes Magen zusammen. Als Erstes öffnete sie den Brief ihres Onkels in der Hoffnung, etwas über Lennart und Vaike zu erfahren.

Kassari, den 20. Oktober 1939

Liebe Charlotte,

was sind das nur für schreckliche Zeiten, in denen wir gerade leben! Ich hoffe und bete von ganzem Herzen, dass Du wohlauf bist und Dich meine Zeilen bei guter Gesundheit und zuversichtlicher Stimmung antreffen.

Leider kenne ich den Grund nicht, weswegen sich Deine Rückkehr nach Malvaste hinauszögert. Maarja hat mir voller Sorge telegrafiert, nachdem Du nicht wie geplant nach zwei, drei Tagen wieder bei ihr und Deiner Tochter eingetroffen bist und Dich auch nicht bei ihr gemeldet hast. (Zu Deiner Beruhigung: Vaike ist wieder vollkommen genesen und entwickelt sich prächtig.) Ich bin sofort zum Postamt im Hafen von Orjaku gefahren und habe bei Deinen Eltern in Haapsalu angerufen, konnte dort jedoch niemanden erreichen. Sollte ich auf diesen Brief keine Antwort von Dir erhalten, werde ich umgehend zu Euch fahren und nach dem Rechten sehen. Ich werde nämlich den Verdacht nicht los, dass Deine Eltern Dich nicht wieder gehen lassen wollen und vielleicht sogar zwingen, zusammen mit ihnen Estland den Rücken zu kehren.

Ich selber habe nach reiflicher Überlegung beschlossen, dem Ruf »heim ins Reich« keine Folge zu leisten. Auch wenn mich das zum »Verräter am Volkstum« macht: Bei mir verfängt die Drohung nicht, die ich kürzlich in der Zeitung gelesen habe: »Wer sich in diesen Tagen von seiner Volksgruppe löst, um im Lande zu bleiben, scheidet sich für alle Zeiten vom deutschen Volke. Er muss das wissen, denn sein Entschluss gilt für Kinder und Kindeskinder. Und er ist nicht rückgängig zu machen.«

Mein Platz ist hier auf dem Birkenhof, mit dem mich alles verbindet, was mir lieb ist. Ich werde Kassari, in dessen Erde die Gebeine meiner Frau ruhen, solange es in meiner Macht steht, nicht verlassen. Und ich gebe nach wie vor die Hoffnung nicht auf, dass auch Du, Lennart und Vaike hierherziehen werdet. Gemeinsam werden wir die Stürme, die zweifellos in nicht allzu ferner Zukunft über unsere kleine Insel hinwegfegen werden, überstehen!

Lennarts Pläne sind durch die Ereignisse der letzten Wochen ebenfalls durchkreuzt worden. Unmittelbar nach seinen Prüfungen in Jäneda (die er, wie nicht anders zu erwarten, mit Bravour abgeschlossen hat) wurde er auf Grund der bedrohlichen Lage zum Wehrdienst berufen. Da sich unser Staatsoberhaupt klugerweise entschieden hat, den russischen Forderungen friedlich nachzugeben, wird Lennart aber wohl zum Glück nicht kämpfen müssen. Er ist daher zuversichtlich, nach Ableistung der achtmonatigen Grundausbildung ins zivile Leben entlassen zu werden und seine Arbeit auf dem Birkenhof endlich wieder aufnehmen zu können. Bis dahin muss ich mich mit Aushilfskräften behelfen, da das Hauswärter-Ehepaar es gar nicht abwarten konnte, dem Ruf des Führers zu folgen und sich umsiedeln zu lassen.

Liebe Charlotte, ich schließe mein Schreiben in der Hoffnung, Dich bald zu sehen, und schicke Dir herzliche Grüße,

Dein Julius

Charlotte las die Zeilen mit gemischten Gefühlen. Der Optimismus ihres Onkels mutete angesichts der Situation grotesk an. Sie hatte ihn stets als besonnenen Mann erlebt, der die politischen und gesellschaftlichen Entwicklungen nüchtern und realistisch einschätzte. Zum ersten Mal gab er sich nun in ihren Augen einem Wunschdenken hin, das sie sich nur damit erklären konnte, dass ihm alles erträglicher schien, als seine geliebte Heimat zu verlassen. Zudem bedrückte sie der Gedanke, dass er – wenn er seine Ankündigung umgesetzt hatte – vergebens nach Haapsalu gereist war, um ihr beizustehen. Zu wissen, dass er ihr tatsächlich zu Hilfe geeilt und sie nur um wenige Tage verpasst hatte, war kaum auszuhalten. Ganz zu schweigen von seinen Bemerkungen zu Vaike und Lennart, die nun nicht mehr nur von ihr, sondern auch voneinander getrennt waren. Die Sehnsucht nach den beiden schnürte ihr den Hals zu. Zum ersten Mal seit Tagen fühlte sie Tränen in ihren Augen brennen und wurde kurz darauf von Schluchzern geschüttelt, über die sie minutenlang keine Kontrolle gewinnen konnte.

Als das Weinen abebbte, schnäuzte sie sich und griff zu Zillys Brief. Charlotte stutzte, als sie die Marke sah. Unter dem Porträt eines hageren Mannes mit runder Nickelbrille stand SVERIGE. Gestempelt war sie in Stockholm. Charlotte atmete erleichtert aus. Zilly war in Schweden und somit vorerst in Sicherheit und nicht von dem Krieg bedroht, der seit einigen Tagen zwischen der UdSSR und Finnland tobte.

Die Finnen hatten die dreiste Forderung Stalins, ihm einen großen Teil des russisch-finnischen Grenzgebietes in Karelien abzutreten, abgelehnt. Daraufhin hatte dieser einen angeblich von finnischer Seite provozierten Grenzzwischenfall am 25. November als Vorwand genommen, die diplomatischen Beziehungen abzubrechen. Fünf Tage später hatte die Rote Armee mit einem massiven Aufgebot von Panzern, Flugzeugen und Bodentruppen das an Soldaten und Ausrüstung zahlenmäßig weit unterlegene Nachbarland überfallen.

Charlotte riss den Umschlag auf.

Stockholm, 10. Oktober 1939

Liebe Charly,

zutiefst beunruhigt durch die sich überschlagenden Ereignisse schreibe ich Dir diese Zeilen und hoffe inständig, dass Du und Deine Lieben in Malvaste von dem ganzen Trubel nicht so sehr betroffen seid. Ich fürchte allerdings, das ist ein frommer Wunsch. Die Aufforderung Hitlers an die Deutschen, das Baltikum zu verlassen, betrifft Dich ja auch dort und wird Dich in ein schlimmes Dilemma stürzen. Denn selbst wenn Du mittlerweile mit Lennart verheiratet sein solltest und damit Deine estnische Staatsbürgerschaft behältst, ist die Aussicht, demnächst unter die Fuchtel der Sowjets zu geraten, nicht sehr verlockend. Genau aus diesem Grund habe ich vor einer guten Woche beschlossen, nach Schweden zu gehen. Denn auch Finnland wird ja von Stalin massiv bedrängt, und die Angst, sich gegen dessen Übergriffe auf Dauer nicht wehren zu können, hatte in letzter Zeit die öffentliche Debatte beherrscht. Ins Deutsche Reich »heimzukehren« kommt für mich nicht infrage. Meine Mutter, die ihre Fühler in Richtung einiger Theater in Berlin, Hamburg und anderen Städten ausgestreckt hatte, hat schnell zu spüren bekommen, dass sie mit ihrer freiheitlichen Denkweise nicht willkommen ist und keine Chance auf eine Anstellung als Schauspielerin hat. Daher haben meine Eltern beschlossen, im Ausland ihr Glück zu suchen. Sie sind noch nicht sicher, ob sie ebenfalls in einem skandinavischen Land oder in Großbritannien oder sogar in den USA einen Neuanfang wagen sollen. Mir fiel die Entscheidung für Schweden leicht. Bei der Filmpremiere von »Rikas Tyttö« Mitte September im Palatsi-Kino in

Helsinki hatte mir der Regisseur Ilmari Unho einen schwedischen Kameramann vorgestellt, den er für eine Zusammenarbeit für sein nächstes Filmprojekt gewinnen wollte. Damals erwähnte Ernst Westerberg, dass die Produktionsfirma, für die er oft tätig ist, händeringend nach Personal für vakante Assistentenstellen in diversen Bereichen suchen würde. Als sich die Situation kurze Zeit später in Finnland zuspitzte, habe ich mich daran erinnert, meine Koffer gepackt und den Zug nach Stockholm bestiegen. Ich habe es keine Sekunde lang bereut!

Mittlerweile habe ich sogar schon wieder ein kleines Engagement in einem Film ergattert. »Familjen Björck« basiert auf einer beliebten Radiohörspielserie und wird ab Mitte November in den Sandrew-Studios in Stockholm sowie mit Außenaufnahmen im Freiluftmuseum Skansen gedreht.

Bis dahin sammle ich interessante Erfahrungen als Produktionsassistentin. Ich bin froh über die viele Arbeit – lenkt sie mich doch von den Sorgen ab, die ich mir unter anderem um Dich und Deine kleine Familie mache.

Ach Charly, es ist furchtbar, nicht zu wissen, wie es Dir geht und wann wir uns endlich wiedersehen können!

Bitte gib der kleinen Vaike einen dicken Kuss von mir! Ich umarme Dich und grüße Dich von ganzem Herzen,

alles Liebe von Deiner Zilly

Charlotte hatte ihre Lektüre kaum beendet, als ein Geräusch an ihr Ohr drang, das sie zunächst nicht einordnen konnte. Es klang wie ein hohes Keuchen und kam aus dem Zimmer neben ihr, in das Johann einquartiert worden war. Sie ging auf den Flur und legte das Ohr an seine Tür. Kein Zweifel, es handelte sich um ein Wimmern. Behutsam drückte sie die Klinke hinunter und spähte in den Raum. Ihr Bruder war nicht zu sehen.

»Johann? «, sagte sie leise. »Bist du hier? «

Das Geräusch verstummte. Hinter dem Bett erschien ein zerzauster Kopf. Charlotte trat ein, zog die Tür hinter sich zu und eilte zu ihrem Bruder, der auf dem Boden kauerte. Sein Gesicht war gerötet und glänzte feucht, seine Augen waren geschwollen. Bevor sie fragen konnte, was geschehen war, streckte er ihr eine Postkarte entgegen.

Die Überschrift »Eilige Wehrmachtsache!« und das fettgedruckte Wort »Einschreiben« auf der Vorderseite fielen Charlotte als Erstes ins Auge und jagten ihr einen Schauer über den Rücken. Noch bevor sie den Text las, wurde sie von der Furcht übermannt, dass es sich um seine Einberufung handelte. Das darf nicht sein, schrie es in ihr. Sie dürfen mir Johann nicht auch noch entreißen. Wo ich ihn doch gerade erst wiederhabe. Was, wenn ihm etwas zustößt? Momentan führen die Nazis zwar überwiegend einen Luftkrieg gegen England. Aber nach allem, was man hört, wird es nicht lange dauern, bis Hitler gegen Frankreich und andere Länder im Westen losschlägt. Ihr wurde kalt. Beruhige dich, mahnte ihre Vernunftstimme. Schau erst einmal, worum es konkret geht.

Die Karte war an Johann von Lilienfeld adressiert, auf der Rückseite befanden sich mehrere vorgedruckte Zeilen, deren Leerstellen (Datum, Namen, Ort, Unterschrift etc.) handschriftlich ausgefüllt waren:

Wehrmeldeamt/Wehrbezirkskommando Posen/Einberufungsbefehl A
Gilt als Fahrtausweis auf der Eisenbahn für die 3. Klasse
Sie werden hierdurch zum aktiven Wehrdienst einberufen und haben sich am 12ten Dezember 1939 bis 10 Uhr beim Landesschützen-Bataillon XXV/VI in Posen (Gestellungsort) zu melden.
1. Dieser Einberufungsbefehl und der Wehrpaß sind mitzubringen und bei der Dienststelle, in der Sie einberufen sind, abzugeben.

2. *Bei unentschuldigtem Fernbleiben haben Sie Bestrafung nach
   den Wehrmachtgesetzen zu gewärtigen.*
Dienststempel
Wehrmeldeamt/Wehrbezirkskommando
Unterschrift Oberstleutnant

Die Panik kehrte zurück. Charlotte griff sich an den Hals.

»Ich kann das nicht«, flüsterte Johann und schlug die Hände
vors Gesicht. »Ich tauge nicht zum Soldaten.«

Seine Verzagtheit drängte Charlottes eigene Furcht etwas zurück. Er hat absolut recht, dachte sie. Sich ihren Bruder auf einem Panzer, an einem Geschütz oder in einer anderen kriegeri-
schen Situation vorzustellen, überstieg ihre Phantasie. Zu der
Angst, die sie um ihn hatte, gesellte sich tiefes Mitgefühl. Wie
unerträglich musste es für ihn als überzeugten Pazifisten sein,
Dienst an der Waffe zu leisten?

»Ich bin ein jämmerlicher Angsthase und Feigling.«

»Bist du nicht!« Charlotte setzte sich neben ihn auf den Boden und legte den Arm um ihn. Er bebte am ganzen Leib.

»Lieber bringe ich mich um«, stieß er tonlos hervor.

»Um Gottes willen, sag so etwas nicht!« Charlotte rüttelte ihn
sanft. »Es muss doch eine Möglichkeit geben, diese Einberufung
zu umgehen.« Sie legte die Stirn in Falten. »Vielleicht ein ärztli-
ches Attest, das dich für un…«

»Zwecklos«, rief Johann. »Ich habe nach dem Abitur meinen
Wehrdienst in der estnischen Armee geleistet. Da glaubt doch
kein Mensch, dass ich plötzlich untauglich bin.« Er sackte in
sich zusammen. »Es gibt keinen Ausweg.«

»Den gibt es sehr wohl!« Charlotte dachte angestrengt nach.
»Wir müssen irgendwie erreichen, dass du für unabkömmlich
erklärt wirst.«

»Meinst du?« Johann hob den Kopf und sah sie an.

Der Hoffnungsschimmer in seinen Augen und das Flehen in seiner Stimme gingen Charlotte zu Herzen.

»Ich verspreche dir, dass ich alles tun werde, um dir zu helfen«, sagte sie. Für sich fügte sie hinzu: Ich werde nicht zulassen, dass sie mir meinen Bruder nehmen, den einzigen Menschen, der es hier wirklich gut mit mir meint. Ihn zu verlieren, würde ich nicht auch noch verkraften.

Schleswig-Holstein, August 1991

— 51 —

Am Montagmorgen trug Gesine nach ihrem Stallrundgang ein
üppig befülltes Frühstückstablett zu dem Gästezimmer im zweiten Stock, das sie von Anneke für ihre Großmutter hatte herrich-
ten lassen. Graf Pletten hatte der Aussprache der drei Frauen am
Vorabend ein vorläufiges Ende bereitet und darauf bestanden,
Henriette umgehend nach Kappeln ins Krankenhaus zu bringen
und durchchecken zu lassen. Die Ärzte hatten sie über Nacht zur
Beobachtung dabehalten, sich jedoch zuversichtlich gezeigt,
dass keine ernste Erkrankung vorlag.

Gesine klopfte und öffnete die Tür, nachdem sie Charlottes
»Herein!« gehört hatte. Der Klang einer fremdsprachigen Män-
nerstimme füllte den Raum. Sie kam aus dem Radio, das auf dem
Nachtkasten stand. Charlotte saß in einem Sessel daneben und
lauschte mit ernster Miene den Ausführungen. Sie nickte Gesine
zu, die eintrat und das Tablett auf dem Tisch am Fenster ab-
stellte.

»Was für ein Sender ist das?«

»Die Stimme Russlands«, antwortete Charlotte. »Es geht dort
gerade hoch her. Morgen wollte Gorbatschow eigentlich einen
neuen Unionsvertrag unterzeichnen, der den Teilrepubliken
mehr Autonomie einräumen soll. Also auch der estnischen. Doch
soeben wurde gemeldet, dass gegen ihn geputscht wurde.«

»Oh nein!« Gesine ließ sich auf den Rand des Bettes fallen.
»Weiß man, wie es um ihn steht?«

»Seine Widersacher, die das Staatskomitee für den Ausnah-
mezustand gebildet haben, behaupten, der Staatspräsident sei
krank und nicht länger in der Lage, sein Amt auszuüben. Es sind
aber Gerüchte im Umlauf, dass er in seinem Urlaubsort auf der

Krim festgesetzt wurde. Und in Moskau marschieren gerade Truppen auf.«

»Wie schrecklich!« Gesine sah ihre Großmutter entsetzt an. »Wer steckt denn dahinter?«

»Ewiggestrige, die Angst vor dem Zerfall der Sowjetunion haben.« Charlotte seufzte. »Momentan ist die Situation dort sehr unübersichtlich. Ich denke, wir müssen abwarten, bis sich Genaueres herauskristallisiert.« Sie schaltete das Radio aus. »Hast du Neuigkeiten von deiner Mutter? Wie geht es ihr?«

»Gut, soweit«, antwortete Gesine. »Paps hat gerade mit dem Krankenhaus telefoniert und kann sie später nach einer abschließenden Untersuchung abholen.«

»Gott sei Dank, ich habe mir solche Sorgen gemacht.«

»Ich auch.« Gesine sah ihre Großmutter forschend an. »Und wie geht es dir? Dich hat das Ganze ja auch ziemlich mitgenommen.«

»Das stimmt. Aber ich bin vor allem froh und sehr dankbar, dass Henriette wieder mit mir spricht.«

Gesine nickte. »Möchtest du einen Kaffee?« Sie deutete auf das Tablett. »Und überhaupt Frühstück?«

»Sehr gern.« Charlotte lächelte. »Du kümmerst dich wirklich rührend um mich.«

»Das Lob gebührt Anneke. Ich bin lediglich die Überbringerin.« Gesine stand auf und schenkte eine Tasse aus der Thermoskanne voll. »Milch? Zucker?«

Charlotte schüttelte den Kopf und rückte ihren Sessel an den Tisch.

»Sag mal, was für einen Deal hat Mama gestern angedeutet, den deine Schwiegermutter mit deinen Eltern ausgehandelt hatte?« Gesine setzte sich auf einen Stuhl ihrer Großmutter gegenüber. »Das klang so, als hätten sie dich verschachert und gegen deinen Willen verheiratet.«

»Ganz so war es nicht«, sagte Charlotte und nippte an ihrer Tasse. »Ich bin schon aus freien Stücken Rudolfs Frau geworden. Allerdings nur, weil ich damit meinen Bruder vor der Einberufung in die Wehrmacht bewahren konnte.«

»Du? Wie das?« Gesine, die sich gerade ein Glas Orangensaft einschenkte, hob überrascht die Brauen.

»Das ist eine lange Geschichte«, begann Charlotte. »Aber ich versuche, mich kurzzufassen.« Sie atmete durch. »Neununddreißig wurden wir nach Posen umgesiedelt. Nur ein paar Wochen später war mein Bruder vollkommen verzweifelt, als er seinen Gestellungsbefehl erhielt.« Ihre Augen verschleierten sich. »Johann war wohl das, was man einen Feingeist nennt. Intelligent, liebenswert und vor allem sehr sensibel. Dazu der friedfertigste Mensch, den ich kannte. Allein der Gedanke, eine Waffe auf andere Menschen richten zu müssen, machte ihn krank vor Abscheu und Angst. Meine Eltern und ich haben befürchtet, dass er sich eher selbst etwas antun würde, als in den Krieg zu ziehen.«

»Eine furchtbare Situation.« Gesine rieb sich die Schläfe. »Denn wenn dein Bruder sich geweigert hätte, wäre er vermutlich hingerichtet worden.«

»Nicht auf der Stelle«, antwortete Charlotte. »Aber ihm hätte zumindest eine schwere Zuchthausstrafe wegen Wehrkraftzersetzung oder die Einweisung in ein KZ geblüht. Und die Todesstrafe, wenn an seiner Verweigerung festgehalten hätte.«

»Eine grässliche Zeit!« Gesine schüttelte sich. »Und wie kam nun dieser Rudolf ins Spiel?«

»Er war total vernarrt in mich und wollte mich unbedingt zur Frau. Was mich allerdings vollkommen kaltgelassen hat. Dann stellte sich jedoch heraus, dass sein Vater, Baron Moltzan, gute Kontakte ins Wehrbezirkskommando hatte. Er sorgte dafür, dass mein Bruder als uk, also unabkömmlich, eingestuft wurde, und beschaffte ihm eine Arbeit in der Verwaltung des Reichsgaus.«

»Und im Gegenzug solltest du seinen Sohn heiraten?« Gesine sah ihre Großmutter mit geweiteten Augen an. »War es diesem Rudolf denn gleichgültig, dass du seine Gefühle nicht erwidert hast?«

»Sicher nicht. Er hat wohl gehofft, dass ich mich mit der Zeit doch noch in ihn verlieben würde.« Charlotte zuckte die Schultern. »Im Nachhinein tat er mir leid. Ich glaube, er sehnte sich einfach nach einem Menschen, der ihm etwas mehr Wärme und Zuneigung entgegenbringen würde als seine Eltern. Für seinen Vater zählten nur Leistung und Erfolg.«

»Und Großmutter Elfriede muss auch eine echte Schreckschraube gewesen sein«, sagte Gesine. »So hat Mama sie jedenfalls beschrieben.«

»Ja, die Baronin war sehr kalt und streng. Wobei sie ihren Sohn durchaus regelrecht vergöttert hat. Aber nur, solange er ihrem Bild von einem disziplinierten Mann mit Kämpfernatur und dem Willen zur Macht entsprach.«

»Wie es die Nazis propagiert haben?«

»Genau so. Elfriede und ihr Mann waren überzeugte Anhänger der NS-Ideologie.«

»Du meine Güte!« Gesine warf ihrer Großmutter einen entgeisterten Blick zu. »Ausgerechnet in so eine Familie hast du eingeheiratet?«

»Das habe ich erst später realisiert«, antwortete Charlotte. »Aber selbst, wenn ich es vor der Hochzeit schon gewusst hätte: Ich konnte und wollte meinen Bruder nicht im Stich lassen. Ich hätte es mir nie verziehen, wenn er im Krieg schwer verwundet worden oder gar gefallen wäre – und ich nicht alles getan hätte, um ihn davor zu bewahren.«

»Ihr müsst euch sehr nahegestanden haben.«

Charlotte nickte. »Ganz besonders in jener Zeit. Da war er der Einzige in meinem Umfeld, der mir etwas bedeutet hat. Seinen Verlust hätte ich damals nicht bewältigt.«

»Dein Opfer war trotzdem sehr großherzig«, sagte Gesine und fragte sich im Stillen, ob sie zu einem solchen Schritt bereit gewesen wäre.

»Und leider auf lange Sicht umsonst«, sagte Charlotte mit belegter Stimme. »Nach der katastrophalen Niederlage der Deutschen in Stalingrad wurde Johann nämlich Anfang 1943 doch noch eingezogen und an die Ostfront geschickt. Er hat es keine zwei Wochen überlebt.«

»Oh nein!« Gesine hob schockiert die Hand vor den Mund. »Ich wage es gar nicht, mir auszumalen, wie tief dich sein Verlust getroffen hat.«

»Es war grauenvoll.« Charlotte wischte sich über die Augen. »Ich habe sehr um ihn getrauert und seinen Tod lange nicht verwinden können.«

Ein paar Atemzüge lang saßen sie schweigend da.

»Ich stelle es mir sehr schwer vor, mit jemandem verheiratet zu sein und zusammenleben zu müssen, den man gar nicht liebt«, sagte Gesine schließlich.

»Zu einem Eheleben kam es praktisch nicht«, antwortete Charlotte. »Rudolf wurde kurz nach unserer Hochzeit im Frühling 1940 eingezogen und nach Frankreich geschickt. Eigentlich habe ich ihn gar nicht richtig kennengelernt.« Sie verzog den Mund. »Seine Eltern dafür umso besser. Ich wohnte nämlich bei ihnen außerhalb von Posen auf ihrem Herrensitz.« Sie fuhr sich durch die Haare. »Zuerst war ich froh, nicht mehr bei meinen Eltern sein zu müssen. Besonders mit meiner Mutter lag ich ständig über Kreuz.«

»Dann bist du ja direkt vom Regen in die Traufe geraten.« Gesine sah ihre Großmutter mitfühlend an.

»Das kannst du laut sagen.« Charlotte verdrehte die Augen.

»Elfriede war nicht nur eine glühende Anhängerin Hitlers, sondern auch äußerst herrschsüchtig.«

Gesine wollte sich gerade erkundigen, warum ihre Großmutter zu ihren eigenen Eltern ein schwieriges Verhältnis gehabt hatte, als diese weitersprach.

»Leider ist es mir nicht gelungen, deine Mutter vor ihr zu schützen. Das kann ich mir bis heute nicht verzeihen.«

»Du bist gleich schwanger geworden«, stellte Gesine fest, nachdem sie kurz die Daten abgeglichen und nachgerechnet hatte. »Da Mama am siebten Dezember Geburtstag hat, kam sie ziemlich genau neun Monate nach der Hochzeit zur Welt.«

Charlotte nickte. »Und ein paar Tage vorher hatten wir die Nachricht erhalten, dass Rudolf gefallen war.« Sie rieb sich die Stirn. »Das hat Elfriede bis ins Mark erschüttert. Nach außen hin hat sie sich zwar kaum etwas anmerken lassen. Schließlich war ihr Sohn den Heldentod gestorben und hatte sein Blut für Führer und Vaterland vergossen. Aber von da an wurde sie womöglich noch fanatischer. Henriette sollte ganz im Sinne der NS-Ideologie erzogen werden – und zwar von ihr allein. Sie sah sich als Einzige dazu befähigt, um nicht zu sagen auserkoren, das Vermächtnis, das sie in Form dieses Kindes von Rudolf erhalten hatte, würdig in Ehren zu halten – was auch immer sie darunter verstanden haben mag.«

»Gute Güte, was für eine kranke Sichtweise!«, entfuhr es Gesine. »Ein Baby als Vermächtnis eines toten Kriegshelden. Das ist verrückt!«

»Zumal Rudolf gar nicht an vorderster Front gefallen ist, wie sie immer behauptet hat«, sagte Charlotte. »Ich habe später herausgefunden, dass ihn ein Kamerad bei einer Übung aus Versehen mit einem Panzer überrollt hat.«

»Der Ärmste!«, rief Gesine. »Wahrscheinlich war das für deine Schwiegermutter erst recht ein Grund, seine Tochter mustergültig im Sinne der Nazis zu erziehen und diese Schmach wettzumachen.«

»Das sehe ich genauso.« Charlotte goss sich Kaffee nach und nahm einen Schluck. »Mir traute sie es jedenfalls nicht zu. Dazu war ich ihrer Meinung nach viel zu nachgiebig und gefühlsgesteuert.« Sie verengte die Augen. »Sagt dir der Name Johanna Haarer etwas?«

Gesine schüttelte den Kopf.

»Sie hat im Dritten Reich zwei Erziehungsratgeber geschrieben, die damals praktisch in jedem Haushalt im Regal standen. Übrigens kann man sie heute noch kaufen, wenn auch in etwas überarbeiteter Form. Meine Schwiegermutter hat mir das Buch ›Die deutsche Mutter und ihr erstes Kind‹ geschenkt und wärmstens ans Herz gelegt.«

»Bei dem Titel klingelt was bei mir«, sagte Gesine. »Doch, ja, ich glaube, so ein Buch habe ich mal bei einer Bekannten gesehen, die gerade Mutter geworden war. Ich habe damals darin geblättert und war gelinde gesagt schockiert über die tiefschwarze Pädagogik, die da propagiert wird.«

»Ging mir nicht anders.« Charlotte verzog das Gesicht. »Nach dem ersten Kapitel habe ich es weggelegt und nie wieder angerührt.«

»Aber deine Schwiegermutter sah das natürlich ganz anders, nicht wahr?«

»Leider. Ihr sprachen Haarers Sichtweisen und Ratschläge aus dem Herzen. Angefangen bei der Grundannahme, dass Kinder manipulative Haustyrannen sind, deren Willen es zu brechen gilt.«

»Schauderhaft.« Gesine schüttelte sich.

»Gleich nach der Entbindung soll man laut Haarer damit beginnen und das Neugeborene für vierundzwanzig Stunden isolieren«, fuhr Charlotte fort. »Einen schreienden Säugling soll man schreien lassen. Das würde seine Lungen kräftigen und ihn abhärten. Und nur so würde das Baby begreifen, dass ihm sein Schreien nichts nützt, und bald damit aufhören.«

»Das ist grausam!«, rief Gesine. »Und widerspricht außerdem dem natürlichen Mutterinstinkt.«

»Das ist ja der Punkt«, sagte Charlotte. »Den wollte Haarer ihren Leserinnen ganz offensichtlich austreiben. Sie hat ihn als äffische Zuneigung diffamiert, die das Kind verweichlichen würde. Es ging darum, die Bedürfnisse des Säuglings gezielt zu ignorieren. Ihn zum Beispiel nicht zu füttern, wenn er hungrig war, sondern nach einem strikt einzuhaltenden Zeitplan. Und sie hat immer wieder dazu ermahnt, den Körperkontakt möglichst gering zu halten und bei Verletzungen oder Krankheiten das Kind nicht über Gebühr zu trösten.«

»Verstehe, ein Indianer kennt keinen Schmerz.« Gesine sah Charlotte an. »Meine Mutter wurde also nach diesen Vorgaben erzogen?«

»Ja, denn in Elfriedes Augen taugte nur ein gefühlsarmer, bindungsloser Mensch zu einem perfekten Glied in der Gesellschaft der Herrenmenschen. Die brauchte ja Mitläufer und vor allem Soldaten, die sich bereitwillig opferten und die Befehle des Regimes nicht infrage stellten. Ein Kind hatte sich ohne Wenn und Aber zu fügen, um zu einem vollwertigen Menschen werden zu können.«

»Langsam dämmert mir, warum Mama oft so unnahbar und kühl wirkt. Kein Wunder, wenn sie so erzogen worden ist.«

»Es hat mir das Herz zerrissen, wie lieblos sie meine Kleine behandelt hat.« Charlottes Augen wurden feucht. »Ich hatte den Verdacht, dass sie sich im Grunde vor ihr ekelte. Der typische Kleinkindgeruch war ihr widerwärtig, und einer ihrer Leitsprüche war: Ein richtig gepflegtes Kind riecht nicht!«

»Es gibt doch nichts Schöneres als den Duft eines Babys«, sagte Gesine. »Die riechen so süß.«

»Nicht für meine Schwiegermutter. Henriette wurde täglich von ihr gebadet und mit Seife abgeschrubbt – angeblich wegen der Gesundheit. Aus demselben Grund sollte auch zu häufiges Anfassen durch fremde Personen – mich eingeschlossen – vermieden werden.«

Gesine zögerte kurz. »Darf ich fragen, wie es deine Schwiegermutter geschafft hat, dir deine Tochter wegzunehmen? Schließlich hast du doch im selben Haus gewohnt.«

»Es war ein schleichender Prozess«, antwortete Charlotte. »Henriettes Geburt war nicht leicht. Ich war danach vollkommen erledigt, bekam hohes Fieber und war tagelang außer Gefecht gesetzt. Damit fing das Desaster an. Elfriede hat dafür gesorgt, dass ich die Kleine in dieser Zeit gar nicht erst zu Gesicht bekam – unter dem Vorwand, ich sei zu schwach und müsse dringend geschont werden. Außerdem könne ich sie ohnehin nicht stillen, weil ich kaum Milch hatte.« Sie seufzte tief auf. »Ich habe Henriette erst eine gute Woche nach der Entbindung gesehen.«

Gesine spürte, wie ihr Hals eng wurde. Wie grausam musste man sein, um einer Mutter das eigene Kind vorzuenthalten und sie daran zu hindern, eine Bindung zu ihm aufzubauen? Sie schluckte. »Und später?«, fragte sie heiser.

»Hat Elfriede veranlasst, dass ich in Posen als sogenannte Wehrmachtshelferin in einem Büro der Militärverwaltung eingesetzt wurde und kaum Zeit für Henriette hatte.«

»Wie um alles in der Welt hat sie das denn geschafft?« Gesine sah ihre Großmutter erstaunt an. »Ich dachte, zu Beginn des Krieges wären nur ledige Frauen, die sich freiwillig gemeldet haben, in der Wehrmacht beschäftigt worden.«

»Das ist richtig. Aber erstens war ich ja Witwe. Und zweitens hatte Elfriede leider etwas gegen mich in der Hand. Sie hat nämlich in meinen Sachen geschnüffelt und Briefe von Zilly gefunden. So hat sie erfahren, dass ich bereits eine Tochter hatte und mit einem Esten verlobt gewesen war.«

»Das war natürlich ein gefundenes Fressen für sie!«

»Du sagst es. Sie hat mich vor die Wahl gestellt: entweder mit Schimpf und Schande davongejagt zu werden und Henriette nie wiederzusehen. Oder mich ihren Forderungen zu fügen.«

»So ein widerliches Miststück!« Gesine ballte die Faust. »Du musst sie gehasst haben.«

»So wie nie wieder einen Menschen.« Charlotte presste die Lippen aufeinander. »Ein Gutes hatte mein Job allerdings«, sprach sie weiter. »Er bot mir die Möglichkeit, meinen Bruder Johann häufig zu sehen, der ganz in der Nähe gearbeitet hat. Das war mir zumindest ein kleiner Trost.«

Gesines Blick fiel auf den Wecker neben dem Bett. »Oh nein! Schon so spät.« Sie sprang auf. »Ich muss schleunigst los. Ich übernehme heute Mamas Unterricht. Und der beginnt in fünf Minuten.« Sie ging zur Tür. »Tut mir leid, dass ich so …«

»Ich bitte dich, es ist doch selbstverständlich, dass du wie gewohnt arbeitest. Im Gegenteil, es wäre mir unangenehm, wenn du meinetwegen alles über den Haufen werfen würdest.« Charlotte erhob sich ebenfalls. »Sag mir bitte, wenn ich mich auch irgendwie nützlich machen kann.«

»Bevor das mit Mama passiert ist, hatte ich eigentlich vor, Anneke zur Hand zu gehen«, antwortete Gesine nach kurzem Nachdenken. »Sie will heute im großen Stil Pflaumenmus einkochen. Ich hatte ihr versprochen …«

»Das übernehme ich gern«, sagte Charlotte schnell.

»Danke!«

»Ich bin ehrlich gesagt froh, wenn ich eine Beschäftigung habe, die mich vom Grübeln abhält.«

»Das verstehe ich gut.« Gesine lächelte ihr zu. »Mir fällt auch schnell die Decke auf den Kopf, wenn ich nichts zu tun habe.«

Sie öffnete die Tür. »Bis später! Ich kann es kaum erwarten, unsere Unterhaltung fortzusetzen. Es gibt noch so wahnsinnig viel, was ich dich gern fragen möchte.«

An diesem Tag ergab sich keine weitere Gelegenheit für ein ungestörtes Gespräch. Die Arbeit in den Ställen und das Training mit einigen Pferden sowie der Unterricht für die Reitschüler ihrer Mutter hielten Gesine bis zum Abendessen in Atem. Während sie ihre Aufgaben erledigte, gingen ihr immer wieder die Erzählungen ihrer Großmutter durch den Kopf. Einerseits war das alles so lang her. Andererseits war Gesine erstaunt, in welch hohem Maße diese Vergangenheit ihr eigenes Leben von Anfang an beeinflusst hatte. So klar wie selten zuvor sah sie, welche bedeutende Rolle die Erfahrungen spielten, denen ihre Mutter als Kind und Jugendliche ausgesetzt gewesen war. Und wie verheerend es sich nicht nur für diese selbst ausgewirkt hatte, dass sie versucht hatte, ihre Erlebnisse zu verdrängen.

Nach dem Essen saßen die von Plettens und ihr Gast noch lange zusammen und diskutierten das Thema, das an diesem Montagabend die Nachrichten der Tagesschau beherrscht hatte: Der Putsch einer Gruppe von Funktionären der Kommunistischen Partei gegen den russischen Staatspräsidenten und die möglichen Folgen.

Gesine ertappte sich dabei, wie ihre Gedanken zu Grigori wanderten, während sich Opa Paul, ihre Eltern und Charlotte Sorgen machten, welche Auswirkungen der reaktionäre Umsturz für die Reform- und Öffnungspolitik haben würde, ob mit einem Stopp des Abzugs der russischen Truppen aus der DDR zu rechnen sei und vor allem, ob die Soldaten, die in Moskau und Leningrad Versammlungsplätze abriegelten und Regierungsgebäude sicherten, auf ihre Landsleute schießen würden. Trotz der Verbote demonstrierten Zehntausende gegen die neuen Machthaber. Sie forderten die sofortige Freilassung von Gorbatschow und bejubelten Boris Jelzin, der sich an die Spitze der Protestierenden stellte, zu einem Generalstreik aufrief und die Soldaten bat: »Werdet nicht zur blinden Waffe des verbrecherischen Willens von Abenteurern!«

Als die Bilder von sowjetischen Truppen über den Bildschirm geflimmert waren, die in die drei baltischen Teilrepubliken einmarschierten, hatte sich Gesine gefragt, von wo aus Grigori wohl die Berichte über die Heimat seiner Vorfahren verfolgte und wie es ihm dabei ging. Es war gewiss schwer erträglich, Panzer durch die Straßen Tallinns rollen zu sehen und fürchten zu müssen, sie könnten die bislang friedlichen Proteste brutal niederwalzen. So deutlich wie lange nicht mehr spürte sie das Band zwischen ihnen, das – zumindest was sie betraf – all die Jahre nie vollkommen durchtrennt gewesen war.

Warthegau/Estland – Sommer 1941

– 52 –

Endlich, dachte Charlotte und sah den beiden jungen Frauen nach, mit denen sie sich ein Büro teilte. Seit Anfang des Jahres arbeitete sie nun in der Behörde für Ersatzwesen, einer Unterstelle des Wehrkreiskommandos von Posen, dem organisatorische Aufgaben oblagen wie die Betreuung der Landesschützen-Bataillone, die hauptsächlich zur Bewachung von Kriegsgefangenen eingesetzt wurden, die Aufsicht über die Truppenausbildung, die Sicherung des Befehlsbereichs bei inneren Unruhen sowie Hilfe bei Notständen aller Art.

Voller Ungeduld hatte Charlotte an diesem Tag darauf gewartet, dass ihre Kolleginnen ihre Schreibtische verließen und sich auf den Weg zu einer nahegelegenen Metzgerei machten, wo sie sich jeden Mittag Wurstbrote kauften. Sie brannte darauf, endlich ungestört den Brief von Zilly zu lesen, den ihr Bruder ihr am Morgen vorbeigebracht hatte.

Stockholm, 23. August 1941

Liebe Charly,

die Freude, mit der ich Deinen letzten Brief aus meinem Postfach holte, schlug in blankes Entsetzen um, als ich Deine Zeilen las. Ich kann gar nicht sagen, wie weh es mir tut, Dich in so einer furchtbaren Lage zu wissen! Obwohl ich es gewohnt bin, mich in die unterschiedlichsten Charaktere und Gemütszustände einzudenken und sie überzeugend zu verkörpern, übersteigt es meine Vorstellungskraft, Deine Situation nachzuempfinden: Zu der zermürbenden Ungewissheit, wie es Lennart und Vaike geht, kommt jetzt noch hinzu, dass man Dir auch Deine zweite Tochter vorenthält. Es muss unerträglich sein, das eigene

Kind kaum sehen zu dürfen und zu wissen, dass es von einer lieblosen, kaltherzigen Person nach Idealen und rigiden Prinzipien erzogen wird, die den Deinen diametral entgegengesetzt sind. Ich bewundere Dich zutiefst! Du hältst das nicht nur aus, sondern gibst den Kampf um Deine Tochter nicht auf. Ich bezweifle, dass ich dazu imstande wäre.

Ich mache mir nach wie vor schreckliche Vorwürfe, dass ausgerechnet ich Deiner Schwiegermutter Munition gegen Dich in die Hand gespielt habe. Es ist lieb von Dir, dass Du mir das nicht anlastest und die Schuld bei Dir selbst suchst, weil Du meine Briefe nicht besser versteckt oder gleich verbrannt hast. Die Tatsache, dass sie durch mich von Lennart und Vaike erfahren hat, belastet mich dennoch.

Wenn ich Dir doch nur irgendwie helfen könnte. Ausgerechnet im wohl schlimmsten Jahr, das Du jemals hattest, bin ich so verdammt weit entfernt von Dir. Womit ich nicht die Kilometer meine, die zwischen uns liegen. Die wären schnell überwunden. Ach, dieser grässliche Krieg!

Von mir gibt es nichts Besonderes zu berichten. Zuletzt hatte ich eine kleine Rolle in »Första Divisionen« unter der Regie von Hasse Ekman ergattert. Der Film wurde von der schwedischen Luftwaffe logistisch unterstützt. Man will wohl zeigen, dass die Kampfmoral hervorragend ist und man etwaigen Angriffen gut gewappnet entgegensieht. Ich bin gespannt, wie das Publikum reagieren wird, genau in einem Monat findet die Premiere statt.

Liebe Charly, ich denke jeden Tag an Dich und wünsche Dir von Herzen, dass sich Dein Schicksal bald zum Besseren wendet – auch wenn ich ahne, dass dieser Wunsch vorerst wohl nicht in Erfüllung gehen wird.

Fühle Dich fest umarmt und innig gegrüßt von Deiner Zilly

»Das Oberkommando der Wehrmacht gibt bekannt.«

Charlotte hörte die Stimme des Radiosprechers aus dem Büro des Abteilungsleiters dringen. Rasch stopfte sie den Brief in eine Schublade ihres Schreibtisches, sprang auf und hastete den Flur entlang. Auch an diesem Freitag Ende August versammelten sich ihre Kollegen wie jeden Mittag mit ihren Vesperbroten und Henkeltöpfen um den Volksempfänger ihres Chefs. Gemeinsam wollten sie die Nachrichten des Großdeutschen Rundfunks verfolgen, denen stets der aktuelle Wehrmachtsbericht mit einer Zusammenfassung der Kampfhandlungen vorausging.

In den ersten Monaten hatte Charlotte diesen ebenso wenig Beachtung geschenkt wie dem übrigen Geschehen um sich herum und hatte ihren eigenen, trüben Gedanken nachgehangen. Seit ihre Schwiegermutter sie dazu verdonnert hatte, jeden Morgen nach Posen zu fahren und »freiwillig« als Wehrmachtshilfe zu arbeiten, war sie erneut in eine lethargische Erstarrung verfallen – zermürbt von dem aussichtslosen Bemühen, sich selbst um ihre neugeborene Tochter Henriette kümmern zu dürfen. Elfriede von Moltzan hatte die Kleine unmittelbar nach der Entbindung an sich gerissen und seither jeden Versuch von Charlotte, eine enge Beziehung zu Henriette aufzubauen, verhindert. Charlottes verzweifelte Bitten und flehentliche Appelle waren an der Baronin abgeprallt und hatten sie in ihrer Überzeugung bestärkt, dass ihre Schwiegertochter zu weich für die Mutterrolle war. Die Art der Berichterstattung im Radio, das aufgeregte Stakkato und der heldische Sprachduktus, gingen Charlotte zwar nach wie vor auf die Nerven. Seit die deutschen Truppen, die am 22. Juni in Russland einmarschiert waren, das Baltikum erreicht hatten, lauschte sie den Meldungen jedoch aufmerksam. Je weiter die Wehrmacht nach Estland vorrückte, umso mehr verfestigte sich ein Plan in ihr, der sie mit neuer Zuversicht erfüllte.

Charlotte erreichte das Büro, nickte den Kollegen zu, setzte sich auf einen Stuhl an der Wand und heftete ihren Blick auf den Volksempfänger, einen schlichten Quader aus braunem Bakelit mit integriertem Lautsprecher, der auf dem Schreibtisch stand. Der Wehrmachtsbericht begann an diesem Mittag mit einer Mitteilung, die Charlottes Pulsfrequenz beschleunigte:

Wie bereits durch Sondermeldung bekanntgegeben, nahmen Truppen des deutschen Heeres am 28. August im Zusammenwirken mit der Kriegsmarine und der Luftwaffe nach hartem Kampf den stark befestigten Kriegshafen Reval ein. Auf dem Hermannsturm der alten Hansestadt weht die Reichskriegsflagge.

Oft genug war Charlotte in den vergangenen Wochen nach der Sendung enttäuscht an ihren Arbeitsplatz zurückgekehrt, wenn der Russlandfeldzug mit wenig aussagekräftigen Formulierungen beschrieben wurde wie:

Im Osten verlaufen unsere Operationen planmäßig oder Die Operationen an der gesamten Ostfront sind im stetigen Fortschreiten.

Daraus ließ sich unmöglich ableiten, wie die Situation in Estland aussah. Die letzte konkrete Angabe war am 8. August erfolgt, als die Deutschen Wesenberg eingenommen hatten und anschließend bis zur Küste des Finnischen Meerbusens durchgestoßen waren. Die Erwähnung des Städtchens Wesenberg (estnisch Rakvere), in dessen Nähe sich Stift Finn befand, hatte Charlotte damals seltsam berührt. Waren tatsächlich erst drei Jahre vergangen, seit sie dort mit Zilly ihren Abschluss gemacht hatte? Was wohl aus ihrer alten Haushaltsschule geworden war?

Die weiteren Meldungen über das Kriegsgeschehen im Osten, in Nordafrika und dem Seegebiet um England sowie über den

Abschuss eines Geschwaderkommodores, mit dem die Luftwaffe einen ihrer »kühnsten und erfolgreichsten Jagdflieger« verloren habe, rauschten an Charlotte vorbei. Schließlich murmelte sie eine Entschuldigung und lief in ihr Büro zurück. Bis zur Rückkehr ihrer Kolleginnen aus der Mittagspause blieb noch genug Zeit, an Zilly zu schreiben. Ihre Korrespondenz lief über ihren Bruder, nachdem Charlotte hatte feststellen müssen, dass ihre Schwiegermutter in ihrem Kontrollwahn nicht davor zurückschreckte, ihre privaten Sachen zu durchstöbern und ihre Briefe zu lesen. Zilly adressierte ihre Umschläge seither an Johanns Dienstadresse, wo dieser sie für Charlotte aufbewahrte.

Posen, den 29. August 1941

Liebe Zilly,

herzlichen Dank für Dein Schreiben vom 23. dieses Monats. Deine Anteilnahme und Mitgefühl tun mir sehr gut. Du hast recht: Es ist das schlimmste Jahr, das ich jemals erleben musste! Es fällt mir oft schwer – besonders in einsamen Nächten – nicht zu verzagen und die Hoffnung nicht zu verlieren. Umso dankbarer bin ich für unseren Briefkontakt! Es tut so gut, mir meinen Kummer von der Seele schreiben zu können. Mein Bruder hätte zwar auch jederzeit ein offenes Ohr für mich. Mit gewissen Themen möchte ich ihn aber nicht behelligen – es würde sein ohnehin schon schlechtes Gewissen nur noch mehr belasten und seine Selbstvorwürfe verschärfen, eine Mitschuld an meinem Desaster zu tragen.

Ich hatte Dir ja angedeutet, dass ich mir unablässig den Kopf darüber zerbreche, wie ich mich aus dieser Misere befreien könnte. Die meisten Ideen haben sich bei nüchterner Betrachtung als undurchführbar entpuppt. Doch seit es nur noch eine Frage der Zeit ist, bis die Deutschen Estland von den Russen

befreit haben werden, öffnen sich mir neue Wege: Ich kann bald
in unsere alte Heimat fahren und nach …

Charlotte hielt inne und beendete den Satz nicht wie geplant mit
den Worten: nach Lennart suchen. Zu gern hätte sie Zilly ihren
Plan en détail dargelegt. Es war jedoch zu riskant. Briefe ins Ausland – selbst in einen neutralen Staat wie Schweden – wurden
von der Zensur geprüft. Nicht auszudenken, wenn ein Beamter
ausgerechnet diese Zeilen aufmerksam las und ihr Vorhaben
meldete: Dass sie Lennart heiraten und anschließend alles daransetzen wollte, Henriette aus den Klauen ihrer Großmutter zu
befreien – notfalls, indem sie sie entführte. Dass sie vorhatte,
sich mit ihrer kleinen Familie nach Schweden abzusetzen und
sogar schon über Passierscheine, Sondergenehmigungsschrei-
ben sowie einen deutschen Ausweis für Lennart (in dem nur
noch sein Bild fehlte) verfügte – alles beschafft von ihrem Bruder Johann, der Zugang zu solchen Formularen und keine Skrupel hatte, sie für seine Schwester mitgehen zu lassen. Charlotte
strich die letzten beiden Worte aus und fuhr fort:

Ich sehe Dich schon skeptisch die Stirn runzeln und fragen, wie ich
das bewerkstelligen möchte. Schließlich befindet sich das Land im
Kriegszustand. Ganz einfach: Ich werde unsere Truppen als Blitz-
mädel begleiten. Ich habe mich bereits um eine solche Stelle als
Fernmeldeschreiberin der Wehrmacht beworben und bin sehr
zuversichtlich, eine Zusage zu erhalten und schon bald mit dem
Blitz-Emblem auf Mütze und Uniformjacke unterwegs zu sein.

Sich nähernde Stimmen und Schritte auf dem Gang kündeten
das Ende der Mittagspause an. Charlotte ließ ihren Füllfederhal-
ter übers Papier fliegen.

Für heute muss ich schließen. Sobald ich weiß, wie es für mich weitergeht, melde ich mich bei Dir. Wünsche mir bitte Glück und drücke mir die Daumen!

Ich umarme Dich und schicke Dir viele liebe Grüße,

Deine Charly

Sie war sich bewusst, wie verzweifelt sich ihr Plan für einen Außenstehenden anhören würde – oder auch einfach nur naiv, je nach Sichtweise. Es konnte so viel schiefgehen, es gab so viele unbekannte Faktoren, so viel Unberechenbares, auf das sie keinen Einfluss hatte. Es war jedoch die einzige einigermaßen tragfähige Idee, die sie hatte. Sie brauchte diesen Lichtblick, das Gefühl, die Zügel ihres Lebens wieder selbst in die Hand zu nehmen, sich nicht länger als Spielball herumschubsen zu lassen und vor allem alles zu tun, um ihre beiden Töchter und Lennart in Sicherheit zu bringen und mit ihnen zusammen zu sein.

Mitte September bekam Charlotte den Bescheid vom Wehrbezirkskommando. Auf Grund ihrer Estnisch- und Russischkenntnisse sollte sie vorläufig nicht im Nachrichtendienst eingesetzt werden. Stattdessen war sie als Dolmetscherin angefordert worden und sollte wenige Tage später nach Estland aufbrechen. Am Vorabend schlich sie ins ehemalige Kinderzimmer von Rudolf, in dem nun seine Tochter untergebracht war. Der Baron hatte sich nach dem Essen in sein Büro zurückgezogen, das er vor Mitternacht nicht verlassen würde. Seine Frau war zum wöchentlichen Frauenschaftsabend gefahren, dessen Vorsitz sie innehatte. Die Zofe, die während ihrer Abwesenheit auf Henriette aufpassen sollte, hatte Charlotte mit einer silbernen Puderdose bestochen, damit sie sie für ein paar Minuten zu ihrer Tochter ließ und vor allem der Baronin nichts von ihrem heimlichen Besuch verriet.

Henriette lag in ihrem Himmelbettchen und schlief. Bei ihrem Anblick schnürte sich Charlottes Hals zu. Sie auf unbestimmte Zeit zu verlassen, erschien ihr in diesem Moment unvorstellbar. Selbst wenn sie selten die Gelegenheit hatte, ihr wirklich nahe zu sein, und so gut wie keine Rolle in ihrem Leben spielte. Ihr Entschluss geriet ins Wanken. Vorsichtig nahm sie das Kind hoch und drückte es zärtlich an sich.

»Meine Kleine«, murmelte sie, vergrub ihre Nase in den feinen schwarzen Haaren und sog den Duft ihrer Tochter tief in sich ein. »Deine Mami geht jetzt für eine Weile weg. Aber ich komme, sobald ich kann, zurück und hole dich zu mir«, wisperte sie ihr ins Ohr. »Für immer! Dann wird uns niemand mehr trennen. Das verspreche ich dir hoch und heilig!«

Henriette bewegte sich. Charlotte streichelte ihr über den Kopf.

»Du wirst dann eine richtige Familie haben. Mit einem Papa, der dich liebhat. Und einer älteren Schwester.« Charlottes Stimme brach.

Sie küsste die Kleine auf die Stirn und legte sie zurück ins Bett. Henriette sah sie aus großen Augen an. Charlotte erwiderte ihren Blick. Lieber Gott, betete sie stumm. Bitte hilf mir, dass ich mein Versprechen einlösen kann. Bitte lass nicht zu, dass meine Tochter in diesem schrecklichen Haus aufwachsen muss. Sie kann doch nichts dafür, dass ich ihren Vater geheiratet habe. Lass sie nicht etwas ausbaden, an dem sie unschuldig ist.

Am vierten September hatte der Wehrmachtsbericht verkündet, Estland sei vom Feinde gesäubert. Charlotte hatte das wörtlich genommen und gehofft, ihren ersten Urlaubstag an ihrem neuen Einsatzort nutzen zu können, um auf Hiiumaa nach Lennart zu suchen. Nach ihrer Ankunft in Tallinn – das nun wieder Reval genannt werden musste – stellte sie jedoch fest, dass sich die vollmundige Behauptung nur auf das Festland bezogen hatte. Die Russen verteidigten ihre strategisch wichtigen Stützpunkte auf den beiden größten Inseln mit Zähnen und Klauen. Erst in der vierten Septemberwoche kam die Meldung, Ösel (Saaremaa) sei von feindlichen Truppen befreit. Und bis auch die Nachbarinsel Dagö (Hiiumaa) eingenommen wurde und sich tatsächlich der gesamte baltische Raum in deutscher Hand befand, verging nochmals ein ganzer Monat.

Charlotte begleitete das »Unternehmen Siegfried«, wie die Operation zur Eroberung Hiiumaas genannt wurde, als Dolmetscherin eines Unteroffiziers, der russische Gefangene vor Ort zu Bunkeranlagen, Truppenstärke, Bewaffnung und anderen militärisch relevanten Themen befragen sollte. Ihre Ortskenntnisse hatten den Ausschlag gegeben, sie für diese Aufgabe zu wählen, nachdem der Soldat, der zuvor bei den Verhören übersetzt hatte, ausgefallen war und mit einer schweren Grippe darniederlag.

Charlotte konnte ihr Glück kaum fassen und war geneigt, die günstige Fügung als Wink des Himmels zu sehen. Sie war ihrem Liebsten so nah wie seit zwei Jahren nicht mehr, und verging beinahe vor Ungeduld, als sie im Gefolge der Division, die Hiiumaa von Süden her einnehmen sollte, Mitte Oktober die Halbinsel Kassari betrat. Zu ihrer Erleichterung kam es nicht zu schweren Kämpfen, die deutschen Soldaten stießen nur auf geringen Widerstand. Während diese bald über den Damm der Käina-Bucht auf die Hauptinsel weitermarschierten, begleitete Charlotte den Unteroffizier zu einem provisorischen Lager in der Nähe des Dorfes Esiküla, in dem die siebzig russischen Gefangenen zusammengetrieben worden waren, die sich den Deutschen ergeben hatten.

Es fiel Charlotte schwer, sich auf die Befragungen zu konzentrieren – zu abgelenkt war sie von dem Wissen, dass nur wenige Kilometer zwischen ihr und dem Birkenhof lagen. Während sie mechanisch die Antworten der Rotarmisten übersetzte, aus denen hervorging, dass der Gegner die Masse seiner Kräfte in die

Inselhauptstadt Kärdla und an die Nordspitze auf die Halbinsel Tahkuna verlegt hatte, dachte sie an den Birkenhof.

In den vergangenen zwei Jahren hatte sie sich oft den Kopf darüber zerbrochen, wie es Onkel Julius ergangen war, nachdem er beschlossen hatte, in seiner Heimat zu bleiben. Auch unter den letzten Umsiedlern, die im Mai 1940 kurz vor der endgültigen Annektierung durch die UdSSR das Land verlassen hatten, war er nicht gewesen. Charlotte hatte sich an die Hoffnung geklammert, dass er nach wie vor auf Kassari lebte, zusammen mit Lennart und Vaike. Dieser Gedanke hatte ihr Trost gespendet und die Kraft gegeben, durchzuhalten. Bei der Vorstellung, das Gestüt könne mittlerweile eine rauchende Ruine sein wie das Gehöft, an dem sie auf ihrem Weg von der Küste vorbeigefahren waren, krampfte sich ihr Magen zusammen.

Nach den Verhören machte sich der Unteroffizier auf den Weg zur Stabsstelle, um die gewonnenen Erkenntnisse zu übermitteln. Da er Charlottes Dienste in den kommenden Stunden nicht benötigte, fasste sie sich ein Herz und bat ihn, sich ein Fahrrad nehmen und zum Friedhof der Kapelle von Esiküla fahren zu dürfen, wo ihre Tante Luise begraben war. Ihr eigentliches Ziel behielt sie für sich. Ihr fiel keine überzeugende Begründung für den Abstecher zu dem Gestüt ein.

»Schaffen Sie das in zwei Stunden?«, fragte er. »Dann ziehen wir nämlich weiter.«

»Auf jeden Fall«, antwortete Charlotte. »Es ist ganz in der Nähe.«

»Dann gute Fahrt!«

Noch nie in ihrem Leben war Charlotte so stark in die Pedale getreten. Sie stemmte sich gegen den feuchten Wind, der ihr vom Meer her entgegenblies, und verfluchte den Regen, der in der Nacht niedergegangen war und die Oberfläche der Landstraße in eine zähe Schlammschicht verwandelt hatte. Seit Tagen herrschte nasskaltes Wetter, und der wolkenverhangene Himmel hing tief über der Landschaft. Auf der zwanzigminütigen Fahrt begegnete sie keiner Menschenseele. Im Norden kündeten aufsteigende Rauchfahnen und Geschützdonner von den Gefechten, die sich ihre Einheit auf dem Vormarsch nach Hiiumaa mit den Russen lieferte.

Endlich hatte Charlotte den Abzweig zum Birkenhof erreicht und sah kurz darauf das hohe Dach des eingeschossigen Gutshauses hinter einem Kiefernwäldchen aufragen. Erleichtert atmete sie auf. Es war unversehrt, ebenso wie der Rest des Hofes. Sie stieg ab und sah sich um. Als Erstes fiel ihr die Stille auf. Kein Wiehern war zu hören, kein Hufescharren, kein Klappern oder sonstiges Geräusch. Es war ihr, als habe der Birkenhof den Atem angehalten oder sei in tiefen Schlaf gefallen. Beklommen schob sie das Fahrrad zum Haus.

»Ist es die Mechlichkeit?«

Charlotte fuhr herum und sah sich Frau Mesila gegenüber, die eben aus dem Hühnerstall getreten war.

»Tas knädije Freilein!« Die Köchin sah sie verdattert an. »Wo kommen Sie denn her?«

»Frau Mesila«, rief Charlotte. »Ich freue mich so, Sie zu sehen!« Sie warf das Rad hin und fasste sie an den Oberarmen. »Wie geht es Ihnen? Sind alle wohlauf? Ist mein Onkel da? Und wo …«

»Sie wissen es nicht?« Die Köchin sah sie traurig an. »Der Paron liegt auf dem Friedhof bei seiner Frau. Schon seit über einem Jahr. Er wollte weder den Russen in die Hände fallen noch seine Heimat verlassen.«

»Ich weiß«, sagte Charlotte leise. »Wie ist er ge…« Ihre Stimme versagte.

»Mit Tabletten. Ist ganz friedlich in seinem Lieblingssessel eingeschlafen. Mit Fotos von seiner Frau, von Ihnen, Lennart und der kleinen Vaike in der Hand. Zum Glück hat er nicht mehr erleben müssen, was aus ihnen …« Sie verstummte und wischte sich mit ihrer Schürze die Tränen aus dem Gesicht.

»Wissen Sie, wo die beiden sind?« Charlottes Herz schlug bis zum Hals.

Frau Mesila wich ihrem Blick aus.

»Bitte, sagen Sie es mir!«

»Fort. Die Russen haben im Juni Tausende Esten in die Sowjetunion verschleppt. Ich bin verschont geblieben. Aber die Schwester von Herrn Landa wurde mit Vaike weggebracht.«

»Woher wissen Sie das?« Charlottes Stimme klang auch in ihren eigenen Ohren dünn. Das kann nicht sein, dachte sie. Bitte! Das darf nicht sein!

»Ich habe einen Bekannten oben in Kõrgessaare«, antwortete Frau Mesila zögernd und sah sie betrübt an. »Er hat mir erzählt, dass die Lehrerin von Malvaste und ihre Nichte unter den Deportierten waren.«

Charlottes Beine gaben nach. Sie stützte sich an der Hauswand ab und rang nach Luft.

»Es tut mir so leid.« Die Köchin streichelte ihren Arm.

»Was ist mit Lennart?«, presste Charlotte hervor. »Ist er in Sicher…«

Frau Mesila schüttelte den Kopf. »Ich fürchte, die Russen haben ihn geschnappt.« Sie seufzte tief auf. »Es gab Gerüchte, dass sie estnische Männer an der Küste abgefangen haben, die nach Finnland übersetzen und sich dort den Freiheitskämpfern anschließen wollten. Viele wurden sofort erschossen, andere haben sie nach Sibirien geschickt.«

Alles umsonst!, schrie es in Charlotte. Jetzt gibt es keine Hoffnung mehr. Ihr wurde schwarz vor Augen. Bitte sei gnädig und mach auch mit mir ein Ende, war ihr letzter Gedanke, bevor sie zu Boden ging und ihr die Sinne schwanden.

Schleswig-Holstein, August 1991

— 53 —

»Du hast also nie herausgefunden, was genau aus Lennart und Vaike geworden ist?«, fragte Gesine.

Sie saß am Dienstagnachmittag mit Charlotte und ihrer Mutter auf der Terrasse hinter dem Haus. Anneke hatte Zwetschgenkuchen mit Streuseln gebacken und eine große Kanne Kaffee auf einem Stövchen bereitgestellt. Henriette von Pletten war noch ziemlich blass, hatte aber dem Vorschlag von Gesine, sich gemeinsam mit ihr die Geschichte von Charlotte anzuhören, ohne Zögern zugestimmt.

»Du rennst offene Türen ein«, hatte sie gemeint, als Gesine sie gefragt hatte. »Es ist allerhöchste Zeit für mich, ihre Version kennenzulernen.«

Gesine hatte beschlossen, ihren Groll auf ihre Mutter fürs Erste – so gut es ging – hintanzustellen. Die Lügen und Intrigen, derer sie sich bedient hatte, um Grigori aus ihrem Leben zu verbannen, waren ein harter Brocken, an dem Gesine noch eine Weile zu kauen haben würde – bei allem Verständnis für die Beweggründe, die ihre Mutter zu ihrem unerhörten Vorgehen getrieben hatten. Das Geständnis von Henriette von Pletten hatte Gesine jedoch auch in zwei Punkten beruhigt: Zum einen hatte Grigori nicht im Visier des russischen Geheimdienstes gestanden und war nicht Hals über Kopf geflohen. Zum anderen hatte sich ihre tiefe innere Überzeugung bewahrheitet, dass Grigoris Gefühle für sie ernst und echt gewesen waren. Ohne die triftigen Gründe, die ihre Mutter erfunden hatte, wäre er niemals weggegangen.

Zu Beginn ihrer Ausführungen hatte Charlotte einen befangenen Eindruck gemacht und sich sichtlich um einen nüchternen

Ton bemüht. Sie wollte offensichtlich vermeiden, ihre Tochter vor den Kopf zu stoßen, wenn sie von ihrer Liebe zu Lennart und ihrem gemeinsamen Kind erzählte. Henriettes aufrichtiges Interesse und Gesines mitfühlende Kommentare sorgten jedoch dafür, dass Charlotte bald ihre Scheu verlor und ohne weitere Vorbehalte über ihre Erlebnisse Auskunft gab, die – zumindest was Gesines Empfinden anging – weit länger zurückzuliegen schienen als fünfzig Jahre.

»Leider nein«, beantwortete sie deren Frage. »Die Russen hatten alle Listen und Akten, die eventuell Aufschluss über das Schicksal der Verschleppten hätten geben können, entweder bei ihrem Rückzug vor den deutschen Truppen mitgenommen oder vorher vernichtet. Und nach dem Krieg waren Nachforschungen hinter dem Eisernen Vorhang so gut wie unmöglich. Klar war nur, dass unter Stalin Zehntausende Balten deportiert wurden, wobei die meisten Männer von ihren Familien getrennt und in Arbeitslager in Sibirien gesteckt worden sind. Auch der estnische Staatspräsident Päts wurde ohne Gerichtsverfahren inhaftiert und starb Mitte der fünfziger Jahre in einem Gulag.«

»Furchtbar«, murmelte Gesine.

»Was hat dir Grigori denn über seine Mutter und seinen Großvater erzählt?«, fragte Henriette.

»Seinen Opa hat er nur einmal erwähnt. Im Zusammenhang mit der Eichenlaubbrosche«, antwortete Gesine. »Und über seine Mutter, zu der er ein sehr inniges Verhältnis hatte, weiß ich nur, dass sie die einzige Überlebende aus seiner Familie gewesen ist. Sie hat ihm viel über die alte Heimat ihrer Vorfahren erzählt und heimlich Estnisch mit ihm gesprochen. Sie war als kleines Kind von den Russen nach Kirow deportiert worden, zusammen mit ihrer Tante, die sie aufgezogen hat. Grigori hat diese leider nicht mehr kennengelernt.«

»Das war Lennarts Schwester Maarja«, sagte Charlotte leise. »Sie war eine Seele von Mensch. Ich bin so froh, dass Vaike bei ihr sein konnte. Wenigstens das.«

»Wie ging es denn für dich weiter?«, erkundigte sich Gesine. »Hast du versucht, allein nach Schweden zu fliehen?«

Charlotte schüttelte den Kopf. »Dazu hatte ich keine Kraft mehr. Ich wollte eigentlich nur noch sterben.« Sie sah Henriette entschuldigend an. »Ich weiß, ich hätte alles daransetzen müssen, zu dir zurückzukehren und mich um dich …«

»Elfriede hätte das doch gar nicht zugelassen«, unterbrach Gesines Mutter sie. »Sie hat mir immer weisgemacht, dass du egoistisch und flatterhaft warst, dich nie für mich interessiert hättest und deswegen Wehrmachtshelferin geworden wärest – um so weit wie möglich von mir wegzukommen.«

»Das hat sie behauptet?« Charlotte sah Henriette entgeistert an. »Sie hat ja so getan, als hätte ich dich regelrecht verstoßen.«

Henriette nickte. »Und deswegen hatte ich ihr auch auf Knien dankbar zu sein, dass sie sich um mich kümmert.«

»Was für ein manipulatives Miststück!« Gesine schnaubte.

»Warst du den ganzen Krieg über als Dolmetscherin tätig?«, fragte Henriette.

»Nein, das war nur eine kurze Episode«, antwortete Charlotte. »Von da an wurde ich kreuz und quer durch Europa geschickt und habe die unterschiedlichsten Aufgaben wahrgenommen. Noch im Dezember einundvierzig kam ich als Stabshelferin nach Paris, wo ich als Bürokraft in einer Propaganda-Abteilung gearbeitet habe. Nach einem Abstecher nach Bordeaux folgten Stationen als Fernmeldeschreiberin in Belgrad und in der Ukraine, eine Weile habe ich einen militärischen Geheimschreiber bedient, bevor ich schließlich als Funkerin in verschiedenen italienischen Städten eingesetzt wurde. In Südtirol habe ich dann das Kriegsende erlebt.«

»Du warst die ganze Zeit bei der Wehrmacht?« Gesine sah sie überrascht an. »Du hast dich doch freiwillig gemeldet. Und das ja auch nur, weil du nach Lennart suchen wolltest. Warum bist du geblieben?«

»Wie gesagt, anfangs hatte ich gar keine Kraft, noch irgendetwas zu wollen oder durchzusetzen«, sagte Charlotte. »Und später war dann Schluss mit der Freiwilligkeit. Als es mit dem Krieg für Hitler-Deutschland bergab ging, wurden viele Mädchen und ledige Frauen zwangsverpflichtet. Um Männer ›für die Front freizumachen‹, wie es beschönigend hieß. Ich hatte noch Glück und wurde nie gezwungen, mit einem Flakgeschütz auf Flugzeuge zu schießen.«

Gesine lief ein Schauer über den Rücken. Wie hätte ich das wohl fertiggebracht?, überlegte sie. Gegen meinen Willen und meine Überzeugung eine Waffe bedienen zu müssen? Zumal zu einem Zeitpunkt, wo den meisten Deutschen klar gewesen sein dürfte, dass es keinen Endsieg geben würde. Als ihre Städte bereits weitgehend in Schutt und Asche lagen und die ausgeleierten Abwehrkanonen kaum etwas gegen die Bomber der Alliierten hatten ausrichten können.

»Wenn ich mich recht erinnere, bist du erst Anfang 1946 wieder zu uns gestoßen. Also ein gutes halbes Jahr nach der Kapitulation«, hörte sie ihre Mutter zu Charlotte sagen. »Wo warst du in der Zwischenzeit?«

»Ich bin von den Amis gefangengenommen und für vier Monate in ein Internierungslager gesteckt worden«, antwortete Charlotte. »Sobald ich wieder auf freiem Fuß war, habe ich mich auf die Suche nach dir gemacht. Dass ich den Krieg überlebt hatte, war für mich ein Zeichen, noch gebraucht zu werden.« Sie fuhr sich durchs Haar. »Ich war wild entschlossen, dich zu mir zu holen, die versäumten Jahre nachzuholen und mit dir einen Neuanfang zu wagen.«

»Wie hast du Mama gefunden?«, fragte Gesine. »Damals muss doch ein unglaubliches Chaos geherrscht haben mit all den Flüchtlingen, Vertriebenen, ehemaligen Zwangsarbeitern und anderen Displaced Persons.«

»Schon. Aber ich war mir ziemlich sicher, dass meine Eltern versucht hatten, sich nach Schleswig-Holstein durchzuschlagen.«

»Zu deinem Onkel Theodor?«

»Genau. Wobei ich natürlich nicht wusste, ob ihnen die Flucht aus dem Warthegau überhaupt gelungen war. Wenn ja, konnte ich sie fragen, wo sich meine Schwiegereltern und Henriette aufhielten.«

»Was sich erübrigt hat, weil wir auf dem Hansenhof waren«, sagte diese. »Besser gesagt Elfriede und ich. Mein Großvater hat sich nämlich noch vor der Flucht kurz vor dem Einmarsch der Roten Armee erschossen. Hatte vermutlich zu viel Dreck am Stecken.« Sie verzog den Mund. »Was seine Frau natürlich nie im Leben zugegeben hätte. Sie hat immer behauptet, er sei von einem Deserteur getötet worden, den er zur Verantwortung hatte ziehen wollen. Ich habe allerdings mit eigenen Ohren den Bericht seines Dieners gehört, der den Baron in seinem Arbeitszimmer gefunden hat. In seinem Blute liegend, mit einer Pistole in der Hand.« Sie presste kurz die Lippen aufeinander. »Ich war damals fünf und habe nicht verstanden, was er damit meinte. Als ich meine Großmutter danach fragte, hat sie mir eine Ohrfeige gegeben und geschrien, dass das eine Lüge sei.«

Gesine schüttelte unwillkürlich den Kopf. Wie konnte ein einzelner Mensch so bösartig sein?

»Meine Eltern traf ich dagegen nicht mehr an«, setzte Charlotte ihren Bericht fort. »Sie waren zu Freunden nach Hessen gezogen, die mehr Platz hatten. Auf dem Hansenhof waren nämlich noch zwei weitere Flüchtlingsfamilien einquartiert worden.«

»Wie war es, Henriette nach so langer Zeit wiederzusehen?«, fragte Gesine. »Sie war ja erst ein halbes Jahr alt, als du den Warthegau verlassen hast.«

»Es war schrecklich.« Charlotte rieb sich die Stirn. »Sie hat sich vor mir gefürchtet.«

»Ich habe dich gar nicht wiedererkannt«, sagte Henriette. »Und als du gesagt hast, dass du meine Mami bist, hatte ich wahnsinnige Angst, jetzt zu dieser Rabenmutter zu müssen, die mir wer weiß was antun würde.« Sie zog grimmig die Brauen zusammen. »Elfriede hatte wirklich ganze Arbeit geleistet.«

»Das kann man wohl sagen.« Charlotte schaute ihre Tochter traurig an. »Sie war fester denn je entschlossen, mich von dir fernzuhalten. Ich denke, der Tod ihres Mannes und der Verlust ihres gesamten Besitzes hat sie noch fanatischer werden lassen. Du warst das Einzige, was ihr geblieben war. Sie wollte dich zu ihrem Ebenbild formen.«

»Pervers!« Gesine verzog das Gesicht. »Konntest du denn nicht juristisch gegen sie vorgehen? Immerhin warst du die leibliche Mutter.«

»Du kannst mir glauben, dass ich alles versucht habe«, antwortete Charlotte. »Aber Elfriede war gewappnet. Sie hat noch vor meinem Erscheinen überall rumerzählt, dass ich vor dem Krieg einen zweifelhaften Lebenswandel gehabt hätte, labil sei und keinesfalls in der Lage, die Verantwortung für ein Kind zu übernehmen.« Sie holte tief Luft. »Als ich mich auf die Suche nach einem Anwalt gemacht habe, stieß ich überall auf verschlossene Türen. Einer, der wohl Mitleid mit mir hatte, riet mir dringend davon ab, mich mit meiner Schwiegermutter anzulegen. Sie hätte nicht gezögert, mich in eine Anstalt für sittenlose Frauen einweisen zu lassen.«

»Das ist echt der Gipfel!«, rief Gesine. »Aber hätte sie das denn geschafft?«

»Vermutlich schon. Ich wäre nicht die erste sozial oder psychisch auffällige Frau gewesen, die auf Antrag eines Familienangehörigen in so einem Heim gelandet wäre.« Charlotte suchte Henriettes Blick. »Ich habe in meiner Verzweiflung sogar geplant, dich zu entführen. Elfriede hat aber Wind davon bekommen und mich gezwungen, die Gegend zu verlassen. Andernfalls wollte sie mich anzeigen und der Polizei gegenüber behaupten, ich hätte vor, dich gegen Geld zur Adoption freizugeben.«

Gesine schaute ihre Großmutter fassungslos an.

»Wenn ich das gewusst hätte«, sagte Henriette leise. »Ich hatte wirklich keine Ahnung, dass du so um mich gekämpft hast. Ich habe geglaubt, dass du mich erneut aus freien Stücken im Stich gelassen hast.«

»Es hat mir das Herz gebrochen.« Charlotte schluckte. »Ich habe geahnt, dass ich dich für immer verloren hatte.«

»Aber Opa Paul hat mir erzählt, dass du später eine Weile hier gewohnt hast«, sagte Gesine. »Vor meiner Geburt.«

»Als ich von der Heirat von Henriette und deinem Vater erfuhr, habe ich eine neue Chance für eine Annäherung gewittert. Schließlich stand sie jetzt nicht länger unter Elfriedes Fuchtel.«

»Körperlich nicht«, murmelte Henriette. »Psychisch leider schon. Für mich hast du nicht mehr existiert. Ich war einfach zu verletzt.« Sie wandte sich an Gesine: »Dein Vater und Opa Paul haben sich alle Mühe gegeben, mich umzustimmen. Sie haben auf Anhieb erkannt, dass Charlotte keineswegs so war, wie Elfriede sie immer dargestellt hatte. Aber ich habe leider auf Durchzug geschaltet. Und als ich schwanger wurde, habe ich deine Großmutter aufgefordert, ein für alle Mal aus meinem Leben zu verschwinden. Ich gebe es ungern zu. Aber ich wollte ihr wehtun. Sie sollte keinen Kontakt zu ihrem Enkelkind haben.«

»Wie auch später zu Grigori nicht.«

»Es ist unverzeihlich, ich weiß.« Henriette senkte den Blick. »Eigentlich bin ich kein Deut besser als Elfriede.«

Da hat sie nicht ganz unrecht, dachte Gesine. Sie schaute zu ihrer Großmutter. Der Schmerz und die Liebe, mit der diese ihre Tochter betrachtete, rührten sie an. Wenn sie ihr verzeihen kann, dann kann ich das auch, stellte sie fest. Es muss Schluss sein mit dem Offenhalten alter Wunden.

Sie legte ihre Hand auf die ihrer Mutter. »Es ist nicht zu spät, dass sie Grigori kennenlernt«, sagte sie leise. »Es wird sicher nicht leicht, ihn zu finden. Aber unmöglich ist es auch nicht. Wir sollten es zumindest probieren.«

Henriette hob den Kopf und sah sie unsicher an. »Meinst du?« Ein zaghaftes Lächeln erhellte ihre Züge.

Gesine nickte.

»Ich werde sofort mit der Suche beginnen.« Henriette richtete sich auf und schaute Charlotte an. »Ich verspreche, dass ich nicht ruhen werde, bis du ihn in die Arme schließen kannst.«

Epilog

Die kleine Tupolew-Maschine ließ den Flughafen von Tallinn hinter sich und flog Richtung Westen über die Ostsee. Gesine klappte das Buch *Estland selbst entdecken* zu, das auf der Rückseite warb: *Der erste Reiseführer, der Ihnen hilft, sich mit Estland nach seiner Unabhängigkeit vertraut zu machen.* Der schmale Band war von einem estnisch-deutschen Team erarbeitet worden und wenige Tage, bevor sie sich mit ihrer Großmutter Anfang Oktober in der estnischen Hauptstadt getroffen hatte, erschienen.

Noch während Charlottes Besuch auf Gestüt Pletten im Sommer hatten sie sich zu dieser Reise in die alte Heimat von Gesines Großmutter verabredet. Nachdem der Putsch gegen Gorbatschow bereits nach drei Tagen an der mangelnden Unterstützung der Armee und am Widerstand der Demonstranten gescheitert war, hatte Estland am 21. August die Wiederherstellung seiner Unabhängigkeit verkündet. Charlotte hatte ihr Glück kaum fassen können, nun endlich wieder Zugang zu den Orten ihrer Kindheit und Jugend zu haben, und sich gefreut, dass Gesine sie begleiten wollte.

Ihr erstes Ziel war Hiiumaa. »Lass uns das gute Wetter ausnutzen und gleich morgen Vormittag nach Kärdla fliegen«, hatte Charlotte vorgeschlagen, als sie sich am Vortag nach ihrer Ankunft aus London und Hamburg im Café Maiasmokk mit Kuchen gestärkt hatten. Gesines Großmutter war begeistert gewesen, die ehemalige Konditorei Stude fast unverändert vorzufinden, die sie schon als junge Frau gern aufgesucht hatte.

Während des halbstündigen Flugs saßen sie hintereinander an den kleinen Fensterchen der zweimotorigen Propellermaschine. Die geringe Höhe, in der sie unterwegs waren, bot ihnen eine gute Aussicht auf die Landschaft. Rechter Hand war das Küstengebiet Finnlands zu sehen, auf der linken Seite reichte der Blick bis in die Rigaer Bucht. Direkt unter ihnen breitete sich das Väinameri aus, ein seichtes Binnenmeer zwischen den westestnischen Inseln und dem Festland, übersät mit unzähligen Felsklippen, winzigen Eilanden und Findlingen.

»Jetzt sind wir gleich da«, rief Charlotte aufgeregt.

Gesine drückte ihre Nase gegen das handgroße Guckloch und versank in den Anblick der ausgedehnten Kiefern- und Fichtenwälder, die – neben den Mooren im Inneren – die flache Insel bis dicht an die weißen Sand- und Kiesstrände bedeckten.

»Es ist wunderschön«, sagte sie nach einer Weile und beugte sich zu ihrer Großmutter vor. »Ich kann gut verstehen, dass du Heimweh hattest.«

Charlotte drückte ihre Hand, nickte stumm und zwinkerte eine Träne weg.

Nach der Landung liefen sie übers Rollfeld zu dem schlichten, weiß getünchten Gebäude neben dem Tower, wo sie ihre Passierscheine vorlegen mussten. Für die Einreise nach Estland hatten sie kein Visum benötigt, um die Inseln betreten zu dürfen, war hingegen nach wie vor ein Permit erforderlich. Bis zur Unabhängigkeit hatten sie zu einem Sperrbezirk gehört und ein vom Festland abgeschirmtes Eigenleben geführt. Die Sowjets hatten Schifffahrt und Fischerei streng kontrolliert und damit nahezu zum Erliegen gebracht – aus Furcht, die Esten könnten ihre Boote und Kutter zur Flucht übers Meer in den freien Westen benutzen.

Kaum hatten sie das Abfertigungsgebäude verlassen, blieb Charlotte abrupt stehen, griff sich an den Hals und ließ ihren Koffer fallen.

Erschrocken drehte sich Gesine zu ihr. »Ist dir nicht gut?« Sie fasste sie am Arm.

»Lennart«, hauchte ihre Großmutter kaum hörbar.

Gesine folgte ihrem Blick. Auf dem Platz vor dem Flughafen parkten nur wenige Autos, darunter ein klappriger Lada. An seiner Seite lehnte ein Mann, der die Handvoll Passagiere, die mit der Maschine aus Tallinn gekommen waren, aufmerksam musterte. Gesines Herz machte einen Sprung. War das möglich? Stand da tatsächlich Grigori? Als sein Blick auf sie fiel, hob er grüßend die Hand und stieß sich vom Wagen ab. Er hat sich in den letzten vierzehn Jahren überhaupt nicht verändert, dachte Gesine, als er näherkam. Die Sommersprossen, die unergründlichen graublauen Augen, die athletische Figur. Nur die Haare trug er ein wenig länger. Aber sonst. Sogar seine geliebten Jeans hatte er an. Sie war drauf und dran, sich selbst zu zwicken. Litt sie unter Halluzinationen?

Unfähig, ein Wort zu sagen, schaute sie ihm entgegen. Sie spürte das Zittern von Charlotte neben sich und verstärkte den Griff um ihren Arm. Die Reaktion ihrer Großmutter fegte den letzten Zweifel weg: Vor ihnen stand Grigori, der laut ihrer Großmutter Lennart wie aus dem Gesicht geschnitten war.

»Wie kommst … äh … was tust du denn hier?«, stammelte Gesine.

»Bist du Grigori?«, fragte ihre Großmutter gleichzeitig.

Er nickte. »And you must be Charlotte.« Er hob in einer entschuldigenden Geste die Hände. »Sorry, I forgot most of my German.«

»No problem«, antwortete Charlotte. »Nicht wahr, Gesine?«

Diese schüttelte benommen den Kopf und wiederholte ihre Frage auf Englisch. Als ob das wichtig wäre, schalt sie sich, noch während sie sprach. Gleichzeitig bemerkte sie, dass ihre Großmutter tief durchatmete und nicht mehr zitterte. Vielleicht ist so eine banale Frage in diesem Moment genau das Richtige, dachte Gesine.

»Euch abholen«, antwortete Grigori. »Deine Mutter hat mich gestern im Hotel angerufen und mir gesagt, dass ihr heute kommt.«

»Meine Mutter?« Gesine schaute ihn verblüfft an. Sie hatte am Vorabend kurz zu Hause angerufen, um zu sagen, dass sie und Charlotte gut gelandet waren, und erwähnt, wie ihr Reiseplan für die kommenden Tage aussah.

»Sie hat ihr Versprechen also gehalten«, sagte ihre Großmutter leise zu ihr und fuhr auf Englisch an Grigori gewandt fort: »Wie hat dich Henriette denn gefunden?«

»Warst du etwa noch bei dem amerikanischen Pferdetrainer?«, erkundigte sich Gesine.

»Nein, schon lange nicht mehr«, antwortete er. »Deine Mutter hat in den USA einen Detektiv engagiert, der mich schließlich bei einem Pferdezüchter in Kentucky aufgespürt hat, wo ich derzeit arbeite. Er überbrachte mir einen Brief, in dem sie mir alles gestanden hat und erklärte, warum sie mich damals weggeschickt hat. Und dass sie dich hat glauben lassen, ich sei einfach abgehauen.« Er räusperte sich. »Du musst mich gehasst haben.«

»Keine Sekunde.« Überrascht spürte Gesine, wie ihr das Blut in die Wangen stieg. Sie fühlte sich mit einem Mal so befangen wie damals, als er sie zum ersten Mal geküsst hatte und sie nicht wusste, was sie davon halten sollte. Sie schlug die Augen nieder.

»Ich bin so froh, dass der Detektiv dich gefunden hat«, hörte sie Charlotte sagen. »Und vor allem, dass du hergekommen bist.«

»Als mir Henriette später schrieb, dass ihr nach Estland reisen wollt, habe ich sofort einen Flug gebucht. Ich fand, dass es keinen passenderen Ort gab, um meine Tante kennenzulernen.«

»Tante?«, fragte Gesine verblüfft.

Auch Charlotte sah verwirrt aus.

»Maarja, die Schwester von deinem Lennart, war meine Mutter«, erklärte Grigori und lächelte Charlotte zu. »Also bist du meine Tante.«

»Maarja war deine Mutter?« Charlotte zog die Brauen hoch. »Ich dachte, … äh … meine Tochter Vaike …«, stammelte sie.

»Für mich war Vaike meine Mama«, sagte Grigori. »Sie hat mich wie einen leiblichen Sohn großgezogen. Maarja ist leider kurz nach meiner Geburt gestorben. Sie war da schon Mitte vierzig, und es gab wohl schwere Komplikationen.« Ein Schatten flog über sein Gesicht. Er räusperte sich. »Vaike hat ihr versprochen, sich um mich zu kümmern. Sie hat mich als ihr eigenes Kind ausgegeben und so verhindert, dass ich in ein Waisenhaus gesteckt oder zu fremden Leuten gegeben wurde.« Er lächelte wehmütig. »Ich hätte mir keine bessere Mutter wünschen können.«

»Umso schrecklicher, dass du sie so früh verloren hast«, sagte Gesine.

»Ja, das scheint irgendwie das Schicksal unserer Familie zu sein«, antwortete Grigori.

Gesine wollte sich gerade nach den Umständen von Vaikes Tod erkundigen, als Charlotte aufschluchzte und sich ein Taschentuch an die Augen presste. Grigori zog sie an sich und drückte sie fest. Über ihre Schulter hinweg suchte er Gesines Blick.

Der Ausdruck in seinen Augen beschleunigte ihren Puls. Es lag eine Frage darin, auf die ihr Herz nur eine Antwort kannte. Ohne nachzudenken, legte sie ihre Arme um die beiden und überließ sich ein paar Atemzüge lang der Gewissheit, sich genau an dem Ort zu befinden, an dem sie in diesem Moment sein sollte – an der Seite des Mannes, der nie aufgehört hatte, ein Teil von ihr zu sein.

»Ihr wollt sicher erst einmal nach Kärdla und im Hotel einchecken«, sagte Grigori, nachdem sich Charlotte aus der Umarmung gelöst und die Nase geputzt hatte. »Wir könnten dort im Restaurant zu Mittag zu essen.«

»Wenn es euch recht ist, würde ich am liebsten gleich runter nach Kassari fahren«, antwortete Charlotte. »Unterwegs können wir uns was zum Picknicken besorgen.«

»Sehr gern«, rief Gesine. »Es ist so herrliches Wetter. Wer weiß, wie lange das so bleibt.«

»Laut Vorhersage soll es morgen unbeständiger werden«, sagte Grigori. »Der Vorschlag gefällt mir sehr gut.« Er nahm die beiden Koffer, ging zum Wagen und verstaute sie. »Er ist ein bisschen runtergekommen«, fuhr er fort, als er Charlotte die Beifahrertür aufhielt. »Aber das war das einzige Auto, das ich auf die Schnelle leihen konnte.«

»Hauptsache, es fährt«, antwortete sie.

»Dass du überhaupt eins gefunden hast«, sagte Gesine und nahm auf der Rückbank Platz. »Ich könnte mir vorstellen, dass die Leute hier noch kaum auf Touristen eingestellt sind.«

Grigori setzte sich hinters Steuer, holte eine Landkarte aus dem Handschuhfach und faltete sie auf.

»Am schnellsten kommen wir auf dieser Landstraße nach Käina und von dort über den Damm nach Kassari«, sagte er und deutete auf eine Straße, die im Inneren der Insel verlief. »Die längere Route in Küstennähe können wir ja auf dem Rückweg nehmen.«

»Gute Idee«, sagte Charlotte. »Da können wir dann einen Abstecher zum Schloss Suuremõisa machen. Und zur Kirche von Pühalepa, dem ältesten Bauwerk der Insel. Beides sehr sehenswert.«

Zwanzig Minuten später erreichten sie die Außenbezirke von Käina. In Sowjetzeiten waren dort große Kolchosen, Industriebetriebe sowie ein Veterinärzentrum entstanden.

»Du meine Güte«, rief Charlotte. »Früher war das ein kleines, verschlafenes Nest.«

Die Straße führte durch den Ort – vorbei an den Ruinen einer Kirche, von der bis auf den Turm und ein paar Außenwänden nichts mehr übrig war. Gesine hörte, wie ihre Großmutter scharf die Luft einsog.

»Ich fürchte, das geht auf unsere Kappe«, sagte sie gepresst zu Grigori. »Die Martinskirche wurde im Oktober 1941 durch eine deutsche Brandbombe zerstört. Ich habe damals die Rauchwolken über Käina gesehen, wusste aber nicht, welches Gebäude in Flammen stand.«

»Warum entschuldigst du dich?« Grigori sah sie erstaunt an. »Du hast sie doch nicht angezündet.«

»Weiß auch nicht, ist so ein Reflex«, antwortete sie. »Weil es eben Deutsche waren, die sie beschossen haben.«

Schon verrückt, dachte Gesine. Dass man sich für etwas verantwortlich fühlt, was man nicht nur nie tun würde, sondern sogar aus tiefster Seele ablehnt und verabscheut.

Mittlerweile hatten sie den Ort hinter sich gelassen und überquerten auf einem der beiden Dämme, die Hiiumaa mit Kassari verbanden, ein von einem breiten Schilfgürtel umrahmtes Binnengewässer, auf dem sich hunderte Enten, Gänse, Schwäne, Kormorane und andere Wasservögel tummelten. Nach zwei, drei Kilometern dirigierte Charlotte ihren Enkel zu einem Abzweig auf der linken Seite. Der Lada rumpelte auf einem von Schlaglöchern übersäten Weg Richtung der Bucht und näherte sich einem Kiefernwald. Gesine bemerkte, wie ihre Großmutter sich aufrichtete und nach vorn spähte.

»Sie sind zu hoch geworden«, murmelte sie. »Früher konnte man das Dach über den Wipfeln aufragen sehen.«

Hoffentlich ist das der Grund, dachte Gesine. Vielleicht gibt es den Birkenhof gar nicht mehr. Erleichtert atmete sie aus, als sich wenige Minuten später die Bäume lichteten und den Blick auf ein eingeschossiges Haus aus Feldsteinmauern mit Giebeldach und mehreren kleineren Gebäuden freigaben. An vielen Wänden rankten sich Efeu und andere Schlingpflanzen empor, der einstige Putz war bis auf kleine Reste abgebröckelt, auf einem Vordach wuchs ein kleines Bäumchen, die Schindeln der Dächer waren bemoost, Fenster und Türen waren mit Brettern verrammelt, und der Hofplatz wurde von Gras und niedrigem Gestrüpp überwuchert.

Als sie aus dem Auto stiegen, sprangen zwei Hasen davon, die sie aufgeschreckt hatten. Gesine atmete die klare Luft ein, in der sich der würzige Duft von Wacholder mit dem harzigen Geruch der Kiefern sowie der salzigen Note des Meeres mischte, die der Wind von der Küste herwehte. Sie hatte erwartet, ein unbewohntes, halb verfallenes Anwesen würde sie deprimieren, und war überrascht, wie friedlich, ja idyllisch die Szenerie auf sie wirkte. Sie schaute zu Charlotte und Grigori, die ebenfalls in den Anblick versunken waren.

Ihre Großmutter war die Erste, die sich rührte. Sie holte eine Kamera aus ihrer Tasche.

»Ist es okay, wenn ich mich ein Viertelstündchen allein auf Spurensuche mache?«, fragte sie. »Es kommen gerade so viele Erinnerungen …«

»Selbstverständlich«, sagte Gesine schnell.

»Na klar«, antwortete Grigori gleichzeitig.

Sie lächelten sich an und liefen in stummer Übereinkunft am Haus vorbei zu einem Durchbruch in einer hohen Mauer, die den ehemaligen Park einschloss. Auch hier hatte die Wildnis die Regie übernommen. Die einstigen Rasenflächen und Kieswege waren kaum noch auszumachen, verschwunden unter dichtem Buschwerk, Brombeerranken und einer dicken Schicht aus Laub, abgestorbenen Ästen und welken Gräsern. Dazwischen leuchteten die weißen Stämme uralter Birken, deren Blätter goldgelb in der Sonne glänzten. Vorsichtig bahnten sie sich ihren Weg zu den Überresten eines Pavillons, von dem außer dem steinernen Sockel und vier Stützpfeilern nur noch ein paar morsche Holzplanken übrig waren.

»Ich weiß, es klingt verrückt«, sagte Grigori nach einer Weile. »Aber es fühlt sich hier alles so vertraut an.« Er fuhr sich durchs Haar. »Ich kann es nicht erklären, aber …«

»Musst du nicht«, fiel ihm Gesine ins Wort. »Geht mir genauso.«

»Vielleicht liegt es aber auch daran, dass du hier mit mir stehst«, fuhr er leise fort.

Gesines Magen zog sich zusammen. Unwillkürlich griff sie nach der Kette mit dem Eichenlaubanhänger und zog sie hervor.

Grigoris Augen weiteten sich. »Du trägst sie noch?« Er sah sie an.

»Immer«, antwortete sie.

»Und ich den hier.« Grigori fasste in die Innentasche seiner Jacke und holte einen kleinen Lederbeutel heraus.

»Was ist da drin?«

»Eine Strähne von Caras Mähne. Habe ich mir damals abgeschnitten und mitgenommen. Als Andenken.« Er nahm ihre Hand. »Du warst immer bei mir.«

Gesines Augen wurden feucht. Grigori zog sie an sich. Wie von selbst legten sich ihre Arme um seinen Hals.

»Ich habe dich so wahnsinnig vermisst«, schluchzte Gesine. »Ich wusste es nicht. Aber in meinem Herzen war nie Platz für jemand anderen.«

»In meinem auch nicht. *Vana arm ei roosteta*«, murmelte er in ihr Haar.

Sie hob den Kopf und sah ihn fragend an.

»Das ist ein estnisches Sprichwort und bedeutet: Alte Liebe …«

»... rostet nicht«, beendete sie den Satz. Das gibt es bei uns auch.«

Er wischte ihr zärtlich eine Träne von der Wange.

»Ich habe das immer für einen leeren Spruch gehalten«, sagte Gesine.

Grigori schüttelte den Kopf und drückte seine Lippen auf ihren Mund. Gesine erwiderte seinen Kuss und überließ sich dem Glücksgefühl, das ihren Körper bis in die letzte Faser durchflutete.

ENDE

Aiteh! – Danke!

Auch dieses Buch wäre nicht vollständig ohne meinen Dank an alle, die mich während seiner Entstehung auf vielfältige Weise unterstützt haben!

An erster Stelle möchte ich meinen Lektorinnen danken:

Anne Sudmann, die sich auf Anhieb für die Romanidee begeistert hat und mir die Chance gab, die Geschichte für den Aufbau Verlag zu entwickeln.

Christina Weiser, die sich meines Textes mit aufmerksamer Sorgfalt angenommen und mit inspirierender Kritik zu seiner Abrundung beigetragen hat.

Ein großes Dankeschön geht auch an alle anderen Verlagsmitarbeiter, die sich um die Gestaltung, die Vermarktung, den Druck und all die anderen Aufgaben kümmern, die für das Erscheinen und den Vertrieb des Buches notwendig sind.

Tausend Dank an meine wunderbaren Agentinnen Isabel Schickinger und Lianne Kolf sowie ihr Team, die mich stets mit liebevollem Zuspruch und ihrer Kompetenz unterstützen.

Liebe Lilian Thoma, ich schätze mich unsagbar glücklich, dass Du mich nach den Jahren in Norwegen nun auch nach Estland »begleitet« und mir beim Schreiben an diesem Manuskript wieder mit wertvollen Anmerkungen und aufrichtiger Empathie zur Seite gestanden hast. Dafür danke ich Dir von ganzem Herzen!

Die Arbeit an diesem Roman fand unter erschwerten Bedingungen statt: eine Dauerbaustelle im Nachbarhaus, deren Lärm mich immer wieder mal an den Rand der Verzweiflung trieb und meine Konzentrationsfähigkeit auf harte Proben stellte. Ich mag mir nicht ausdenken, wie ich das ohne Dich, liebster Stefan, ertragen hätte! Deine tröstlichen Worte, Aufmunterungen und nicht zuletzt die Versorgung mit süßer Nervennahrung haben mir den Rücken gestärkt und mir immer neue Kraft gegeben. *Suur tänu selle.*

Quellenverzeichnis

Auf einigen Seiten finden sich Zitate aus Zeitungen, Lexika, Gedichten und anderen Büchern. Die vollständigen Zitate sind wie folgt nachzulesen:

S. 31: Deutsche Zeitung vom 13. 09. 1938, Nr. 208, »Deutsches Jugendsportfest«

S. 55: *HERDER LEXIKON Gemeinschaftskunde*, Herder Verlag 1975, S. 162 u. 169

S. 78: WELT vom 06. 09. 1977, Kommentar von Chefredakteur Wilfried Hertz-Eichenrode

S. 115: Christian Morgenstern, »Begegnung«, *Sämtliche Dichtungen* Bd. 3

S. 164 f.: *Meyers Neues Lexikon* Bd. 6, »Estnische SSR«

S. 165: *PLOETZ – Auszug aus der Geschichte*, Verlag PLOETZ KG Würzburg 1976, S. 1465

S. 196: Johann Wolfgang von Goethe, *Wilhelm Meisters Lehrjahre*, S. 265 f.

S. 235 f.: Anna Fischer-Dückelmann, *Die Frau als Hausärztin*, Süddeutsches Verlags-Institut 1908, S. 269 ff.

S. 260: SPIEGEL Nr. 41 vom 03. 10. 1977, »Mord beginnt beim bösen Wort«

S. 364: Emanuel Geibel, *Werke* Bd. 1, S. 391 ff.

S. 430 ff.; S. 442: Deutsche Zeitung vom 07. 10. 1939, Nr. 229, »Adolf Hitlers große Rede«

S. 474 ff.: Deutsche Zeitung vom 10. 10. 1939, Nr. 231, »Merkblatt«

Julie Peters
Die Dorfärztin
Ein neuer Anfang
Roman
381 Seiten. Broschur
ISBN 978-3-7466-3754-9
Auch als E-Book erhältlich

Sie lässt sich durch nichts von ihrem Weg abbringen.

Westfalen, 1928: Nach dem Medizinstudium kehrt Leni in ihr Heimatdorf zurück und übernimmt die Praxis des Landarztes. Doch die Dorfbewohner trauen ihr nicht, und auch ihre Familie glaubt, sie sei mit der Aufgabe und der Erziehung ihres Kindes überfordert. Aber Leni kämpft gegen alle Vorurteile, wie sie es immer getan hat. Früher stand als Einziger ihr Jugendfreund Matthias an ihrer Seite, doch seit Jahren gilt er als verschollen. Als die Widerstände im Dorf immer größer werden, fasst Leni einen Plan: Sie wird Matthias wiederfinden – denn er ist der Vater ihres Kindes.

Die Geschichte einer starken Frau, die allen Widerständen zum Trotz Ärztin wird.

Regelmäßige Informationen erhalten Sie über unseren Newsletter. Jetzt anmelden unter: www.aufbau-verlag.de/newsletter

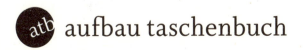